★★★ 수능에 직결되는 **문해력 필독서**

단순한 전문 읽기가 아닌,
직접 분석하는 학습지 형식

고등학생이 **꼭 읽어야 할**

무조건 오르는 문해력

채봉감별곡
서동지전
배비장전
운영전
흥부전
설홍전
홍길동전
조웅전
낙성비룡

전형태 편저

4주 완성

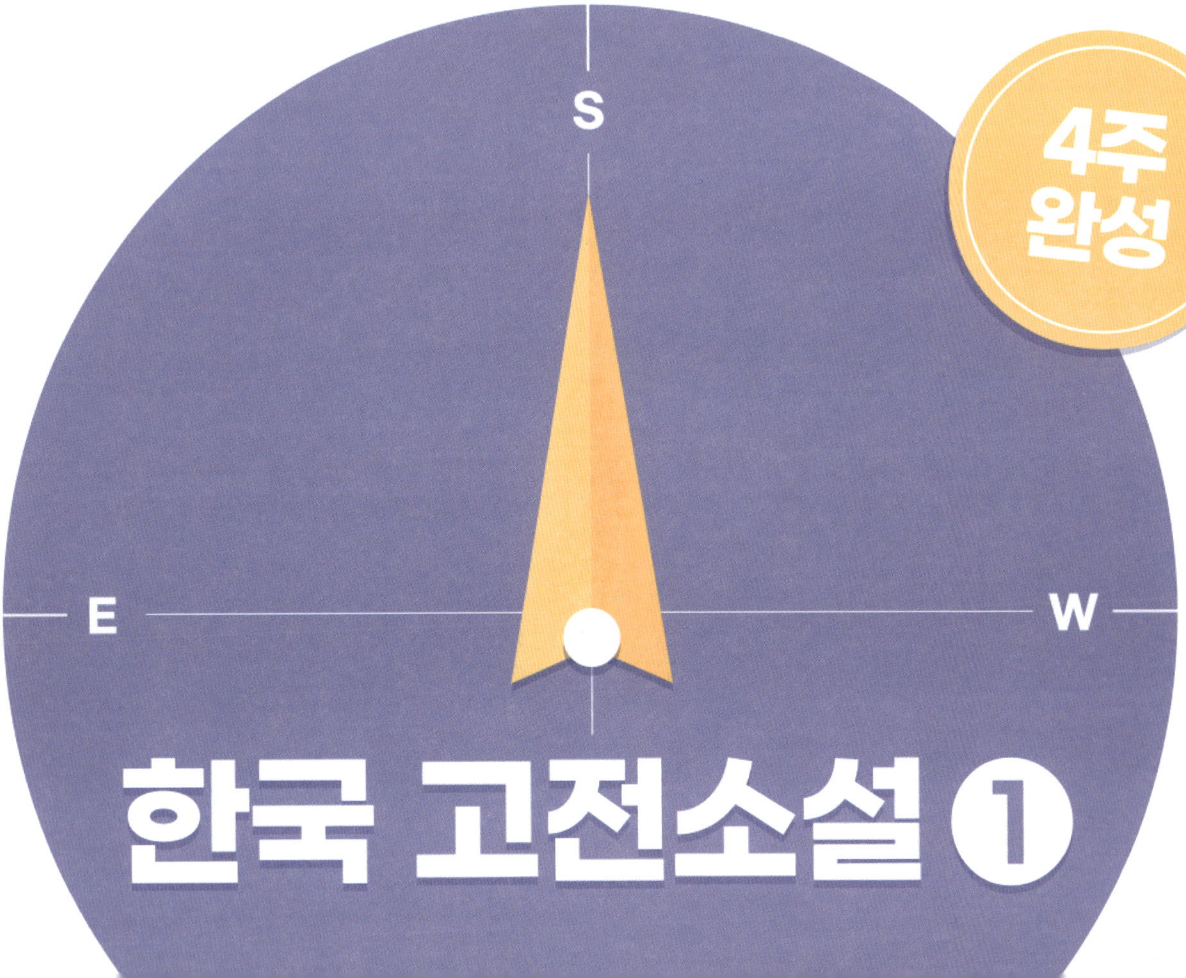

한국 고전소설 ①

이 책의 **활용법**

다독이 아닌,

정독이 문해력을 높인다!

고전소설 문해력은 단순히 책을 많이 읽어서는 올리기 어렵다. 한 권을 읽더라도 제대로 분석해야 올릴 수 있다.

본 책은 학습지 형식으로 수능 출제 길이에 맞춘 고전소설 전문을 독해하며 시험장에서 필요한 인물 관계 분석, 호칭 구분, 장면 구분, 필수 어휘 암기 등의 실질적 훈련을 하고, 수능과 비슷한 OX 문제를 품으로써 문해력(독해력)을 높이는 것에 최적화되어 있다.

step 01
주제, 특징, 작품 해제

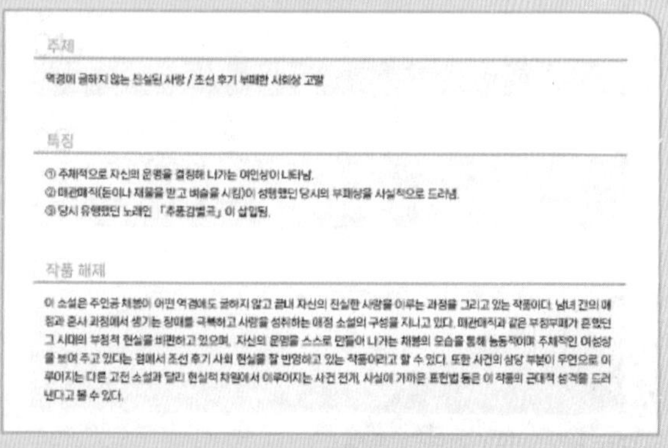

▶ 전문을 읽기 전에 작품의 기본적 특징을 알 수 있도록 작품의 특징과 내용을 요약적으로 제시하였다.

step 02
인물 관계도

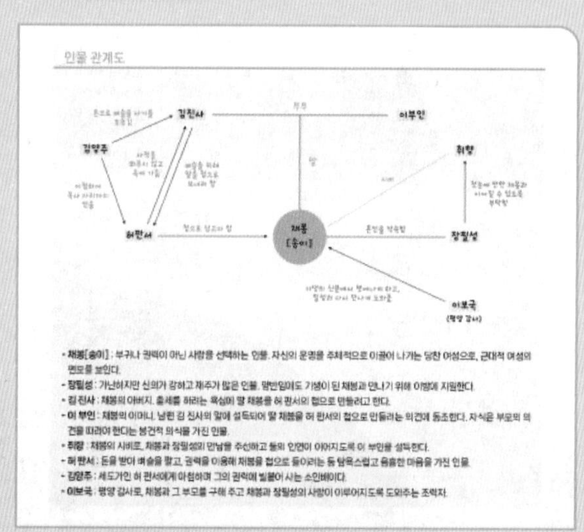

▶ 상세한 인물 관계도를 넣어서, 독해할 때 헷갈리는 인물의 관계를 쉽게 알 수 있도록 하였다.

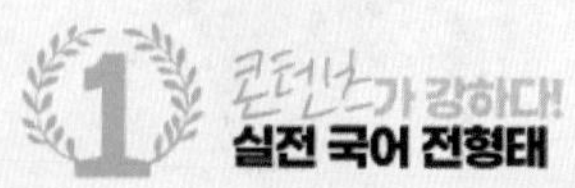

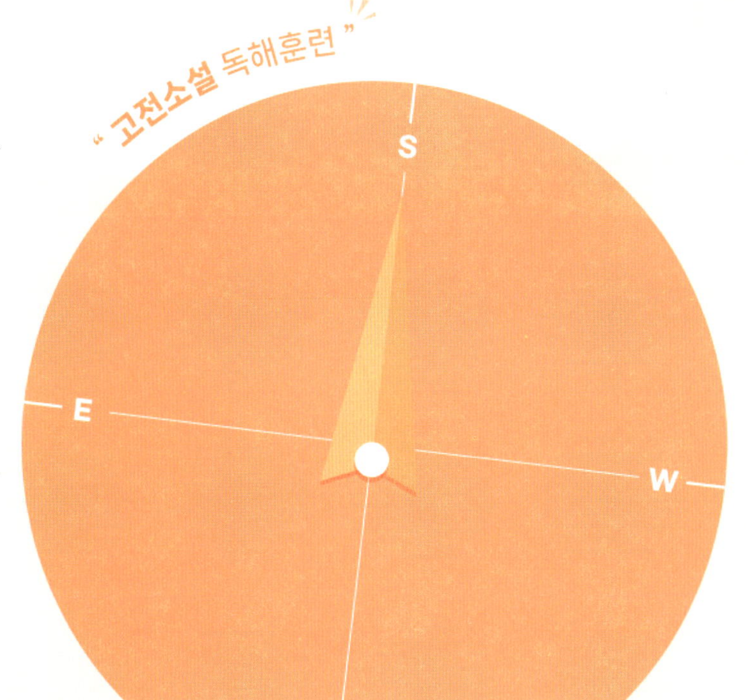

무조건 오르는 문해력

step 03
장면

step 04
OX, 심층체크, 필수어휘

- ▶ 단순히 고전소설 전문을 읽는 것이 아니라, 수능에서 나오는 길이 정도로 장면을 나누어 분석하면서 읽도록 배치하였다.

- ▶ 고전소설에 익숙하지 않은 학생들도 편하게 읽을 수 있도록 수능 출제 수준으로 어휘를 현대어로 바꾸어 놓았고, 중간 중간 독해Tip을 제시하여 독해의 방향을 놓치지 않도록 하였다.

- ▶ 'OX 문제'는 수능에 출제되는 문제와 비슷한 문제를 넣어서 지문을 제대로 이해했는지 확인할 수 있도록 하였다.

- ▶ '심층 체크'는 지칭 대상과 서술자의 개입을 찾는 문제로, 인물 간의 관계를 파악하는 독해력과 수능에서 자주 출제하는 요소를 찾는 훈련을 하도록 배치하였다.

- ▶ '필수어휘'는 해당 장면에서 반드시 알아야 하는 어휘를 넣음으로써 어휘력을 향상시키도록 하였다.

학습 계획표

	작품명	공부한날	OX 문제 틀린 개수	어휘 암기 여부
1일차	채봉감별곡 1~5 장면	___월___일	/ 25	O / X
2일차	채봉감별곡 6~10 장면	___월___일	/ 25	O / X
3일차	채봉감별곡 11~16 장면	___월___일	/ 30	O / X
4일차	서동지전 1~5 장면	___월___일	/ 25	O / X
5일차	서동지전 6~10 장면	___월___일	/ 25	O / X
6일차	배비장전 1~5 장면	___월___일	/ 25	O / X
7일차	배비장전 6~11 장면	___월___일	/ 30	O / X
8일차	운영전 1~5 장면	___월___일	/ 25	O / X
9일차	운영전 6~10 장면	___월___일	/ 25	O / X
10일차	운영전 11~15 장면	___월___일	/ 25	O / X
11일차	흥부전 1~6장면	___월___일	/ 30	O / X
12일차	설홍전 1~5 장면	___월___일	/ 25	O / X
13일차	설홍전 6~10 장면	___월___일	/ 25	O / X
14일차	설홍전 11~15 장면	___월___일	/ 25	O / X
15일차	설홍전 16~20 장면	___월___일	/ 25	O / X
16일차	설홍전 21~24 장면	___월___일	/ 20	O / X
17일차	홍길동전 1~5 장면	___월___일	/ 25	O / X
18일차	홍길동전 6~10 장면	___월___일	/ 25	O / X
19일차	조웅전 1~5 장면	___월___일	/ 25	O / X
20일차	조웅전 6~10 장면	___월___일	/ 25	O / X
21일차	조웅전 11~15 장면	___월___일	/ 25	O / X
22일차	조웅전 16~20 장면	___월___일	/ 25	O / X
23일차	조웅전 21~22 장면 낙성비룡 1~3 장면	___월___일	/ 25	O / X
24일차	낙성비룡 4~8 장면	___월___일	/ 25	O / X
25일차	낙성비룡 9~13 장면	___월___일	/ 25	O / X
26일차	낙성비룡 14~18 장면	___월___일	/ 25	O / X
27일차	낙성비룡 19~23 장면	___월___일	/ 25	O / X
28일차	낙성비룡 24~28 장면	___월___일	/ 25	O / X

Contents | 목차

다독이 아닌,

정독이
문해력을 높인다!

" 고전소설 독해훈련 "

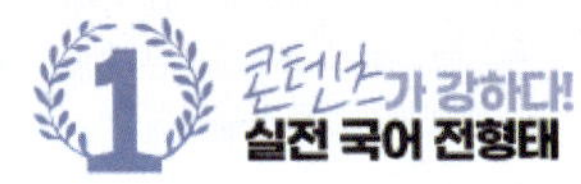

무조건 올라가는
고전소설 문해력

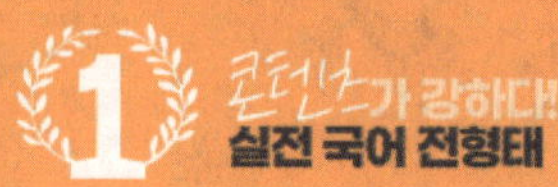

01

채봉감별곡

주제

역경에 굴하지 않는 진실된 사랑 / 조선 후기 부패한 사회상 고발

특징

① 주체적으로 자신의 운명을 결정해 나가는 여인상이 나타남.
② 매관매직(돈이나 재물을 받고 벼슬을 시킴)이 성행했던 당시의 부패상을 사실적으로 드러냄.
③ 당시 유행했던 노래인 「추풍감별곡」이 삽입됨.

작품 해제

이 소설은 주인공 채봉이 어떤 역경에도 굴하지 않고 끝내 자신의 진실한 사랑을 이루는 과정을 그리고 있는 작품이다. 남녀 간의 애정과 혼사 과정에서 생기는 장애를 극복하고 사랑을 성취하는 애정 소설의 구성을 지니고 있다. 매관매직과 같은 부정부패가 흔했던 그 시대의 부정적 현실을 비판하고 있으며, 자신의 운명을 스스로 만들어 나가는 채봉의 모습을 통해 능동적이며 주체적인 여성상을 보여 주고 있다는 점에서 조선 후기 사회 현실을 잘 반영하고 있는 작품이라고 할 수 있다. 또한 사건의 상당 부분이 우연으로 이루어지는 다른 고전 소설과 달리 현실적 차원에서 이루어지는 사건 전개, 사실에 가까운 표현법 등은 이 작품의 근대적 성격을 드러낸다고 볼 수 있다.

인물 관계도

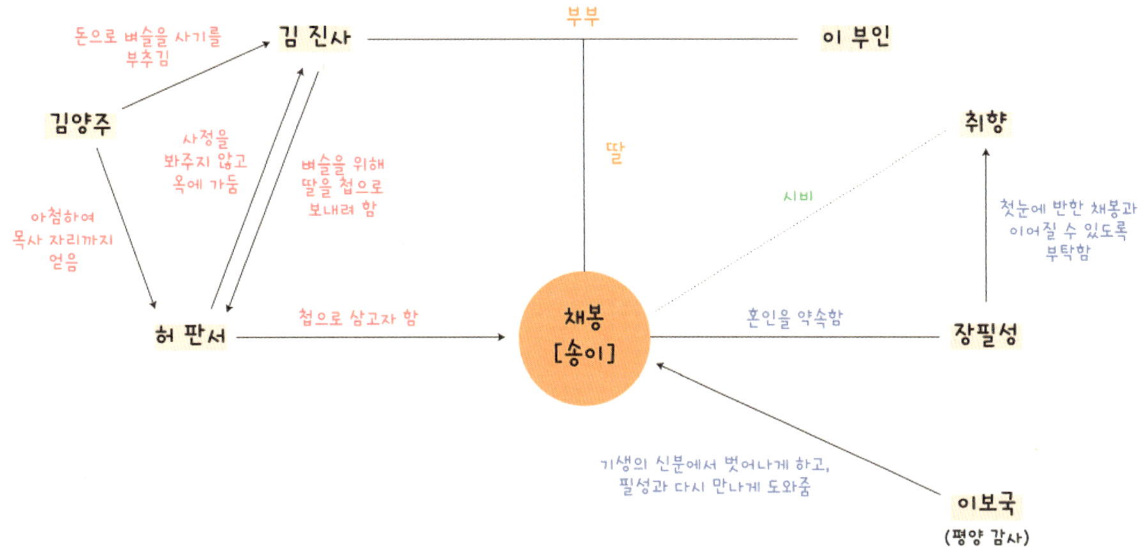

- **채봉[송이]** : 부귀나 권력이 아닌 사랑을 선택하는 인물. 자신의 운명을 주체적으로 이끌어 나가는 당찬 여성으로, 근대적 여성의 면모를 보인다.
- **장필성** : 가난하지만 신의가 강하고 재주가 많은 인물. 양반임에도 기생이 된 채봉과 만나기 위해 이방에 지원한다.
- **김 진사** : 채봉의 아버지. 출세를 하려는 욕심에 딸 채봉을 허 판서의 첩으로 만들려고 한다.
- **이 부인** : 채봉의 어머니. 남편 김 진사의 말에 설득되어 딸 채봉을 허 판서의 첩으로 만들려는 의견에 동조한다. 자식은 부모의 의견을 따라야 한다는 봉건적 의식을 가진 인물.
- **취향** : 채봉의 시비로, 채봉과 장필성의 만남을 주선하고 둘의 인연이 이어지도록 이 부인을 설득한다.
- **허 판서** : 돈을 받아 벼슬을 팔고, 권력을 이용해 채봉을 첩으로 들이려는 등 탐욕스럽고 음흉한 마음을 가진 인물.
- **김양주** : 세도가인 허 판서에게 아첨하며 그의 권력에 빌붙어 사는 소인배이다.
- **이보국** : 평양 감사로, 채봉과 그 부모를 구해 주고 채봉과 장필성의 사랑이 이루어지도록 도와주는 조력자.

채봉감별곡

장면 01

모란봉 찬바람이 단풍과 낙엽을 흩날려서 평양성 안으로 불어 떨어뜨리는데, 넘어가는 저녁 빛에 홀로 창문을 의지하여, 바람에 불려 떨어지는 낙엽을 기운 없이 보며 앉아 있는 여인은 평양성 밖에 사는 김 진사 집 처녀 채봉이라.

김 진사는 평양에서 벼슬살이를 하는 양반이라. 가문과 재산이 남부럽지 않지만 자녀가 없어 항상 한탄더니, 노년에 딸 하나를 낳아 이름을 채봉이라 하여 금옥같이 기르니, 채봉이 재주가 총명하여 옷감 짜는 일과 글 실력이 나날이 발전하고, 아름다운 얼굴이 미인의 자질을 갖추고 있는지라. 김 진사 부부가 매우 사랑하여 앞으로 그와 같은 짝을 구하려 하고 널리 사위를 구하나, 그 부모의 생각에는 평양 같은 시골구석에는 그와 같은 배필*이 없는지라. 김 진사는 좋은 인물을 구하러 서울로 올라가고, 채봉이는 별당에서 홀로 아름다운 태도를 지키니 세월이 매우 빨리 흘러가 나이 이미 16세의 꽃다운 청춘이라. 봄은 가고 여름이 지나도록 아름다운 약속은 이루어지지 않고 뜰 앞 낙엽에 가을바람이 쓸쓸하니, 근심과 탄식을 금치 못하는 터이라. **독해 TIP** 여자 주인공 채봉에 대한 정보와, 채봉에게 배필을 구해 주고자 그녀의 아버지인 김 진사가 서울로 올라간 상황임을 제시하고 있다. 작품 초반에 나오는 인물에 대한 정보와 상황을 잘 기억해 두어야 앞으로 전개되는 사건의 흐름을 쉽게 파악할 수 있다. 창가에서 햇빛을 쳐다보더니, 다시 그 단풍잎이 날아가는 곳을 따라 정원으로 나오면서 가라앉은 목소리로 시비*를 부른다.

"얘 취향아! 정원으로 나오너라. 단풍 구경이나 하자." / 취향이가 뒤를 따라 나와 동산에 올라서니 채봉이,

"아이고, 벌써 나뭇잎이 빨갛게 되었네. 그렇게 푸르던 빛이 다 어디로 가고, 누가 이렇게 붉게 물들여 놓았는가. 아! 세월도 빠르구나. 이 동산에 붉은 복숭아 꽃송이 벌어지고 버들잎 싹틀 적이 어제 같건마는 연못 꽃밭 속에서 봄꿈이 깨는 줄을 몰랐더니 벌써 뜰 앞 오동잎에 가을을 알리는 소리가 깊었구나. 찬바람이 쓸쓸하니 인생 또한 이와 같이 겉늙는구나." **독해 TIP** 복숭아 꽃이 피고 푸른 버들잎이 싹트는 봄과, 낙엽이 흩날리고 찬바람이 부는 가을을 대비하여 채봉이 느끼는 쓸쓸함을 부각하고 있다. 참고로 문학에서 가을은 소멸과 상실, 외로움을 환기하는 계절적 배경으로 자주 활용된다.

취향이, / "그렇게 말씀이오. 버들가지에 채찍으로 말을 급히 몰아 진사님 떠나신 지 어제 날 같건만 한여름이 다 지나도 소식조차 알 길이 없소 그려."

이와 같이 서로 탄식하며 채봉은 떨어지는 나뭇잎을 주워 들고 아름다운 얼굴에 대면서, 석양이 지고 서쪽에서 바람이 부는 탓에 가는 허리 힘겨운 듯하게 서 있더니, 마침 이때 누군가 서쪽 담장 안을 엿보는데, 나이 18~19세 가량이요, 옷이 단정하고 모습이 아름다운지라. 채봉이 그를 한번 봄에 마음에 갑자기 반가운 생각이 있으나, 아녀자의 마음이라 다시는 얼굴을 들어 보지 못하고, 취향을 앞세우고 초당*으로 급히 들어가고, 문을 걸어 잠그니라. 그 소년이 채봉이가 취향을 데리고 들어가 문 거는 것을 보고, 담이 갈라진 데로 들어와 좌우로 동산을 구경하며, 채봉이 앉았던 자리에 가 앉아 보니 오히려 나머지 향기가 있는 듯한지라.

'아! 선녀가 하늘로 올라가니 괜한 버들가지 인연만 남았고 까마귀와 까치 소리만이 시끄럽구나.'

한번 탄식하고 초당을 바라보다가 우연히 고개를 숙여 땅을 보니 2, 3보 밖에 수건 하나가 떨어졌거늘, 급히 주워 보니 명주 수건이라. 자세히 펼쳐 보니 수건 끝에 채봉 두 자를 수놓았는지라.

'이는 분명 그 처녀의 수건이요, 채봉은 그 이름이라.'

생각하고, 따뜻한 향기를 품속에 품고 무슨 큰 보물이나 얻은 듯이 기뻐하여 앉은 자리로 다시 오려 하는데, 대문 안으로 사람의 소리가 들리거늘, 급히 담 터진 데로 도로 나와 서서 낌새를 보니 앞서서 들어가던 여자가 나와서 무엇을 다시 찾으며,

"이상도 하다. 방금 떨어진 수건이 어디로 갔을까?" / 하는지라. 소년이 이 소리를 듣고 입 밖으로 말이 나옴을 깨닫지 못하고,

"벌써 내게 있는 물건을 아무리 찾으면 찾을 수가 있나, 괜히 애만 쓰지."

그때 채봉이는 동산에서 급히 돌아오느라고 수건 떨어진 것을 몰랐다가 이윽고 깨닫고서 취향을 보내 찾아오라 하니, 취향이가 수건을 찾다가 이 혼잣말을 듣고 급히 앞으로 와서 공손한 말로 수건을 달라 청한다.

"서방님이 누구신지 모르거니와 지금 말씀을 들어보니 수건을 얻으신 듯하오니 얻으셨거든 내어 주시면 감사하겠습니다."

"수건이 어떤 사람의 물건이냐?" / "우리 소저가 가지던 것이올시다."

"소저의 수건이면 도로 줄 터이니, 소저더러 와서 가져가시라고 해라."

"아이고 서방님, 그 무슨 말씀이오. 소저는 집 안에 들어앉아 있는 여인이라, 어찌 외간 남자를 마주 보오리까. 그것은 웃음거리의 실없는 말이니 어서 주시옵소서." **독해 TIP** 외간 남자는 남편이나 친척이 아닌 남자를 의미한다. 당시에는 유교 사상에 따라 남녀의 구별을 엄격히 하였기에 양반가의 여인은 바깥출입을 자제하고 외간 남자와의 접촉을 피해야 했다.

"나는 물건 주인을 직접 보고 전하고자 하여 그리 함이라, 어찌 실없이 말 하리요. 그러나 너는 누구냐?"

"저는 소저를 가까이 모시는 시비 취향이올시다." / "네 소저는 이름이 무엇이냐?" / 취향이 방긋 웃으며,

"외간 남자께서 남의 집 아씨의 이름은 알아 무엇하시렵니까. 이치에 맞지 아니한 말씀 마시고 수건을 어서 주시오."

소년이 껄껄 웃고, / "얘 취향아, 이름이라 하는 것은 남녀를 가리지 않고 부르는 것인데, 이치에 맞지 아니할 것이 무엇이냐. 내가 알고자 하여 묻는 말이라."

"규수*의 이름은 부모가 부르자고 지은 것이지, 외간 남자가 어찌 남의 집 규수의 이름을 부르리까."

"얘, 네 말도 그럴듯하다만, 나는 이름을 알고야 수건을 줄 터이니 이름을 말하려거든 하고 말려거든 말려무나."

취향이 생각하되, / '어떠한 양반이신지 우리 소저와 인물이 서로 비슷할 뿐이라. 소저의 이름이 수건에 있으니 알고 짐짓 묻는 것이라. 말하면 무슨 상관있으리오.' / 하고 또 한 번 생긋 웃으며 못 이기는 척 말을 한다.

"진정 알려고 하시면 말씀할 터이니 수건을 주시렵니까?" / "아무렴 주다뿐이겠느냐." / "채봉이라고 하신답니다."

"허허! 채봉이라 말하기가 그렇게 어려우냐. 이 수건에도 그 글자 있으되, 네 말을 듣고자 함이로다. 그러나 수건을 주기는 줄 것이니, 거기 잠깐 섰거라. 곧 다녀오마." / "다녀오실 때 오실지라도 수건을 주고 가십시오." / "오냐, 잠깐 섰거라. 즉시 올 터이니."

하고 급히 아랫집으로 들어와 벼루에 먹을 갈아 붓을 흠씬 찍어 수건에 시를 써서 취향을 갖다 주며,

"나는 대동문 밖에 사는 장필성이라. 아버님께서는 선천 부사로 계시다가 돌아가시고, 홀로 남은 어머니를 모시고 있어 지금까지 장가를 들어 아내를 얻지 못하였음에, 밤낮으로 잠을 이루지 못하며 숙녀를 구하려고 자나 깨나 생각하는 사람이라고 소저께 말씀하고 이 수건을 드리어라. 수건을 보시면 답장이 있을 것이니 소저의 답장을 전하여 주기를 바라노라. 여기 서서 기다리마."

OX 문제

1. 채봉은 아름다운 약속을 맺지 못하고 세월이 빠르게 흐르는 것을 탄식하였다.　　　[O / X]
2. 채봉은 떨어뜨린 수건을 찾기 위해 취향과 함께 동산으로 향했다.　　　[O / X]
3. 장필성은 취향을 만나기 전까지 수건의 주인이 채봉임을 알지 못하였다.　　　[O / X]
4. 내적 독백을 인용하여 인물의 과거 행적을 드러내고 있다.　　　[O / X]
5. 계절적 상황에서 비롯되는 쓸쓸함이 강조되고 있다.　　　[O / X]

심층체크

1. 지칭하는 대상이 <u>다른</u> 하나를 고르시오.
　A. 여인　B. 채봉　C. 그 처녀　D. 여자　E. 소저　F. 물건 주인

필수어휘 _ 반드시 암기하기

*배필 : 부부로서의 짝.
*시비 : 곁에서 시중을 드는 여자 종.
*초당 : 억새나 짚 따위로 지붕을 인 조그마한 집채. 흔히 집의 몸채에서 따로 떨어진 곳에 지었다.
*규수 : 남의 집 처녀를 정중하게 이르는 말.

장면 02

취향이 수건을 받아 보고 깜짝 놀라,

"에그! 어떻게 갖다 드리라고 이렇게 수건에 글씨를 써 못 쓰게 만들었답니까. 갖다 드리면 걱정하실 터이니 이 일을 어찌하나."

"수건을 버려도 내 잘못이고, 너야 무슨 상관있느냐. 갖다 드려만 보아라. 후에 은혜를 갚을 날이 있을까 하노라."

취향이 마지못해 수건을 가지고 초당으로 들어간다. 이때 채봉이 취향에게 수건을 찾아오라 하고 홀로 난간에 기대 기다리다가 한 끼의 밥을 먹을 만한 시간이 되도록 오지 아니하니 생각하되,

'애가 무슨 일로 그저 아니 돌아올까? 수건을 찾느라고 이렇게 늦는가? 혹시 그 엿보던 소년이 수건을 집어서 실랑이를 하나? 아! 참 이상스러운 일이로군. 내가 집 안에 들어앉아 있는 여인이 되어 외간 남자의 일을 생각함이 알맞지 못하나, 그 소년이 대체 누구인지 모르되, 남자 중에도 그런 인물이 있는가? 그러한 인물로 문학 실력도 훌륭하면 정말 금상첨화*라 하련마는, 교양이 없고 무지한 시골 사람이라면 그 인물이 아깝지 아니하랴.'

이렇게 여러 가지 생각을 하는데, 취향이가 손에 수건을 들고 앞으로 오며, / "참 세상에 희한한 일도 있지요."

채봉이 이 소리를 듣고 급한 말로, / "애 취향아, 무슨 일이 희한하며, 무엇 하느라고 이제야 찾아오느냐?"

"다른 일이 아니올시다. 수건을 아무리 찾아도 없더니, 아까 담 밖에서 보던 이가 수건을 집어 가지고 서서, 수건 찾는 모습을 보고 여차여차하기에 달라고 하였더니, 한동안 실랑이를 하다가 수건에 글을 써서 주며 이리저리하기로, 마지못하여 받아 가지고 왔습니다만 소저께 꾸중이나 아니 들을는지요. 참 그 양반, 인물도 잘생겼어요."

하고 수건을 앞에다 놓으니, 채봉이 얼굴이 붉어지며 수건을 펴서 보니 글에 하였으되,

수건에서 아름다운 여인의 향기가 나부끼니, / 하늘이 나에게 정다운 사람을 내렸도다.

은근한 정을 참을 수 없어 사랑의 시를 보내오니, / 바라건대 붉은 실이 되어 동방에 들기를 바라노라. **독해 TIP** ▶ 월하 노인(결혼을 관장하는 신)의 붉은 실에 묶인 인연은 운명적으로 맺어진다는 설화의 내용을 활용하여, 채봉과 인연을 맺어 혼인하고 싶은 뜻을 전하고 있다. 참고로, '동방'은 신랑과 신부가 처음 만나 시간을 보내기 위해 새로 차린 방을 뜻한다.

이라 적혀 있거늘, 소저 보기를 다하고 얼굴이 더욱 붉어지며, 속으로 무슨 생각을 하며 눈에 기운을 모아 글씨를 보고 있는데, 취향이가 소저의 눈치를 알고 소저를 쳐다보며 웃으며, / "무엇이라 글을 썼어요? 좀 일러 주십시오."

채봉이 모르는 체하고 아무렇지도 않은 듯한 모습으로,

"수건을 못 찾을지언정 쓸모없이 받아 가지고 왔느냐? 그러나 남의 글을 보고 답장을 아니할 수도 없고, 어찌하면 좋단 말이냐?"

"아무렇게나 두어 자 적어 주십시오. 그 양반이 지금 서서 기다립니다."

채봉이 마지못하여 방으로 들어가 색종이에 글 한 구를 지어 취향을 주며,

"이번은 처음 같은 일이라 마지못해 답하거니와, 다음부터는 이런 글을 가져오지 마라."

취향이 웃고 받으며, / "소저께서는 무엇이라 하셨어요? 에그, 글 모르니 갑갑도 해라." / 채봉이 취향의 등을 탁 치며,

"이따가 밤에 읽어 줄 것이니 갖다 주고 오너라. 아랫집에서 글 지어서 나오는지, 그 양반이 또 그리로 들어가는지 보고 오너라."

"예, 김 첨사 집에서 머물고 있다고 해요." / "그러면 김 첨사 집과 어찌 되나 물어나 보아라."

취향이 대답하고 장필성이 있는 곳으로 나와 소저의 글을 전하니, 필성이 급히 받아 보니 글에 적혀 있길,

그대에게 권하노니 양대의 꿈을 생각하지 말고, / 독서에 힘써 과거에 급제하길 바라노라. **독해 TIP** ▶ '양대의 꿈'은 중국 초나라 회왕이 꿈속에서 무산 선녀와 양대에서 만나 인연을 맺은 고사와 관련된 용어이다. 채봉은 이를 활용하여 필성이 전한 마음을 완곡하게 거절하고, 과거 급제에 힘쓸 것을 당부하고 있다.

장생이 보기를 다하고 속으로 깊이 감동하여 취향을 쳐다보고 말을 묻는다.

"답을 전해 주어 고맙다. 지금의 나이가 몇 살이나 되셨느냐?" / "지금 열여섯 살이올시다."

"열여섯 규수로서 글공부를 어떻게 이처럼 하시었느냐?"

"우리 댁 진사님께서 알뜰히 가르치셔 금옥같이 기르시는 터이올시다." / "지금 진사께서 댁에 계시느냐?" / "서울 가셨습니다."

"서울은 무슨 일로 가셨느냐?" / "그는 자세히 모르오나, 아마 사위를 구하러 가신 듯합니다."

장생이 그 말을 듣고 속으로 은근히 놀라며, / "응. 그래, 소저를 서울로 시집보내려는 모양이냐?"

"예, 평양 바닥에는 인물이 없다고 하시더니, 올라가셨으니까 알 수 없어요. 그러나 서방님은 김 첨사 댁과 어떻게 되셔요?"

"내 외가 댁이어니와, 내가 너에게 부탁할 말이 있으니 들으려느냐?"

"무슨 말씀이시오. 들을 만하면 듣고, 못 들을 만하면 못 듣지요."

"다름이 아니라 네 소저도 절대가인*이요, 나는 소년 재사*라. 군자*의 좋은 짝으로 더할 것 있겠느냐. 첫 만남에 이런 말 부탁하기 어렵다마는 네가 중간에 도우면 될 터이니, 소저와 한번 만나게 해 주면 은혜를 잊지 아니하마."

취향이 속으로 생각하되, / '집안도 걸맞고 인물도 걸맞으니 정말 군자의 좋은 짝이라. 우선 시험을 하여 보리라.'

하고 이윽고 무슨 생각을 하더니, 필성의 귀에 입을 대고 무엇이라고 두어 마디를 하고 한 번 방긋 웃으며,

"그러한 후 일이 이루어짐의 여부는 서방님에게 있사오니 후회가 없도록 하시오."

"과연 그렇게 해 주면 은혜 잊지 아니하마. 백골이 진토되어도 잊지 못하리라." **독해 TIP** '백골이 진토되다(뼈가 흙, 먼지가 되다)'는 정몽주가 지은 시조 「단심가」에 나오는 표현으로, 자신의 뜻을 굳건히 지키겠다는 의미로 이해하면 된다. 여기서는 긴 시간이 흘러도 은혜를 잊지 않겠다는 마음을 부각하고 있다.

"그런 말씀 마시고 좋은 기회를 놓치지나 마시오." / "오냐, 나는 너만 믿고 간다."

이와 같이 약속을 단단히 하고 헤어지니라.

OX 문제

1. 채봉은 취향이 자신을 엿본 소년과 수건을 두고 실랑이를 하느라 늦게 오는 것이라 추측하였다. [O / X]
2. 채봉은 장필성의 글을 받고 그와의 만남을 약속하는 답장을 보냈다. [O / X]
3. 장필성은 채봉의 글을 읽고 그녀의 글짓기 실력에 깊은 감동을 받았다. [O / X]
4. 상대의 호감을 사기 위해 자신의 우월한 지위를 드러내고 있다. [O / X]
5. 시를 삽입하여 인물 간의 갈등 양상이 구체화되는 상황을 드러내고 있다. [O / X]

심층체크

1. 서로 같은 인물을 지칭하는 말을 찾아 짝지으시오.

 A. 너   B. 얘   C. 그 양반   D. 나   E. 정다운 사람   F. 소저   G. 그대   H. 서방님

필수어휘 _ 반드시 암기하기

*금상첨화 : 비단 위에 꽃을 더한다는 뜻으로, 좋은 일 위에 또 좋은 일이 더하여짐을 비유적으로 이르는 말.

*절대가인 : 뛰어나게 아름다운 여인. ≒절세가인.

*재사 : 재주가 뛰어난 남자. ≒기남자.

*군자 : 행실이 점잖고 어질며 덕과 학식이 높은 사람.

01 채봉감별곡

장면 03

이때 채봉이 답하는 편지를 취향에게 보내고, 수건을 펴서 놓고 몇 번이고 시를 읊으며 생각이 간절하여 속으로 생각하되,

'얼굴과 말씨, 글을 짓는 능력이 그만한데 무슨 일로 혼인을 하지 못하였을까? 집안의 형편이 가난하기 때문인가? 알맞은 혼인 자리가 없어서 그저 있음인가? 세상에 남녀는 다를지언정 마땅한 가정을 얻지 못한 사람이 또 있구나.'

하고 앉았더니, 취향이 초당에 들어와 뒤로 가만가만 걸어 채봉의 눈치를 보다가, 채봉이 시 읊는 소리를 듣고 채봉의 앞으로 와서 웃으며 말하되, / "무슨 말씀을 그렇게 혼자 하세요? 소저께서 직녀가 되시면 저는 오작교가 되어 볼까요?" [독해 TIP] '오작교'는 까마귀와 까치가 만든 다리로, 남녀를 연인으로 이어주거나 연인을 더 돈독하게 만드는 사람을 비유할 때 사용하는 표현이다. 이는 견우와 직녀가 은하수를 사이에 두고 서로 그리워하다가, 한 해에 한 번 오작교에서 만난다는 견우직녀 설화에 등장한다.

채봉이 얼굴이 붉어지며,

"아이고 애가 그게 무슨 소리냐. 에라, 미친 소리 듣기 싫다. 그 글을 가져다주니까 무어라고 하더냐?"

"글을 보더니 입이 찢어질 듯이 좋아하며, 군자의 좋은 짝으로 더할 것이 없다고 해요."

채봉이는 다시 묻지 아니하고 방으로 들어가더라.

취향이 장생과 그렇게 약속을 하고 기회가 없더니, 하루는 소저를 모시고 초당에 앉았는데, 이윽고 동쪽에 뜬 달의 밝기가 낮 같아 사람의 마음속에 품은 생각을 돕는지라. 취향이 채봉을 쳐다보고,

"달빛이 이와 같이 밝은데, 뒷산에 가서 달구경이나 아니하시렵니까?"

"글쎄, 달이야 참 좋다. 팔월 보름의 밝은 달이로구나. 정원에 가서 달구경이나 할까?"

채봉이 취향을 데리고 정원으로 나가 이리저리 거닐며 달빛을 감상한다.

이때 필성은 취향과 약속하고 이날 저녁을 일찍 먹고 담이 갈라진 데로 들어와 취향의 기침 소리를 기다리니, 취향이가 채봉과 같이 들어옴을 보고 급히 몸을 감추고 취향의 낌새를 보는데, 취향이가 필성의 숨은 데를 자주 보며 기침을 두어 번 하며 나오라 눈치를 주었다. 필성이 급히 몸을 일으켜 채봉의 앞으로 나와 달 아래 우뚝 서니, 채봉이 크게 놀라 급히 몸을 피하려는데 취향이가 채봉의 앞을 막아서며, / "소저는 놀라지 마옵소서. 이 양반이 며칠 전에 글을 전하시던 장 서방님이올시다."

"그 양반이 무슨 일로 남의 집 정원을 들어오셨단 말이냐? 빨리 나가시라고 해라."

취향이가 미처 말할 사이도 없어 장필성이 앞으로 와 인사하며,

"소생의 말은 일찍 취향에게 들으신 듯합니다. 그러나 소생을 지금 나가라 하시니, 꽃 본 나비 어찌 그저 지나가며, 물 본 기러기 어옹*을 두려워하리이까. [독해 TIP] '꽃 본 나비'는 사랑하는 사람을 만나서 기뻐하는 모습을 표현한 관용구이며, '물 본 기러기 어옹을 두려워하랴'는 좋은 일을 만난다면 앞뒤를 생각하지 않고 행동을 취한다는 속담이다. 의미를 몰랐어도, 발화의 맥락을 통해 채봉과의 만남을 원하던 필성이 채봉을 만나 기쁜 마음을 표현한 것으로 이해하면 된다. 소저는 소생을 저버리지 마시고 숙녀와 군자의 좋은 약속을 맺어 부부가 되어 한평생을 사이좋게 지내고 즐겁게 함께 늙음을 맹세함이 소원이올시다."

채봉은 아무 말 없이 얼굴에 홍조를 띠어 차가운 달빛 아래 섰는데, 취향이 채봉을 쳐다보며,

"소저는 소비*의 말을 들으소서. 오늘 이 일이 전생과 현생, 다음 생의 인연이 아니면 어찌 이와 같이 되오리까. 저번에 수건을 잃으신 것도 우연한 일이 아니요, 수건이 장공께 들어간 것도 하늘이 시키심이라. 사람의 힘으로 막지 못할 것이며, 게다가 장공이 집안도 상당하고, 또 장공은 아직 아내를 얻지 아니하심도 소저를 기다리심이라. 이 어찌 묘한 인연이 아니오리까. 소저께서는 조금도 망설이지 마시고 한 말씀만 하시면 중대한 일을 정하는 것이올시다."

채봉은 더욱 부끄러워하며 고개를 돌이켜 숨소리도 없이 섰는데, 조급히 서두르는 장필성은 앞으로 다가서며,

"소저께서 이와 같이 말씀을 아니 하심은 소생을 더럽다 하시고 용납하지 아니하심이옵니까? 굳이 말씀이 아니 계시면 소생은 이 가련한 신세를 세상에 버리고자 하오니 말씀하여 주옵소서." / 하고 부드럽게 말을 하니, 채봉이 마지못하여 고개를 숙이고 아니 나오는 목소리로 모기 소리만큼 내어 하는 말이라.

"저번에 군자께서 주신 시도 잊지 아니하고 있사오며, 취향에게 들은 말도 있사오니 어찌 다른 말씀을 하오리까."

취향이 채봉의 말 떨어지는 것을 보고 반가운 생각이 나서 말을 가로채 하는 말이,

"그만하면 우리 소저의 뜻을 알 것이니, 서방님은 댁으로 돌아가서 매파를 보내소서." [독해 TIP] 유교 사상을 따랐던 당대에는, 주로 중매인 매파를 통해 혼인이 이루어졌다. 매파는 양가 부모의 뜻을 전하거나, 신랑 집에서 보내는 물건과 편지 혹은 신부가 준비한 물건을 전달하는 역할을 하였다.

하고, 채봉을 데리고 초당으로 들어가는데, 장필성이 정신없이 초당만 바라보고 서 있는 모습이 마음은 채봉을 따라 초당 속으로 들어가고 몸뚱이만 허수아비같이 선 듯하더니 이윽고 돌아가니라.

이때 채봉의 어머니 이 씨가 달빛이 환함을 보고 딸을 보러 초당으로 나오니 채봉과 취향이 없거늘, 마음이 이상하여 정원으로 찾아가는데 남자의 음성이 들리는지라. 마음이 수상하여 몸을 감추고 엿들으니, 채봉이가 취향이를 데리고 어떤 남자와 주고받는 말이 귀에 또렷하게 들리는지라. 어찌된 일인지 몰라 나가지 못하고 눈을 비비며 그 남자를 보니, 백옥 같은 풍채로 달빛이 비치는 아래 채봉과 같이 서 있는 모습은 정말 원앙의 쌍이라. 독해 TIP 원앙은 암컷과 수컷이 함께 다닌다고 하여 화목한 부부애를 상징한다. 쉽게 말해 채봉과 필성이 잘 어울리는 연인 같다는 의미이다. 매우 기뻐 미친 듯도 하고 취한 듯도 하여 주고받는 이야기만 듣다가, 취향이가 필성과 작별하고 채봉과 같이 돌아옴을 보고 급히 초당 마루로 앞서서 올라가 앉으니, 뒤이어 채봉과 취향이가 오거늘 이 부인이 시치미를 떼고 묻는다.

"아가, 어디를 갔다가 이렇게 늦게 오느냐? 어린아이들이 무섭지 아니하냐? 최근에 들으니 정원 담이 갈라진 데 사람의 소리가 있더라고 하는데, 다시는 밤중에 들어가지 말아라. 그러나 지금 들으니 남자의 소리가 들리니 누가 들어왔더냐?"

채봉은 천만뜻밖에 이 말을 듣고 감히 고개를 들지 못하고, 취향은 당황하여 즉시 대답을 하지 못하는데, 이 부인이 이 모습을 보고 화난 얼굴빛을 띠어 다시 묻는다.

"왜 대답이 없느냐? 나는 남자와 같이 말하는 것을 보고, 어떤 남자가 들어온 것을 꾸짖어 보내는 줄 알았더니, 지금 너희 모습을 보니 무슨 사정이 있구나. 이 일을 진사님이 아시기 전에 진작 거짓 없이 다 말하면 내가 먼저 일을 처리하고 진사님께 좋도록 말씀하려니와, 만일 속인다면 잘못을 다스려 벌을 주리라. 취향아, 너는 사정을 자세히 알겠지. 네가 말하여 보아라."

OX 문제

1. 채봉은 장필성이 지어 준 시를 여러 번 읊으며 그와 다시 만나기를 소원하였다. [O / X]
2. 장필성은 채봉의 답을 듣자마자 매파를 보내기 위해 급히 집으로 돌아갔다. [O / X]
3. 이 부인은 채봉이 정원에서 낯선 남자와 말을 주고받는 장면을 우연히 목격하였다. [O / X]
4. 비유적 진술을 통해 인물 사이에 나타난 갈등을 부각하고 있다. [O / X]
5. 취향은 채봉에게 장필성과의 인연을 강조하며 두 사람이 이어지도록 돕는 조력자 역할을 한다. [O / X]

심층체크

1. 지칭하는 대상이 다른 하나를 고르시오.
  A. 취향 B. 얘 C. 소비 D. 아가 E. 너

필수어휘 _ 반드시 암기하기

*어옹 : 고기를 잡는 노인.
*소비 : 나이 어린 여자 종.

장면 04

취향은 속으로 생각하되,

'부인의 말씀이 이와 같으니, 부인을 속일 수도 없을 뿐 아니라 바로 말씀하여 일이 없도록 하는 것이 오히려 좋은 도리가 아닌가.' / 하고 이 부인 앞에 가 앉으며,

"마님께서 이와 같이 물으시니 어찌 속이겠습니까. 이는 다 소비의 죄이오니 한 번 죽어도 아깝지 않을 만큼 죄가 무겁사옵니다."

이 부인이 그 말을 들으며 더욱 수상하여, / "그래, 네가 죄를 지었다면 일이 어떻게 되었단 말이냐?"

취향이가 채봉을 따라 정원에 단풍 구경 갔다가 수건을 잃고 찾으러 나갔던 일과, 수건이 천만뜻밖에 장필성에게 들어가 글귀로 답한 말이며, 오늘 밤 달구경 갔다가 남자와 대화한 이야기를 다 하고, 입에 침이 마르도록 장필성의 인물을 칭찬한다.

"아이고, 그 양반이야 참 정말 옥처럼 깨끗하고 흠 없는 사람이라. 평양 땅에서도 처음 보는 인물이니, 소저의 배필이 되기 부끄럽지 아니하옵니다."

이 부인이 이 말을 듣고, 한참 앉아서 여러 번 생각하더니,

"이 일을 진사님이 아시면 큰일 나겠구나. 어떻게 해야 무사히 된단 말이냐?"

"좋은 인연이라. 이왕에 그렇게 된 일을 걱정하시면 어찌하십니까? 그분은 마님이 무사히 설득하려면 어려울 것 없지요."

"어떻게 하면 좋으냐?" / 취향이 부인의 귀에 입을 대고 채봉이 듣지 않게 무어라 말을 한다. 이 부인이 그 말을 듣고,

"네 말도 그럴 듯도 하다만 장 씨의 집안이 어떠하다더냐?"

"한번 불러서 물으시면 아시려니와, 전 선천 부사의 아들이고 외가댁은 김 첨사라 하시니 댁과 알맞지 아니하십니까?"

"혼인이라 하는 것은 사람의 마음이 내키는 대로 하지 못하는 것이라. 인연이 되려 하면 수만 리 밖에 있어도 자연스레 모이나니, 어찌 사람의 힘으로 막으리요. 일이 이미 이와 같이 되어 버렸으니 네 말과 같이 하려니와, 대체 장 씨의 글씨가 어디 있느뇨?"

취향이 수건을 내어 놓으니, 이 부인도 문학이 뛰어난지라. 필성의 글씨를 보더니 칭찬하며 채봉을 돌아보고,

"아가, 네 마음을 내가 이제는 짐작하였으니 다시 더 말할 것 없거니와, 한 가지 걱정은 네 아버지께서 혼사*로 인하여 서울로 올라가셨는데, 만일 혼사를 정하고 내려오신다면 어찌한단 말이냐?"

취향이가 깔깔 웃으며,

"아이고 마님, 별 걱정을 다 하십니다. 아무리 정하고 내려오실지라도 혼인을 약속하는 비단을 받았습니까, 정한 혼인을 없던 것으로 함이 무엇이 어려워서 걱정하십니까?"

"오냐, 비록 비단을 받으셨더라도 혼인을 없던 것으로 할 수밖에 없겠다." 독해 TIP 당시에는 부모가 혼인 상대를 정해 주는 관습이 작용하였기에, 채봉의 아버지인 김 진사가 우수한 사윗감을 찾으러 서울까지 간 것이다. 따라서 혼인 당사자들이 서로 의사를 표현하는 것은 당대 질서에 어긋난 행동이지만, 채봉의 어머니인 이 부인은 장 씨의 인물됨과 집안을 듣고 장 씨를 딸의 혼인 상대로 인정해 주었다.

부인은 밤이 늦도록 이와 같이 의논하고 안으로 들어가니라.

장필성은 그날 밤에 채봉을 만나 은근히 백년가약*을 맺고 집으로 돌아와서 어머니 최 부인께 말하되,

"어머님, 옛글에 나라가 어려울 때는 현명한 재상을 생각하고, 가정이 어려울 때는 현명한 아내를 생각한다고 하였사온데, 지금 소자의 나이 18세를 맞아도 어머니를 돌볼 아내가 없고 집안의 운수는 점점 나빠져 가오니, 어찌 민망하지 아니하오리까? 듣사오니 성 밖 김 진사 집 규수가 어질다 하오니 혼인을 중매하는 매파를 보내 혼인할 뜻을 전하여 보옵소서."

"네 나이 18세라, 그런 생각이 없겠느냐마는, 김 진사 집과 우리의 가문은 비슷하나 가난함과 부유함이 많이 다르니 우리와 결혼하기를 즐겨하겠느냐?" 독해 TIP 가문의 지위는 비슷하지만, 두 집안의 빈부 격차로 인해 김 진사의 집에서 혼사를 달가워하지 않을 거라 판단한 것이다.

"성공을 짐작하기는 곤란하지만 모름지기 노력해야 하니, 일을 이루는 것은 하늘에 있거니와 혼인할 뜻을 전하지 못할 것 있습니까?" / "뜻은 전해 보겠으나 들을지 몰라서 하는 말이다."

이튿날 최 부인이 매파를 김 진사 집으로 보내 혼인할 뜻을 전하니, 이때 이 부인이 혼자 앉아서 채봉의 혼사를 생각하고 온갖 걱정을 무수히 하는데, 밖에서 매파가 들어오며 인사를 한다.

"마님, 안녕하십니까? 좋은 사윗감 하나 있기에 왔습니다." / "어떠한 신랑이란 말인가?"

"다른 신랑이 아니라 대동문 밖 전 선천 부사의 아드님인데, 인물은 중국의 반악 같고 풍채는 두목지 같고 문장은 이태백 같고 글솜씨는 왕우군 같사오니, 정말 댁 소저의 배필이라. 독해 TIP '반악', '두목지', '이태백', '왕우군'은 모두 중국의 유명한 인물들로, 이들이 각각 가지고 있는 뛰어난 점을 언급함으로써 장필성이 우수한 인물임을 강조하고 있다. 중매로 수십 년을 돌아다니되, 평생에 보는

바 말씀하오니, 혼인을 맺으시면 두 댁의 중매를 자랑할 수 있을 듯합니다.”

"나도 일찍이 그 신랑이 뛰어나다는 말을 들었거니와 내가 한번 직접 보고자 하니, 하루 내 집으로 데리고 오게.”

"그리 하십시오. 내일 신랑을 모시고 오겠습니다.”

매파가 장필성의 집으로 와서 이 말을 하니, 최 부인이 의외에 이 말을 듣고 기쁨을 감추지 못하여, 이튿날 필성을 김 진사 집으로 보낼 때, 옷 한 벌을 새로이 입히니 그 뛰어난 인물을 어찌 한 붓으로 기록하리오.

OX 문제

1. 장필성에 대한 이야기를 들은 후 장필성의 글씨를 본 이 부인은 채봉과 장필성의 혼인을 허락하였다.　[O / X]
2. 채봉은 서울로 올라간 아버지가 혼사를 정하여 장필성과의 인연을 맺지 못할까봐 걱정하였다.　[O / X]
3. 서술자가 개입하여 인물에 대한 평가를 제시하고 있다.　[O / X]
4. 인물의 성격을 고사에 빗대어 사건을 새로운 국면으로 전환한다.　[O / X]
5. 최 부인은 김 진사 집과 가문의 지위가 다름을 걱정하여 아들의 혼사를 반대하였다.　[O / X]

심층체크

1. 서로 같은 인물을 지칭하는 말을 찾아 짝지으시오.
 A. 남자　　B. 진사님　　C. 그분　　D. 장 씨　　E. 네 아버지　　F. 어머님　　G. 소자　　H. 최 부인
2. 서술자의 개입이 드러난 부분을 찾아 밑줄 그으시오.

필수어휘 _ 반드시 암기하기

*혼사 : 혼인에 관한 일.
*백년가약 : 젊은 남녀가 부부가 되어 평생을 같이 지낼 것을 굳게 다짐하는 아름다운 언약. ≒백년가기, 백년언약.

채봉감별곡

장면 05

필성이 김 진사 집에 도착하여 매파를 따라 들어가 이 부인께 절하여 뵈오니, 이 부인이 반쯤 맞절하고 앉으라 한 후 자세히 보니 보던 바 처음이라. 매우 기뻐하여,

"여보게, 내가 그대를 불렀음은 알았으려니와, 오늘 그대를 보니 기쁜 마음을 헤아릴 수 없소. 우리 부부가 나이 50이나 가족이라고는 딸 하나뿐이라. 아무것도 배운 것이 없어 철없기가 그지없는데, 댁 대부인께서 헛소문을 들으시고 혼인할 뜻을 전하시니 감히 거역하지 못하거니와, 신부의 아버지가 내려오시거든 혼례를 할 터이니 그리 알고 대부인께 말씀을 여쭈시오."

하고 웃는 얼굴로 수건 하나를 내어 보이며,

"그대가 이왕 공부를 많이 하였다 하니, 이 글을 누가 지은 것인지 짐작하겠나?"

필성이 고개를 들어 보니 그 글은 곧 자기가 채봉에게 지어 보낸 것이라. 속으로 이 일이 벌써 드러나서 이와 같이 되는구나 생각하고 오히려 기쁘게 여겨 공손히 대답을 한다.

"어찌 모르리이까. 감히 부인의 가문을 더럽게 하였사오니 어쩔 줄을 모르겠습니다."

"내가 이런 것을 다 알았으니, 어찌 다른 마음이 있으리오. 안심하고 학업에 힘을 써 남아의 본색을 잃지 마오." 독해 TIP 당시에는 글공부를 하고 과거에 급제해 벼슬을 하는 것이 양반 남자의 역할이었다. 이 부인은 필성에게 다른 것은 걱정하지 말고 마음 편히 공부하라고 말한 것이다.

"삼가 말씀하신대로 하겠나이다."

장생이 인사를 드리고 돌아가니, 이때 취향이 마침 안으로 들어왔다가 필성과 부인이 말하는 것을 듣고 급히 초당에 나가서 채봉을 보고, / "장생이 지금 안에 오셔서 마님과 이야기를 하시니, 모든 일이 순조로우니 어찌 즐겁지 아니하리까."

하고, 문틈으로 장생의 나아가는 모양을 가리켜 보이면서,

"저쪽이 신랑 되시기로 결정이 되었다오. 저 양반 처갓집 다녀가는 모습이나 좀 보셔요."

하는데, 취향이는 제 혼인하는 것보다 더 좋아하고, 채봉은 말없이 기뻐하더라.

평양성 밖에서는 새로이 좋은 혼인을 정한 모녀가 이와 같이 기뻐하며, 김 진사가 빨리 돌아오기를 바라건마는 서울 간 김 진사는 돌아올 기약이 아득하더라.

이때, 김 진사는 사윗감도 살필 겸 벼슬길에 관심을 갖고 많은 재산을 가지고 서울로 올라간 터이라. 남북촌 재상의 세도가*를 찾을 제, 당시 허 씨가 제일 세도가로 유명한 바라. 김 진사는 이 소문을 듣고 허 씨 집 중요한 문객* 하나를 사귀니, 이 사람은 김양주라 하는 자라.

아첨하는* 소인으로 허 씨에게 호감을 사 양주 목사까지 얻어 하고, 매관매직*에 일등 홍정꾼으로 붙어 있는 사람이러니, 김 진사가 아주 많은 재산을 가지고 벼슬을 구하기 위해 올라왔다는 말을 듣고, 금 나오는 구덩이나 얻은 듯이 대단히 절친히 지내며, 은근히 평양으로 사람을 보내 김 진사의 집안을 알아보고, 김양주가 하루는 김 진사를 대하여 말하되,

"여보 종씨, 서울 올라온 지가 한 달이나 되어도 일이 이루어지지 않고 돈만 드니 남의 일 같지 않아서 딱하구려."

"돈이야 상관없소만 종씨 애쓰는 것을 보면 불안하오." 독해 TIP '종씨'는 같은 성을 가졌지만 촌수는 따질 수 없을 정도로 거리가 먼 사람들 사이에서 서로 부르는 말이다. 김 진사와 김양주는 같은 김씨지만 촌수를 따지기 어려운 먼 관계였기에, 서로를 '종씨'라고 부르는 것이다.

"천만의 말씀이오. 그러나 좋은 방법이 하나 있으니 해 보시려오?" / "무엇이오?"

"종씨가 진사로만 있으니, 우선 일에 필요한 돈은 내야 하지 아니하오." / "그렇지요."

"우선 돈 천 냥만 주시오. 임금님께 올리는 인사 장부에 이름이 들도록 하리이다." / "돈만 내면 수령을 하기가 쉽겠지요."

"그렇고 말고. 벼슬이라 하는 것이 올라가는 순서가 있어서, 수령을 하려면 필요한 돈부터 내야 하는 고로, 만일 돈을 내지 못하면 오백 날 가기로 할 수 있소." 독해 TIP '수령'은 각 고을을 맡아 다스리던 벼슬아치이다. 김양주가 김 진사에게 돈으로 벼슬을 사는 것을 부추기고 있는 모습을 통해, 조선 말기의 부패한 사회의 모습을 확인할 수 있다.

"제가 시골 사람이라 무엇을 압니까. 영감 하시기에 있지요."

"걱정 마시오. 내가 다 알아서 할 터이니, 뒤나 잘 대시오." / "예, 말만 잘 전해 주시오. 돈이 얼마나 되오?"

"허 판서 욕심이 여간 돈 가지고는 못 되는데, 5천 냥 가지고 되겠소? 적어도 만 냥은 가져야 현감이라도 얻으오."

"그러면 표라도 해서 놓고 내려가서 치르리다." 독해 TIP 이 말은 만 냥의 돈이 지금 당장은 없으니, 우선 돈을 주기로 약속하는 문서를 적겠다는 뜻이다. 만 냥이나 되는 큰돈이 들여서라도 벼슬을 하겠다는 김 진사의 의지를 엿볼 수 있다.

"그야 상관없소. 어찌하든지 사흘 안에 임금의 명이 적힌 문서를 갖다 드릴 것이니, 한턱이나 하오."

"한턱뿐이오. 정 그러면 두 턱이라도 하리라."
이와 같이 서로 약속하여 보내고, 김 진사는 돈 구할 곳을 생각하느라고 잠을 자지 못하며 김양주가 오기를 몹시 기다리더라.

OX 문제

1. 이 부인은 김 진사가 서울에서 돌아온 뒤에 혼인을 올리고자 하였다. [O / X]
2. 김양주는 김 진사가 아주 많은 재산을 가지고 있다는 말을 듣고 그에게 의도적으로 접근하였다. [O / X]
3. 김 진사는 수령을 하기 위해 세도가 김양주에게 만 냥을 건네주었다. [O / X]
4. 동시에 진행되는 사건을 병렬하여 이야기를 입체적으로 구성하고 있다. [O / X]
5. 앞날의 일을 가정하여 인물 간 갈등의 심화를 암시한다. [O / X]

심층체크

1. 서로 같은 인물을 지칭하는 말을 찾아 짝지으시오.
  A. 여보게   B. 신부의 아버지   C. 그대   D. 저 양반   E. 문객   F. 종씨   G. 영감   H. 김양주

필수어휘 _ 반드시 암기하기

*세도가 : 정치상의 권력과 세력을 휘두르는 사람. 또는 그런 집안. ≒권문세가.
*문객 : 세력 있는 집에 머물면서 밥을 얻어먹고 지내는 사람. 또는 덕을 볼까 하고 수시로 그 집에 드나드는 사람.
*아첨하다 : 남의 호감을 사거나 잘 보이려고 알랑거리다.
*매관매직 : 돈이나 재물을 받고 벼슬을 시킴.

채봉감별곡

장면 06

하루는 김양주가 임금이 내린 명이 적힌 문서를 가져다주며, 헛생색을 무척 낸다.

"종씨, 이번에는 만 냥 싸오. 그러나 임금님의 명이 적힌 문서 같은 것은 함부로 받지 못하는 것이니, 벼슬아치의 복장을 하고 북쪽을 향해 절하는 것이 예절이오." 독해 TIP 당시에는 임금이 북쪽을 등지고 남쪽을 내려다보며 앉아 있었기 때문에, 임금께 감사한 마음을 전하기 위해 예를 표할 때는 북쪽을 향해 네 번 절을 하였다.

"옷을 갖추어야 하지 않겠습니까?" / "참, 옷이 없겠구려. 가만히 계시오. 내 집에 있으니 가지고 오라고 합시다."

하고 하인을 시켜 갖다 입히니, 김 진사 북쪽을 향해 절한 후 임금의 명이 적힌 문서를 받고 또 김양주에게 고마운 뜻을 나타낸다.

"영감의 은혜가 아니시면 어찌 오늘 임금의 은혜를 입사오리까."

"나야 심부름할 따름이지, 무슨 힘이 있소. 모든 일이 다 허 판서 대감의 힘이지요. 그러나 가지고 온 사람에게 천을 조금 주시오. 그것은 원래 당연히 주는 것이오."

"영감이 말씀 아니 하셨더라면 실례를 할 뻔하였소." / 하고, 명주실로 짠 천을 주어 보내고, 또 하인을 보내 좋은 갓 아래 받쳐 쓰던 탕건을 사온 후에 옷을 새롭게 갖추고 나니, 김양주가 쳐다보며,

"허허, 참 훌륭한 참봉 나리로구나." / 하는데, 김 진사는 좋은 생각이 절로 나서 김양주를 대하여 말하되,

"높은 자리에 올랐으니 대접을 아니 할 수 없습니다. 어디 가서 소리나 듣고 술이나 한잔 잡수십시다."

김양주는 속으로 적지 않은 돈으로 인정을 쓸 줄 알았더니 술로 때우려 하는 것을 보고 일부러 과장하여,

"종씨! 천만의 말씀이오. 한턱이 무엇이오. 전에 말한 것은 실없는 말인데, 정말로 들으셨소?" 독해 TIP '인정을 쓰다'는 남에게 돈이나 물건 따위를 주어 따뜻한 정을 보인다는 의미의 관용구이다. 김양주는 참봉 나리가 될 수 있도록 도움을 준 자신에게 김 진사가 많은 돈으로 보상을 해 줄 거라 기대하였으나, 장면 05에서 한턱을 내라고 했던 자신의 말대로 김 진사가 술만 사주려 하자 실망한 것이다.

"정말이든 실없는 말이든 가십시다. 내가 서울 온 후 기생의 집이라곤 구경을 하지 못하였으니, 구경 좀 시켜 주시구려."

[중략 줄거리] 김 진사는 김양주의 안내에 따라 기생집에 들어간다.

안으로 들어가니 방 안이 툭 터지도록 사람이 둘러앉았다. / 김양주가 방으로 들어서서 좌우를 돌아보며,

"앉는 자리 좀 좁힙시다."

하니, 여럿이 아이 기름 짜듯 조금씩 좁히니 두 사람 앉을 자리가 생기더라. 빈 자리에 앉은 김양주가 담배를 뻑뻑 빨아 뿜으니 방 안이 용문산 안개 끼듯 천장이 보이지 않도록 연기가 자욱하여 사람의 골머리를 때리는데, 좌우에 앉았던 사람들이 하나 둘씩 차차 나가니, 만일 만만한 사람이 이와 같이 할 것 같으면 나가거라 하겠지만, 김양주는 당시 허 판서 집 문객으로 세력이 큰 터라 아무 말도 하지 못하고 다 각기 나가더라. 독해 TIP 김양주로 인해 방 안에 담배 연기가 가득 차자 사람들이 두통을 호소하였으나, 김양주의 권력이 대단했기에 아무 말도 하지 못하고 밖으로 나간 것이다. 권력 중심의 사회 모습이 소설에 고스란히 드러나 있다. 나중에는 주인 기생과 김양주, 김 진사 세 사람만 남았더라. 김양주가 껄껄 웃으며, / "허허, 우리가 오니까 모두들 달아나나."

산홍이가 상글상글 웃으며, / "새것이 들어오고 묵은 것이 나갑니다그려."

"정말 좋구나. 얘 산홍아, 어디 가서 상이나 차려 오라고 해라."

산홍이가 미닫이를 열고 내다보며, / "이리 좀 오오."

하고 부르니, 어떠한 사내 하나가 옷을 이 도령 어사출두* 하던 때의 옷같이 입고, 독해 TIP 이 말은 「춘향전」의 남자 주인공 이몽룡이 어사가 되었음을 숨기기 위해 거지 복장을 했었는데, 사내의 모습이 그와 같았다는 의미이다. 즉, 지저분한 모양새라고 이해하면 된다. 이마에는 머리카락을 받치는 망건 자리가 없이 수양버들 같이 귀 뒤로 축 늘어졌고, 얼굴은 아편쟁이처럼 누렇게 뜬 사람이 건넌방에서 툭 뛰어나오며,

"왜 그러냐?" / "어디 가서 술상 좀 차려 오오."

그 자가 신발을 찍찍 끌고 밖으로 나가더니, 얼마 만에 술과 안주를 차려 놓는지라. 산홍이가 주전자를 잡고 술을 한 잔 가득 부어 김 진사에게 권하며,

"창 밖에 국화를 심어 국화 밑에 술을 빚어 두니, 술 익자 국화 피고 벗님 오자 달이 돋아 온다. 거문고 내어라 님 대접하리라."

김 진사가 술을 받아 마시고 기뻐하는 얼굴빛이 가득하여 기생을 쳐다보며,

"얘, 그 노래 참 좋다. 정말 이름난 기생이로구나." / 하고, 한 잔과 한 잔에 거듭되는 또 한 잔이라 취하도록 먹은 후 김양주는 더

욱 허튼소리가 나오고, 김 진사는 한층 더 친한 마음이 생긴다.

"종씨, 어찌하였든지 허 씨 댁만 잘 다니면 삼정승과 육조 판서도 할지 모르니, 꼭 나 하라는 대로만 하오."

"암, 맞는 말씀이오."

"나는 종씨만 태산같이 믿고 있소. 내일 허 판서를 가서 뵈옵시다." / "내가 가서 뵈면 무엇 하오. 종씨가 있는데!"

"그러해도 한번 가서 눈에 뵈는 것이오. 다음날 좋은 일이 많소." / "아무려나 종씨 하라는 대로 합시다."

하면서 이야기를 주고받고 하면서, 술을 잔뜩 먹고 밤이 늦어 그 기생집을 나와 각각 돌아가니라.

OX 문제

1. 김 진사는 김양주에게 고마운 뜻을 나타내기 위해 명주실로 짠 천과 탕건을 선물해 주었다.　　　[O / X]
2. 김양주가 기생집 방으로 들어서자마자 방 안에 있던 사람들은 겁을 먹고 달아났다.　　　[O / X]
3. 김 진사는 허 판서를 만나러 가자는 김양주의 제안을 끝내 수락하였다.　　　[O / X]
4. 인물의 내력을 요약적으로 제시하여 성격의 변화를 보여 준다.　　　[O / X]
5. 인물의 외양 묘사를 통해 인물 간의 갈등을 형상화하고 있다.　　　[O / X]

심층체크

1. 서로 같은 인물을 지칭하는 말을 찾아 짝지으시오.

 A. 종씨　　 B. 영감　　 C. 참봉 나리　　 D. 주인 기생　　 E. 얘　　 F. 나　　 G. 종씨

필수어휘 _ 반드시 암기하기

*어사출두 : 조선 시대에, 암행어사가 지방 관아에 중요한 사건을 처리하기 위하여 벌이던 일.

장면 07

이튿날 김 진사가 김양주를 따라 사직동으로 가니 김양주가 허 판서 집으로 쑥 들어가더니, 얼마 만에 김양주가 다시 나와 들어가자 하거늘, 김 진사가 옷을 다시 고쳐 입고 큰사랑을 지나 뒤 별당으로 따라 들어가더니, 방으로 들어와 보라 하거늘, 김 진사가 절하고 뵈니 허 판서가 김양주를 쳐다보고, / "이 사람이 그저께 돈을 낸 사람인가?" / 김양주가 허리를 땅에 닿도록 구부리고,

"예, 그렇습니다." / 허 판서가 다시 김 진사를 쳐다보고,

"어, 매우 <u>단아한 선비</u>로 되었군. 그대 수령 하나 하기를 바란다지. 우선 시험 삼아 조그마한 과천 현감을 맡겨 볼까. 과연 과천이 좋지. 울고 들어가서 웃고 나오는데." / 김 진사는 무슨 영문인지도 모르고 가만히 섰는데, 김양주가 묻는다.

"지금 과천이 비어 있는 자리이옵니까?" / "응, 과천 현감이 그만두었지." / "가격은 얼마 정도 하십니까?"

"허어, 만 냥 하나는 있어야 할걸. 내 생각 같아서는 쓸 사람을 고르는 처지에 돈이 상관없지만, 다른 사람이야 그리 흔한가."

이와 같이 가장 탐욕이 없는 체하는 것을 김 진사는 진실한 마음에 정말인줄 알고 어떻게 고맙게 말씀을 하되,

"<u>대감</u> 혜택으로 현감까지 맡기시니 영광입니다."

"허! 별소리를 다 하는구나. 오늘 이름을 명단에 올려 줄 것이니, 돈으로 바꿀 수 있는 문서를 써서 두고 가소."

김양주가 급히 벼룻집을 열고 먹을 갈려 하는데, 마침 먹을 갈 때 쓰는 물그릇에 물이 없는지라. 김양주가 방울을 치는데 방울 소리가 떠렁 나더니, 열여섯 살 가량 된 예쁘장한 사내아이 하나가 소리를 길게 빼어 대답하고 나온다. 김양주가 물그릇을 주며,

"아가, 여기 물을 넣어 가지고 오너라."

사내아이가 받아가지고 별당으로 내려가는데, 비록 남자이지마는 얼굴은 밤하늘 밝은 달 같고, 풍채는 두목지와 같더라.

독해 TIP '두목지'는 당나라의 시인으로, 고전 소설에서 멋스러운 사내를 설명할 때 자주 등장하는 인물이다. 과거 인물 언급을 통해 인물의 특성을 강조하는 것은 고전 소설의 한 특징이다. 그 아름답고 뛰어난 모양이 김 진사 눈에 보던 바 처음이라. 문득 채봉이 생각이 나서 옆에 사람이 듣는 줄 깨닫지 못하고, / "그 아이 신통해. <u>우리 아기</u>와 같기도 하다. 언제나 저런 사위를 얻어 짝을 지어 줄꼬."

하는데, 허 판서와 김양주가 분명히 듣고 있더라. 얼마 후에 사내아이가 물그릇을 갖다 놓고 들어가거늘, 김 진사는 혼을 잃고 사내아이가 가는 데를 바라본다. 이 사내아이는 허 판서의 잔심부름을 하는 사내아이인데, 허 판서의 눈에는 세상 남녀 간에 이 사내아이만 한 인물이 없으니 항상 칭찬하는 터이러니, 김 진사의 말을 듣고 별안간 딴 욕심에 생각이 들어가니, 슬프다. 500여 리 밖에 있는 채봉에게 무수한 풍운이 이로부터 일어남을 어찌 뜻하였으리오. **독해 TIP** '풍운'은 바람이 부는 것처럼 무언가가 크게 변하려는 기운이 일어나는 것을 비유한 말이다. 김 진사가 서울에서 벌이는 일이 채봉에게 엄청난 영향을 끼칠 것이라는 암시가 드러나고 있다. 김양주가 먹을 다 갈고 김 진사를 탁 치며,

"무엇을 그리 정신없이 보고 있소? 어서 돈을 주기로 약속하는 문서나 써서 바치고 갑시다."

"네, 쓰지요. 그런데 5천 냥은 지금 있고 5천 냥은 평양으로 소식을 전해 가져오든지, 그렇지 않으면 내가 내려가야 할 터인데 어찌하면 좋습니까?" / 허 판서는 여러 해 동안 벼슬 팔기에 꾀가 있는 양반일 뿐만 아니라, 이미 김 진사의 집안 사정을 아는 고로, 이 말을 듣고 선뜻 허락을 한다.

"응, 그러면 5천 냥의 돈으로 바꿀 수 있는 문서는 나를 주고, 5천 냥은 돈을 주기로 약속하는 문서만 써서 놓았다가 나중에 들여놓게 그려." / 김 진사가 말대로 하니 허 판서가 받아 책상 서랍에 넣고 웃는 얼굴로 김 진사를 쳐다보며,

"내일이면 과천 현감을 할 터이니, 인제는 김 현감이라고 하지." / "황송합니다*."

"내일이면 할 터인데, 무슨 상관있나. 그런데 아까 심부름하는 놈을 보고 무엇이라고 하였나?"

"훌륭하게 아주 얌전하기로 칭찬하였습니다." / "그래, 칭찬한 줄은 알아. 그런데 사위를 삼았으면 좋겠다고 하지 아니하였나?"

허 판서는 속셈이 있어서 묻는 말이지만, 김 진사는 어찌 그런 속셈을 알리오. 조금도 의심하지 아니할 뿐 아니라 오히려 황송하여 대답한다.

"네, 그러하였습니다. <u>소인</u>에게 지금껏 열여섯 살이 되도록 시집을 보내지 못한 철없는 딸이 있사온데, 사내아이를 보니 모양이 비슷하옵기에 무심코 속으로 말한다는 것이 대감의 귀에 들어가게 되었습니다."

허 판서가 이 말을 듣고 불같은 욕심이 일어나 체면도 돌아보지 않고 너털웃음을 껄껄 웃으며,

"여보게 <u>김 현감</u>, 나는 그 사내아이와 비교해서 어떠한가?" / "황송합니다."

"황송하다고 할 것이 아니라, 내가 김 현감더러 부탁할 말이 있으니, 즐거이 들을 터인가?"

"대감의 명령이오면 죽어도 피하지 않사오니, 어찌 감히 듣지 않사오리까."

"다른 부탁이 아니라, 내가 자네 사위가 되고자 하니 어떠한가?" / "천만의 말씀이올시다."

"천만의 말인 것이 아니라 내 말을 들어 보게. 내가 작년에 첩 되는 사람이 죽고, 적당한 사람이 없어서 지금껏 그저 있는 모양이

니, 자네 딸을 내게 줄 것 같으면 자네 딸도 호강*을 시킬 것이요, 자네 작은 수령으로만 다니겠나. 감사라든지 참판, 판서는 하지 못할라고."

애초에 김 진사가 서울 올 때에는 천금 같은 딸을 위하여 좋은 배필을 얻어 손주를 보려 함이더니, 그때는 평안도 사람으로는 벼슬 얻기가 하늘에 오르는 것 같이 어려운 세월이라. 김 진사가 천만뜻밖에 세도가를 만나 벼슬을 하고, 또 이와 같이 세도재상과 말을 주고받으니 어찌 헛된 영광에 불같은 욕심이 나지 않으리오. 스스로 생각하며,

'채봉의 됨됨이가 보잘것없어 제 팔자가 세니 이 부잣집에 첩이나 주어 호강이나 시키고 나는 부원군 부럽지 아니하게 벼슬이나 실컷 하리라.' 하고, 매우 기뻐하며 허락한다. 독해 TIP 부원군은 조선 시대에, 왕비의 친아버지나 정일품 공신에게 주던 작위를 칭한다. 김 진사는 부원군이 부럽지 않을 정도의 권력을 가지고 싶은 욕심에 하나뿐인 딸을 허 판서의 첩으로 주는 것을 허락한 것이다.

"미련한 딸을 더럽다 아니하고 이와 같이 부탁하시니 어찌 감히 말씀을 거스르겠습니까마는, 철없는 것이 감당할는지 그것을 몰라 걱정입니다." / "허허, 별소리를 다 하네그려. 그래, 어느 날 떠나가려냐?" / "내일 내려가서 데리고 오겠습니다."

"그러면 빨리 데리고 올라오게. 그동안 나는 자네 일을 마칠 것이니."

김 진사가 매우 기뻐하며 다음 날에 허 판서에게 인사를 드리고 평양으로 내려가니라.

OX 문제

1. 김 진사는 사내아이를 사위로 삼기 위해, 허 판서에게 5천 냥의 돈을 주기로 약속하는 문서를 내어 놓았다.   [O / X]
2. 허 판서는 채봉을 첩으로 맞이하고자 김 진사에게 과천 현감직을 약속하였다.   [O / X]
3. 김 진사는 채봉을 허 판서와 맺어 주기 위해 채봉을 데리러 평양으로 내려갔다.   [O / X]
4. 내적 독백을 활용하여 난관을 극복하고자 하는 인물의 의지를 표현하고 있다.   [O / X]
5. 서술자의 개입과 인물의 발화를 통해 인물의 심리를 드러내고 있다.   [O / X]

심층체크

1. 서로 같은 인물을 지칭하는 말을 찾아 짝지으시오.
   A. 단아한 선비   B. 대감   C. 우리 아기   D. 소인   E. 김 현감   F. 세도재상   G. 철없는 것
2. 서술자의 개입이 드러난 부분을 찾아 밑줄 그으시오.

필수어휘 _ 반드시 암기하기

*황송하다 : 분에 넘쳐 고맙고도 송구하다.
*호강 : 호화롭고 편안한 삶을 누림. 또는 그런 생활.

장면 08

이때 이 부인은 채봉의 혼인을 정하고 김 진사가 내려올 동안에 혼인에 필요한 물품들을 준비하고 앉았더니 김 진사가 내려와 밖으로 들어오며,

"마누라, 어디 갔소?" / 하고 마루에 덜컥 앉으니 이 부인이 그 목소리를 듣고, 손에 잡았던 가위를 집어 던지고 급히 뛰어나오며, 기다렸던 차에 첫인사로,

"진사님이오! 왜 이렇게 늦게 내려오셔요. 나는 그동안 애기 혼인을 정하고 진사님이 내려오시기를 몹시 기다렸지요."

김 진사가 혼인 정하였다는 소리를 듣고는 깜짝 놀라며, / "응, 혼인을 정하였다니 누구와 정하였단 말이오?"

"먼 길에 지치셨을 터이니 방으로 들어와 앉으시오. 천천히 이야기를 할 것이니 방으로 들어오시오."

"상관없소. 우선 급하니 말을 하오. 그리고 이제 진사님이 아냐, 내가 그래 참봉으로 처음 벼슬길을 올랐는데."

하며, 방으로 들어와 갓과 탕건을 벗어 부인을 주니, 부인이 받아 벽에 걸고 반겨 옆에 들어앉으며,

"아이고 반가워라. 올해 운수가 겹겹이 좋구려. 영감은 벼슬을 하시고, 애기 혼인 정하고. 그런데 왜 혼인 정하였다는 말을 듣고 깜짝 놀라시오? 애기는 대동문 밖에 사는 장 선천 부사의 아들과 혼인을 약속하였다오."

"장 선천 부사의 아들과 혼인을 약속하였어? 그 거지 다 된 거 하고. 흥, 기막힌 사위를 정하고 내려왔으니 애기를 데리고 우리 서울로 올라가서 삽시다." / 이 부인이 이 소리를 듣고 눈이 휘둥그레져서,

"기막힌 사위가 어떠한 거란 말이오?" / 하고 물으니 김 진사는 허풍을 떤다.

"흥, 알면 곧 기가 막히지. 누구인고 하니 사직동에 있는 허 판서 댁이오. 세도가 이 나라에서 제일이지."

부인은 이 말을 듣고 한편으로는 끔찍하고, 한편으로는 기가 막혀 다시 묻는다.

"허 판서면 정실*이란 말이오?" / "첩이라오."

"나는 그러지 못하겠소. 허 판서 아니라 허 의정이라도." / "왜 못 해."

"영감도 서울 가시더니 마음이 변하셨구려. 전에는 평생 말씀이 저같이 얌전한 신랑을 택해서 걱정 근심이나 시키지 말자고 하시더니 오늘 이게 무슨 말이오? 그래, 그것을 귀하게 길러서 남의 첩으로 준단 말이오."

"허허, 아무리 남의 첩이 되더라도 호강만 하고 몸 편하였으면 좋지."

"남의 눈엣가시 되어 무슨 일을 당할지를 몰라 바늘방석에 앉은 것 같아도 호강만 하면 제일이란 말이오? 나는 죽어도 그런 호강은 아니 시키겠소. 독해 TIP '눈엣가시'는 몹시 밉거나 싫어 늘 눈에 거슬리는 사람을 의미한다. 당시에 첩은 정실의 눈치를 받는 일이 많았기에, 이 부인은 몸이 편해도 마음이 불편하면 호강이 아니라며 김 진사의 의견에 부정적으로 반응하고 있다.

김 진사가 이 말을 듣고 열이 번쩍 나서 무릎을 탁 치며 큰 소리를 한다.

"그래, 그런 자리가 싫어? 저런 복 찰 것 보았나. 딴소리 말고 내 말을 좀 들어 보아. 우선 춤출 일이 있으니."

"무엇이 그리 좋은 일이 있어 춤을 춘단 말이오."

"내가 벼슬하지 못하고 늙을 것을 우선 허 판서의 도움으로 돈을 내었지. 또 내일모레 과천 현감을 할 터이니, 채봉이가 그리 들어가 살면 제 평생도 좋거니와, 감사도 있고 참판도 있고 판서도 있은즉, 그때는 당신이 정경부인이 될 터이니 이런 경사 어디 있소. 이러니저러니 말하지 말고 데리고 올라갑시다."

이 부인도 그 말에 귀가 솔깃하여 하는 말이,

"영감이 기어코 하려 드시면 나라고 어떻게 하겠소마는 애기가 즐겨서 말을 들을는지 모르겠소." 독해 TIP '정경부인'은 고위관직의 아내에게 주던 작위이다. 결국 이 부인도 남편과 같이 권력을 탐내어 딸을 이용하려는 쪽으로 마음을 바꾸었다.

채봉은 이때 초당에 앉아 글을 읽더니 아버지의 음성을 듣고 취향을 데리고 안으로 들어오다가 자기 혼사에 대해 말하는 소리를 듣고, 걸음을 멈추고 서서 듣고 말이 그치기를 기다려서 아버지 앞에 나와서 날아가듯 절을 하고,

"아버님, 먼 길에 안녕히 다녀 내려오셨습니까?" / 김 진사가 보고 귀한 생각이 한층 더 나서 등을 어루만지며,

"오! 잘 있었더냐? 그래 그사이 글공부도 더 하고, 바느질도 많이 익혔느냐?" / 하고 부인을 쳐다보고 벙글벙글 웃으며,

"여보 마누라! 참 애기가 이제는 바느질을 배워도 쓸 데가 없구려. 종들이 다 해 주어 바칠 터이니."

채봉이 얼굴을 숙이니, 양 볼에 붉은 기운이 띠었더라. 김 진사가 다시 채봉을 보고,

"아가, 너 재상의 첩이 좋으냐, 평범한 이의 부인이 좋으냐? 아비 어미 있는데 부끄러울 것 무엇 있니. 네 소원대로 말해라."

채봉이가 평범한 다른 집의 처녀였다면 이런 말에 대해 아무리 부모의 말일지라도 뭐라고 대꾸를 하여 대답하지 못하였겠으나, 채봉은 원래 학식도 있을 뿐 아니라, 장생의 일이 잠시도 잊히지 아니하였고, 부모가 하는 말을 들었기에 조금도 망설이지 않고 태연히 얼굴빛을 가다듬고 대답하되,

"차라리 닭의 입이 될지언정 소의 꼬리가 되기는 원하지 아니올시다." 독해 TIP 채봉은 크고 훌륭한 자의 뒤를 쫓아다니는 것보다는 작고 보잘것없더라도 스스로 우두머리가 되는 것이 더 낫다는 의미의 속담을 활용해, 허 판서의 첩이 되는 것을 거부하고 있다. 이는 부모의 뜻을 따르기보다는 주체적인 삶을 선택하고자 하는 의지를 드러낸 것으로 볼 수 있다.

"허허! 네가 남의 첩 구경을 못 해서 이런 소리를 하나 보다마는, 첩이야 참 세상에 그 같은 호강은 또 없느니라."

이 부인이 말을 가로막아 김 진사를 쳐다보며,

"영감은 어린 자식에게 별 말씀을 다 하시는구려. 딸자식이란 것은 바깥부모가 하시는 대로 좇아가는 법이지. 아가 너는 네 방으로 가거라." 독해 TIP 당대에는 남녀 역할 구분이 명확했기에, 바깥일을 주로 하는 아버지는 '바깥부모', 집안일을 담당하는 어머니는 '안부모'라고 이르기도 하였다.

채봉을 보내고 부부가 서울로 올라갈 의논을 하고, 그날로 집안의 온갖 살림을 내놓아 팔아 서울로 갈 짐을 차리니라.

OX 문제

1. 이 부인은 채봉이 호강할 수 있다는 김 진사의 설득에도 허 판서와의 혼인을 끝까지 반대하였다. [O / X]
2. 채봉은 김 진사에게 재상의 첩은 되고 싶지 않다는 뜻을 서슴지 않고 전하였다. [O / X]
3. 이 부인은 채봉의 의사와 상관없이 김 진사의 뜻에 따라 혼사를 진행하고자 한다. [O / X]
4. 인물의 반어적인 발화를 제시하여 다른 인물의 의견에 대한 부정적 태도를 드러낸다. [O / X]
5. 상황에 대한 인물의 반응을 과장되게 서술하여 사건의 비극성을 완화하고 있다. [O / X]

심층체크

1. 서로 같은 인물을 지칭하는 말을 찾아 짝지으시오.

A. 마누라　　B. 영감　　C. 기막힌 사위　　D. 그것　　E. 남　　F. 당신　　G. 어린 자식　　H. 바깥부모

필수어휘 _ 반드시 암기하기

*정실 : '본처'를 달리 이르는 말. 원래 본처가 주로 거처하는 공간을 뜻하는 말에서 유래한다. ≒본실.

장면 09

이때 채봉이 초당으로 나와 장 씨의 일을 생각하고 홀로 탄식하되,

"구름 같은 이 세상에 부귀공명*이 무엇인고. 그와 같이 나를 사랑하던 우리 부모가 하루아침에 나로 하여금 마음과 의리를 저버리고 첩의 몸이 되게 하려 하니 가엾고 한심한 일이로구나. 부모는 부귀에 눈이 어두워 그러하거니와, 나는 여자의 몸이 되어 한번 허락한 마음을 바꾸지 아니하여 잠깐 동안 부모에게 근심을 끼칠지라도, 내 몸은 의롭지 못한 죄를 짓지 않으리라." 독해 TIP 이 말은 설령 부모님에게 실망과 근심을 주더라도, 의롭지 못한 행위는 절대 저지르지 않겠다는 의미이다. 과거에는 지조와 정절을 지키는 것이 여인의 중요한 덕목 중 하나였다. 장필성과 마음을 주고받고 혼인을 약속했기에, 부모님께 잠시 근심을 끼치더라도 그와의 의리를 저버릴 수 없다는 뜻을 밝히고 있는 것이다.

하는데, 눈물이 옷깃을 적신다. 이윽고 한 꾀를 생각하고 취향을 대하여,

"애, 취향아! 내가 너를 몇 해 동안 친형제같이 알고 지낸 터이어니와, 내 억울한 사정을 알 사람은 너밖에 없구나. 장 씨의 일은 너도 아는 바이어니와, 아무리 부모의 명인들 그런 중요한 약속을 오늘날 저버릴 수 있나. 이를 어찌하면 좋을까?"

"글쎄올시다. 애초에 서울서 혼인을 약속하고 오시더라도 혼인을 무르겠다고 말씀하시던 마님께서 마음이 변하였으니, 아마 소저는 서울 마님이 꼭 되는 길밖에 없을까외다. 그러나 올라가시면 그만이지마는, 나는 이 바닥에서 살며 장 씨를 무슨 얼굴로 봅니까."

채봉이 이 말을 듣더니, / "애, 그렇지 않는 방법이 있다."

하고 취향의 귀에 입을 대고 무슨 비밀스러운 말을 하고 다시 말을 이어,

"아무리 생각해도 그렇게 할 수밖에 없으니, 가다가 중간에 몸을 피할 터이니, 너는 어멈하고 뒤를 밟아 오너라."

취향이 고개를 까딱까딱하고,

"그러시면 진사님과 마님께서 오죽하시겠습니까? 그러나 소저 생각이 그러하시면 시키는 대로 하지요."

다음 날 밤에 길을 떠날 새, 취향의 손을 잡고 이별하거늘, 주머니에서 돈 50냥을 주며 은근히 부탁하되,

"이걸로 먼 길을 오가는 데 쓰고 부디 어젯밤 약속을 잊지 말고 따라오너라."

총총히 작별하고 가마에 올라앉았으니, 김 진사와 이 부인이 속도 모르고 채봉의 마음 돌림을 다행으로 여기며 곧 길을 떠나더라.

이날은 떠날 준비를 하느라고 자연 낮이 되었으니 이튿날 떠나도 좋으련마는, 김 진사 생각에는 하루가 바빠서 급히 떠난 터이라. 이윽고 해가 저물거늘, 조용한 주막을 얻어 이 부인과 채봉은 안으로 들어가고 김 진사는 밖에서 쉴 새, 밤이 되어 사방에서 으악 소리가 나면서 불빛이 하늘 높이 오르거늘, 김 진사가 누웠다가 깜짝 놀라 일어나 나와 보니, 사방에 도적이 물밀듯 들어오며 사람을 만나는 대로 죽이는데, 집 안에 있는 사람은 벌써 어디로 도망하고 강아지 하나 볼 수 없는지라. 당황하여 급히 안으로 들어가니, 이 부인과 채봉은 간데없고, 곳곳에 들리나니 우는 소리뿐이라. 어찌할 줄을 몰라,

"채봉아, 채봉아."

하고 부르는데, 도적은 벌써 그 집으로 가까이 왔는지라. 방에 있는 짐은 미처 집어내지도 못하고 담을 넘어 밖으로 나와서, 우는 소리가 나는 쪽을 바라보고 쫓아가며 뒤를 돌아보니, 벌써 자던 집은 불덩어리가 되었더라. 김 진사는 짐에 있는 돈 생각은 둘째요, 이 부인과 채봉을 목이 터지도록 부르며 쫓아간다. 이때 이 부인은 채봉을 데리고 자다가 주막 주인이 깨우는 소리에 깜짝 놀라 일어나니, 옆에 누웠던 채봉은 간데없고, 사방에 불빛이 하늘 높이 올라 낮같이 밝으며 우는 소리가 귀를 때리는데, 아무 정신을 못 차려 주막 주인에 이끌려 뒷문으로 나와 달아나는데 남녀가 섞여 도망하는지라.

이 부인은 영감과 채봉이 섞여 달아나는 줄 생각하고, 급히 가며 채봉을 부르다가 대답이 없으면 김 진사를 부르며 따라가는데, 뒤에서 채봉을 부르는 소리가 들리거늘, 급히 고개를 돌리며 마주 채봉을 부르니 김 진사가 앞에서 마주 부르는 소리를 듣고 급히 뛰어오니, 또한 채봉은 보이지 아니하고 부인뿐이라. 이 부인을 붙들고,

"채봉이 어디 갔소? 아이고 이 일을 어찌하면 좋단 말이오."

"나도 영감과 채봉을 찾느라고 여기까지 오는 길인데, 채봉이가 어디를 갔단 말이오? 사람 중에 섞였나 좀 찾아봅시다."

부부가 손을 마주잡고 앞도 보이지 않는 밤길에 허둥지둥하며 채봉을 부르니, 채봉은 벌써 평양길을 향하여 간 지 벌써 십 리나 떨어져 있는지라. 독해 TIP 앞서 채봉이 취향에게 했던 '비밀스러운 말'이 부모를 따라 서울로 올라가는 척 하다가 몰래 빠져나와 평양으로 돌아가고자 하는 계획이었음을 알 수 있다. 누가 대답을 하리오. 사람의 모습은 멀어지고 부르는 소리만 작아진다. 부부가 땅에 털썩 주저앉으며, / "에구머니! 우리 채봉이가 죽었구나. 죽지 않았으면 도적에게 잡혀갔을 터이니, 이 노릇을 어찌 한단 말이오."

이와 같이 기가 막혀 탄식하더니, 이때 도적놈들이 도적질을 다 하여 가지고 평양으로 돌아가고, 피난꾼들도 동네의 불을 끈 후에, 주막 주인이 김 진사 부부를 찾아 데리고 집으로 돌아오니, 김 진사는 급히 바깥방으로 들어가 보니, 도적이 벌써 짐을 풀어 헤

치고 재산을 다 가져간지라. 김 진사는 눈이 캄캄해져서 방바닥에 가 털썩 주저앉아,

"애고애고." / 하는데, 이 부인이 채봉의 짐을 안고,

"채봉아, 채봉아! 너는 어디 가고 쓰던 물건만 있단 말이냐. 죽었느냐 살았느냐? 죽었으면 잊기나 하련마는, 살아서 도적에게 붙잡혀 갔으면 고생이 심할 터이라."

하며 뼈가 녹는 듯 울고, 김 진사는 다시 부인을 붙들고 우니, 주인 노파가 옆에서 보다가 위로하되,

"울지 마시오. 이런 일이 잠깐의 불행이라. 가엾은 말씀 어찌 다 하겠소마는, 이곳이 도적이 심한 데라. 여간 재물 잃고 자식 잃은 사람이 한둘이 아니외다. 이것 또한 운수이니 우시면 무엇하시오."

하고 물러나니 부인은 이날 밤을 이렇게 새는데, 김 진사의 마음에는 당장 생각하면 스스로 목숨이라도 끊고 싶으나 사람이 헛된 욕심에 뜨이면 눈앞이 어두운 법이라. 홀로 생각하되,

'서울에 5천 냥 맡긴 것이 있고, 더하여 과천 현감은 되었을 터이니, 몸이 높게 된 후 채봉을 수소문하여 찾고 재산도 다시 모으리라.' / 하고 나머지 짐을 팔아 길을 오가는 데 쓰는 돈을 만들어 부부가 걸어서 서울을 올라가니라.

OX 문제

1. 채봉은 부모에게 근심을 끼치는 것보다 필성과의 약속을 지키는 것이 더 중요하다고 생각하였다.   [O / X]
2. 이 부인은 채봉이 아무리 찾아도 나타나지 않자, 그녀가 평양으로 도망친 사실을 눈치챘다.   [O / X]
3. 김 진사는 서울로 가져가기 위해 마련한 재산과 짐을 도적에게 모두 빼앗겼다.   [O / X]
4. 인물의 연속적인 행위를 제시하여 인물이 처한 긴박한 상황을 드러내고 있다.   [O / X]
5. 시간 표지를 활용하여 사건의 추이를 드러낸다.   [O / X]

심층체크

1. 서로 같은 인물을 지칭하는 말을 찾아 짝지으시오.

  A. 너   B. 서울 마님   C. 얘   D. 마님   E. 소저   F. 나

2. 서술자의 개입이 드러난 부분을 찾아 밑줄 그으시오.

필수어휘 _ 반드시 암기하기

*부귀공명 : 재산이 많고 지위가 높으며 공을 세워 이름을 떨침.

01 채봉감별곡

장면 10

김 진사 부부가 서울에 도착하여 주막으로 숙소를 정하고, 이튿날 허 판서에게 가니 허 판서가 김 진사를 보고 반겨,

"아! 김 현감 오시나. 그래, 올라오는데 병이 나지는 않았나? 자, 우선 급한 대로 과천 현감을 구경하게나."

하더니, 서랍에서 임금의 명이 적힌 문서를 내어 주는지라. 김 진사가 이를 보고 가슴이 주저앉으며 혼 빠진 사람처럼 앉아서 눈물만 흘리고 받지를 못한다. 허 판서가 모습을 보고 껄껄 웃으며,

"왜 그래? 너무 반가워서 그러하지." / 김 진사가 일어나 절을 하여 임금이 내린 명이 적힌 문서를 받아 앞에 놓고,

"대감 덕분에 임금의 은혜를 입었습니다마는, 운수가 좋지 아니하여 죽을 풍파*를 겪고 올라왔으니 대감 뵐 낯이 없습니다."

허 판서가 깜짝 놀라며, / "응, 그게 무슨 소리냐? 풍파를 겪다니?"

김 진사가 앞뒤 사정을 말하니, 허 판서가 별안간 눈이 샐쭉하여지며 조금도 가여워하지 않고,

"허! 이런 맹랑한 놈 보아! 자기가 어찌하였든지 과천 현감은 할 터이니까, 내려갈 때에는 허락을 해 놓고 지금은 딴소리를 해."

하며, 일부러 더 놀라는 체하고 김 진사의 얼굴을 훑어보며,

"대단히 놀라운 말일세. 재물은 도적이 가져갔거니와, 딸이야 못 찾아 가지고 온단 말인가?"

"아무리 찾아도 찾을 수가 있어야지요. 대감의 힘을 빌려 찾고자 하여 올라왔습니다."

허 판서의 얼굴빛이 변하고 큰 목소리로 꾸짖어 가로되,

"이놈, 부모가 되어서 난리 중에 자식을 잃고 찾을 생각도 아니 하고, 누구 힘을 빌려 찾으려고 내버리고 왔어. 네 딸을 데려오든지, 그렇지 않으면 돈 5천 냥을 마저 바치든지 해야 무사하리라. 이놈아, 이따위 소리를 누구 앞에서 하느냐? 시골 내려간 동안에 일을 다 해서 준다고 하였더니, 현감은 할 터이니까, 지금 와서 그까짓 소리를 한단 말이냐."

하고, 다시 말할 새 없이 옥에 가두더라. 독해 TIP ▶ 헛된 욕심으로 판단력이 흐려진 김 진사가 집안을 망하게 만드는 모습이 그려지고 있다. 이때 이 부인은 혼자 채봉을 생각하고 눈물을 흘리며 김 진사 나오기만을 기다리는데, 이날 밤이 지나고 또 하루가 지나도 김 진사는 아니 나오는지라. 수상한 마음이 들어 사람을 얻어 보내 알아보니, 이러이러한 일로 옥에 갇혔단 말을 듣고 눈이 캄캄하여 엎드러져서 까무러치는지라. 주막 주인이 이 모습을 보고 따뜻한 물을 먹이며 팔다리를 주무르니, 한참 후에 정신을 차리고 길게 한숨 한 번 푹 쉬고 눈물이 옷깃에 뚝 떨어지며,

"애고, 이게 웬일이냐. 자다가 얻은 병인가, 졸다가 얻은 병인가. 이제는 어찌할 방법이 없이 채봉의 소식도 못 알아보고 죽겠구나."

"어떻게 된 일이오?" / 하고 주막 주인이 물으니, 이 부인이 지금까지의 이야기를 다하자 주막 주인이 혀를 홰홰 휘두르며,

"애고 가엾어라. 이런 것은 돈 주고 얻은 병이구려. 바깥양반 좀처럼 나오실 수 없소. 이런 일이 한두 번이라고. 대단히 어렵소. 결국 돈을 해서 넣든지, 따님을 찾아 넣든지 해야 나오지, 그렇기 전에는 댁 일이 해결되기 어렵소."

이 부인이 더욱 눈물을 흘리며, / "그러면 돈은 할 수 없고, 딸을 찾을 수 없으니……."

"볼일은 다 보았구려. 그것 참 안되었소이다. 세상일은 알 수 없으니, 평양으로 내려가 찾아보오. 여긴 계속 있어도 소용없소."

이 부인이 이 말을 듣고 가만히 생각해 보니 그럴 듯도 한지라.

"주인의 말이 당연하오. 그러나 돈이 없으니 어떻게 500여 리를 내려갈 수가 있소. 어렵지만 이것을 좀 팔아다가 주시오."

하고 머리의 비녀를 빼어 주니 주막 주인이 받아 가지고 나가더니 팔아다 주거늘, 부인이 받아 가지고 평양으로 내려가더라.

이때 채봉은 취향과 약속한 후 만리교에서 이 부인이 잠든 틈을 타서 도망하여 취향과 취향 어미를 데리고 평양으로 다시 내려와 취향의 집에 있으며 아버지의 소식을 기다리고, 차차 방법을 얻어 장 씨에게 전하려고 우선 글을 쓰고 그림을 그리고 있으니, 채봉이는 만리교에서 도적이 들기 전 앞서 도망하여 김 진사가 그 지경이 된 줄은 모르고 있더라. 이때 부인이 열흘 만에 평양에 도착하여 속으로 생각하되, / '애기가 이리로 오면 필연 취향의 집으로 왔을 터이니, 취향의 집으로 찾아가는 것이 옳겠다.'

하고 마을에 들어서서 취향의 집으로 들어가니, 이때 채봉은 취향을 데리고 이후 계획을 의논하며 앉았는데, 이 부인이 안으로 들어오며 취향부터 부른다. / "취향아, 취향아!"

채봉과 취향이 부인의 목소리를 어찌 모르리오. 한걸음에 뛰어나오는데, 이 부인이 미처 채봉은 보지 못하고 앞선 취향부터 보고, / "취향아, 우리 댁 아기씨 여기 왔니?" / 채봉이 급히 이 부인의 손을 잡고, / "어머니, 나 여기 있소."

이 부인이 얼싸안고, / "이 일을 어찌 하면 좋단 말인가. 우리 집이 오늘날같이 갑자기 망할 줄을 꿈에나 생각하였을까."

채봉이 이 말을 듣고 소스라쳐 놀라 울며, / "망하다니! 무슨 풍파가 났소?"

이 부인이 진정하고 방으로 들어가 앉아 만리교에서 도적을 만난 일과 서울에 갔다가 허 판서가 영감을 가두고 위협하고 으름장을 놓던 일을 다 말하며,

"이를 어떻게 하면 좋으냐? 돈을 5천 냥을 하여 내든지, 너를 데려오든지 하라 하니 너는 나와 같이 서울로 올라가자."

채봉이 이 말을 듣고 눈물을 머금고 지난날 만리교 주막에서 취향과 약속하고 밤중에 도망하여 온 말을 대강 하고,

"어머니, 나는 죽어도 서울 올라가기는 싫소. 이 자식은 죽은 걸로 아십시오."

"네가 아니 가면 아버지는 아주 돌아가시란 말이냐. 너를 찾아 놓든지, 돈을 해서 내라 하니, 너라도 가야지."

채봉이 묵묵히 앉아서 홀로 일이 되어 가는 형편을 생각하니, / '가엾고 불쌍한 부모는 이미 호랑이 의 입에 들었으며, 집안 재산은 모두 잃고 이 몸은 죽어도 먹은 마음 변할 생각이 없으니 이 일을 앞으로 어찌하리오. 내가 올라가면 장 씨에게 죄인이 될 것이요, 돈도 못 하고 나도 아니 올라가면 부모는 재앙을 피하지 못할 것이니 차라리 이 몸이 죽으면 모를까. 죽으면 나는 잘못이 없는 사람이 되지만, 늙고 병든 부모는 어찌할 도리가 없이 죽겠구나. 죽기도 살기도 어려우니 슬프다. 세상이 넓으나 박명한* 여자의 한 몸을 받아들여 줄 곳이 없는가. 세상에 누가 만일 돈을 주어 내 부모를 구하게 하는 사람이 있으면, 나를 데려다가 종노릇을 시키거든 종노릇을 하고, 기생 노릇을 시키거든 기생 노릇이라도 하리라.' 독해 TIP 채봉은 자신이 서울로 돌아가면 장필성과의 의리를 저버리게 되고, 그렇지 않으면 부모가 위기에 처하는 진퇴양난의 상황에 처해 있다. 이때 채봉은 돈을 마련하여 부모님을 구할 수만 있다면 종이나 기생도 될 수 있다는 뜻을 내비치고 있는데, 철저한 신분 사회에서 양반이 하층 계급의 일을 하려 한다는 점에서 가족에 대한 헌신과 자기희생적 면모를 확인할 수 있다. 또한 이 선택에는 필성과의 신의를 저버리지 않으려는 마음도 내포되어 있다.

OX 문제

1. 비유적 진술을 통해 인물이 처한 상황을 부각하고 있다. [O / X]
2. 요약적 진술로 사건의 경과를 드러내어 현재 상황에 대한 이해를 돕고 있다. [O / X]
3. 허 판서는 도적을 만나 딸과 재산을 잃게 된 김 진사를 안타까워했다. [O / X]
4. 이 부인은 채봉이 자신의 목소리를 듣고 한걸음에 뛰어나왔음을 바로 알아채지 못했다. [O / X]
5. 채봉은 아버지를 구하기 위해 어머니와 함께 서울로 올라갈 결심을 하였다. [O / X]

심층체크

1. 지칭하는 대상이 <u>다른</u> 하나를 고르시오.

   A. 김 현감   B. 맹랑한 놈   C. 바깥양반   D. 아버지   E. 호랑이

2. 서술자의 개입이 드러난 부분을 찾아 밑줄 그으시오.

필수어휘 _ 반드시 암기하기

*풍파 : ① 세찬 바람과 험한 물결을 아울러 이르는 말. ② 심한 분쟁이나 분란. ③ 세상살이의 어려움이나 고통.

*박명하다 : 복이 없고 팔자가 사납다. ≒ 기구하다, 박복하다.

장면 11

이와 같이 결심하니, 눈물이 한없이 흘렀다. 그러나 채봉은 일부러 아무렇지 아니한 듯이 어머니를 대하여,

"그러면 돈을 하여 드릴 터이니 어떠하시오." / "네가 5천 냥이나 되는 것을 어떻게 마련한단 말이냐?"

"네, 걱정 마시고 며칠만 기다려 보시옵소서."

하고 눈물을 흘리며 앉았는데, 부인은 한편으로는 기쁘고 한편으로는 슬퍼하며 다만 채봉의 눈치만 보고 앉았고, 채봉은 치맛자락을 들어 하염없이 흐르는 눈물만 씻는다. 채봉이 취향을 돌아보며, / "취향아! 어멈 어디 갔니? 좀 불러라."

"어머니는 봉선의 집에 가셨소." / "좀 불러라."

취향이 밖으로 나가더니 시간이 흘러 어멈과 같이 돌아오니, 취향 어미가 이 부인을 보고 깜짝 놀라며,

"애고 마님, 웬일이십니까?" / 하는데, 부인이 서글프게 탄식하고,

"허, 우리 집은 살림살이 하나 없이 갑작스럽게 이 지경이 되었으니까 말이 아니 나오오."

"네, 왜 그렇게 되셨어요? 벼슬하러 올라가신다더니. 그러나 아가씨 못 보아 얼마나 그리워하겠습니까."

채봉이 취향 어미를 바라보며, / "내가 어멈에게 부탁할 말이 있으니, 힘을 좀 쓰려나?" / "무슨 부탁이시오?"

"부끄러워서 말이 아니 나오네마는, 내 몸을 좀 팔아 주게." / 취향 어미가 이 말을 듣고 펄쩍 놀라며,

"애고 무슨 말씀이오. 정신이 흐려져 괜한 말씀을 하시는구려."

"정말일세." / 채봉이 일의 처음부터 끝까지의 이런저런 복잡한 사정을 다 말하니, 취향 어미 역시 눈물을 흘리고,

"아이고! 딱해라. 댁이 어떻게 하여 오늘 이런 변화가 납니까. 그런데 팔리면 어떻게 팔리셔요?"

"지금 형편이 이러하니, 돈을 쉽게 얻을 수 있도록만 해 주게그려." / "기생이나 되시려면 돈이 쉽게 나오지만."

"복이 없는 인생이 무엇이 상관있겠나. 기생으로 팔릴 것이니 어디 적합한 곳이 있나?"

"그렇기로 기생 노릇을 어찌하려오. 한 자리가 있기는 있지요." / "어디인가?"

"지금 봉선의 집으로 갔더니, 봉선 어미가 봉선을 팔아서 서울로 보내고 집이 비었는데, 기생 하나를 사지 못하여 구하고 있지요." / "그러면 말을 전해 주게."

이 부인이 옆에 앉아서 이 말을 듣고 한심도 하고 분한 생각이 나서 채봉을 돌아보며,

"얘, 나는 네 일을 알 수가 없다. 재상의 첩은 싫고 기생 노릇 하기를 원한다는 말이냐. 내가 너를 길러 마땅한 사위를 얻지 못하고 기생을 만든단 말이냐. 네가 정말 아비를 살릴 생각이 있거든 나와 같이 올라가자."

"나는 기생이 될지언정 재상의 첩은 바라지 아니하오." / "애기씨, 무슨 마음을 그렇게 이상히 잡수시오."

"그러지 마시고 마님과 서울로 올라가시오." / "나는 살아도 평양, 죽어도 평양, 다른 마음 없으니, 쓸데없이 권하지 말게."

대체로 채봉은 속으로 생각하는 일이 있어서 이리 하지만, 이 부인과 취향 어미는 오히려 못마땅하게 알더라. 취향 어미는 어찌 할 수 없어 봉선 어미 집으로 가서 이 말을 하니, 채봉의 얼굴은 물론 글과 그림의 재주가 유명한지라. 봉선 어미가 듣고 크게 기뻐하여, / "취향 어미, 정말이오?" / "그러면 정말이지, 어떤 소리라고 거짓말하겠소."

"정말이면 좋기는 끝없이 좋소. 그런데 돈은 얼마나 달라고 합더이까?"

"그런 것은 만나서 정하구려. 봉선이는 얼마에 팔았소? 그 정도겠지." / "7천 냥에 데려갔소."

"어찌하였든지 같이 가서 의논을 합시다." / 하고 봉선 어미를 데리고 취향의 집으로 오니 채봉이 봉선 어미를 보고,

"봉선 어머니 오시오. 부탁은 다름이 아니라, 내가 기생이 되고자 하니 어떠하시오?"

"좋기는 하지마는 정말인지 알 수가 없습니다." / "정말이오. 취향 어미에게 조금이라도 들으셨지요?"

"그래 들었소만, 그러면 돈은 얼마나 주리까?" / "6천 냥만 주시오." / 봉선 어미가 껄껄 웃으며,

"그리하지요. 봉선이가 가더니 채봉이가 오니, 내가 봉하고는 인연이 대단한 모양이로군." 독해 TIP 봉선과 채봉의 이름에 모두 '봉'자가 들어가기에 봉과 인연이 있다고 한 것이다.

하고, 집으로 가서 돈 6천 냥을 갖다가 주니, 이 부인은 하도 어이가 없어서 속으로,

'저런 복을 찰 년 어디 있나. 오냐, 나는 모르겠다.'

하면서도 부모와 자식 간의 관계야 어찌하리오. 채봉의 손을 잡고,

"아가, 정말 이렇게 마음을 먹느냐? 네가 평생에 장 씨를 지키겠노라 하더니, 오늘 네 모습을 보니 어디 장 씨를 지키는 것 같으냐?" 독해 TIP 기생이 되겠다는 채봉의 선택을 받아들이지 못하는 이 부인의 태도가 드러난다. 기생이 된다면 정절을 지키기 어려우니, 장 필성과의 신의를 지키려면 그 선택을 해서는 안 된다며 딸을 끝까지 설득하고 있다.

"어머니는 이 자식 생각하지 마시고 서울 가서 아버지나 나오시게 하시오."

　자신은 이미 만리교에서 불에 타 죽었다 여기라며, 돈 5천 냥을 주고 또 500냥을 주며,

　"5천 냥은 아버지 나오시게 하고, 500냥은 나오시거든 집으로 내려오는데 쓰시오. 500냥은 내가 쓰겠소."

　이 부인이 어떻게 할 방법이 없이 영감이나 구해 내고 천천히 생각하리라 하고, 눈물을 씻고 돈을 받아 가지고 서울로 올라가니라.

OX 문제

1. 인물의 행적을 요약적으로 제시하여 인물 간의 갈등이 해소되었음을 보여 주고 있다.　　　　[O / X]
2. 현재의 상황을 과거의 상황과 대비하여 인물의 처지를 강조한다.　　　　[O / X]
3. 채봉은 아버지를 구할 돈을 마련하기 위해 기생이 되기로 결심하였다.　　　　[O / X]
4. 봉선 어미는 기생이 되겠다는 채봉을 의심하며 취향 어미의 부탁을 거절하였다.　　　　[O / X]
5. 채봉은 봉선 어미에게 받은 돈 6천 냥을 모두 이 부인에게 전해 주었다.　　　　[O / X]

심층체크

1. 서로 같은 인물을 지칭하는 말을 찾아 짝지으시오.

　A. 어멈　　　B. 어머니　　　C. 마님　　　D. 아가씨　　　E. 나　　　F. 복을 찰 년　　　G. 아가　　　H. 어머니

2. 서술자의 개입이 드러난 부분을 찾아 밑줄 그으시오.

장면 12

채봉이 어머니와 이별하고 **봉선 어미** 집으로 들어와 기생 노릇을 시작할 때, 우선 이름을 송이라 고치니, 이는 스스로 절개*를 소나무에 빗대 장생과의 약속을 변하지 아니하려 함이라. 그러나 속 모르는 기생 어미는 삼월 좋은 때에 피어나는 꽃송이로 생각하고 더욱 사랑하여 주변에 퍼트리니라.

이때 평양 소년들이 **송이**라 하는 기생이 새로 나왔는데, 인물도 고울 뿐 아니라 글과 그림의 재주가 뛰어나다는 말을 듣고 한번 보기를 원하는데, 송이는 모두 허락하지 않으며 이상한 문제를 내어놓았으니, 그 문제는 다름이 아니라 무슨 글귀를 알아보기 좋게 써서 방문 위에 붙이고, 또 쓰되,

"어떠한 시에 대하여 이와 같이 답장한 것을 알아내는 사람이라야 나를 볼 수 있으리라." / 하였더라.

이는 전날 장필성에게 답한 바라. 하늘도 모르고 땅도 모르고 귀신도 모르고, 아는 사람은 다만 채봉과 장생뿐이라. 누가 쉽게 해독하리오. 독해 TIP 방문에 붙인 글귀는 장필성의 시에 대한 답으로 채봉이 적어 주었던 글이다. 두 사람만 아는 비밀스러운 내용이라는 점에서 이 글을 통해서 채봉과 필성이 다시 만나게 될 것임을 예측할 수 있다. 평양 바닥의 모든 사람들이 이것을 알아내어 한번 **기생**을 보기를 원하였으나, 기생집 드나드는 사람이든 아니든 아무도 맞히는 자가 없었다. **기생 어미**는 나룻배 부리는 사공과 마찬가지라서, 한 번이라도 더 태우려고 하고, 한 사람이라도 더 타기를 바라는데, 게다가 비싼 값을 주어 데려왔으나 처음부터 상황이 이러하니, 불쾌히 생각하나 송이는 원래 글과 그림의 재주가 뛰어난 이가 분명한고로 사람들이 글을 받아 가는 데 돈이 적지 아니하니, 기생 어미는 속으로 생각하되,

'글을 받아 가는 돈이 이와 같이 많으니, 글귀를 풀어내는 사람이 있어 머리를 얹어 주면 그 후로는 생기는 것이 적지 않을 터인데, 평양 바닥에 이렇게 글이 없나?' 독해 TIP 머리를 얹어 준다는 것은 어린 기생이 첫 손님을 맞이해 정식 기생이 됨을 의미한다. 채봉은 뛰어난 재주를 가지고 있어 정식 기생이 된다면 큰돈을 벌 수 있을 텐데, 아직 아무도 글귀를 알아낸 사람이 없어 돈을 벌지 못하는 상황이기에 봉선 어미가 답답함을 느끼고 있는 것이다.

하고, 은근히 글귀를 풀 사람을 기다리니라. 이때 장필성은 김 진사가 서울에서 오면 혼인을 하려고 몹시 기다리더니, 김 진사가 내려와서 이 말 저 말 없이 서울로 모두 살러 갔다는 소리를 듣고 크게 실망하여 속으로,

'세상의 인심은 헤아리기 어렵구나.'

하고, 마음을 단단히 먹어 품었던 생각을 끊고 가끔 채봉이가 보낸 편지를 보며 마음이 좋지 않더니, 하루는 한 친구가 와서 송이의 문제를 주고, / "한번 생각해 보게. 이런 시가 혹시 이전에 있기는 한가?"

하는데, 장필성이 이 시를 보니, 전날 김 진사 집 동산에서 취향이 전하던 채봉의 시라. 한참 들여다보며 홀로 생각하되,

'세상에 알 수 없는 일도 있다. 이 글은 나와 채봉 이외에는 알 사람이 없는데, 어찌 기생의 방에 붙였으며 그 기생이 어떠한 계집이기에 글 푸는 사람을 구하기는 무슨 까닭인고. 내 한번 **그**를 보고 참과 거짓을 알아보리라.' / 하고 겉으로 모르는 체하며,

"글쎄, 아무리 생각하여도 알 수 없네그려." / 하고 보내고 궁금증이 나서, 곧 송이의 집으로 찾아와서 기생 어미를 보고,

"내가 글귀를 알아낼 터이니 어떠하오?"

기생 어미가 밤낮 일로 걱정하다가 이 말을 듣고 크게 기뻐하여 쫓아 나가 보니 차림새가 초라한 사람이라. 마음에 들지 않아 필성을 한참 유심히 보더니, / "한 번도 뵈온 적이 없사온데, 댁이 어디셔요?" / "나는 대동문 밖에 사는 **장 서방**이요."

기생 어미가 장 씨를 데리고 들어오는데, 필성은 뒤에 서고 기생 어미는 앞을 서되 송이의 방으로 들어가며 기생 어미가 송이를 불러, / "송이야! 대동문 밖에 사는 장 서방님이 글귀를 해석한다 하셨으니 들어 보아라."

송이가 쓸쓸히 앉아서 붓으로 매화와 난초를 그리고 있더니, 대동문 밖 장 서방이라는 말을 듣고 별안간 부끄러운 빛이 생기니, 이는 다름 아니라 정인*을 만나 제 소원을 이루게 되었기 때문이라. 지금까지의 일을 생각하고 오늘을 생각하니 분하고 무안한 생각이 나더니 송이가 벌떡 일어서며,

"그러면 들어오시라고 하시오." / 기생 어미가 필성을 바라보며, / "그러면 이리 들어오셔서 말씀을 하시오."

필성이 방으로 들어서며 우선 아랫목에 앉은 기생을 보니 갈데없는 김 진사의 딸이요, 문 위에 붙인 글을 보니 채봉의 글씨가 분명하다. 송이는 들어오는 필성을 보니 그리워하던 필성이라. 서로 부끄러워 한참 앉았다가, 송이가 아니 나오는 목소리로, / "글귀를 푸신다니 말씀하시오." / 하니, 이는 기생 어미가 보는데 감히 얼굴빛을 내지 못함이러라. 필성이 그제야 송이를 바라보며,

"내 생각대로 풀어 볼 것이지만 기생의 의견과 적합할는지?"

하고, 수건에 써서 취향이 주었던 글을 달리 비유하여 말하니, 송이가 눈에 눈물이 그렁그렁해지며 얼굴을 겨우 들어 기생 어미를 쳐다보고, / "장 서방께서 맞히셨습니다."

기생 어미는 오래 기다린 차에 해석한 것만 다행히 여기고 다른 사정은 모르나, 두 사람의 마음은 두 사람만 아는지라. 필성과

송이는 서로의 마음을 짐작한다. 그러나 필성이는 채봉이가 무슨 일로 이처럼 되었는지 몰라 궁금하여 앉았더니, 송이가 어미를 보고,

"어머니, 내가 할 말이 있습니다. 오늘은 장 서방을 모실 터이니, 장국이나 만들어서 주시오."

기생 어미는 급히 나가서 장국을 만들며 속으로,

'장 씨가 넉넉지 못한 모양인데 처음부터 아무 것도 얻지 못하는 게 아닐까. 오냐! 그래도 상관없다. 이후로는 송이가 손님을 대접할 터이니.' / 하고 장국을 들여다 놓으며,

"세상에 글이라 하는 것이 보물이올시다. 오늘 장 서방께서 저런 꽃 같은 기생에게 글 아니면 머리를 올려 주시겠습니까."

하고 나가니, 송이가 더욱 얼굴이 붉어졌다가 겨우 진정하고 장국 한 그릇을 내려놓으며,

"서방님은 과거의 일을 잊지 않으셨는지 모르되, 첩은 오늘 몸이 기생이 되었으나 조금도 절개를 지키지 못한 일이 없으니, 더럽다 마시고 장국을 잡수신 후 오늘 부부가 되는 약속을 이루실 줄 아시옵소서. 첩의 몸이 이와 같이 됨은 밤이 늦은 후 말씀하오리다." **독해 TIP** 장필성과 재회한 송이는 자신이 기생이 되었지만 절개는 지켰음을 말하며, 여전히 장필성을 향한 마음은 그대로임을 표현하고 있다. 이 장면은 채봉이 양반가의 딸로서 혼인을 약속한 과거와 대비되는 현재 상황의 비극성을 부각한다.

필성이가 장국 그릇을 집어 올려놓으며,

"말할 것 없이 자네가 이와 같이 됨은 다 내 불행이라. 정다운 말은 이따 하려니와, 이제는 예절에서 벗어나 같이 먹세."

송이는 구슬 같은 눈물이 떨어짐을 깨닫지 못하고, 억지로 두어 젓가락 먹은 후 상을 물리고 밤을 지낼 새, 때는 늦봄 삼월이라. 창밖에 따스한 기운이 피고, 서천에 밝은 달이 창에 비치고, 동산에 슬피 우는 기러기가 답하더라.

OX 문제

1. 배경 묘사를 통해 밝고 역동적인 분위기를 조성하고 있다. [O / X]
2. 인물의 외양을 묘사하여 인물의 혼란스러운 심리 상태를 드러내고 있다. [O / X]
3. 장필성은 김 진사가 채봉을 데리고 서울로 떠났다는 소식을 듣고 그녀와의 혼인을 포기하였다. [O / X]
4. 장필성은 송이의 시를 보자마자 그녀가 채봉임을 알아차렸다. [O / X]
5. 기생 어미는 눈물을 흘리는 송이의 모습을 보고 장필성과 송이의 인연을 짐작하였다. [O / X]

심층체크

1. 서로 같은 인물을 지칭하는 말을 찾아 짝지으시오.
 A. 봉선 어미   B. 송이   C. 기생   D. 기생 어미   E. 그   F. 장 서방   G. 어머니   H. 장 씨
2. 서술자의 개입이 드러난 부분을 찾아 밑줄 그으시오.

필수어휘 _ 반드시 암기하기

*절개 : ① 신념, 신의 따위를 굽히지 아니하고 굳게 지키는 꼿꼿한 태도. ② 지조와 정조를 깨끗하게 지키는 여자의 품성.
*정인 : 남몰래 정을 통하는 남녀 사이에서 서로를 이르는 말. ≒연인.

채봉감별곡

장면 13

채봉이 예전에 정원에서 꿈결같이 만난 후로, 마음에 있는 장 씨를 이와 같이 만나기는 오늘이 처음이라. 전날에는 고요한 정원에서 규수의 몸으로 만났거니와, 오늘은 기생의 집에서 기생의 몸으로 대하니, 마음은 일편단심*으로 예나 지금이나 똑같건마는, 장 씨의 생각이야 어떠한지도 알 수 없고, 또 장 씨의 생각에도 나는 오히려 예전의 일을 생각하여 한없이 반갑다마는, 기생 된 사람의 생각이 어떠할지 몰라 적적한 방 가운데 둘이서 한참을 마주 보며 앉았다가 필성이가 먼저 말을 한다.

"저번에는 규수라 함부로 말을 하지 못하였지마는, 오늘은 송이로 대접할 수밖에 없네. 그래, 어찌해서 기생으로 나왔는가?"

송이가 이 말을 들으니, 슬픔을 견디지 못하여 뜨거운 눈물이 치마 앞자락에 떨어진다. 장필성이 이 모습을 보고 속으로 마음을 짐작하여 오히려 측은하고 분한 생각이 들어 위로한다.

"여보게, 자네 몸이 오늘 기생이 되었으나, 예전에 정원에서 맹세한 마음은 조금도 변하지 아니하리니, 안심하고 무슨 일로 이와 같이 된 이야기를 하게." / 송이는 수건으로 눈물을 씻고,

"군자께서 이처럼 말씀하시니 더욱 불안하외다. 첩이 저번에는 규수의 몸이라 정실로 인정하셨거니와, 오늘은 기생의 몸이 되었사오니 어찌 정실로 알아주리까. 이 몸은 비록 깨끗하지마는, 정실이라 하는 것은 여자의 목숨이라. 첩인들 모르리이까마는, 몸이 죽을 지경에 들어 죽지 아니함은 죽어도 잊지 못하는 님을 위함이요, 또 첩은 비록 부모로 인하여 기생으로 팔렸사오나, 몸이 일만 번 죽어 재앙을 겪더라도 절개를 지킬 터이니 버리시지 말으심을 바라나이다." 독해 TIP '첩'은 정식 아내 외의 여자를 의미하기도 하지만, 결혼한 여자가 윗사람을 상대하여 자기를 낮추어 이르던 일인칭 대명사이기도 하다. 여기에서는 채봉이 필성에게 자신을 낮추어 이르기 위해 사용한 것이므로, 채봉이 필성의 정실이 되지 못했다고 이해하면 안 된다. 맥락에 따라 뜻을 잘 구분해야 한다.

"그것은 걱정하지 말게. 자네 마음이 이러한데 나도 저버리지 아니할 것이요, 비록 자네의 몸이 잠깐의 불행으로 이와 같이 되었으나 마음이 변하지 않는 줄을 아는 바이니 나는 정실로 맞을 터이라. 그러나 걱정은 내 집안 형편이 빈곤하여 자네 몸을 빼내어 올 방법이 없네그려." / "그것은 걱정하지 마시오. 첩이 형편을 보아 천천히 마련하오리이다."

처음에는 서로 서먹하여 자세한 말을 하지 못하다가 이와 같이 정다운 말을 나누니, 하룻밤 사이에 몇십 년 살던 부부같이 정이 깊더라. 필성이 또 묻는다.

"무슨 일로 이렇게 되었단 말인가? 나는 처음에 서울로 이사한단 말을 듣고 속으로 세상의 인심을 헤아리기 어렵다고 한탄하였네그려."

"처음에 군자께 말씀을 드리지 않은 이유는 군자의 마음을 모르기 때문이었으려니와, 이제야 무슨 말씀을 하지 못하오리까."

하고, 채봉은 아버지가 서울에서 내려와 하던 말이며, 어머니와 자기는 반대하다가 어머니가 호강한다는 데 마음이 변하여 서울로 데리고 올라가던 말과, 뒤로 은근히 취향과 약속하고 만리교 주막에서 밤중에 도망한 말이며, 부모가 도적을 만나 재산을 잃고 올라갔다 허 판서가 5천 냥 돈을 해서 놓든지 자기를 찾아오든지 하라 하고 아버지를 가둬 놓았기로 어머니가 찾아 내려온 일과, 자기가 몸을 팔아서 올려 보낸 말을 다 하며, 또 한숨을 쉬고,

"우리 어머니는 돈을 가지고 올라가신 지 한 달이 되었는데, 그저 소식을 몰라 걱정이올시다."

하며, 장랑을 만나 마음속에 품은 생각을 말하고 나니, 부모의 생각이 다시 나서 눈물을 흘리더라.

"나는 그런 줄은 모르고 분하고 섭섭한 생각이 들었네그려."

밤이 깊도록 온갖 정과 마음속에 품은 생각을 다 풀고 촛불을 끈 후 이부자리에 드니, 원앙이 깃들인 것 같더라. 이와 같이 3일을 지낸 후, 송이가 돈 100냥을 내어 필성에게 주며,

"기생과 보낸 시간의 값을 어미에게 아니 줄 수 없사오니, 이 돈을 주시고 내일 오시옵소서."

필성이가 받아 가지고 있다가 기생 어미를 불러 돈을 주니, 기생 어미가 처음에 장 씨의 모습을 보고 마음에 들지 않았더니, 의외의 돈을 보고 크게 기뻐하여, 그 이후로는 필성이가 매일 오는데, 기생 어미가 조금도 싫은 기색이 없이 대접하더니, 마침 하루는 어떤 소년이 들어와 기생 놀음을 받으려 하거늘, 기생 어미가 좋아서 허락하고 송이더러 말하니, 송이가 크게 놀라 급히 돈 300냥을 내어놓으며,

"아이고 어머니, 장 서방께서 아까 가실 때 한 달만 더 머무르겠다 하시고 이 돈을 어머니 어디 가신 사이에 주고 간 것을 진작 드리지 못하였사오니 이를 어찌하나? 순서가 있사오니 지금 오신 양반은 곧 거절하시오."

기생 어미 돈을 보고, / "아무렴, 순서가 있지. 나는 그런 줄 몰랐구나."

하고, 돈 300냥에 입이 벌어져서 그 놀음을 거절하니라. 이날부터 필성이는 한 달을 송이와 한 방에서 지내는데, 송이가 가끔 돈을 필성에게 주어 용돈을 쓰게 하니 기생 어미는 더욱 좋아한다. 독해 TIP 채봉은 어머니에게 주고 남은 돈 500냥을 활용해 봉선 어미를 속여, 다른 손님을 맞이하는 일에서 벗어나고 있다. 장면 11에서 언급된 채봉이 '속으로 생각하는 일'은 바로 이런 상황을 염두에 두고

OX 문제

1. 추측을 포함한 요약적 진술로 사건의 경과를 드러내어 현재 상황에 대한 이해를 돕고 있다. [O / X]
2. 시간의 역전을 통해 사건의 진상을 밝히고 있다. [O / X]
3. 채봉은 장필성의 마음이 자신의 마음과 같을 것이라고 확신하지 못하다가 용기를 내어 먼저 필성에게 말을 건넸다. [O / X]
4. 장필성은 채봉에게 도움을 줄 수 없는 자신의 처지를 안타까워하였다. [O / X]
5. 채봉은 장필성이 준 돈으로 기생 놀음의 위기에서 벗어났다. [O / X]

심층체크

1. 지칭하는 대상이 <u>다른</u> 하나를 고르시오.
  A. 장 씨   B. 군자   C. 나   D. 장랑   E. 지금 오신 양반

필수어휘 _ 반드시 암기하기

*일편단심 : 한 조각의 붉은 마음이라는 뜻으로, 진심에서 우러나오는 변하지 아니하는 마음을 이르는 말.

01 채봉감별곡

장면 14

이때, 평양 감사로 내려온 양반은 당시 평판이 좋은 이보국이라 하는 양반이신데 경치가 좋다는 말을 듣고, 을밀대 아래에 별장을 크게 짓고 평양 감사를 스스로 한다고 하여 내려와 지내더니, 하루는 송이가 글과 그림의 재주가 뛰어나다는 말을 듣고 송이를 부르니 송이가 감사의 부름을 듣고 속으로,

'옳다! 오늘이야말로 이 구렁을 벗어나리로다.'

하고, 즉시 시중을 드는 자를 따라가서 이 감사에게 절하여 뵈오니, 이 감사가 송이를 보고 붉은 얼굴에 허옇게 센 머리를 어루만지며,

"오! 네가 송이냐. 오늘 보니, 듣던 말과 같구나. 네가 글과 그림의 재주가 훌륭하다던데 정말이냐?"

송이가 두 손을 마주 잡고 공손히 하는 말이,

"충분하지 못한 것을 그렇게 들으셨나이까?" / "내가 직접 보아야 알지."

하고, 종이, 붓, 먹, 벼루를 내어놓는지라. 송이가 마지못하여 붓을 잡고 먹을 진하게 갈아 종이 위에 일필휘지*하니 글자마다 구슬과 옥 같더라. 이 감사가 보기를 다하고,

"글씨를 보고 너를 보니 과연 소문이 난 까닭이 있구나. 글씨와 네 됨됨이를 보니 기생이 될 아이는 아닌데 어찌 기생이 되었느냐?"

송이가 말을 들으매, 그 감사의 어진 마음과 생각에 자신을 도와 줄 듯하니, 한편으로는 반갑지만 옛날 일을 생각하며 슬픔이 커서 눈물을 머금고,

"기생은 본래 성 밖에 사는 김 진사의 딸로 남부럽지 않은 집안의 여자이옵더니, 부모의 빚을 갚으려고 몸을 스스로 팔았나이다."

이 감사가 웃고 칭찬하며,

"허허! 과연 효녀로구나. 그러면 너는 원래 천인의 자식이 아니란 말이냐? 네 부모는 어디 있으며, 무슨 빚이 있었단 말이냐?"

하고 물으니, 송이가 얼굴빛을 바꾸고 김 진사가 서울로 벼슬을 구하러 간 일과 어머니가 내려와 빚 걱정하던 일과 어쩔 수 없이 몸을 팔아서 보낸 일을 말하니, 이때 감사는 나이가 많은지라. 눈이 어두워 많은 관청의 일을 일일이 볼 수 없고, 아전들더러 글을 보고 뜻을 말하라 하여 처리하나, 항상 믿을 만하지 못하여 마음에 들지 아니하는 날이 많은 터이라. 감사가 생각하되,

'저 기생은 글솜씨가 뛰어나고 나이 어린 여자라. 글을 본다면 남자보다 분명하고 자세하게 할 것이요, 또 내가 저 기생을 불행에서 구해 주면 아마 은혜에 감동하여 나에게 정성을 다하여 순종할 터이니, 내가 한번 저 기생을 부려 보리라.' 독해 TIP 이 감사는 신분과 성별이 아닌 능력을 기준으로 채봉을 판단하여, 채봉이 기생의 신분에서 벗어나도록 도움을 주려 한다. 온갖 고생을 겪는 채봉에게 직접적인 도움을 주는 조력자의 역할을 함을 알 수 있다.

하고 자리를 조용히 하고 송이를 불러 말하되,

"얘, 내가 나이가 많아 눈이 어두워 나라의 일이 들어오면 직접 스스로의 몸으로 못하니, 네가 내 눈이 되어 마음을 바르게 먹고 내 앞에서 문자를 살펴 주면 어떠하겠느냐? 네가 내 앞에 있으면 네 부모를 만나기도 쉬울 방법이 있을 터이니."

송이가 부끄러워 일어나 절하며,

"천한 기생을 불쌍히 여기사 이와 같이 큰 은혜를 내려 건져 주고자 하시니, 백골이 진토되어도 잊지 못하겠사오나, 몸값이 있사오니 따르지 못할까 하나이다."

"내가 너를 부리고자 하면 몸값을 주고 데려오겠지, 그저 오라고 할 리가 있느냐. 그래서 몸값이 얼마란 말이냐?"

"6천 냥이올시다." / "그것은 걱정하지 마라."

하고, 즉시 사령에게 기생 어미를 불러들이라 하여, 돈 7천 냥을 내어 주며,

"얘, 송이는 내가 부리고자 하여 원래 값보다 천 냥을 더 주는 것이니, 네 마음에 어떠냐?"

기생 어미의 생각에는, / '좀 재미가 없으나 어찌 하리오.' / 하고,

"사또께서 몸값을 아니 주시고도 바쳐라 하시면 거절하지 못할 터인데, 하물며 돈을 더 주시니 무슨 다른 말을 하오리까."

하고 받아 가지고 나오니라.

이후로 송이는 감사가 있는 별당 건넌방에 가 혼자 지내며 감사가 시키는 일을 처리하고 지내며 마음에 기생 신세를 벗어남은 다행이나, 부모의 소식을 듣지 못하고 장필성을 보지 못함을 밤낮으로 슬퍼하고, 이 감사가 보는 데는 감히 그 마음을 드러내지 못하니, 혼자 있을 때에는 탄식으로 지내더라. 장필성이 이 소문을 듣고 또한 다행으로 여기나, 이때 감사는 송이가 있는 별당에 바깥사람이 출입하는 것을 아주 엄하게 금지하니, 독해 TIP 별당은 주로 여인들이 머무는 곳으로, 외간 남자(친척이 아닌 남성)를 들이지

없는 곳이다. 따라서 이 감사는 송이가 있는 별당에 외부 사람이 출입하지 못하도록 한 것이다. 다시 만날 길이 없어 근심하다 한 계책*을 생각하되,

'나도 감사 앞에서 일하는 사람이 된다면 채봉을 만나기가 쉬우리라.'

하고, 여러 가지로 알아보더니, 이때 마침 감사가 새로운 이방을 구하는지라. 필성이 한 자리를 얻어 이방이 되어 감사에게 인사하니, 감사가 한 번 보고 크게 기뻐하여 칭찬하되, **독해 TIP** 장필성이 채봉과 만나기 위해 애써 온 시간과 감사의 이방 선발이 맞물려, 필성의 관아 입성에 개연성을 부여하고 있다.

"과연 기특한 사람이로다. 이방이라 하는 것은 책임이 크니 아무쪼록 백성의 원망이 없도록 잘 일하라."

필성이 명령을 받들고, 이후로 관아의 문서를 가지고 매일 드나들며 송이의 소식을 알고자 하나, 가까이 가지 못하니 어찌 알리오.

OX 문제

1. 이보국은 송이의 글과 그림의 재주가 뛰어나다는 소식을 듣고 평양 감사직을 자원하였다. [O / X]
2. 평양 감사는 채봉의 글솜씨를 높이 평가하여 그녀가 기생 신세에서 벗어날 수 있도록 도움을 주었다. [O / X]
3. 장필성은 채봉을 만나기 위해 이방이 되어 별당을 드나들며 채봉을 만날 수 있었다. [O / X]
4. 등장인물의 독백을 직접 인용하여 내면을 보여 주고 있다. [O / X]
5. 인물의 행위가 연속적으로 나열된 장면을 통해 신분의 변화 과정을 드러내고 있다. [O / X]

심층체크

1. 서로 같은 인물을 지칭하는 말을 찾아 짝지으시오.
  A. 평양 감사   B. 이보국   C. 너   D. 효녀   E. 얘   F. 사또   G. 나   H. 기특한 사람
2. 서술자의 개입이 드러난 부분을 찾아 밑줄 그으시오.

필수어휘 _ 반드시 암기하기

*일필휘지 : 글씨를 단숨에 죽 내리 씀.
*계책 : 어떤 일을 이루기 위하여 꾀나 방법을 생각해 냄. 또는 그 꾀나 방법. ≒계략, 꾀.

01 채봉감별곡

장면 15

이때 송이는 별당에서 이 감사가 시키는 일을 하더니, 하루는 문서 한 장을 보니, 필성의 글씨와 비슷한지라. 속으로 생각하되,
'이상하다. 글을 쓰는 법이 장 서방님과 같으니, 혹시 관청에 드나드나?' / 하고 감사더러 묻는다.

"요사이 문서가 들어온 것을 보면 전의 글씨와 다르오니 이방이 바뀌었습니까?"

"응, 전 이방은 가고, 장필성이란 사람으로 시켰다. 네 보아라, 글씨를 잘 쓰지 않느냐?"

송이가 이 말을 듣고 속으로 은근히 기뻐하며, 어떻게 하면 한번 만나 볼까, 그렇지 못하면 편지를 주고받기라도 할까, 사람을 시키자니 만약 대감이 알면 무슨 죄를 내릴지 몰라 하지 못하고, 무슨 기회를 기다리나 때를 찾지 못하여 필성이나 송이나 서로 글씨만 보고 지내기를 이미 반년이라. 서로 상사병이 될 지경이더라. [독해 TIP] 상사병은 어떤 사람이 마음에 둔 사람을 몹시 그리워하는 데서 생기는 마음의 병을 뜻한다. 사랑하는 마음은 그대로이나, 서로 안부도 묻지 못한 상태로 많은 시간이 흘러 병이 생길 정도였다고 이해하면 된다.

때는 9월 보름 때라. 달빛이 밝아 창에 비치고, 공중에 외기러기 긴 소리로 짝을 찾아 날아가고, 동산의 소나무 우거진 숲 사이에 두견새가 슬피 우니, 무심한 사람도 마음이 상하거든 독수공방*에 눈물로 세월을 보내는 송이야 오죽할까. 송이가 마음속의 모든 생각을 잊어버리고 책상머리에 기대어 잠깐 졸다가 기러기 소리에 놀라 눈을 뜨고 보니, 창에 밝은 달빛이 가득하고 쓸쓸한 낙엽 소리는 마음속에 품고 있는 생각이 일어나게 돕는지라. 잊었던 생각들이 다시 가슴에 가득해지며 눈물이 무심히 떨어진다.

송이가 창을 가만히 열고 달빛을 내다보며 서글피 탄식하는데,

"달아, 너는 내 마음을 알리라. 작년 이때 뒷동산 밝은 달 아래 우리 님을 만났더니, 달은 다시 보건마는 님은 어찌 못 보는고. 그 옛날 심양강 거문고 뜯던 여인은 만고문장백낙천을 달 아래 만날 적에 마음속에 맺힌 말을 세세히 풀었건만, 나는 어찌 박명하여 밝은 저 달 아래서 마음속에 있는 얘기를 다 말하지 못하니 가련하지 아니할까. 사람이 없어 말 못하나 차라리 마음에 품은 생각을 종이 위에나 그리리라." [독해 TIP] '만고문장백낙천'은 중국의 유명한 시인 백거이를 지칭한다. 간신의 모함으로 좌천된 백거이는 우연히 비파를 연주하던 여인을 만나 이야기를 나누고 그녀를 위해 「비파행」이라는 노래를 지어 주었다고 전해진다. 채봉은 자신의 처지와 대조되는 고사를 인용하여 스스로에 대한 연민을 표현하고 있다.

하고 작은 책상을 내어 먹을 흠씬 갈고 붓을 들어 종이를 책상에 펼쳐 놓고, 맨 위에 '추풍감별곡' 다섯 자를 쓰고, 그리움이 생각되고 생각이 노래 되고 노래가 글이 되어 붓끝을 따라 나오니 붓이 쉴 새 없이 쓴다. (중략)

쓰기를 마침에 붓을 던지고 정신없이 앉았으니, 하늘이 비록 눈이 없으나 팔자가 사나운 여인의 한을 어찌 모르리오. 아득한 정신은 기러기 소리를 따라 멀어지고 몸은 책상머리에 엎드렸더니, 잠시 잠이 들어 꿈에 장자의 나비같이 두 날개를 떨치고 바람을 좇아 하늘에 떠다니며 주변을 살피니, [독해 TIP] 중국의 장자가 꿈에 호랑나비가 되어 훨훨 날아다니다가 깨서는, 자기가 꿈에 호랑나비가 되었던 것인지 호랑나비가 꿈에 장자가 되었는지 모르겠다고 한 이야기를 인용하고 있다. 참고로 이는 사자성어 '호접지몽'을 일컫는다. 오매불망* 그리워하던 장필성이 조용한 방에서 혼자 자신의 시를 내놓고 보며 울고 전전반측* 누웠거늘, 송이가 들어가 마주 붙들고 울다가 꿈 가운데 우는 소리가 잠꼬대가 되어 진짜 울음이 되었더라.

사람이 늙어지면 잠이 없는 법이라. 이때 이 감사는 나이도 80여 세뿐 아니라, 밤이나 낮이나 어떻게 하면 백성의 불만이 없을까, 어떻게 하면 나라로부터 받은 은혜에 보답할까 하며 잠을 이루지 못하고 누웠더니, 갑자기 송이의 방에서 흐느껴 우는 소리가 들리거늘, 깜짝 놀라 속으로 짐작하되, / '지금 송이가 나이 십팔 세라. 분명 무슨 사정이 있어 저리 하나 보다.'

하고 가만히 나와 보니, 창을 열고 책상머리에 누웠는데 불을 켜 놓고 책상 위에 무엇을 써서 펼쳐 놓았거늘, 마음에 이상하여 가만히 들어가 종이를 펼치고 보니 '추풍감별곡'이라. [독해 TIP] '추풍감별곡'은 당시에 실제로 민간에 두루 유행하던 애절한 사랑 노래이다. 이 작품에서는 ① 장필성을 그리워하는 송이의 심리를 효과적으로 드러내고 ② 이 감사가 채봉의 사정을 알게 해 결국 채봉의 내적 갈등을 해소시켜 주는 역할을 하고 있다. 이를 읽어 보고 손으로 송이를 흔들어 깨우니, 송이가 깜짝 놀라 눈을 떠 보니 감사라. 몹시 놀라 급히 일어서니, 이 감사가 종이를 말아 들고,

"송이야, 놀라지 마라. 비록 우리가 상하 관계에 있으나, 내가 너를 친딸이나 다름없이 소중하게 여기는 터이니, 무슨 사정이 있거든 내게 말을 하면 그 아니 좋겠느냐. 오늘 마음속의 한스러운 일을 다 말하여라."

송이가 부끄럽고 두려워 말을 하지 못하고 섰더니, 감사가 또 말을 재촉하는데,

"이처럼 물어보시니 어찌 속여 넘기오리까."

하고 눈물을 지우고 단정히 서서, 정원에서 장 씨와 글을 주고받던 일과 장 씨와 혼약을 한 일과 김 진사가 서울로 올라가서 벼슬을 구하다가 허 판서와 엮인 일이며, 허 판서가 저를 첩으로 달라는 것을 김 진사가 허락하였으되, 저는 장 씨와의 약속을 지키느라고 만리교에서 도망하였다가 그 후 어머니가 찾아 내려옴으로 몸을 팔아 올려 보내고, 기생이 된 후 오히려 장 씨를 잊지 아니하고, 글의 의미를 아는 사람을 구하여 장 씨를 만난 일을 다 말하고,

"대감의 하늘 같은 은혜는 결초보은*하여도 잊지 못하겠나이다." / 하며 엎드려 우니 감사가 등을 어루만지며,

"송이야, 울지 마라. 네 사정이 그런 줄은 몰랐구나. 내 어찌 네 바람을 풀어 주지 못하겠느냐. 이제야 알았지만 장필성도 사정이 있어 이방으로 들어왔구나. 내일은 장필성을 불러 보게 하리라."

송이가 감사의 말을 들으매 다시 눈물이 떨어짐을 깨닫지 못하다가도, 반갑고 상쾌한 끝에 부모 생각이 새로 나서 다시 감사에게 말을 한다.

"망극하오이다. 그러하오나 소녀의 부모가 소녀로 인해 곤경에 빠져 소식을 모르니 이 또한 원한이올시다."

감사가 말을 듣고 더욱 착하고 기특하게 여겨,

"효와 절개를 지키는 마음이 이른바 타고난 마음씨에서 나오는 말이로구나. 오냐, 그것도 빨리 알게 할 터이니 걱정하지 마라."

하고 안방으로 건너와 혼자 누워 종이에 쓴 글을 여러 번 보더니 칭찬함이 마지아니하더라.

OX 문제

1. 채봉은 평양 감사가 장필성과의 관계를 알고 벌을 내릴까 두려워 편지로만 소식을 주고받았다. [O / X]
2. 채봉은 자신이 써 준 답시를 보며 울고 있는 장필성을 그의 방에서 만났다. [O / X]
3. 인물의 발화 속에 고사를 인용하여 인물이 처한 쓸쓸한 상황을 부각한다. [O / X]
4. 서술자의 개입을 통해 사건의 전모를 밝히고 있다. [O / X]
5. 채봉의 울음소리에 잠을 이루지 못한 평양 감사는 그녀의 방에 들러 우연히 '추풍감별곡'을 보게 되었다. [O / X]

심층체크

1. 지칭하는 대상이 <u>다른</u> 하나를 고르시오.
  A. 송이 B. 여인 C. 너 D. 기생 E. 소녀
2. 서술자의 개입이 드러난 부분을 찾아 밑줄 그으시오.

필수어휘 _ 반드시 암기하기

*독수공방 : ① 혼자서 지내는 것. ② 아내가 남편 없이 혼자 지내는 것.
*오매불망 : 자나 깨나 잊지 못함.
*전전반측 : 누워서 몸을 이리저리 뒤척이며 잠을 이루지 못함.
*결초보은 : 죽어 혼령이 되어도 은혜를 잊지 않고 갚음.

01 채봉감별곡

장면 16

이튿날 아침 일찍 장필성을 부르니, 필성이 속으로 생각하되,

'사또께서 일찍이 부르시는 일이 없더니 무슨 일로 이와 같이 부르시나?' / 하고 이 감사께 인사하니 이 감사는 기쁜 얼굴로,

"별당으로 들어오라." / 하거늘, 필성이 더욱 이상히 여기고 따라 들어간다. **독해 TIP** ▶ 장면 14에서 언급되었듯이, 이 감사는 평소에 별당을 엄하게 관리하였기에 필성이 의아하게 생각한 것이다.

감사가 방으로 불러들여 앉히고 송이를 부르니 송이가 건넌방으로 들어오매 필성과 서로 만나 놀라서 소스라쳐 말없이 마주 앉으니, 감사의 앞이라 감히 말을 하지 못하니 그 모습이 차마 어찌 애달프지 아니하리오. 이 감사가 껄껄 웃으며 필성을 보고,

"필성아, 네가 송이를 위하여 이방으로 스스로 들어온 지가 6개월이 되어도 보지 못하였다가 오늘에야 만나 보니 어떠하냐?"

필성이 더욱 놀라 어쩔 줄 모르다가 일어서 절하며, / "영광입니다."

"내가 이미 네 사정을 아는 방법이 있으니 안심하라. 너희 둘을 앉히고 보니 과연 한 쌍의 원앙이로구나. 오늘 곧 송이를 내어 줄 터이로되, 네가 송이의 수건에 써서 준 글을 보니 둘의 약속이 깊어 혼인을 아니 할 수 없으니, 송이의 부모를 내려오게 한 후, 내가 중매하여 혼인을 꾸밀 터이니 그리들 알아라. 오랫동안 서로 그리워한 마음이 많을 터이니, 송이를 데리고 건넌방으로 건너가거라." / 하여 보내니, 서로 가슴에 사무쳐 그리워한 마음보다, 감사의 은혜에 감동하여 서로 놀랍고 반가운 이야기만 한다.

"사또께서 우리의 일을 어찌 아시고 이같이 은혜를 내리시나? 대체 이게 어찌된 일이오? 죽어도 이 은혜를 잊지 못하리로다."

"어젯밤에 달빛이 하도 밝기로 마음속에 품은 생각을 담은 글을 지어 책상에 두고 누웠더니, 잠이 들어 꿈에 서방님과 만나 붙들고 울다가 잠꼬대하는 소리를 사또께서 들으시고, 나를 깨워 물으시고 오늘 이와 같이 되었으니, 이 은혜를 어찌하면 만 분의 일이라도 갚을까."

하고, 필성의 무릎에 앉으며 눈물이 쏟아지니, 이는 님을 그리워하던 눈물도 아니요, 부모를 생각하는 눈물도 아니요, 큰 강과 바다 같은 이 감사의 은혜에 느껴 우는 눈물이었다.

필성이 또한 울음 반 웃음 반으로, / "우리 두 사람의 일을 하늘이 살피시어 이러한 감사를 모셔 하늘 같은 은혜를 입었구나."

하며 울고 붙들고 하더니, 이때 밖에서 명령하는 소리가 들리니, 송이가 깜짝 놀라 급하게 필성을 일으켜 보내며,

"명이 내렸으니 어서 나가셔요. 이제는 우리가 원하는 바가 없으니, 더욱이 은혜를 생각하여 조심히 일하셔요."

필성이 웃고 대답하되, / "부탁한 말 명심할 것이니, 하루 바삐 장인 장모를 돌아오시도록 하겠소."

만덕산 늦은 안개가 햇살에 사라지듯 얼굴에 가득하던 근심이 사라지고 기쁜 기색이 가득하여 총총 작별하고 물러나오니, 감사가 이방 장필성을 불러 관아에 보고하는 문서를 써 김 진사를 빼내려고 급히 사람을 보내니라. 슬프다. 세상일은 재산이 많고 지위가 높은 것과 가난하고 천한 것이 정해져 있고, 기쁨과 슬픔은 일정하지 않은 것이라. 평양성 중에는 채봉이라는 한 소녀가 이러한 위기를 겪고 서서히 운을 바로잡아 회복하건마는, 500여 리 밖에 옥중 김 진사는 이를 어찌 알며, 또 그와 같이 세력을 떨치던 허 판서인들 어찌 그러한 지위를 오래 누리기를 기약하리오.

이때 이 부인이 평양서 채봉과 이별하고 서울로 올라와 돈 5천 냥을 바치고 김 진사가 풀려나기를 바라니, 허 판서는 돈을 받은 후 과천 현감 직위에서 물러나게 하고 또 트집을 잡아 말하되,

"양반을 속였으니 딸마저 찾아 놓아야 무사히 풀어 주리라." / 하거늘, 김 진사가 기가 막혀 어찌할 수 없어,

"내 딸은 벌써 죽었으니, 나를 죽이든지 살리든지 대감 마음대로 하시오." / 하며 악을 쓰나 허 판서는 더욱 화가 나서,

"아주 옥중 귀신을 만들리라." / 하고 여전히 가두어 두더니 이 부인이 생각하되,

'상황이 이와 같으니 평양으로 내려가서 채봉더러 이런 말을 하여도 이제는 채봉이가 하고 싶어도 소용이 없으니, 여기서 죽으나 사나 끝이나 보리라.'

하고 남의 집에 방을 얻어, 바느질을 팔아 가며 옥중 김 진사의 밥을 챙기더니, 오래지 않아 허 판서가 욕심을 부리다 발각되어 형벌을 받아 죽임을 당한 후 조정에서 허 씨의 가문을 망하게 하고, 죄인을 죄의 가볍고 무거운 정도에 따라 각각 처벌하는데, 김 양주는 교수형에 처하고, 또 김 진사는 우선 관아에 옮기고 죄의 유무를 살펴보더니, 마침 이때 평양 감사의 문서가 들어오니, 조정에서 의심하지 아니하고 김 진사를 무죄로 풀어 주니라. 김 진사가 임금의 은혜에 감사하고 옥문을 나서니, 이 부인이 벌써 옥문에서 기다리는지라. 반기며 붙들고 울며 모든 일을 말하고,

"만일 채봉이가 아비만 믿고 혼인하였던들 어린 자식이 끔찍한 일을 피하지 못하였으리니, 기생에 팔렸더라도 오히려 죽기보다는 다행이오. 아무리 부녀간이라도 나는 채봉이 볼 낯이 없소그려."

"지나간 일은 말할 것도 없으니 평양으로 내려가서 채봉의 몸이나 빼냅시다."

하고, 즉시 평양으로 내려오니 산과 강의 모습은 옛날 그대로 변함이 없이 있건만 채봉이는 어디 갔는지 알 방법이 없었다. 김

진사 부부가 취향의 집으로 찾아오니, 취향 모녀가 반기며 맞으며 인사를 하는데, 김 진사가 우선 채봉의 말을 묻는다.

"아가씨 잘 있느냐?" / "예, 잘 있습니다."

하고 그간 봉선 어미 집에서 글귀로 장 씨를 찾아 만나던 말이며, 이 감사가 몸값을 갚고 데려다 둔 말을 일일이 알리니, 김 진사 부부가 듣고 아주 기뻐하여 묻되, / "그러면 그간 아가씨를 보았느냐?"

"감사 댁으로 들어가신 후로는 별당에 바깥사람은 남녀를 가리지 않고 출입을 하지 못하게 하셔서 들어가 뵙지 못하였습니다."

김 진사 부부가 즉시 이 감사 댁으로 찾아가니 이 감사가 보고 반기며 별당으로 불러들여 송이를 만나게 하니, 마음에 맺힌 간곡한 정과 걱정, 슬픔이 다 녹아 눈물이 되어 흐르고 부녀가 마주 붙들고 눈물을 흘린 후, 송이가 이 감사의 은혜로 목숨을 보존하고 장 씨와 만난 일과, 관아에 문서를 보낸 일을 세세히 말하니 김 진사가 더욱 놀라 일어나 절을 하며,

"대감의 큰 바다와 같은 은혜가 백골난망*이올시다."

이 감사가 껄껄 웃으며, / "이는 감사 된 사람의 떳떳한 일이라. 무슨 은혜라 하리오. 사람의 귀하고 천함은 정해져 있어 헛된 영광을 바라면 패가망신하기* 쉬운 법이니, 어린 자식을 생각하여 앞날을 경계하라. 그러나 그대는 복이 많아서 송이 같은 딸을 두고, 장필성 같은 사위를 보게 되는 것을 나는 다행한 일로 아노니, 오늘 송이를 내어 주니 급히 혼인의 예를 지내 집안을 편안하게 하라."

하며 명령하고, 송이를 불러 오래 부리던 몫을 챙겨 주어 집과 곡식을 주어 보내니 김 진사 부녀가 머리를 조아리며 은혜에 감사고 물러나와 좋은 날을 골라 장생을 맞아 혼례를 하니라. 독해 TIP 주인공이 온갖 어려움 끝에 혼인에 성공하는 행복한 결말을 맞이하였다. 이렇게 혼인이 이루어지는 과정에서 발생하는 갈등과 장애를 극복하는 내용 전개는, 고전 소설에서 전형적인 혼사 장애담에 속한다.

OX 문제

1. 인물 간의 대화를 통해 사건 해결의 방안을 제시하고 있다.   [O / X]
2. 사건의 압축적 제시와 대화 장면의 제시를 통해 사건 전개의 완급을 조절하고 있다.   [O / X]
3. 채봉은 평양 감사의 도움으로 그리워하던 필성을 만나자마자 기쁨의 눈물을 쏟아 내었다.   [O / X]
4. 김 진사는 평양 감사의 문서를 통해 의심 없이 무죄로 옥에서 풀려났다.   [O / X]
5. 김 진사 부부는 평양으로 내려가 평양 감사에게서 채봉을 빼낼 계획을 세웠다.   [O / X]

심층체크

1. 서로 같은 인물을 지칭하는 말을 찾아 짝지으시오.

  A. 감사   B. 사또   C. 서방님   D. 장인   E. 이방   F. 아가씨   G. 어린 자식   H. 그대

2. 서술자의 개입이 드러난 부분을 찾아 밑줄 그으시오.

필수어휘 _ 반드시 암기하기

*백골난망 : 죽어서 백골이 되어도 잊을 수 없다는 뜻으로, 남에게 큰 은덕을 입었을 때 고마움의 뜻으로 이르는 말.

*패가망신하다 : 집안의 재산을 다 써 없애고 몸을 망치다.

무조건 올라가는
고전소설 문해력

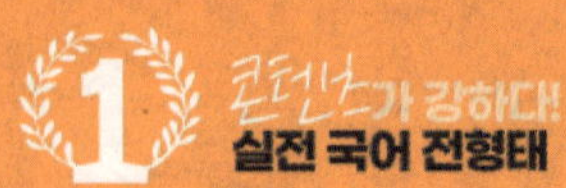

02

서동지전
(서대주전 이본)

주제

남에게 입은 은혜와 덕을 저버리고 배신하는 인물에 대한 비판

특징

① 동물을 의인화하여 표현함.
② 인물의 성격을 대립시켜 주제 의식을 효과적으로 드러냄.
③ 하급 관리들의 속물적인 태도를 통해 당대의 정치적 현실이 지닌 모순을 풍자함.

작품 해제

이 작품은 쥐(서)를 의인화한 우화 소설이다. 도움을 준 이의 은혜를 모르고 배은망덕한 행동을 한 다람쥐가 벌을 받는 내용으로, 다람쥐와 같은 인간들을 경계하고 징계하여 다스려야 함을 강조하고 있다. 이렇듯 표면적으로는 선악형 인물의 대립을 통해 권선징악이라는 관념적, 유교적 주제를 내세우고 있지만, 이면에는 봉건적인 정치·윤리·경제 체제를 거부하고 새로운 인간상을 추구하려는 주제 의식을 담고 있다. 쥐들의 소송 사건을 소재로 한 우화 소설은 이 작품 외에도 「 서옥기 」가 있으나, 주제나 구성이 다른 별개의 작품이다.

이 소설이 널리 향유되었던 조선 후기의 사회적 배경과 관련지어 보면, 다람쥐는 부정적 인물로서 조선 후기 몰락한 양반 계층의 모습을 보여 준다. 이에 반해 서대쥐는 긍정적 인물로서 조선 후기 새롭게 부상한 신흥 상공인 계층의 모습을 보여 준다. 또한 남편 다람쥐를 질책하는 아내 다람쥐를 통해 봉건적인 사고방식과 도덕관에 대해 비판하고 있으며, 오소리와 너구리의 모습을 통해 당대 하급 관리의 부패상과 정치적 현실이 지닌 문제점을 드러내고 있다.

인물 관계도

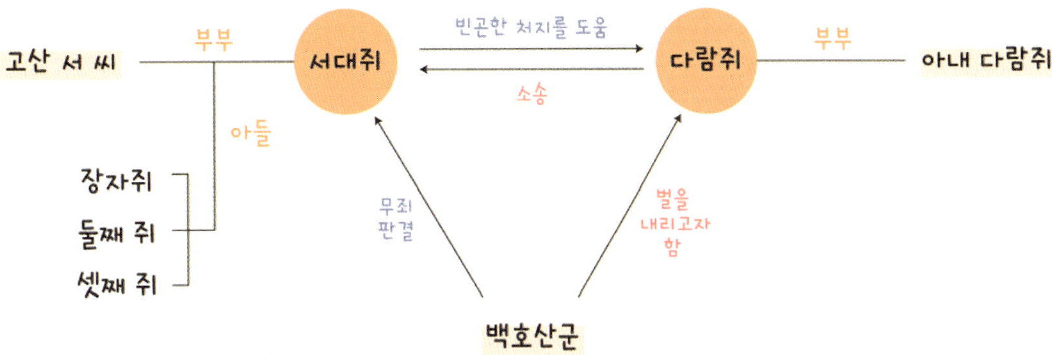

- **서대쥐** : 자신의 종족을 위하고 보살피며, 간악하지만 빈곤한 다람쥐를 돕고 그의 잘못을 용서해 주는 관용이 있는 인물. 자신의 무고함을 입증하기 위해 백호산군에게 소지를 올리는 것에서, 상황에 침착하게 대응하면서도 부당한 상황을 지혜롭게 해결하는 모습을 확인할 수 있다.
- **다람쥐** : 집안이 가난한데도 열심히 일할 생각은 하지 않는 나태함을 보이며, 올바른 충고를 하는 아내 다람쥐에게 욕설을 퍼붓기도 하는 성품이 나쁜 인물. 서대쥐가 양식을 빌려주지 않자 한 번 은혜를 입었음에도 불구하고 거짓 소송을 한다. 이후 사실이 드러나고 벌을 받을 뻔하지만, 서대쥐의 관용으로 풀려나자 자신의 잘못을 뉘우치게 된다.
- **아내 다람쥐** : 사리분별을 할 줄 알고 가부장적 권위 의식에 맞서는 적극적이고 현명한 인물로, 당시의 윤리관에 비추어 볼 때 근대적 의식을 가진 인물. 염치없이 서대쥐에게 양식을 빌리려는 다람쥐를 말리다가, 다람쥐에게 욕설을 듣고 집을 나간다.
- **백호산군** : 위풍이 늠름하고 위엄 있는 짐승들의 왕으로, 서대쥐와 다람쥐 양측의 말을 듣고 판결을 내리는 현명한 인물. 민중들이 바라는 이상적인 군주의 모습(공정한 심판자, 공평한 통치자)을 하고 있다.
- **오소리, 너구리** : 서대쥐에게 뇌물을 받으려는 마음을 먹고 서대쥐의 집에 찾아간 포졸들. 서대쥐의 집으로 들어가 술을 얻어 마시고 뇌물을 받는다.

장면 01

하늘과 땅이 뒤섞이고 세상이 시작되는 법은 자축인묘진사오미신유술해의 열두 회가 있으니, 일 회는 1만 8백 년이라. 대개 하늘과 땅이 뒤섞이고 천지 만물이 그 모양을 알지 못하다가 자회에 비로소 하늘이 생긴 지 1만 8백 년 후에야 축회에 비로소 땅이 생기고, 땅이 생긴 지 1만 8백 년 후에야 인회에 비로소 사람과 만물이 생기고, 묘진사오미신유 일곱 회를 무사히 지내다가 술회에 이르러 만물이 도로 사라지고, 해회에 하늘과 땅이 무너져 그 모양을 알지 못하다가 자축인 삼 회가 돌아오며 하늘이 다시 열리고 만물이 생겨났다. 이러하므로 옛적에 인황씨가 지방을 각기 아홉에 나눌 새, 기주, 연주, 청주, 서주, 양주, 형주, 예주, 익주, 옹주를 구주로 나누어 각칭 임금이라 하였더라. 독해 TIP '자축인묘진사오미신유술해'는 12종류의 신으로 순서대로 쥐, 소, 호랑이, 토끼, 용, 뱀, 말, 양, 원숭이, 닭, 개, 돼지를 상징한다. 생소한 어휘가 나열되고 있지만, 결국 오랜 기간에 걸쳐 세상이 만들어졌다는 의미이니 어휘 하나하나에 크게 신경 쓰지 않아도 된다.

옹주 땅에 한 산이 있으니 이름은 구궁산이라. 그 산속에 깊은 땅굴이 있고 땅굴 안에 한 짐승이 있으니 성은 서요, 이름은 쥐요, 별호는 대쥐라. 짐승 중 으뜸으로 태어나 사람의 음식을 훔쳐 먹는 일을 하며 살아갔다. 한편 인간 세상의 남자와 여자가 혼인을 이룰 제, 비단이 없으므로 산짐승을 잡아 가죽을 벗겨 혼인할 때 사용하는 법이 생겼다.

서 씨가 이 소문을 듣고 가죽을 잃을까 걱정하여 인간 세상을 하직하고* 구궁산 깊은 굴속에 숨어 대대로 자손이 번성하므로, 밤이면 산에 올라 먹을거리를 거두어 밑천을 마련하고 낮이면 자손과 함께 일들을 논의하였다. 하루는 서대쥐가 그 자손더러 일러 가로되,

"슬프다. 우리 서 씨 가문에는 문장* 이름이 항상 끊이지 아니하므로, 인간들은 우주의 이치를 적어 놓은 책과 신기한 이야기를 담아 놓은 기문벽서에 알기 어려운 것이 있으면 우리 서 씨 가문에 의논하였다. 따라서 복희씨가 괘라는 글자를 만들고 베풀어 점술과 글 짓는 일을 알게 하실 새, 육십갑자를 이루고자 하나 무엇으로 으뜸을 삼으리요, 우리 십여 대 조부의 문장 이름을 듣고 청하여 육십갑자를 이루려고 의논하매 우리 조상이 말씀하시되 '만일 팔괘와 글을 이루고자 할진대 갑을병정은 이미 정하였으나 다음 글자를 나에게 문의하시니 이는 쉬운 바라. 하늘과 땅이 생겨나시매 우리 서 씨를 위하여 자회로부터 생겨났으니, 자는 우리를 두고 이름이오. 따라서 머리를 갑자라 하고, 땅은 축회로부터 생기니 을축이라 하고, 만물은 인회로부터 생기니 병인이라 하여 차차 그 흐름을 좇아 육십갑자를 지을진댄 무엇이 어렵다 하리요.' 하시니 복희씨 크게 칭찬하사 독해 TIP '육십갑자'는 '갑을병정'으로 시작하는 10간과 '자축인묘'로 시작하는 12지를 결합해 만든 60개의 간지이다. 완벽히 이해하려 하지 않아도 괜찮다. 이 부분은 서대쥐 가문이 뛰어남을 드러내기 위한 부분이구나 정도로 생각하고 넘어가면 된다. 우리 조상을 스승님이라 하사 수백 대에 이르도록 문장을 지켜 오더니, 너의 대에 이르러서는 생활에 몰두할 뿐 아니라 학식이 없으니 서 씨의 문장 이름을 이어가고자 하나 내 나이 육천 세에 이르렀다. 너의 무리 무식하고 남에게 비웃음을 살 만한 일을 이르며 가르치매 가슴이 답답해져 오고, 글에 어둡고 뜻이 깊은 것을 알려 주려 해도 고난이 있으며 눈은 점점 어두워지고 머리는 백발을 재촉하는지라. 슬프다. 너희 어린 무리들은 예전부터 지금까지 대대로 이어져 내려온 잘 다스려진 세상과 어지러운 세상, 잘되어 일어남과 못되어 망함에 있어 지금은 어느 나라 시절인 줄 아느냐." / 여러 아들, 사위, 아우와 조카 모든 쥐들이 모두 대답하되,

"할아버님의 말씀을 듣사오니 저희가 심히 슬프옵니다. 대대로 이어 내려온 세상일을 어찌 자세히 알리요마는 옛글에 이르기를 보거나 듣거나 하여 깨달아 얻은 지식이 크면 아는 게 밝을 것이요, 옛말에 따르면 슬기로운 사람도 많은 생각 중에 간혹 실수가 있을 수 있고, 어리석은 사람도 천 번을 생각하면 한 번은 얻음이 있을 수 있다 하오니, 비록 학업을 하지 않았으나 선조로부터 항상 하옵시는 말씀을 듣사오니 깨달아 얻은 지식이 약간 있사옵니다. 대체로 보아서 세 임금 전에는 세계가 만들어지기 전이라 능히 말씀드리기 어려우나, 듣자오니 복희씨는 팔괘를 만들고, 그물을 맺어 고기 잡는 법을 가르치고 짐승을 잡는 수렵법을 내시고, 여와씨는 음악의 소리를 맞추고, 신농씨는 나무를 깎아 농기구를 만들며 온갖 풀을 맛보아 의약을 내시고, 황제씨는 무기를 지으사 탁록의 들에서 싸워 치우를 사로잡고 배와 수레를 지으셨사옵니다. 당요씨는 정원의 상서로운 풀을 보고 일 년을 날의 순서에 따라 나눈 책을 지으며, 평양에 수도를 정하사 흙으로 돌을 만들고 등불을 밝힌 초가집을 짓게 하셨으며, 제순씨는 효로써 아버지를 섬기며 옳지 않은 일을 바로잡으시고 아황여영을 취하여 아내로 삼으시고 오현금 지어내어 백성의 탐욕스러움을 푸시고, 하우씨는 홍수를 다스리고, 여섯 번이나 수레를 타고 중국을 돌아다녔으며 여러 차례 배를 타고 바닷길을 나서기도 하셨습니다. 무왕은 주를 멸하시고 여상으로 승상을 삼아 나랏일을 다스리게 하여 주나라를 지키게 하셨고, 진시황은 진나라 왕이 되어 여러 나라를 멸하고 스스로 황제 되어 만리장성을 쌓아 오랑캐를 막고 오래도록 살고 죽지 아니하기 위해 도사에게 불사약을 구하려다가 사구평대에서 죽었으며, 한나라의 천자* 유방은 항우와 더불어 수도를 정한 후 장량의 승리와 소하의 군량미가 끊이지 않게 하는 계략, 양도와 한신의 용맹과 진평의 기묘한 계략으로 항우를 멸망시키고 한나라를 통일하였더니, 그 후에 왕망이 반역하여 한나라를 없애고 스스로를 임금이라 하더니 한광무 유문숙이 군사를 일으켜 왕망을 멸하고 다시 한나라 왕실을 일어나게 하더니, 한영제 때

에 이르러 황건적이 일어나고 동탁이 반역하매 천하를 셋으로 나누어 한종실 유현덕이 서천에 수도를 정하여 한나라의 왕실을 붙들더니, 그 후에 사마염이 삼국을 통일하고 천하를 통합하여 국호를 진이라 하고, 그 후에 수양제가 사마씨를 멸하고 스스로를 임금이라 하니, 수양제가 가장 총애하는 신하 동평장군 이연의 셋째 아들 세민이가 위징, 진숙보, 서무공 삼걸의 도움으로 수양제를 몰아내고 금용성의 이밀을 파하여 이연을 세워 고조 황제를 삼고 국호를 대당이라 하더니, 지금은 그 아들 세민이 그 뒤를 이어 황제 되었으니 이 세상은 당태종 세민황제 시절이 아니오니까." **독해 TIP** 서대쥐의 자손들이 중국의 역사를 자세히 설명함으로써, 서대쥐의 걱정과 다르게 자신들이 가지고 있는 학식을 드러내고 있다.

　서대쥐 이 말을 듣고 크게 기뻐하여 굽은 허리를 길게 펴고 뾰족한 주둥이를 치켜들고 두 귀를 작게 벌어졌다 오므라졌다 하며 앞발로 수염을 어루만지며 허허 하고 크게 웃더라.

OX 문제

1. 서대쥐는 가죽이 벗겨질까 두려워 구궁산 깊은 굴속에 몸을 숨겼다. 　　　　　[O / X]
2. 복희씨는 육십갑자를 정하여 기록한 문서를 서 씨 가문에 전달하였다. 　　　[O / X]
3. 각 인물의 업적을 시간의 흐름에 따라 나열하고 있다. 　　　　　　　　　　[O / X]
4. 인물들 간의 대화를 통해 특정 인물의 생각과 행동을 희화화하고 있다. 　　[O / X]
5. 서대쥐는 학식이 없어 남에게 비웃음을 사는 자손들의 모습에 답답함을 느꼈다. 　[O / X]

심층체크

1. 서로 같은 인물을 지칭하는 말을 찾아 짝지으시오.
　A. 짐승　　B. 서 씨　　C. 조상　　D. 나　　E. 스승님　　F. 너　　G. 내　　H. 할아버님

필수어휘 _ 반드시 암기하기

*하직하다 : ① 어떤 곳에서 떠나다. ② 먼 길을 떠날 때 웃어른께 작별을 고하다.

*문장 : 글을 뛰어나게 잘 짓는 사람. =문장가.

*천자 : 하늘의 뜻을 받아 하늘을 대신하여 천하를 다스리는 사람이라는 뜻으로, 군주 국가의 최고 통치자를 이르는 말. ≒임금, 황제.

서동지전

장면 02

서대쥐 이르기를,

"기특하도다. 너희들이 땅굴 밖을 나가는 바 없이 항상 땅굴 안에서 나고 자라 우물 안 개구리같이 한 집안이 굼뜨고 어리석어 아주 무식하였더니 오늘날 네 말을 들으니 나의 무식한 가슴이 열리고 어두운 눈이 밝아져 전설의 세 임금과 다섯 신을 지금 뵈옵는 듯하고 맹자를 당장 모신 듯하오니, 이는 서 씨 집안의 큰 행복이요, 너희의 학문 재주는 배우지 아니하여도 스스로 통해서 안 것이리라. 내 매번 걱정하는 바는 내 나이 많은 고로 죽은 후에 너희가 학업을 그만두어 예절, 의리, 부끄러움을 아는 태도를 알지 못하고 무식하고 행실이 좋지 못한 자가 되어 우리 서 씨 가문에 삼강오륜*을 지키지 못할까 걱정하였더니 이제 너의 말을 들으니 지식이 의심할 여지없이 매우 분명하여 장하고 기쁘도다."

서대쥐가 좌우 쥐로 하여금 술을 가져오라 하여 수십 잔을 마신 뒤에 취하여 일어나는 흥을 못 이겨 증손 외손 새앙쥐를 명하여 글을 지으라 하더니, 갑자기 땅굴 밖에서 쥐 하나 황급히 들어와 땅에 엎드려 인사를 올리거늘 서대쥐 자세히 보니 조상의 세대로부터 부리던 청지기* 쥐라. 급히 물어 가로되, / "네 무슨 일이 있관대 이리 급히 오느뇨." / 그 쥐 앞으로 가까이 와 가로되,

"소인이 하는 일이 없사와 겨울에 아내와 자식을 돌보기 어려우매 지난달 어느 밤에 달이 밝기로 하동 장 처사 집 흰쌀을 빼앗기 위해 아랫방을 찾아 들어가 본즉 동쪽 구석으로 큰 항아리가 있삽거늘 좌우 벽을 타고 올라 그릇을 파는 가게를 굽어 살펴본즉 흰쌀은 있사오나 반밖에 차지 못하오매 이리저리 생각하오나 뺏어올 길이 없삽는지라. 아내와 자식이 여러 날 굶고 소인만 기다리는 일을 생각하온즉 빈 몸으로 돌아갈 길이 아득하옵고 소인도 또한 3, 4일 굶사오매 식욕을 참기 힘들어 마음먹은 대로 항아리로 뛰어내려 우선 굶주린 배를 채웠사오나 다시 몸이 벗어날 방법이 없는지라. 십여 일을 항아리 속에서 잘 먹고 지내더니 마침 장 처사의 생일날 송편 쌀을 내느라고 여자 종으로 하여금 곧 박을 들려 들어오거늘 소인이 매우 급한 와중에 한 계교*를 생각하고 쌀을 헤치고 몸을 흰쌀 중에 감추고 주변을 살펴본즉 그 여자 종이 박을 들고 독 중 쌀을 무수히 떠내 가지고 나갈새 소인이 바가지 쌀 속에 묻혀 나오다가 여자 종이 방문 밖에 나가늘 쌀을 헤치고 뛰어 도망하여 왔는데, 그 사이 아내와 자식은 소인을 기다리다가 여러 날 소식이 없으매 틀림없이 죽었다 하고 소인의 아내는 건넛산 백화촌의 서달쥐에게 재가*하옵고, 어린 자식은 홀로 땅굴에 엎드려서 어미를 부르며 우는 모습이 심히 잔인한지라. 이러므로 오래 인사를 올리지 못하였는데, 이러한 복잡한 사정을 모르시고 소인을 무심하다 생각하실까 하여 오늘 인사를 올리러 나옵더니 굴 앞에 가까이 이르르는 사람의 움직임이 있삽기로 놀라 몸을 잠깐 풀 가운데 숨겨 상황을 살폈는데, 한 사람은 갓 쓰고 한 겹으로 이루어진 벼슬아치의 옷을 입고 짚신을 신고, 한 사람은 검은 갓 쓰고 검정 신을 신었으되 긴 종이를 땅굴 동쪽 밤나무 늘어진 가지에 걸고 이르되,

'당나라 천자께서 금용성을 치려 하실 적에 팔괘동에 사는 서 씨 종족이 금용성 창고 안의 백만 석 쌀을 모두 훔쳐 없앰으로써 금용성을 부수어 이길 수 있었으매 이는 구궁산 서 씨의 공이라 하사 태종 세민황제 특별히 서 씨 에게 벼슬을 내리시고 옹주 본관에 명령을 내리사 구궁산 팔괘동 땅 40리를 주노니, 만일 사람이나 짐승이라도 서 씨 종족에게 내린 풀과 나무에 해를 끼치면, 엄하게 통제하라 하시기로, 나는 본관 아전일러니 황제의 교지*를 나무에 걸고 가나니 만일 서 씨 종족이 이 일을 알게 되거든 교지를 거두어 가라.' 독해 TIP 천자는 쥐들이 금용성의 쌀을 모두 훔쳐 먹어서 금용성을 쓰러뜨리는 데 공을 세웠다며, 서대쥐 집안에게 상을 내렸다. 이러한 천자의 명을 전달하기 위해 벼슬아치들이 서대쥐의 땅굴에 온 것이다.

하고 사람이 산을 내려가매 소인이 그 소리를 듣고 기쁨을 이기지 못하여 급히 나와 말하나이다."

여러 젊은 쥐들이 이 말을 듣고 모두 손뼉을 치며 이르되,

"우리 할아버님 께서 성은이 망극하여 벼슬을 얻었으니 서 씨 가문에 아름답고 찬란한 빛이 나는도다."

무수히 지저귀되 서대쥐는 나이 많아 경력이 있으매 말이나 행동이 조심성 없이 가벼운 자와 다른지라. 여럿을 꾸짖어 물리치고 말 전하던 청지기 쥐를 보고 일러 왈,

"요사이 보름이 지나도록 오는 일이 없기로 날은 차고 눈이 가득 쌓였으매 오고가는 길이 불편하여 오지 않는가 하였더니 원래 이런 까닭이 있었구나. 들으매 놀랍고 가련하도다. 나는 네 살림이 이 같이 가난함은 생각지 못함이니 오히려 내가 너를 헤아리는 마음이 부족함이라. 그런 어려움이 있을 때 댁에 와서 내게 말하기 창피했다면 여러 서방님께 이런 내용의 말을 대강 했으면 어찌 이 지경에 이르렀으리요. 너의 슬기로운 계교 아니었던들 하마터면 위태할 뻔하였도다. 고인 이 일렀으되 가난이 깊으면 염치를 생각하지 않는다 하였으나 위험하고 어지러운 곳에는 가지 않는다 하였거늘, 네 나이 이미 천여 세라 나이 어린 신중하지 못한 가벼운 자와 다른지라. 어찌 위태함을 생각지 못하였느뇨. 지금 너에게 한두 석 쌀을 주고 싶으나 졸지에 가족이 없으매 뉘라서 아침저녁을 주리요. 그러니 네 자식이나 데리고 아주 댁에 와 있다가 이때로부터 닥치는 앞일을 보아 지내라." 독해 TIP 서대쥐는 황제의 교지에도 경솔하게 굴지 않는 모습을 보이고, 청지기 쥐의 상황을 이해해 주며 관용을 베풀고 있다. 이를 통해 서대쥐가 침착하고 온화한 성격임을 알 수 있다.

청지기 쥐가 서대쥐의 은혜에 감동하며 인사하거늘 서대쥐 그제야 나가서 / "그 말대로 만일 교지가 있거든 가져오라."

하니 장자쥐 명을 듣고 같이 땅굴 밖으로 나가 동네 바깥쪽에 이르니 과연 동쪽 밤나무 늘어진 가지에 교지가 걸렸거늘 노복* 쥐로 하여금 밤나무에 올라가서 가져오라 하여 가지고 땅굴로 들어가서 대쥐에게 올리니라. 대쥐가 교지를 받아 보니 백옥 같은 한 폭의 종이에 옻나무 진 같은 참먹으로 머리에 교지라 쓰고 그 아래 다시 썼으되,

'구궁산 팔괘동에 사는 서대쥐가 종족을 데리고 금용성 낙구창에 많은 쌀을 없애어 큰 공을 이루어 그 공이 적지 아니한지라. 이러므로 구궁산 팔괘동 땅 40리 내의 잣, 밤 4만 6천 주를 내려 주노라. 동족이 대대로 일을 하고 서대쥐로 특별히 직위를 내리어 가선대부 행동지 통정대부 겸 옹주첨사'라 하고 '대당태종 6년 병인월 일'이라고 쓰고, 붉은 주홍색으로 일월 두 자 아울러 임금의 도장이 분명히 찍혀 있었다. 서대쥐와 모든 쥐가 공손히 읽기를 다하매, 한가운데 상을 차리고 교지를 그 위에 세우고, 서대쥐 머리에는 쥐 가죽 관이요 몸에도 쥐 가죽 옷을 입고 발에도 나막신을 신고 허리에도 허리띠를 차고 상 앞에 나아가 북쪽으로 네 번 절하여 임금의 은혜와 덕을 감사하고 난 후, 모든 쥐를 데리고 지위를 정하였다.

OX 문제

1. 서대쥐는 금용성을 쳐서 함락시킨 공으로 세민황제에게 벼슬을 받았다.　　　　　[O / X]
2. 서대쥐는 청지기 쥐에게 쌀 한두 석을 주었다.　　　　　[O / X]
3. 새로운 인물이 다른 인물의 발화를 통해 등장함으로써 인물 간의 대립 구도가 전환되고 있다.　　　　　[O / X]
4. 시간 표지를 활용하여 사건의 추이를 드러내고 있다.　　　　　[O / X]
5. 서대쥐는 황제의 교지가 굴 밖에 걸려 있다는 청지기 쥐의 말을 듣고 손뼉을 치며 기뻐하였다.　　　　　[O / X]

심층체크

1. 지칭하는 대상이 다른 하나를 고르시오.

　A. 서 씨　　B. 할아버님　　C. 고인　　D. 대쥐　　E. 옹주첨사

필수어휘 _ 반드시 암기하기

*삼강오륜 : 유교의 도덕에서 기본이 되는 세 가지의 강령과 지켜야 할 다섯 가지의 도리.
*청지기 : 양반집에서 잡일을 맡아보거나 시중을 들던 사람.
*계교 : 요리조리 헤아려 보고 생각해 낸 꾀.
*재가 : 결혼하였던 여자가 남편과 사별하거나 이혼하여 다른 남자와 결혼함.
*교지 : 국왕이 신하에게 관직, 관작, 자격, 시호, 토지, 노비 등을 내려주는 문서.
*노복 : 종살이를 하는 남자. =사내종.

장면 03

장자쥐 나와 왈,

"부친이 연세 6,000세에 이르시되, 관직을 얻지 못하사 언제 이름을 떨칠까 하옵더니 오늘날 벼슬을 얻사와 출세하여 이름을 세상에 떨치시니 서 씨 집안이 찬란하옵니다. 원컨대 잔치를 배설하사* 마을 사람들과 이웃마을 손님을 청하여 큰 재미를 즐기기를 바라옵나이다."

서대쥐 웃어 가로되,

"오호라, 내 나이가 들어 늙어 가는 시기가 지나고 죽음이 다가오는 시기에 이르러 은혜가 매우 넓고 커 명성을 얻으니 이른바 죽은 나무가 다시 살아나고 죽은 사람이 부활함이라. 바라는 것보다 복이 과하여 무엇이 부족타 하리요마는 헤아리건대 잔치를 배설하여 즐김은 실로 경사스러운 일이로되 이 같은 흉년에 곡식이 몹시 귀하고 물가는 뛰어오르는데 만일 잔치하고자 한다면 쓰이는 물품이 적지 아니하여 수천 금에 지나리니, 나의 잠깐의 즐거움만 생각하고 재물을 함부로 써서 자손들이 생산한 재물을 어찌 허비하리요, 그런고로 다시는 잔치하자 말을 말라."

장자쥐와 모든 쥐들이 다시 나와 강하게 청하거늘 서대쥐 듣지 아니하고 허락지 않는지라. 서대쥐의 아내 고산 서 씨 쥐 나와 가로되,

"낭군*은 고집 마소서. 옛사람의 말에 일렀으되 때가 이르러도 행하지 않으면 도리어 재앙이 따른다 하였으니, 때에 돌아오는 낙을 고작 재물만 아껴 즐기지 않으면 오히려 돌아오는 근심이 있을 것이요, 남에게 구두쇠라 재물 아낀다는 비난을 피하지 못할 것이요, 자손을 걱정하심은 부모 되는 마음에 떳떳한 일이나 성인이 이르시되 1천 이랑 논밭을 자손에게 전함이 한 재주 가르침만 못하고 수만 금 재물을 자손에게 전함이 책 한 권 전함만 못하다 하였고, 한나라 태부 소광은 천자와 태자가 주신 재물 수백만 금을 가지고 고향에 돌아가 친척과 오래도록 가난한 자들에게 나누어 주어 가로되,

'천자가 주신 금으로 어찌 자손을 생각하지 않으리요마는 이것을 자손에게 전하는 것은 다만 게으름을 가르침이라.'

하고 황백금을 나누어 주었으니, 이제 낭군은 앞으로 남은 인생이 얼마 남지 않았으며 천자께서 주신 밤이 4만여 주이니 그만하여도 자손들이 먹고 사는 데 백 년은 풍족하거든 어찌 소소 재물을 아껴 우리 가문이 한 번 즐길 수 있는 기회를 버리리요, 원컨대 낭군은 흔쾌히 허락하여 자손의 청하는 말을 따르소서." 독해 TIP 잔치를 열자는 모든 쥐들의 간절한 요구에도 서대쥐가 이를 완강하게 거절하자 서대쥐의 아내는 세 가지 이유를 들어 서대쥐를 설득하고 있다. 설득을 위해 서대쥐의 아내가 제시한 각각의 근거는 잘 체크해 두어야 한다. ① 즐거운 때에 재물을 아끼느라 이를 누리지 못하면 오히려 근심이 생김. ② 남들에게 구두쇠라는 비난을 듣게 됨. ③ 너무 많은 재물은 자손들에게 독이 될 수 있음.

서대쥐 크게 기뻐하며 왈,

"부인의 지혜로써 나의 무식한 생각을 열어 어두운 마음을 깨닫게 하니 부인은 진실로 덕이 높은 여자요, 치마 두른 장부라. 어찌 나 같은 졸장부야 부끄럽지 않으리요." 독해 TIP 서대쥐는 능숙한 의견을 내는 부인을 '장부(씩씩한 사내)' 같다며 칭찬하고, 이에 비교하여 자신은 '무식'한 '졸장부(마음이 좁고 서투른 사내)'라며 낮추어 말하고 있다.

따라서 장자쥐에 분부하여 잔치를 허락하니 장자쥐 크게 기뻐하여 즉시 좋은 날을 택하니 3월 15일이라. 모든 쥐를 불러 잔치를 준비하여 글을 쓰는 것을 직업으로 하는 쥐로 하여금 초대하는 글을 지으니,

'무릇 하늘과 땅에서 바다가 가장 넓고 세상의 모든 것 중에 사람이 오직 영웅이로되 맑은 하늘에 깃을 떨쳐 나는 새와 산중 바위굴에 걸음을 달려 산을 넘고 물을 건너 길을 가는 벌레들이나 강과 계곡에 비늘 잠겨 떠다니는 물고기들이 다 각각 하늘 아래 음과 양이 있는지라. 대체로 보아서 우리 서 씨는 세상이 창조될 때 으뜸으로 세상에 나매 여러 세월을 지나 서 씨 자손이 여러 곳에 흩어져 살게 되었고 친척들끼리도 소식이 끊어져 동서 종친*은 변하여 남이 되고 남북 사방의 친지들도 헤어져 곳곳에 흩어져 살게 되니, 옛날 주문왕의 자손들도 여러 나라를 세워 번성하였지만 같은 부모를 가진 혈육이로되 세월이 차차 오래매 후손이 멀어져 서로 치고 싸워서 원수가 되니 주나라의 천자 오히려 쉽게 막지 못하였는지라. 우리 서 씨 자손이 또한 주나라와 같이 서로 조상으로부터 대대로 내려옴을 알지 못하고 서로 몸을 해치는 지경에 이르니 어찌 한심치 않으리요, 슬프도다. 우리 서 씨 가문의 문장 어른이 나라에 큰 공을 이루므로 천자께서 어여삐 여기사 벼슬을 내려 주신고로 오늘 잔치를 배설하여 서 씨 가문으로 더불어 같이 즐기고자 하여 이같이 초대장을 써서 각처 서 씨에게 널리 알리느니 멀고 가까움을 따지지 아니하고 우리 서 씨 가문의 기쁜 일을 일일이 전하여 3월 15일 내로 구궁산 팔괘동으로 일제히 참가하시되 만일 불참하는 자 있으면 서 씨 집안의 가족이 아니다.'

하고 그 아래 '정묘 3월 초나흘 서기 쥐 씀'이라 하였다. 이 초대문을 노복 20명에게 주어 곳곳으로 보내고 그 뒤에 잔치의 모든 준비와 크고 작은 질서를 갖추는 동안에 어느덧 잔칫날이 코앞으로 다가왔는지라. 곳곳에 흩어진 서 씨 등이 초대문을 보고 그것을 또 다시 곳곳에 전하여 푸른 하늘에 구름 모이듯 하고 봄철의 산에 안개 모이듯 하여 늙은 쥐는 기력이 쇠한 얼굴빛과 하얗게

센 머리털에 막대를 짚고 어린 쥐는 옥같이 깨끗하고 아름다운 얼굴과 짧은 머리에 짚신을 끌고 구궁산을 찾아 나오니 수일 내에 팔괘동 중에 서 씨 종족이 하도 많아 이루 셀 수가 없는지라.

OX 문제

1. 서대쥐는 잔치를 열자는 장자쥐의 제안을 거절하였다.　　　　　　　　　　　　　　　　　[O / X]
2. 등장인물의 내적 독백을 통해 극적 긴장감을 고조시키고 있다.　　　　　　　　　　　　　　[O / X]
3. 잔치를 연다는 글을 각처로 보냈음에도 불구하고, 잔치에 참여한 쥐의 수는 얼마 되지 않았다.　[O / X]
4. 비유적 진술을 통해 상황을 실감나게 묘사하고 있다.　　　　　　　　　　　　　　　　　　[O / X]
5. 고산 서 씨 쥐는 옛사람의 말을 근거로 서대쥐를 설득하였다.　　　　　　　　　　　　　　[O / X]

심층체크

1. 지칭하는 대상이 <u>다른</u> 하나를 고르시오.

　A. 부친　　B. 나　　C. 낭군　　D. 졸장부　　E. 문장 어른　　F. 서기 쥐

필수어휘 _ 반드시 암기하기

*배설하다 : 연회나 의식에 쓰는 물건을 차려 놓다.
*낭군 : 예전에, 젊은 여자가 자기 남편이나 연인을 부르던 말.
*종친 : ① 일가로서 유복친 안에는 들지 아니하는 일가붙이. ② 임금의 친족.

장면 04

독해 TIP 여기서부터 잔칫집의 화려한 풍경 묘사가 제시된다. 비유적 표현을 통해 잔칫집의 풍경을 실감나게 표현하고 있다. 마침내 잔칫날에 이르러 모든 쥐들이 잔치를 베푸는 자리에 참여할 새 눈을 들어 살펴보니, 비록 흙구덩이이나 좋은 터로 대문이 남쪽으로 향한 수십 간의 기와집을 이뤘으니, 붉은 계수나무로 기둥을 삼았으며 아주 환한 달빛은 밝게 빛나고 깊은 산의 오동나무로 창과 문을 이루었으니, 주변을 볼 수 있도록 높이 지은 용 모양의 누각과 봉황 모양의 정자는 좌우에 빽빽하게 늘어서 있고 목련과 구슬발을 처마에 드리웠으니 아침 태양과 저녁달은 구름 속에 그림같이 보이고, 맑은 바람에 부딪치는 종은 맑은 소리 심히 요란하며, 왕희지와 조맹주의 그림이 벽마다 가득히 새겨져 있으며, 벽을 살펴보니 동쪽 벽에는 허유가 왕위를 거절하고 영천수에 귀 씻은 더러운 물 안 먹인다고 농부가 소의 고삐를 잡고 가는 모습을 그렸고, 서쪽 벽에는 신선 황석공이 가마에 걸터앉아 장자방이 두 손으로 신을 들어서 황석공의 맨발에 신기는 모습을 걸었으며, 남쪽 벽에는 한 임금의 친족인 유황숙이 제갈공명 보려 하고 와룡강 남양초당에 눈바람이 부는 중에 찾아가서 한 나라를 세 사람의 군주가 나누어 차지하는 것을 의논하고자 삼고초려*하는 모습을 그렸으며, 북벽에는 풍채 좋은 두목지가 가마에 높이 앉아 기생집 지날 적에 기생들이 환한 얼굴을 보려고 동정호 노란 귤을 다투어 던지면서 불러대는 모습이 그려 있고, 무늬를 또렷하고 정교하게 파서 새긴 기둥에는 봄의 시작을 알리는 글씨를 붙였으되 '원앙 지상에 쌍쌍비요 봉황루하에 쌍쌍도며 화동에 조비남포운이요, 주렴은 모권서산우라. 백년삼만육천일에 일일수경삼백배라. 청천일장지가 사아복중지라.' 독해 TIP 이는 이백의 「양양가」, 왕발의 「등왕각」 등에서 나타나는 구절을 그대로 인용한 것이다. 봄과 관련된 내용이 인용된 것이라고 이해하고 넘어가면 된다. 이런 풍류* 글귀가 전서로 쓰여 있으며, 해서로 쓴 글자로써 집의 이름을 붙였으되 만수재, 채련당, 망월루, 장락헌, 양선각, 산수각, 만화당, 치족재 등등 현판이 씌어 있으니, 하나하나 매우 잘 쓴 글씨요, 용이 살아 움직이는 것같이 아주 활기 있는 글씨이더라. 독해 TIP '전서', '해서'는 한자 서체의 종류이다. 다양한 서체로 집 곳곳이 화려하게 장식되어 있다고 이해하면 된다. 창문 앞 푸른 꽃나무의 가지로 만든 병풍은 봄, 여름, 가을, 겨울 내내 봄빛을 띠고 있고 계단 아래 3층 화단은 풀꽃을 가득히 심었으니 꽃향기가 코를 찌르고, 창가 아래로는 난초 국화며 패랭이꽃 원추리꽃을 줄줄이 심었으며 뒤에는 수많은 산봉우리와 산골짜기와 몹시 험한 바위가 겹겹으로 쌓인 낭떠러지가 산을 지어 좋은 기운이 있는 산을 이루었고, 왼쪽에는 창창한 푸른 소나무와 잣나무가 항상 봄과 같고 오른쪽에는 마디마디 푸른 대나무 오래도록 부는 맑은 바람으로 절개*를 자랑하고 앞으로는 옥 같은 내에 흐르는 물결이 잔잔하여 모양이 좋고 큰 물고기가 물을 따라 오고가고, 때는 마침 봄철이라, 온갖 꽃이 활짝 다 피어 분분이 날아 동네에 나부끼며 흰 구름 같은 햇빛 가리개와 빛나는 방석은 푸른 하늘을 가리어 구름 낀 하늘에 솟았는데, 만수재 넓은 집에 서대쥐 큰 잔칫상을 배설하고 늙은 쥐로 더불어 같이 즐길새, 머리에 꽃향이 나는 푸른 비단 두건을 쓰고 몸에 구름무늬가 수놓인 옷을 입고, 허리에는 꽃문양 띠를 두르고 발에는 하얀 신을 신었으며, 치아에는 황금빛이 비치고 손에는 다섯 가지 빛깔의 부채를 들었으니, 몸은 비록 작으나 모습이 늠름하고 찬란한지라. 서대쥐가 가장 높은 자리에 앉은 후에 문방사우*를 좌우에 벌여 놓고 어른 쥐를 대접하고, 산수각 넓은 집은 장자쥐가 큰 잔칫상을 배설하여 친척을 대접하고, 망월루에는 둘째 쥐가 큰 잔칫상을 배설하여 오래된 친구쥐들을 대접하고, 장락헌에는 셋째 쥐가 큰 잔칫상을 배설하여 귀한 손님 쥐를 대접하고, 서대쥐 처 고산 서 씨는 만화당에 큰 잔칫상을 배설하여 종친 친구 친척들의 부인 쥐를 접대하니 갖가지 음식 풍족하다. 강남의 노란 귤과 송강의 노어회와 서역의 청포도와 북경의 왕대추며 천태산의 천일주와 한무제의 옥로주며 유령의 장취주에 진수성찬으로 풍류와 음악을 즐겨 노는 소리가 끊이지 않더라.

장자쥐 옷차림을 바르게 하고 앵무새 모양의 술잔에 장생주를 부어 들고 서대쥐 앞에 나아가 꿇어 양손으로 받들어 올려 왈,

"옛날 주나라 무왕은 곤륜산에 올라가서 서왕모로 더불어 잔치할 제 서왕모가 무왕에게 삼천 년마다 한 번씩 열린다는 신선이 사는 곳에 있는 복숭아를 드려 천 년의 세월을 누리었는데, 소자는 오늘 잔치에 한 잔 장생주를 부친 아래에 올리옵나니 하늘과 땅이 오래도록 변함없고 강산은 아름다우니 이 장생주 잡수시고 사는 동안 아무런 탈이 없으시길 바라옵나이다."

서대쥐 흐뭇이 웃고 잔을 받아 마시고 장자쥐 일어나 절하고 물러가더니, 둘째 쥐도 또한 노자의 불로주를 부어 들고 또 양손으로 올려 왈,

"옛날 동방삭이는 한무제에게 신선이 먹는 배와 대추를 드렸거니와 소자는 오늘 한 잔 불로주를 부친께 올리옵나니 계절 가운데는 봄이 최고요 인생의 다섯 가지 복 가운데는 목숨이 가장 우선이라, 부친은 이 불로주 한 잔 마시사 수명을 더욱더 오래 늘려 나가심을 바라옵나이다."

서대쥐 기분 좋게 웃고 잔을 받아 마시니 둘째 쥐 일어나서 절하고 나가서늘, 장자쥐 다시 악기를 갖추어 기생 쥐 20명으로 하여금 노래와 춤을 하라 하니 기생 등이 고운 단장과 아리따운 빛으로 붉은 치마를 나부끼며 고운 손과 붉은 입술을 가진 아름다운 여인들이 노래를 부르니 그 노래에 가로되,

'하늘이 서 씨를 알아보시어 세상이 쥐 모임에 열림이로다. 서 씨 하늘을 좇아 으뜸으로 세상에 나도다. 금용성 큰 창고의 곡식

을 흩음이여 당나라가 흥하도다. 공을 나타냄이여 서 씨 집안의 빛남이로다. 인간의 알지 못함이여 헛된 욕심으로 망신하고 죽은 자는 다시 살아날 수 없으며 죽어서 잘 차려 준 음식이 살아생전의 술 한 잔만도 못하니라. 두어라 인간과 짐승에게 삶과 죽음, 괴로움과 즐거움은 한가진가 하노라.'

OX 문제

1. 비유를 활용하여 잔치가 벌어지는 곳의 풍경을 묘사하고 있다. [O/X]
2. 장자쥐는 불로주를 받들어 올리며 서대쥐의 수명이 늘어나기를 빌었다. [O/X]
3. 서대쥐 집의 기둥에는 봄, 여름, 가을, 겨울의 흥취를 즐기는 글씨가 붙어 있었다. [O/X]
4. 두 공간에서 동시에 일어나는 사건을 병렬적으로 배치하고 있다. [O/X]
5. 인물 간의 대화를 삽입하여 갈등 해소 과정을 보여 주고 있다. [O/X]

심층체크

1. 이 장면에서 '둘째 쥐'를 지칭하는 호칭을 고르시오.
   A. 한무제　B. 소자　C. 부친　D. 소자　E. 서 씨

필수어휘 _ 반드시 암기하기

*삼고초려 : 인재를 맞아들이기 위하여 참을성 있게 노력함. 중국 삼국 시대에, 유비가 제갈량을 세 번이나 찾아갔다는 데서 유래한다.
*풍류 : 멋스럽고 풍치가 있는 일. 또는 그렇게 노는 일.
*절개 : ① 신념, 신의 따위를 굽히지 아니하고 굳게 지키는 꿋꿋한 태도. ② 지조와 정조를 깨끗하게 지키는 여자의 품성.
*문방사우 : 종이, 붓, 먹, 벼루의 네 가지 문방구.

장면 05

맑은 소리와 맑은 가락은 오히려 슬프게 들렸다. 서대쥐 듣기를 다하매 슬픈 마음이 자연히 일어나 눈물을 머금고 모든 손님을 대하여 길게 탄식하여 가로되,

"내가 나이 육천여 세에 선조의 숨은 은혜와 덕으로 배고프고 추움을 알지 못하고 이 한 몸이 병 없이 건강하여 괴로움을 알지 못하고 밑으로 많은 자손이 좌우로 웃어른을 모시고 서서 자식이 아침저녁으로 부모의 안부를 물어서 살핌을 하며 밖에 나갈 때는 반드시 부모에게 고하며 돌아와서는 반드시 어버이께 뵈매 조금이라도 불효를 끼치는 자손이 없어서 다만 경사스러운 일과 즐거움만 알았고 인생의 괴로움을 모르더니, 아, 슬퍼라! 수삼 년 전으로부터 우연히 집안의 재앙이나 사고가 일어나기 시작하는데 둘째 증손쥐가 본디 총명하여 논어 효경* 등을 물을 것이 없고 성품이 어질어 버릴 것이 없으나 술과 여자에 빠져서 매번 걱정하더니 수년 전 벗으로 더불어 밤에 놀러 나갔다가 박봉헌 집 술독에 빠져 죽었고, 셋째 현손쥐는 푸른 잎이 우거진 나무와 수풀을 구경하고자 하여 동네 밖으로 나갔다가 괴한에게 물려 가고 넷째 현손쥐는 효심이 지극하여 제 아비의 병에 쓸 기름을 얻어 한약을 지으려고 산 너머 윤석사 집에 갔다가 덫에 치여 죽고, 다섯째 외손녀쥐는 꽃다운 청춘에 행실이 올바르지 아니하므로 서방에 반하여 나간 지 두어 해로되 끝내 소식을 알지 못하매 밤이 새도록 근심하는 바이러니, 오늘을 당하여 죽은 자녀를 생각하니 기쁜 가운데 슬픔이 나고 슬픈 가운데 기쁨이 나는도다." **독해 TIP** '증손(손자의 아들)', '현손(증손자의 아들)', '외손녀(딸이 낳은 딸)'는 모두 친족을 일컫는 호칭이다. 서대쥐는 자신의 몸이 건강하고 자손들이 효성스러워 인생에 즐거움만 가득했지만, 최근 들어 자손들에게 불행이 닥쳐 근심이 많아진 일을 생각하며 자신의 인생사에 대한 슬픈 감회를 표현하고 있다.

인하여 눈물이 나는지라. 모든 아들쥐들이 위로하여 술기운이 퍼지더니 그때 구궁산 봉우리 서동쪽에 한 짐승이 있으되 이름은 다람쥐라. 본디 성품이 간사하고 악독할 뿐 아니라 일에 게으르고 몸을 심히 아끼는지라. 고로 집안의 살림살이가 가난하여 형편이 매우 어려웠다. **독해 TIP** 서술자가 새로 등장한 인물의 성격을 직접적으로 제시하고 있다. 내용을 고려할 때 다람쥐는 부정적 인물임을 알 수 있다.

이때 마침 서대쥐 집에 잔치 연다는 말을 듣고 두건에 베옷 입고 짚신을 신고 문을 나오거늘 아내 다람쥐 물어 가로되,

"낭군은 어디로 가고자 하느뇨, 이제 굶은 지가 3일이라. 기력이 바닥이 나서 겨우 걸음을 옮겼다가 오래 돌아오지 아니하면 행여 독수리에게 해를 볼까 걱정이 끝이 없으니 낭군은 멀리 가지 말으소서."

다람쥐 가로되,

"내 본시 서대쥐와 한 번 본 적이 있더니 들으니 이번에 벼슬을 얻은 후 오늘 잔치를 배설하여 손님을 대접한다 하는고로 한 번 찾아가서 밥과 술을 얻어다가 우리 부부 한때 배고픔과 목마름을 면할까 하노라."

아내 다람쥐 가로되,

"옳지 아니하오. 비록 본 적이 있다고 하나 부르지 않은 손님이 청하지 않는 자리에 감이라, 봉황이 천 길을 날으매 굶주려도 좁쌀은 먹지 아니하는 것은 장부의 염치요, 형편이 어려워도 눈치는 보지 않는 게 군자의 예절이라 하였나니 어찌 배고픔으로써 염치를 돌아보지 아니하리오."

다람쥐 가로되,

"그대의 말이 비록 옳으나, 옛날 한광무는 무루정에서 콩죽을 구하며 호타하에서 보리밥을 취하였으되 결국은 천자가 되었거늘, 나 같은 필부*야 어찌 소소 염치를 구하리요." **독해 TIP** 이 말은 '장부의 염치'와 '군자의 예절'을 지켜야 한다는 아내 다람쥐의 의견에는 동의하지만, 자신은 군자가 아니라 필부이므로 염치가 없기에 잔치에 가겠다는 의미이다.

하고 인하여 소매를 떨치고 바로 구궁산 팔괘동을 찾아가니, 간드러진 노랫소리가 구름 밖에 들리고, 진귀한 음식과 좋은 술, 맛있는 안주는 바쁘게 오고가는지라. 다람쥐 바로 잔칫상으로 나아가니 모든 손님이 서로 보고 서로 말없이 얼굴만 물끄러미 바라보며 말이 없거늘, 서대쥐를 보고 예를 갖추어 가로되,

"소생 다람쥐는 영감 대인의 명성을 오래 전부터 듣사오나 견문*이 좁은 제가 문을 닫고 목을 움츠려 몸소 나가기 어려운고로 한 번도 찾아와 뵙지 못하였더니 요사이 듣자오니 영감이 임금의 은혜와 덕을 입어 벼슬을 받으셨다 하오매 즐겁거나 슬픈 일에 서로 찾아보는 것은 꼭 지켜야 하는 예라 하여 당돌히 이 자리에 나와 감히 축하하여 예를 차리나이다."

서대쥐 몸을 일으켜 답례한 후 특별히 자리를 마련하여 다람쥐를 맞아 앉으매, 다람쥐를 자세히 살펴보니 모습이 초췌하고 차림이 너저분하여 가난함이 겉모습에 나타나거늘 마음이 딱하여 가로되,

"나는 나이가 많고 병이 많아 몸은 비록 살았으나 집 밖을 나가본 지 오랜 지라, 늘 그대를 한번 찾고자 한 마음은 깊으나 가까운 거리가 천 리 같고 등잔 밑이 어두움이라. 떨어져 있는 거리는 비록 멀지 않으나 구름이 사이를 갈라놓은 것처럼 볼 수 없어 뜻과 같지 못하더니 뜻밖에 오늘날 이같이 누추한 곳에 오셔서 나 같은 쓸모없는 이를 찾으니 이는 나의 바람이 이루어졌을 뿐 아니라

우리 집안에 꽹장한 영광이로다."

　말을 마치매 장자쥐에 명하여 술병을 갖추어 정성으로 대접하더니, 이윽고 해가 서쪽에 있는 산에 떨어지고 달이 떠오르자 손님들이 다 흩어져 각기 귀가할 새 모두 많이 취하여 집의 멀고 가까움을 헤아려 서로 붙들며 이끌어 천천히 가면서 혹 소동파의 적벽부도 외우며 달빛을 대하여 시를 읊으며 돌아가니 팔괘동이 잔치 이튿날이라 고요하더라. **독해 TIP** '적벽부'는 소동파가 유배지인 항저우에서 양쯔강을 유람하며, 과거를 회상하고 자연에 비하여 인생이 짧음을 한탄한 시이다.

OX 문제

1. 서대쥐는 자신이 직접 술상을 갖추어 다람쥐를 극진히 대접하였다.　　　　　[O / X]
2. 다람쥐가 서대쥐의 집에 찾아간다고 하자, 아내 다람쥐는 이를 말렸다.　　　[O / X]
3. 서술자가 인물의 성격을 직접적으로 제시하고 있다.　　　　　　　　　　　[O / X]
4. 공간 이동에 따라 일어나는 사건을 통해 인물들의 외적 갈등을 심화하고 있다.　[O / X]
5. 모든 쥐들은 잔치에 참석한 다람쥐를 환영하며 인사를 건넸다.　　　　　　　[O / X]

심층체크

1. 지칭하는 대상이 <u>다른</u> 하나를 고르시오.
　A. 다람쥐　　B. 낭군　　C. 내　　D. 그대　　E. 필부　　F. 그대

필수어휘 _ 반드시 암기하기

*논어, 효경 : 효제에 관한 내용을 담은 유교 경전의 하나.
*필부 : 신분이 낮고 보잘것없는 사내.
*견문 : 보거나 듣거나 하여 깨달아 얻은 지식.

서동지전

장면 06

서대쥐가 장자쥐와 노복 쥐로 하여금 방석과 햇빛 가리개, 그릇들을 일일이 수습하여 정리하라 분부하고 대청에 올라 사내종으로 하여금 방 안에 등불을 밝히고 자리에 나아가 의자에 몸을 의지하여 앉거늘, 이때 다람쥐가 손님들이 흩어지고 집안이 조용한 틈을 타서 앞으로 가까이 나아가 슬피 고하여 왈,

"소생이 오늘날 맛 좋은 술과 잘 차린 음식으로 덕을 입사오니 감사함을 이기지 못하오나 오히려 안타까운 점이 있삽기로 감히 황공한 말로써 고하옵나니 들어보시겠나이까." / 서대쥐 가로되,

"그대의 마음에 품고 있는 생각을 알지는 못하거니와 마땅히 꺼리어 감추거나 숨기지 말고 사정을 말하라."

다람쥐 다시 무릎을 거두고 왈,

"소생이 일찍이 부모를 잃고 의지할 곳이 없는 외로운 홀몸으로 귀로는 공자와 맹자를 들음이 없고 손에는 글을 배움이 없어, 낮이면 산봉우리의 솔방울을 줍고 몹시 험한 바위가 겹겹으로 쌓인 낭떠러지의 도토리 열매를 거두고 가깝고 먼 동네의 보리를 구하며 논밭의 기장과 조를 가지고 와 평생 근근이 생계를 유지하옵더니, 이 같은 흉년을 당하와 거둠이 없사온즉 그릇은 비고 약한 자식과 몸이 마른 계집은 추위와 굶주림을 견디지 못하오니 나무나 돌처럼 아무런 감정도 없는 마음씨라도 앞에 벌어진 상황을 눈 뜨고는 차마 볼 수 없으리라. 이리저리 생각해 보아도 생계를 이어나가기 힘들어 구차한 사정을 고하옵나니 빌건대 대인 영감은 자비심을 드리우사 잣, 밤 수삼 두를 기꺼이 허락하여 빌려 주시면 이는 한 되 물로 수레바퀴가 지나간 자리에 고인 물속의 붕어를 살리며, 군대의 식량을 내어 가난한 사람들의 굶주림을 먹이심이니, 그 은혜를 살아서는 마땅히 머리를 숙여 갚고 결초보은*하리니 불쌍히 여기사 살펴 주심을 바라나이다." 독해 TIP 고전 소설에서 '대인'은 말과 행실이 바르고 점잖으며 덕이 높은 사람, 혹은 신분이나 관직이 높은 사람을 칭한다. 다람쥐는 예의 바르게 서대쥐를 대하며 도움을 청하고 있다.

서대쥐 듣기를 마침에 심하게 애처로워 가로되,

"그대의 말을 들으니 진실로 슬픈지라. 고진감래*와 흥진비래*는 언제나 있을 수 있는 일이라. 하늘에도 예측할 수 없는 바람과 구름의 조화가 있고 만물에도 아침저녁 운이 좋고 나쁨이 있나니, 옛날의 한신은 바지 아래로 지나가야 하는 모욕을 당하고 못된 어미의 밥을 빌었으되 마침내 높은 자리에 올랐고, 소진은 나간 지 수개월 만에 집에 돌아옴에 아내는 베틀에서 내리지 아니하고 하인이 부엌에 불도 지피지 않고 밥도 주지 않았지만 마침내 여섯 나라의 정승이 되었는지라. 그대 비록 아직 생활이 궁핍하고 어려우나 예로부터 영웅군자 한 번 어려움은 면하기 어려운고로, 옛 사람들이 일렀으되 죽을 마당에 이르러서야 용기를 내어 다시 살아나게 된다 하였으니, 그대는 빈곤을 꺼리지 말고 하늘의 이치를 따라 돌아오는 때를 기다리라."

인하여 청지기 쥐를 불러 밤 한 석과 잣 다섯 두를 주라 하여 노복 쥐로 하여금 다람쥐 집으로 보내되 잔치 남은 음식을 큰 표주박에 담아 부치라 하고 다람쥐더러 일러 왈,

"밤과 잣은 비록 약소하나 이는 한 잔 물로 아방궁의 불을 구함이요, 한 그릇 밥으로 맹상군의 3천 객을 먹임이라. 모름지기 갚음을 생각지 말고 한때 살림에 보태라." / 다람쥐 일어나 두 번 절하고 왈,

"대인의 은덕으로 박한 목숨을 보살피사 천한 목숨을 구하시니 이른바 물 없는 고기를 잡아 넓고 큰 바다에 넣음이라 어찌 감격지 않으리요." 독해 TIP '물 없는 고기'는 가난한 처지의 다람쥐 본인을 의미한다. 서대쥐의 베풂에 격한 감사의 표현을 하고 있다.

인하여 인사를 하고 양식을 거느려 집으로 돌아오니, 아내 다람쥐 밤이 깊도록 소식이 없으매 근심하여 문을 의지하고 바라더니 달이 서산에 기울고 닭이 새벽을 알리매 멀리 바라보니 다람쥐 양식을 가지고 오거늘 크게 기뻐하며 맞아 양식을 거두어 들이고 노복 쥐를 돌려보낸 후에 표주박의 맛있는 음식을 이끌어 함께 방 안에 들어와서 자식들로 더불어 나누어 먹을새, 다람쥐 아내 다람쥐더러 서대쥐의 잔치 화려함과 서대쥐의 두터운 은혜를 칭송하며 얻어온 바 양식으로 별 탈 없이 봄을 지내게 되었는지라. 이러구러 시간은 빠르게 흘러 봄 여름 다 지내고 가을에 거둔 양식이 2, 3두에 지나지 못하매 초겨울에 이미 다 먹어 버리고 추운 겨울이 또다시 돌아오니 그 해도 불과 열흘 정도밖에 남지 않았다. 다람쥐의 집은 모두 한 끼의 죽이 어렵고 부엌에는 한 줌의 나무도 없었는지라. 손을 비비며 위태로이 앉았다가 아내 다람쥐더러 일러 가로되,

"내 본래 겨우 글만 읽고 세상일에는 전혀 경험이 없는 사람으로 몸이 선비 되어 위로 조상에게 물려받은 것이 없고 아래로 친척의 생업이 없이 약한 몸이 여기저기 여러 곳에서 빚져 구차한 목숨을 보존하나 마음은 항상 안빈낙도*하려 노력하였소. 하지만 설날이 머지 않았는데 조상님이 한 그릇 떡국을 받아서 먹을 길 없는지라. 한숨만 나오는 것을 어찌하오." / 아내 다람쥐 가로되,

"낭군의 말을 들으니 그러한 것이 당연하나 대장부 세상에 나매 예의염치를 알지 못하면 이는 아무 짝에도 쓸모없는지라. 낭군이 또 팔괘동을 생각하고 있는 듯하나 당초에도 염치를 불구함이 장부의 도리 아니거늘 다시 가서 두 번 말함은 차마 남자가 할 짓이 아니라. 삶과 죽음에도 때가 있거늘 어찌 구차히 살기를 도모하여 염치를 돌아보지 아니하리요. 내 비록 여자나 낭군을 위하여 차마 권하리니 낭군은 만 번 생각하소서." 독해 TIP 아내 다람쥐는 장부로서 예절과 의리, 청렴과 부끄러움을 아는 태도를 가져야 한다

며 또다시 남편을 지적하고 있다.

　다람쥐 묵묵히 말이 없더니 한참이 지나서 왈,

　"내 어찌 염치를 모르리요마는 사람이 살기 어려우면 예의염치를 가리지 않을지라. 염치를 돌아볼진대 아내와 자식을 지키지 못할지라. 이러므로 나아가 상황을 살펴보고자 함이요, 일이 되어가는 상태를 보아 일이 잘 되도록 여러 가지 방법으로 힘쓸 것이니 그대는 나의 돌아오기를 기다리라."

OX 문제

1. 서대쥐는 다람쥐에게 밤과 잣을 주면서 형편이 나아졌을 때 갚으라 하였다.　　[O / X]
2. 인물 간의 갈등을 다각적으로 조명하여 사건 전개의 양상을 다양화하고 있다.　　[O / X]
3. 다람쥐는 아내 다람쥐의 조언을 듣고, 서대쥐에게 식량을 요청하러 가는 것을 단념하였다.　　[O / X]
4. 사건을 요약적으로 제시하여 서사를 빠르게 전개하고 있다.　　[O / X]
5. 아내 다람쥐는 밤이 늦도록 다람쥐의 소식이 없자 그를 걱정하며 기다렸다.　　[O / X]

심층체크

1. 지칭하는 대상이 다른 하나를 고르시오.

　A. 다람쥐　　B. 그대　　C. 소생　　D. 낭군　　E. 그대

필수어휘 _ 반드시 암기하기

*결초보은 : 죽은 뒤에라도 은혜를 잊지 않고 갚음을 이르는 말.

*고진감래 : 쓴 것이 다하면 단 것이 온다는 뜻으로, 고생 끝에 즐거움이 옴을 이르는 말.

*흥진비래 : 즐거운 일이 다하면 슬픈 일이 닥쳐온다는 뜻으로, 세상일은 순환되는 것임을 이르는 말.

*안빈낙도 : 가난한 생활을 하면서도 편안한 마음으로 도를 즐겨 지킴.

서동지전

장면 07

다람쥐 말을 마치고 옷차림을 가지런히 하고 바로 팔괘동으로 나가 자신이 왔음을 알리니, 이윽고 서대쥐가 불러 청하거늘 다람쥐 대청 위에 올라 서대쥐를 향하여 인사를 올리매 서대쥐 일어서서 답례한 후, 서로 앉은 후 서대쥐 말을 내되,

"지난번 잔치에서 정신없을 때 만나 양쪽이 특별한 이야기도 나누지 못하고 급히 이별한 후 지금껏 걱정이 되었는데, 오늘 다시 자네를 만나매 심히 다정한지라. 그 사이 몸에 병이나 탈은 없던가." / 다람쥐 자리에서 일어나서 왈,

"소생이 영감의 은혜를 입사와 연약한 목숨이 봄, 여름을 평안하게 지낸지라. 나를 태어나게 한 이는 부모지만 다시 살려 준 이는 대인이오니 소생 부부 매 때마다 서로 대하여 죽어서도 은혜를 잊지 말기를 원하는 바일러니, 생계를 이어나갈 계획은 없고 임시변통의 계획뿐이라 초가을에 약간 거둔 쌀 2~3두가 초겨울에 없어지고 산간에 굴러다니는 열매나 거두고자 하나 눈이 하늘과 땅에 가득하여 새들도 날아다니지 않고, 사람들의 모습도 찾아볼 수 없었던지라. 곳곳에 쌓인 눈에 여러 곳을 두루 돌아다니기 어려운 중에 이 같이 한해를 마치게 되니, 앞집은 술 빚고 뒷집은 떡을 쳐서 새해를 맞음에 조상님에게 제사를 지내고자 함이어늘 소생은 집이 가난하고 몸이 나약하여 설날에 제사를 받들 방법이 없는지라. 엎드려 바라나니 이전에 구해 주신 바는 마음에 깊이 새겨 두어 오래오래 잊지 아니하거니와 다시 넓고 큰 덕을 내리오사 맛없는 술 한 잔이라도 차례를 받들어 불효를 면케 하올진대 뼈가 가루가 되고 몸이 부셔지더라도 소생이 죽기살기로 은혜를 갚으리니 원컨대 대인은 다시 생각하심을 바라나이다."

서대쥐 속으로 깊이 생각한 지 오랜 뒤 왈,

"그대는 내 말을 들으라. 본래 우리 서 씨 천 년 동안에 팔촌 이내의 친척과 가깝고 먼 모든 가문이 여러 곳에 분산되어 부자도 있으며 빈곤한 자도 있으매 오랜 세월 설날과 경조사, 빈곤한 벗과 친척에 소요되는 재산이 매년 매월에 만여 금이 넘고, 한 집안 식구들과 하인들의 제사들을 지내는 데에 쓰이는 것 또한 말도 못하게 많음이라. 이러하므로 그대의 청하는 바를 들어주기 어려우니 차라리 묻지 않고 듣지 않은 것으로 치는 것이 나을 듯하도다. 마땅히 나의 부족함을 미워 말고 뒷날에 다시 만남을 헤아리라."

독해TIP▶ 서대쥐는 서 씨 가문을 돌보고 조상을 모시는데 드는 돈이 많다며 다람쥐의 부탁을 거절하였다.

다람쥐는 본디 성품이 사납고 악독하며 마음이 바르지 못한지라, 서대쥐의 허락지 않음을 보고 독한 얼굴에 화난 기세를 품으며 몸을 떨치고 일어나 가로되,

"억울하고 화가 나는구나. 가난한 자는 이름도 없다더니 나를 두고 이름이라. 집이 가난하면 성인군자*도 욕을 먹고 몸이 초라하면 남의 천대를 받으며, 부귀해야 집안 개도 보고 공경한다. 그러나 두고 보시오. 부귀도 매 때마다 있는 것이 아니니라. 오호라, 한 나라 양기는 부귀를 이루었지만 하루아침에 처자 형제와 노비 가축이 일제히 사망하였나니 부귀는 끈이 있어 매번 차고 있는 것 아니요 가난함은 씨가 있어 매번 가난함만 낳을 바 아니로다. 가히 분하고 가히 애석하도다."

인하여 몹시 화를 내며 가거늘 서대쥐 도리어 웃고 가로되,

"옛말이 옳도다. 남에게 입은 은혜를 저버리고 배신하는 태도가 있어 은혜를 베푼 것이 도리어 원수가 된다는 것은 이런 경우를 두고 이름이로다. 그러나 다람쥐가 내게 붙어 행패를 부릴지언정 나는 그러지 않을 터이니 뒷날에 다시 그의 원한을 풀어 주리라."

하더라. 독해TIP▶ 서대쥐는 다람쥐를 도와주었다는 이유로 오히려 다람쥐에게 악담을 듣게 되었으나, 화를 내지 않고 웃으며 다음에 만날 날을 기약하고 있다. 서대쥐의 의연한 태도에서 너그러운 인품이 드러난다.

이때 다람쥐 분함을 이기지 못하여 집에 돌아오니 아내 다람쥐 나와 맞아 가로되,

"낭군이 이번에 갔다가 화난 얼굴빛을 띠어 돌아오니 알지 못할세라. 길에서 행실이 좋지 못한 자를 만나 혹 무슨 일이라도 당하셨나이까." / 다람쥐 가로되,

"그런 일은 없으나 그대 말을 듣지 않고 다만 새해 초부터 몹시 가난하여 밥 짓지 못하는 것을 벗어날까 하고 가서 서대쥐 보고 슬픈 소리와 애처로운 말로 생각하기를 바라노라 하니까 서대쥐 답이 가난한 집안을 도와주기에 신경 쓸 수 없겠노라 하고 말하매, 그의 언어 공손하지 아니하고 여간 재물이 있어 집이 부유하다 과시하고 대접이 가벼우니, 설사 본래 저축함이 없을진대 혹시 그럴 수도 있으므로 이상할 것이 없지만, 전해 내려오는 물건이 많을 뿐만 아니라 요사이 천자께서 내리신 밤이 4만여 주나 되니, 나를 생각하여 도와주려는 마음이 있대도 수백 석 줄 것도 아니요, 많으면 1~2석, 적으면 1~2두 줄 것이어늘 내가 이같이 부끄럽게 돌아옴을 서대쥐는 마음에 두지 아니할 것이니 어찌 원통하고 분하지 않으리요, 몹시 곤란한 지경에 빠져 삶이 차라리 죽음만 같지 못하여 죽으려 해도 죽을 만한 땅이 없도다. 내 마땅히 송사*하여 이놈을 잡아다가 재물을 헛되이 쓰도록 엄중한 형벌로써 몸을 괴롭게 하여 나의 분을 풀리라." / 아내 다람쥐 이 말을 듣고 크게 꾸짖어 가로되,

"낭군의 말이 틀리도다. 천하 만물이 세상에 나매 믿음과 의리로써 으뜸을 삼나니, 서대쥐는 본래 남과 다름이 없고 하물며 서로 오고 감도 없으되 다만 한 번 만났던 것을 생각하고 약간의 식량을 흔쾌히 베풀어 청하는 바를 들어주었으니, 서대쥐가 낭군 대접함이 옛날 주공이 밥 한 끼를 먹는 중에도 손님이 세 번 찾아오면 세 번 다 밥을 뱉어 내어 맞이하고, 한 번 목욕을 하는 중에도 손

님이 세 번 찾아오면 세 번 다 머리를 감아쥐고서 손님을 맞이한 것과 같거늘, 한 번도 고마움을 표시함이 없다가 무슨 면목으로 또 구해 줌을 청하매 허락지 아니하였다고 오히려 화를 냄이 믿음과 의리가 없는 행동이어늘, 하물며 사납고 악한 마음을 품고서 은혜 갚을 생각은 아니하고 오히려 관청에 송사를 이르고자 하니, 이는 이른바 적반하장*이요, 은혜가 도리어 원수가 되는지라. 낭군이 만일 송사코저 할진대 서대쥐의 죄목을 무엇으로 말하고자 하느뇨. 다시 생각하고 깊이 헤아려 갚기를 힘쓰고 험악한 말을 할 생각을 버릴지라. 서대쥐는 본디 마음이 너그럽고 덕이 많으며 점잖은 사람이라 반드시 뒷날에 낭군을 위하여 보답을 할 날이 있으리니 제 말을 자세히 살펴본 뒤에 받아들여 일이 잘못된 뒤에서야 뉘우치지 않도록 하옵소서."

OX 문제

1. 대화를 통해 인물 간 대립의 양상이 심화되고 있다. [O / X]
2. 서대쥐는 다람쥐가 두 번이나 식량을 요청하러 온 것에 배신감을 느껴 화를 내었다. [O / X]
3. 다람쥐는 서대쥐가 자신을 위한다면 밤 수백 석을 줄 것이라 생각하였다. [O / X]
4. 아내 다람쥐는 송사를 하겠다는 다람쥐의 말을 듣고 그를 꾸짖었다. [O / X]
5. 권위 있는 인물의 중재를 통해 인물 간의 갈등이 해소되고 있다. [O / X]

심층체크

1. 지칭하는 대상이 <u>다른</u> 하나를 고르시오.
  A. 자신 B. 자네 C. 소생 D. 그대 E. 나 F. 나 G. 낭군

필수어휘 _ 반드시 암기하기

*성인군자 : 성인(지혜와 덕이 매우 뛰어나 길이 우러러 본받을 만한 사람)과 군자(행실이 점잖고 어질며 덕과 학식이 높은 사람)를 아울러 이르는 말.
*송사 : 백성끼리 분쟁이 있을 때, 관부에 호소하여 판결을 구하던 일.
*적반하장 : 도둑이 도리어 매를 든다는 뜻으로, 잘못한 사람이 도리어 잘한 사람을 나무라는 경우에 쓰는 말.

서동지전

장면 08

다람쥐 듣기를 다 마치고 크게 분노하여 가로되,

"이 같은 천한 계집이 아는 체하며 하나하나의 모든 일에 남의 스승이 되기를 좋아하므로 나를 가르치고자 하는구나. 아내는 마땅히 장부가 남에게 치욕을 당하면 분하게 여김이 옳거늘 오히려 서대쥐를 점잖은 사람이라 일컫고 날더러 사납고 나쁘다 꾸짖으니 이내 살림살이의 형편이 곤궁함을 보고 배신할 마음을 두어 서대쥐를 얻고자 함이라. 자고로 남편이 주장하고 아내가 이에 잘 따름은 남녀의 정이요 아내는 반드시 남편을 따라야 함은 부부의 의이거늘 부귀를 따라 딴마음을 품을진대, 망설이지 말고 빨리 가라." / 아내 다람쥐 크게 노하여 눈을 부릅뜨고 귀를 작게 벌어졌다 오므라졌다 하며 꾸짖어 가로되,

"그대로 더불어 부부의 연을 맺어 아들도 두고 딸도 낳아 시집 장가보내고 괴로움과 어려움을 달게 여기면서도 그대를 좇는 바는 부귀를 뜬구름같이 알고 가난하고 천함을 즐거움으로 삼아 순 임금의 어지신 두 황비를 따르려 함이거늘, 더러운 말로써 나를 치욕스럽게 하니 이는 잠깐의 밥 때문에 아내와 자식을 내치고자 함이라. 고인이 일렀으되 가난하고 힘들 때부터 고생을 같이한 아내는 내칠 수 없으며, 가난하고 천할 때 사귄 친구는 잊을 수 없다 하였나니, 지금껏 가난하게 살면서 고생과 행복을 함께함은 생각지 아니하고 나를 이같이 모욕하니, 두 귀를 씻고자 하나 강물이 멀어 한이로다. 오늘 수양산을 찾아가서 백이숙제가 지조를 지키기 위해 수양산에서 고사리를 캐다 굶어 죽은 일을 좇으리니 그대는 홀로 살아 보소." 독해 TIP 백이와 숙제는 주나라가 천하를 통일하자 주나라의 곡식을 먹을 수 없다며 수양산에 들어가 고사리를 캐어 먹다가 굶어 죽었다는 고사 속 인물이다. 지조와 절개를 지키는 맥락에서 자주 등장하니 알아 두는 것이 좋다.

말을 마치며 짐을 챙겨 훌쩍 문 밖으로 나가더니 모습이 보이지 않는지라. 다람쥐 더욱 분노하여 가로되,

"집안에서 일어난 이 난리는 모두 서대쥐로 비롯되어 생긴 일이라 내 당당히 서대쥐를 이겨 이 부끄러움을 씻고 말리라."

이리하여 한 장 소지*를 지어 가지고 바로 곤륜산 동굴에 이르러 백호궁의 벼슬아치를 찾아 들어가서 다람쥐 원통함을 풀어 달라는 송사를 올리니 독해 TIP 옳은 소리를 하는 아내를 비난하고, 은혜를 베푼 서대쥐를 소송하는 다람쥐의 모난 성격이 드러난다. 이때 백호산군이 태산의 다섯 봉우리를 돌아보고 곤륜산으로 돌아와 각처에 사는 짐승의 선함과 악함을 따져 묻고자 하더니 홀연 형방 아전이 들어와 고하되,

"하도산 낙서 동굴에 사는 다람쥐가 송사를 하기 위해 문 밖에서 대기하고 있나이다."

하거늘 백호산군이 형부관에 명하여 다람쥐를 불러들이라 하는지라. 다람쥐 허리를 굽히고 머리를 숙이며 포졸을 따라 백호궁 앞뜰에 이르니 앞과 뒤, 왼쪽과 오른쪽에 위엄이 범상치 않은지라. 감히 우러러 쳐다보지도 못하고 숨을 조용히 하여 땅에 엎드려 기다리니, 이윽고 관원이 나와 소지를 빨리 올리라 하니, 다람쥐 품속에서 한 장 소지를 내어 받들어 올리는데 백호산군이 그 소지를 받아 본즉 사연에 가로되,

'하도산 낙서 동굴에 사는 다람쥐는 다음의 사건을 알리나이다. 신은 본래 낙서 동굴에서 나서 자라 타고난 성품이 어리석은바 항상 굴 밖을 나오는 바 없고, 밖으로는 강 건너 친척 없으며 작은 키에 홀몸으로 외롭게 자랐는데 다만 미천한 아내에게서 약한 자식을 얻어 낮이면 초산에서 나무를 베며 산과 들에서 밭을 갈고, 밤이면 빗물 떨어지는 곳에서 자거나 늪에서 자고, 봄 여름에는 사냥을 하며 가을 겨울에는 혼자 지내 어디가 어딘지도 알지 못하므로, 물이 흐르는 산 깊은 곳의 꽃을 보면 봄철인줄 짐작하고 잎을 보면 여름을 깨닫고 낙엽으로 가을철을 추측하고 눈과 서리로 겨울철을 알 뿐이라. 총명하고 사리에 밝아 일을 잘 처리하여 자기 몸을 보존함을 일삼고 청운*에 공명을 약속하지 아니하여 부귀를 뜻하지 아니하고 나무의 열매를 거두어 양식을 삼고 양식 밑천으로 삼아 살던 중, 뜻밖에도 지난 달 깊은 밤에 구구산 팔패 동굴에 거하는 서대쥐 놈이 노복 쥐 수십 명을 데리고 이슥한 밤에 신의 집에 옮고 그름을 묻지 아니하고 갑자기 뛰어들어와, 밤과 잣을 주우며 거두어 추운 겨울을 보전하고자 저축하온 쌀 수십여 석을 빼앗아 가며 오히려 신을 마구 때려온즉, 세상천지에 억울함을 간곡히 알릴 곳 없는고로 극심히 원통하와 한 조각 소지를 지어 가지고 엎디어 백호산군 앞에 올리옵나니 밝으신 판단력으로 신의 이러한 사정을 살피신 후에 이 같은 서대쥐 놈을 급히 잡아들여 엄한 형벌에 처해 연약한 신의 빼앗긴 쌀을 찾아 주옵소서. 의지할 데 없이 외로운 소인이 원한을 품고 죽는 일이 없게 하옵심을 천만 빌어 산군의 처분만 바라나이다. 무진년 정월일 올림.' / 하였거늘 백호산군이 살펴보고 판결을 내리기를,

"대부분 만물의 가벼움과 무거움을 알고자 할진대 저울만 같음이 없고, 송사의 옳고 그름을 알진대 양쪽 말을 모두 들음만 같음이 없나니 한쪽의 말만 듣고 좋음과 나쁨, 착함과 착하지 않음을 가벼이 판결치 못할지라. 진나라와 다섯 나라가 싸울 때 말 잘하던 소진의 말로써 진나라를 배반함이 어찌 옳다 하리요, 장의의 말로써 진나라를 섬김이 어찌 그르다 말할 수 있으리오. 양쪽의 말을 같이 들은 뒤에야 기꺼이 판단을 하리니, 다람쥐는 우선 옥으로 보내고 서대쥐를 즉각 붙잡아 와 상대한 뒤에 가히 분명히 판결하리라." / 한 번 판결을 내리매 오소리와 너구리 두 포졸로 하여금 서대쥐를 빨리 잡아 대령하라 분부하니 두 짐승이 명령을 받고 나올새 오소리가 너구리더러 일러 왈,

　"내 들으니 서대쥐 재물이 많으므로 심히 잘난 체하며 뽐내고 건방지매 우리를 매번 흉악히 알아 벼르던 바이러니 오늘 우리에게 걸렸는지라. 이놈을 잡아 우리를 업신여겨 하찮게 대하던 일의 부끄러움을 씻고 또 소송 당한 놈이 피차 물건을 바치는 전례는 위에서도 아는 바라. 수백 냥이 아니면 절대로 놓지 말자." 독해 TIP '전례'는 소송을 당한 사람이 그것을 면하고자 뇌물을 바치는 것을 의미한다. 당시에는 관아에서 죄인을 만나러 갈 때, 죄인이 포졸에게 뇌물을 바치는 것이 관습적인 행동이었다.

　하고 둘이 서로 약속을 정하고, 호탕한 기분에 날카로운 기세가 사나워 바로 구궁산 팔괘동에 이르러 땅굴 밖에서 크게 소리쳐 가로되, / "서대쥐 송사를 만나매 백호산군의 명을 받아 잡으러 왔나니 서대쥐는 빨리 나오고 지체하지 말라."

　독촉이 타오르는 불 같은지라. 하인들이 이 말을 듣고 혼비백산하여* 급히 들어가서 서대쥐께 일의 까닭을 알릴새 서대쥐 호흡이 가빠지고 무서워서 땀이 배어 등을 적시는지라.

OX 문제

1. 아내 다람쥐는 다람쥐의 발언에 기가 죽어 자신의 뜻을 제대로 전달하지 못했다.　　　　　[O / X]
2. 동시에 진행되는 사건을 병렬하여 이야기를 입체적으로 구성하고 있다.　　　　　[O / X]
3. 서대쥐는 자신을 잡으러 온 오소리와 너구리의 독촉에도 당당한 태도를 취하였다.　　　　　[O / X]
4. 인물들 간의 대화를 통해 인물들 사이의 갈등을 제시하고 있다.　　　　　[O / X]
5. 백호산군은 다람쥐의 소지를 읽고 분노하여 서대쥐를 옥에 가두라고 명령하였다.　　　　　[O / X]

심층체크

1. 지칭하는 대상이 <u>다른</u> 하나를 고르시오.
　A. 나　　B. 장부　　C. 그대　　D. 신　　E. 소인　　F. 한쪽　　G. 소송 당한 놈

필수어휘 _ 반드시 암기하기

*소지 : 예전에, 청원이 있을 때에 관아에 내던 문서.
*청운 : 높은 지위나 벼슬을 비유적으로 이르는 말.
*혼비백산하다 : 몹시 놀라 넋을 잃다. 혼백이 어지러이 흩어진다는 뜻에서 나온 말이다.

서동지전

장면 09

　모든 쥐들이 이를 보고 눈이 둥그레지고 두 귀를 작게 벌렸다 오므렸다 하여 어찌할 줄 모르고 허둥지둥하거늘 서대쥐 왈,
　"너희들은 놀라지 말라. 옛말에 일렀으되 칼이 비록 날카롭더라도 죄 없는 사람은 해치지 못한다 하였으니 우리 본디 죄를 범한 바 없는지라 무엇이 두려우리요." / 인하여 자손과 노복 쥐를 데리고 땅굴 밖으로 나오니 오소리와 너구리가 서대쥐 나옴을 보고 더욱 의기양양하는지라. 서대쥐 오소리를 보고 태연히 웃어 가로되,
　"오 별감은 그사이 별일 없으셨느뇨, 나는 몹시 험한 바위가 겹겹으로 쌓인 낭떠러지 한 곳에 땅굴을 의지하고 그대는 수많은 산봉우리와 산골짜기에서 산군을 모셔 각자의 길이 다른지라. 마음은 항상 생각하나 한 번 만나 뵙는 일이 어렵더니 오늘 송사를 이유로 누추한 이곳에 와 주시어 뜻밖에 반가운 얼굴을 대하니 우선 한잔 술이라도 주거니 받거니 하며 이야기하기를 바라노니 허락함이 어떠리요." / 오소리는 본디 마음이 착하고 바른지라 서대쥐의 대접이 심히 너그럽고 덕이 후함을 보고 처음에 끓어오를 듯 하던 마음이 봄산에 눈 녹듯이 스러지는지라. 서대쥐더러 왈,
　"우리 백호산군의 명을 받아 서대쥐와 다람쥐로 더불어 재판하고자 하여 급히 잡아들이라는 분부가 매우 엄하니 빨리 행함이 옳거늘 어찌 조금이나마 지체하리요."
　장자쥐 왈, / "오 별감 말씀이 옳은지라. 어찌 두 번 청함이 있으리요마는 성인도 사정에 따라 올바른 길에서 벗어나는 경우가 있으니 원컨대 오 별감은 두 번 살피라."
　모든 쥐들이 다 같이 간절히 청하며 서대쥐는 오소리의 손을 잡고 장자쥐는 너구리를 붙들고 들어가기를 청하니, 너구리는 본래 음흉한 짐승이라 마음속에 생각하되,
　'만일 허락하여 들어간다면 죄인 다루는 데 거북할 테니 정신을 차려야 한다. 그리고 기왕 뇌물을 받으려면 톡톡히 군더더기 없이 행동을 취해야 한다.' / 하며 소매를 떨치고 거짓으로 화가 난 체하며 왈,
　"관청의 명은 매우 엄하고 갈 길은 멀고 날은 저물어 가는데 어느 때에 술 마시고 희롱하리요, 명이 엄한 줄 알지 못하고 다만 술에 팔려 매를 버는 것은 생각지 못하는가. 나는 굴 밖에 있으리니 빨리 다녀오라." / 하고 말을 마치며 나와 수풀 사이에 앉아 끝내 들어가지 않는지라. 서대쥐 이 말을 듣고 오소리더러 너구리를 청하라 권하매, 오소리 나아가 너구리를 이끌어 가로되,
　"서대쥐 이처럼 간절히 청하거늘 어찌 차마 거절하리요. 잠깐 들어가 낌새를 살펴봄이 좋도다."
　너구리 가로되, / "그러면 뇌물은 어찌한다 하느뇨."
　오소리가 너구리 귀에 대고 대강 이르니, 너구리 그제야 오소리와 더불어 가니 단청을 곱게 하여 아름답게 꾸민 풍경이 굉장한지라. 서대쥐와 더불어 자리 잡아 앉은 후에 다람쥐가 송사 올린 일에 대해 몇 마디 주고받더니 얼마 안 되어 안으로서 술상이 나오는지라. 잔을 잡아 서로 권할새 수십 잔을 마신 후에, 장자쥐 무늬가 새겨진 거북 등으로 만든 상에 황금 20냥을 담아 서대쥐 앞에 드리니, 서대쥐 황금을 가져 오소리 앞으로 밀어놓으며 가로되,
　"이것이 대접하는 예는 아니나 서로 정을 보일 것이 없으매 마음으로는 늘 정이 남아 있어 작게나마 옛정을 표하나니 두 별감은 개의치 말고 나의 적은 정성을 거두소서."
　오소리 웃으며 왈, / "서대쥐의 관대함에 감사하던 중 이같이 후한 정성을 보이시니 받는 것이 알맞지 못하오나 감히 물리치지 못할지라. 이렇든 저렇든 서대쥐는 조금도 걱정하지 마오. 다람쥐와 내일 재판할 때에 우리 둘이 형벌을 집행할 터이오니 어찌 다람쥐의 죄를 처단하여 서대쥐의 분을 풀게 하지 못하리요."
　하고 인하여 서대쥐와 더불어 떠날 새, 장자쥐와 노복 쥐도 오고가는 비용과 필요한 물건들을 챙겨 가지고 뒤를 따르더라. 백호궁 앞에 이르러 서대쥐를 문에 세우고 오소리 들어가더니, 이윽고 안에서 큰소리 나며 관아의 벼슬아치들이 떠들썩하게 나와서 서대쥐를 이끌어 들어갈새 서대쥐 허리를 굽히고 머리를 숙이고 차분하게 앞으로 들어가며 잠깐 눈을 들어 보니 백호산군이 몸에는 점무늬가 박힌 황색 전투복을 입고 금색으로 빛나는 눈을 높이 떴으니 모습이 늠름하고 기상이 위엄한지라. 좌우를 둘러보니 사슴 판관, 돼지 판관이며 노루 주부, 곰 주부 백호산군을 모셔 양옆에 가득하고 여우, 토끼와 너구리, 오소리는 계단 아래에 줄지어 서 있어 위엄이 엄청난지라. 서대쥐 조금도 두려운 빛이 없이 가까이 나아가 길게 허리를 숙여 인사하고 섰거늘 백호산군이 소리를 크게 질러 왈,
　"네 어찌 이같이 무식하고 무례한고. 글에 일렀으되 물속 청룡은 모든 물고기의 왕이요, 산속 백호는 모든 짐승들의 장수라 하였으니 나는 모든 짐승들의 장수이거늘 네가 내 앞에 이르러 길이 허리 숙여 인사할 뿐 절을 아니함은 어찌 됨이뇨." 독해 TIP　당시에는 높으신 분께 예를 차릴 때 절을 해야 했는데, 서대쥐는 백호산군에게 간단한 인사를 하였을 뿐 절을 올리지는 않아서 백호산군이 화가 난 것이다.
　서대쥐 얼굴색 하나 변하지 않고 눈을 깜짝이며 소리를 가다듬어 대답하여 왈,

 "산군의 이르시는 말씀을 깨닫지 못하온지라. 대개 산군은 수많은 봉우리와 골짜기를 살피시사 짐승의 착함과 악함을 살피시는 임무요, 신은 외진 곳에 살며 거친 산과 깊은 골을 차지하며 다만 산군의 통제를 받고 살 따름이로되, 강과 산, 바다 등 세상 안에 많은 만물은 당나라 천자의 백성이 아닌 것이 없나이다. 이제 신에게는 천자께서 내리신 교지가 머물렀는고로 길이 허리 숙여 인사만 하고 절하지 아니함은 실로 당나라 천자께 욕되지 않도록 함이요 산군의 위엄을 해침이 아니오니, 원컨대 산군은 살피소서."

독해 TIP ▶ 백호산군은 봉우리와 골짜기에 사는 짐승의 선악을 살피는 인물이고, 서대쥐 본인은 천자의 백성인 동시에 천자의 교지를 받은 존재이므로 천자에 대한 충성심으로 백호산군에게 절을 올리지 않았다는 의미이다.

 백호산군이 시간이 꽤 오래 흐른 후에 왈, / "진실로 훌륭하도다. 이는 충성과 절개의 말이라. 그러나 들으니 요사이 다람쥐와 더불어 무슨 원한이 있어 남의 겨울 식량을 빼앗았는고."

 하고 다람쥐를 불러들여 서대쥐와 응하게 할새 다람쥐의 소지를 내어 서대쥐에게 읽어 주며 분부 왈,

 "서대쥐는 들으라. 다람쥐의 원성이 이와 같으니 사실이 과연 이러한고, 조금도 꺼리어 감추거나 숨기지 말고 사실 그대로 고하라." / 서대쥐 말을 듣고 소리를 높이며 왈,

 "산군의 명령에 어색하온 말로 감히 여쭈기 어려운지라. 바라건대 잠깐 머무르시면 한 장 소지를 베풀어 제대로 된 사정을 밝히겠사옵니다."

OX 문제

1. 너구리는 본래 마음이 착하고 바른 짐승이라 함께 술을 먹자는 서대쥐의 요청을 거절했다.   [O / X]
2. 묘사를 통해 인물의 외양을 드러내고 있다.   [O / X]
3. 서대쥐는 백호산군의 위엄 있는 모습을 보고 두려움에 떨었다.   [O / X]
4. 서대쥐는 백호산군의 말을 들은 후 소지를 통해 자신의 사정을 밝히고자 하였다.   [O / X]
5. 시간의 순서를 뒤바꾸어 이야기의 인과 관계를 재구성하고 있다.   [O / X]

심층체크

1. 지칭하는 대상이 다른 하나를 고르시오.

  A. 죄 없는 사람   B. 오소리   C. 오 별감   D. 그대   E. 반가운 얼굴

서동지전

장면 10

산군이 이에 허락하니 서대쥐 종이와 붓을 가지고 짧은 시간 안에 길게 소지를 지어 올리거늘 산군이 그 소지를 받아 보니 쓰였으되,

'구궁산 팔괘동에 사는 서대쥐는 아뢰나이다. 자고로 만물이 서로 다투는 바는 나라의 도가 없고 임금의 덕이 없는 탓이라. 천하의 악한 임금이었던 하나라의 걸왕과 은나라의 주왕은 행실이 악독하여 백성이 곤경에 처하고 모든 백성이 원한을 품어, 선량한 백성이 변하여 도적을 이루고 송사가 그치지 아니하여 형벌을 내리는 자들이 길에 깔리고 죽은 사람이 길에 쌓이니, 이는 나라에도 없고 임금의 도 없음이라. 주나라 무왕은 마땅히 지키고 행하여야 할 큰 도리를 행하사 불쌍한 백성은 돕고, 죄 지은 백성은 벌을 주어 어짊을 행하며 덕을 베푸시니 은혜가 풀과 나무에까지 미치고 온 나라에 떨치기 때문에 나라가 태평하고 풍속이 아름다워 백성이 길에 떨어진 물건을 줍지 아니하니 도적이 변하여 양민이 되고, 백성은 송사를 알지 못할 정도였나이다. 땅에 금을 긋고 감옥이라고 하였는데 들어가지 않거나, 나무를 관리로 삼아 섬기라고 하였는데 끝내 상대하지 아니해도 죄가 될 수 있으나 그런 죄조차 범함이 없고 옥이 40여 년이 비었으니, 이런 사실로 미루어 볼진대 만물이 다투어 송사함은 위에서의 덕의 있음과 없음에 있는지라. 지금은 천자 새로 즉위하사 온 나라의 죄인을 용서하고 형벌을 면제하시매 백성이 서로 다투어 송사함을 알지 못하고 그 은혜가 온 세상에 미쳤거늘, 산군은 모든 짐승의 우두머리며 왕이 되사, 짐승에게 의로움을 베푸시며 덕을 끼치시어 교화*를 위해 애쓰셨으면 어찌 짐승 사이에 도적과 송사가 있으리요마는 엎드려 생각건대 산군의 용맹은 수많은 봉우리와 골짜기를 잘 살피시사 모든 짐승의 으뜸이로되 위엄은 천 리 밖까지 나지 못하고 덕은 백 리 밖까지 베풀지 못하사, 손아래 작은 짐승이 산군의 교화를 입지 못하고 서로 소송을 일으키며 다투는 지경에 이르니 슬프기 그지없소이다. 이번 송사도 신과 다람쥐 사이의 도리가 어긋남 때문이 아니라 그 책임이 가장 윗자리에 있는 분에게 있는 것이라. 산군의 교화가 이르지 못함이요, 덕이 무왕을 본받지 못함이라.

독해 TIP 서대쥐는 백호산군의 교화가 잘 이루어지지 않아서 송사가 생긴 것이라며, 송사의 책임이 백호산군에게 있음을 주장하고 있다. 이는 백성의 문제에 있어 위정자의 역할도 중요함을 드러내어 개인의 문제를 사회적 문제로 확장시킨 것이라 할 수 있다.

신은 구궁산에 머문 지 수년에 조상의 전해온 재물이 수천 금에 지나고 겸하여 요사이 천자 내리신 밤이 4만 주에 지나오니 항상 마음에 복이 과함을 걱정하는 바요, 위아래 집안의 사람들이 늘 무슨 볼일이 있어도 나갈 때는 반드시 알리고, 돌아오면 반드시 얼굴을 뵈옵거늘 노복 종이라도 무엇이 부족하여 타인의 식량을 엿보아 도둑질을 하오리까. 다람쥐는 수십 세대를 내려오며 살림이 가난하여 집안이 쓸쓸한 것은 많은 사람들이 모두 아는 일이요, 성품이 본래 먼 앞일까지 미리 잘 헤아려 생각하는 지혜는 없고 다만 당장의 편함만을 생각하여 어제 거두어 오늘 살고 오늘 취하여 내일 지내오며, 또한 집안이 본래 조용하여 숨기어 감출 수가 없으매 무엇이 넉넉하여 도둑맞을 수십 쌀을 어느 틈에 저축하오리까. 다람쥐가 지난해에 자신의 안타까운 사정을 신더러 말하옵기에 밤과 잣 한두 석을 주어 구해 준 후 올해 설날에 다시 나와 두 번째로 사정하오나 마침 신의 집에 쓰이는 바가 많아서 그 청을 들어 주지 못하였더니 그로 원한을 품고 앙갚음하려고 벼르는 마음을 가져 전의 일에 대한 은혜는 생각지 않고 이같이 소송을 제기하기에 이르니 어찌 억울치 않사오리까. 중공의 글에 일렀으되 도둑의 증거를 밝혀야 도둑이 이내 복종할 것이라고 하였으며, 옛날 한태조는 살인자는 사형시키고 해를 입힌 자와 도적은 형으로 다스리기로 국법을 밝혔사오니, 원컨대 산군은 거짓 없는 사실을 헤아리신 후에 만일 신에게 도적의 죄 분명하다면 명백하게 그 죄명을 집어내어 뒷날에 다른 짐승으로 하여금 본받지 못하도록 무거운 벌을 내려 주시고, 산군도 덕을 멀리 베풀지 못하사 교화가 널리 흐르지 못하였으므로 이런 송사가 생긴 것이니 스스로 탄식을 하옵시고 신 등의 다툼을 틀리다 마옵소서.' / 백호산군이 서대쥐의 소지를 본 후 말이 없더니, 이윽고 판결을 내리기를,

"예로부터 일렀으되 아랫사람은 유구무언*이어늘, 당돌히 위를 범하여 나의 덕 없음을 꾸짖으니 그 죄가 당연히 죽어 마땅하다. 그러나 임금이 어질어야 신하가 곧다 하였나니, 위나라 임좌는 그 임금 무후의 그름을 말하였고 한나라 신하 주운은 그 임금 한제의 그름을 말하였더니, 너같이 곧은 자 어찌 다람쥐의 양식을 훔치리요, 어불성설*이니 다람쥐는 엄한 벌에 처하고 서대쥐는 즉시 풀어 주어라." **독해 TIP** 이 말은 윗사람에게 잘못된 일을 고쳐야 한다고 말을 했던 고사 속 인물들이 모두 충신이었다는 의미이다. 백호산군은 자신의 덕 없음을 지적한 서대쥐를 충신이라며 칭찬하고, 그에게 무죄 판결을 내렸다. / 서대쥐 일어나 다시 꿇어 가로되,

"산군의 밝으신 판단 덕분에 풀려나니 황송하온지라 다시 무엇을 고하리요마는 신의 하찮은 마음을 감히 산군께 전하옵나니, 다람쥐의 죄를 의논하올진대 간사한 말로써 마음먹고 임금을 속인 일은 만 번 죽어도 아깝지 않을 만큼 죄가 무겁고 죽어도 죄가 남겠으니, 헤아리건대 다람쥐는 보잘것없는 한낱 작은 짐승으로 배고픔이 몸에 이르고 그 빈곤이 아내와 자식에게까지 미치매, 살고자 하오나 살기를 구하지 못하고, 죽고자 하나 또한 죽기도 어려우매 진퇴유곡*하던 항우의 군사라. 생각하올진대 가엾고 불쌍한 바이어늘, 다람쥐로 하여금 아주 무거운 형벌로 다스릴진대 이는 죽은 자를 다시 침이요, 성가시게 구는 파리 한 마리를 보고 큰 칼을 빼드는 격이오니, 엎드려 바라건대 산군은 엄한 명을 거두사 힘없는 다람쥐를 용서하고 덕을 베풀어 풀어 주시면 그 크신 덕을 저승에 돌아간들 어찌 잊을 수 있으오리까. 살피고 또 살피시기를 바라옵고 바라나이다."

산군이 듣기를 다하매 길이 탄식하여 가로되,

"기특하도다 네 말이여. 다람쥐가 악행으로 서대쥐의 선행을 누르고자 했으나 반딧불로 달빛을 가리고자 함과 같다. 서대쥐의 말을 따라 다람쥐를 풀어 주노니 돌아가 서대쥐의 선량한 마음을 본받으라." / 하고 풀어 주니, 다람쥐 여러 번 절하고 감사의 말을 늘어놓으며 물러가니라. 백호산군과 사슴 판관, 돼지 판관이며 모든 사람이 서대쥐의 어진 마음을 못내 칭송하더라.

서대쥐 문 밖에 나와 장자쥐 불러 가지고 온 재물을 흩어 백호궁 관아의 벼슬아치들에게 나누어 주고 왈,

"이번 송사를 마치고 무사히 돌아감은 그대 등의 덕분이라. 약간의 재물로써 소소한 정을 표하나 뒷날에 다시 보답할 날이 있으리라." / 하고 서로 이별을 고하고 노복 쥐와 더불어 곤륜산을 하직하고 팔괘동으로 돌아올 새, 다람쥐 비록 사납고 악한 성격이나 잘못을 뉘우쳐 스스로를 다그치며 서대쥐의 깊은 뜻에 감격하여 송사함을 심히 뉘우치며 부끄러움을 머금고 서대쥐에게 길에서나마 작별 인사를 나눌새, 독해 TIP 악한 다람쥐의 성격이 바뀐 부분이 제시되었다. 인물의 성격 변화는 주요 출제 포인트이므로 잘 체크해 두어야 한다. 서대쥐가 다람쥐더러,

"그대는 오늘 일을 조금도 부끄러워 말라. 오히려 오늘 일로 스스로 목을 베어 죄를 용서받은 것이나 다름없으니 예전처럼 지내고 원한을 품지 말라." / 하고 장자쥐를 불러 가진 바 남은 재물을 헤아리니 다만 수십 냥이라. 인하여 다람쥐를 주어 왈,

"그대의 형편을 익히 아니 집으로 돌아가 집안의 크고 작은 일에 조금이나마 보태거라." / 다람쥐 부끄러워 차마 받지 못하거늘 서대쥐 간절히 권하며 오늘의 정의를 저버리지 아니함을 이르니, 다람쥐 마지못하여 수없이 고맙다 이야기하며 재물을 받아 가지고 눈물을 머금고 스스로 죄를 꾸짖으며 돌아가매 서대쥐 또한 돌아갈새, 이후로부터 서대쥐와 다람쥐끼리 서로 좋은 관계를 맺어 다투지 아니하나 다람쥐는 항상 제 일을 생각하고 지금이라도 서대쥐를 만나면 피하나니라.

OX 문제

1. 서대쥐는 자신과 다람쥐 사이에서 벌어진 송사의 원인을 백호산군의 탓으로 돌리고 있다. [O / X]
2. 서대쥐는 다람쥐의 평소 형편을 근거로 하여 자신을 둘러싼 모함에 대해 해명했다. [O / X]
3. 작중 인물이 아닌 서술자가 등장하여 인물 간의 갈등을 새 국면으로 이끌고 있다. [O / X]
4. 인물의 내력을 요약적으로 제시하여 성격의 변화를 보여 준다. [O / X]
5. 서대쥐는 잘못을 뉘우치는 다람쥐에게 재물을 베풀었다. [O / X]

심층체크

1. 지칭하는 대상이 다른 하나를 고르시오.

  A. 산군   B. 천자   C. 가장 윗자리에 있는 분   D. 백호산군   E. 나

필수어휘 _ 반드시 암기하기

*교화 : 가르치고 이끌어서 좋은 방향으로 나아가게 함.

*유구무언 : 입은 있으나 말이 없다는 뜻으로, 변명이나 항변할 말이 없음.

*어불성설 : 말이 조금도 사리에 맞지 않음.

*진퇴유곡 : 이러지도 저러지도 못하고 꼼짝할 수 없는 궁지.

무조건 올라가는

고전소설 문해력

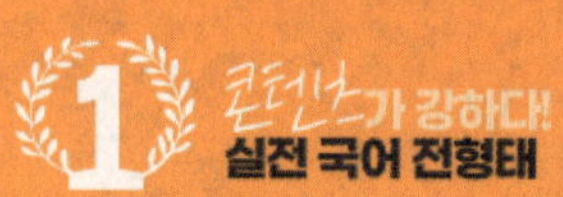

03

배비장전

주제

양반 계층의 위선에 대한 풍자

특징

① 인물의 행동을 희화화하여 풍자함.
② 당시 서민 계층의 언어와 한문투, 고사 인용을 주로 하는 양반 계층의 언어가 동시에 사용됨.
③ 발치 설화, 미궤 설화를 근원 설화로 가지고 있음.

작품 해제

이 작품은 군자인 척 하는 '배비장'의 위선적 면모를 폭로하여 당대의 양반 계층을 풍자하는 판소리계 소설이다. 기생에게 이까지 넘겨준다는 발치 설화와, 유부녀를 탐하려는 남자가 그 여인의 남편을 피해 상자 속에 숨었다가 결국 사람들 앞에서 망신을 당하는 미궤 설화를 근원 설화로 두고 있다. 지배 계급에 속하는 정비장과 배비장이 피지배 계급에 해당하는 애랑과 방자에 의해 망신을 당하는 것에서 당대 지배 계층의 위선에 대한 신랄한 풍자가 이루어지고 있음을 확인할 수 있다. 이 작품은 주인공인 '배비장'만이 자신을 속이는 것을 눈치채지 못하는 연극적 구조를 통해 전개된다. 이와 같은 설정은 독자로 하여금 통쾌한 웃음을 유발한다. 이 작품은 여자를 가까이 하지 않겠다는 다짐을 하고 서울을 떠난 '배비장'이 결국 기생 애랑과 방자에 의해 훼절(절개나 지조를 깨뜨림)하게 되는 모습을 통해 당시 양반 계층의 허위와 위선을 비판하는 것과 동시에 인간이 지닐 수 있는 자연스러운 감정을 긍정하고, 이를 억압하려 했던 기존의 도덕의식에 도전하고 있다고 볼 수 있다.

인물 관계도

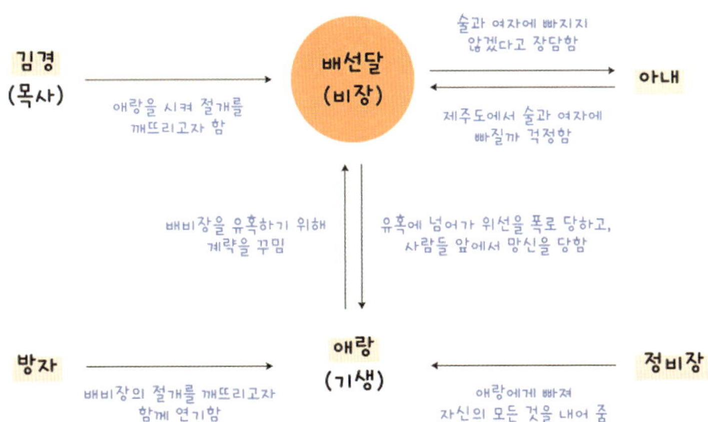

- **배선달** : 김경의 눈에 띄어 비장의 직책으로 제주에 가게 된 인물. 아내에게 여자를 가까이하지 않겠다고 다짐하지만, 애랑과 방자의 계교에 빠져 자신의 위선적 면모를 폭로 당한다.
- **애랑** : 정비장과 배비장을 유혹하여 골탕 먹이는 제주의 기생. 김경의 명을 받고 배비장의 절개를 깨뜨릴 계교를 마련한다.
- **방자** : 애랑에게 넘어가지 않을 거라고 자신하는 배비장을 골려 주기 위해 애랑과 작당하여 망신을 준다.
- **김경** : 제주에 새로 부임한 목사(지방관). 자신 혼자만 깨끗한 척, 고상한 척하는 배비장을 골탕 먹이기 위해 애랑에게 돈을 주겠다며 배비장을 유혹하도록 시킨다.
- **정비장** : 애랑의 유혹에 넘어가 제주를 떠나기 전 자신의 모든 것을 내어 주는 인물.

배비장전

장면 01

　이 세상은 남녀를 막론하고 사람의 씨는 같겠지만 사람마다 귀하고 천한 정도가 달라 남자 중에 현인군자*와 어리석고 천한 사람이 있고, 여자 중에 열녀*와 음탕스럽고 간사한 여자가 아주 없어지는 일이 없이 대를 이어 오니, 예나 지금이나 헤아려 알 수 없는 것은 형형색색의 사람의 성질이라 할 것이다.

　사람의 성질이란 것은 살고 있는 고장의 산과 강이 지니는 멋진 경치를 많이 닮게 되는 것이니, 산 좋고 물 맑은 고장의 사람은 성질이 온순하고 공손하고 부지런하며 악한 기질이 별로 없고, 산천이 험한 지방에서는 그대로 사람의 성질이 어리석고 둔하며 간사하고 교활하게 나는 법이다.

　호남 좌도 제주군 한라산은 옛적 탐라국의 으뜸가는 산이요, 남쪽 땅의 제일 명산이다. 그 험하고 아름다운 정기가 서려서 기생 애랑이 생겨났는지 모른다. 애랑이 비록 천한 기생으로 태어났을망정 그 모습과 지혜가 누구보다 빼어났고 간사한 꾀는 구미호가 환생을 한 것인지 여자를 몹시 좋아하는 사나이가 걸려들면 상투 끝까지 빠져들어 허덕이게 하는 것이었다.

　한양에 김경이라는 양반이 있었다. 글과 재능이 뛰어나 십오 세에 생원·진사에, 이십 전에 장원 급제하여 제주 목사를 제수*받았다. 김경이 제주 길을 떠나고자 이·호·예·공·병·형 등 육방을 선택할 때 서강에 사는 배선달을 장막 안으로 불러 예방의 직책을 맡기니, 그를 높여 비장이라 하였다. 독해 TIP 김경이 목사(지방관)라는 벼슬을 받고 제주도에 파견을 나가게 되었음을 알 수 있다. '육방'은 여섯 부서를 의미하는데 김경이 제주에서 자신과 함께 일을 하게 될 각 부서의 관리들을 직접 선별하였으며, 배선달은 그 중 한 명이었구나 정도로 이해하고 넘어가면 된다.

　배비장은 팔도강산 좋은 경치 안 본 데가 없으나 제주는 육지에서 멀리 떨어진 섬이라 아직 구경을 못 하고 있던 터라 당연히 기쁘지 않을 수 없었다. 그 좋아하는 모양을 보고 아내가 주의하였다.

　"제주라는 곳이 비록 육지에서 멀리 떨어진 섬이긴 하나 미인이 많이 나는 고을이라 합니다. 그곳에 계시다가 만약 술과 여자에 몸이 빠져 돌아오지 못하신다면 부모님께 불효되고 첩의 신세를 망칠 것입니다." 독해 TIP '첩'은 두 가지 의미가 있다. 정식 아내 외에 데리고 사는 여자의 의미와 예전에 결혼한 여자가 윗사람을 상대하여 자기를 낮추어 이르던 일인칭 대명사의 의미이다. 해당 부분에서는 후자의 의미로 쓰였다.

　그러자 배비장은 펄쩍 뛰었다.

　"그건 걱정 마오. 명심하고 절대로 여자는 가까이하지 않겠소."

　배비장은 관명이 적힌 패를 차고 김경을 따라 떠나게 되었다. 이때는 바로 꽃이 한창인 봄철이라. 오얏꽃, 복사꽃, 살구꽃이 활짝 피고 풀과 버들은 푸르고 맑은 물은 잔잔하며 사방의 풍경이 아름답기 그지없었다. 배비장이 이런 아름다운 경치에 취하여 사방을 두루 둘러보며 해남 땅에 다다르니 새로 오는 목사를 맞이하려고 하인들이 기다리고 있었다.

　사또가 하인들의 인사를 받은 후에 사공을 불러 명령하였다. / "예서 배를 타면 제주까지 며칠이나 걸리는고?"

　사공이 공손히 여쭈었다.

　"날씨가 청명하고 서풍이 살살 불어 뒤쪽에서 불어오는 바람에 양 돛을 갈라 붙여 돛을 맨 줄에서 핑핑 소리 나고, 뱃머리에서 물결 갈라지는 소리가 절벽절벽 나면 하루에 천 리 길도 갈 수 있고 반쯤 가다 방향이 없이 이리저리 함부로 부는 바람을 만나 헤매면 영국이라도 갈 수 있습니다. 만일 일이 잘못되면 바닷물도 먹고 숭어와 입도 맞추게 됩니다."

　사또가 명하였다. / "제주에 오늘 안으로 닿는다면 상을 많이 줄 테니 착실히 수행하라."

　사공이 명을 받고 순한 바람을 기다리는데 마침 날씨가 청명하여 서풍이 솔솔 불어왔다. 그러자 사공이 소리를 높여 아뢴다.

　"사또 배에 오르시오."

　사또 일행이 배에 오르자, 사공이 능숙하게 배를 내어 넓은 바다로 나갔다. 그리고 배 위에서 술을 마시고 사람마다 봄의 술에 취하여 모두가 같이 즐기는 것이었다.

　그런데 배가 이윽고 추자도에 거의 다다랐을 때였다. 난데없이 태풍이 일어나고 사면이 침침해지더니 물결은 찰랑거리고, 태산 같은 물굽이가 덮치면서 우러렁 콸콸 뒹굴어 펄펄 뱃전을 때리고, 바람에 배 위의 지붕도 조각조각 흩어지고, 키는 꺾이고, 돛대에 맨 마룻대가 동강나고, 배의 뒷부분이 번쩍 들리면 배의 앞부분이 수그러지고, 배의 앞부분이 번쩍 들리면 배의 뒷부분이 수그러져서 덤벙 뒤뚱 일렁거리니, 사또는 어리둥절하고 비장과 하인은 분주하게 서둘렀다. 사또가 그런 중에도 화를 내며 사공을 꾸짖었다.

　"이놈, 양반은 물길에 익숙지 못해서 떨지만, 물길에 익숙한 놈이 그렇게 떠느냐?"

　사공이 송구스럽게 말하였다.

　"어려서부터 수많은 바다를 다 다녔지만 이런 고생은 처음이오. 사해용왕의 외삼촌이라도 살아나기는 아주 어렵겠소. 살아나려면 이 물을 다 마셔야 하겠으니 누구의 배로 이 물을 다 먹겠소?"

　모든 사람이 다 울고 비장들도 울었다. 그러나 사또의 명으로 고사를 지내고 나자 이윽고 달이 오르며 물결이 잦아드니 배는 순조롭게 제주에 다다르게 되었다. **독해 TIP** '고사'는 어떤 일이 이루어지기를 아주 간절하게 바라는 마음에 신에게 음식을 차려 놓고 비는 제사를 의미한다. 예전부터 먼 길을 가거나 새 집에 들어가기 전 등 어떠한 일을 시작하기에 앞서 행운이 오도록 고사를 지내는 관습이 있었다.

　환풍정에서 배를 내려 사방을 둘러보니 제주에서 제일 경치 좋은 망월루이다. 망월루를 살펴보니 어떤 청춘 남녀 한 쌍이 서로 잡고 이별이 안타까워 한숨 쉬고 눈물짓는 것이었다. 이는 먼저 이전 사또가 신임하던* 정비장과 벼슬아치에게 몸을 바쳐 시중을 든 기생 애랑의 애타는 이별 장면이었다.

OX 문제

01. 인물의 외양을 묘사하여 성격을 제시하고 있다.　　　　　　　　　　　　　　　　　　　[O / X]
02. 인물의 연속적인 행위를 제시하여 인물이 처한 긴박한 상황을 드러내고 있다.　　　　　　[O / X]
03. 구미호가 애랑으로 환생하여 여자를 몹시 좋아하는 사나이들을 골려 주었다.　　　　　　[O / X]
04. 배비장의 아내는 남편이 제주에 가서 술과 여자에 빠질까 염려하고 있다.　　　　　　　　[O / X]
05. 사공의 제안으로 배가 출발하기 전에 고사를 지낸 사또 일행은 무사히 제주에 도착하게 되었다.　[O / X]

심층체크

1. 서로 같은 인물을 지칭하는 말을 찾아 짝지으시오.
　A. 김경　B. 배선달　C. 배비장　D. 목사　E. 사또
2. 서술자의 개입이 드러난 부분을 모두 찾아 밑줄 그으시오.

필수어휘 _ 반드시 암기하기

*현인군자 : 어진 사람을 이르는 말.
*열녀 : 절개가 굳은 여자.
*제수 : 추천의 절차를 밟지 않고 임금이 직접 벼슬을 내리던 일.
*신임하다 : 믿고 일을 맡기다.

장면 02

정비장이 애랑의 손을 잡고 말하기를,

"잘 있거라, 나는 간다. 서울 태생 소년으로 제주 경치 좋단 말에 마음이 쏠려 이곳에 와 아리따운 연분*을 너와 맺고 세월을 보낼 적에 맵시 있는 너의 태도, 목청 맑은 네 노래에 고향 생각 잊었건만 애달프구나. 이별이야! 푸른 강 맑은 물에 원앙새가 짝을 잃은 격이로구나. 사람 없는 높은 산 깊은 골에서 둘이 만나 희롱하다 이별하는 것이로구나. 이별이야, 이별이야, 애달프구나. 이별이야! 애랑아, 부디 잘 있거라!"

다음은 애랑의 모습이다. 없는 슬픔을 짜내어 고운 얼굴에 웃는 듯 찡그리는 듯 길게 한숨지으며 하는 말이,

"여보 들어 보시오. 나으리가 이곳에 계시는 동안은 먹고 입고 살기에 걱정없이 세월을 보냈습니다. 그런데 이제 그 누구에게 의지하라고 하루아침에 떠나가십니까?"

"그대는 걱정 마라. 내 올라가더라도 한동안 먹고 쓰기에 넉넉할 만큼 볏섬을 풀어 주고 갈 테니." 독해 TIP '볏섬'은 벼를 담은 가마를 의미한다. 조선 시대에서 쌀은 지금의 화폐와 같은 높은 가치를 지녔기에, 기생에게 볏섬을 주고 간다는 것은 상당한 가치의 물건을 주고 간다는 것과 같은 의미였다.

그리고는 정비장은 창고지기에게 명령하여 볏섬을 풀어 애랑에게 주도록 하였다. 그뿐이 아니다. 그 밖에도 애랑에게 준 갖가지 재물들은 헤아릴 수 없을 만큼 많았다.

이에 애랑은 눈물을 이리저리 씻으면서 흐느끼는 소리로 말하는 것이었다.

"나으리가 주신 물건은 천금이라도 귀하지 않습니다. 백년을 맺은 약속이 한 편의 부질없는 꿈이 되니 그것만이 애달플 뿐입니다. 나으리가 소녀를 버리고 가시면 백발 부모 위로하고 아름답고 귀여운 처자 만나 그리고 그리던 정과 회포를 풀 때 소녀 같은 보잘것없는 첩이야 다시 생각이나 하시겠습니까? 애고 애고 슬퍼라."

정비장은 완전히 마음을 빼앗기고 만다.

"네 말을 들으니 정이 간절하구나. 내 몸에 지닌 노리개를 네 마음대로 다 달라고 해라."

그렇지 않아도 정비장을 물오른 소나무의 껍질 벗기듯 하려는 참인데, 가지고 싶은 대로 준다고 하니 애랑이년은 불한당 같은 마음에 피나무 껍질 벗기듯 아주 홀랑 벗겨 버리려고 하였다. 독해 TIP 떼를 지어 돌아다니면서 재물을 마구 빼앗는 사람들의 무리를 '불한당'이라고 한다. 기생 애랑은 정비장을 사랑한 것이 아니라, 그를 꾀어 내어 그가 가진 모든 것을 빼앗으려 했던 것임을 비유적으로 드러내고 있다.

"여보 나으리, 들으시오. 갓두루마기 소녀에게 벗어 주고 가시면 나으리님 가신 후에 그 갓두루마기 한 자락은 펴서 깔고 또 한 자락은 흠썩 덮고 두 소매는 착착 접어 베개 삼아 베고 자면 나으리 품에 누운 듯 그 아니 다정하겠소?"

정비장은 양가죽 갓두루마기를 훨훨 벗어 애랑에게 주었다.

"이 옷을 깔고 덮고 베고 잘 때 부디 나를 잊지 마라."

애랑이 또 말하기를,

"나으리님 들으시오. 나으리 가신 후 겨울이 와서 추운 바람이 불 때 귀 시려 어떻게 살겠습니까? 나으리 쓰신 모자를 소녀에게 벗어 주고 가시면 두 귀에 덥석 눌러 쓰고 땀을 흘릴 테니 그 아니 다정하겠소?"

말이 떨어지기가 무섭게 정비장은 모자를 벗어 애랑에게 주었다.

"손으로 겉을 만지며 입으로 털을 불며 쓰면 엄동설한* 추위라도 네 귀 시리지 않을 것이다. 모자 쓸 때마다 부디 나를 잊지 마라."

애랑이 또 말한다.

"여보 나으리, 들으시오. 나으리 차신 칼을 소녀에게 풀어 주시오."

정비장은 그러나 칼을 만지며 이것만은 거절하였다. 그러자 애랑이 말하였다.

"여보 나으리, 들으시오. 내가 임을 위하여 수절할* 때 외간 남자가 달려들면 어쩌란 말이오? 소녀는 나으리가 주고 가신 칼을 빼어 키 큰 놈은 배를 찌르고, 키 작은 놈은 목을 찔러 물리쳐야 하지 않겠습니까? 제발 그 칼을 풀어 주시오."

정비장은 껄껄 웃으며 기분이 좋아 칼을 풀어 주었다.

"수절한 아내의 방을 들어오는 놈 네 수단껏 잘 찌르면 모든 사람은 못 당해도 한 사람은 당할 수 있을 것이다."

애랑이 칼을 받아 놓고 앉아 울면서 또 하는 말이,

"여보 나으리, 들으시오. 나으리 입으신 비단 웃옷 소녀에게 벗어 주고 가시오."

그러자 정비장이 말하였다.

"여자 옷을 달라고 한다면 이상할 게 없겠지만 남자 옷이야 네게 쓸 데가 없지 않느냐?"

"에그, 남의 슬픈 사정 그리도 모르신단 말이오? 나으리의 옷을 입고 밖에 나가 이리저리 다니다 한없이 슬픈 마음 임 생각 절로 날 때 들어와 빈방에 홀로 앉아 이 옷 매만지면 이별 낭군은 가고 없어도 일천 시름 일만 근심 풀어질 것이니 그 아니 다정하겠소?"

정비장이 애랑의 말에 정신을 빼앗겨 옷을 모두 활활 벗어 주니 애랑은 그 옷을 받아 놓고 또 말하였다.

"여보시오, 나으리 들어 보시오. 나으리와의 이별 후에 때로 나으리 생각나면 그 답답하고 슬픈 마음을 어찌하겠습니까? 그 슬픔을 풀 방법이 없을 겁니다. 무얼 가지고 슬픔을 풀면 좋겠습니까? 나으리 입고 계신 고의적삼*을 소녀에게 벗어 주시면 제 손으로 착착 접어 두었다가 임 생각에 잠 못 이루고 누웠을 때, 나으리의 고의적삼을 나으리와 둘이 자는 듯이 꼭 안고 옷가슴을 열어 볼 것입니다. 그리하여 향기로운 임의 땀내 폴싹폴싹 코를 건드리면 그 냄새로 슬픔을 풀 것이니 그 아니 다정하겠소?"

OX 문제

01. 대화와 행동을 중심으로 사건이 진행되고 있다. [O / X]
02. 비유적 진술을 통해 인물이 처한 상황을 부각하고 있다. [O / X]
03. 애랑은 앞으로의 일을 추정하는 방식으로 자신의 우려를 제시하고 있다. [O / X]
04. 정비장은 칼을 풀어 달라는 애랑의 부탁을 끝내 거절하였다. [O / X]
05. 정비장은 애랑의 꾀에 넘어가 자신의 옷을 모두 애랑에게 벗어 주었다. [O / X]

심층체크

1. 서로 같은 인물을 지칭하는 말을 찾아 짝지으시오.

 A. 정비장   B. 서울 태생 소년   C. 애랑   D. 나으리
 E. 그대   F. 소녀   G. 임   H. 이별 낭군

필수어휘 _ 반드시 암기하기

*연분 : 서로 관계를 맺게 되는 인연.
*엄동설한 : 눈 내리는 깊은 겨울의 심한 추위.
*수절하다 : 절의(절개와 의리)를 지키다.
*고의적삼 : 여름에 입는 홑바지와 저고리.

장면 03

　그까짓 고의적삼쯤이 문제랴. 통가죽이라도 벗어 줄 판이었다. 정비장은 고의적삼마저 벗어 애랑에게 주고 정비장이 아니라 알비장이 되었다. 그러나 알몸을 가릴 길이 없었다. 할 수 없이 그는 방자를 불렀다.

　"가는 새끼 두 발만 들여오너라."

　그것으로 거적때기를 만들어 가지고 말의 입에 쇠재갈 먹이듯이 두 다리 사이에 차고서 눈을 두리번거리는 것이었다.

　"어허 견디기 어려운 추위로구나. 바다의 섬 속이라서 매우 차구나."

　그러나 애랑이 또 청하였다.

　"나으리 들어 보시오. 옷은 그만 벗어 주고, 나으리 상투를 좀 베어 주신다면 소녀의 머리와 함께 땋겠습니다. 그렇게 한다면 그 아니 다정하겠습니까?"

　그 말을 듣고 정비장은 말하였다.

　"인정과 도리는 비록 그렇다만 너는 나더러 머리를 빡빡 깎은 사람이 되란 말이냐?" **독해 TIP** 예로부터 '신체발부 수지부모'라 하여 모발은 부모로부터 이어받은 신체의 일부로 소중히 여겼으며, 성인이 되어 머리가 긴 남성들은 머리카락을 자르지 않고 상투를 틀었다. 애랑은 상투를 베는 행위가 당대 유교적 논리에 위배되는 행동이었음에도 이를 요구한 것이다.

　"나으리 여보시오, 내 말 좀 들어 보시오. 나으리가 아무리 다정하다 하나 소녀의 뜻만 못하니 애달프고 그 어찌 원통치 않겠습니까? 그건 그렇거니와 창가에 마주 앉아 나를 보고 당싯당싯 웃으시던 앞니 하나 빼 주시오."

　애랑이 이러고 통곡을 하니 이런 애랑의 모습을 보고 정비장은 어이가 없어 묻는 것이었다.

　"이젠 부모께서 남겨 준 몸까지 헐라고 하니 그건 어디다 쓰려고 그러느냐?"

　애랑이 대답하였다.

　"앞니 하나 빼어 주시면 손수건에 싸고 싸서 백옥함에 넣어 두고 눈에 아른거리는 임의 얼굴 보고 싶고, 귀에 맴도는 임의 목소리 듣고 싶은 생각이 날 때면 종종 꺼내어 보고 슬픔을 풀고, 소녀 죽은 후에라도 관 구석에 지니고 가면 무덤에 임과 함께 들어간 것이 되지 않겠습니까? 그 아니 다정하겠소!"

　정비장은 크게 정신을 빼앗겨 공방의 창고지기를 부르는 것이었다.

　"장도리와 집게를 준비해라."

　"예, 준비했습니다."

　"너는 이를 얼마나 빼어 보았느냐?"

　"예, 많이는 못 빼어 보았으나 서너 말은 빼어 보았습니다."

　"이놈, 제주 이를 죄다 망친 놈이로구나. 다른 이는 상하지 않게 앞니 한 개만 쏙 빼어라."

　"소인이 이 빼기에는 이골이 났으니 어련하겠습니까?" **독해 TIP** '이골이 나다'는 어떤 방면에 길이 들어서 버릇처럼 아주 익숙해지다라는 의미이다. 공방의 창고지기는 이를 뽑는 일에 익숙하여 잘 뽑을 수 있다고 말하고 있다.

　그러더니 작은 집게로 빼면 쏙 빠질 것을 커다란 집게로 잡고서는 한없이 어르다가 느닷없이 코를 탁 치는 것이었다. 정비장은 코를 잔뜩 움켜쥐고 소리를 쳤다.

　"어허 봉변이로군. 이놈, 너더러 이를 빼랬지 코 빼라고 하더냐?" / 공방 창고지기가 대답하였다.

　"울려 쏙 빠지게 하느라고 코를 좀 쳤소."

　정비장이 탄식하였다. / "이 빼라고 한 게 내 잘못이다."

　이러고 있을 즈음이다. 방자가 바삐 뛰어 들어왔다.

　"사또 배에 오르시니 어서 배에 오르십시오."

　정비장은 할 수 없이 일어섰다.

　"노 젓는 소리 한 마디에 배 떠난다 재촉을 하니 이제 그만 떠날 수밖에 없구나."

　애랑은 정비장의 손을 잡고 발을 구르며 탄식하였다.

　"나를 두고 어디로 가시오. 하루 천 리 가는 저 배에 임은 나를 싣고 가시오. 살아서 다시 못 볼 임 죽어서 환생하여 다시 볼까? 낭군은 죽어 학이 되고 첩은 죽어 구름 되어 첩첩한 흰 구름 속 가는 곳마다 정답게 놀아 볼까."

　이에 정비장은 말하였다.

　"너는 죽어 높은 집의 거울 되고 나는 죽어 동쪽의 해가 되어 서로 얼굴을 비쳐 보자."

　이렇게 이들이 작별할 때였다. 새로 부임한 사또의 앞장을 섰던 예방의 배비장이 이 모습을 잠깐 보고는 방자를 불러 물었다.

> "저 건너편 길거리에서 청춘 남녀가 서로 잡고 못 떠나고 있으니, 무슨 일이냐?" / 방자가 대답하였다.
>
> "기생 애랑이와 이전 사또를 모시고 있던 정비장이 작별하고 있습니다."
>
> 배비장은 그 말을 듣고 비난하였다.
>
> "말과 행동이 착실하지 못한 장부로구나. 부모 친척과 떨어져 천리 밖에 와서 아녀자에게 정신을 빼앗겨 저러니 체면이 꼴이 아니다."

OX 문제

01. 서술자가 개입하여 인물의 행동에 대해 호감을 보이고 있다. [O / X]
02. 인물들 간의 대화를 통해 특정 인물의 생각과 행동을 희화화하고 있다. [O / X]
03. 정비장은 앞니를 하나 빼 달라며 통곡하는 애랑을 타이르며 달래 주었다. [O / X]
04. 정비장은 떠나기 전 애랑에게 자신은 죽어 학이 되고 애랑은 높은 집에 거울이 되어 다시 꼭 만나자고 말하였다. [O / X]
05. 배비장은 애랑에게 정신을 빼앗겨 쉽게 떠나지 못하는 정비장의 모습을 비난하였다. [O / X]

심층체크

1. 서로 같은 인물을 지칭하는 말을 찾아 짝지으시오.
   A. 정비장   B. 알비장   C. 방자   D. 창고지기   E. 소인   F. 낭군   G. 장부
2. 서술자의 개입이 드러난 부분을 모두 찾아 밑줄 그으시오.

장면 04

방자놈은 코웃음을 쳤다.

"남의 말씀 쉽게 하지 마십시오. 나으리도 애랑의 은근한 태도와 아름다운 얼굴을 보시면 살림을 차리려 들 것입니다."

배비장은 잔뜩 허세를 부리면서 방자를 꾸짖었다.

"이놈, 양반의 흥을 어찌 알고 함부로 말을 하느냐?"

그러나 방자는 물러서지 않았다.

"그러면 황송하오나* 소인과 내기를 합시다."

"무슨 내기를 하자 하느냐?"

"나으리께서 올라가시기 전에 저 기생에게 눈을 팔지 않으시면 소인의 많은 식구가 댁에 가서 집안일을 도와드리고, 만일 저 기생에게 반하시면 타시고 다니는 말을 소인에게 주시기 바랍니다."

이에 배비장은 대답하였다.

"그래라. 말 값이 천금이 된다 할지라도 내기하고서 너를 속이겠느냐?"

두 사람이 한참 이렇게 말을 주고받고 있을 때, 새 사또가 관아에 도착하였다. 그리고 사또의 인수인계* 절차가 끝나고 모두가 정해진 처소로 돌아갔을 때는 이미 해가 지고 동쪽에 달이 뜨면서 맑은 바람이 부니 평온한 기상이 뚜렷하였다.

모든 비장이 기생들을 골라잡고 들어가니 방마다 노래 소리와 비파 소리가 어울려 달밤에 퍼지는 소리는 듣기 좋고 처량한 느낌을 자아내 주는 것이었다.

이때 배비장은 마음이 울적하여 남들처럼 놀고 싶었다. 그러나 이미 정한 내기가 있었다. 장부의 한 말이 천금같이 무겁다 하였으니 어찌 마음을 바꾸어 먹을 수 있겠는가. 독해 TIP '장부의 한 말이 천금같이 무겁다'는 한번 한 약속을 꼭 지켜야 한다는 의미의 속담이다. 이는 다른 비장들처럼 기생들과 어울려 놀고 싶지만, 앞서 방자와 한 내기로 인해 그럴 수 없는 배비장의 상황을 드러내고자 활용된 것으로 이해하면 된다. 그러니 어떻게 할 방법이 없어 혼자 앉아 있을 수밖에 없었다.

이때 여러 비장 동료들이 방자를 불러 배비장에게 전갈하였다*.

"방자야. 네 예방 나으리께 가서 '미인의 고장인 이곳에 오셔서 근심에 잠기시니 웬일입니까? 고향 생각 너무 마시고 기생을 골라 수청* 들게 하시고 정다운 이야기를 나눔이 장부의 소일인 줄 압니다.' 하고 여쭈어라."

방자놈은 지시를 듣고 예방 나으리께 전갈을 드렸다. 배비장은 방자에게 되돌려 전갈을 보냈다.

"먼저 물어 주시니 대단히 감사합니다. 모처럼의 청을 거절함은 꽤나 당돌한 일이나 저는 성질이 원래 너그럽지 못하고 생각이 좁아 기생과 풍류는 즐기지 않으니 이를 용서하시고 여러 동료들께서나 재미있게 노시기 바랍니다."

그러더니 갑자기 무슨 급한 일이나 있는 듯이 방자를 불러 분부하였다.

"네 만일 이후로 기생을 내 앞에 바쳤다가는 엄한 매를 맞으리라."

이 소리를 사또가 들으셨다. 그리고 일등 기생을 모두 불렀다.

"너희 가운데 배비장을 흐뭇하게 하는 사람이 있으면 중한 상을 줄 것이니 그렇게 할 기생이 있느냐?"

그 가운데서 애랑이 나섰다.

"소녀가 사또의 명령대로 하겠습니다."

사또가 말하였다.

"네 만약 배비장의 절개를 꺾을 수 있는 재주가 있다면 기생 중에 으뜸이 되리라."

애랑이 말을 받는다.

"바로 이때는 좋은 봄철이니 내일 한라산에서 꽃놀이를 하십시오. 그러면 계략*을 꾸며 배비장을 홀리겠습니다."

사또는 여러 비장과 의논하고 새벽녘에 명령을 내려 한라산으로 꽃놀이를 갔다. 산속으로 들어가니 온갖 꽃들이 다투듯 피어 있고 온갖 새들이 지저귀어 마치 아름다운 풍악을 갖춘 것 같았다.

사또와 여러 비장이 기생들과 어울려 술을 마시며 봄날의 흥취에 겨워 놀 때, 배비장은 저 혼자 깨끗하고 고상한 체하며 소나무 아래 외면하고 앉아 남의 노는 것을 빈정거리며 글을 읊고 있었다.

그러다가 우연히 숲속을 바라보니, 한 미인이 비칠락 말락 백만 가지 교태*를 다 부리면서 봄빛을 희롱하고 있는 것이었다.

독해 TIP 배비장을 유혹하는 '한 미인'은 제주 목사의 명을 받고 배비장의 절개를 깨뜨릴 계략을 꾸민 애랑일 것임을 예측할 수 있다. 그리고 옷을 훨훨 벗어 던지고 물에 풍덩 뛰어드는 게 아닌가. 그러더니 물장구를 치며 온갖 장난을 다 하며 손도 씻고 발도 씻고 배와 가슴도 씻으며 한창 목욕을 하고 있었다. 배비장은 그 모습을 보자 어깨가 들먹거려지고 정신이 흐릿해졌다. 드디어 음란하고 방탕한* 남자가 되어 눈을 흘끗 뜨고 도둑질을 하다가 쫓기듯이 숨을 헐떡거리며, 그 여자의 근본이 알고 싶어졌다. 독해 TIP ▶ 배비장은 자신이 절대 기생에게 홀리지 않는다며 호언장담을 했지만, 막상 교태를 부리는 여인을 보니 정신이 혼미해지며 마음이 흔들리고 있다.

　'어! 저 여자가 누군지는 모르나 사람 여럿 녹였겠다.'

　그러나 누구에게 물어볼 수도 없으니 군침만 꿀꺽 삼키며 한탄할 뿐이었다.

OX 문제

01. 등장인물의 독백을 직접 인용하여 내면을 보여 주고 있다.	[O / X]
02. 서술자의 개입을 통해 앞으로 일어날 사건을 예고하고 있다.	[O / X]
03. 방자는 기생에게 넘어가지 않을 거라며 허세를 부리는 배비장에게 내기를 제안하였다.	[O / X]
04. 사또는 배비장의 절개를 꺾기 위해 일등 기생들을 불러들였다.	[O / X]
05. 배비장은 미인이 교태를 부리는 소리를 듣고 숲속에 들어가 그녀를 몰래 바라보았다.	[O / X]

심층체크

1. 서로 같은 인물을 지칭하는 말을 찾아 짝지으시오.

　A. 방자　B. 나으리　C. 배비장　D. 소인　E. 예방 나으리　F. 저　G. 네

2. 서술자의 개입을 찾아 밑줄 치시오.

필수어휘 _ 반드시 암기하기

*황송하다 : 분에 넘쳐 고맙고도 송구하다.

*인수인계 : 물려받고 넘겨줌.

*전갈하다 : 사람을 시켜 말을 전하거나 안부를 묻다.

*수청 : 아녀자나 기생이 높은 벼슬아치에게 몸을 바쳐 시중을 들던 일.

*계략 : 어떤 일을 이루기 위한 꾀나 수단.

*교태 : 아양을 부리는 태도.

*방탕하다 : 술과 여자에 빠져 행실이 좋지 못하다.

배비장전

장면 05

드디어 하루해가 저무니 사또는 관아로 돌아가려고 길을 재촉하였다. 그리하여 모든 비장들과 기생들, 그리고 하인들도 모두 길을 떠날 때였다. 배비장은 딴마음을 먹고 꾀병으로 배를 앓는 체하였다. **독해 TIP** 배비장이 먹은 딴마음은 숲속에서 본 미인을 다시 보는 것이다. 이를 위해 배가 아프다며 꾀병을 부리는 배비장의 모습이 묘사되고 있다.

"벌써 혹했구나."

비장들은 그의 눈치를 채고 수군거리며 겉으로만 인사를 하였다.

"예방께서는 침이나 한 대 맞으시오."

"아니오. 천만에요. 병이 아니니 조금 진정하면 나을 것이오."

배비장이 대답하였다.

비장들은 웃음을 참고 방자를 불러 일렀다.

"너의 나으리 병은 대단치 않다 하니 진정되거든 잘 모시고 오도록 해라."

그리고는 배비장에게 말하였다.

"이대로 사또께 잘 말씀을 드릴 테니 마음 놓고 진정한 후에 오시오."

"동료들께서 이처럼 걱정해 주시니 감사합니다. 사또께 잘 여쭈어 주시기 바랍니다. 아이고 배야!"

그러자 동료 한 사람이 쑥 앞으로 나섰다. 이 사람은 짓궂기가 짝이 없는 사람이었다. 배비장을 놀려 줄 생각으로 이렇게 말하였다.

"그건 너무 걱정 마시오. 사또께서는 동료께서 이런 때 없는 병이 있음을 짐작하시는 것 같습니다. 들으니 배앓이는 계집 손으로 문지르면 효력이 있다고 합니다. 기생 한 명을 두고 갈 테니 잘 문질러 달라고 하시오."

"아니오. 내 배는 다른 이의 배와 달라서 기생은 보기만 해도 배가 더 아프니 그런 말씀을 다시는 하지 마십시오." **독해 TIP** 미인을 다시 보고자 꾀병을 부리면서도 기생은 거부하는 배비장의 위선적 면모가 드러나 있다.

"참으로 그 배는 이상도 하구려. 계집 말만 들어도 더 아프다 하니 같은 고향 사람으로 천 리 밖에 와서 친형제 같은 마음이 드는데 그처럼 괴로워하는 것을 보고서야 우리가 혼자 두고 어떻게 갈 수가 있겠소? 진정된 후에 우리 같이 가도록 하는 게 좋겠소이다."

"동료께서는 내 성격을 잘 모르시는 것 같습니다. 나는 병이 나면 혼자서 진정을 해야 낫지 형제간일지라도 같이 있게 되면 낫기는커녕 더 아프니 사람을 살리려거든 어서 제발 먼저 가 주오. 애고 배야 나 죽겠소!"

"정 그러시다면 혼자 두고라도 갈 수밖에 없소이다. 우리가 간 후에 정 없는 사람들이라고 하지는 마시오."

동료들이 사또를 모시고 관아로 돌아갈 때 배비장은 그 여인을 보아야겠다는 욕심을 감당할 수가 없었다.

"얘 방자야! 애고 배야!"

"예?"

"나는 여기에 온 후 눈앞이 몽롱해서 가까운 거리도 구별 못하겠다. 애고 배야, 애고 배야."

"소인도 나으리께서 애를 쓰시는 것을 보니 정신이 없습니다."

"우리 사또 가시는 걸 자세히 보아라."

"저기 내려가십니다."

"애고 배야! 또 보아라."

"산모퉁이를 지났습니다."

"애고 배야! 또 보아라."

"저기 아득히 가십니다."

"난 배가 아프기를 그만두었다."

목욕을 하는 여자를 보려고 배비장은 골짜기 화초 사이의 좁은 길로 몸을 숨겨 가만가만 사뿐히 걸어 들어갔다. 그리고 가느다란 소리로 방자를 불렀다. 방자가 그에 대답한다. 그러나 말이 점점 없어지고 말았다.

"예, 어째서 부르오?"

방자의 대답이었다.

"너 저 모습을 좀 보아라."

배비장의 말이었다.

"저기 무엇이 있소?"
"얘야, 요란하게 굴지 말아라. 조용히 구경하자꾸나."

OX 문제

01. 사건의 압축적 제시와 대화 장면의 제시를 통해 사건 전개의 완급을 조절하고 있다. [O / X]
02. 공간적 배경에 대한 상세한 묘사를 통해 사건 전개를 지연시키고 있다. [O / X]
03. 배비장은 숲속에서 보았던 여인을 다시 보려는 욕심에 꾀병을 부리고 있다. [O / X]
04. 동료 한 사람은 관아로 돌아가지 않고 끝까지 남아 배비장을 난처하게 만들었다. [O / X]
05. 배비장은 방자까지 속이고 혼자 조용히 목욕하는 여인을 보러 갔다. [O / X]

심층체크

1. 지칭하는 대상이 <u>다른</u> 하나를 고르시오.
  A. 배비장   B. 그   C. 예방   D. 나으리   E. 이 사람   F. 동료   G. 나

장면 06

백만 가지 교태를 다 부리며 놀고 있는 그 모습은 금도 같고 옥도 같았다. 배비장은 드디어 이렇게 말하였다.

"금이냐, 옥이냐?"

방자의 대답이었다.

"저 물이 여수가 아니거늘 금이 어찌 놀고 있겠소?"

"그러면 옥이냐?"

"이곳이 형산이 아니거늘 어찌 옥이 있겠습니까?" **독해 TIP** 목욕을 하는 여인을 두고 금인지 옥인지를 묻는 배비장의 질문에 방자는 여수나 형산이 아니기에 금과 옥이 있을 수 없다고 답하고 있다. 방자의 답은 모두 중국 고사와 관련된 것인데, 예로부터 여수(중국의 지명)에서 생산되는 금이 좋기로 유명하였으며, 형산(중국의 산)에서 나는 흰색 옥은 보물로 전해 올 정도로 귀중했다고 한다. 방자는 배비장이 여인의 모습을 금과 옥에 빗대어 표현하고 있다는 것을 알면서도 일부러 이곳은 여수도 형산도 아니기에 금과 옥은 있을 수 없다고 팩트를 말하고 있는 것이다.

"금도 옥도 아니라면 꽃이냐, 매화란 말이냐?"

"눈 속이 아니거늘 어찌 매화가 피겠소?"

"그럼 해당화가 틀림없구나."

"명사십리가 아니거늘 어찌 해당화가 되겠소?" **독해 TIP** 이 부분도 마찬가지로, 이곳이 해당화로 유명한 명사십리(함경남도 지명)가 아닌데 어찌 해당화가 피겠냐며 말하고 있는 것이다.

"그러면 국화란 말이냐?"

"국화도 아닙니다."

"꽃이 아니면 후궁이란 말이냐?"

"온천물이 아니거늘 어찌 후궁이 목욕을 하겠습니까?"

"후궁이 아니면 불여우냐? 애고 애고 나를 죽인다. 나를 죽여!"

"나으리, 뭘 보고 그렇게 미쳤습니까? 소인의 눈엔 아무것도 안 보입니다."

"이놈아! 저기 저기 저 건너 흰 장막 속에 목욕하는 저것을 못 본단 말이냐?"

"예! 소인은 나으리께서 무엇을 보고 그러시나 했지요. 저 건너 목욕을 하는 여인을 말씀하시나 보군요. 그렇지요?"

"옳다. 너도 이젠 보았단 말이구나. 상놈의 눈이라 양반의 눈보다는 많이 무디구나."

"예. 눈은 양반과 상민이 다르니까 소인의 눈이 나으리의 눈보다는 무디어 저런 예에 어긋나는 것이 안 보입니다. 그러나 마음도 양반과 상민이 달라 나으리 마음은 소인보다 컴컴하고 음란한 것을 좋아하여 남녀유별*의 체면도 모르고 규중* 처녀가 목욕하는 것을 보고 욕심내어 눈을 쏘아 구경을 한단 말씀이시구려. 요새 서울 양반들 양반 자세를 하고 계집이라면 체면도 없이 욕심을 낼 데 안 낼 데 구별을 하지 못하고 함부로 덤비다가 봉변도 많이 당합니다."

"뭐라구? 이놈이?"

"유부녀가 목욕하는 것을 엿보는 남자의 버릇없는 눈치를 채고, 친척들이 일시에 냅다 치면 꼼짝없이 혼만 날 것이니 저 여자 볼 생각은 꿈에도 마시오."

무안을 당한 배비장이 하는 말이었다.

"다시는 안 본다. 그러나 그것을 보면 정신이 헛갈려 아무리 안 보려고 해도 자석에 날바늘 달라붙듯 눈이 자꾸 그리로만 가니 어쩐단 말이냐?"

방자가 배비장을 보고 있다가 소리쳤다.

"저 눈!" / "안 본다."

배비장은 이렇게 말하면서도 그 눈은 여인에게로만 가는 것이었다.

배비장은 이윽고 꾀를 내어 방자를 불렀다.

"저 경치가 참으로 좋구나. 서쪽을 살펴보아라. 저 불 같은 일몰의 경치가 아름답지 않으냐. 그리고 동쪽을 보아라. 약수 삼천리에 봄빛이 아득한데 한 쌍의 파랑새가 날아든다. 남쪽을 또 보아라. 넓은 바다의 높은 파도에 새가 날다가 지쳐서 앉아 있다."

방자는 짐짓 속는 체하고 배비장이 가리키는 대로 살펴본다. 배비장은 그동안 여인을 보기에 바쁜 것이었다.

배비장이 그 여인을 한참 바라볼 때 방자가 하는 말이었다.

"저 눈은 일을 낼 눈이로군."

배비장은 깜짝 놀라서 두 손으로 눈을 가리면서 어쩔 줄을 모르는 것이었다.

"나 안 본다. 걱정 마라."

이때 방자는 갑자기 기침을 한 번 하였다. 그러자 그 여인은 깜짝 놀라는 체하고 몸을 웅크리며 후다닥 물 밖으로 뛰어나와서 속옷을 안고 흰 장막이 있는 푸른 숲속으로 얼른 뛰어 들어가는 것이었다.

그 모습은 구름 속으로 들어가는 보름밤 밝은 달 같았다.

배비장은 그것을 보고 멍하니 정신을 잃고 앉았다가 스스로 탄식하며 꾸짖는 것이었다.

"이놈, 네 기침 한 번이 낭패로다. 고얀 놈 같으니라구!"

그러고 앉았다가 또 이윽고 배비장은 다시금 입을 여는 것이었다.

"얘, 방자야!" / "예!"

"네 저 흰 장막 밖에 가서 인사를 한 번 드리고 그 여인께 전갈을 해라."

OX 문제

01. 다른 장소에서 동시에 벌어진 사건을 병치하여 서사의 진행을 지연시키고 있다. [O / X]
02. 대구적 표현을 통해 인물에 대한 부정적 인식을 드러내고 있다. [O / X]
03. 방자는 유교적 가치를 내세워 배비장의 잘못을 지적하고 있다. [O / X]
04. 방자에게 무안을 당한 배비장은 도리어 화를 내며 방자를 꾸짖었다. [O / X]
05. 여인은 자신을 바라보는 방자의 시선을 눈치채고 놀라 흰 장막 안으로 도망갔다. [O / X]

심층체크

1. 서로 같은 인물을 지칭하는 말을 찾아 짝지으시오.

  A. 배비장   B. 방자   C. 나으리   D. 소인   E. 저것   F. 상놈   G. 그 여인

필수어휘 _ 반드시 암기하기

*남녀유별 : 유교 사상에서, 남자와 여자 사이에 분별이 있어야 함을 이르는 말.

*규중 : 부녀자가 거처하는 곳.

장면 07

방자는 말없이 배비장을 바라보았다.

"인사를 드리되, '이 산에 온 나그네가 꽃 보고 놀다가 여행의 피로로 몸이 노곤하고 배고픔이 몹시 심하니 혹시나 음식이 있거든 배고픔을 면하게 해 주시면 천만 감사하겠습니다.' 하고 여쭈어라."

방자놈이 대답하는 것이었다.

"나는 죽으면 죽었지 그런 전갈은 하지 못하겠습니다. 어떻게 처음 보는 남의 여자에게 음식을 달라고 하겠습니까? 그러다가는 매 맞아 죽기에 꼭 맞겠습니다."

이에 배비장이 말하였다.

"방자야! 만일 매를 맞게 된다면 매는 내가 맞을 것이니 너는 달아나 버리면 그만이 아니겠느냐?"

방자가 대답하였다.

"나으리의 모습을 보니 죽을 때 죽더라도 그렇게 할 방법밖에 더 없겠습니다."

그러고는 슬슬 그곳으로 걸어가서 인사를 한 번 꾸벅 하고 나서 잠시 후에 이렇게 말하였다.

"쉬! 애랑아. 배비장이 벌써 너에게 반했으니 무슨 음식이 있거든 좀 차려 주려무나." 독해 TIP ▶ 해당 발화를 통해 방자는 이미 애랑의 계략을 알고 있었으며, 이에 동조하고 있음을 알 수 있다.

애랑은 방긋이 웃고서 온 정성을 다하여 산속에서만 나는 귀한 음식들로 음식상을 정갈하게 차렸다. 그리고 맑은 술까지 병에 가득 채워 내어 주었다.

"너의 나으리가 무례하지만 배고픔이 몹시 심하다기에 이 음식을 보내니 그도 먹고 너도 먹고 빨리빨리 가거라."

방자가 애랑의 말을 전하고 음식을 올리니 배비장은 얼씨구나 하고 음식을 받아 앞에 놓고 칭찬하고 나서 물었다.

"내 진작 이럴 줄 알았거니와, 저 감에 이빨 자국이 나 있으니 이게 어찌 된 일이냐?"

방자놈이 대답하였다.

"그 여인이 감 꼭지를 이로 물어 뗐습니다."

배비장은 껄껄 웃었다.

"이 음식 너 다 먹어라. 나는 감이나 한 개 먹고 말겠다."

방자놈은 짓궂게 감을 집어 들었다.

"이빨 자국이 난 것이라 그 여인의 침이 묻어 더럽습니다. 소인이 먹겠습니다."

"이놈! 어이없는 소리 하지 말고 어서 이리 내놓아라."

배비장은 감을 빼앗아 껍질째 달게 먹은 다음, 그 여인에게 방자를 시켜 전갈을 보냈다.

"'이같이 좋은 음식을 보내 주셔서 잘 먹었습니다.' 하고, 또 '무례한 말씀이나 하늘엔 양이 있고 땅엔 음이 있는데 이 음과 양이 서로 만나 합함은 인생의 누구에게나 있는 일인 바 방탕한 나그네가 홀연히 산에 올라왔다가 꽃을 찾는 벌과 나비의 마음을 감당할 수 없어하니 이 마음을 헤아려 주소서.' 하고 여쭈어라." 독해 TIP ▶ 배비장은 애랑을 '꽃'에, 자신을 '벌과 나비'에 빗대어 애랑을 만나고 싶은 마음을 표현하고 있다.

방자는 배비장의 지시대로 그 여인에게로 가서 전갈을 하였다. 그리고 돌아와서 배비장에게 말하였다.

"그 여인이 답인사는 듣지도 않고, 큰 탈이 날 것이니 빨리빨리 돌아가라고 합디다."

배비장은 쓸쓸하게 긴 탄식을 하면서 일어섰다.

"할 수 없다. 이젠 내려가자."

침소*로 돌아온 배비장은 그 여인을 잊지 못해 상사병*으로 신음하는 것이었다.

"한라산 맑은 정기를 제가 모두 타고 나서 그리도 곱게 생겼는가? 잊을 수가 없으니 한이로다. 애고, 애고. 이 일을 어찌할꼬?"

그러나 배비장은 이윽고 굳은 결심을 하고야 말았다.

"에라! 죽더라도 말이나 한번 건네 보고 죽으리라."

그리고 일어섰다.

"얘야, 방자야!"

"예, 부르셨습니까?"

"어서 이리로 좀 오너라. 나는 죽을병이 들었구나!"

"무슨 병이 드셨기에 그처럼 신음하십니까? 감기와 몸살에 쓰는 탕약이나 두어 첩 드셔 보십시오."

"아니다. 내 병엔 따로 약이 있다. 하지만 그걸 얻기가 어렵구나."
"그 무슨 약이기에 그렇게 어렵다는 말씀이십니까? 하늘에 있는 별도 따려면 딸 수 있지 않겠습니까?"

OX 문제

01. 인물의 회상을 통해 인물 간 갈등의 원인을 제시하고 있다.　　　　　　　　　[O / X]
02. 대화 상대의 호감을 사기 위해 자신의 우월한 지위를 드러내고 있다.　　　　　[O / X]
03. 방자는 배비장이 반한 여인이 애랑임을 이미 알고 있었다.　　　　　　　　　[O / X]
04. 배비장은 자신의 답례를 듣지도 않고 돌아가라 말한 여인을 괘씸하게 생각하였다.　[O / X]
05. 배비장은 애랑으로 인해 상사병에 걸려 괴로워했다.　　　　　　　　　　　[O / X]

심층체크

1. 서로 같은 인물을 지칭하는 말을 찾아 짝지으시오.

 A. 배비장　 B. 나그네　 C. 남의 여자　 D. 애랑　 E. 나으리　 F. 그 여인　 G. 제

필수어휘 _ 반드시 암기하기

*침소 : 사람이 잠을 자는 곳.
*상사병 : 남자나 여자가 마음에 둔 사람을 몹시 그리워하는 데서 생기는 마음의 병.

장면 08

"방자야! 그 말만 들어도 속이 시원해지는구나. 그렇다면 내가 살고 죽고는 방자 네 손에 달렸다. 네 날 좀 살려 다오."

"아따 나으리도, 죽긴 누가 죽습니까? 말씀이나 하시구려."

"오냐, 오냐. 방자야 어제 한라산 수포동 푸른 숲속에서 목욕하던 여인을 보지 않았느냐? 그 여인으로 인해 병을 얻었다. 이거 죽을 지경이로구나. 네가 그 여자를 좀 볼 수 있게 해 주려무나."

"그렇습니까? 그러나 그 여자는 규중에 있으니 만나 볼 길이 없습니다."

배비장은 더 할 말을 잊어버렸다. 그러다가 길게 한숨을 내쉬며 다시 입을 여는 것이었다.

"얘야 방자야! 그 여자가 음식 차려 보낸 것을 보면 그도 내게 전혀 마음이 없진 않았던가 보더라. 한번 말이나 해 보려무나."

"어디다 말을 한단 말씀입니까?"

"그 여인에게다."

"나으리! 그건 어림없는 일입니다. 그 여인의 성깔이 사납고, 절개가 굳으니 그런 생각은 절대로 하지 마십시오."

배비장은 방자를 잡고서 빌다시피 하였다.

"얘야! 될지 안 될지 편지를 써 줄 테니 전해 보아라. 일만 잘 되면 삼백 냥을 주마! 방자야 어떠냐?"

방자놈은 돈을 많이 준다는 소리에 군침을 흘렸다. 그러나 돈을 더 얻어 볼 생각으로 은근히 잡아떼는 것이었다.

"소인은 그 편지 가지고 가지 못하겠습니다."

"방자야! 그게 무슨 말이냐? 내가 천 리 밖 이곳에 와서 마음을 주고받으며 지내는 하인이 너밖에 더 있느냐? 네가 내 마음을 몰라주고 가지 않는다면 누가 간단 말이냐! 그러니 방자야, 잘 생각하고 내 이 안타까운 마음을 풀어 다오! 얘, 방자야!"

"나으리! 소인이 나으리와의 정을 생각하면 물불을 헤아리지 않고* 뛰어들겠습니다. 그러나 그러지 못할 사정이 있습니다."

"무슨 사정이냐? 어서 말해 보아라."

"소인은 세 살 때 아비가 죽어 늙은 어미 손에서 자라 열 살 때부터 방자 노릇을 해 왔는데 한 달에 관가에서 주는 것이라곤 돈 두 냥뿐입니다. 그러니 온갖 심부름을 하노라면 심부름 값이나 되겠습니까? 먹고 사는 것은 어떠냐 하면, 각방 나으리님네가 잡수시다 버리는 밥이나 얻어서 어미와 그날그날 겨우 살아가는 형편입니다."

방자는 말을 계속하였다.

"소인의 사정이 이러니 일이 뜻 같지 않아 소인이 병신 되어 나으리도 모실 수 없고 늙은 어미는 먹일 수 없게 되면 소인의 신세는 어떻게 되겠습니까? 그러므로 그렇게 위태로운 곳엔 갈 수 없습니다. 나으리께서 살펴 주십시오." **독해 TIP** 방자는 심부름의 대가로 더 큰 돈을 받고자 자신의 가난한 처지를 강조하여 말하고 있다. 그렇게 위태로운 곳에 갈 수 없다며 배비장의 부탁을 거절하는 듯한 모습을 보이고 있지만, 실제 의도는 그렇지 않음을 정확히 파악하며 읽었어야 한다.

"그런 일이라면 아무 걱정 말아라. 만일 매를 맞을 경우라면 네 상처가 낫도록 해 줄 것이며, 네 어미는 내가 먹여 살리겠다. 그러니 아무 걱정 말고 어서 이거나 갖다 주어라."

배비장은 얼굴에 미소를 띠고 상자를 덜컥 열더니 돈 일백 냥을 내주는 것이었다.

"이게 약소하지만 우선 네 어미에게 갖다 주어 먹을거리나 팔아먹도록 해라."

방자는 그제서야 못 이기는 체 수락을 하였다.

"나으리께서 정 그러시다면 편지를 써 주십시오."

"일이 잘 되고 못 되는 것은 너에게 달렸으니 부디 눈치 있게 잘 해라."

방자는 애랑에게 그 편지를 전하였다.

편지 내용은 한 마디로 줄인다면 다음과 같다.

'낭자를 한 번 본 후 상사의 괴로움으로 깊은 병이 들었는바, 내가 죽고 사는 것은 낭자의 손에 달렸으니 모조록 이 마음을 알아주십시오.'

애랑이 편지를 다 읽고 나자 방자는 애랑에게 말하였다.

"답장을 하되 허투루 하지 말고 애가 타게 해라."

방자가 애랑의 답장을 받아 주니, 배비장은 애랑의 편지를 두 손으로 받아 유교 경전이나 읽는 듯이 읽어 내려가다가,

'미친 소리 말고 마음을 바로잡고 물러가라.' 한 대목에 이르자 깜짝 놀라고 말았다.

"애고 이 일을 어찌할꼬? 섬 속에 원통한 귀신 되었구나."

곁에서 방자가 재촉하였다.

"여보 나으리, 실망하지 마시고 그 아래를 더 읽어 보십시오. 연자가 있소그려." **독해 TIP** '연자'는 글이나 문장에서 굳이 들어갈 필요가 없는 자리에 군더더기로 들어간 글자를 의미한다. 방자는 애랑의 편지에서 물러가라는 대목을 읽고 좌절하는 배비장의 모습을 본 후, 그 뒷부분을 마저 읽도록 유도하고 있다.

배비장은 다시 보아 가다가,

"옳지, 연자의 뜻을 알았다."

하고 무릎을 치면서 읽어 내려가는 것이었다.

OX 문제

01. 관용 표현을 이용하여 주인공의 생각을 효과적으로 전달한다. [O / X]
02. 대립적인 두 인물을 배치하여 인물 간 갈등을 구체화하고 있다. [O / X]
03. 배비장은 방자에게 숲속에서 본 여인을 만나고 싶은 자신의 심경을 솔직하게 털어 놓았다. [O / X]
04. 방자는 배비장에게 돈을 더 얻어 내기 위해 늙은 어미가 아파 편지를 전해 줄 수 없다는 거짓말을 하였다. [O / X]
05. 배비장은 자신의 마음을 단호하게 거절하는 애랑의 편지를 읽고 애랑을 향한 마음을 접었다. [O / X]

심층체크

1. 서로 같은 인물을 지칭하는 말을 찾아 짝지으시오.

A. 방자   B. 여인   C. 소인   D. 하인   E. 네   F. 애랑   G. 낭자

필수어휘 _ 반드시 암기하기

*물불을 헤아리지 않다 : (사람이) 온갖 장애나 위험을 무릅쓰고 닥치는 대로 행동하거나 일을 밀고 나가다.

장면 09

'그렇긴 하나 장부 의 중한 몸이 나로 인하여 병을 얻었다 하시니 어찌 가엾지 않겠습니까? 나는 규중 여자 의 몸으로 출입을 마음대로 할 수 없어 만나기 어려우니 달이 진 깊은 밤에 벽헌당을 찾아와서 몰래 안으로 들어오신다면 한 베개를 베고 자려니와 만약 실수한다면 그 몸이 위태로워집니다. 만약 오시려거든 집안이 번거롭고 닭과 개가 많으니 북쪽으로 난 창으로 살살 가볍게 걸어오십시오.'

배비장의 눈은 휘둥그레졌다. 그렇게도 못 견디게 정신이 몽롱하고 온몸이 쑤시던 병도 감쪽같이 나았다.

기다리던 밤이 되자 배비장은 옷차림을 갖추고 서둘러 길을 나섰다. 그런데 방자가 이를 보고 참견하고 나서는 것이었다.

"나으리, 밤중에 유부녀 를 만나러 가시면서 비단옷을 입고 가다가는 될 일도 안 될 것입니다. 그 옷을 모두 벗으시오."

"벗다니? 초라하지 않겠느냐?"

"초라하다는 생각이 드시면 가지 마십시오."

"얘야! 요란스럽게 굴지 마라. 내 벗으마."

배비장은 방자의 말을 따라 옷을 훌훌 벗어 버리고 덜덜 떠는 것이었다.

"얘야, 알몸으로 어찌하란 말이냐?"

"그게 좋습니다. 그리고 누가 보면 한라산 매 사냥꾼으로 알겠습니다. 제주 복장으로 차림을 하십시오."

"제주 복장은 어떤 것이냐?"

"개가죽 두루마기에 노벙거지로 차려입으시오."

"얘야! 그건 너무 초라하지 않느냐?"

"초라하게 생각이 들거들랑 가지 마십시오."

"아니다 방자야. 네가 하라면 개가죽이 아니라 돼지가죽이라도 뒤집어쓰마."

배비장은 개가죽 두루마기에 노벙거지로 차렸다.

"얘야, 범이 보면 개로 알겠다. 총 한 자루만 꺼내어 들고 가자! 그러는 게 안전하지 않겠느냐?"

"그렇게도 겁이 나고 무섭거든 차라리 가지 마십시오."

"얘야! 네 마음이 그런 줄 몰랐구나. 네가 못 갈 것 같으면 내가 업고라도 가마! 어서 가자 방자야!" 독해 TIP 애랑의 유혹에 완전히 넘어간 배비장은 애랑을 얼른 보고 싶은 마음에 자신보다 신분이 낮은 방자의 참견을 모두 수용하고 있다. 배비장이 양반 계층임에도 불구하고 자신의 체면은 신경 쓰지 않는 모습을 통해 당대 지배 계층의 지조가 깨지고 있음을 확인할 수 있다.

높은 담 구멍 찾아가서 방자가 먼저 기어들어 갔다.

"쉬! 나으리, 잘못하다가는 큰일 날 것이니 두 발을 한데 모아 눈치껏 들이미시오."

배비장이 두 발을 모아 들이밀자, 방자놈이 안에서 배비장의 두 발목을 모아 쥐고 힘껏 당기니 부른 배가 걸려서 들어가지도 뒤로 빠지지도 못하였다. 배비장은 두 눈을 치뜨고 바드득 이를 갈았다.

"얘야, 조금만 놓아 다오."

방자가 갑자기 다리를 탁 놓자 배비장은 곤두박질하고는 다시 일어나 앉으면서 말하는 것이었다.

"매사가 순리대로 되지 않으니 낭패로구나. 산모가 아이를 낳을 때 아이를 머리부터 낳아야 순산이라 한다. 그러니 상투를 먼저 들이밀마. 너는 이 상투를 잘 잡고 안으로 끌어들여라."

방자놈은 배비장의 상투를 노벙거지째 와락 잡아당겼다. 독해 TIP 배비장이 담 구멍으로 들어가는 모습을 우스꽝스럽게 묘사하고 있다. 여자를 멀리하겠다고 다짐한 배비장의 위선적 면모를 부각하고자 그의 모습을 해학적으로 표현하고 있는 것이라 이해하면 된다. 한동안의 실랑이 끝에 드디어 펑 하고 들어가자,

"불을 켠 방으로 들어가서 욕심대로 얼른 놀다가 날이 새기 전에 나오십시오."

하고 방자는 몸을 숨기고는 배비장의 모습을 엿보는 것이었다.

가만가만 소리 없이 들어가서 문 앞에 서서 손가락에 침을 발라 문구멍을 뚫고 한 눈으로 안을 들여다본 배비장은 정신이 아찔하였다. 등불 밑에 앉은 여인의 태도가 천상의 선녀 를 보는 듯하였기 때문이다. 그런데 그 선녀가 피우는 담배 연기가 문구멍으로 풍겨왔다. 배비장은 담배 냄새를 맡고 저도 모르게 재채기를 하였다. 그러자 여인은 놀랐는지 문을 활짝 열어젖히면서 소리쳤다.

"도둑 이야!"

배비장은 겁에 질려 몸을 부들부들 떨면서 겨우 말하였다. / "문안드리오."

"범을 그리려다 강아지를 그린 그림이로군. 아마도 뉘 집 미친개 가 길을 잘못 들어왔나 보다."

여인은 배비장의 꼴을 보다가 이렇게 말하고는 나무 조각으로 배비장을 한 번 쳤다. 그러자 배비장이 말하였다.

"나 개 아니오." / "그러면 뭐냐?"

"배가요."

계집은 배비장의 꼴을 보고 웃고 내려와 손목을 잡고 방으로 들어가서,

"이 밤에 웬일이오?"

들어가 정다운 이야기를 나눈 뒤에 불을 막 끄고 나니, 방자놈이 고함을 친다.

"불 켜 놓고 문 열어라."

여인이 깜짝 놀라는 체하고 몸을 떨며 당황해할 때 방자놈의 지어낸 언성이 다시 떨어졌다.

"요망하고 고얀 년, 내 몸 하나 옴짝하면 문 앞의 신 네 짝이 떠날 날이 없으니 어느 놈과 미쳐서 또 두런거리고 있느냐? 이 연놈을 한 주먹에 뼈를 부수어 박살내리라."

OX 문제

01. 감각적인 배경 묘사를 통해 인물의 행동이 전개되는 상황의 낭만적 분위기를 부각하고 있다.　　[O / X]
02. 열거의 방식으로 인물의 외양을 해학적으로 표현하고 있다.　　[O / X]
03. 애랑은 편지를 통해 배비장에게 자신과 만날 수 있는 방법을 상세히 알려 주었다.　　[O / X]
04. 배비장은 자신을 골려 주려는 방자의 속셈을 눈치채고 분해서 이를 갈았다.　　[O / X]
05. 배비장은 자신의 존재를 알리기 위해 일부러 기침 소리를 냈다.　　[O / X]

심층체크

1. 서로 같은 인물을 지칭하는 말을 찾아 짝지으시오.

 A. 장부　 B. 규중 여자　 C. 유부녀　 D. 천상의 선녀　 E. 도둑　 F. 미친개　 G. 배가

장면 10

배비장은 혼비백산하여* 허둥거렸으나 한 짝으로 된 문이어서 도망할 수도 없었다. 할 수 없이 알몸으로 이불을 쓰고 여자에게 물었다.

"밤이 늦은 시간에 호령하며* 문을 여니, 호령한 이는 누구요??" 독해 TIP 배비장은 위급한 상황에서도 현학적 표현, 즉 학식이 있음을 자랑하고자 하는 표현을 쓰고 있는데, 이를 통해 허세만 가득한 배비장의 모습을 확인할 수 있다.

여인이 대답하였다.

"나의 남편이오."

"그게 **본남편**이오? 성품이 어떻소?"

"성품이 매우 사납습니다. 기운은 항우장사요, 술을 좋아하고 화가 나면 대낮에도 칼을 뽑아 피 보기를 예사로 합니다."
독해 TIP '항우장사'는 항우, 즉 중국의 힘이 아주 센 사람 같은 장사라는 뜻으로, 힘이 아주 센 사람을 비유적으로 이르는 말이다. 애랑은 고사 속 인물을 통해 자신의 남편이 포악한 성질을 가지고 있다고 말하고 있다.

여인의 말을 들은 배비장은 애처롭게 빌면서 여인에게 매달렸다.

"**남자**, 나를 제발 살려 주게."

여인은 언제 장만해 두었던지 커다란 자루를 꺼내 가지고 와서는 입구를 벌리면서 말하였다.

"이리 들어가시오."

배비장은 이상하게 여기고 겁에 질려서 덜덜 떨리는 음성으로 물었다.

"거기엔 왜 들어가라는 거야?"

"들어가면 살 방법이 있으니 어서 들어가시오."

여인은 배비장을 자루에 담은 후에 자루 끈을 모아 상투에 감아 매고 등잔 뒤 방구석에 세워 놓고 불을 켰다.

이때 **방자놈**이 문을 왈칵 열고 성큼 들어서며 주위를 둘러보았다.

"저 방구석에 세워 놓은 것은 무엇이냐?" / "그건 알아서 뭣 하시겠어요?"

여인의 대답이 간드러진다.

"이년아, 내가 묻는 데 대답을 할 것이지 무슨 반문이냐? 이년, 주리 방망이 맛을 보고 싶으냐! 맛을 보고 싶다면 보여 주마."

여인의 음성이 더욱 간사해진다.

"거문고에 새 줄을 달아 세워 놓은 것입니다."

그러자 방자놈은 수그러지는 체하고 수그러진 음성으로,

"음! 거문고라면 좀 타 보자."

하고는 대꼬챙이로 배부른 등을 탁탁 쳤다. 그러니 배비장은 참을 길이 없었다. 그러나 꿈틀거릴 수는 없는 일이다. 배비장은 아픔을 꾹 참고 대꼬챙이로 때릴 때마다 자루 속에서,

"둥덩 둥덩" / 하고 소리를 냈다.

"음! 그놈의 거문고 소리가 매우 웅장하구나. 대현을 쳤으니 이제 소현을 쳐 봐야겠군."

이번은 코를 탁 쳤다.

"둥덩 둥덩" 독해 TIP 살기 위해서 거문고인 척 악기 소리를 흉내내는 배비장의 모습이 우스꽝스럽게 그려지고 있다. 인물의 행동을 희화화하여 나타내면 독자로 하여금 웃음을 유발한다.

"음! 그놈의 거문고가 이상하다. 아래를 쳐도 위에서 소리가 나고 위를 쳐도 위에서 소리가 나니 말이다. 이 어떻게 된 놈의 거문고냐?"

여인의 대답이었다. / "이건 특수한 거문고라서 그렇답니다."

"그러냐? 술 한잔 날 권하고 줄을 골라라. 오늘 밤 놀아 보자. 내 소변 보고 들어오마."

방자는 문밖으로 나와서 가만히 귀를 기울이고 엿들었다.

자루 속에서 배비장의 말소리가 들려왔다.

"**여보**, **그자**가 거문고를 꺼내 볼 것 같으니 다른 데로 나를 옮겨 주오."

"이곳으로 어서 들어가시오."

여인은 윗목에 놓인 피나무 상자를 열고 말하였다.

상자 속으로 들어간 배비장은 몸을 웅크리고 앉아서 생각하니 한심스러웠다. 그러나 그것이 모두 자기가 믿고 데리고 있는 방자

의 계교*라는 것을 어찌 알 것인가.

　계집이 상자의 문을 닫고 자물쇠를 덜커덕 채우니 이제는 함정에 든 범이요, 독 안에 든 쥐였다. 배비장은 숨이 가빠져 왔다.

　이때 나갔던 사내가 다시 들어오면서 말하는 소리가 들려왔다.

　"아까 눈이 저절로 감겨 잠깐 꿈을 구니 백발노인이 나를 불러, 네 집에 거문고와 피나무 상자가 있느냐고 묻기에 그렇다고 대답했다. 그랬더니 귀신이 붙어서 장난을 하므로 패가망신*할 징조라 했다. 저 상자를 불태워 버려라. 어서 짚 한 단을 가지고 가서 불을 놓아라!"

OX 문제

01. 서술자의 개입을 통해 사건의 전모를 밝히고 있다.　　　　　　　　　　　　　　　[O / X]
02. 꿈과 현실을 교차하여 사건을 입체적으로 구성한다.　　　　　　　　　　　　　　[O / X]
03. 배비장은 거문고인 척 입으로 소리를 내며 위기를 모면하고자 한다.　　　　　　　[O / X]
04. 애랑은 방자와 부부인 척 연기를 하며 배비장을 속이고 있다.　　　　　　　　　　[O / X]
05. 배비장은 자신이 상자에 갇혀 불타 죽을지도 모른다는 두려움에 숨을 가쁘게 쉬고 있다.　[O / X]

심층체크

1. 서로 같은 인물을 지칭하는 말을 찾아 짝지으시오.
　A. 본남편　　B. 여인　　C. 낭자　　D. 방자놈　　E. 여보　　F. 그자　　G. 나
2. 서술자의 개입이 드러난 부분을 모두 찾아 밑줄 그으시오.

필수어휘 _ 반드시 암기하기

*혼비백산하다 : 몹시 놀라 넋을 잃다. 혼백이 어지러이 흩어진다는 뜻에서 나온 말이다.
*호령하다 : ① 부하나 동물 따위를 지휘하여 명령하다.　② 큰 소리로 꾸짖다.
*계교 : 요리조리 헤아려 보고 생각해 낸 꾀.
*패가망신 : 집안의 재산을 다 써 없애고 몸을 망침.

배비장전

장면 11

배비장은 탄식하였다.

"이젠 화장*인가. 이 일을 어찌한단 말이냐. 뛰쳐나가지도 못하고."

이때 여인이 악을 썼다.

"조상 때부터 전해 내려온 기이한 물건으로 집안 살림을 보살펴 주는 귀신이 들어 있는 상자인데 그것을 불태우라니 안 될 말이오."

"이년아, 나는 너하고 못 살겠다. 나는 상자를 가지고 나가겠다."

사내가 상자를 덜컥 어깨에 둘러메고 밖으로 나가려 하자 여인이 붙들고 늘어졌다.

"임자가 상자를 가져가고 나는 망하란 말이오? 이 상자는 못 놓겠소."

"그렇다면 한 토막씩 나누어 갖자."

사내는 커다란 톱을 가지고 와서 상자 위에 올려놓고 말하였다.

"자 어서 톱을 마주 잡고 당기자."

배비장은 겁이 나 더 참지 못하고 소리를 질렀다.

"여보소. 미련도 하오. 하룻밤을 자도 만리성을 쌓는다* 하지 않소? 그 여인에게 상자를 다 주구려. 토막을 내면 못 쓰게 되고 말지 않소?"

그러자 사내는 톱을 내던지며 말하였다.

"아뿔사! 이놈의 귀신이 살아갈 방법을 꾀해 사람이 되었으니 송곳으로 찌르자."

불에 달군 송곳이 배비장의 왼쪽 눈으로 내려왔다. 일이 이 지경에 이르고 보니 상자 속의 배비장은 비장한 결심을 하고서 악이라도 한번 질러 보지 않을 수 없었다.

"여보, 아무리 무식하기로서니 눈의 소중함을 모른단 말이오?"

"에그! 귀신이 저 상할 줄 미리 알고 빌어 대니 사정이 가엾구나. 그 몸 상하지 않도록 상자를 들어다가 물에 던져 버려라."

사내는 상자를 지고 밖으로 나갔다. 그리고 얼마쯤 가는데 어디서 한 사람이 앞으로 나서며 물었다.

"그게 뭐냐?" / "상자요."

"그 상자를 내게 팔아라." / "그러시오."

사내는 상자를 들어다가 사또가 있는 관아 마당에 놓고 물에 던지는 듯이 말하며 상자 틈으로 물을 붓고 흔들었다.

"상자 속 귀신 너는 들어라! 이 파도에 띄울 테니 천 리 길을 떠나거라."

배비장은 생각하였다.

'어허, 상자가 벌써 물에 떴나 보구나. 이젠 죽었구나.'

그런데 얼마 후에 들으니 어기어차! 어기어차! 하는 소리가 들려왔다. 물론 사령들이 거짓으로 하는 배 젓는 소리였다.

배비장은 소리를 질렀다.

"거기 가는 배는 어디로 가는 배란 말이오?" / "제주 배요."

"어렵지만 이 상자를 실어다가 죽을 사람 살려 주오."

"상자 속에서 나는 그 소리가 이상하다. 우리 배에 부정 탈라! 막대로 떠밀자."

"난 사람이니 부디 살려 주오."

"어디 사는 사람이냐?" / "제주 사오."

"제주라는 곳이 미인이 많은 땅이라, 분명 유부녀 만나러 갔다가 그 지경이 되었구나."

"예, 옳소이다."

"우리 배엔 부정이 탈까 못 올리겠고 상자의 문이나 열어 줄 테니 헤엄을 쳐서 가거라. 그런데 이 물은 짠물이니 눈에 들어가면 눈이 멀 테니 눈을 감고 가라."

사공이 자물쇠를 덜커덕 열어 놓자, 배비장은 알몸으로 쑥 나와서 두 눈을 잔뜩 감고 이를 악물고 와락 두 손을 짚으면서 허우적거렸다.

한참을 이 모양으로 헤엄쳐 가다가 관아 대청에다가 머리를 부딪치니 배비장은 두 눈에서 불이 번쩍 나서 두 눈을 번쩍 떴다. 자세히 살펴보니 관아에 사또가 앉아 있고 주변에 동료들과 기생, 노비들이 늘어서서 웃음을 참느라고 두 손으로 입을 막고 있는 것이었다.

사또가 웃으면서 물었다.

"자네, 그 꼴이 웬일인고?"

배비장은 어이가 없어 고개를 푹 수그렸다. **독해 TIP** 여자를 가까이하지 않겠다고 다짐한 배비장이 애랑과 방자의 속임수에 넘어가 결국 사람들 앞에서 온갖 망신을 당하는 모습이 그려지고 있다. 이러한 희화화의 방식으로 웃음을 유발하고, 주변 인물들로 인해 드러나는 배비장의 위선적 면모를 통해 양반 계층의 허위의식을 폭로하는 소설임을 파악하면 된다.

OX 문제

01. 내적 독백을 활용하여 난관을 극복하고자 하는 의지를 표현하고 있다. [O / X]

02. 속담을 삽입하여 인물의 내적 갈등을 강조하고 있다. [O / X]

03. 사내는 관아 마당에 상자를 놓고 상자 틈으로 물을 붓고 흔들며 배비장을 속이기 위한 연기를 하였다. [O / X]

04. 배비장은 사령들에게 유부녀를 만나러 갔다 상자 속에 갇혔음을 인정하였다. [O / X]

05. 배비장은 상자에서 나오자마자 자신이 속았음을 눈치채고 부끄러움에 고개를 수그렸다. [O / X]

심층체크

1. 서로 같은 인물을 지칭하는 말을 찾아 짝지으시오.

A. 배비장   B. 여인   C. 나   D. 임자   E. 귀신   F. 죽을 사람   G. 자네

필수어휘 _ 반드시 암기하기

*화장 : 시체를 불에 살라 장사 지냄.

*하룻밤을 자도 만리성을 쌓는다 : 잠깐 사귀어도 깊은 정을 맺을 수 있음을 이르는 말.

무조건 올라가는
고전소설 문해력

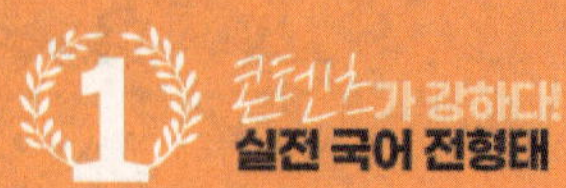

04

운영전

주제

신분적 제약을 초월한 남녀의 비극적 사랑

특징

① 액자식 구성으로 이루어짐.
② 고전 소설의 보편적 주제인 권선징악에서 벗어나 자유연애 사상을 보여 주는 개성적인 작품임.
③ 고전 소설 중 드물게 비극적 결말을 보임.
④ 시가 삽입되어 인물의 정서와 상황을 표현함.

작품 해제

이 작품은 수성궁의 궁녀인 운영과 선비인 김 진사의 비극적 사랑을 형상화한 소설로, 「수성궁 몽유록」으로도 불린다. 유영이라는 인물이 수성궁에서 잠이 들었다가 깨면서 운영과 김 진사를 만나고 그들의 이야기를 듣는 설정으로 몽유록(꿈속에서 일어난 사건을 내용으로 하는 문학 작품)의 액자식 구성을 취하고 있다. 이때 내화를 이야기의 당사자인 운영과 김 진사가 유영에게 진술한다는 점은 이 소설의 특징 중 하나이다. 학문의 공간인 동시에 억압의 공간인 수성궁을 배경으로 펼쳐지는 두 남녀의 사랑과 비극적 결말을 통해 제도와 관습이 개인의 자유를 구속하고 감정을 억압한 당대 사회를 비판하고 있다.

인물 관계도

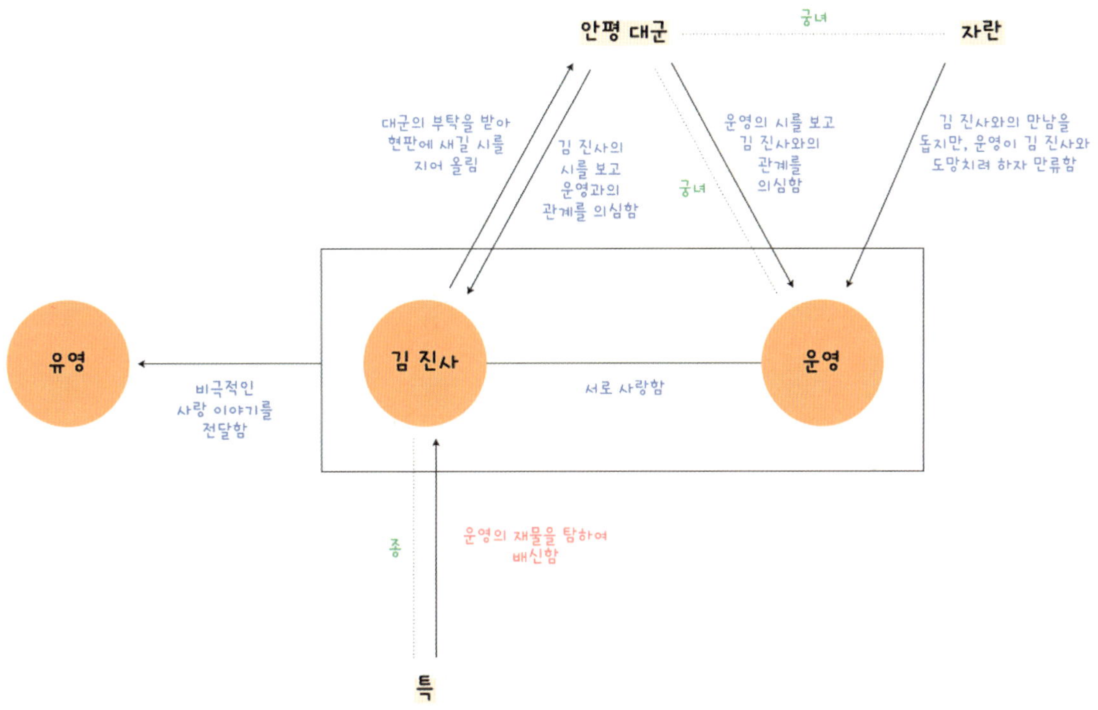

- **유영** : 운영과 김 진사로부터 그들의 비극적인 사랑 이야기를 전해 듣는 인물.
- **김 진사** : 글솜씨가 뛰어난 선비로, 안평 대군의 초대를 받아 수성궁을 방문했다가 운영을 만나 사랑에 빠지는 인물. 사랑하던 운영
  이 죽자 슬퍼하다가 세상을 떠난다.
- **운영** : 안평 대군의 궁인 수성궁에 속한 궁녀. 김 진사와 사랑에 빠지지만 안평 대군에 의해 좌절되고 스스로 목숨을 끊는다.
- **안평 대군** : 학문을 사랑하고 시, 글씨, 그림, 음악에 모두 뛰어난 세종 대왕의 셋째 아들. 수성궁에 속한 열 명의 궁녀들에게 시를
  가르치며 아끼는 한편 엄한 규칙을 정해 궁녀들을 억압하는 인물.
- **특** : 김 진사의 종으로, 김 진사와 운영의 만남을 돕지만 운영의 재물을 탐하여 김 진사를 배신한다.

운영전

장면 01

수성궁은 안평 대군의 옛집으로 서울의 서쪽에 있는 인왕산 아래 자리 잡고 있었는데, 아름다운 산천이 감싸고 있어 마치 용이 서리고 호랑이가 웅크린 듯한 모습이었다. 조정*은 인왕산 남쪽으로 가까이 있고 경복궁은 동쪽에 자리를 잡고 있었으며, 인왕산 줄기가 굽이져 내려오다 수성궁에 이르러 높은 봉우리를 이루고 있었다. 비록 험하지는 않았으나 올라가 내려다보면 사방으로 통하는 툭 트인 거리에 상점들과 가득 찬 집들이 바둑판이나 별들처럼 늘어서 분명히 가리킬 만큼 뚜렷한 듯하였다. 동쪽을 바라보면 궁궐이 멀리 아득한데, 복도가 공중으로 비껴 있고, 구름과 안개는 비취빛으로 쌓여 아침저녁으로 모습을 드러내니 비할 데 없이 훌륭한 경치였다. 당대의 술꾼들, 노래하는 기녀들, 피리 부는 아이들, 글을 쓰거나 그림을 그리는 사람들은 봄날 꽃이 피거나 가을날 단풍이 들면, 그 위에서 놀지 않는 날이 없었고, 풍월을 읊고 풍악을 즐기느라 돌아가는 것도 종종 잊곤 하였다.

유영은 청파에 살던 선비였다. 수성궁의 경치를 실컷 듣고서, 한 번이라도 놀러 가고 싶은 생각이 가득했지만, 옷은 낡고 해져 다른 사람들의 비웃음을 살 것을 걱정하여 주저한 지가 오래였다. 1601년 춘삼월 열엿새에 술 한 병을 사기는 했으나, 몸종도 없고 또한 함께 갈 벗도 없었다. 직접 술병을 차고 홀로 궁문으로 들어가는데, 구경 온 자들이 서로 돌아보고 손가락질하면서 웃지 않는 이가 없었다. 유생은 부끄러워 몸 둘 바를 모르다가, 이내 궁궐 안 동산으로 들어갔다. 높은 곳에 올라 사방을 보니, 전쟁을 갓 겪은 후라, 서울의 궁궐과 성안의 화려했던 집들은 모두 공허할 뿐이었다. 부서진 담과 깨어진 기와, 묻힌 우물도 찾아볼 수 없고, 풀과 나무만이 우거져 있으며, 오직 동문 두어 칸만이 홀로 우뚝 남아 있을 뿐이었다.

유생은 못과 돌만 남아 있는 깊고 그윽한 서쪽 정원으로 들어갔다. 그곳에는 온갖 풀이 우거져서 그림자가 밝은 연못에 떨어져 있고, 사람의 발길이 이르지 않았던 땅 위에 가득히 떨어져 있는 꽃잎은 약한 바람이 생길 때마다 향기가 코를 찔렀다. 유생은 홀로 바위 위에 앉아 소동파가 지은 시구를 읊었다.

아침에 일어나보니 봄은 거의 지나갔고 / 지천으로 널린 낙화는 쓰는 이가 없네. **독해 TIP** 고전 소설 속에 삽입된 시는 인물의 심리나 상황을 효과적으로 전달하거나 사건이 전개될 방향을 암시, 또는 주제를 집약적으로 드러내는 역할을 한다. 이 부분에서는 중국 송나라의 유명한 시인이었던 소동파의 시구를 인용하여 전쟁 이후에 변한 궁궐의 모습을 보고 공허함을 느끼는 유생의 심리를 표현하고 있다.

유생은 문득 차고 있던 술병을 풀어 다 마시고는 취하여 바윗가에 돌을 베고 누웠다. 잠시 후 술이 깨어 머리를 들어 살펴보니 사람들은 모두 사라지고 없었다. 다만 동산에는 달이 떠 있고, 연기는 버들가지를 포근히 감싸고, 바람은 꽃잎을 어루만지고 있을 뿐이었다.

이때 한 줄기 부드러운 말소리가 바람을 타고 들려왔다. 유영이 이상히 여겨 일어나 소리를 따라가 보니, 그곳에는 한 소년이 뛰어나게 아름다운 미인과 마주 앉아 있었다. 그들은 유영이 오는 것을 보고 반갑게 일어나서 맞이했다.

유영은 소년과 인사하고 말했다. / "수재*는 어떠한 사람이기에, 낮이 아니라 밤에 찾으셨습니까?"

소년은 미소 지으며 대답했다.

"옛 사람이 잠시 만났는데도 정답기가 마치 오래 사귄 친구와 같다는 말은 바로 우리를 두고 한 말이지요."

세 사람은 나란히 앉아 이야기를 나누는데, 미인이 나지막하게 아이를 부르니, 여자 종 두 명이 숲에서 나왔다. 미인이 그 아이에게 말했다.

"오늘 저녁은 우연히 오래된 인연을 만나고, 또 약속하지 아니한 반가운 손님을 만났구나. 오늘 밤은 쓸쓸히 보낼 수 없으니, 너는 술과 안주를 준비하고, 아울러 붓과 벼루도 가지고 오너라."

두 여자 종은 명을 받고 갔다가 얼마 지나지 않아 돌아왔는데, 빠르기가 새가 나는 듯 같았다. 종들이 가져온 유리 술병과 유리잔, 자하주와 진귀하고 기이한 안주는 모두 인간 세상의 것이 아니었다. 술이 세 잔에 이르자, 미인이 술을 권하며 새로운 노래를 부르기 시작했다. **독해 TIP** '자하주'는 신선이 마시는 술이다. 술과 안주가 모두 인간 세상의 것이 아니었다는 점에서 소년과 미인은 인간 세계의 사람이 아닐 것임을 예측할 수 있다.

깊고 깊은 궁 안에서 고운 님과 이별하니 / 하늘의 인연 아직 다하지 못하여 볼 길 전혀 없네.
꽃피는 봄날이면 몇 번이나 울었던가. / 밤마다의 만남은 꿈이었지 현실이 아니어라.
지난 일이 허물어져 티끌이 되었어도 / 지금 부질없이 눈물로 수건을 적시게 하는구나.

노래를 마치고 한숨 쉬며 흐느껴 우는데 구슬 같은 눈물이 얼굴을 덮었다. / 유생이 이상하게 여겨 일어나 절하며,

　"내 비록 시를 잘 아는 것은 아니지만, 어릴 때부터 학업을 닦아 글을 조금 압니다. 이제 그 가사를 들으니 격조가 맑고 뛰어나나, 시상이 슬프니 매우 괴이합니다. 오늘밤은 마침 달빛이 낮과 같고 맑은 바람이 솔솔 불어와, 이 좋은 밤을 즐길 만하거늘, 서로 마주 대하여 슬피 우는 건 어인 일이오? 술잔을 더함에 따라 서로 정이 깊어졌어도 이름을 서로 알지 못하고, 회포*도 펴지 못하고 있으니, 또한 의심하지 않을 수 없소." **독해 TIP** 유생은 우연히 소년과 미인을 만나 즐거운 시간을 보내던 중 미인이 슬픈 가사의 노래를 부르고 눈물을 흘리자 이에 대해 의문을 드러내고 있다.

　하니, 유영은 먼저 자기의 이름을 말하고 상대의 이름도 물었다.

OX 문제

01. 감각적인 수사를 사용하여 공간적 배경을 형상화하고 있다.　　　　　　　　[O / X]
02. 유영은 다른 사람들의 비웃음에도 개의치 않고 수성궁을 유유히 구경하였다.　　[O / X]
03. 운문체를 사용하여 인물 사이의 갈등을 부각하고 있다.　　　　　　　　　　[O / X]
04. 서술자가 인물의 심리를 직접적으로 제시하여 상황에 대한 인물의 태도를 드러내고 있다.　[O / X]
05. 유영은 눈물을 흘리며 노래를 부르는 여인의 모습을 보고 이상함을 느꼈다.　　[O / X]

심층체크

1. 서로 같은 인물을 지칭하는 말을 찾아 짝지으시오.
　A. 유생　　B. 한 소년　　C. 수재　　D. 아이　　E. 손님　　F. 두 여자 종

필수어휘 _ 반드시 암기하기

*조정 : 임금이 나라의 정치를 신하들과 의논하거나 집행하는 곳. 또는 그런 기구.
*수재 : 머리가 좋고 재주가 뛰어난 사람. 혹은 예전에, 미혼 남자를 높여 이르던 말.
*회포 : 마음속에 품은 생각이나 정.

장면 02

이에 소년은 대답했다.

"이름을 말하지 아니함은 어떠한 뜻이 있어서 그러한 것인데, 당신이 구태여 알고자 한다면 알려 드리는 것이 어렵지는 않은 일이지마는, 사정을 말로 하자면 장황합니다."

그리고는 걱정 가득한 얼굴로 한참 있다가 다시 입을 열었다.

"내의 성은 김이라 하며, 나이 십 세에 이미 글에 숙달하여 학당에서 이름이 유명하였고, 십사 세에 진사 제이과에 올라, 그때부터 모두 김 진사라 부릅니다. 하지만 어린 나이에 기상이 군세고 의로움이 있어 마음을 능히 억누르지 못하였고, 또한 여인 때문에 부모가 남겨 주신 몸을 받들고서 마침내 불효의 자식이 되어 이 세상의 한 죄인이 되었으니, 이름을 억지로 알아서 무엇하겠습니까? 이 여인의 이름은 운영이요, 저 두 여인의 이름은 하나는 녹주요, 하나는 송옥이라 하는데, 다 옛날 안평 대군의 궁인이었습니다."

유생이 말했다.

"말을 하다가 다하지 아니하면 처음부터 말을 하지 않은 것만 같지 못하옵니다. 안평 대군의 일이며 진사가 근심하는 까닭을 자세히 들을 수 있겠소?"

진사는 운영을 돌아보면서 말했다.

"한 해 동안의 세월이 여러 번 바뀌고 일월이 오래 되었으니, 그대는 그때 일을 능히 기억하고 있소?" / 운영이 대꾸했다.

"가슴 속 깊은 원한을 어느 날인들 잊으리까? 제가 이야기할 것이오니, 낭군님이 옆에 있다가 빠지는 것이 있거든 덧붙여 주옵소서." / 이어 말하기를, 독해 TIP ▶ 액자식 구성은 이야기 속에 또 다른 이야기가 액자처럼 끼어 들어가 '외부 이야기(외화)'와 '내부 이야기(내화)'가 구분되는 것을 의미한다. 「운영전」은 액자식 구성을 특징으로 하는 대표적인 작품이다. 유영이 운영과 김 진사를 만나 대화했던 지금까지의 장면이 '외부 이야기'에 해당하고, 이후 앞으로 운영과 김 진사가 유영에게 그동안의 일을 전하는 장면이 '내부 이야기'에 해당한다. 이 부분은 '내부 이야기'로 들어가는 첫 부분이다.

세종 대왕의 팔 대군 중에 셋째 왕자인 안평 대군이 가장 영특하였지요. 그래서 임금이 매우 사랑하시고, 무수한 땅과 재물을 내리시니, 여러 대군 중에서 가장 나았사옵니다. 그리고 나이 십삼 세에 따로 나와서 머무르셨는데, 그곳이 수성궁이랍니다. 대군은 학업에 힘써 임하시고, 밤에는 독서하고 낮에는 시를 읊으시고 또 글을 쓰면서, 한 시각도 허송치 아니하셨습니다. 당시 문인 재사*들이 모두 수성궁 문안에 모여서, 그 장단점을 비교하였고, 혹 새벽닭이 울어도 그치지 않고 강론*을 하셨습니다. 대군은 글이나 문장을 쓰는 필법이 더욱 능하여져 온 나라에 이름이 났지요. 문종 대왕이 아직 세자로 계실 적에 늘 집현전 여러 학사와 같이 안평 대군의 필법을 논평하시기를,

"우리 아우가 만일 중국에서 태어났더라면 비록 왕희지에게는 미치지 못하겠지만, 어찌 조맹부에 뒤지리오." 독해 TIP ▶ '왕희지'는 글씨를 빼어나게 잘 썼던 중국 진나라의 명필가이며, '조맹부'는 글씨와 그림, 시문에 매우 뛰어나 이름을 날렸던 중국 원나라의 문인이다. 문종 대왕은 안평 대군의 필법이 중국의 유명한 명필가들과 견주어도 손색이 없을 정도로 훌륭함을 칭찬하고 있다.

하면서, 칭찬하시기를 마지않았지요. / 하루는 대군이 저희를 보고 말씀하셨습니다.

"천하의 모든 재사는 반드시 안정한 곳에 나아가서 갈고 닦은 후에야 이루어지는 법이니라. 도성 문밖은 산천이 고요하고, 마을에서 좀 떨어졌을 것이니, 거기에서 업을 닦으면 큰일을 이룰 수 있을 것이다."

곧 그 위에다 학문을 가르치기 위한 정사를 짓고, 당명을 비해당이라 하였으며, 또한 그 옆에다 단을 쌓아 맹시단이라 하였으니, 이는 모두 이름을 통해 바른 도리를 생각한 뜻이었지요.

그 후에 당대의 문장과 거필들이 그곳에 다 모이니, 문장에는 성삼문이 으뜸이었고, 필법에는 최흥효가 으뜸이었습니다. 비록 그러하오나 다 대군의 재주에는 미치지 못하였지요. 독해 TIP ▶ '문장'은 글을 뛰어나게 잘 짓는 사람이며, '거필'은 시문을 잘 짓는 사람이다. 대군이 학문을 위해 지은 정사에 학문에 뛰어난 사람들이 모두 모였다는 의미이다.

하루는 대군이 술에 반쯤 취하여 여러 시녀를 불러 말하기를,

"하늘이 재주를 내리심에 있어서, 남자에게는 풍부하게 하고 여자에게는 적게 하였으랴? 지금 세상에 문장으로 자처하는 사람이 많지마는, 능히 다 상대할 수 없고, 아직 특출한 사람이 없으니 너희들도 또한 힘써서 공부하여라."

하고는 대군께서는 궁녀 중에서 나이가 어리고 얼굴이 아름다운 열 명을 골라서 가르치셨습니다. 먼저 〈소학〉을 가르친 후에 〈중용〉, 〈논어〉, 〈맹자〉, 〈시경〉, 〈통사〉 등을 차례로 가르치고, 또 이백, 두보, 당음의 시 수백 수를 뽑아 힘써 가르치니 오 년이 지나지 않아 과연 모두 성장하였지요. 또 대군께서는 집에 오시면 저희들에게 눈앞에서 시를 짓게 하여, 시의 우열을 정하여 잘 지은 이에게는 상을 주어 시가 늘도록 하셨습니다. 독해 TIP ▶ 궁녀는 궁궐 안에서 왕과 왕비를 모시는 시녀인데, 학문을 배워 시를 쓰게 된

것이다. 조선 시대의 여성들은 사대부 규수 외에 대부분 글을 배우지 않았음에도, 안평 대군은 궁녀들에게 유교 경전들을 직접 가르쳐 주었음을 알 수 있다. 이에 탁월한 기상이 대군에게는 미치지 못하나, 음률의 청아함과 필법의 완숙함은 당나라 시인의 울타리를 부러워하지 않을 만큼 되었습니다.

시녀 열 사람의 이름은 소옥, 부용, 비경, 비취, 옥녀, 금련, 은섬, 자란, 보련, 운영인데, 그 중 운영은 바로 [저]입니다. 대군은 열 명의 시녀를 심히 사랑하고 불쌍하게 여겼으나, 항상 궁문 밖을 나가지 못하게 하고 사람들과의 말도 절대로 금하였습니다. 선비들과 술을 마실 때가 많지 않았지만, 간혹 있더라도 시녀들은 가까이 있지 않았습니다. 대개 바깥사람들이 알까 하여 언제나 엄한 명을 내렸습니다.

"시녀가 궁문 밖을 나가면, 그 죄는 죽음이 마땅하고, 궁문 밖 사람이 궁인의 이름만 알아도 역시 죽음을 면치 못하리라."

독해 TIP 당시에 궁궐 안에서 생활하던 궁인들은 엄한 규칙을 지키며 살아야 했다. 궁문 밖으로 나가지 못하거나 궁밖의 사람들과 말을 못하는 것이 이에 속한다. 이외에도 남자와 절대로 접촉하지 못했으며, 평생 지조와 정절을 지켜야 했다.

OX 문제

01. 유생은 안평 대군의 이야기와 진사가 근심하는 이유 두 가지를 궁금해하였다.　　　　[O / X]
02. 외부 이야기에서 내부 이야기로 전환되는 액자식 구성을 취하고 있다.　　　　[O / X]
03. 문종 대왕은 안평 대군이 왕희지에 뒤지지 않는다고 하며 그의 필법을 칭찬하였다.　　　　[O / X]
04. 대군의 가르침을 받은 열 명의 궁녀들은 대군과 유사한 실력을 갖게 되었다.　　　　[O / X]
05. 등장인물의 말을 통해 요약적으로 사건의 경과를 드러내고 있다.　　　　[O / X]

심층체크

1. 서로 같은 인물을 지칭하는 말을 찾아 짝지으시오.
 A. 소년　　B. 당신　　C. 나　　D. 유생　　E. 그대　　F. 낭군님　　G. 우리 아우　　H. 대군　　I. 저

필수어휘 _ 반드시 암기하기

*재사 : 재주 있는 남자.
*강론 : 학술이나 도의의 뜻을 해설하며 토론함.

장면 03

하루는 대군이 저희를 불러 이르기를,
"오늘은 문인 아무개와 술잔을 나누었는데, 그때 상서로운* 파란 연기가 궁중의 나무로부터 일어나 궁을 싸고 산봉우리로 스르르 날아갔다. 내가 먼저 시를 짓고 손님들에게 짓게 했으나 모두 마음에 들지 않았다. 그런즉 그것을 시의 주제로 하여 너희들은 글을 지어 올려라."

먼저 소옥이 시를 올리기 시작하였습니다.
푸른 연기 가늘기가 비단 같으니 / 바람을 따라 비스듬히 문으로 들어왔도다.
흐릿하게 깊었다가 다시 엷어지니 / 깨닫지 못하니라, 황혼이 가까이 왔도다.

부용이 다음으로 올렸습니다.
공중에 날아 옥으로 만든 집의 비가 되고, / 땅에 떨어져 다시 구름이 되었도다.
저녁이 가까워 오매, 산빛이 어둑어둑하고 / 그윽한 생각이 초나라 임금을 생각하였도다.

비취의 시는,
꽃에 덮이니 벌이 갈 길을 잃었고, / 대나무 새장 속의 새들은 아직도 깃에 들지 못하였구나.
황혼 때에 가는 비가 되어 / 창밖으로 들리는 소리 소소하도다.

(중략)

자란의 시는,
일찍이 동문으로 향하여 어두웠더니 / 비끼어 높은 나무 밑에 연하였도다.
잠깐 사이에 홀연히 날아가니, / 서편 산꼭대기 앞의 시내로다.

제 시는,
멀리 바라보매 푸른 연기가 가늘고 / 아름다운 사람은 비단 짜기를 마쳤도다.
바람을 대하여 홀로 서러워하니, / 날아가 무산에 떨어졌도다.

보련의 시는,
작은 구렁이 봄 그늘 속이요, / 서울 물 기운 가운데로다.
능히 사람의 세상으로 하여금 / 홀연히 푸른 구슬 집을 지었도다.

대군은 한 번 보더니 놀라는 빛이 얼굴에 가득한 채로 여러 번 읊으면서 우열을 정하지 못하였습니다.
그렇게 한참 읽으시다가,
"부용의 시에 그대를 꿈꾼다는 것은 대단히 잘 되었고, 비취의 시는 전에 비하면 우아한 멋이 있고, 소옥의 시는 성품이 뛰어나게 훌륭하여 끝줄에 은근한 멋이 있다. 먼저 이 글들은 제일로 정한다." / 하고, 다시 말씀하시기를,
"처음에는 우열을 말하지 않았으나 여러 번 해석하여 보니, 자란의 시는 깊은 곳이 있으나 무의식하게 사람으로 하여금 탄식하고 춤추게 한다. 그리고 그 나머지 글도 아름답게 되었으나, 홀로 운영의 시는 근심하고 슬퍼하니 누구를 상사하는* 듯이 표현하고 있다. 그리워하는 자가 누구인지 모르지만 이 일을 마땅히 따져 물을 것이로되, 그의 재주를 보아 그대로 내버려 둔다."

독해 TIP 대군은 열 명의 시녀의 글들 중, 운영의 시에서만 슬픈 정서가 나타난 것을 보고 누군가를 사랑하고 있는 것은 아닌지 의심하고 있다. 장면 02에서 확인했듯이 궁인들은 남자와 절대 접촉하지 못했기에, 대군은 이에 대해 따져 물을 것이라 한 것이다.

이 말을 듣고 저는 즉시 뜰에 내려가 엎드려 울면서 고했습니다.
"시를 지을 때에 우연히 나온 것이요, 결코 다른 뜻은 없습니다. 지금 주군의 의심을 받으니, 첩은 만 번 죽어도 오히려 애통할 게 없습니다."
대군은 저를 불러 올려 자리에 앉으라 한 후에,
"시는 마음으로 나와 억지로 숨기지는 못하는 것이다. 너는 다시 말하지 말라."
하고, 온갖 비단 열 필을 열 명에게 나누어 주었습니다.

대군은 일찍이 제게 사사로운 마음을 조금도 나타내지 않으셨으나, 궁녀들 사이에서는 모두 대군이 제게 마음을 두신 모양이라고 소문이 자자해졌습니다.

OX 문제

01. 대군은 상서로운 파란 연기를 본 후 가장 먼저 시녀들에게 시를 지으라 명하였다.　　　　　　[O / X]
02. 대군은 시녀들의 시를 읽고 곧바로 제일 잘 지은 시 하나를 선정하였다.　　　　　　　　　　[O / X]
03. 등장인물이 독백을 통해 자신의 생각을 직접 드러내고 있다.　　　　　　　　　　　　　　　[O / X]
04. 대군은 운영이 누군가를 그리워한다고 의심하여, 운영에게만 보상을 주지 않았다.　　　　　　[O / X]
05. 시간의 흐름에 따라 사건이 진행되고 있다.　　　　　　　　　　　　　　　　　　　　　　[O / X]

심층체크

1. 서로 같은 인물을 지칭하는 말을 찾아 짝지으시오.
　A. 저희　　B. 내　　C. 너희들　　D. 저　　E. 주군　　F. 첩　　G. 열 명

필수어휘 _ 반드시 암기하기

*상서롭다 : 복되고 길한 일이 일어날 조짐이 있다.
*상사하다 : 서로 생각하고 그리워하다.

장면 04

저희 열 명은 모두 물러나 침실에 있었습니다. 대군이 궁에서 나와 저희 침실의 촛불을 켜고 책상에 〈당률〉 한 권을 놓고, 옛 사람들의 궁중 시를 평가했습니다. 저는 홀로 병풍에 기대어 가만히 인형처럼 입을 다문 채로 있었습니다.

소옥은 이 모양을 보고 제게 말하기를,

"아까 낮에 시로 주군이 의심하셨지. 정말로 그것이 불만이어 지금 잠잠히 있지만, 주군의 뜻이 네게 있겠기에 속으로 몰래 기뻐하여 일부러 말하지 아니하는가? 그대 마음에 품은 것을 모르겠구나."

저는 옷깃을 여미고,

"너는 내가 아닌데 어찌 내 마음을 알겠는가? 나는 지금 시 한 수를 얻으려고 기발한 글귀를 찾으려다 얻지 못하여 생각을 말하지 않을 뿐이다."

은섬은 곧 말을 이어,

"어딘가 뜻이 향하는 곳이 있어 마음이 여기 없구나. 그러니 주위 사람들의 말이란 바람이 지나가듯 할 뿐이다. 그대가 말하지 않으니 알기 어렵구나. 내 장차 시험하리라."

그리하여 〈창외포도〉라는 제목으로 시를 짓도록 재촉하였습니다.

저는 곧 여러 사람들의 시기와 의심을 풀게 하려고 시를 한 수 지었습니다.

구불구불 넝쿨은 용이 기어가는 것 같고 / 푸른 잎 그늘을 이루니 모든 게 그윽하고 조용하구나.
더운 날에도 위엄은 훤히 비치고 / 맑은 하늘엔 찬 그림자가 도리어 밝아라.
덩굴이 뻗어 난간을 감음은 뜻을 머물러 둠이요 / 열매를 맺어 구슬을 드리움은 정성을 본받고자 함이라.
만약 다른 날을 기다려 변화를 부린다면 / 응당 비구름 타고 삼청궁에 오르리라.

독해 TIP 운영은 자신의 처지를 넝쿨에 빗대어, 자신의 뜻은 오직 안평 대군을 향하고 있음을 밝히고 있다. 한편 '삼청궁'은 옥황상제의 궁궐을 의미한다. 변화를 부린다면 삼청궁에 오를 것이라는 내용은 자신이 다른 마음을 품고 있다면 죽어 하늘로 올라가겠다는 의미이다. 즉, 자신의 결백함을 시를 통해 드러내고 있는 것으로 이해하면 된다.

소옥이 시를 보고 일어나 절을 올렸습니다.

"참으로 천하의 뛰어난 재주로다. 풍격*이 높지 아니함은 옛 가락과 비슷하지만 갑자기 지은 것이 이와 같으니, 이는 시인이 가장 어려워하는 것이다. 내가 마음속으로 기뻐하여 복종함은 칠십 제자가 공자님께 복종함과 같다."

자란이 말했습니다.

"문자가 부드럽고 그것과 비슷한 태도가 있다면 그렇긴 하구나."

자리에 있던 모든 이들이 "정확한 평가이오."라고 했습니다. 제는 이 시로 해명했지만, 다른 사람들의 의심은 아직도 다 풀리지 않은 것 같았습니다.

이튿날 문밖에서 요란한 수레 소리가 들리더니 문지기가 달려와 알렸습니다. / "많은 손님들이 오십니다."

대군은 궁을 청소하게 하고 들어와 맞으니 모두 문인 재사들이었습니다. 자리를 정하고 대군이 저희들이 지은 부연시를 내보이니 모두들 크게 놀랐습니다.

"뜻밖에도 오늘 당 시절의 시를 보니, 우리들은 견줄 바가 못 됩니다. 이처럼 훌륭한 글을 어디서 얻었습니까?"

대군은 미소를 지었습니다.

"무엇이 그런가요? 하인이 우연히 길에서 주워 와 어떤 사람 작품인지 알 수 없으나, 일반 백성의 집 재사의 손에서 나온 듯하오."

여러 사람의 의심이 풀리지 않았는데, 조금 후에 성삼문이 일렀습니다.

"재주는 다른 시대에서 빌린 것이 아닙니다. 고려조에서 지금까지 육백여 년간 시로 우리나라에 이름을 떨친 자는 그 수를 헤아릴 수 없습니다. 혹은 가라앉아 탁해지거나 맑음이 사라지고, 혹은 너무 가벼워 둥둥 떠 다녀서 모두 음률에 맞지 않고 그 성질을 잃어버려, 제가 보려고 하지 않습니다. 이제 이 시를 보니 풍격이 푸르고 변하지 아니하고 바른 생각이 초월하여, 조금도 속세의 태도가 없으니, 이는 반드시 깊은 궁 안의 사람이 속된 사람들과 서로 만나지 아니하고, 다만 옛사람의 시를 읽고 밤낮으로 시를 읊어 스스로 그 정서를 배운 것입니다. 그 뜻을 자세히 느껴 보면, '바람을 쐬며 홀로 슬퍼한다'는 구절에는 님을 그리워한다는 뜻이 있습니다. '외로운 대나무는 홀로 푸른빛을 가졌다'는 구절에는 정절*을 지키려는 뜻이 있습니다. '바람이 불어 저절로 안정하지 못한다'는 구절에는 마음을 지키기 어렵다는 뜻이 있습니다. '그윽한 그리움이 초나라 임금을 향한다'는 구절에는 대군을 향하는 정성이 있습니다. '연잎에는 구슬 같은 이슬이 머문다'와 '서악과 앞 시내'라고 한 구절은 천상의 신선이 아니면 이 같은 모양을 얻지 못합니다. 격식에 어울리는 가락에는 내용의 좋음과 나쁨이 있지마는 훌륭한 솜씨와 기상은 크게 보면 모두 같습니다. 궁중에서 반드시 열 선인*을 두고 양성한 것이니 숨기지 말고 한번 보여 주시지요."

대군은 내심으로 매우 감탄하면서도 겉으로는 수긍하지 않았습니다.

"누가 근보가 시적 감흥이 있다고 하는가? 내 궁 안에 어찌 이런 사람이 있단 말이오?" 독해 TIP '근보'는 본이름 외에 부르는 문신 성삼문의 자이다. 당대에는 이름을 소중히 여겨 함부로 부르지 않았던 관습이 있었기에, 본이름 대신 부르는 이름이 존재했다.

이때 저희 열 명은 창틈으로 몰래 엿들었는데, 감탄하지 않는 이가 없었습니다.

OX 문제

01. 소옥은 운영이 다른 데에 마음을 두고 있음을 언급하면서 운영의 말이 사실인지를 시험하였다. [O / X]
02. 권위 있는 인물의 중재를 통해 인물 간의 갈등이 해소되고 있다. [O / X]
03. 대군은 시를 우연히 주웠다고 말하며 자신이 가르친 궁녀들이 쓴 것임을 숨겼다. [O / X]
04. 등장인물이 발화를 통해 정서적 감회를 드러내고 있다. [O / X]
05. 성삼문은 부연시를 지은 열 선인이 궁 안의 사람들임을 확신하였다. [O / X]

심층체크

1. 서로 같은 인물을 지칭하는 말을 찾아 짝지으시오.
 A. 저희 열 명   B. 제   C. 그대   D. 너   E. 내   F. 저   G. 저희들   H. 제   I. 열 선인   J. 근보

필수어휘 _ 반드시 암기하기

*풍격 : 고상하고 아름다운 면모나 모습.
*정절 : 여자의 곧은 절개.
*선인 : 도를 닦아서 현실의 인간 세계를 떠나 자연과 벗하며 산다는 상상의 사람. 세속적인 상식에 구애되지 않고, 고통이나 질병도 없으며 죽지 않는다고 한다.

장면 05

이날 밤에 자란이 지극한 정성으로 제게 물었습니다.

"여자로 태어나서 혼인하고자 하는 마음은 누구나 다 가지고 있다. 네가 생각하고 있는 애인이 누군지는 알지 못하나, 네 얼굴빛이 날로 야위어 가므로 안타까이 여겨 내 묻나니, 조금도 숨기지 말고 이야기하라."

저는 일어나 고마운 마음을 전하며 말했습니다.

"궁인이 하도 많아 누가 엿들을까 두려워 말을 못하겠거니와, 네가 지극한 우정으로 묻는데 어찌 숨길 수 있겠는가?"

하고는 이야기를 하였습니다.

지난 가을 국화꽃이 피기 시작하고 단풍잎이 떨어지기 시작할 때, 대군께서 홀로 서당에 앉아, 시녀들에게 먹을 갈고 비단을 펼치게 하고는 시 10수를 베껴 쓰시고 있었지. 이때 동자가 들어와 고하기를,

"`나이 어린 선비`가 김 진사라 칭하면서 대군을 뵈옵겠다 하옵니다." / 하니, 대군께서 기뻐하시면서,

"김 진사가 왔구나."

하시고는 맞아들이게 한즉, 선비는 베옷을 입고 가죽띠를 맸는데, 얼굴과 거동은 신선 세계의 사람과 같더구나.

대군은 한 번 보고 마음을 기울여 곧 자리를 옮겨 마주 앉았고, 진사가 절을 하고 하는 말이,

"외람되게 많은 사랑을 입고 대군님의 이름을 욕되게 하고, 이제야 인사를 올리게 되오니 황송하기 말할 수 없사옵니다."

대군은 위로의 말씀을 하시더라.

"오랫동안 평판이 높은 이름을 사모하다가* 집에서 갓을 마주하고 앉으니, 빛이 방 안 가득하니 이는 `나`에게 백 명의 벗들을 주심입니다."

진사가 처음 들어올 때에 이미 우리와 마주쳤으나, 대군은 진사가 나이가 어리고 착하므로 피하도록 하지도 아니하였지.

독해 TIP 장면 04에도 제시되었듯이 대군은 궁녀들이 외부의 사람들과 접촉하는 것을 엄격하게 제한하였는데, '김 진사'는 어린 나이와 착한 성격을 지녔기에 궁녀들과 마주쳐도 크게 제한을 하지 않은 것이다. 소설의 특성상 이 부분이 앞으로 사건이 발생하게 되는 원인이 될 것이라고 예측했다면 훌륭하다. 대군이 진사님을 보고 말씀하시기를,

"가을 경치가 매우 좋으니, 원컨대 시 한 수를 지어 이 집으로 하여금 빛이 나도록 하여 주오."

진사가 자리를 피하고 사양하며 말했다. / "허황한 이름이 사실을 가렸군요. 시의 격률을 `소인`이 어찌 감히 알겠습니까?"

하지만 대군은 금련에게는 노래 부르기를, 부용에겐 가야금 연주를, 보련에겐 피리 불기를, 비경에겐 술잔 심부름을, 내게는 벼루 심부름을 시켰시니, 그때 내 나이 열일곱 살이었단다. 낭군을 한 번 보고는 정신이 어지럽고 생각이 아득했으며, `낭군`도 나를 돌아보고는 미소를 머금고 자주자주 눈길을 주더라. / 이때 대군이 진사에게 말하였지.

"나는 그대를 기다리며 정성을 다했다. `그대`는 어찌하여 옥구슬 같은 시구 한 번 짓기를 아껴서, 내 집으로 하여금 빛을 드러내지 못하게 하는가?" / 진사는 곧 붓을 잡고 시 한 수를 써 내려 가시더라.

(중략)

대군이 두세 번 읊으시며 놀라시면서, / "진실로 천하의 인재로다. 어찌 서로 만나기가 늦었던고."

시녀들도 이구동성으로 말하길,

"이는 반드시 신선 왕자가 학을 타고 세상에 오신 것이니, 어찌 `이와 같은 사람`이 있으리오."라고 하였지.

그때부터 나는 능히 잠을 이루지 못하고, 밥맛은 떨어지고 마음이 괴로워서 허리띠를 푸는 것조차 깨닫지 못했는데, 너는 느끼지 못하더라. / 자란은,

"그래 내 잊었었군. 이제 너의 말을 들으니 정신의 맑아짐이 마치 술이 깬 것과 같구나."라고 하더이다.

그 후에도 대군은 자주 진사와 접촉하였으나, 저희들에게 서로 보지 못하게 한 까닭으로 매 때마다 문틈으로 엿보았을 뿐입니다. / 하루는 붉은빛이 도는 종이에다 시 한 수를 썼습니다.

베옷 입고 가죽띠 맨 선비가 / 옥 같은 얼굴이 신선 같도다.
매양 주렴* 사이로 바라보나, / 어찌하여 달 아래 인연이 없는고.
얼굴을 씻어도 눈물로 물을 지었고, / 거문고를 타면 울음이 현을 울린다.
한없는 가슴 속의 쌓인 원망을, / 머리를 들어 홀로 하늘께 말하리라.

그리고 이 시에다 돈 한 꾸러미와 손수건을 동봉하여 진사에게 전하려 가슴을 태웠으나, 그 기회가 없어 그대로 지내었습니다.

그런데 어느 날 달밤에 대군이 손님들을 청한 잔치에서 진사의 재주를 칭찬하며 진사의 시 두 수를 손님들에게 내어 보였습니다. 모두 경이의 눈으로 시를 전하며 구경하고 칭찬을 아니하는 자가 없었고, 진사를 한번 보기를 간절히 원했습니다. 대군은 그 자리에서 사람을 보내어 진사를 불렀습니다. 얼마 후, 진사가 도착하여 들어오셨는데, 그 모양이 의외로 무슨 근심이 있는지 얼굴이 초췌하여 옛날의 기상이 보이지 않았습니다. 대군이 위로하며 말했습니다.

"진사는 근심하는 마음이 없을 터인데, 굴원처럼 연못을 거닐며 시를 읊느라고 초췌해졌는가?" **독해 TIP** '굴원'은 간신의 모함을 입어 자신의 뜻을 펴지 못하다가 <어부가>를 지어 자신의 충성심을 밝힌 후 강에 빠져 죽은 것으로 전해지는 중국의 유명한 문인이다. 고전 시가와 소설에서 자주 등장하는 고사 속 인물이니 알고 있으면 좋다. 참고로 굴원은 간신의 모함으로 쫓겨난 후 연못가를 거닐며 시를 읊조리곤 했는데 얼굴빛이 초췌하였다고 전해진다. 김 진사가 근심이 있는지 얼굴이 초췌해 보이자 안평 대군은 이 고사를 활용하여 그를 걱정하고 있는 것이다.

이 말에 손님들 모두가 크게 웃었지요.

진사가 일어나 말했습니다.

"한미한* 유생이 외람되게 대군의 은총을 받아, 복이 지나치고 화가 솟았는지 질병이 온몸을 얽어매어, 요 며칠 식음을 전폐하고 생활을 남에게 의지하였습니다. 이제 후한 부르심을 받고 몸을 이끌고 와서 뵈옵니다." **독해 TIP** 식음을 전폐한다는 것은 먹고 마시는 것을 그만둔다는 뜻으로, 고전 소설에서 병에 걸리거나 사랑하는 사람이 죽는 등 깊은 슬픔에 빠졌을 때 자주 쓰이는 표현이다.

좌중은 모두 무릎을 가다듬고 이 말을 공경하였습니다. 진사는 이들 중에 가장 나이가 어렸기에 가장 맨 끝 자리에 자리를 잡았습니다. 진사의 앉은 편에 제가 있었는데, 다만 벽 한 겹을 두고 있을 뿐이었지요. 어느덧 밤도 야심하고 손님들은 모두 취하였습니다. 저는 벽에 구멍을 내고 엿보고 있었는데, 진사도 또한 그 뜻을 알고 구석을 향하여 앉았습니다. 이때 저는 몰래 편지를 벽 틈으로 던졌는데 진사는 얼른 받아 넣고 집으로 돌아갔습니다.

OX 문제

01. 동시에 벌어진 사건들을 나란히 배치하여 이야기의 흐름을 지연시키고 있다. [O / X]
02. 운영은 주변에 듣는 자가 아무도 없는 것에 안심하고 자란에게 김 진사 이야기를 꺼냈다. [O / X]
03. 진사는 대군이 두 차례 시 짓기를 청한 후에야 시를 써 내려 갔다. [O / X]
04. 김 진사는 벽 너머에 운영이 있는 것을 알고, 벽 틈으로 운영에게 편지를 전했다. [O / X]
05. 특정 인물의 시선을 통해 다른 인물의 심리를 해석하여 보여 준다. [O / X]

심층체크

1. 지칭하는 대상이 다른 하나를 고르시오.

A. 나이 어린 선비　　B. 나　　C. 소인　　D. 낭군　　E. 그대　　F. 이와 같은 사람　　G. 한미한 유생　　H. 진사

필수어휘 _ 반드시 암기하기

*사모하다 : 애틋하게 생각하고 그리워하다.
*주렴 : 구슬 따위를 꿰어 만든 발.
*한미하다 : 가난하고 지체가 변변하지 못하다.

장면 06

진사는 편지를 열어 보고 슬픔을 이기지 못하여 차마 손에서 놓지 못하고, 그리워하는 정은 지난날보다 배나 더하여 스스로 몸을 가누지 못하는 듯했습니다. 곧 제게 답서를 전하려 하였으나 심부름할 사람이 없어 홀로 가슴만 태울 뿐이었습니다. 그런데 진사는 우연히 한 여자 무당이 동문 밖에 사는데, 신통하기로 이름이 높아 자주 수성궁에 드나들면서, 대군의 총애를 받고 있다는 말을 들었습니다. 여자 무당을 시켜 답서를 전할 수 있을까 하여 진사가 무당의 집을 방문하였습니다. 무당은 나이가 삼십에 가까웠으나 모습이 아름다웠습니다. 그러나 일찍이 과부*가 되어 이성을 좋아하는 성질이 있음을 자처했습니다. 그런데 진사가 찾아가매, 자기 가 직접 나가서 성심껏 술안주를 갖추어 진사의 호기심을 얻으려 하였습니다. 진사는 술잔을 들기는 들었으나 마시지는 않았습니다.

"오늘은 바쁜 일이 있으니 내일 다시 오겠습니다."

이튿날도 무당 을 찾았으나 그대로 돌아갔습니다. 진사는 한 말도 아니 하고 다만 내일 다시 오겠노라고만 말할 뿐이었습니다. 무당은 볼수록 진사의 늠름한 모습에 마음이 불같이 일어났습니다. 하지만 진사가 매일 와도 한 말도 아니하는 것은, 아직 나이가 어리기에 부끄러워하는 까닭이라고 스스로 생각하였습니다. 그래서 오늘은 자신 이 먼저 뜻을 말하고 만류하여 밤이 되거든 강제라도 잠자리를 같이 하도록 하겠다고 결심하였습니다. 아침부터 몸을 깨끗하게 씻고 화장을 더욱 심하게 하고 화려한 옷을 입었습니다. 그리고 자리에 꽃방석을 펴고 시비*를 시켜 일부러 문밖에서 마중하였습니다.

진사는 그날도 무당의 집을 찾았으나, 얼굴을 화장한 것이든지 집안을 황홀히 꾸민 것에 대해서 아무 말이 없이 다만 마음속으로 괴상하다고 생각할 뿐이었습니다.

무당이 말하기를,

"오늘밤은 무엇이라고 말할 수 없이 기쁜 밤이외다. 낭군 을 맞아 첩 은 하늘이라도 오르고자 생각합니다."

진사는 무당에게 뜻이 없기에 무어라고 말을 하여야 좋을지 알지 못하였습니다. 또 순박한 성격이라 그 모습을 즐기지도 아니하였습니다.

이에 무당이 노여워했습니다.

"과부 의 집에 젊은 사내가 오고가는데, 어찌하여 번거로움을 꺼리지 않는가?"

"만약 그대가 신통함이 있을진대, 내가 이처럼 찾는 일을 알겠지요?"

진사의 침착한 어조에 무당도 무의식으로 자리를 고쳐 앉아, 신령에게 제사 지내는 곳으로 가서 신에게 절하고 방울을 흔들며 무엇이라고 한참 눈을 감고 엎드렸습니다. 그리고 몸을 일으켜 진사에게 말하기를,

"낭군은 정말 가련합니다. 이치에 닿지 않는 방법으로 이루기 어려운 계획을 이루려하니, 그 뜻을 이루지 못할 뿐만 아니라, 삼 년이 미치지 못하여 저승의 사람이 되겠습니다."

진사가 이 말을 듣고 울며 절하면서,

"신무 가 말하지 않아도 나 또한 그것을 압니다. 그러나 마음 가운데에 원한이 맺혀 백 가지 약도 해소하지 못합니다. 만약 신무를 인연하여 다행히 편지를 전하여 주시면 죽어도 영광이겠습니다." / 무당이 답하기를,

"비천한 무당의 몸인 까닭에, 신의 제사를 인연할지라도 간혹 부르시는 명이 없으면 대군의 궁에 들어가지 못합니다. 그러나 낭군을 위하여 한번 가 보지요."

그러자 진사는 품속에서 한 장의 편지를 꺼냈습니다.

"삼가 잘못 전하여 화의 계기를 만들지는 마십시오." 독해 TIP 운영에 대한 절절한 사랑의 마음이 담긴 편지가 운영이 아닌 다른 사람에게 전해지면 모두가 위험에 처할 수 있음을 염두에 두고 한 말이다.

무당도 나이 어린 진사를 가련히 여겨, 자진하여 편지를 가지고 수성궁으로 들어갔습니다. 독해 TIP 무당은 계속해서 찾아오는 진사의 모습에 마음을 빼앗겨 강제로라도 자신의 마음을 표현하고자 하였다. 하지만 점사를 통해 진사의 딱한 사정을 알게 된 뒤 그를 도와주기 위해 편지를 받아 수성궁을 가고자 하고 있다. 궁중의 여러 사람들은 무당을 괴상히 생각하여 주목하였지만, 무당은 궁중에서도 신통함을 자랑하고 있었기에 무사할 수 있었어요. 무당은 틈을 봐서 다른 사람에게 들키지 않게 저를 후원으로 데리고 나와서 진사의 편지를 전하였습니다. 저는 방으로 돌아와서 이것을 뜯어보았지요.

'한번 꿈 같이 본 후에, / 마음은 붕 뜨고 넋이 나가 정을 진정할 수 없었습니다.
날마다 궁을 향하여 몇 번이나 마음을 살랐습니다. / 의외에 벽 틈으로 옥 같은 글을 받은 후에
잊을 수 없는 옥 같은 소리 펴 보기도 전에 먼저 목이 막혔고, / 괴로워하며 읽어 아직 반도 못 읽고 눈물이 글자를 적셨습니다.

잠을 자도 능히 이루지 못하고 먹어도 넘어가지 않아 / 병은 뼛속에 맺혀 백 가지 약이 듣지 않습니다.
저승에서나 만날 수 있다면 다만 이것을 원할 뿐입니다. / 하늘이 어여삐 여기시고 귀신은 도우시면
하늘이 준 행운으로 생전에 한번 만나 이 원한을 풀게 되면 / 즉석에서 몸을 가루를 만들고 뼈를 갈아
그것을 천지의 조화를 맡은 신령께 제사 지내겠습니다. / 붓을 들고 종이를 대하니
목이 메임은 무엇을 말하려 함일까요? / 준비가 없이 삼가 적습니다.'

(중략)

저는 이것을 보니 소리는 끊어지고 기운은 막히어 입속으로도 한탄하기 어려웠습니다. 다만 병풍 뒤에 몸을 감추고 오직 사람이 알까 하여 겁만 날 뿐이었습니다. 그 후로부터는 세월 가는 줄도 알 수 없었습니다. 바보 같았고 때로는 미친 사람 같았습니다.

독해 TIP 궁녀의 연애 금지라는 사회적·제도적 억압으로 인해 김 진사에 대한 마음을 드러내지 못하고 힘들어하는 운영의 안타까운 모습이 묘사되고 있다.

이러했으니 대군의 의심이나 타인의 소문이 괴이함도 무리라고는 하지 못할 것이었습니다. 자란도 제 자세한 말을 듣고 들을수록 비통한 일이라고 생각하여 동정의 눈물을 흘리며,
"시는 마음에서 나와 속일 수 없는 일이다."라고 말하였습니다.

OX 문제

01. 새로운 인물이 등장하면서 인물 간의 대립 구도가 전환되고 있다. [O / X]
02. 진사는 수소문 끝에 무당을 찾아 편지를 운영에게 전해 줄 것을 부탁하였다. [O / X]
03. 무당은 편지를 전해 달라는 진사의 부탁을 승낙하였다. [O / X]
04. 인물의 감정을 직접적으로 제시하며 상황에 대한 인물의 태도를 드러내고 있다. [O / X]
05. 진사는 병이 깊어 죽어서 저승에 가더라도 운영과 만나기를 바라고 있다. [O / X]

심층체크

1. 지칭하는 대상이 <u>다른</u> 하나를 고르시오.
 A. 자기   B. 무당   C. 자신   D. 낭군   E. 첩   F. 과부   G. 신무

필수어휘 _ 반드시 암기하기

*과부 : 남편을 잃고 혼자 사는 여자.
*시비 : 곁에서 시중을 드는 여자 종.

장면 07

하루는 대군이 무슨 생각을 하였는지 비취를 부르셨습니다.

"너희 열 사람이 한 방에 있으면 학업에 방해가 되니, 다섯 명은 서궁에 두기로 하겠다."

그래서 저와 자란, 은섬, 옥녀, 비취는 그날로 서궁으로 가게 되었습니다. / 옥녀가 말하기를,

"그윽한 꽃과 가는 풀, 흐르는 물과 꽃다운 나무가 있어, 가히 산속의 집과 같아서 참으로 독서하는 집이로다."

제가 이에 답했습니다.

"우리가 버려진 이도 아니며 여자 승려도 아닌데, 이 깊은 궁에 갇혀 있게 되었으니, 이것이 소위 장신궁이라 하는 것이야."

독해 TIP '장신궁'은 중국 한나라 성제의 후궁 반첩여가 황제의 어머니인 태후를 모시고 살던 궁을 가리킨다. 오래도록 황제의 믿음을 받기 위해 장신이라 이름을 지었으나, 반첩여의 바람과 달리 그녀는 황제의 관심 밖으로 밀려났다고 전해진다. 운영은 자신들이 머물게 된 '서궁'을 '장신궁'에 빗대어 안평 대군의 관심이 멀어질 것을 걱정하는 마음을 드러내고 있는 것이다.

이 말을 듣고 좌우의 모든 사람들이 탄식함을 마지않았습니다. 그 후로 저는 편지를 지어 진사에게 보내려고 정성으로 여자 무당이 오기를 빌었으나 무당은 오지 아니하였습니다. 그것은 확실히 진사가 무당에게 마음이 없다는 것을 알고, 무당이 앙심을 품은 까닭으로 오지 아니한 것이었겠지요. / 어느 날 저녁에 자란이 조용히 제게 말하기를,

"궁중의 사람들은 매년 추석이면 탕춘대 아래 물에서 빨래를 하며 술자리를 벌이는데, 올해에는 아마 소격서동에다 벌이는 모양이야. 그런즉 그 핑계를 대고 여자 무당을 찾는 것이 상책*이지." **독해 TIP** '탕춘대'는 경복궁 뒤의 창의문 밖 정자에 있는 높은 건물을 의미하고, '소격서동'은 지금의 삼청동으로 예전에 있던 사당인 소격서를 의미한다. 정확한 위치나 의미보다는, 추석 때마다 매년 '탕춘대'라는 곳에서 행사를 진행했는데, 올해에는 '소격서동'이라는 곳에서 행사를 진행한다는 정보를 말해 주고 있는 거구나 정도로 이해하면 된다.

저는 이 말에 동의하여 추석을 기다렸는데 일각이 여삼추였습니다. **독해 TIP** '일각이 여삼추'는 짧은 동안도 3년같이 생각된다는 뜻으로, 애타게 기다리는 마음이 몹시 간절함을 이르는 말이다. 운영은 무당을 만나 진사에게 편지를 보낼 기회를 얻기 위해 추석을 애타게 기다리고 있는 것이다. 비취는 모든 비밀을 알고도 모르는 듯이 얄궂게 제게 말했습니다.

"운영은 처음 궁에 왔을 때에는, 얼굴이 배꽃 같아서 분을 아니 발라도 아름다움이 사람을 황홀케 하여, 궁인은 모두 운영을 괵국 부인이라고 불렀는데, 얼굴빛이 옛날보다 못하고 점차로 처음 같지 아니하니 이게 무슨 까닭인가?" **독해 TIP** '괵국 부인'은 당 현종의 후궁 양귀비의 둘째 언니로, 양귀비 못지않게 아름다웠다고 전해지는 인물이다. 운영이 김 진사를 그리워하는 정으로 힘들어하고 있음을 눈치챈 비취는 '괵국 부인'과 같이 아름다웠던 운영의 과거 모습과 그렇지 못한 현재 모습을 비교하여 말하고 있다.

"날 때부터 허약한 데다 더욱 더위에 몸이 파리하여지는 병이 있었는데, 오동잎이 떨어지고 서늘한 가을이 돌아오면 조금 낫겠지."

이에 비취는 시 한 수를 지어 저에게 장난을 쳤는데, 시의 내용이 절묘하였습니다. 저는 그 재주를 기이하게 여기면서도 그 장난이 부끄러웠습니다.

그럭저럭 두어 달이 지나가고 / 어언 절기는 가을이 되었구나.
서늘한 바람은 저녁에 일어나는데 / 가는 국화꽃은 노란빛을 토하는구나.
온갖 벌레가 추위에 신음하고 / 흰 달은 빛을 흘리는구나.
운영은 서궁 사람들과 가깝지만 / 겉으로는 자기를 나타내지 않는구나.

이렇게 사실을 알렸습니다. 저는 다만 남궁의 사람들만 모르도록 하여 달라 부탁했지요. 곧 기러기 떼는 남쪽으로 날아가고 풀 잎에는 구슬 같은 이슬이 맺힐 때, 궁인들은 맑은 시냇물에 빨래를 해 왔는데, 정히 그때에 이르렀습니다. 여러 궁녀들과 날짜를 정하려 했으나 의견이 어수선하여 빨래 장소를 정하지 못했습니다. 남궁 사람들은 맑고 깨끗한 시내와 하얀 돌이 있는 곳은 탕춘대 아래보다 나은 곳이 없다고 하고, 서궁 사람들은 소격서동의 샘에 있는 돌이 문밖보다 못하지 않은데, 하필 가까운 곳을 버리고 먼 데서 찾는가라고 했습니다. 결국 남궁 사람들이 고집을 피우고 허락지 아니하여 장소를 결정하지 못하였습니다.

[중략 부분 줄거리] 남궁에 찾아간 자란은 그곳에 머무는 궁녀 다섯을 설득하고, 결국 빨래 장소를 소격서동으로 정한다.

자란이 이르기를,

"오늘 일은 다섯 명이 따르기로 했다. 위에는 하늘이 있고, 아래는 땅이 있으며 촛불을 밝히고 귀신이 임하였으니 내일 어찌 다

른 뜻이 있겠는가?"

　　하고 일어나 절하고 가니, 다섯 명은 모두 중문 밖까지 나와 배웅하였다.

　　자란이 제게 돌아오기에 저는 벽을 잡고 일어나 두 번 절을 올려 감사를 표했습니다.

　　"나를 낳은 이는 부모요, 나를 살린 이는 낭자로다. 죽기 전에 맹세코 이 은혜를 갚으리다."

OX 문제

01. 비취의 호기심 어린 질문에 운영은 스스로 짐작하도록 에둘러 대꾸하였다. [O / X]
02. 비취는 운영에게 추석에 여자 무당을 찾는 것을 권하고 있다. [O / X]
03. 감각적인 수사를 사용하여 시간적 배경을 나타내고 있다. [O / X]
04. 남궁 사람들은 탕춘대로 빨래를 하러 가고자 하는 뜻을 굽히지 않았다. [O / X]
05. 의문의 진술을 통하여 다른 인물의 발화에 대한 반감을 드러내고 있다. [O / X]

심층체크

1. 서로 같은 인물을 지칭하는 말을 찾아 짝지으시오.
　A. 우리　　B. 저　　C. 남궁의 사람들　　D. 서궁 사람들　　E. 다섯 명　　F. 낭자

필수어휘 _ 반드시 암기하기

*상책 : 가장 좋은 대책이나 방책.

장면 08

제는 물러나 서궁으로 돌아온 뒤, 윗옷의 한 가닥에 마음속 간절한 애원을 적어 그것을 몸에 품고, 자란과 두 사람이 모든 사람 중에서 일부러 뒤처져 있다 채찍을 잡은 종에게 말했습니다.

"동문 밖에 신통한 무당이 있다 하니 거기서 병을 진찰하고, 곧 여러 사람 있는 곳으로 갈 것이다."

종은 그 말을 따랐습니다. 저는 급히 무당에게 가 공손한 말로 애걸했지요.

"오늘 여기 온 것은 본디 김 진사를 한번 만나고자 함입니다. 급히 알려 주시면 평생토록 그 은혜는 갚겠습니다."

무당도 그 청을 들어 사람을 진사에게로 보냈습니다. 그러자 진사는 죽을 듯 살 듯 달려왔습니다. 사랑하는 두 사람이 서로 보니 가슴이 막히어 한 말도 못하고, 다만 서로 붙들고 눈물만 흘릴 뿐이었습니다.

저는 진사에게 편지를 건넸습니다.

"첩은 오늘 밤 돌아올 것이오니, 낭군님은 여기서 기다려 주세요." / 하고, 말 한마디를 남기고 말을 타고 갔습니다.

진사가 편지를 열어 보니 사연은 이러했습니다.

지난 번 무당이 전해 준 편지에는 낭랑하고 아름다운 소리가 편지에 가득하였는데 편안하신지요?

글을 받들어 여러 번 읽자니 슬픔과 기쁨이 교차되어 마음을 안정할 수 없었습니다. 곧 답서를 보내고자 하였으나 이미 믿을 만한 오고가는 사람이 없는 데다, 또한 일이 밝혀질까 두려웠고, 웃깃을 당겨 바라보았지만 날아가고자 해도 날개가 없으니 애가 끊어지고 넋을 불사릅니다. 다만 죽을 날을 기다리며 죽기 전에 이 편지에 의지하여 평생의 회포를 다 토하오니, 엎드려 비옵건대 낭군께서는 나를 기억해 주소서.

첩의 고향은 남방입니다. 부모님은 자식 중 특히 첩을 사랑하시어 나가 놀아도 내가 하고자 하는 대로 맡겨 두었나이다. 숲속 시냇가, 매화, 대나무, 귤, 유자나무의 그늘 아래 날마다 놀기를 일삼았습니다. 이끼 낀 바위에서 물고기 낚는 무리와 소풀을 뜯기고 피리 부는 아이들이 아침저녁으로 눈에 들어왔습니다. 그 밖에 산과 들의 풍경과 농촌의 흥취는 다 적기 어렵습니다.

부모님은 처음에는 삼강행실과 칠언 당시를 가르쳤지요. 독해 TIP '삼강행실'은 충신, 효자, 열녀의 행실을 모아 편찬한 언행록이며, '칠언 당시'는 일곱 자로 한 구를 이루는 시를 의미한다. 운영은 어릴 적부터 부모님에게 예의와 시에 대해 교육받았기에, 시를 짓는 솜씨가 뛰어난 것이다. 그러다 나이 십삼 세에 주군이 부르시매 부모를 이별하고 형제를 떠나 궁중의 사람이 되었답니다. 그 후에 다시 돌아가고 싶은 생각이 간절하여, 날마다 흐트러진 머리에 땟국이 흐르는 얼굴을 하고 남루한* 의상을 입자, 보는 이들마다 더럽다고 하여 땅에 엎드려 운 때도 많았습니다.

하지만 한 궁인은 저를 보고 '한 떨기 연꽃이 절로 집 안의 빈터에 피었구나.'라고 했습니다. 또 부인이 따뜻한 마음을 주시고 다른 시녀들처럼 예사로이 대우하지 않으셔서 궁중의 사람들도 가족같이 친애하게 되었습니다. 그 후 학문을 배워 자못 의리를 알고, 음률의 뜻을 깨우쳐 알았으므로 궁인들이 존경하지 않는 이가 없었지요.

서궁에 온 후에는 거문고와 책에 전념하여 그 조예*가 더욱 깊었습니다. 손님들이 지은 시는 하나도 눈에 걸리는 게 없는 듯 재주가 능통하였지만, 남자로 태어나지 못해 이름을 당대에 빛내지 못하고, 홍안박명*의 몸이 되어 한번 깊은 궁에 갇히고는 끝내 말라죽을 운명이니 어찌 슬프지 않으리오. 인생이 한번 죽은 후에 누가 다시 이것을 알리오? 독해 TIP '어찌 슬프지 않으리오.', '누가 다시 이것을 알리오?' 부분만 보고 서술자의 개입으로 판단하면 안 된다. 해당 부분은 운영이 진사에게 쓴 편지의 내용으로, 궁 안에 갇혀 평생을 살아가야 하는 자신의 처지에 대한 한을 드러낸 것이다. 이러므로 한이 마음에 맺히고 원한이 가슴에 차오릅니다.

매번 수를 놓다가도 그만두고, 등불을 붙여 비단을 짜다가도, 장막을 찢어 버리며 옥비녀를 꺾어 버립니다. 잠시 술 마신 뒤의 흥겨운 기분을 얻으면 일상에서 벗어나 정원을 산책하다가 계단 아래 꽃을 뜯어버리고, 마당의 풀을 손으로 꺾어 버립니다. 마치 미친 사람과 같습니다. 이것은 정을 스스로 억제치 못한 까닭이외다.

그러다 지난해 가을밤에 한번 낭군의 옥 같은 얼굴을 벽 사이로 보고, 천상의 선인이 인간 세상에 내려오지 않았나 하고 의심하였습니다. 첩의 모습은 아홉 궁녀의 가장 아래에 있었는데도, 전생의 인연이 있었는지 어찌하여 붓 아래 일점이 마침내 가슴속에 원한을 맺는 빌미가 될 줄 알았으리오.

발 틈 사이로 바라보고는 부부의 인연을 맺을까 헤아렸으며, 꿈속같이 만나보고는 잊을 수 없는 은혜를 이어갈까 하였습니다. 한 번도 이불 속에서의 즐거움은 없을지라도 낭군의 옥 같은 얼굴이 황홀하여 눈 속에서 떠나지 않습니다. 배꽃 속 두견의 울음소리와 오동나무의 밤비 소리가 처량하여 들려 차마 들을 수 없고, 뜰 앞에 여린 풀이 나고 하늘가에 한 조각 구름이 흘러도 처량하게 차마 볼 수가 없습니다. 혹은 병풍에 의지하여 앉기도 하고 혹은 난간에 의지하여 서기도 하며, 가슴을 치고 발을 구르며 홀로 하늘에 호소할 뿐입니다.

낭군께서도 또한 첩을 생각하는지 모르겠습니다.

다만 한스러운 것은 이 몸이 낭군님을 만나기 전에 먼저 죽는다면, 하늘과 땅이 없어져도 이 정은 없어지지 않을 것입니다.

오늘은 빨래 가는 길이어서, 양쪽 궁의 시녀들이 모두 모여 있는 까닭에 암만 하여도 함께 있을 수는 없습니다. 눈물은 먹물로 변하고 넋은 비단실에 맺힙니다. 엎드려 바라옵건대 낭군께서는 몸을 굽혀 돌아봐 주옵소서.

또 마지막으로 삼가 앞의 은혜에 답하옵니다. 이것이 거짓으로 놀리는 것이 아니요, 다만 호의를 두고 읊은 것입니다. 글은 가을을 슬퍼하는 글입니다.

OX 문제

01. 무당은 운영의 청을 듣고 김 진사에게 편지를 보냈고, 이를 본 김 진사가 무당의 집으로 달려왔다.　　[O / X]
02. 한 사건을 다각적으로 조명하여 사건 전개의 양상을 다양화하고 있다.　　[O / X]
03. 운영의 부모님은 자식 중 운영을 특히 사랑하여 운영이 날마다 나가 놀아도 혼내지 않았다.　　[O / X]
04. 인물의 행위와 심리가 다른 인물의 발화를 통해 생생하게 제시되고 있다.　　[O / X]
05. 운영은 궁녀들이 모두 모여 있어서 김 진사와 함께 있을 수 없다며 밤에 만나자고 하였다.　　[O / X]

심층체크

1. 서로 같은 인물을 지칭하는 말을 찾아 짝지으시오.

　A. 저　　B. 낭군　　C. 나　　D. 첩　　E. 주군　　F. 궁중의 사람　　G. 이 몸

필수어휘 _ 반드시 암기하기

*남루하다 : 옷 따위가 낡아 해지고 차림새가 너저분하다.

*조예 : 학문이나 예술, 기술 따위의 분야에 대한 지식이나 경험이 깊은 경지에 이른 정도.

*홍안박명 : 얼굴이 예쁜 여자는 팔자가 사나운 경우가 많음을 이르는 말.

04 운영전

장면 09

저녁이 되어 [저]와 자란이 먼저 나와 동문 밖으로 가려 할 때에 소옥이 시 한 수를 지어 주었습니다. 그 시는 저를 희롱하는 글이 있지만 부끄러움을 참고 받았습니다. / 그 시에는,

태을사 앞에는 한 물이 둘렀고 / 천단에 구름이 다한 곳에 아홉 개의 문이 열렸구나.
가는 허리가 미친 바람의 급함을 이기지 못하였으니 / 잠시 수풀 속에 피하였다 날이 저물어야 돌아오는구나.

비경이 덧붙여 시를 짓고, 금련, 부용, 보련이 서로 계속하여 시를 지은 것도 모두 저를 희롱하는 뜻이었습니다.

제가 말을 타고 먼저 무당의 집으로 가니, 무당은 원한을 품었는지 밖을 향하여 앉아 돌아보지도 않고, 진사는 옷깃을 부여잡고 종일 울어서 실성하여 오히려 제가 돌아오는 것도 몰랐습니다.

저는 왼손에 끼었던 옥색의 금가락지를 내어 진사의 품속에다가 넣어 주었습니다.

"[박명한]* 첩을 정이 없다 여기지 않으시고, [천금 같은 몸]을 굽혀 누추한 집에 와 기다려 주시니, 첩이 어리석고 둔하오나 또한 목석이 아니외다. 죽음으로써 맹세하고 굳은 마음을 이 금가락지로 보여 바칩니다." [독해 TIP] 이 부분에서 '목석'은 나무나 돌처럼 아무런 감정도 없는 사람을 비유적으로 이르는 의미로 쓰였다. 운영은 자신이 어리석고 둔한 성격이지만 김 진사를 좋아하는 감정은 크다는 것을 '목석'에 비유하여 강조하고 있다.

진사는 급히 일어나서 가려 했습니다. 다시 이별을 당함에 흐르는 눈물이 비처럼 쏟아졌습니다. 이때 저는 진사의 귀에다 입을 대고 말했습니다.

"서궁에서 기다리겠습니다. 밤이 늦거든 서쪽 담장을 따라 들어오세요. 들어오시면 삼생*의 다하지 못한 인연을 이을 수 있을 것입니다."

말을 마치고 옷을 떨치고 떠났습니다. 먼저 궁문에 들어서니, 여덟 궁녀도 뒤따라 들어왔습니다.

그날 밤에 소옥과 비경이 촛불을 앞세우고 서궁으로 왔습니다. / 소옥이 말하기를,

"낮의 시는 무심하게 지어 너무 희롱한 듯한 데가 있는지라, 밤이어도 피하지 않고 험한 길을 무릅쓰고 와서 사과하련다."

자란이 답하기를,

"우리 다섯 명의 시는 다 남궁 사람의 글이라. 우리 비록 궁을 나누어 있으나, 자취야 무슨 다름이 있으랴. 여자의 정은 한 가지다. 오래 두 궁에 갇히어, 길이 외로운 그림자를 위로하여 다만 대하는 바가 촛불이요, 하는 바가 노래와 거문고뿐이라. 흰 꽃은 꽃송이를 머금고 웃음 짓고, 쌍쌍이 나는 제비는 날개를 비비며 희롱하는데, [박명한 우리들]은 깊은 궁에 갇혀 사물을 보고 봄을 생각하니, 그리운 정이 오죽하겠는가? 아침 구름과 멧부리 비는 자주 초왕의 꿈속에 들어가고, 서왕모는 몇 번이나 옥으로 만든 집에 잔치를 벌여 신선들과 어울렸다. 여자의 마음은 마땅히 다름이 없거늘 [남궁 사람들]은 어찌 유독 정절을 고수하면서 영약*의 도적질을 뉘우치지 않는가?" [독해 TIP] '아침 구름과 멧부리 비는 자주 초왕의 꿈속에 들어가고'는 초나라 양왕이 꿈속에서 무산 신녀와 정을 나누었는데 여신이 이별할 때 "아침에는 구름이 되고 저녁에는 비가 되어 찾아오겠소."라고 하였다는 설화의 일부이다. 또한 '서왕모'는 중국 신화에 나오는 불사약을 가진 선녀이다. 자란은 설화의 일부와 서왕모의 이야기를 통해 김 진사를 그리워하는 운영을 희롱했던 소옥과 비경을 꾸짖고 있는 것이라 이해하면 된다.

비경과 소옥은 모두 흐르는 눈물을 금하지 못하고 이르되,

"한 사람의 마음은 곧 천하 사람의 마음이라. 지금 훌륭한 가르침을 들으니 슬픈 회포가 기름 번지듯 하는구나."

하고, 그들은 일어나 절하고 떠나갔습니다. / 저는 자란에게 말했습니다.

"오늘 저녁 나와 진사는 금과 돌처럼 굳은 약속을 하였다. 오늘 오지 않으면, 내일은 반드시 담장을 넘어올 것이다. 오면 무엇을 대접할까?" / 자란이 대답하기를,

"수놓은 장막이 겹겹이고, 비단 자리가 찬란하며, 술은 강물과 같고, 고기는 언덕과 같은데 오지 않으면 그만이거니와, 온다면 대접하기가 무엇이 어려우리오." / 그러나 진사는 그날 밤엔 오지 않았습니다.

진사는 그날 밤에 서궁에 왔으나 담이 높고, 몸에 날개가 없어 이를 수 없었습니다. 집으로 그냥 돌아가게 되니 말을 못하고 얼굴에는 근심이 쌓였습니다.

진사의 집에는 특이라 하는 [종]이 있었는데, 그는 [술책이 능한 사람]이었습니다. 진사의 얼굴이 초췌하고 모습이 달라진 것을 보고 나와 땅에 꿇어앉았습니다.

"[진사님], 낮에 나타난 빛을 보면 진사님은 반드시 오래 사시지는 못합니다."

특이 땅에 엎드려 울자, 진사도 꿇어 앉아 [그]의 손을 잡고 마음에 있는 사정을 다 털어놓았습니다.

특이 아뢰기를, / "왜 진작 말씀을 아니 하셨습니까? 제가 마땅히 돕겠나이다."

곧 특은 한 개의 사다리를 만들었는데, 심히 가벼운 데다 접었다 폈다 할 수 있었습니다. 접으면 병풍처럼 접히고, 펴면 길이가 15척쯤 되었는데 손으로 운반할 만하였습니다.

특이 이르기를,

"이 사다리를 가지고 궁궐 담장을 올라가서는 거두어들여 안에다 접어 두었다가, 돌아올 때에도 그와 같이 하소서."

진사는 특에게 사다리를 집에서 시험 삼아 시켜보니, 과연 특의 말과 같았습니다. 진사는 이것을 보고 기쁨을 이기지 못했고요. 이튿날 밤에 진사가 가만히 서궁으로 가려할 때, 특은 품속에서 개가죽으로 만든 털버선을 내어 주면서,

"이것이 아니면 담장을 넘기 어렵습니다. 이것을 착용하고 걸으면 몸이 가볍기가 새와 같습니다. 땅에서 걸어도 발소리가 나지 않습니다."

OX 문제

01. 시를 삽입하여 사건 전개의 속도감을 높이고 있다.   [O / X]
02. 운영은 서궁에 김 진사가 반드시 올 것이라 생각하며 무엇을 대접할지부터 고민하였다.   [O / X]
03. 김 진사는 운영에게 금가락지를 받은 날 서궁에 갔으나 몸이 아파 담을 넘을 수 없었다.   [O / X]
04. 특은 운영의 부탁을 받고 사다리를 준비하여 김 진사를 도와주었다.   [O / X]
05. 새 인물의 발화를 제시하여 갈등이 발생한 근본적 원인을 보여 준다.   [O / X]

심층체크

1. 서로 같은 인물을 지칭하는 말을 찾아 짝지으시오.

A. 저   B. 박명한 첩   C. 천금 같은 몸   D. 박명한 우리들   E. 남궁 사람들

F. 종   G. 술책에 능한 사람   H. 진사님   I. 그

필수어휘 _ 반드시 암기하기

*박명하다 : 복이 없고 팔자가 사납다.
*삼생 : 전생, 현생, 후생을 이르는 말.
*영약 : 기묘한 효험이 있는 신령스러운 약.

장면 10

그날 밤, 진사는 그 계교대로 담을 넘어 들어갔습니다. 대숲 속에서 엿보고 있었는데, 달빛은 낮 같고 궁중은 고요했습니다. 얼마 지나지 않아 안에서 한 사람이 나와 이리저리 거닐며 가만히 노래를 읊었습니다.

진사는 대나무를 헤치고 뛰어나갔습니다. / "어떠한 사람이기로 여기에 오느뇨?"

그 사람이 웃으며 답했습니다. / "낭군님은 나오소서. 낭군님은 나오소서."

진사는 나아가 절을 올렸습니다.

"나이 어린 사람이 그리움을 견디지 못하여, 만 번 죽음을 무릅쓰고 여기까지 왔습니다. 바라오니 낭자는 나를 불쌍히 여기소서."

자란이 이르기를,

"진사님이 오심을 기다리는 것이 큰 가뭄에 무지개를 기다림과 같았습니다. 이제 다행히 만나게 되어 우리들은 살아났습니다. 낭군께서는 의심치 마옵소서."

곧 자란이 안내하여 진사는 계단을 따라 올라가 구부러진 난간을 돌아 어깨를 조심하며 들어왔습니다.

저는 창을 열고 옥등의 촛불을 밝히고 앉아 있었지요. 향을 피워놓고 유리 책상에 태평광기 한 권을 펴 놓았는데, 진사를 보고 일어나 절하고 맞이하였습니다.

낭군도 답하여 주인과 손님의 예를 마친 후에 마주보고 앉았습니다. 그리하여 저는 자란에게 진수성찬을 차리게 하고 술을 따랐습니다. 술을 마시니 진사는 거짓으로 취한 척했습니다.

진사는, / "밤이 얼마나 되었나요?"

하니, 자란은 눈치를 채고 장막을 내린 후에 문을 닫고 나갔습니다.

등불을 끄고 우리는 함께 잠자리를 했습니다. 그 기쁨은 짐작하겠지요.

밤은 벌써 새벽이 되고, 닭이 새벽을 알리자 진사는 일어나 떠나갔습니다. 그 후로 해가 질 때면 궁중에 들어가고 새벽이면 나오니 그렇지 않은 저녁이 없었습니다. 이렇게 깊고 은밀한 정은 스스로 멈출 줄을 몰랐습니다. 하지만 궁 안의 눈 위에는 발자취가 여기저기 어지럽게 남기 시작했습니다. 궁인들은 모두 그 출입을 알고서 위험하다고 생각지 않는 이가 없었지요. 어느 날 진사도 문득 좋은 일이 끝내 화의 계기가 될 수 있음을 생각하고, 마음속으로 크게 두려워하며 종일 근심했습니다.

이때, 특이 바깥에서 들어와 이르기를, / "저의 공이 심히 큰데 끝내 포상을 논하지 않으심이 옳은지요?"

진사가 답하기를, / "마음에 새겨 두고 잊지 않았다. 조만간 마땅히 중한 상을 주리라."

"그런데 이제 얼굴을 보니 또한 근심이 있는 듯합니다. 알지 못하거니와 무슨 까닭인지요?"

"운영과 만나지 못했을 때에는 병이 뼛속에 맺혀 그리움으로 그리했으나, 운영을 만난 후로는 죄를 측량할 수 없으니 어찌 근심하지 않겠느냐?"

"그렇다면 왜 남몰래 데리고 달아나지 않으십니까?"

진사는 그렇게 하기로 했습니다. 그날 밤 특의 계교를 제게 알렸지요.

"특은 종이지만 본디 꾀가 많소. 특이 이 계교를 말하니 그 뜻이 어떠하오?"

저는 허락했습니다.

"첩의 부모님은 재산이 많았으므로 제가 궁에 들어올 때에 옷과 보물을 실어 온 것이 많습니다. 또 대군께서 주신 것도 심히 많습니다. 이것들을 버려두고는 갈 수 없습니다. 지금 옮기고자 하면 말이 열 필일지라도 다 옮길 수는 없습니다."

진사는 특에게 가, 이 말을 전하자 특은 크게 기뻐했지요.

"뭐 어려울 게 있습니까?"

진사가 묻기를,

"그렇다면 계교를 어떻게 내겠느냐?"

"제 동무 중에서 기운이 많은 자 십칠 인이 이것을 빼앗아 갈 것 같으면, 두려워 천하에 대적할 사람이 없습니다. 저와 매우 가까운 이들이니 명령만 내리면 따르겠습니다. 이들로 하여 옮기게 한다면 태산도 옮길 수 있습니다."

진사는 궁으로 들어와 제게 전했고, 저 역시 그렇게 여겼습니다. 그리하여 특과 특의 동무들은 밤마다 물건을 수습하여, 칠 일간의 밤에 모두 궁 밖으로 옮겼습니다.

그 후 특은 진사에게 말했습니다.

"이런 보물을 본댁에 산같이 쌓아 놓으면 대군에게 의심을 받을 것이오. 소인의 집에 두면 이웃 사람에게 또한 의심을 받을 것이니, 그런즉 이것을 산속에 깊이 파묻어 두고 단단히 지키는 것이 좋지 않겠습니까?"

　진사가 답하기를,

　"만약 실수하면 나와 너는 도적의 이름을 피하기 어려우니 너는 조심해서 지켜라."

　"저의 계교가 이와 같이 깊고, 동무가 이같이 많아 천하에 어려운 일이 없는데, 어찌 두려워하십니까? 하물며 장검을 가지고 밤낮으로 떠나지 않을 터이니, 제 눈을 뺄 수 있어도, 이 보물은 빼앗을 수 없습니다. 제 발이 잘린대도 이 보물을 취할 수 없을 것이니, 바라옵건대 의심치 마옵소서."

　하지만 특의 실제 마음은 그렇지 않았습니다. 이 보물을 얻은 후에 저와 진사를 끌고 산골로 들어가서, 진사를 죽인 후에 저와 보물을 빼앗으려 하는 흉악한 계책*이 있었습니다. 그러나 세상일을 알지 못하는 진사는 조금도 그것을 의심치 아니하였습니다.

독해 TIP 이 부분에서는 진사가 알지 못하는 상황을 제시함으로써 '특'이 악한 인물임이 드러나고 있다. 중심인물이 알지 못하는 상황에 대해 독자가 알게 될 때 작품의 긴장감이 올라간다.

OX 문제

01. 자란은 진사를 진정시키고 운영이 있는 곳으로 데려다주었다.　　　　　　　[O / X]
02. 계절의 변화를 통해 사건 해결의 실마리가 드러나고 있다.　　　　　　　　[O / X]
03. 진사는 술에 취해서 궁 안에 발자취를 남기고 말았다.　　　　　　　　　　[O / X]
04. 특은 운영을 찾아가 궁 밖으로 달아날 계교를 알렸다.　　　　　　　　　　[O / X]
05. 중심인물이 알지 못하는 상황을 제시해 긴장감을 조성하고 있다.　　　　　[O / X]

심층체크

1. 서로 같은 인물을 지칭하는 말을 찾아 짝지으시오.

　A. 한 사람　　B. 나이 어린 사람　　C. 낭자　　D. 저　　E. 낭군　　F. 저　　G. 제　　H. 첩　　I. 소인　　J. 너

필수어휘 _ 반드시 암기하기

*계책 : 어떤 일을 이루기 위하여 꾀나 방법을 생각해 냄. 또는 그 꾀나 방법.

장면 11

대군은 전에 비해당을 짓고 문 위에 다는 현판을 만들어 걸려고 하였으나, 찾아오는 모든 사람의 시가 뜻에 맞지 아니하여 현판을 만들지 못했습니다. 이에 진사를 불러 잔치를 벌이고 현판을 청하였습니다.

진사가 글을 쓰니, 점을 더하지 아니하여도, 산수의 경치와 비해당의 모습을 놓치지 않고 써서 바람과 비를 놀라게 하고, 귀신을 울게 하였습니다.

대군은 시구마다 칭찬하였습니다.

"뜻밖에 오늘 다시 왕자안 같은 신선을 만났구나." **독해 TIP** '왕자안'은 중국 당나라의 대표적 시인이다. 안평 대군은 뛰어난 시를 써 낸 김 진사를 '왕자안'에 빗대어 그의 능력을 칭찬하고 있는 것이다.

글귀를 여러 번 읊으시다가 다만 한 구 '담장을 좇아서 그윽이 풍류곡을 훔치네'란 말에 이르러 입술을 닫고 의심하기 시작했습니다. **독해 TIP** '담장을 좇아서~훔치네'는 김 진사가 궁 담장을 넘어 운영을 만나 사랑을 나누었음을 암시하는 대목이다. 안평 대군은 이 구절을 읽고 김 진사가 궁녀에게 마음을 품은 것이 아닌지 의심하고 있는 것이다.

진사는 일어나 절을 올렸습니다.

"취하여 인사불성이니 원컨대 물러나겠나이다."

대군은 종을 시켜 부축하여 보내었습니다.

이튿날 밤에 진사는 서궁에 들어가 제게 말하기를,

"도망가야 하오. 어제의 시에서 대군을 의심하게 하였으니, 오늘 밤 도망가지 않으면 후환*이 닥칠까 두렵소."

"어젯밤 꿈에서 얼굴이 흉악한 모돈이라 하는 사람이 말하기를, '약속한 바가 있어 오랫동안 성 밑에서 기다리고 있다.'고 하기에 꿈에서 깨어나 놀라 일어났으니 심히 괴이하오. 꿈의 징조가 불길한데 낭군께서도 그리 생각하시는지요?"

"꿈이란 것은 허황된 일인데 어찌 믿을 수 있겠소."

"모돈은 특입니다. 낭군께서는 특의 마음을 익히 아시는지요?"

"이놈은 본디 미련하고 음흉하오. 그러나 나에게 지금까지 충성을 다했고, 오늘 낭자와 이런 좋은 인연을 맺은 건 모두 이놈의 계교이오. 어찌 처음에 충성을 다하다가 나중에 나쁜 짓을 하겠소?"

"낭군의 말씀이 이같이 정성스러운데 어찌 감히 거역하리오. 다만 자란은 정이 형제 같으니 알리지 않을 수 없어요."

곧 자란을 불러 세 사람이 둘러앉았고 저는 진사의 계교를 알렸습니다.

그러자 자란은 깜짝 놀라 저를 꾸짖었습니다.

"서로 즐긴 지 오래인데 스스로 화를 빨리 불러들임이 아닌가? 한두 달 동안 서로 사귐도 만족하거늘 담을 넘어 도망하다니 어찌 사람으로서 차마 할 수 있으리오. 대군이 정성을 쏟은 지가 이미 오래니 도망할 수 없는 것이 첫 번째 이유고, 마님이 불쌍히 여기시고 아끼시니 도망할 수 없는 것이 두 번째 이유고, 화가 부모에게 미칠 것이니 도망할 수 없는 것이 세 번째 이유고, 죄가 서궁에 미치니 도망할 수 없는 것이 네 번째 이유리라. 또한 천지는 하나의 그물망이니 하늘로 솟구쳐 오르거나 땅속에 들어가지 않으면 도망친들 어디로 가겠는가? 혹 잡히게 되면 그 화가 어찌 너 몸에 그치겠는가? 꿈의 징조가 불길하여 따르지 않겠다고 말하지만 만약 길했다면 네가 기꺼이 도망가겠는가? 마음을 굽히고 뜻을 억제하고 정절을 지키며, 편히 앉아서 하늘의 소리에 귀를 기울임만 같지 못할 것이다. 네 얼굴이 약해지면 대군은 은총과 보살핌도 점차 줄어들 것이다. 일의 형편을 보아 병을 일컫고 오래 나오지 아니하면 대군도 반드시 고향에 돌아가기를 허락하리라. 이때에 이르면 낭군과 손잡고 함께 가서 더불어 해로하면* 계획이 이보다 큰 것은 없다. 이런 계교로 네가 사람을 속일 수는 있을지라도 감히 하늘을 속이겠느냐?"

그날은 진사도 뜻대로 되지 아니함을 알고 탄식하고 눈물을 머금고 궁을 나갔습니다.

어느 날 대군이 서궁에 앉아 철쭉꽃이 활짝 피어난 것을 보고, 궁인들에게 시를 지어 올리라고 명하였습니다.

글을 올리자 대군은 크게 칭찬하고 상을 내리셨지요.

"너희들의 시가 날로 경지에 들어가니, 내가 심히 가상히 여기노라. 허나 운영의 시에는 누구를 생각하는 것이 보인다. 전에도 미미하게 그런 뜻을 보였는데, 지금 또한 이와 같으니 네가 시에서 따르려 하는 이가 어떤 사람이냐? 김 진사의 글에도 말에 의심되는 부분이 있으니, 혹 너는 김 진사를 그리워하는 게 아니냐?" **독해 TIP** 앞서 김 진사가 궁녀를 좋아하는 것이 아닌지 의심하던 안평 대군은 운영의 시를 읽고 운영과 김 진사의 사이를 의심하고 있다.

저는 마당에 내려 머리를 땅바닥에 찧으며 울었습니다.

"주군께서 처음 의심하실 때, 목숨을 끊고자 했습니다. 하지만 나이 아직 스무 살이 안 되어 다시 부모를 보지 못하고 죽는 것이 원통하여 살기를 구차히 생각하다가, 또 지금 의혹을 받으니 한 번 죽는대도 무엇이 아깝겠습니까? 천지신명도 굽어보고 있습니다. 궁녀 다섯 명도 한시도 떠나지 아니하는데, 더러운 이름이 유독 첩에게 돌아오니 살아 있는 게 죽는 것만 같지 못합니다. 첩은 지금 죽을 곳으로 가겠습니다.”

　저는 곧 수건으로 스스로 목을 매고 난간 아래서 죽으려 하였습니다.

　이때 자란이,

　“주군께서 무죄한 시녀를 스스로 죽을 곳으로 가게 하시니, 오늘부터 저희들은 맹세코 붓을 놓고 글짓기를 그만두겠습니다.”

　하니, 대군은 불같이 화를 냈으나, 제 죽음을 가엾이 여기었는지 자란으로 하여금 구하라 하고, 흰 비단 다섯 필을 내어 다섯 명에게 나눠 주었습니다.

　“작품이 가장 아름다워 이것으로 상을 주노라.”

OX 문제

01. 안평 대군은 김 진사가 쓴 시의 한 구절을 보고 그를 의심하게 되었다. [O / X]
02. 꿈과 현실을 교차하여 사건을 입체적으로 구성하고 있다. [O / X]
03. 자란은 네 가지 이유를 들며 운영에게 김 진사와 헤어지라고 꾸짖었다. [O / X]
04. 관용적인 표현으로 상황을 받아들이는 인물의 태도를 쉽게 이해하게 한다. [O / X]
05. 자란은 안평 대군 앞에 나서서 운영이 지은 죄가 없다는 의견을 내보였다. [O / X]

심층체크

1. 서로 같은 인물을 지칭하는 말을 찾아 짝지으시오.
　A. 신선　 B. 특　 C. 이놈　 D. 저　 E. 너희들　 F. 너　 G. 첩　 H. 무죄한 시녀　 I. 다섯 명

필수어휘 _ 반드시 암기하기

*후환 : 어떤 일로 말미암아 뒷날 생기는 걱정과 근심.
*해로하다 : 부부가 한평생 같이 살며 함께 늙다.

장면 12

이후로 진사는 다시 궁에 출입하지 못하게 되었습니다.

문을 굳게 닫고 앓아 누우니 눈물이 베개를 적시니 수명이 한 가닥의 실처럼 되었습니다. / 특이 이를 보고,

"대장부가 죽고자 하면 죽을 것이외다. 그런데 어찌 그리워하는 원한을 만들고, 아녀자 의 마음까지 상하게 하고, 스스로 천금과 같은 몸을 버리려 하십니까? 지금 마땅히 계교를 취한다면 어렵지 않습니다. 깊은 밤 적막할 때에 담을 넘어 들어가 솜으로 그녀 의 입을 막고 업고 달아나면 누가 감히 따라오겠습니까?"

진사가 답하기를, / "그 계교는 위험하다. 정성으로 해결함만 같지 못하다."

그리고 진사는 그날 밤에 궁으로 들어갔습니다. 저는 병으로 누워서 일어나지 못하고, 자란이 맞아 술을 접대하고 제 편지를 전했습니다.

'이후로는 다시 낭군을 볼 수 없나이다. 삼생의 연과 여러 인연의 약속이 오늘 저녁에 다 끝나나 봅니다. 만약 하늘의 인연이 있다 하면 저승의 아래에서 만날 밖에는 다른 도리가 없나이다.'

진사는 글을 든 채, 우두커니 서서 말없이 바라보다가 가슴을 치고 눈물을 쏟으면서 나갔습니다. 자란도 비참함에 차마 볼 수 없어서 기둥에 몸을 숨기고 눈물을 흘리고 서 있었습니다. 진사는 집에 돌아와 제 편지를 마저 읽었습니다.

'박명한 운영은 두 번 절하고 김 낭군님 발아래서 아룁니다. 첩은 변변치 못한 자질로 불행히도 낭군님의 관심을 받았습니다. 그리워한 지 며칠, 서로 만난 지 짧은 시간에 다행히 하룻밤의 운우지락*을 이루었으나 바다 같은 깊은 정은 다하지 못했습니다. 인간 세상에 좋은 일에는 조물의 시기함이 많습니다. 궁인들 이 그 일을 알고, 대군이 의심하니 화가 아침저녁으로 닥쳐오고 죽음이 뒤따를 뿐입니다. 엎드려 바라옵건대 낭군이시여. 이번 이별한 밤부터는 비천한 저 를 마음속에 두고 마음 상하지 마시옵소서. 다만 학업을 더욱 힘써 장원 급제하여 등용문에 오르시어 이름이 다음 세대에 나타나게 하옵고 부모님을 빛내옵소서. 독해 TIP '등용문'은 용문에 오른다는 뜻으로, 어려운 관문을 통과하여 크게 출세하게 되는 것을 의미한다. 운영은 김 진사에게 자신과 이별하더라도 양반으로서 본분을 다하여 이름을 세상에 떨칠 것을 당부하고 있다. 그리고 첩의 보물과 옷은 다 팔아 불공드리되*, 온 정성으로 빌어 부처에게 소원을 비시면, 삼생의 연분을 두 번 다시 다음 세대에 이을 수 있을까 하나이다.'

진사는 다 읽지도 못하고 기절하여 땅바닥에 넘어졌습니다. / 집안사람들이 급히 구하여 김 진사는 살아날 수 있었습니다.

이에 특이 밖에서 들어오면서, / "궁인 이 무슨 말로 답하였기에 이와 같이 죽고자 하십니까?"

진사는 다른 말은 않고 다만,

"재물을 잘 지키고 있느냐? 나는 모두 팔아서 불공을 드려 오랜 약속을 실천하려 한다."

특은 집으로 돌아와 혼자 생각했습니다. / "궁녀 는 나오지 못할 것이니, 재물은 하늘이 나에게 주신 것이다."

하고, 벽을 향해 몰래 웃었으나 남들은 그것을 알지 못했습니다.

어느 날 특은 자기가 입었던 옷을 찢어 버리고, 자기의 코를 때려 피를 온몸에 칠하고, 머리를 풀어 헤치고, 맨발로 진사의 집에 뛰어 들어가 뜰에 엎어져 울었습니다.

"소인이 강도에게 맞았습니다." / 그리고는 다시 말하지 않고 기절한 듯 엎어져 있었습니다.

진사는 특이 죽으면 재물을 어디에 묻었는지 알 수 없게 될 것이라 생각했습니다. 그래서 한마음으로 약을 주어 치료하고, 음식과 술과 고기를 주어 십여 일이 되어 일어나도록 하였습니다. / 특이 말하기를,

"홀로 산속을 지키는데 많은 도적이 들이닥쳐, 그 기세가 소인을 박살내려 하니, 목숨을 걸고 도망하여 겨우 실낱같은 목숨을 지켜냈습니다. 만일 이 보물이 아니었으면 소인에게 이 같은 위험이 있었으리까? 운명의 험난함이 이와 같으니 어찌 속히 죽지도 않는지요?" / 하고 발을 구르며 주먹으로 가슴을 치고 통곡하였습니다.

진사는 이 일을 부모가 알까 두려워하여, 일단 특을 따뜻한 말로 위로하여 보냈습니다. 후에 진사는 장정 수십 명을 이끌고 특의 집을 습격하였으나, 집에는 금팔찌 한 짝과 귀중한 거울 하나만 남아 있을 뿐이었습니다. 그것을 증거 삼아 관가에 소송하고 싶으나, 그러면 모든 사실이 노출될 것이 염려되었습니다. 다만 이 두 가지마저 없다면 불공드릴 수 없다고 여기고, 진사는 한이 뼛속에 맺혀 특을 죽이려 하나 힘으로 제압할 수도 없고, 힘써 침묵하며 말을 하지 못했습니다.

특은 자기 의 죄를 아는지라, 궁 밖에 있는 장님에게 점을 치며,

"지난날, 아침 전에 궁 밑으로 지나가려 할 때, 궁중에서 담을 넘어오는 자가 있었습니다. 이것을 보고 도적이라고 고함을 치고 쫓아가니, 가진 것을 내던지고 달아났습니다. 그리하여 나는 그것을 가지고 돌아가서, 본 주인이 오기를 기다렸습니다. 그런데 내 주인이 방구석에서 무엇을 찾다가, [내]가 보물을 얻었다는 말을 듣고 몸소 와서 찾아냈습니다. 나는 다른 보물이 아니라 다만 팔찌와 거울 두 가지 물건을 얻었다고 대답했는데, 주인은 몸소 들어와 수색하여 과연 두 가지 물건을 얻었습니다. 주인은 내게 무엇이 있는 것이 틀림없다고 지금 죽이려고 하여 내가 도망치려 하는데, 달아나는 것이 좋을까요?" **독해 TIP** 특은 장님에게 자신이 가로챈 운영의 재물에 대해 도적이 버리고 달아난 것이라고 거짓말하고 있다. 어떻게든 재물을 차지하려고 하는 사악하고 탐욕스러운 특의 성격을 알 수 있다.

장님은 이 말에 달아나도 좋다고 말했습니다.

이때 기린 같은 이가 옆에 있다가, 그 말을 다 듣고는 특에게 물었습니다.

"네 [주인]은 어떠한 사람이냐? [노복] 학대가 이와 같으냐?"

특이 답하기를, / "[주인]은 나이가 어리고 글을 잘 짓는 사람으로 일찍이 급제하여 조정에 출입하더니, 지금부터 재물을 탐함이 이와 같으니, 후일 조정에 들어가면 마음 씀씀이를 알 수 있을 것입니다."

OX 문제

01. 운영은 진사에게 다음 생에 연분을 이어가기를 바라는 마음을 전했다.　　　　[O / X]
02. 특은 운영이 궁 밖으로 나오지 못하게 되자 이를 하늘의 뜻으로 이해하였다.　　　[O / X]
03. 인물의 과장된 행동을 통해 비극적 분위기에 반전을 주고 있다.　　　　[O / X]
04. 역전적 시간 구성을 통해 인물의 과거 행적을 드러내고 있다.　　　　[O / X]
05. 특은 장님에게 점을 보러 가서 김 진사에 대해서 거짓말을 하였다.　　　　[O / X]

심층체크

1. 서로 같은 인물을 지칭하는 말을 찾아 짝지으시오.
   A. 아녀자　　B. 그녀　　C. 궁인들　　D. 비천한 저　　E. 궁인　　F. 궁녀　　G. 자기　　H. 내　　I. 노복　　J. 주인

필수어휘 _ 반드시 암기하기

*운우지락 : 구름과 비를 만나는 즐거움이라는 뜻으로, 서로 정을 통하는 일을 이르는 말.

*불공드리다 : 부처 앞에 음식물을 올리다.

장면 13

곧 이 일이 소문이 나서 궁인의 귀에 전해지고, 궁인은 이것을 대군에게 알렸습니다.

대군은 크게 화를 내 남궁 사람들로 하여금 서궁을 수색하게 하여, 제 옷과 보물이 다 없어진 것을 알게 되었습니다. 대군은 화를 내며, 서궁의 시녀 다섯 명을 잡아다 뜰에 꿇리고, 눈앞에서 벌을 혹독히 하라 지방 관아의 벼슬아치에게 명했습니다.

"이 다섯 명을 죽이여 남궁의 다섯 명을 경계하리라*."

또 곤장을 잡은 이에게 명했습니다.

"곤장 수를 헤아리지 말고, 죽음을 기준으로 하라."

이에 우리 다섯 명은, / "다만 한 말씀 올리고 죽겠습니다."

"말할 것이 무슨 일이냐? 사정을 다 털어놓아라."

은섬이 쓰기를,

"이성 간의 욕망은 귀함과 천함이 없이 사람으로서 가지지 않은 자가 없습니다. 그런데 한번 깊은 궁에 들면, 한 마리 외로운 새가 되어, 꽃을 보면 눈물을 가리고, 달을 대하면 넋을 사르니, 매화나무에 날아든 꾀꼬리를 쌍쌍이 날지 못하게 함이오, 주렴 사이로 드나드는 제비로 하여금 둘이 집을 짓지 못하게 함입니다. 이는 다름이 아니라, 스스로 몹시 부러워하는 뜻이 있어 질투하고 시기하는 감정입니다. 한번 궁의 담장을 넘어가면 인간의 즐거움을 알 수 있거니와, 그 같은 일을 하지 못하는 우리들이 어찌 힘으로 할 수 없는데, 마음을 참을 수 없사오리까? 다만 주군의 위엄을 두려워하여 이 마음을 지키며 청춘을 썩히고 죽어갈 뿐이옵니다. 하온데, 궁중의 일에 지금 아무런 죄 없는 첩 등에게 죄를 내려 죽을 곳으로 보내시니 첩 등은 저승으로 돌아가도 눈을 감지 못하겠나이다." **독해 TIP** 은섬은 인간의 본성인 사랑을 억압하고 외부 세계와 단절된 궁중 생활을 강제하는 사회 현실을 간접적으로 비판하고 있다.

다음에 비취가 쓰기를,

"주군의 어진 은혜는 산보다 높으며 바다보다 깊습니다. 다만 첩 등은 지난날을 떠올리며, 글을 짓고 거문고에 노래로 일을 삼을 뿐이온데, 지금 악한 소문이 서궁에 미쳤으니, 살아가는 것은 죽음만 같지 못합니다. 다만 속히 죽기를 바랄 뿐이외다."

다음에 자란이 쓰기를,

"오늘의 일은 죄가 측량키 어려운 데 있으니, 마음에 품은 바를 어찌 차마 숨기리이까? 첩 등은 모두 서민 마을의 천한 여자이옵니다. 아비는 순임금도 아니요, 어미는 임금의 아내도 아니외다. 남녀 간의 욕망이 어찌 유독 없으리이까? 항우 같은 영웅도 장막 안에서 눈물을 참지 못하였습니다. **독해 TIP** 이 부분은 장수의 군인 항우가 전투에서 한나라 군사에게 포위되었을 때, 그가 사랑하던 우미인과 함께 노래를 지어 부르면서 눈물을 흘렸다고 한 데서 유래된 말이다. 자란은 중국의 항우도 전투와 같은 극한의 상황에서 여인과 정을 나누었다고 말하며 운영이 김 진사와 정을 나눈 것은 죄가 아님을 강조하고 있다. 대군은 어찌하여 유독 운영으로 하여금 정을 없게 하려 하십니까? 김 진사는 당대의 호걸*이요, 내당에 들어오게 하신 것은 주군의 명령하신 바이요, 진사의 곁에서 벼루를 받들게 하신 것도 주군이 명하신 것입니다. 운영은 오래 깊은 궁에 갇혀, 가을날의 달과 봄날의 꽃을 보고도 매번 마음을 상하고, 오동잎 지는 소리와 밤비 소리에도 간장이 몇 번이나 끊어집니다. 이때 한번 아름다운 진사를 보고 근심하고 실성하여, 병이 골수에 들어 그 어떤 약으로도 효험함을 보기 어렵습니다. 지금은 그림자도 볼 수 없사오매 하루 저녁, 아침 이슬같이 사라지면, 대군께서 측은지심이 있다 한들 무슨 소용이 있겠습니까? 저의 생각엔 한번 김 진사로 하여금 운영을 만나 보게 하여, 두 사람의 원한을 풀어 주시면 이보다 큰 선행은 없습니다. 그리고 전날 운영의 절개를 깨뜨리게 한 죄는 첩에게 있지 운영에게는 없고, 첩의 이 말은 위로는 주군을 속이지 않고 아래로는 동료들을 저버리지 않음입니다. 오늘의 죽음은, 죽어서도 영광입니다. 엎드려 바라건대 주군께서는 첩의 몸으로 운영의 목숨을 잇게 하소서."

다음에 옥녀가 쓰기를,

"서궁의 영화*를 첩 등이 같이 누리고 있는데, 서궁의 위태로움을 첩이 홀로 면할 수 없습니다. 옥석이 모두 화염에 타버리니 오늘의 죽음은 그 죽을 곳을 얻은 것입니다." **독해 TIP** '옥석이 모두 화염에 타버리니'는 옥이나 돌이 모두 다 불에 탄다는 뜻으로, 옳고 그름의 구별 없이 모든 사람이 재앙을 받음을 이르는 말이다.

마지막으로 제가 쓰기를,

"주군의 은혜는 산 같으며, 바다 같습니다. 그럼에도 불구하옵고 정절을 지키지 못한 것이 죄의 하나이요, 전후 두 번이나 글을 지을 때에 주군의 의심을 받으면서 진실을 아뢰지 아니한 것이 죄의 둘이요, 서궁의 무죄한 사람들이 첩으로 말미암아 죄를 입게 한 것이 죄의 셋이올시다. 이 세 가지 큰 죄를 지고 살더라도 무슨 얼굴을 들 수 있겠습니까? 만일 죽음을 면하여 주시더라도 첩은 스스로 목숨을 끊고 처분을 기다리겠습니다."

대군이 보기를 마치고, 자란의 글을 다시 펴 보시고 화난 기색이 좀 사라진 듯했습니다.

이때 소옥이 다시 꿇어 울면서 아뢰었습니다.

"전일 빨래를 소격서동으로 가게 한 것은 첩의 생각이었습니다. 자란이 밤중에 남궁에 와서 간곡히 청함에, 첩도 그 마음을 알면서도 여러 사람의 뜻을 물리치고 자란을 좇은 것이 운영이 절개를 깨뜨린 계기이옵니다. 그러하온즉 말씀하면 죄는 첩에게 있고 운영에게는 없습니다. 바라옵나니 첩을 운영으로 대신하사 운영의 목숨을 살려 주시길 바라옵나이다."

이에 대군의 화가 약간이나 풀리어 저를 별실에 가두시고, 그 나머지 시녀들은 풀어 주었습니다. 그날 밤에 저는 수건으로 목을 매어 죽었습니다.

OX 문제

01. 대화를 통해 과거로 돌아가려 하는 인물들의 심리를 보여 주고 있다.   [O / X]
02. 자란은 대군에게 운영과 진사가 앞으로 만날 일이 없으니 운영의 목숨을 살려 달라 청하고 있다.   [O / X]
03. 대화 속에 고사를 인용하여 사건을 새로운 국면으로 전환하고 있다.   [O / X]
04. 대군은 자란의 글과 소옥의 발화에 화가 약간이나마 풀렸다.   [O / X]
05. 운영은 안평 대군을 속이고 김 진사와 몰래 만난 죄로 사형당했다.   [O / X]

심층체크

1. 서로 같은 인물을 지칭하는 말을 찾아 짝지으시오.

  A. 남궁 사람들   B. 다섯 명   C. 다섯 명   D. 우리 다섯 명   E. 주군   F. 호걸

필수어휘 _ 반드시 암기하기

*경계하다 : 옳지 않은 일이나 잘못된 일들을 하지 않도록 타일러서 주의하게 하다.

*호걸 : 지혜와 용기가 뛰어나고 기개와 풍모가 있는 사람.

*영화 : 몸이 귀하게 되어 이름이 세상에 빛남.

04 운영전

장면 14

　김 진사는 붓을 잡고 적었고, 운영은 옛날을 떠올리며 말했다. 심히 남김없이 상세했다. 그러면서 두 사람은 서로 마주하여 슬픔을 자제하지 못했다.

　운영이 진사에게 말했다.

　"그 다음 일은 낭군께서 말씀하시지요." **독해 TIP** 내부 이야기에서 외부 이야기로 전환되고 있다. 장면 02에서 유영이 안평 대군의 일과 김 진사가 근심하는 이유에 대해 궁금해하자 운영이 그동안의 일을 전하며 내부 이야기가 전개되었다. 참고로 장면 14에서 스스로 목숨을 끊은 운영은 그 이후의 사건을 알 수 없기에, 이후의 일들은 김 진사의 목소리를 통해 전달되는 것이다.

　운영이 죽은 후에, 궁의 사람들은 슬퍼하여 울지 아니하는 자가 없었소. **독해 TIP** 다시 외부 이야기에서 내부 이야기로 전환되고 있다. 부모님이 돌아가신 듯이 그들의 곡소리는 궁문 밖까지 들렸소. 나도 이 말을 듣고 오랫동안 기절하여, 집안사람들이 초혼*까지 하였소. 그 후에 정신이 들어 저물녘에야 깨어났소. 그 후 마음을 진정하고, 여러 가지로 생각한 결과 일을 결심하였소. 운영과의 불공 약속을 저버리지 아니하고, 저승에 있는 영혼을 위로하였소. 금팔찌와 귀중한 거울을 팔아 쌀 사십 석을 받아, 그것으로 청녕사에 올라가 불공을 드리려 하였으나 믿을 만한 하인이 없어, 생각다 못하여 다시 특을 불러 일렀소.

　"너의 이전 죄를 용서하나니, 지금부터 나를 위하여 충성을 다할 마음이 없느냐?"

　특은 울면서 대답했소.

　"이놈이 사리에 어두운 자이나 목석은 아닙니다. 한번 지은 죄는 머리카락을 헤아려도 그 낱낱의 수를 알 수 없습니다. 지금 자비로운 마음으로 말씀하심에 죽은 나무에서 잎이 나고, 백골이 다시 살아나는 것과 같습니다. 만 번 죽음으로 맹세하여 일을 맡겠습니다."

　"내가 운영을 위하여 불공을 드려 소원을 빌고자 하나, 믿고 일을 맡길 사람이 없는데 네가 가지 않겠는가?"

　"삼가 가르침을 받겠습니다."

　그러나 특은 절에 올라가 삼일 간 엉덩이를 두드리며 누웠다가 승려를 불러 말했소.

　"사십 석의 쌀을 어디다 쓰겠소? 불공에 다 바치겠는가? 오늘 술과 고기를 많이 장만하여 세속의 손님들을 널리 불러 나누는 것이 좋겠소."

　특은 절간에 머물면서 술안주를 갖추어 마음껏 먹고, 수십 일이 지나도 음식을 마련하여 승려에게 올릴 뜻이 없으니 승려들이 모두 분노했소.

　제삿날에 이르러 주지승이 말하기를,

　"불공하는 것은 시주*가 제일이오. 시주가 그렇게 불순하게 행동하시면 아니 됩니다. 그러하니 냇가에 가서 목욕하고 정한 몸으로 예를 행함이 옳습니다."

　이 말에 특도 할 수 없어 냇가에 가서 풍덩풍덩 몸을 담그고 들어와서 부처의 앞에 꿇어앉아 빌었소.

　"진사는 오늘 죽고, 운영은 내일 다시 태어나 특의 배우자가 되게 하여 주소서."

　삼일 밤낮 소원을 빈 것이 이것뿐이었소.

　특은 돌아와서 내게 말했소.

　"운영 각시는 반드시 살 방도를 얻을 것입니다. 음식을 마련해 공양하던 날 밤 저의 꿈에 오셔서 말씀하시기를, '지성으로 불공하여 주니 감사함을 이길 수 없습니다.' 하고 절하면서 우시었고, 사찰 승려들의 꿈도 모두 그러하였습니다."

　나는 그 말을 믿고 대성통곡하였소.

　마침 명절을 맞아 나는 과거 시험에 뜻이 없었으나 공부를 힘썼소. **독해 TIP** 장원 급제하여 이름을 세상에 떨치고 자신의 재물로 불공을 드려 달라던 운영의 부탁을 잊지 않고 들어주고자 노력한 김 진사의 모습이 드러난다. 청녕사에 올라가 수일간 머물러 있는데, 여러 승려에게 특이 했던 바를 들었소. 다시금 분함을 이기지 못하였으나, 특이 없으니 어이하리오. 나는 깨끗이 목욕하고 몸가짐을 가다듬어 부처 앞에 나아가, 절하여 이마를 바닥에 대고 향을 피워 두 손바닥을 합하여 소원을 빌었소.

　"운영이 죽을 때의 말을 따라, 특으로 하여금 정성으로 불공을 드려 저승에 다다르게 하기를 당부하였더니, 지금 특이 빈 소원을 들으니 흉악함이 지극하였습니다. 이로써 운영의 유언은 다 헛되게 돌아갔습니다. 그리하여 다시 조자가 소원을 비오니, 운영이 환생하게 하여 김생으로 하여금 다음 세상에 이러한 원통함을 면하게 하여 주십시오. 세존*이시여. 특을 죽이어 지옥으로 보내 주십시오. 만약 세존께서 이 소원을 들어주시면 운영은 여자 승려가 되어 손가락을 불사르고 십이 층의 금탑을 만들 것이고, 김생은 세 곳 큰 절을 지어 이 은혜를 갚겠나이다."

　소원을 마치고 향을 피워 공경하는 뜻으로 머리를 땅에 조아려 백 번 절하고 나왔소. 칠 일 후에, 특은 구덩이에 떨어져 죽었소.

나는 이미 세상에 뜻이 없어졌소. 깨끗이 목욕하고 몸가짐을 가다듬어 새 옷을 갈아입고 평안한 방에 누워 먹지 않은지 사일 만에 깊은 탄식 한 마디를 남기고 다시 오지 못할 길을 향하여 가게 됐소. **독해 TIP** 운영이 죽은 이후 특에게 다시 한 번 배신을 당한 김 진사는 스스로 목숨을 끊는다. 자유로운 사랑을 구속하는 사회 제도에 의해 결국 주인공들이 죽음을 택하는 비극적 결말을 보이고 있다.

OX 문제

01. 김 진사는 청녕사에서 특의 행적을 전해 듣고 분노하여, 부처님에게 특의 죽음을 기도했다.   [O / X]
02. 특은 진사의 죽음만 원한 것이 아니라 운영과의 혼인도 원하였다.   [O / X]
03. 다양한 체험의 나열을 통해 인물의 성격 변화를 보여 주고 있다.   [O / X]
04. 김 진사는 운영의 환생을 위해 자신의 목숨을 포기하였다.   [O / X]
05. 비유적 표현을 통해 인물이 처한 상황을 나타내고 있다.   [O / X]

심층체크

1. 서로 같은 인물을 지칭하는 말을 찾아 짝지으시오.
　A. 나　B. 이놈　C. 시주　D. 진사　E. 소자　F. 김생

필수어휘 _ 반드시 암기하기

*초혼 : 사람이 죽었을 때에, 그 혼을 소리쳐 부르는 일.
*시주 : 자비심으로 조건 없이 절이나 승려에게 물건을 베풀어 주는 일. 또는 그런 일을 하는 사람.
*세존 : '석가모니'의 다른 이름.

장면 15

김 진사가 여기까지 적고 붓을 던지자, 두 사람은 서로 붙들고 울며 자제하지 못했다. 유영은 그들을 위로했다. `독해 TIP` 내부 이야기에서 다시 외부 이야기로 전환되고 있다.

"두 분이 여기서 다시 만남은 지극히 바란 정성 덕입니다. 원수 놈도 이미 제거하고 분함도 사라졌습니다. 왜 그리 슬퍼하심을 그치지 않습니까? 다시 두 번 인간 세상에 태어나지 못하여 한스럽습니까?"

김 진사는 눈물을 떨구며 말했다.

"우리 두 사람은 모두 원한을 품고 죽었습니다. 명부*를 맡은 이가 무죄함을 불쌍히 여겨, 우리를 인간 세상에 다시 태어나게 하고자 하나 저승의 즐거움이 인간의 즐거움에 못지않습니다. 하물며 천상에서 즐거움을 누림이야. 이러므로 세상에 태어남을 원하지 않습니다. 다만 오늘밤에 슬퍼하는 것은, 대군이 한 번 패하자 옛 궁에 주인이 없고, 까치가 슬피 울며 사람의 왕래가 끊어졌으니 나의 슬픔이 지극함이오, 하물며 전쟁으로 인해 화재가 나고 화려했던 궁이 재가 되고 담장은 무너졌으며, 다만 여러 꽃들 우거져 피고 정원의 풀들은 무성하나, 봄빛이 옛날의 경치를 고치지 못하여 인간사가 변하기 쉬움을 생각하고 다시 찾아와 옛날을 생각하니 어찌 슬프지 않으리오."

유영이 물었다.

"그러면 당신들은 천상의 사람이십니까?"

김 진사가 답하기를,

"우리들은 본래 천상의 선인으로 오랫동안 옥황상제를 가까이서 모시고 있었습니다. 하루는 상제께서 태청궁에서 우리들에게 명하시기를 정원의 과일을 따오라 하심에, 몰래 반도*를 취한 것이 많았는데 또 운영과 몰래 서로 만난 죄로 인간에 보내 사람이 세상살이에서 받는 고통을 겪게 하셨습니다. 지금은 상제께서 전의 죄를 용서하시어 궁에 있게 하여, 다시 눈앞에서 모시게 되었나이다. 이에 폭풍을 타고 와 인간 세상의 옛 놀이를 다시 하는 것이옵니다."

그리고 눈물을 흘리면서 유영의 손을 잡았다.

"바다가 마르고 바위가 다 닳아도 이 정은 없어지지 않고, 천지가 쇠약하고 황폐하여도 이 한은 해소하기 어렵습니다. 오늘밤은 그대와 상봉하여 이처럼 따뜻한 정을 펼쳤으니 전생의 인연이 없었더라면 어찌 얻을 수 있으리오? 엎드려 원하오니 그대께서는 이 초고*를 수습하여 이것을 전하여 썩지 않게 하고, 경솔한 이들의 입에 흘려 전하지 않게 하고, 우스갯거리로 생각지 않게 하시면 다행한 마음이로소이다."

김 진사는 술이 취하여 운영의 몸에 기대어 시 한 수를 읊었다.

꽃 떨어진 궁중에 제비와 참새가 날았으니,
봄빛은 예전과 같되 주인은 아니구나.
밤 가운데 달빛은 차기가 이러한데,
푸른 이슬은 가볍게 푸른 신선의 옷에 젖더라.

운영도 따라 읊었다.

고궁의 꽃과 버들은 새 봄빛을 띠었고,
오랜 세월의 호화함은 자주 꿈 가운데 들었구나.
오늘 저녁에 와서 놀아 옛 자취를 찾으니,
슬픈 눈물이 스스로 수건에 젖음을 금치 못하리로다.

유영도 술이 취하여 자다가 산새의 우는 소리에 깨어 주변을 바라보니, 구름과 연기는 천지에 가득하고 새벽빛이 넓고 멀어서 아득했다. 사방을 둘러보아도 사람은 없고 김 진사가 적은 책자만 남아 있을 뿐이었다.

유영은 책자를 거두어 집으로 돌아와 장 속에 감춰 두었다. 슬프고 무료하여 때때로 열어 보고는 망연자실하여 잠자는 일과 먹는 일을 모두 그만두고, 후에 이름난 산에 두루 노닐더니 생애를 마친 곳을 알지 못했다. `독해 TIP` 이야기를 다 들은 유영은 술에 취해 잠이 들었고, 잠에서 깬 후 그들이 기록한 책자를 들고 돌아온다. 이후 때때로 열어 보았으나 그 슬픔에 일상생활을 온전히 하지 못하고, 산을 두루 돌아다니다가 아무도 모르게 생을 마쳤다는 것으로 이야기가 마무리된다.

OX 문제

01. 장면의 전환으로 나타난 새로운 공간이 초월적 세계임을 드러내고 있다. [O / X]
02. 운영과 김 진사는 옥황상제의 과일을 훔치고 몰래 서로 만난 죄로 인간 세상에 내려왔다. [O / X]
03. 김 진사는 운영과 세상에 다시 태어나지 못하는 현실에 슬퍼하고 있다. [O / X]
04. 과거와 현재를 병렬적으로 배치하여 특정 사건을 부각하고 있다. [O / X]
05. 유영은 천상에서 김 진사와 운영을 다시 만나기 위하여 먹고 자는 일을 그만두었다. [O / X]

심층체크

1. 서로 같은 인물을 지칭하는 말을 찾아 짝지으시오.
  A. 그들   B. 원수 놈   C. 우리   D. 주인   E. 나   F. 천상의 사람   G. 그대

필수어휘 _ 반드시 암기하기

*명부 : 사람이 죽은 뒤에 심판을 받는다는 곳.
*반도 : 삼천 년마다 한 번씩 열매가 열린다는 선경에 있는 복숭아.
*초고 : 초벌로 쓴 원고.

무조건 올라가는
고전소설 문해력

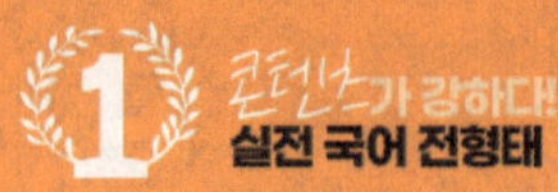

콘텐츠가 강하다!
실전 국어 전형태

05

흥부전

주제

형제 간의 우애와 권선징악 / 조선 후기 빈부 격차로 인한 갈등

특징

① 열거와 과장의 방식을 통해 독자들의 흥미를 유발함.
② 서술자가 개입하여 자신의 주관이나 정서를 직접적으로 드러냄.
③ 장면의 극대화 부분에서 판소리계 소설의 특징이 드러남.

작품 해제

이 작품은 판소리 「흥보가」를 기반으로 한 조선 후기 판소리계 소설로, 「박흥보전」, 「놀부전」, 「박타령」 등 다양한 제목의 이본(기본적인 내용은 같으면서도 부분적으로 차이가 있는 문학 작품)이 전해지고 있다. 가난하고 마음씨가 착한 흥부와 부자이면서 욕심이 많은 놀부를 등장시켜 표면적으로는 형제 간의 우애를 전하면서도 이면적으로는 조선 후기 빈부 격차로 인한 경제적 갈등을 다루고 있다. 「흥부전」에 영향을 끼친 설화로는 착하고 나쁜 형과 동생이 각각 등장하는 선악 형제담, 동물이 사람에게 은혜를 갚는다는 내용의 동물 보은담, 어떤 물건에서 재물이 쏟아져 나온다는 무한 재보담 등이 있다. 또한 가난한 현실이나 갈등 상황을 비극적으로 그리기보다 웃음을 유발하는 해학적 상황으로 형상화함으로써 '웃음으로 눈물 닦기'라는 한국 문학의 전통을 잘 보여 주고 있다.

인물 관계도

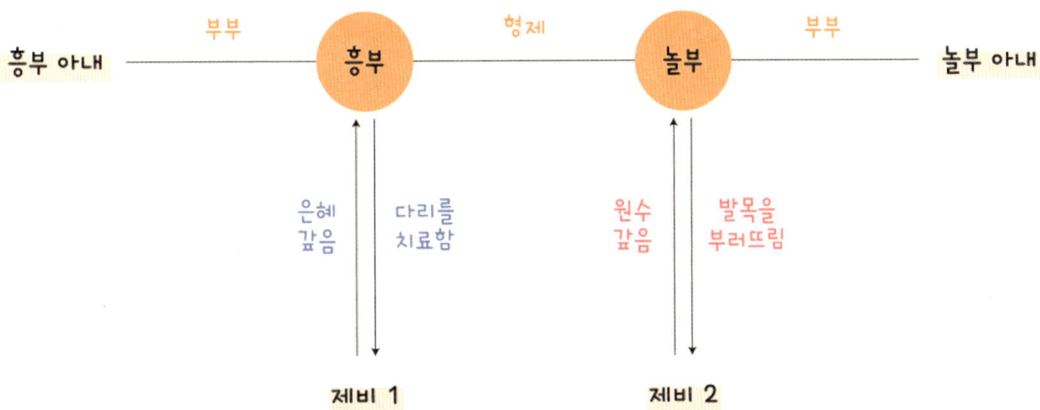

- **흥부** : 가난하지만 마음씨가 착한 인물. 다리가 부러진 제비를 정성껏 보살펴 제비에게 온갖 재물이 든 박이 나오는 박씨를 받은 후 부자가 된다. 그 이후에도 벌을 받은 놀부에게 선행을 베푼다.
- **놀부** : 부자이면서 욕심이 많은 악한 인물. 부자가 된 흥부를 보고, 자신도 재물이 든 박씨를 얻고자 일부러 제비 다리를 부러뜨리는 악행을 저질러 벌을 받게 된다.
- **흥부 아내** : 흥부와 같이 선량하나 현실 인식이 빠르고 고난을 이겨 내고자 하는 현실적 인물.
- **놀부 아내** : 놀부와 같은 성격의 인물로, 놀부의 악행을 도와준다.
- **제비 1** : 구렁이에게 공격을 받지만 흥부의 도움으로 살아남은 제비. 흥부에게 은혜를 갚기 위해 온갖 보물이 들어 있는 박씨를 물어다 준다.
- **제비 2** : 자신의 다리를 부러뜨린 놀부에게 원수를 갚기 위해 온갖 나쁜 것들이 들어 있는 박씨를 물어다 준다.

장면 01

충청, 전라, 경상의 삼도가 만나는 경계에 사는 연 생원이라는 양반이 아들 형제를 두었는데 형의 이름 놀부요, 동생의 이름은 흥부였다. 틀림없는 한 어머니의 자식들이건만 흥부는 마음씨 착하고 부모를 잘 섬기며 형제의 우애가 깊은데, 놀부는 부모에게는 불효하고 형제의 우애가 조금도 없으니, 그 마음 쓰는 것이 괴상하였다. 모든 사람들이 오장육부를 가졌지만 놀부는 처음부터 오장에 칠부였다. 말하자면 심술보가 하나 더 있어 심술보가 한번 뒤집히면 심통을 야단스럽게도 피웠다. **독해 TIP** '오장육부'은 몸속에 있는 여섯 가지 장기를 말한다. 쉽게 말하면 놀부는 다른 사람들보다 몸에 장기가 하나 더 있는데, 그게 심술을 부리게 하는 장기(심술보)라는 말이다. 다른 사람들과 달리 심술이 가득 차 있는 놀부의 모습을 재미있게 표현한 부분이다.

술 잘 먹고, 욕 잘하고, 거만스러운 태도를 가지고, 싸움 잘하고, 초상* 치른 데 춤추기, 불난 데 부채질하기, 우는 아기 똥 먹이기, 죄 없는 놈 뺨치기, 빚값으로 계집 뺏기, 늙은 영감 목덜미 잡기, 벼논에 물 터놓기, 다 된 밥에 흙 퍼붓기, 패는 곡식 이삭 빼기, 논두렁에 구멍 뚫기, 애호박에 말뚝 박기, 몸 아픈 사람 엎어놓고 밟아 주기, 똥 누는 놈 주저앉히기, 혼인을 약속한 사이 가운데서 이간질하기, 만경창파*에 배 뚫기, 뛰어가는 말에 앞발치기, 목욕하는데 흙 뿌리기, 눈 앓는 놈 눈에 고춧가루 넣기, 이 앓는 놈 뺨치기, 어린아이 꼬집기, 다 된 흥정 깨뜨리기, 비 오는 날에 장독 열기 등이었다. **독해 TIP** 특정 내용을 장황하게 서술하는 것은 판소리계 소설의 특징 중 하나이다. 이 부분은 청자들의 반응을 이끌어 내기 위해 놀부의 비도덕적인 행위를 쭉 나열한 것이니, 각각의 의미를 굳이 정확하게 파악할 필요는 없다.

이처럼 놀부의 심통은 모과나무같이 뒤틀리고 봄철에 부는 바람 안개에 수수잎같이 꼬여 있으니, 어찌 그 흉악함을 헤아릴 수 있으리오. 그러나 흥부는 충실, 온화, 인자하였으니 형의 하는 짓을 탄식하고 때로는 옳지 못한 일을 고치도록 말할 마음을 가져 보았으나, 말해 보아야 쓸데없으므로 말없이 주면 먹고 시키는 일이나 공손히 하였다.

놀부의 악한 마음은 부모가 물려준 많은 재산을 독차지하고 아우 흥부를 구박하나 흥부의 어진 마음은 조금도 변함이 없었다. 놀부는 부모 제삿날이 와도 제사에 쓸 음식은 장만하지 않고 돈으로 대신 놓고 지내면서, '이번 제사에도 초 값 다섯 푼은 온데간데없구나.' 하는 식이었다. / 그리하여 놀부는 아우를 내쫓을 궁리를 하게 되었다.

"형제란 것은 어려서는 같이 살아도 아내와 자식을 갖춘 다음엔 각각 따로 사는 것이 떳떳한 법이다. 너는 아내와 자식을 데리고 나가 살아라."

흥부가 처음엔 사정도 해 보았으나 놀부는 듣지 않았다. 흥부는 하는 수 없이 아내와 자식들을 이끌고 대문을 나섰다.

건넛산 언덕 밑에 가서 구덩이를 파고 온 가족이 모여 앉아 밤을 새웠다. 이튿날 그 자리에 수숫대를 모아다가 한나절에 엉성하게 집을 지어 놓으니, 방에 누워 다리를 뻗어 보면 발목이 벽 밖으로 나가고 팔을 뻗어보면 또한 손목이 벽 밖으로 나갔다. 기막힌 노릇이었다. 게다가 가지고 나간 양식이 한 톨도 없어 사흘에 한 끼니도 먹을 수가 없게 되니 살아갈 방법이 없었다. 이 형편에 굴비를 엮은 것 같은 연년생 자식들이 밥 달라고 젖 달라고 보챈다. 하는 수 없이 흥부는 놀부를 찾아갔다.

"형님 전에 뵙니다. 세끼를 굶어 누운 자식 살려 낼 길 없어 염치코치 불구하고 찾아왔으니 형제 사이 정을 생각하여 무엇이든지 좀 주시면 품*을 판들 못 갚으며 일을 한들 그냥 가져가겠습니까? 모쪼록 죽는 목숨 살려 주십시오."

이렇듯 애걸하였으나 놀부는 차디차기만 하였다. 오히려 사나운 호랑이같이 날뛰며 모진 눈을 부릅뜨고 핏대를 올리는 것이었다.

"너도 염치없는 놈이다. 내 말을 들어 보아라. 하늘이 내지 않은 자는 벼슬에 못 오르고 땅이 내지 않은 자는 이름 없는 인간이다. 너는 어찌하여 복이 없어 날 보고 이렇게 보채느냐? 잔말은 듣기 싫다."

흥부는 울며 사정하였다. / "양식이 못 되거든 돈을 조금만 주시면 하루라도 살겠습니다."

"이놈아, 뒷문 열고 들어가면 저편에 보리 쌓아 놓은 무더기가 있지?"

거기 있는 도끼 자루 묶음을 내오게 하고는 손에 닿는 대로 골라잡더니 그만 달려들어 흥부의 머리를 잔뜩 움켜쥐고 사정없이 친다. 마치 손이 빠른 중이 바닥을 쓸듯, 스승 중이 북 치듯이다. / "이놈 내 눈앞에 뵈지 마라."

흥부는 어찌나 맞았던지 온몸이 나른하여 그만 돌아가고 싶었다. 그러나 형수나 보고 가려고 엉금엉금 부엌으로 기어갔다. 놀부 아내가 마침 밥을 푸고 있었다. 흥부는 굶은 창자에 밥 냄새를 맡으니 속이 뒤집혔다.

"애고 형수님, 밥 한 술만 떠 주오. 이 동생을 살려 주오."

그러나 놀부 아내 역시 놀부와 마찬가지니, / "남자와 여자는 다름이 있어야 하는데 어디를 들어오느냐?"

밥 푸던 주걱으로 흥부의 마른 뺨을 우지끈 때리니 흥부는 두 눈에 불이 화끈 일고 정신이 아찔한 중에도 얼떨결에 손을 슬쩍 뺨 위로 밀어 보니 밥이 볼때기에 붙어 있는 것이었다. 얼른 입으로 쓸어 넣는다.

"아주머님은 뺨을 쳐도 먹여가며 치시니 감사한 말을 어찌 다 하겠습니까? 수고스럽지만 이쪽 뺨마저 쳐 주십시오. 밥 좀 많이 붙은 주걱으로요. 그 밥 갖다가 아이들 구경이나 시키겠소.”

그러자 놀부 아내 주걱은 내려놓고 막대기로 흥부를 실컷 때리니, 흥부는 아프단 말도 못하고 할 수 없이 울며 돌아오는 것이었다. 이때 흥부 아내 우는 애 젖 물리고 큰아이 달래면서 칠년 가뭄에 큰비 기다리듯, 어린아이가 굿에 간 어미 기다리듯, 굶은 자식들과 흥부 오기만 기다리고 있는데, 흥부가 매에 취하여 비틀비틀 걸어오니 흥부 아내는 남의 속도 모르고 반겨 마중을 나갔다.

“큰댁에 가더니 술에 잔뜩 취해 오시는구료. 어서 들어갑시다. 쌀이거든 밥 짓고 돈이거든 저 건너 김 동지 집에 가서 한 끼라도 늘려 먹을 것을 팔아 옵시다.” / 그러나 흥부는 형의 난폭한 말과 행동을 바로 말하지 못하고서 꾸며 말하는 것이었다.

“형님 집에 갔더니 술상이 나오고 더운 점심밥이 나오데. 상을 치우고 나니 형님과 형수께서 돈과 쌀을 주시더군. 그런데 큰 고개를 넘어오다가 도둑놈을 만나 다 빼앗기고 빈손으로 왔네.”

말은 그런데 얼른 보니 피가 흘러 얼굴이 부었고 온몸을 만져보니 멀쩡한 곳이 없다. 흥부 아내가 기가 막혀 땅에 주저앉아 버린다. / “여보 마누라, 슬퍼 마오. 가난에서 벗어나게 도와주는 것은 나라에서도 못한다 하니 형님인들 어찌하시겠소? 우리 부부가 품이나 팔아 살아갑시다.”

OX 문제

1. 비유적 표현을 사용하여 인물의 성격을 묘사하고 있다.   [O / X]
2. 흥부가 놀부에게 악행을 하지 말라고 말하자 놀부는 흥부를 내쫓을 궁리를 하였다.   [O / X]
3. 흥부의 아내는 흥부가 놀부의 도움을 받지 못할 것을 이미 알고 있었다.   [O / X]
4. 놀부는 돈이 없다는 핑계로 흥부 가족을 집에서 내쫓았다.   [O / X]
5. 동시에 벌어진 사건들을 삽화처럼 나열하여 이야기의 흐름을 지연시키고 있다.   [O / X]

심층체크

1. 지칭하는 대상이 <u>다른</u> 하나를 고르시오.
   A. 형수   B. 놀부 아내   C. 형수님   D. 아주머님   E. 마누라
2. 서술자의 개입을 찾아 밑줄 치시오.

필수어휘 _ 반드시 암기하기

*초상 : 사람이 죽어서 장례 지낼 때까지의 일.
*만경창파 : 만 이랑의 푸른 물결이라는 뜻으로, 한없이 넓고 넓은 바다를 이르는 말.
*품 : 돈이나 물건을 받고 하는 일.

흥부전

장면 02

흥부 아내는 방아 찧기, 얼음이 풀릴 때면 나물 캐기, 봄보리를 갈아 보리 놓기, 흥부는 이월 차가운 바람에 흙 퍼 올리기, 이집 저집 돌아가며 볏짚 엮기, 궂은 날에는 짚으로 깔개 만들기 등 이렇게 부부가 온갖 품을 다 팔았다. 그러나 역시 살기는 어려웠다.

독해 TIP 흥부 부부가 되는대로 일을 했지만, 형편은 계속 어려웠다는 말이다. 흥부는 물려받은 재산이 없기 때문에 온갖 잡일을 할 수 밖에 없는 처지이며, 계속해서 형편이 어려운 상황임을 드러내고 있다. 하루는 생각다 못해 나라 곡식이나 한 섬 얻어먹으리라 마음먹고서 흥부는 읍내로 들어가 관청을 찾았다.

"이방, 나라 곡식이나 좀 얻어먹고자 하는데 가능할런지?"

"가난한 사람이 중대한 나라 곡식을 어찌 달라 할까? 그러나 연 생원은 매를 더러 맞아 보았소?"

"매는 왜? 나라 곡식이나 얻어 주면 배고파 죽겠다는 어린 자식들을 살리겠구먼."

"나라 곡식 얻을 생각 말고 매를 맞으시오. 고을 김 부자를 어느 놈이 관아에 없는 일을 꾸며 고소했소. 김 부자를 데려오라는 문서가 왔는데 김 부자는 마침 병이 나고 친척도 병이 있어 누구를 대신 보내고자 찾고 있소. 연 생원이 김 부자 대신 관아에 가서 매를 맞으면 그 값으로 돈 삼십 냥을 줄 거요. 그 돈 삼십 냥은 여기서 문서를 줄 테니 관아에 가서 대신 매를 맞고 오는 것이 어떻소?" / 이방은 돈 다섯 냥을 먼저 주고, 관아로 보내는 보고장을 흥부에게 주었다.

"어서 다녀오시오. 내 편지 한 장 갖다 관아의 사령에게 주면 혹시 매를 쳐도 가볍게 칠지 모르며, 또한 김 부자가 뒤로 관아의 관리에게 돈 백이나 보낼 테니 걱정 말고 어서 가오."

흥부는 어찌나 좋던지 여태까지 반말하던 사이 갑자기 변하여 존댓말을 쓰는 것이었다. / "여보 이방님, 다녀오리다." **독해 TIP** 당시에는 돈을 받고 곤장을 대신 맞아 주는 '매품팔이'가 있었다. 흥부는 돈을 벌기 위해 관가에 가서 김 부자의 매를 대신 맞아 주고 돈을 받으려 하는 것이다.

집으로 돌아온 흥부로부터 이 말을 들은 흥부 아내의 놀라움은 컸다. / "여보 아이 아버지, 관아에 가서 남의 매를 대신 맞아 주고 돈을 받는 일이 웬 말이오! 남의 죄를 어찌 알고 대신이라니 웬 말이오? 살인죄를 범했는지 강도죄를 범했는지 사기죄를 범했는지 남의 죄를 어찌 알고 그런 말을 하시오? 만일 관아에 갔다가 여러 날을 굶은 몸에 곤장 맞게 되면 몇 대를 맞지 않아 쓰러져 죽을 것이니, 어서 가서 그 일일랑 거절하오. 마오 마오 가지 마오. 만일에 갈 생각이면 나를 죽여 묻고 가오. 가지 마오, 가지 마오, 제발 내 말 듣고 가지 마오. 만일 매 맞다가 아이 아버지 죽게 되면 큰일이니 부디 내 말 무시 마오."

아내가 두 손으로 방바닥을 쾅쾅 치고 눈물을 흘리며 이렇듯 강하게 권하자, 흥부는 슬며시 마누라를 어르고 보는 것이었다.

"여보 마누라, 한 번 높은 곳에 앉아 보지도 못할 쓸데없는 이 엉덩짝, 관아로 올라가서 삼십 대만 매를 맞고 나면 돈 삼십 냥이 생길 테니 열 냥으로 고기 사서 매 맞은 상처 고치고, 열 냥으로는 쌀을 팔아 온 식구가 배불리 먹고 열 냥으로는 소를 사서 스물넉 달 배내기 주었다가 그 소를 팔아 맏아들 장가 들이고, 그놈이 아들 낳으면 우리에게 손자 되니 그 아니 기쁜 일인가?" **독해 TIP** '배내기'는 남의 가축을 길러 가축이 다 자라거나 새끼를 낳으면 주인과 나누어 가지는 제도이다. 당시에는 소의 금전적 가치가 컸기에 한 마리만 있어도 생계를 유지하는 데 큰 도움이 되었다.

말을 듣고 생각하니 이치에 맞는 것 같았으나 역시 사람 갈 길이 아니므로 흥부 아내는 기를 쓰고 말리는 것이었다. 이렇게 되고 보니 흥부는 관아에 갈 마음은 속으로만 혼자 먹고 겉으로는 얼렁뚱땅 얼버무릴 수밖에 없었다.

"그리하오. 아니 가리다. 짚신이나 삼아 신게 저 건너 김 동지네 가서 짚 한 단 얻어 가지고 오리다."

그러고 나와서 관아로 가는데 말을 빌려 타고 가는 것이 아니라 돈 삼십 냥을 한몫으로 받아 쓸 작정으로 하루에 일백칠십 리씩을 걸어서 갔다. 며칠 만에 관아에 다다르니 사령의 우두머리가 흥부를 보더니 아래 사령들에게 이르는 것이었다.

"저 양반이 김 부자 대신으로 왔으니 아랫방에 들여앉히고 만일 죄를 심문하여 매를 치게 되더라도 아무쪼록 가볍게 칠 것을 잊지 마소. 우리 관청에 편지와 돈 백 냥이 왔다네."

여러 사람이 흥부를 위로하고 있을 때, 마침 관청의 명령 소리가 나더니 이윽고 명령이 내려졌다.

"죄인 중에 살인죄를 범한 자 외에는 모두 풀어 줘라." / 흥부는 실망했다.

"여보시오, 나는 매를 맞아야만 방법이 생기오. 그저 가면 나는 낭패*요."

"여보 연 생원, 이번에 김 부자 일로 여기 왔는데 매 안 맞았다고 만약 돈을 안 주거든 두말 말고 곧장 관아로만 오면 우리가 무슨 수를 쓰든지 돈 백은 받아 줄 테니 걱정 말고 어서 가시오."

도사령의 말을 듣고 흥부는 할 수 없이 오가는 데 쓰는 돈에서 남은 돈 한 냥으로 떡을 사서 짊어지고 집으로 왔다.

이 무렵 흥부 아내는 남편이 관아에 갔음을 알고는 뒤뜰에다 단을 쌓고 물을 길어다가 단 위에 올려놓고 두 손 모아 빌며 눈물로 나날을 보내고 있었다. 이런 참에 흥부가 문을 열어젖히고 들어섰다. 뛸 듯이 반갑지 않을 수 없었다.

"아이 아버지 다녀오시오? 죄가 없어 돌아오나? 곤장 맞고 돌아오나? 몽둥이 맞고 돌아오나? 상처는 어떠하오?"

흥부는 매도 못 맞고 돌아오는 참에 이 말을 들으니 화가 치밀어 올랐다. / "나더러 상처를 묻지 말고 네 친정 할아비한테 물어보아라. 매 한 대 맞지 못하고 건성으로 돌아오는 사람더러 곤장이나 몽둥이 맞은 자리는 뭐고 상처는 다 뭐냐?"

"좋다 좋다. 얼씨구 좋다! 지화자 좋을씨고! 매 맞으러 갔던 남편 안 맞고 돌아오니 이런 기쁜 일이 또 어디 있는가!"

흥부는 마누라의 좋아하는 모습을 기가 막혀 어이없이 바라보고 있다가 어린 자식들 살릴 생각을 하니, 슬픈 생각이 치밀어서 눈물이 비 오듯 터져 나와 두 손으로 가슴을 쾅쾅 두드렸다. 이때 마침 김 부자의 조카가 지나다가 흥부가 돌아왔다는 말을 듣고 찾아 들어와서 묻는 것이었다.

"연 서방, 제대로 먹지 못해 굶은 사람이 관아에 가서 그 매를 맞고 어떻게 돌아왔나?"

흥부는 마음이 곧은 사람이라 바른 대로 털어놓았다. / "맞았으면 해롭지 않을 것을 그것도 복이라고 못 맞았다네."

"자네가 마음씨만은 착한 사람일세. 나도 어디서 들었네만, 무사히 오고서야 돈 달랄 수 있나? 내가 마침 지닌 돈이 칠팔 냥 있으니 쌀말이나 팔아먹소."

흥부는 그 돈으로 쌀 팔고 반찬 사서 며칠은 살았으나 '굶기는 역시 마찬가지라 어찌하면 좋을 것인가? 그래 짚신 장사나 해 보리라.' 하고 김 동지 집으로 짚을 얻으러 갔다. / "자네 불쌍도 하이! 형은 부자건만 자네는 그렇듯 가난하니 어찌 아니 불쌍한가?"

이러면서 김 동지가 내주는 짚단을 얻어다가 짚신을 삼아 장에 내다팔고 그것으로 끼니를 이었으나 그도 한두 번이지 짚인들 매번 얻을 염치가 있으랴? 흥부는 탄식하며 또한 어린 자식들을 어루만지며 눈물을 흘리니 흥부 아내도 기가 막혀 땅을 치고 우는 모양이란 차마 어찌 눈 뜨고 볼 수 있는 모습이리오.

OX 문제

1. 서술자가 개입하여 앞으로 일어날 사건을 예고하고 있다. [O / X]
2. 살인을 저지른 죄인 외에 모든 죄인을 풀어 주라는 소식을 들은 흥부는 기뻐하였다. [O / X]
3. 유사한 구조의 문장을 반복하여 리듬감을 살리고 있다. [O / X]
4. 흥부의 아내는 흥부가 매 맞지 않고 돌아오자 자식들을 먹여 살릴 방도가 없다며 눈물을 흘렸다. [O / X]
5. 흥부는 김 부자의 조카가 준 돈으로 짚단을 사서 짚신 장사를 하며 끼니를 해결했다. [O / X]

심층체크

1. 지칭하는 대상이 <u>다른</u> 하나를 고르시오.
   A. 흥부   B. 연 생원   C. 아이 아버지   D. 그놈   E. 저 양반
2. 서술자의 개입을 찾아 밑줄 치시오.

필수어휘 _ 반드시 암기하기

*낭패 : 계획한 일이 실패로 돌아가거나 기대에 어긋나 매우 딱하게 됨.

흥부전

장면 03

이렇게 세월을 보내고 봄 경치가 한참 무르익는 삼월에 좋은 계절을 맞이하니, 흥부는 이왕에 배운 바 있어 약간의 학식은 있는 터라 수숫대로 지은 집에 입춘이라는 글자를 써 붙였다. 삼월 삼일이 되니 소상강의 떼기러기는 가노라 하직하고* 강남의 제비 왔노라 하고 나타날 때였다. 매우 크고 좋은 집 다 버리고 오락가락 돌다가 흥부를 보고 반기면서 좋다고 지저귀니, 흥부가 제비 보고 경계하는 말을 했다.

"높고 화려한 집 많건만 수숫대로 지은 집에 와서 네 집을 지었다가 오뉴월 장마철에 집이 만일 무너진다면 그 아니 낭패이랴? 아무리 짐승일망정 내 말을 듣고 좋은 집 찾아가서 튼튼하게 집을 짓고 새끼를 치려무나."

이같이 충고해도 제비가 듣지 않고 흙을 물어다 집을 짓고 처음 새끼를 길러 내어 날기 공부에 힘을 쏟을 때 날아오르다가 내리다가 하면서 이를 사랑하는 것이었다. 그런데 하루는 큰 구렁이 한 놈이 별안간 달려들어 제비 새끼를 모조리 잡아먹으니 흥부는 보고 깜짝 놀랐다.

"흉악한 저 짐승아, 맛있는 음식이 많겠건만 하필이면 죄 없는 제비 새끼를 모조리 잡아먹으니 악착같구나. 제비가 불쌍하구나. 저 제비 곡식을 먹지 않고 자라나서 인간에게 해를 끼치지 않고 옛 주인을 찾아오니 그 뜻이 정다운데 제 새끼를 지키지 못하고 순식간에 다 죽이니 어찌 불쌍하지 않은가?"

그리고는 칼을 들어 그 짐승을 잡으려 할 때 제비 새끼 한 마리가 허공으로 뚝 떨어져서 피를 흘리며 발발 떠는 것이었다. 흥부는 이를 보자 펄쩍 뛰어 달려들어 제비 새끼를 두 손으로 고이 잡고 애처롭게 여겨 부러진 다리를 조기 껍질로 칭칭 감고 아내를 불렀다. / "명주실 하나만 주소, 제비 다리 동여매게."

흥부 아내가 시집올 때 가지고 온 명주실을 급히 찾아내어 주니 흥부는 얼른 받아 제비 새끼의 상한 다리를 곱게 감아 매어 찬 이슬에 얹어 두었다. 그랬더니 하루 지나고 이틀 지나고 이리하여 십여 일이 지나자 상한 다리가 제대로 나아 날아다니게 되니, 줄에 앉아 재잘거리며 울고 둥덩실 떠서 날아갈 때 소상강 기러기는 왔노라 하고 강남 가는 제비는 가노라 인사하는 것이었다. 이리하여 제비가 강남 수천 리를 훨훨 날아가서 제비 왕께 인사를 올리니 제비 왕이 물었다.

"경은 어찌하여 다리를 절며 들어오느냐?"

"신의 부모가 조선국에 나가 흥부의 집에 머물렀는데 뜻밖에 큰 구렁이의 공격으로 다리가 부러져 죽을 것을 흥부의 구조를 받아 살아서 돌아왔습니다. 흥부의 가난을 해소해 주신다면 그로써 소신은 그 은혜의 만분의 일이라도 갚을까 합니다."

"흥부는 과연 어진 사람이다. 공 있는 자에게 은혜를 갚는 것은 군자의 도리이니, 그 은혜를 어찌 아니 갚으랴? 내가 박씨 하나를 줄 테니 경은 가지고 나가 은혜를 갚도록 하라."

제비가 왕께 감사드리고 물러 나와서 그럭저럭 그 해를 넘기고 이듬해 봄을 맞으니 모든 제비가 다른 나라로 건너갈 때였다. 그 제비 하늘 한가운데에 높이 떠서 박씨를 입에 물고 자주자주 바삐 날아 흥부네 집 동네를 찾아들어 너울너울 넘노는 모습은 마치 북해 검은 용이 여의주를 물고 오동나무에서 노니는 듯, 황금 같은 꾀꼬리가 봄빛을 띠고 수양버들 사이를 오가는 듯하였다.

이리 기웃 저리 기웃 넘노는 몸짓을 흥부 아내가 먼저 보고 반긴다.

"여보 아이 아버지, 작년에 왔던 제비가 입에 무엇을 물고 와서 저토록 넘놀고 있으니 어서 나와 구경하오."

흥부가 나와 보고 이상히 여기고 있으려니 그 제비가 머리 위를 날아들며 입에 물었던 것을 앞에다 떨어뜨린다. 집어 보니 한가운데 '보은박'이란 글 석 자가 쓰인 박씨였다. **독해 TIP** 흥부에게 준 박씨에 적힌 '보은박'은 '은혜를 갚는 박'이라는 의미를 지닌다. 앞선 제비와 제비 왕의 발화를 고려해 볼 때, '보은박'에는 흥부 가족의 가난을 해소해 줄 수 있는 것들이 들어 있을 것임을 예측할 수 있다. 고전소설에서는 동물이 사람에게 은혜를 갚는다는 '동물보은담'을 통해 받은 만큼 베풀어야 한다는 윤리 의식을 전하기도 한다. 그것을 동쪽 울타리 밑에 터를 닦고 심었더니 이삼 일에 싹이 나고, 사오 일에 줄기가 뻗어 마디마디 잎이 나고, 줄기마다 꽃이 피어 박 네 통이 열린 것이다. 추석날 아침이었다. 배가 고파 죽겠으니 잘 익은 박 한 통을 따서 박속이나 지져 먹자 하고 박을 따서 줄을 반듯하게 긋고서 흥부 내외는 톱을 마주잡고 움직였다. 이렇게 밀거니 당기거니 켜서 툭 타 놓으니 오색 빛깔의 구름이 서리며 푸른 옷을 입은 사내아이 한 쌍이 나오는 것이었다. 왼손에 병을 들고 오른손에 쟁반을 눈 위로 높이 받쳐 들고 나온 그 동자들은,

"이것을 값으로 따지면 억만 냥이 넘으니 팔아서 쓰십시오." / 하고 홀연히 사라져 버렸다.

박 한 통을 또 따놓고 슬근슬근 톱질이다. 쓱삭 쿡칵 툭 갈라 놓으니 속에서 온갖 집안 살림에 쓰는 온갖 물건이 나왔다. 또 한 통을 따서 줄 쳐서 톱을 걸고 툭 갈라 놓으니 순금 상자가 하나 나왔다. 금거북 자물쇠를 채웠는데 열어 보니 황금, 백금밀화, 호박, 산호, 진주, 주사, 사향 등이 가득 차 있었다. **독해 TIP** 쉽게 말해 귀하고 비싼 것들이 모조리 박에 들어 있었다는 의미이다. 각각의 의미를 정확하게 파악할 필요는 없다. 그런데 쏟으면 또 가득 차고 또 가득 차고 해서 밤낮 여섯 날을 쏟고 나니 큰 부자가 된 것이다.

다시 한 통을 툭 갈라 놓으니 일등 목수들과 각종 곡식이 나왔다. 그 목수들은 우선 명당을 가려 터를 잡고 집을 지었다. 그 다음

또 사내종, 계집종, 아이종이 나며 들며 온갖 것을 여기저기 쌓고 법석이니 흥부 부부는 좋아서 춤을 추며 돌아다녔다. 그러다가 덤불 밑에 있는 마지막 박 한통을 따서 슬근슬근 툭 갈라 놓으니 박 안에서 꽃 같은 한 미인이 나와 흥부에게 천천히 엎드려 큰 절을 하는 것이었다.

"나는 월궁*의 선녀입니다. 강남국 제비 왕이 나더러 그대 첩*이 되라 하시기에 왔습니다."

이리하여 흥부는 좋은 집에서 아내와 첩을 거느리고 즐거움으로 세월을 보내게 되었다.

OX 문제

1. 설의법을 활용하여 상황에 대한 서술자의 생각을 드러내고 있다. [O / X]
2. 흥부는 제비의 새끼들을 잡아먹은 구렁이를 흉악하다며 칼로 죽였다. [O / X]
3. 음성 상징어를 활용하여 흥부 부부가 박을 타는 상황을 묘사하고 있다. [O / X]
4. 제비는 제비 왕에게서 받은 박씨를 다음 해 봄에 흥부에게 전해 주었다. [O / X]
5. 감각적인 묘사를 통해 혼란스러운 시대적 분위기를 입체적으로 제시하고 있다. [O / X]

심층체크

1. 지칭하는 대상이 같은 것끼리 짝 지으시오.

  A. 짐승   B. 제비 왕   C. 경   D. 구렁이   E. 소신   F. 내   G. 무엇   H. 그것

필수어휘 _ 반드시 암기하기

*하직하다 : 먼 길을 떠날 때 웃어른께 작별을 고하다.
*월궁 : 전설에서, 달 속에 있다는 궁전.
*첩 : 정식 아내 외에 데리고 사는 여자. ＝부실, 별실.

장면 04

이런 소문이 놀부 귀에 들어가니, / "이놈이 도둑질을 했나? 내가 가서 위협하여 재산의 반을 뺏어 낼 것이다."

하고 벼락같이 건너가 닥치는 대로 살림살이를 쳐부수는 것이었다. 한참 이렇게 소란을 피우고 있을 때 마침 외출 중이던 흥부가 들어왔다.

"네 이놈, 도둑질을 얼마나 했느냐?" 독해 TIP 흥부가 좋은 집에서 아내와 첩을 거느리고 산다는 소문을 들은 놀부가 행패를 부리는 장면이다. 놀부가 처음부터 박의 존재를 알고 있었던 것은 아님을 파악했어야 한다. / "형님 그 말씀이 웬 말씀이오?"

흥부가 앞뒷일을 자세히 말하자, 그럼 네 집 구경을 자세히 하자고 놀부는 나섰다. 흥부가 형을 데리고 돌아다니며 집 구경을 시키는데 놀부 왈 화초 무늬가 있는 옷장이나 달라고 한다. 그러고는 흥부가 하인을 시켜 보내 주겠다는 것도 마다하고 스스로 짊어지고 가서 집에 이르니 놀부 아내는 눈이 휘둥그레진다. 그리고 그 출처와 흥부가 부자가 된 까닭을 알게 되자,

"우리도 다리 부러진 제비 하나 만났으면 그 아니 좋겠소?" / 하고는 그해 십이월부터 제비를 기다렸다.

그럭저럭 십이월 일월 다 넘기고 봄철이 돌아오니 제비 한 쌍이 놀부 집에 와 흙과 나뭇가지를 물어다 집을 지었다. 어미 제비가 알을 낳아 품을 무렵에는 놀부 놈은 밤낮으로 제비 집 앞에 대령하여 가끔가끔 집어내어 만지작거리니 알이 모두 상했다. 그러나 하늘이 준 행운으로 한 개가 남아서 새끼를 까게 되었다. 차차 자라나 바야흐로 날기를 배울 때 밤낮으로 기다리는 구렁이는 그림자도 보이지 않자 놀부는 답답함을 참지 못하여 하루는 뱀을 찾아 나섰다. 아무리 찾아도 뱀 한 마리 못 보고 돌아오는 길에 몽둥이만한 독사를 만났다.

"얼씨구 이 짐승아, 내 집으로 가서 제비 집으로 올라가면 제비 새끼 떨어지고 나는 부자가 될 것이니, 네 은혜는 병아리 여러 마리에 계란 한 줄 더 얹어 갚을 것이다. 그러니 거절 말고 어서 가자."

이러고 막대기로 툭툭 건드리다 놀부는 발가락을 물리고 나자빠졌다. 그러나 빨리 집으로 돌아와 침을 맞고 약을 바른 끝에 살아나자, 제가 구렁이인 양 제비 새끼 직접 잡아 두 발목을 지끈 분지르고는 흥부가 했던 것같이 조기 껍질로 발목을 싸고 칡덩굴의 속껍질로 칭칭 동여매어 제비 집에 얹어 두었다. 그 제비가 겨우 살아남아 남으로 돌아갈 때 하는 말이,

"원수 같은 놀부 놈아, 내년 봄에 다시 와서 원수를 갚을 것이니 잘 있거라. 지지위 지지."

이듬해 봄에 그 제비는 '보수박'이라 쓰인 박씨를 물고 돌아왔다. 독해 TIP 놀부에 의해 두 발목이 부러졌던 제비가 원수를 갚기 위해 '보수박', 즉 '원수를 갚는 박'이라고 적힌 박씨를 물고 왔다. 놀부가 악행에 대한 벌을 받게 될 것임을 예측할 수 있다. 놀부가 보고 풀밭에 떨어지면 잃어버릴까 겁이 나서 삿갓을 뒤집어 들고 따라다녔다. 제비는 그 삿갓 속에 떨어뜨렸다. 한 치나 되는 박씨에 보수박이라 쓰였으나 무식한 놀부는 그것을 모르고 처마 밑에 심었다. 며칠이 안 가서 싹이 나고 덩굴이 뻗고 이윽고 박이 주렁주렁 열리게 되었다. 독해 TIP 여기서부터 흥부 부부가 박을 가르던 상황과 대비되는 장면이 제시된다. 놀부는 큰 박 하나를 우선 따다 놓고 제 아내와 가르려 하다가 그 박이 쇠같이 딱딱하므로 저희끼리는 할 수 없게 되자 목수와 힘깨나 쓰는 남자들을 불러 잘 먹인 후에, 먼저 이십 냥씩 돈을 후하게 주고 박을 가르게 하였다. 그리하여 슬근슬근 툭 갈라놓으니 박 안에서 글 읽는 소리가 나면서 이윽고 관을 쓴 늙은 양반, 갓을 쓴 젊은 양반, 갓을 쓴 새 서방님, 도포 입은 도련님이 놀부를 묶고 참나무 막대로 마구 때렸다.

"이놈 놀부야! 네 아비 개불이와 네 어미 똥녀가 종으로 주인집에 살다가 하다가 오밤중에 도망한 지 수십 년이 되는데 이제야 찾았구나. 네 어미와 아비 몸값이 삼천 냥이다. 당장에 바쳐라."

놀부 놈이 돈 삼천 냥을 바치며 사죄하니 그 생원님 못 이기는 체하고 놀부에게,

"이 돈 삼천 냥 용돈으로 쓰겠거니와 떨어질 만하면 내 다시 오리라." / 하고 사라졌다.

다시 두 번째 박을 갈라 보았다. 이번에 가야금 든 놈, 소고든 놈, 징, 꽹과리 든 놈들이 우루루 몰려나오더니,

"우리가 놀부 인심 좋다는 말 듣고 일부러 찾아왔으니 한바탕 놀고 가세."

하고 쌀 섬 내놔라, 돈 백 내놔라 하며 정신없이 날뛰니, 놀부는 돈 백 냥에 쌀 한 섬을 주어 보낸 후 또 한 통을 갈랐다.

이번엔 나이가 많은 승려가 나오고 뒤따라 높은 자리의 승려가 나왔다.

"놀부야, 우리 스승님이 네 집을 위하여 사십구일 정성을 드렸으니 돈 오천 냥만 바쳐라."

이 이상 패가망신하지* 말고 그만 가르자는 놀부 아내의 말을 어기고 또 켜니 이번엔 상여* 한 채가 나오고 뒤따라 각기 다른 여러 가지 모습의 사람들이 나왔다. / "야 이놈 놀부야, 소 잡고 잘 차려라. 돈 만 냥만 내놓아라."

놀부가 논밭을 선 자리에서 헐값으로 팔아 돈 삼천 냥을 주고 빌며 사정하니 상여를 메는 이들이 상여를 메고 갔다. 놀부는 따라가며 물어보았다. / "여보, 다른 통에 보물 아니 들었소?"

상여를 멘 이가 대답하였다. / "어느 통에 들었는지 모르나 생금 한 통이 들기는 들었소."

놀부 놈이 옳다 하고 슬근슬근 박 한 통을 다시 툭 갈라 놓으니 박 안에서 무당들이 뭉게뭉게 나오는데, 징과 북을 두드리며 각

색 소리 다 하더니 장구통을 들어 놀부 놈의 가슴팍과 배때기를 벼락 치듯 후려쳤다. 놀부 놈은 눈에서 번갯불이 나는지라 분한 가운데서도 슬피 울며 비는 것이었다.

"이 어찌된 일이오? 매 맞아 죽을지라도 죄명이나 알고 죽으면 한이 없겠으니 제발 말해 주오."

"이놈 놀부야, 다름 아니라 우리가 네 집을 위하여 굿을 많이 했으니 오천 냥을 바쳐라. 만일 따르지 않는 날엔 네 머리가 온전치 못하리라." / 놀부 놈은 기겁을 하여 돈 오천 냥을 내주고 겨우 그들을 보내고 나니 열이 솟아올랐다.

"될 테면 되고 망할 테면 망해라. 남은 박을 또 계속 갈라 보리라."

슬근슬근 툭 갈라 놓으니 박 안에서 물건을 파는 상인 수천 명이 누런 장롱을 지고 꾸역꾸역 나와 정신없이 떠들어댔다. 놀부 놈이 기가 막혀 다른 박이나 갈라 보려고 돈 삼천 냥을 내놓으니 그들은,

"뒷 박통에는 금과 은이 많이 들었을 것이니 정성 들여 갈라 보아라." / 하고 한번에 물러나 사라졌다.

OX 문제

1. 서술자가 의문과 추측의 진술을 통하여 다른 인물에 대한 반감을 제시하고 있다. [O / X]
2. 놀부는 독사를 제비 집으로 올라가게 해 제비의 발목이 부러지도록 만들었다. [O / X]
3. 박에서 나온 사람들에게 계속해서 돈을 빼앗기자 놀부 아내는 놀부에게 박을 그만 가르자고 하였다. [O / X]
4. 놀부에게 돈 오천 냥을 받은 무당들은 놀부에게 뒷 박통에 금과 은이 들었다고 말해 준 뒤 사라졌다. [O / X]
5. 시간 표지를 활용하여 사건의 추이를 드러내고 있다. [O / X]

심층체크

1. 지칭하는 대상이 <u>다른</u> 하나를 고르시오.
  A. 내   B. 형님   C. 제   D. 네   E. 여보

필수어휘 _ 반드시 암기하기

*패가망신하다 : 집안의 재산을 다 써 없애고 몸을 망치다.
*상여 : 사람의 시체를 실어서 묘지까지 나르는 도구.

장면 05

그다음 또 한 통을 따다놓고 슬근슬근 툭 갈라 놓으니 이번엔 박 안에서 수백 명 떠돌아다니며 노래와 춤을 파는 이들이 나오면서 저희끼리 야단스럽게 놀아나며 소리를 하더니 놀부를 보고 달려들었다. / "옳지! 이놈 이제야 만났구나!"

여러 놈이 놀부의 두 팔과 두 다리를 갈라 잡고 몸을 번쩍 들어 던져 올렸다 받았다 하니 놀부 놈 눈이 뒤집히고 몸속 장기가 나오는 듯하였다. / "네 놈이 목숨을 보호하려면 논밭 문서를 다 바쳐라."

문서 뭉치를 다 내주고 또 다음 박이다. 슬근슬근 툭 갈라 놓으니 박 안에서 수백 명의 건달들이 밀거니 뛰거니 뛰쳐나왔다. 건달들을 보아하니, 이죽이, 떠죽이, 난죽이, 바금이, 딱정이, 군평이, 태평이, 여숙이, 무숙이, 하거니, 보거니, 난쟁이, 몽둥이, 아귀소, 악착이, 조각쇠, 섭섭이, 든든이 등이다. [독해 TIP] 판소리계 소설에서 짧은 말을 나열하는 것은, 의도적으로 장면을 확대하여 청중들의 호응을 얻을 수 있는 요소를 만들기 위함이다. 그러니 세부적인 내용을 신경 쓰며 독해할 필요는 없고, 전체적인 맥락만 잘 파악해 주면 된다. 그들은 차례로 앉더니 놀부를 잡아 빨랫줄로 칭칭 묶어 나무에 덩그러니 매달고 매질 잘하는 건달 한 놈을 가려 뽑아 명령하는 것이었다. / "저놈을 사정 두지 말고 세게 쳐라!"

여러 놈이 한쪽으로 놀부를 잡아내어 양 뺨을 치며 발로 차고, 뒹굴리며 주무르고 잡아 뜯고, 한편으로 주리를 틀며, 매질을 하며, 온갖 형벌을 쉴 새 없이 번갈아서 하니 쇠공이의 아들인들 어찌 견뎌 내리오?

"살려 주오! 살려 주오! 제발 살려 주오. 돈 바치라면 돈 바치고 쌀 바치라면 쌀 바칠 것이니 남은 목숨 살려 주오!"

여러 건달들이 돌아가며 한 번씩 매를 때리더니 그제서야 한 놈이 명령하였다.

"이놈 놀부야, 들어라! 우리가 금강산 구경을 가는데 먼 길을 오가는 데 드는 돈이 떨어졌으니, 돈 오천 냥을 바치되 만약에 늦으면 재앙을 내리리라!"

놀부 놈은 어찌나 혼이 났던지 감히 한 마디도 대꾸하지 못한 채 돈 오천 냥을 주어 보낸 후에 팔과 다리를 제대로 쓰지 못하는 중에도 끝내 헛된 욕심을 버리지 못해 당장에 방법이 있는 줄로 알고, 엉금엉금 동산으로 기어 올라가서 다시 박 한 통을 따가지고 내려오는 것이었다. 그리고 주춤거리는 일꾼을 달래어, / "슬근슬근 톱질이야. 당기어라 톱질이야."

슬근 쓱싹 박을 쪼개어 놓고 보니 나라의 맹인이란 맹인은 다 뭉치어 막대기를 닥닥거리며 눈을 희번덕거리고 내달아 꾸짖었다.

"이놈 놀부야! 날려느냐? 기려느냐? 네놈이 어디로 갈 거냐? 너를 잡으려고 안남산, 밖남산, 구계동, 쌍계동, 모든 곳을 큰 빗으로 샅샅이, 이 참빗으로 틈틈이, 굴뚝 차례로 두루 널리 찾아 다녔는데 오늘에야 이곳에서 만났구나! 네 우리들의 솜씨를 한 번 보렸다!"

그러고는 지팡막대를 들어 휘두르니 놀부 놈 어찌할 바를 몰라 이리저리 피하나 여러 맹인들은 점을 치며 눈 뜬 사람보다 더 잘 찾아 붙잡는다. 그러니 놀부 놈은 달아나지도 못하고 애처롭게 비는 것이었다.

"여보 장님네들, 이게 웬일이오? 나를 살려 주오. 무슨 일이든 명령대로 하리다."

맹인들이 그제서야 놀부를 놓아 주고 북을 두드리며 불경을 읽더니, 놀부 놈을 지팡이 두드리듯 함부로 치니 놀부 놈은 견디다 못해 돈 오천 냥을 내어 주고 생각하는 것이었다.

'집안에 돈이라곤 한 푼도 남은 게 없이 집안의 돈을 다 썼으니 이젠 살아갈 길이 막막하구나! 이왕 시작한 일이니 끝까지 해보면 설마하니 끝에 가서야 좋은 일이 없으랴?' / 그러고는 다시 동산으로 올라가서 박 한 통 따다 놓고,

"이번 박은 겉을 보건대 빛이 희고 좋으니 이 속엔 분명 보물이 들었을 것이니 정성 들여 갈라 보자!"

하고 한동안 가르다가 궁금증이 나서 귀를 기울여 가만히 들어보니 박 안에서 천둥 같은 소리가 진동하며, / "비로라! 비로라!"

하므로 무더기로 큰 일이 또 나는 줄 알고서 톱을 내던지고 달아나려 하자 다시 박 안에서 번개 같은 호령이 터져 나왔다.

"너희가 왜 박을 아니 가르느냐. 내가 답답하여 한때를 못 견디겠으니 어서 갈라라!" / 놀부가 겁을 먹고 물었다.

"비라 하시니 무슨 비인지 자세히 말씀하시오." / "이놈, 비로라!"

놀부가 다시 물었다. / "비라 하시니 양귀비입니까? 누구신 줄이나 먼저 알고 박을 마저 가르겠습니다."

"나는 그런 '비'가 아니라 연나라 사람 장비거니와 네가 만일 박을 아니 가르면 무사하지 못하리라." [독해 TIP] '양귀비'는 뛰어난 미모를 지닌 당나라 황제의 후궁이고, '장비'는 중국 삼국시대 촉나라의 대장군이다.

놀부가 장비라는 말을 듣더니 매우 놀란 듯 작은 소리로 말하는 것이었다.

"이를 앞으로 어찌하면 좋은가? 이번엔 바칠 돈도 없으니 죽는 도리밖에 없나 보다."

박을 가르던 일꾼이 비웃으며 말을 받는다.

"너는 네 죄로 죽거니와 내야 무슨 죄로 죽는단 말이냐? 그런 말 다시 하다가는 내 손에 먼저 죽을 줄 알아라!"

"허튼 소리 말고 어서 가르던 박이나 마저 타서 상황이나 보세."

놀부가 할 수 없이 마저 가르고 보니 별안간 대장군 한 사람이 와락 뛰어 나오는데 얼굴은 숯먹을 갈아 끼얹은 듯이 꺼면 것이 제비턱에 화가 나서 휘둥그레진 눈을 험상궂게 부릅뜨고서 큰 창을 눈 위로 번쩍 들고 종 같은 소리를 천둥같이 질렀다.

"이놈 놀부야, 네가 세상에 태어나 부모께 불효하고, 형제와 사이가 좋지 아니하고 친척과 화목하지 아니하니 죄악이 네 털을 빼어 세어도 당치 못할 것이다. 하늘의 도리가 어찌 무심할까 보냐. 옥황상제께서 나를 시켜 너를 '모든 방법으로 한없는 죄를 씻게 하라.' 하시기에 내가 특별히 왔으니 견뎌보아라."

그러고는 놀부의 목덜미를 달려들어 잡고서 공기 놀리듯 하니, 놀부 놈은 정신을 잃었다가 다시 깨어나 울며 빌었다. 장군은 그 모습을 불쌍히 여겨 꾸짖고 떠나갔다.

"마땅히 너를 여러 토막 내야 하지만 충분히 생각하고 용서하는 것이니 이후는 어진 동생을 구박 말고 형제 화목하게 살도록 하라."

OX 문제

1. 인물의 외양을 묘사하여 인물의 성격을 제시하고 있다.   [O / X]
2. 놀부는 박에서 나온 건달들에게 온갖 형벌을 받다가 결국 논밭 문서를 다 바치게 되었다.   [O / X]
3. 내적 독백을 반복하여 사건의 전개를 지연시키고 있다.   [O / X]
4. 박을 가르던 일꾼은 집안의 돈을 다 쓰고 좌절한 놀부를 위로하였다.   [O / X]
5. 놀부는 "비로라!"를 외치는 박 안의 인물이 양귀비일 것이라고 확신하였다.   [O / X]

심층체크

1. 지칭하는 대상이 다른 하나를 고르시오.
  A. 저놈   B. 나   C. 내   D. 너   E. 네
2. 서술자의 개입을 찾아 밑줄 치시오.

장면 06

놀부는 심한 꾸지람을 받고 겨우 정신을 수습하자, 다시 동산으로 올라가 보니 박 두 통이 남아 있으므로 한 통을 또 따가지고 내려왔다.

"슬근슬근 톱질이야, 당겨 주소 톱질이야. 이 박 가르거들랑 보물이 한꺼번에 많이 쏟아져 나오너라. 흥부같이 살아 보리라."

놀부 아내 곁에 서 있다가 한 마디 던지는 것이었다.

"다른 보물은 많이 나오되 흥부 서방님같이 첩만은 나오지 마소서." **독해 TIP** '서방님'은 결혼한 시동생을 부르는 호칭어이다. 소설에서 가족과 관련한 호칭은 인물 관계를 파악할 때 중요한 역할을 하므로 주의 깊게 봐 두어야 한다.

놀부는 당장에 꾸짖었다. / "집안의 재산을 모두 잃고 살림이 거덜 나서 상거지가 된 것이 질투가 어디서 나오는고. 소란스럽게 굴지 말고 한편 구석에 가 있거라!"

밀거니 당기거니 슬근슬근 가르며 귀를 기울여도 이번에는 아무 소리도 들리지 않으므로 놀부 놈 매우 기뻐하며 일꾼에게 말하는 것이었다. / "이번엔 다 갈라도 아무 소리가 없으니 아마 재물이 터질 박이렷다!"

그러고는 급히 가르며 안을 들여다보니 아무것도 없고 다만 평평할 뿐이므로 놀부가 기뻐할 즈음이다. 일꾼은 속으로, '여러 박통마다 탈이 났으니 이 박이라고 어찌 무사하랴?' 하고는 오줌 누러 가는 체하며 도망쳤다. 놀부는 일꾼을 기다리다 못해 박통을 도끼로 쪼개고 보니 아무것도 없고 다만 허연 박속이 먹음직하므로 제 아내더러 시켜 끓이게 하였다. 그리하여 온 집안 식구가 한 사발씩 달게 먹고 나니 놀부는 배가 봉긋하여 트림을 하며 아내에게 말하였다. / "그 국 맛이 매우 좋아, 당동!"

"글쎄요, 그 국 맛이 매우 유명하오. 당동!" / 놀부의 자식들이 제 어미를 부르면서 말하였다.

"어머니 우리들도 그 국을 먹고 나니 당동 소리가 절로 나오. 당동!" / "오냐 글쎄 그렇구나. 당동!"

놀부 놈은 은근히 화가 나서 꾸짖었다. / "너무 요망스럽게 굴지 마라! 당동. 무슨 국을 먹었다고 당동하노? 당동."

놀부 아내 맞장구를 쳤다. / "그 말이 옳소! 당동."

놀부의 딸도 당동, 아들도 당동, 머슴 놈도 당동, 놀부 마누라도 당동, 온 집안 식구가 저마다 당동거리니 무슨 가야금이라도 뜯으며 연주하는 것 같았다. **독해 TIP** '당동'이라는 의성어를 외치는 놀부 가족의 모습을 우스꽝스럽게 그리고 있다. 이렇게 인물의 행위를 희화화하면서 대상을 풍자하는 것은 고전 소설에 자주 등장하는 요소이기도 하다.

'부자가 되려고 박을 심었다가 수많은 재산을 다 없애고 평생 하지 않은 고생을 하고 매를 맞고, 끝판에 와서는 온 집안 사람이 당동 소리로 병신이 되었으니 이런 분하고 원통한 일이 어디 있으리오? 당동.'

놀부는 홀로 신세를 생각하니 분한 김에 낫을 들고 단숨에 동산으로 치달아 올라갔다. 그리고 박 덩굴을 노려보며 파내니 덩굴 밑에 박 한 통이 남아 있었다. 자세히 보니 크기는 큰 종만 하고 무게가 천근이나 될 것 같았다. 그것을 본 놀부 놈은 솟아오르던 분한 생각은 깨끗이 잊어버리고 헛된 욕심이 번쩍 나서 혼자 지껄이는 것이었다.

"그러면 그렇지. 이제야 보물이 든 박을 얻었구나! 무게로 쳐도 금이 많이 든 모양이요, 재물도 많이 들어 있으므로 남의 눈에 띄지 않으려고 덩굴 속에 숨어 있는 것을 모르고 괜히 한탄만 했구나! 황금이 든 박이 여기 있을 줄 알았더라면 다른 박은 타지 말고 이 박 먼저 갈랐을 것을…"

그러고는 기쁨을 스스로 이기지 못해 그 박을 따 가지고 내려오며 흥얼거렸다. / "좋을 좋을 좋을씨고? 지화자 좋을씨고!"

슬근슬근 타다가 반쯤 켜고 우선 궁금증이 나서 박 안을 기웃이 들여다보니 그 속이 아주 싯누런 것이 온통 황금 같으므로 놀부 놈 좋아라 한다. / "뜻밖의 행운이구나! 그럼 그렇지! 마누라, 자네도 이 박 안을 들여다 보게. 저 누런 것이 온통 황금일세."

놀부 아내가 한동안 코를 훌쩍거리더니 되물었다.

"누런 것을 보니 금인가 싶소만 그 속에서 구린내가 물큰물큰 나니 그게 웬일이오?" / 놀부가 말하였다.

"자네도 어리석은 소리 작작하게. 박이 더 익고 덜 익은 것이 있을 거 아닌가. 이 박은 아주 무르익었으므로 구린내가 나는 것을 모른단 말인가? 어서 가르고 보세."

슬근슬근 거의 가르다가 놀부 부부 궁금증이 또 나므로 톱을 멈추고 양편에 마주앉아 들여다보는데 별안간 박 안으로부터 모진 바람이 쏟아져 나오며 벼락같은 소리가 나더니 똥줄기가 물푸개에서 나오는 물줄기처럼 쏟아져 나오는 것이었다. 놀부 부부는 피할 사이도 없이 똥벼락을 맞으며 나동그라졌다. 똥줄기는 수많은 군사와 군마들이 달려오듯 높고 큰 산을 밀치고 바다를 메울 듯 터져 나와 삽시간에 놀부 집 안팎채가 똥으로 그득하게 되자 놀부 부부는 온 몸이 똥덩이가 되어 달아났다. 멀찍이 물러나서 뒤돌아보니 온 집안이 똥에 묻혀 있는 것이었다. 놀부가 기가 막혀 발을 동동 구르며 탄식하였다.

"여보 마누라, 이 노릇을 어찌하면 좋단 말이오? 재물을 얻으려다 재물을 모두 잃고 끝장은 똥더미로 옷 한 가지 없게 되었으니 앞으로 어떻게 살아간단 말이오? 애고 답답 서러워라."

이때 앞뒷집에 사는 양반네들 제 집까지 똥이 밀려와서 그득하게 쌓이게 되자 그 양반들이 고두쇠를 벼락같이 부르더니 명령하는 것이었다. / "빨리 가서 놀부 놈을 잡아오너라!"

고두쇠가 총알같이 달려가서 놀부 놈의 목덜미를 퍽퍽 눌러 짚고 비바람같이 몰아다가 양반님들 앞에 꿇어앉혔다. 양반들이 놀부에게 소리쳤다. / "이놈 놀부야, 들어라! 양반 댁에 쌓인 똥을 해지기 전에 다 치우지 못하면 죽을 줄을 알아라!"

놀부 놈은 기왓장 위에 꿇어앉은 채 아내더러 돈 오백 냥을 갖다 놓게 하고 거름 장사들을 닥치는 대로 불러다가 돈을 후히 주고 똥을 치우게 한 다음에야 겨우 풀려났다. **독해 TIP** 선량한 사람은 복을 받고 나쁜 사람은 벌을 받는다는 권선징악의 주제가 명확히 드러나며 작품이 마무리되고 있다.

놀부 부부 서로 붙들고 갈 곳이 없어 우는데, 이때 건넛마을 흥부가 형이 패가망신했다는 말을 듣고 급히 종을 거느리고 와서 놀부 부부와 조카들을 데리고 제 집으로 돌아왔다. 그리고 흥부는 안방을 치우고 형님 부부가 살 수 있게 한 다음 옷과 음식을 후히 내어 대접하며 위로하고, 한편으로 좋은 터를 잡아 수만금을 아낌없이 들여 집을 짓되 제 집과 같게 하고 가구며 옷, 음식을 똑같게 하여 그 형을 살게 하여 주었다. 그러자 비록 놀부 같은 몹쓸 놈일망정 흥부의 어진 덕에 감동하여 전날의 잘못을 뉘우치고 형제가 서로 화목하게 지내게 되었다. 흥부 부부는 재산이 많고 지위가 높으며 아들이 많아 나이 팔순에 이르도록 장수하며 자손이 번성했는데 모두가 사람됨이 빼어나서 대대로 풍족하니, 그 후로 사람들이 흥부의 덕을 칭송하여 그 이름이 백 년이 지나도록 사라지지 않았다.

OX 문제

1. 독백적 발화를 통해 인물의 내면 심리를 드러내고 있다. [O / X]
2. 놀부는 마지막 남은 박이 너무 많이 익어서 구린내가 나는 것이라고 생각하였다. [O / X]
3. 서술자가 인물의 분노를 직접적으로 제시함으로써 상황에 대한 인물의 태도를 드러내고 있다. [O / X]
4. 양반들의 호통을 들은 놀부는 어쩔 수 없이 박에서 나온 똥을 직접 치웠다. [O / X]
5. 놀부로부터 사정을 들은 흥부는 곧바로 놀부네 가족들을 도와주었다. [O / X]

심층체크

1. 지칭하는 대상이 같은 것끼리 짝 지으시오.
   A. 놀부의 자식들   B. 놀부   C. 자네   D. 아내   E. 조카들   F. 그 형

무조건 올라가는
고전소설 문해력

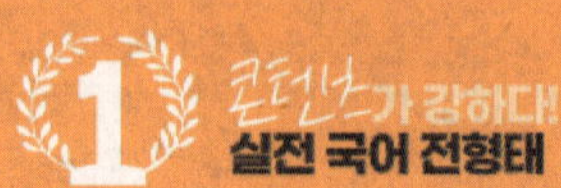

06

설홍전

주제

위기를 극복한 설홍의 영웅적 일대기

특징

① 영웅의 일대기 구조가 드러나며 전기적 요소가 강함.
② 인간이 곰으로 변하는 변신 모티프가 사용됨.
③ 인물 간의 선악 대립이 뚜렷하게 나타남.

작품 해제

이 작품은 명나라를 배경으로 하여 주인공 설홍의 고난과 영웅적 일대기를 다루고 있는 영웅 소설이다. 국문으로 쓰인 이 소설은 '군담', '변신', '계모와의 갈등', '주인과 노비의 갈등' 등 조선 후기 통속 소설(예술적 가치보다는 흥미에, 주제나 성격 묘사보다는 재미있는 사건의 전개에 중점을 두는 소설)의 다양한 성공 요소를 두루 갖추고 있어 흥미롭다.
이 작품은 크게 두 부분으로 나누어 볼 수 있다. 전반부는 주인공 설홍이 고난을 극복하고 영웅적 능력을 갖추게 되기까지의 과정을 다루며, 후반부는 영웅적 능력을 지닌 설홍이 그 능력을 세상에 펼쳐 부귀공명을 얻게 되기까지의 과정을 다룬다.
한편, 남녀 주인공의 고난은 영웅 소설의 필수적인 요소지만, 이 작품에서는 특히 그 시련이 여러 번 중첩되어 나타나고, 초월 세계를 넘나들며 동물로 변신까지 하는 등 주인공의 시련 과정이 독특하게 제시되어 있다.

인물 관계도

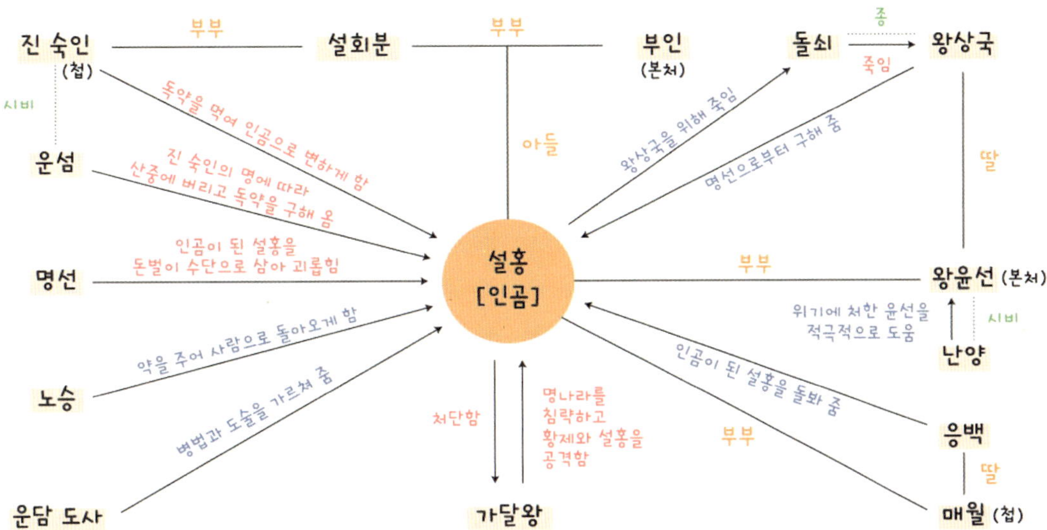

- **설홍** : 온갖 고난을 겪으며 영웅적 능력을 획득하는 인물. 천상계에서 선관이었으며, 선녀와 글을 주고받은 죄로 인간 세상에 내려왔다.
- **왕윤선** : 왕상국의 딸로, 설홍과 백년가약을 맺는 인물. 천상계에서 선녀였으며, 선관과 글을 주고받은 죄로 인간 세상에 내려왔다.
- **진 숙인** : 설홍에게 독약을 먹여 곰으로 변신시키는 등 설홍을 괴롭히는 잔인하고 악랄한 인물.
- **왕상국** : 인곰이 된 설홍이 돈벌이 수단으로 괴롭힘을 당하자, 이를 딱하게 여겨 설홍을 명선으로부터 구해 주는 선한 인물.
- **운담 도사** : 설홍이 영웅적 면모를 갖출 수 있는 병법과 도술을 가르쳐 주는 인물.
- **노승** : 설홍이 다시 인간으로 돌아오도록 약을 주어 도움을 주는 인물.

06 설홍전

장면 01

　명나라 시절, 금능 땅에 설회분이라 하는 사람이 있었는데 성품이 남과 달라 부귀*엔 뜻이 없고 소박한 삶을 살고자 하였다. 옥포동 죽림촌에 초가집을 지어 그곳에 머물러 해와 달의 기운을 머금으며 글공부를 일삼아 지냈다. 그러나 나이 오십이 되도록 자녀가 없어 탄식하기를,

　"제사는 뉘에게 전하여 돌보게 하며 지옥에 돌아가면 조상 얼굴을 어이 보랴." / 하며 눈물을 흘렸다. 독해TIP 당시에는 제사를 통해 조상들의 업적을 기리고 그들의 가르침과 교훈을 대대로 전하면 가족과 후손들이 덕을 본다고 믿었기에 조상에게 제사를 지내는 것이 중요한 관습 중 하나였다.

　부인이 처사*를 위로하며 말하기를

　"우리가 대를 이을 자식이 없는 것은 전생에 죄악이 지극히 무거워 하늘이 그리 정한 일이오니 그 일을 어이 한탄하겠습니까. 듣자오니 무장현 덕유산 쌍용사 불상 앞에서 소원을 빌면 자식을 가질 수도 있다고 하오니 그곳에 가서 빌어 보사이다."

　하니, 처사 답하기를,

　"빌어서 자식을 얻을 수 있으면 세상에 자식 없는 사람이 어디 있으랴마는 부인이 하자는 대로 어디 빌어보십시다."

　하였다. 부인이 갖추어 주는 옷과 비단을 받아 걸음을 재촉하여 여러 날 만에 강을 건너 구리산을 걸어 화룡산 좁은 길로 덕유산을 올라가니 쌍용사가 여기로다. 삼불 앞을 바라보니 큰 봉우리에 금룡암이 은은히 보이거늘, 절의 바깥문에 다다르니 한 나이 많은 승려가 대나무 지팡이를 잡고 나와 처사를 맞아 두 손을 모아 절한 후 대청 위에 올라와 함께 자리를 잡고 앉은 후에

　"상공은 어디 계시며 무슨 이유로 누추한 곳에 찾아오셨나이까?" / 하니, 상공이 대답하기를,

　"금능 옥포동 죽림사에 있사오며 자녀가 없어 절에 자식을 빌러 왔사오니 노승은 수고를 아끼지 마옵소서."

　하고, 비단을 드리거늘 경건한 마음으로 노승이 받은 후에 나쁜 기운을 타지 않게 깨끗이 몸가짐을 하고 비단을 불상에 올리고 지극한 정성으로 빌거늘 이튿날 노승과 이별하고 본가로 돌아와 부인에게 노승의 정성이 지극하고 부처가 몸이 귀하게 되어 세상에 이름이 빛날 것이라고 전하였다. 이날 밤 부인이 한 꿈을 얻었더니 공중으로 신선이 학을 타고 구름과 안개에 싸여 부인 곁에 앉아 말씀하기를,

　"신선으로서 상제*를 모시는 한 선녀와 글을 지어 화답을 주고받으며 두루 지내다가 마침 쌍용사 부처님이 부인에게 몸을 맡기라 하심에 왔나이다. 부인은 어여삐 여기소서."

　하며, 문득 사라지거늘 부인이 놀라 깨니 일장춘몽*이라. 독해TIP 고전 소설에서 꿈은 주인공의 탄생을 예고하거나 주인공에게 초월적 세계와 뜻을 전달하거나 앞으로 일어날 사건을 암시하는 등의 중요한 서사적 기능을 한다. 여기서는 천상계의 존재인 신선이 부처님의 명을 받고 설회분 부부의 아이로 태어나게 될 것임을 암시하는 기능을 하고 있다. 즉시 처사를 청하여 꿈에서의 일을 말씀하고 자식을 볼까 의아해 하시더니 과연 그날부터 아이를 가진 낌새가 있어 열 달이 이르러 하루는 부인이 잠이 와 침상에 누워 있으니 갑작스런 오색구름이 일어나 주변을 둘러싸고 향이 진동하더니 정신없는 중에 홀연히 남자아이를 낳으시거늘 처사 황급하여 숙인으로 하여금 부인을 간호하며 아이를 향을 우려낸 물에 씻겨 누이니 처사 사랑하는 마음 이기지 못하여 아이 이름을 '홍'이라 하고 자*는 '운'이라 하였다. 홍이 세상에 난지 백일이 지남에 몸이 굵어지며 성숙하였다. 신비스러운 기운을 마음에 품었거늘, 슬프다. 흥진비래*는 예나 지금에 드문 일이 아니라지만 부인이 말년에 이러한 기쁜 일에 몸을 가누지 못해 목숨을 유지하지 못할 듯하였다.

　이어 병을 쉽게 이기지 못할 줄 알고 부인이 처사를 대하여 손을 잡고 눈물을 흘리며,

　"내 병이 깊어 세상에 다시 몸을 돋우지 못할 것 같습니다. 처사는 저승에 돌아가는 첩을 구하여 영혼이라도 헤아리소서. 옛날 약에 능한 신농씨라 하는 중국 고대의 제왕도 삼백 약을 지어 많은 사람을 살렸으나 죽어서 외로운 혼이 되었고 천자*로 살다 죽은 한나라 제7대 황제인 한무제도 오래도록 살고 죽지 않는 것을 꿈꾸며 하늘에서 내리는 죽지 않는 물을 받아먹는 쟁반에 이슬 받아 마셨으나 죽기를 못 면했거든 하물며 나 같은 인생이야 살기를 어찌 바라리오. 지금 죽기로 아깝지 아니하거니와 처사와 홍을 버리고 지하에 돌아가고자 하니 어찌 눈을 감고 돌아가리오." 독해TIP 자신이 잘 모르는 고사가 언급되더라도 당황할 필요는 없다. 고사는 인물이 말하고자 하는 바를 강조하거나 이해를 돕기 위해 활용되는 것이므로, 고사 그 자체보다는 고사를 통해 말하고자 하는 핵심이 무엇인지만 빠르게 파악하고 넘어가면 된다. 여기서는 부인이 수많은 사람을 살린 신농씨나 죽지 않는 삶을 꿈꾸던 한무제가 모두 죽었음을 언급하며 자신 역시 곧 죽게 될 것임을 드러내고 있다.

　하니, 처사 손을 잡고 슬퍼하시며 눈물이 비 오듯 옷깃을 적시는지라. 숙인도 부인의 말씀을 들으시고 또한 눈물을 머금고 부인을 위로하며,

　"사람의 목숨이 하늘에 있거든 설마하니 무심하오리까? 또 죽기로써 지금 부인의 병을 간호하고 있거든 부인은 어찌 그런 말씀을 하시어 깊은 상심을 더 하나이까? 그런 걱정은 마소서." / 하시며, 밤낮으로 간호하나 숨이 차오르니

　"이렇게 병이 깊은데 어찌 살기를 바라리오?"

하였다. 처사 아무리 생각해 봐도 살 방법이 없는지라 더욱 정성으로 기도하더라. 허나 부인의 정신이 점점 흐려져 진 숙인을 불러 손을 잡고 탄식하며,

"나는 전생의 죄가 더할 수 없이 무거워 수명이 길지 못하여 세상을 떠날 때가 멀지 아니하였으니 이런 나를 어이하려 하시는가. 슬프다. 우리 형제 같이 지냈더니 정을 저버리고 나는 지하로 가니 어찌 슬프지 아니하랴. 홍을 이제야 낳아 몸이 귀하게 되어 세상에 이름이 빛나는 것을 보지 못하고 죽으니 이 가슴에 맺히어 또한 내 몸이 썩지 못할 듯 하구나. 설홍을 숙인의 손에 두고 지하에 돌아가니 숙인은 설홍을 날 본 듯 어여삐 여기고 제사를 끊지 아니한다면 죽어도 백골난망* 지극한 은혜를 못 잊을까 하노라."

하니, 숙인이 울며 말하기를,

"부인은 그런 말씀 하시나이까? 목숨이 부족하여 세상을 버리신들 첩이 생전에야 공자를 잘못되게 하오리까? 그 일은 걱정 조금도 마옵소서." / 하였다.

OX 문제

01. 꿈과 현실을 교차하여 사건을 입체적으로 구성한다.   [O / X]
02. 앞날의 일을 가정하여 인물 간 갈등의 심화를 암시한다.   [O / X]
03. 처사는 쌍용사 불상 앞에서 소원을 빌면 자식을 얻을 수 있다는 부인의 말을 의심 없이 받아들였다.   [O / X]
04. 신선은 쌍용사 부처님의 명을 받고 상제를 모시는 선녀와 함께 부인의 꿈에 찾아왔다.   [O / X]
05. 부인은 자신의 죽음을 예감하고 숙인에게 설홍을 어여삐 여겨 줄 것을 부탁하였다.   [O / X]

심층체크

1. 서로 같은 인물을 지칭하는 말을 찾아 짝지으시오.
   A. 설회분   B. 처사   C. 상공   D. 남자아이   E. 설홍   F. 공자
2. 서술자의 개입이 드러난 부분을 모두 찾아 밑줄 그으시오.

필수어휘 _ 반드시 암기하기

*부귀 : 재산이 많고 지위가 높음.
*처사 : 예전에, 벼슬을 하지 아니하고 자연에 묻혀 살던 선비.
*상제 : 흔히 도가에서, '하느님'을 이르는 말. ≒옥황상제, 옥황.
*일장춘몽 : 한바탕의 봄꿈이라는 뜻으로, 헛된 영화나 덧없는 일을 비유적으로 이르는 말. ≒남가일몽.
*자 : 본이름 외에 부르는 이름. 예전에, 이름을 소중히 여겨 함부로 부르지 않았던 관습이 있어서 흔히 관례 뒤에 본이름 대신으로 불렀다.
*흥진비래 : 즐거운 일이 다하면 슬픈 일이 닥쳐온다는 뜻으로, 세상일은 순환되는 것임을 이르는 말.
*천자 : 천제의 아들, 즉 하늘의 뜻을 받아 하늘을 대신하여 천하를 다스리는 사람이라는 뜻으로, 군주 국가의 최고 통치자를 이르는 말. ≒군주, 황제.
*백골난망 : 죽어서 백골이 되어도 잊을 수 없다는 뜻으로, 남에게 큰 은덕을 입었을 때 고마움의 뜻으로 이르는 말.

장면 02

　부인이 [설홍]을 안아 얼굴을 마주한 후 눈물을 흘리며 좋아하시다가 설홍을 부르며 하시는 말이
　"내 명이 다 되었도다. 서산에 지는 해를 뉘라서 머물게 하리오. 죽기를 생각하니 어찌 기막히지 아니하리오. [남]의 자식이 되어 [어미]의 죽음도 알지 못하는구나. 【독해 TIP】 진 숙인에게 자신을 대신하여 설홍을 돌봐 줄 것을 부탁하였기에, 설홍이 '남의 자식'이 되었다고 표현한 것이다. 눈을 들어 나를 자세히 보아라. 너를 늦게 얻어 쉽게 길러 양민의 집 숙녀를 취하여 원앙이 푸른 물에 노는 모습 보고자 하였더니 하늘이 나를 하늘로 돌아가게 하니 어찌 눈을 감으리오. 나를 부디 생각 말고 진 숙인을 날 본 듯이 여기어라."
　하고, 또 한 말씀 하고자 '진 숙인'이라 하다 혀가 굳어 말을 못하시자 탄식하였다. 슬프고 슬프다. 갈 길은 만 리에 이르렀고 가여운 설홍의 모습을 선뜻 떨치고 가지 못하여 몸은 방 안에 있고 혼백이 나와 설홍을 불러,
　"불쌍하다, 설홍아 너는 어미 없이 어찌 살려하는고. 죽은 어미를 생각지 말고 젖 달라고 울지 말고 서러워 말고 잘 있어라."
　하시며, 문 밖으로 나가려 하거늘 처사 말하기를,
　"[부인]이 홍을 두고 차마 몸이 떨어지지 아니하니 어찌 마음이 온전하리오."
　하고, 급히 대청 끝에 나서며 크게 불러,
　"부인은 설홍을 버리고 어디로 가시는가?"
　하며, 울면서 부르되 벌써 세상을 이별하고 지하로 돌아가시니 어이하리. 처사 설움을 가눌 길 없어 [진 숙인]을 붙잡고 크게 통곡하시더라. 설홍은 포대기에 싸여 세상을 어찌 알리오. 손으로 가슴을 만지며 젖을 물고 있은들 죽은 몸에 어찌 젖이 나리오. 젖꼭지를 빨고 우는지라. 처사 설홍의 움직임 보시고 잠깐 동안인들 살고 싶은 마음 어찌 있으리오. 설홍을 안고 달래며,
　"아무리 어린 것인들 네 어미가 떠났다는 소식은 알 것인데 젖을 물고 저리 조르는고? 지하에 돌아가 영혼이 [너]로 인하여 다시 오기 쉬울까? 죽긴 죽으나 영영 죽었으니 언제 볼까나. 부인은 어찌하여 가버리고 다시 못 올 곳을 돌아가는고?"
　하며, 발을 구르고 가슴을 치고 눈에서 서리가 솟아 창백한 얼굴에 흘러내렸다.
　즉시 시신을 씻겨 수의를 입히고 베로 묶어 관에 옮긴 후에 설홍을 생각하시며 식음을 전폐하고 【독해 TIP】 식음을 전폐한다는 것은 먹고 마시는 것을 그만둔다는 뜻으로, 고전 소설에서 사랑하는 사람이 죽는 등의 상황에서 깊은 슬픔에 빠졌을 때 자주 쓰이는 표현이다. 날로 서러워하다 그로 인하여 병이 났는지라, 밤낮으로 통곡하시니 얼굴이 수척하여 가까운 앞날에 위험이 닥친 듯 하였다.
　하루는 처사 숙인을 불러 손을 잡고,
　"슬프다, 이 병이 이렇듯 무거우니 어찌 살기를 바라리오. 숙인 너와 더불어 삼십 년 동지로 든 정을 떨치고 먼저 죽으니 가슴에 못을 지고 감이로다. 내 죽은 후에 가정의 크고 작은 일을 처리하고 또한 설홍을 날 본 듯이 양육하여 제사를 끊지 말라."
　하시고, 눈물을 흘렸다. 숙인이 말하기를,
　"이제 누구를 의지하여 세상을 바라보겠습니까. [공자]는 처사의 아들이시니 첩인들 생각이 다르리까. 그는 조금도 걱정 마옵소서." 하니, 처사 설홍을 붙들고 등을 어루만져 탄식하기를,
　"부모를 여의고 어찌 살까?"
　하며, 홍의 신세를 생각하니 가슴이 막혀 말을 못하고 세상을 떠나시는지라. 숙인이 이런 참혹한 일을 당하니 어찌 슬프지 아니하리오. 땅을 두드리며 통곡하였다. 시신을 관에 옮기고 즉시 장례를 지내는 날을 가려 구봉산 비봉 아래 부인의 무덤에 함께 묻어 주었다. 한동안 집안에 우는 소리가 그칠 날이 없었으며 숙인이 참혹한 일을 당한 후로 집안일을 돌보지 아니하고 술만 좋아하여 비복* 등이 견디지를 못할 정도였다. 이러한 상황을 어찌 다 측량하리오. 숙인이 시간이 지나면서 마음이 점점 어수선하여 잠을 이루지 못하다가 문득 생각하니,
　'설홍은 전생에 죄 지극히 무거워 부모를 잃었고 나는 설홍의 죄로 인하여 처사를 이별하고 홀로 세월 보내니 설홍은 나의 큰 원수라. 본래 아예 없었던 자식을 살려 두어 쓸데없다.'
　하고, 손으로 입을 막고 또 한 손으로 목을 들어 치니 설홍은 굶주려서 뼈만 남은 아이가 되었다. 숙인은 본디 사납고 악한 계집이라. 처사가 생각이 나면 설홍에게 분을 푸니 설홍이 쇠로 된 몸이 아니어든 어찌 명을 보전하리오. 숙인이 술이 크게 취하여 광기를 부리다가 시비* 운섬을 불러
　"내 설홍을 보면 곧 속에서 불이 타는 듯 하니 저것을 어찌 집에 두고 잠깐인들 보리오. 너는 남이 모르게 설홍을 안아다가 깊은 산중에 버려 굶주려 죽게 하라. 만일 내 말을 듣지 아니하면 설홍의 죄를 너에게 풀 것이니 신속히 행하라."
　하였다.
　이날 운섬이 명을 받고 홀연 생각하니 차마 못할 일인지라. 설홍을 가만히 안고 용문산 당월굴에 들어가니 이때는 동지섣달 기간이라. 돌로 쌓은 벽은 좌우에 성처럼 높고 나무는 짙푸르게 무성한데 설홍을 굴에 두고 빨리 집으로 돌아오며 이웃 사람들에게

말하기를,

"설홍 공자 한이 없는 슬픔을 당한 중에 젖도 제대로 먹지 못하고 죽었기로 부인 묘 아래 묻고 돌아왔노라."

하였다. 슬프다. 설홍의 다 떨어진 기저귀는 용문산 안개에 젖고 속옷은 짧아 발과 배가 드러나며 흐트러진 머리카락 눈에 턱에 날아들어 사람이 없는 적막한 산중에 배고픔을 견디지 못하여 젖 달라고 울다 지쳐 기운이 다하여 돌 위에 배를 붙이고 엎드려 있으니 속절없이 죽었구나. 불쌍한 설홍을 짐승의 땅에다 두었는데 세상 사람이 모르니 저를 죽인 것을 뉘 있어 알리오.

OX 문제

01. 인물의 외양을 묘사하여 성격을 제시하고 있다.   [O / X]
02. 처사는 죽은 부인에 대한 그리움을 이기지 못하고 식음을 전폐하다가 병에 걸렸다.   [O / X]
03. 타인에 대한 원망을 의문형 표현을 활용하여 드러내고 있다.   [O / X]
04. 숙인은 처사와 이별한 원인을 설홍의 탓으로 돌리며 설홍을 미워하였다.   [O / X]
05. 숙인의 명을 받은 운섬은 설홍을 부인의 묘 아래 버려둔 후 집으로 돌아왔다.   [O / X]

심층체크

1. 서로 같은 인물을 지칭하는 말을 찾아 짝지으시오.

 A. 설홍   B. 남   C. 어미   D. 부인   E. 진 숙인   F. 너   G. 공자   H. 저

2. 서술자의 개입이 드러난 부분을 모두 찾아 밑줄 그으시오.

필수어휘 _ 반드시 암기하기

*비복 : 계집종과 사내종을 아울러 이르는 말.
*시비 : 곁에서 시중을 드는 계집종.

장면 03

이때, 하늘이 도우사 맑은 하늘에 봉황새가 죽은 사람을 살린다는 전설 속의 약초를 물고서 내려와 설홍을 두 날개로 안아다가 절벽 안에 눕히어, 물고 온 풀을 조금씩 먹이니 이때까지 차던 몸이 데워지고 숨이 터져 나는 소리 있으니 가히 그 불쌍함을 어찌다 말할 수 있으리오. 봉황새가 지나가며 열매를 물어다가 먹이고 밤이면 날개로 깔아 덮어 주며 겨울을 지냈더니 설홍이 일취월장하여* 얼굴은 옥으로 깎은 듯 하였다. **독해 TIP** 고전 소설에서는 현실과 거리가 먼 이야기들이 종종 나오는데, 하늘이 인간의 일에 개입하여 주인공을 돕는 경우도 이에 속한다. 설홍은 본디 불에 익힌 음식을 모르고 선과*만 먹고 자랐으며 배우지 않은 글도 쉽게 알며 모르는 세상 일이 없을 정도이므로, 진 숙인에게 설움을 받아 그곳에 머물며 일어난 일을 돌아보며 울음을 터트리고 또한 제 신세를 생각하며 눈물로 세월을 보내더라. 그럭저럭 세월은 흘러 팔 년을 지내다가 어느 날 봉황새 홍의 무릎 위에 앉아 날개로 홍의 머리를 쓰다듬으며 수정 같은 눈물을 뚝뚝 흘리다가 배우산으로 날아가더니, 서산에 해 지고 달이 떴음에도 불구하고 끝내 돌아오지 않더라. 홍이 마음이 이상하여 봉황새 오는가 싶어 인근 산천을 두루 살펴보았지만, 봉황새는 어디가고 흰 구름만 날아들어 흑운산 좌우에 첩첩이 솟았는데 나는 새 기는 짐승이 모두 싫어하는 듯 하더라. 홍이 이에 슬픈 마음이 들어 울며 탄식하기를,

"전생에 무슨 죄를 지어 부모를 일찍 여의고 주인도 없는 빈산에 봉황새를 의지하고 무정한 세월만 헛되이 보내는가. 차라리 내 몸이 죽어 세상을 잊어버리는 것이 옳겠도다."

하고, 눈물을 그치지 못하더라.

말을 마치자 홀연 산골 오른쪽 길로 한 사람이 우뚝 나서며 크게 소리하거늘 놀라 살펴보니 얼굴은 창백하고 눈은 작은 방울 같은 놈이 검은 옷을 입고 손에는 쇠몽둥이를 들고 급히 쫓아오거늘 설홍이 죽은 사람의 영혼을 잡아간다는 사자를 보고 놀라 말하기를,

"이 골짜기에 무슨 이유로 어린아이를 이다지도 놀라게 하는 것입니까?"

하니, 사자가 답하기를,

"나는 염라국 사자라. 우리 왕이 너를 하루빨리 잡아 바치라 하시는데 너는 임금의 명령을 모르고 이다지도 거만하느냐?"

하며, 쇠몽둥이를 들어 냅다 치거늘 설홍이 놀라 몸을 솟구쳐 절벽 아래로 구르니 사자가 따라 굴러 내려와 허리에서 붉은 실을 꺼내 홍을 움직이지 못하게 묶고 쇠사슬로 목을 걸어 끌고 가면서 하는 말이

"어서 가자. 바삐 가자."

하며, 급하게 재촉하며 쇠몽둥이로 또 한 번 들어 냅다 치니 피가 여기저기 흩어지고 온몸이 꼼짝도 할 수가 없었다. 어쩔 수 없이 사자를 따라가는데 구봉산을 넘어 흑운산 명월당을 바라보며,

"슬프다. 명월당을 언제나 다시 볼꼬. 원수로다, 원수로다. 저승길이 원수로다."

하고, 눈물 흘리며 탄식하였다. 염라국에 돌아 들어가니 문 지키는 관원이 긴 창과 큰 칼을 들고 성문 좌우에 늘어섰더라. **독해 TIP** '염라국'은 염라대왕이 다스리는 나라, 즉 지옥을 의미한다. 고전 소설에서는 이와 같은 초월적 공간이 자주 등장하기에, 이러한 공간의 등장이 이후에 어떠한 사건으로 이어지는지 파악해야 한다. 또, 한 문으로 들어가니 한 사자가 이십 세 전의 아이를 매어 이끌고 오며 쇠붙이의 조각으로 피가 여기저기 흩어지도록 치거늘 홍이 놀라 사자에게 묻기를,

"저 아이는 무슨 죄로 저리 하시는가?" / 하니, 사자 답하기를,

"저 아이는 본디 알난국의 궁녀로 남편이 아닌 다른 신하와 은밀한 관계를 맺어 어진 성군을 죽이고 그 신하를 세우고자 하여 나라 안이 요란해졌다. 이에 가히 세상에 두지 못할 마음을 가진 인간인 까닭에 잡아가느니라."

하였다. 또 한 문을 들어가니 한 소년이 푸른빛을 띤 말에 금으로 된 안장을 지어 타고 여러 군사들을 거느리고 나오거늘 홍이 묻기를,

"저 소년은 어떤 소년입니까?" / 하니, 사자 답하기를,

"저 소년은 이국 사람이라. 본디 마음이 착한 고로 부모님께 효도하고 형제자매들과 화목하며 남을 공경하고 잘못된 일은 하지 않았으므로 선한 임금이 되어 가나이다."

하였다. 또 한 문을 들어가니 한 계집을 쇠사슬로 문에 묶어 두었는데 까마귀와 까치가 날아들어 눈을 파거늘 홍이 이르기를,

"저 여인은 무슨 죄로 저러합니까?" / 하니, 사자 대답하기를,

"저 여인은 거짓말을 잘 하고 남을 이간질하여 입술이 천한 여자요, 죄 없는 사람을 서로 상하게 하여 말다툼하기 일쑤라. 그 죄로 저러하니라."

하였다. 또 한 문을 들어가니 한 여인이 곱게 차려 입었는데 여러 빛깔의 고운 구름을 타고 옥피리를 불며 뚜렷이 나오거늘 홍이 묻기를,

“저 여인은 어찌 저리 귀하게 되었으며 어디로 갑니까?” / 하니, 사자 대답하기를,

“저 여인은 서안국 산현의 자식이라. 어려서 일찍 부모를 여의고 의지할 곳이 없으나 재물로서 사람을 많이 살리더니 삼 년이 못 되어 수만 금의 재물을 아끼지 아니하여 모 선녀 되어 가나이다.” / 하였다.

OX 문제

01. 초월적 공간을 설정하여 사건을 새로운 국면으로 전환하고 있다.   [O / X]
02. 설홍은 봉황새가 물고 온 약초를 먹고 되살아났다.   [O / X]
03. 염라국 사자는 거만하게 구는 설홍을 벌하고 오라는 임금의 명령에 따라 설홍을 쇠몽둥이로 혼내 주었다.   [O / X]
04. 서술자의 개입을 통해 사건의 전모를 밝히고 있다.   [O / X]
05. 설홍은 죄를 저지른 사람들이 형벌을 받는 모습을 보고 두려움을 느꼈다.   [O / X]

심층체크

1. 서로 같은 인물을 지칭하는 말을 찾아 짝지으시오.
 A. 설홍   B. 한 사람   C. 어린아이   D. 사자   E. 너
2. 서술자의 개입이 드러난 부분을 모두 찾아 밑줄 그으시오.

필수어휘 _ 반드시 암기하기

*일취월장하다 : 나날이 다달이 자라거나 발전하다.
*선과 : 신선이 먹는 과일이라는 뜻으로, '복숭아'를 달리 이르는 말.

06 설홍전

장면 04

이윽고 사자가 안으로 들어갔다. 번개 같은 소리가 나거늘 놀라 바라보니 황색 두건을 쓴 사자가 왕방울을 차고 사나운 호랑이와 같이 달려들어 설홍을 잡아가거늘 설홍이 죽은 듯이 엎드렸더니 천상의 염라대왕이 분부를 내리시되,

"너는 내 분부를 들으라. 네가 애초에 자미성을 지키는 별의 선관*으로 있으면서 상제를 모시는 선녀에게 글을 지어 화답한 죄로 인해 인간 세상에 내쳐져 명나라 금능땅 앵무동 설회분의 자식이 되었더니, 또한 부모를 일찍 여의고 여러 번 죽을 고비를 넘겼고, 그 선녀는 명나라 왕 승상의 딸이 되어 고생하며 지내므로 천정배필*을 정하였거니와 너는 무슨 일로 하늘의 명령을 거스르며 봉황새로 하여금 상제에게 바치는 하늘나라에서 나는 선과를 네 힘으로 앗아가 먹었으니, 이 사실을 상제께서 아시고는 봉황새를 잡아 가두고 선과를 맡은 선관을 귀양 보내시니 이는 다 너로 인해 생긴 일이라 내가 죄를 묻고자 잡았으니 네 죄의 사실 여부를 바로 아뢰어라." **독해 TIP** 영웅 소설에서 흔히 등장하는 '적강 모티브'로, 이는 신선이 인간 세상에 내려오거나 사람으로 태어나는 것을 의미한다. 해당 부분처럼 "너는 본래 선관인데, 선녀에게 글을 지어 화답한 죄로 인간 세상에 내려가 설회분의 자식이 된 거야."라는 식으로 전개된다.

하셨다. 설홍이 정신을 차려 아뢰기를,

"소자 전생의 죄가 무거워도 알지 못하거니와 소자 어찌 하늘의 명령을 거스를 것이며, 또 상제께 바치는 선과인 줄 어찌 알고 먹었겠사옵니까. 소자 생각해 보니 발 앞에 떨어진 열매를 봉황새가 물어 주었기에 먹었던 것이오니 죽어도 이 죄 밖에는 없사옵고 엎드려 비오니 대왕은 통촉하옵소서*." / 하였다.

염라대왕이 설홍의 말을 들으시고 다시 지시하시되,

"너를 지옥에 가두어 세상에 내보내지 아니하려 하였더니 네 말을 들으니 그렇겠구나. 네가 세상에 나가 고생하며 지내긴 하나 하늘의 명령이 있어 풀어 주거니 이후에는 다시 이런 잘못이 없도록 하라."

하시며, 문 밖에 내치더라. 명령하는 소리가 나거늘 설홍이 죄를 면하고 세상으로 나가게 되었으나 길을 알지 못하여 두루 걸어 다니며 울었다. 이때 설 처사 흰 구름을 잡아타고 지나가다가 마침 보니 설홍이 홍문 앞에 머리를 끌고 발로 땅을 두드리며 팔을 저어 하늘을 우러러 슬피 통곡하거늘, 처사 한편 슬프고 한편 기뻐 흰 구름을 멈추고 설홍을 불러 손을 잡고 눈물을 흘려 얼굴에 대며 탄식하여 말하기를,

"너는 나를 모르느냐?"

하니, 홍이 울음을 그치고 여쭈되,

"소자 어찌 지위가 높은 분을 알겠사옵니까?"

하니, 처사 이 말 듣고 눈물을 흘리며 말하기를,

"나는 너의 부친 되는 사람이라. 너를 두고 봉래산에 간 지 어느새 팔 년이라. 네 어미는 아느냐? 네가 무슨 이유로 이곳에 들어와 우느냐?" **독해 TIP** '봉래산'은 중국 전설에서 등장하는 신성한 산 중의 하나이다. 설홍의 아버지인 설 처사가 죽은 후 신선이 되어 구름을 타고 가다가 설홍을 만난 것으로 이해하면 된다.

하였다. 홍이 그제야 아버지인 줄 알고 얼굴을 또 다시 보며 일어나 두 번 절하고 말씀드리기를,

"봉래산이 여기서 얼마나 멀기에 한 번 가시면 다시 오실 줄 모르십니까?"

하며, 부모를 잃은 후에 진 숙인에게 미움을 받아 흑운산 골짜기에 버려진 이야기와 봉황새가 구해 주어 겨우 목숨을 건져 살게 된 이야기를 하며,

"뜻밖에 염라대왕이 죄를 물어 잡혀 이곳에 이르렀으나 염라대왕의 넓으신 덕을 입어 살았거니와 바깥 길을 몰라 이곳에서 우나이다."

하였다. 처사 말하기를,

"네 일을 대강 알거니와 이 또한 하늘이 준 운수로다."

하시고 설홍을 안아 흰 구름을 잡아타고 낙수 삼천 리를 건너가니, 물결은 잔잔하여 하늘에 닿아 있고 연꽃은 가득 피었는데 두 선관이 마주 서 파초 잎을 꺾어 들고 바람과 구름을 몰아 뚜렷이 올 때, 한 선관이 거문고를 흥겹게 켜거늘 홍이 처사에게 고하기를,

"저기 오는 이는 뉘십니까?" / 하니, 처사 말하기를,

"고래 타고 오는 선관은 달을 바라보고 즐기는 이태백이요, 거문고를 희롱하는 이는 왕자진이로다."

하였다.

OX 문제

01. 권위 있는 인물의 중재를 통해 인물 간의 갈등이 해소되고 있다.   [O / X]
02. 과거 사건에 대한 회상을 통해 현재 사건의 원인을 제시하고 있다.   [O / X]
03. 상제를 모시던 선녀는 죄를 짓고 인간 세상에 내쳐져 왕 승상의 딸로 태어나게 되었다.   [O / X]
04. 염라대왕은 선과를 먹은 사실을 부인하며 억울함을 호소하는 설홍을 꾸짖었다.   [O / X]
05. 설 처사는 설홍이 흑운산 골짜기에 버려진 것을 하늘이 정한 운수라고 생각한다.   [O / X]

심층체크

1. 지칭하는 대상이 <u>다른</u> 하나를 고르시오.

  A. 설홍   B. 선관   C. 설회분의 자식   D. 소자   E. 설 처사   F. 너

필수어휘 _ 반드시 암기하기

*선관 : 선경(신선이 산다는 곳)에서 벼슬살이를 하는 신선.

*천정배필 : 하늘에서 미리 정하여 준 배필이라는 뜻으로, 나무랄 데 없이 신통히 꼭 알맞은 한 쌍의 부부를 이르는 말. ≒천정인연.

*통촉하다 : 윗사람이 아랫사람의 사정이나 형편 따위를 깊이 헤아려 살피다.

장면 05

그곳을 다 지나고 삼신산에 올라가니 높이가 수천여 길이요 좌우로 암벽이 깎아 놓은 옥인 듯 하고 온갖 화초가 활짝 피어 있었다. 그 가운데 여러 선관이 바둑을 두거늘 홍이 처사께 여쭈되,

"저 사람들은 뉘십니까?"

하니, 처사 말하기를,

"동쪽 편에 흰 돌을 들고 앉은 이는 두목지요, 서쪽 편에 흑돌을 들고 앉은 이는 소동파요, 그 뒤의 구슬이 달린 작대기를 들고 어깨너머로 비껴 보며 못 둔다 하고 끼어들어 말을 하며 팔을 밀치고 자네 가자가자 하는 이는 백락천이로다."

하는데, 그 옆에 있는 사람의 머리는 하얀 눈 같고 얼굴은 복숭아꽃 같은 할미가 약초를 캐고 있거늘 홍이 여쭈되,

"저기 약초를 캐는 이는 뉘십니까?" / 하니, 처사 답하기를,

"천태산 마고선녀이니라."

하며, 홍을 옥탑 위에 앉히고

"너는 이곳에 있다가 너의 모친을 보고 가라. 나는 봉래산으로 가노라."

하고, 흰 구름을 잡아타고 가거늘 홍이 부친을 따라 가고자 하나 그럴 수가 없었다. 다만 눈물만 흘리고 앉았더니 문득 옥피리 소리 들리더니 부인이 고운 구름을 타고 지나가다가 홍을 보고 고운 구름에서 내려 얼굴을 마주하고 슬퍼하시다가 말씀하시기를,

"너를 세상에 버리고 이리 온 지 여러 해라. 일 년 삼백육십 일 가운데 하루도 너를 잊지 못하여 너의 얼굴을 한 번 보고자 하여 한이 마음속 깊은 곳에 맺혔더니 이곳에 와서 너를 만날 줄 어찌 알았으랴. 하늘이 무심치 아니하도다."

하고, 슬피 통곡하거늘 홍이 모친을 다시 보니 반가운 마음을 이기지 못하여 눈물을 흘리며 모친께 여쭈되 진 숙인에게 설움 받아 전후 고생한 말과 염라국에 들어와 부친을 뵈옵고 부친이 이곳에 데려다 놓고 봉래산으로 가셨다는 말씀을 낱낱이 고하니 부인이 들으시고 가로되,

"네 고생한 일을 내 대강 알거니와 너에게 달려가고 싶으나 너는 세상에 머무는 사람이라 어쩔 수 없구나. 이제 이별할 때가 되어 급히 나가거든 하늘의 명령을 어기지 말아라."

하시며,

"나는 연화봉으로 가니 부디 나가 인간의 다하지 못한 정을 죽은 뒤에 지하에서 만나 풀어 보자꾸나."

하고, 순식간에 가시거늘 홍이 모친과 이별하고 서러운 마음을 이기지 못하여 슬피 울부짖다가 바람과 구름이 몰려오며 벼락 치는 소리에 깨어나 보니 꿈인지라. **독해 TIP** 저승에서 설홍이 겪은 사건들이 모두 꿈속 장면이었음을 알 수 있다. 장면의 전환은 중요한 출제 포인트이므로, 체크하는 습관을 들여 두는 것이 좋다. 부친의 얼굴은 눈앞에 보이는 듯 또렷하고 모친의 말씀 귀에 울리는 듯 하더라.

이때 진 숙인은 설홍을 산중에 버린 후에 자연히 몸이 나른하고 피곤해 몹시 야위고 몸에 살 한 점이 없는 까닭에 점쟁이를 불러 물으니 점쟁이 말하기를,

"자식 같은 사람을 산중에 버리니 그 원한으로 인해 부인의 몸이 어찌 편하겠습니까? 그러한 일이 있거든 원한 맺힌 영혼을 착실히 풀어 주시면 몸도 자연히 편해지고 죽기도 면할 것입니다."

하니, 부인이 이 말을 듣고 속으로 생각하되,

'원통하게 죽은 설홍의 혼이로구나.'

하고, 이튿날 시비를 불러 말하기를

"설홍을 산중에 버린 지 여러 해라. 굶어도 죽었을 것이요 얼어도 죽었을 것이니 제 죄는 만사무석*이라 산중에 썩어도 아깝지 아니하지만, 처사의 아들이므로 뼈나 찾아다가 제 부친 묘 아래 묻어 주라."

하였다. 시비 운섬이 명령을 따라 흑운산 당월굴 아래로 들어가 살피니 뼈가 한 개도 없는지라. 마음에 생각하되 설홍은 어린아이라 분명 무슨 짐승이 잡아먹었으리라 생각하고 집으로 돌아오고자 하였으나, 갑자기 어디서 울음소리가 들리거늘 이상한 생각이 들어 소리를 찾아가니 과연 아이가 바위에 앉아 울거늘 그 아이에게 물어

"공자는 뉘시기에 사람이 없는 이런 산중에 앉아 우나이까?"

하니, 설홍이 울음을 그치고 한참을 보다가 가로되,

"나는 금능땅 앵무동 설 처사의 아들 홍이오니 일찍 부모를 잃고 이곳에 와 머뭅니다."

하였다. 운섬이 그제야 설홍인 줄 알고 거짓으로 반기는 체하며

"저는 공자 댁의 시비 운섬이오니 부인께서 공자를 데려오라 하옵기로 왔나이다."

하며, 안아 노복*의 등에 업히니 설홍이 생각하되,

　'부인이 나를 버리고 연화봉으로 가시더니 이제 나를 데려오라 하시나보다.' **독해 TIP** 연화봉으로 간 '부인'은 설홍의 친모를 가리킨다. 연화봉으로 간 주체(= 설홍의 친모)와 설홍을 데리고 올 것을 명한 주체(= 진 숙인)는 각각 다르므로, 인물들의 발화를 토대로 각 주체가 누구인지 정확히 판단해야 한다.

　하고, 노복의 등에 업혀 갔다.

OX 문제

01. 꿈과 현실의 교차를 통해 앞으로 일어날 사건을 암시하고 있다. [O / X]
02. 부인은 설홍을 만날 것을 미리 알고 삼신산에서 설홍을 기다리고 있었다. [O / X]
03. 진 숙인은 산중에 버린 설홍이 죽어서 원한 맺힌 영혼이 되었을 것이라고 생각하고 있다. [O / X]
04. 독백을 반복하여 내적 갈등의 해결 과정을 드러내고 있다. [O / X]
05. 운섬은 바위에 앉아 울고 있는 어린아이가 설홍임을 한눈에 알아보았다. [O / X]

심층체크

1. 서로 같은 인물을 지칭하는 말을 찾아 짝지으시오.

　A. 처사　　B. 홍　　C. 부친　　D. 모친　　E. 자식 같은 사람　　F. 아이　　G. 공자　　H. 부인

필수어휘 _ 반드시 암기하기

*만사무석 : 만 번 죽어도 아까울 것이 없음.
*노복 : 종살이를 하는 남자.

설홍전

장면 06

운섬이 숙인에게 알리되,

"노복을 데리고 그 산중에 가오니 죽지 아니하고 살아 있기에 데려왔나이다."

하고, 홍을 숙인에게 보내니 부인이 홍을 보고 칼 같은 마음이 불꽃같이 일어나거늘 시비 운섬을 불러

"내 설홍을 보면 없던 병이 절로 나므로 너로 하여금 홍을 산중에 버려 죽게 하였더니 너는 내 말을 생각지 아니하고 자식 없는 사람에게 자식을 데려와 내 심장을 상하게 하니 어찌 노복 간에 정이 있다 하리오?"

하고, 은돈을 주며,

"남모르게 독약을 구하라."

하더라. 설홍은 이런 흉악한 꾀를 모르고 독약을 받아먹으나, 본디 불에 익힌 음식을 먹지 아니하고 선과만 먹은 탓으로 죽지는 아니하고 손과 발이 굳어 움직이지를 못하고 혀가 굳어 말을 못하고 얼굴에 검은 빛이 나며 몸에 검은 털이 가득하여 눈만 빠끔하니 갓 태어난 곰의 새끼 같더라. 진 숙인이란 사람의 마음이 악한 일 하기를 아침저녁으로 더하니 악하고 잔인한 자라. 부인이 더욱 미워하여 설홍의 모양을 보고 큰길 누각 위에 자리를 깔고 우리를 만들어 그 안에 가두고 이름을 인곰이라 하고 매일 나와 구경하되 작대기로 쑤시니 홍이 괴로움을 이기지 못하여 그 작대기를 피하여 이리저리 다니니 부인은 그리하는 움직임을 보고 더욱 기뻐 좋아하여 이리저리 쫓아가며 작대기로 무수히 찌르니 홍이 더욱 견디지 못하여 몸을 웅크리고 통곡하는 모양을 보고 손뼉을 치며 크게 웃더라.

슬프다. 설홍은 이러한 곳에 있으면서 더러운 음식을 먹고 누추한 기운을 쐬니 사람의 맑은 정신이 없더라. 홍이 탄식하여 말하기를,

"전생에 죄가 얼마나 무겁기에 어려서 부모님을 여의고 전에는 죽을 곳에 이르렀더니, 이제 또 이런 일을 당하니 어찌 슬프지 않겠는가. 슬프다. 숙인은 무슨 일로 이다지 참혹한 형벌을 주시는가? 하늘이 나를 불쌍히 여겨 봉황새를 주옵소서."

또한 탄식하며,

'진 숙인은 부모를 섬기던 사람이라. 나를 낳지는 아니하였으나 분명 내 모친인데 자식 사랑하는 정은 사람이 대개 지닌 것이요 본심에 있어야 할 바가 아니건만 이는 나의 팔자로구나.' 하고, 무수히 통곡하더라.

이전에 이웃집 노인 몇 명이 숙인에게 와서 안부를 여쭙거늘 숙인이

"자네들이 해가 지나도 오지 아니하더니, 오늘은 무슨 이유로 왔는고?"

하니, 노인 말하기를,

"남의 집에서 일을 하다 보니 자연히 올 기회가 없었습니다. 듣자오니 인곰이 있어 날로 사랑한다 하오니 한번 구경하고자 나왔나이다."

하거늘, 숙인이

"집에는 짐승을 기른 적이 없고 인곰이라 하는 말은 세상에 듣도 보도 못한 말이라."

하니, 노인들이

"할미가 수시로 오며 가며 이야기하니 전해 주는 사람이 있어 듣고 온 말입니다."

하니, 이 말을 자세히 아뢰니 할미 여쭈되,

"백성들이 모여 말하되 설 처사 댁에 인곰이 있어 집 뒤의 동산에 두고 날로 구경한다고 하오니 노인들이 구경하고자 왔나 봅니다."

하니, 숙인이 노인을 꾸짖어 말하기를,

"어디에서 말도 안 되는 말을 듣고 와서 남의 화를 돋우는가. 이는 나를 해치려 함이 아니리오?"

하고, 문 밖에 쫓아내거늘 노인 황급하여 하는 말이

"나가리다, 나가리다."

하였다.

숙인이 이 말을 들은 후에 생각하되,

"이 일이 만일 탄로 나면 나는 세상에서 버려진 사람이 되겠구나." **독해 TIP** 진 숙인은 설홍에게 독약을 먹여 인곰으로 변하게 한 일이 나쁜 일임을 자각하고 있다. 그렇기에 이 일이 발각되어 사람들에게 비난을 받게 될 것에 대해 염려하고 있다.

하고, 시비를 불러

"설홍이 전생에 죄가 무거워 저 모양을 하여 차마 밝히지 못하고 집안에 두었으나 남이 알면 제 죄는 없어지고 나의 잘못만 드러

날 것이니 설홍을 내 집 재앙의 근원이 되지 못하게 할 것이니 네가 오늘 밤 남모르게 데리고 가서 물속에 버리고 오너라.”

하였다. 시비가 명을 따라 이날 밤 삼경*에 설홍을 데리고 동쪽 강 천길 물속에 던지고 돌아왔다. 슬프다. 홍이 물에 빠져 거의 죽을 지경이 되었는데 난데없이 나무둥치가 파도에 실려 오다가 설홍을 등에 업고 만경창파*에 화살같이 가는지라. [독해 TIP] 하늘의 도움으로 설홍이 또 한번 죽음의 위기에서 벗어나게 되었음을 알 수 있다.

OX 문제

01. 편집자적 논평을 통해 현실의 비극성을 드러내고 있다. [O / X]
02. 두 공간에서 동시에 일어나는 사건을 병렬적으로 배치하고 있다. [O / X]
03. 설홍은 진 숙인의 흉악한 꾀로 인해 독약을 먹고 몸에 검은 털이 가득한 곰의 모습으로 변하였다. [O / X]
04. 설홍은 자식을 사랑하는 정 없이 자신을 작대기로 찌르며 괴롭히는 진 숙인을 원망하고 있다. [O / X]
05. 진 숙인은 설홍을 인곰으로 변하게 한 사실이 탄로 날까 두려워 시비를 시켜 설홍을 죽이고자 하였다. [O / X]

심층체크

1. 서로 같은 인물을 지칭하는 말을 찾아 짝지으시오.
 A. 숙인　　B. 설홍　　C. 자식　　D. 인곰　　E. 부인　　F. 내 모친
2. 서술자의 개입이 드러난 부분을 모두 찾아 밑줄 그으시오.

필수어휘 _ 반드시 암기하기

*삼경 : 하룻밤을 오경(五更)으로 나눈 셋째 부분. 밤 열한 시에서 새벽 한 시 사이이다.
*만경창파 : 한없이 넓고 넓은 바다.

설홍전

장면 07

한편 이때 북산도에 땔감이 되는 나무를 하는 아이가 해금을 타며 올라와 나무를 베다가 설홍이 우는 소리를 듣고 두루 살펴보니, 사람 같은 짐승이 바위 너머에서 울되 앞발로 땅을 두드리면서 무슨 소리를 내다가 구슬 같은 눈물을 흘리거늘 마음이 놀라 여러 아이들이 둘러싸고 소리를 질렀다. 그러나 그것이 무슨 짐승인지 모르는데다가 오도가도 아니하거늘 차차 가까이 서서 작대기로 찌르며 손으로 만지되 순하여 조금도 사람을 해칠 뜻이 없거늘, 여러 날 굶은 짐승인 줄 알고 화초를 꺾어 주니 먹지 아니하고 제가 가지고 온 밥을 주니 주는 대로 먹으며 앞발을 들어 비는 듯 하며 소리를 내더니 새카만 털 속에서 눈물이 나거늘 그중에 응백이라 하는 사람이 더욱 불쌍히 여겨 나무 위에 얹어 가지고 집에 돌아오니 동네 남녀노소 모두 그 짐승을 구경하고 말하기를,

"우리 북산도에 짐승이 많으나 이 짐승은 세상에 듣도 보도 못한 짐승이로다."

하며, 어떤 이는 잡아먹자 하고 어떤 이는 잡아 잔치에 쓰자 하나 응백이 말려 그 짐승을 데려다가 작은방에 두고 고기반찬을 갖추어 세끼를 먹이니 보는 사람이 뉘 아니 칭찬하겠는가? 응백이 잠시도 떠나지 아니하더라.

한편 이때, 회음 땅에 명선이라 하는 사람이 이 말을 전해 듣고 응백을 청하여 묻기를,

"귀댁에 괴이한 짐승이 있다 하오니 한번 구경해도 되겠습니까?"

하니, 응백이

"무슨 구경이 있겠는가마는 내 집에 오신 손님을 그저 가란 말씀은 맞지 아니하니 나를 따르소서."

하며, 작은방으로 들어가니 과연 한 짐승이 있으되 주인을 보고 몸을 일으켜 움직여 자리를 옮겨 앉거늘 곁에 가깝게 앉아 손으로 만져 보니 검은 털로 발을 안듯이 하고 비록 짐승이나 예절을 아는 듯 하더라. 명선이 응백을 불러 말하기를,

"이 짐승을 본즉 정말로 곰이 아니라 댁에 두어야 쓸데없을 듯 하오니 값을 후하게 받고 내게 파는 것이 어떠하오?"

하니, 응백이 대답하기를,

"어찌 임자 없는 빈산에 임자 없는 짐승을 값을 받고 팔겠소. 후에 지하에 들어가 그 죄를 어찌 하리오?"

하자, 명선이 좋은 말로 팔기를 원하여 달래어도 응백이 듣지 아니하더라. 명선이 손님방에 돌아와 잠을 이루지 못하고 아무리 생각해도 속을 가라앉히지 못하였는지라. 이날 밤 삼경에 가만히 작은방에 들어가 잠든 짐승을 훔쳐 가지고 달아났다. 응백이 이튿날 그 짐승을 보고자 하여 작은방에 들어가니 간 곳이 없어 두루 살펴 찾다가 손님방에 나와 보니 손님도 없거늘 그제야 그 사람이 훔쳐 간 줄 알고 여러 사람을 거느리고 뒤를 화살같이 따라가되 간 곳을 알지 못했다. 응백이 돌아와 미치광이처럼 취하여 실성한 사람 같더라. 이날 명선이 그 짐승을 데리고 집으로 돌아와 고기반찬을 갖추어 먹이고 채찍으로 때리며 춤추기와 온갖 재주를 시키니 슬프다. 설홍이 갈수록 팔자가 기박하더라*. 매를 이기지 못하여 갖가지 놀음을 하는지라. 명선이 보라색 비단 겹바지를 지어 입히고 황금 굴레를 끼워 끌고 큰 길거리를 두루 다니며 놀음을 시작하니, 술과 고기가 흔하고 은돈이 무수히 생기는지라. 사치도 많이 하고 집도 살 만해져 세상에 부족할 것이 없으나 설홍의 신세는 불쌍하더라.

세월이 물처럼 흘러 여러 해를 지남에 설홍의 발길이 안 닿은 곳이 없더라. 이날 소주 땅 구화동에 이르러 놀이를 시작하는데 남녀노소 모여 구경하니 세상에 보지 못한 짐승이라 색깔이 고운 옷을 갖추어 입고 앞발로 작은 북을 들고 한참 치다가 온갖 재주를 하고 앞발을 들고 섰더니 옥잔에 술을 부어 앞앞이 올리며 절을 공손히 하니 사람마다 술을 받아먹고 은돈을 많이 주니 그 재물이 적지 아니하더라. 왕 승상이라는 한 재상*이 나와 구경하여 그 짐승을 보니 제 주인을 두려워하여 재주를 잘 하나 그 괴로움과 슬픔을 이기지 못하여 검은 눈물을 털 속에서 흘리거늘 승상이 자연 슬픈 마음이 들어 그 주인을 불러 말하기를,

"저 짐승을 어디에서 데려왔으며 본디부터 재주를 잘 하더냐?"

하니, 명선이 여쭈되, / "이 짐승은 북산도에서 귀한 물건으로 하나밖에 없다고 들었습니다."

승상 말하기를,

"섬에 있는 짐승을 데려다가 은돈을 많이 얻으니 너는 좋지마는 저 짐승은 불쌍하지 않느냐? 내 은돈 백 냥을 줄 것이니 팔고 가라."

하거늘, 명선이 생각하니 은돈 백 냥도 적지 아니하거니와 승상의 말씀을 어찌 거역하리오. **독해 TIP** 당시에는 신분제로 인해 사회적으로 계급이 나누어져 있었으므로, 자기보다 높은 신분인 사람의 말을 따르는 것이 당대의 질서이자 도리였다.

"그리 하옵소서." / 하며, 그 짐승을 바치고 돌아갔다.

승상이 그 짐승을 데리고 집으로 돌아와 며칠을 머문 후에 시비를 불러 말하기를,

"이 짐승이 북산도에 있었다 하니 그곳에 남모르게 두고 오라." **독해 TIP** 영웅 소설에는 대개 고난을 겪는 주인공에게 도움을 주는 조력자가 등장한다. 설홍을 보고 연민을 느끼며 원래 있던 북산도로 돌아가도록 도움을 주는 '왕 승상'은 설홍의 조력자에 해당한다.

하니, 시비가 명을 따라 그 짐승을 데리고 남모르게 북산도에 버리고 오라는 말씀대로 하였다.

슬프다. 설홍이 승상의 손에 구해져 명선과 이별하고 그곳에 와 있으니 즐겁기는 끝이 없으나 배고픔을 이기지 못하여 풀로 머리를 받치고 나무 사이에 누웠으니 홀연 몸이 노곤하여 잠깐 졸았더니 한 노승이 나타나,

"공자는 전생에 무슨 죄로 저러한 털을 쓰고 이곳에 와 굶주려 죽게 되었는고?"

하며, 큰 주머니에서 대추를 내어 주면서 이것을 먹으라 하거늘 홍이 받아먹으니 배부르고 정신이 씩씩하더라.

OX 문제

01. 사건의 압축적 제시와 대화 장면의 제시를 통해 사건 전개의 완급을 조절하고 있다.　　　　[O / X]
02. 응백은 명선에게 은돈 백 냥을 받고 짐승의 모습으로 변한 설홍을 팔았다.　　　　[O / X]
03. 비유적 진술을 통해 인물이 처한 상황을 부각하고 있다.　　　　[O / X]
04. 명선은 인곰에게 색깔이 고운 옷을 입히고 온갖 재주를 부리게 하여 많은 재물을 모았다.　　　　[O / X]
05. 승상의 도움으로 명선에게서 벗어난 설홍은 안도의 눈물을 흘리며 나무 사이에서 잠들었다.　　　　[O / X]

심층체크

1. 서로 같은 인물을 지칭하는 말을 찾아 짝지으시오.
 A. 짐승　　B. 명선　　C. 그 사람　　D. 설홍　　E. 주인　　F. 공자
2. 서술자의 개입이 드러난 부분을 모두 찾아 밑줄 그으시오.

필수어휘 _ 반드시 암기하기

*기박하다 : 팔자, 운수 따위가 사납고 복이 없다.
*재상 : 임금을 돕고 모든 관원을 지휘하고 감독하는 일을 맡아보던 2품 이상의 벼슬. 또는 그 벼슬에 있던 벼슬아치. ≒상공.

장면 08

홍이 일어나 공손히 절하며,

"도사는 어디에 계시며, 무슨 일로 굶주려 죽게 된 인생을 살려 주시니 그 은혜가 백골난망이로소이다."

하니, 노승이 웃으며 말하기를,

"소승은 덕음산 쌍용사에 있사오니 주변을 다니다가 잠깐 굶주린 모양을 보고 위로하였거늘 어찌 은혜라 하오리까. 이곳을 떠나 북쪽 좁은 길로 수백 리를 들어가면 추용산이라 하는 산이 있고 그 안에 운담 도사 있사오니 그 도사를 만나 도를 닦는 방법을 배운 후에 왕 승상의 은혜를 잊지 마시옵소서."

하면서, 또 한 약을 주거늘 홍이 받아먹으니 노승의 은혜는 측량할 수 없더라. 그러나 곧 사라지거늘 이상한 마음에 두루 살폈더니 문득 뒷동산의 뻐꾹새가 뻐꾹뻐꾹 우는 소리에 깨어보니 꿈인지라. 일어나 자신의 몸을 살펴보니 몸에 가득하던 병이 없고 손과 발을 임의로 놀리면서 능숙히 말을 하니 죽은 재에서 다시 불꽃이 살아나 피운 것 같더라. 그제야 부처님이 베푸신 것인 줄 알고 공중으로 향하여 무수히 감사드리고 노승이 가르쳐 준 곳을 찾아가고자 하나 몸에 걸친 옷이 없으니 어디로 가리오. 나뭇잎을 따다가 얼기설기 꿰어 앞을 가리고 좁고 험난한 길로 떨어진 꽃잎을 밟아갈 때, 청산은 푸르고 강물은 잔잔하고 온갖 꽃이 활짝 펴 아름다운 와중에 두견이 슬피 울 제

'묻노라 저 두견아 네 어이 우짖는가! 네 울음 한 마디에 이내 심장 다 녹는다. 네 신세를 생각하니 나와 또한 같은지라. 철석같은 마음인들 아니 울고 어이하리.'

눈물 머금고 나무 사이로 점점 들어가니 그곳 경치 더욱 좋다. 푸른 소나무는 울울창창하고 푸른 대나무는 빽빽하며 청학 백학 깃들어 나는데, 바위 위에 올라가니 수간초옥*을 깨끗이 지었으되 운담 도사가 머무는 집이라고 뚜렷이 붙여져 있더라. 그 안에 들어가니 온갖 화초가 무성한데 군자의 기상을 상징하는 난초며 부귀를 상징하는 목란이라. 이러한 구경을 다 한 후에 설홍이 들어가 도사 앞에 절하며,

"소자 팔자 기박하여 하늘이 무너지는 일을 당한 후에 의지할 곳이 없사와 거센 바람의 한 조각구름 같이 다녔더니, 하늘이 준 큰 행운 덕으로 도덕군자의 제자로 있으려 하오니 도사님께서 가난하고 천한 인생을 구하시어 보살핌 아래에 두어 주옵기를 천만 바라나이다." / 하니, 도사 말하기를,

"너는 부모 친척이 없고 갈 곳 없이 다닌다 하는데, 너는 금능땅 앵무동에 사는 설 처사의 아들 홍이 아니냐?"

하였다. 설홍이 다시 여쭈되, / "과연 그러하거니와 어찌 아시나이까?"

하니, 도사 / "내 자연히 아노라."

하며, 동자를 명하여 옷 한 벌과 저녁을 재촉하여 주거늘 홍이 받아먹고 입은 후에 감사하며 말하기를,

"도덕군자에게 이르러 옷과 음식을 얻었사오니 은혜를 어찌 다 갚으오리이까?"

하니, 도사 말하기를, / "먹고 굶기는 다 그대의 팔자라. 어찌 나의 은혜라 하리오."

하시며, 이튿날 홍을 불러 같이 나쁜 기운을 타지 않게 깨끗이 몸가짐을 하시고 다시 평풍대에 올라 돌을 쌓고 삼백이십 일을 정성으로 빌어 힘을 얻은 후에 즉시 내려와 천문 지리를 배운 후 중국의 오래된 병서를 또 배우니, 설홍이 본디 재주가 뛰어나 한 가지를 가르치면 열 가지를 알고 열 가지를 가르치면 백 가지를 아는 까닭에 위로는 천문에 통하여 아래로는 이치에 다다르니, 비바람의 조화를 마음대로 하고 남에게 보이지 않게 몸을 감추는 술법이며 육경 육갑 오행 구궁팔괘를 마음속에 품었으니 이는 천하의 제일 이름난 장수이더라. **독해 TIP** '육경 육갑 오행 구궁팔괘'와 같은 낯선 어휘가 나오더라도 겁먹지 않아도 된다. 이는 우주 만물을 이루는 원리를 가리키는 어휘들로, 술법과 우주 만물의 원리를 모두 깨우칠 정도로 설홍의 재주가 뛰어남을 강조하기 위해 사용되었다고 이해하면 된다.

도사가 더욱 사랑하사 하루는 홍을 데리고 충용봉에 올라 손으로 하늘을 가리키며 말씀하시기를,

"저것은 천자의 주성이요, 이것은 너의 직성이라. 저성 귀성은 이러하고, 규성 실성은 이러이러하니라." **독해 TIP** '성'은 별을 의미한다. 이 부분에서는 도사가 하늘의 별을 가리키며 설홍이 본래 자미성을 지키는 별의 선관이었음을 드러내는 것이니, 하나하나 의미를 파악할 필요는 없다. / 하며, 하늘에 있는 각 별들의 방향을 말씀하시더라.

한편 이때, 한때 설홍을 불쌍히 여겨 은돈 백 냥을 내고 데리고 와 산에 풀어 준 소주성의 왕 승상이란 재상이 과거에 급제하여 소년 재상이 되었더니, 중년에 아내가 죽고 집안 살림을 맡길 사람이 없는 까닭에 고향에 돌아가 농업에 힘쓰더니, 집안은 부유하나 보살핌 아래에 아들이 없고 다만 딸 하나를 두었으되, 이름은 윤선이요 나이는 16세라. **독해 TIP** 고전 소설에서는 각 장면을 유기적으로 연결 지으니, 소설 속 인물의 관계를 잘 파악하는 것이 중요하다. 왕윤선은 장면 04에서 염라대왕이 말했던 선녀이자 설홍의 천정배필로 인간 세상에 태어난 인물이다. 시와 글씨가 뛰어나고 바느질과 실로 옷감을 짜는 일은 세상에 맞설 자 없을 정도였다. 승상에

게 한 명의 종이 있으되 이름은 돌쇠라 뜻이 거만하고 마음이 좋지 못하여 십분의 일도 공경함이 없고 남을 업신여기며, 유부녀와 은밀한 관계 맺기와 사람 치기 일쑤였다. 이런 소문이 돌고 돌아 본관 태수도 승상의 얼굴을 보아 모른 척할 정도였다. 사람마다 승상과 본관 태수를 원망하더라. 승상이 하루는 돌쇠를 엄하게 다스려 말하기를,

"이놈아, 네가 무슨 세력으로 마음대로 양반의 부인과 은밀한 관계를 맺고 사람을 마음대로 죽이느냐? 이런 말이 차차로 사람들에게 전해지면 원망은 내게로 돌아오니 만일 나라님까지 아시게 되면 너 하나로 인하여 한집안이 다 죽임을 당하는 끔찍한 재앙이 생길 듯 하니 앞으로는 그런 짓은 하지 말라."

하시며, 꾸짖으시고 달래었지만, 돌쇠는 본디 괘씸한 놈이라 승상의 말씀을 듣지 아니하고 도리어 자기를 해롭게 한다고 하며 조금도 마음을 고치지 아니하더라.

OX 문제

01. 배경 묘사를 통해 인물의 성격 변화를 암시하고 있다.　　　　　　　　　　　　　　[O / X]
02. 설홍은 노승이 준 약을 먹고 인간의 모습으로 돌아왔다.　　　　　　　　　　　　　[O / X]
03. 운담 도사는 설홍의 사연을 애처롭게 여기며 설홍에게 가르침을 줄 것을 자청했다.　　　[O / X]
04. 대화를 통해 인물 간의 위계나 관계를 보여 주고 있다.　　　　　　　　　　　　　[O / X]
05. 돌쇠는 자신의 평소 행실을 엄하게 꾸짖는 왕 승상의 말씀을 듣고 반성하였다.　　　　[O / X]

심층체크

1. 서로 같은 인물을 지칭하는 말을 찾아 짝지으시오.

　A. 도사　　　B. 노승　　　C. 소승　　　D. 운담 도사　　　E. 자신　　　F. 소자　　　G. 도덕군자　　　H. 도사님

2. 서술자의 개입이 드러난 부분을 찾아 밑줄 그으시오.

필수어휘 _ 반드시 암기하기

*수간초옥 : 몇 칸 안 되는 작은 초가. ≒수간모옥, 초가삼간.

장면 09

　한편 이때 황성 동촌에 사는 정연이라는 재상이 있어 왕 승상과는 죽마고우*라. 승상을 보고자 하여 편지를 보내니 왕 승상이 이 날 들어와 돌쇠를 데리고 황성으로 올라갔다. 길을 떠난 지 여러 날 지나 돌쇠가 집으로 돌아와 소저* 아래 꿇어 앉아 통곡하거늘 왕 소저가 놀라 묻기를,

　"아버지께서 병이 나셨느냐?" / 하니, 돌쇠 여쭈되,

　"승상을 모시고 가다가 우연히 승상께서 병을 얻어 온갖 약이 모두 효과가 없는지라. 이번 달 셋째 날 다섯 시에 세상을 떠나셨으니, 이에 너무나도 애통하여 어찌할 줄 모르다가 즉시 시신을 실어 묘지까지 나르는 가마를 메고 황성 여관에서 자다가 뜻밖에 화재를 만나 승상 신체를 태우고 왔나이다."

　하니, 소저 이 말을 듣고 기절하였다가 겨우 진정하여 지극히 슬퍼하더라. 이날 밤 삼경에 승상이 피를 흘리고 들어와 소저의 손을 잡고 눈물을 흘리며,

　"너를 두고 집을 떠난 후에 돌아오지 못하고 돌쇠의 손에 죽었으니 어찌 한심하지 아니하리오. 오늘 밤 삼경에 돌쇠가 들어와 너를 해하고자 할 것이니 돌쇠는 이 세상에서 같이 살 수 없을 만큼 큰 원한을 가진 너의 원수라. 죽어도 말을 듣지 말고 살아서 모월 모일의 금능땅 앵무동에 사는 설홍 공자가 이곳에 와 나의 원수를 갚아 주고 너의 분함을 풀어 줄 것이니 모쪼록 목숨을 잘 보호하고 있으라. 또한 그 사람은 너의 배필*이 될 것이니라. 예절을 생각하고 백년가약*을 잃지 말라. 그 사람은 집이 없는 손님이라. 한 번 가면 만날 기약이 어려울 것이니 명심하여 잊지 말거라." **독해 TIP** 꿈에 등장한 왕 승상이 딸에게 자신의 죽음과 관련된 진실을 밝히고, 앞으로 일어날 사건에 대해 예고하고 있다. 이를 통해 앞서 돌쇠가 왕 소저에게 한 이야기는 모두 거짓임을 파악할 수 있다.

　하며, 문득 사라지거늘 소저 놀라 깨어보니 꿈인지라. 그제야 돌쇠의 흉악한 꾀인 줄 알고 시비 난양을 불러 꿈의 일을 말하고 분함을 이기지 못하였다. 과연 이날 밤 삼경에 돌쇠가 길이가 석 자 정도 되는 긴 칼을 들고 들어와 소저 곁에 앉아 말하기를,

　"소저는 그 사이에 몸과 마음은 안녕하십니까?"

　하니, 소저 표정을 숨기고 대답하기를,

　"나는 천지를 이별한 사람이라. 어찌 편하다 하리오. 너는 집에서 자지 아니하고 어찌 왔느냐?"

　돌쇠 대답하기를, / "내 마음대로 들어온 것은 다름 아니라 소저와 오늘 밤 인연을 맺고자 왔나이다."

　하니, 소저 크게 노하여,

　"종과 주인의 사이가 분명한데 너는 위아래를 모르고 이러한 도덕을 심하게 위반한 죄를 범하니 하늘이 두렵지 아니하느냐?"

　하니, 돌쇠 소저의 말을 듣고 크게 분하여,

　"내 너의 가엾은 신세를 생각하여 인연을 맺고자 하였더니 너는 나를 천한 신분이라 여겨 이렇게 소홀하게 대접하니 왕후장상이 어디 씨가 있다더냐? **독해 TIP** '왕후장상이 씨가 있냐'는 높은 자리에 오르는 것은 가문이나 혈통 따위에 따른 것이 아니라 자신의 능력에 따른 것임을 이르는 말이다. 내 말을 듣지 아니하면 이 칼로 너의 목을 베리라."

　하고, 칼을 들어 소저의 목을 치려하거늘, 소저 속으로 생각하되,

　'내가 죽으면 부친의 원수를 뉘가 갚으랴? 제 마음을 달래어 나중을 봄이 옳다.'

　하고, 거짓으로 웃으며 말하기를,

　"이 미련한 놈아. 내 부친을 여의고 수일간 누워 잠자지 못한 줄은 너도 알 듯 하니, 돌아가 내가 찾을 때를 기다리라."

　하니, 돌쇠 그제야 칼을 놓고 말하기를, / "소저의 말씀이 당연하오니 사흘 후에 다시 오겠나이다."

　하고, 칼을 들고 나가거늘 소저 분함을 이기지 못하였으나 부친의 말씀을 생각하며 날로 설홍 공자가 오기만을 기다렸다. 삼 일이 지나지 못하여 돌쇠가 올 날을 생각하니 하루 밤이 남았고 설홍 공자는 아니 오니 이런 막막한 일이 어디 있으랴? 내 몸이 차라리 죽어 이도저도 모르는 것이 좋겠다 싶어 수건으로 목숨을 끊고자 하니 시비 난양이 붙들고 울며 말하기를, **독해 TIP** 당시에는 정절을 지키는 것이 여성의 의무로 간주되는 관습이 있었기에, 소저가 돌쇠에게 정절을 빼앗길 바에는 스스로 목숨을 끊어 자신의 정절을 지키려 한 것이다.

　"소저께서 죽으시면 승상의 원수를 뉘라서 갚겠사옵니까? 소비를 따라 쌍용사의 노승을 찾아가 그곳 스님과 같이 삭발하고 머물러 다음을 기다립시다." / 하였다. 소저 생각다 못해

　"네 말이 옳다." / 하고 통곡하니, 돌쇠 깊은 밤에 창검을 들고 들어와 앉아 말하기를,

　"소저는 기쁜 날에 이르러 어찌 이렇게 서러워하십니까?" / 하니, 소저 말하기를,

　"너는 내 아버지를 죽인 원수라. 게다가 분한 마음을 먹고 나를 범하고자 하니 너는 짐승이라. 너 같은 놈이 사람 모양을 하고 있는 것이 안타깝구나."

하니, 돌쇠 소저의 말을 듣고 분한 마음이 북받쳐 올라 눈을 부릅뜨고 소리를 높여 칼을 겨누며 말하기를,

"내 너를 지난밤에 죽여야 할 것을 네 간사한 꾀에 속았거니와 오늘 밤에는 네게 속지 아니할 것이라."

하고, 소리를 크게 지르며 달려드니 소저 계속 고함을 지르느라 목이 막혀 말을 못하다가, 크게 꾸짖어 말하기를,

"도마 위에 오른 고기가 어찌 칼을 두려워하리오. 이놈아, 칼로 찌르려거든 찌르고 베려거든 베어라. 내 죽은 혼이라도 너를 베어 원수를 갚으리라." / 하더라.

OX 문제

01. 과거와 현재를 교차하여 사건을 입체적으로 전개하고 있다.　　　　　　　　　　[O / X]
02. 시간 표지를 활용하여 사건의 추이를 드러낸다.　　　　　　　　　　　　　　　[O / X]
03. 돌쇠는 왕 소저에게 승상이 병을 얻어 세상을 떠났다고 거짓말을 하였다.　　　　[O / X]
04. 왕 소저는 악의를 품고 찾아온 돌쇠를 자신의 권위를 내세워 돌려보냈다.　　　　[O / X]
05. 난양은 목숨을 끊으려는 왕 소저에게 절에 머물며 승상의 원수를 갚을 때까지 기다리자고 설득하였다.　　[O / X]

심층체크

1. 서로 같은 인물을 지칭하는 말을 찾아 짝지으시오.

　A. 돌쇠　　　B. 원수　　　C. 그 사람　　　D. 집이 없는 손님　　　　E. 설홍 공자　　　F. 짐승

2. 서술자의 개입이 드러난 부분을 모두 찾아 밑줄 그으시오.

필수어휘 _ 반드시 암기하기

*죽마고우 : 대말을 타고 놀던 벗이라는 뜻으로, 어릴 때부터 같이 놀며 자란 벗.

*소저 : '아가씨'를 한문 투로 이르는 말.

*배필 : 부부로서의 짝.

*백년가약 : 젊은 남녀가 부부가 되어 평생을 같이 지낼 것을 굳게 다짐하는 아름다운 언약.

장면 10

한편 이때 **운담 도사** 설홍을 불러 이르기를,

"너는 세상에 나가 수많은 적에게 둘러싸여도 걱정 없으리라." / 하며,

"급히 산 밖에 나가 소주 구화동 **왕 승상**의 은혜를 갚으라. 나는 서쪽 익산봉으로 가리라."

하며, 남에게 보이지 않게 몸을 감추는 술법을 사용해 소리도 없는 바람이 되어 가거늘 설홍이 이에 따라서 그곳을 향하여 몸을 돌려 산 밖에 나오니 몸과 마음이 훤히 트여 눈앞에 겁이 없더라.

여러 날 만에 소주 구화동에 이르니 이미 날이 저무니 머무를 곳이 없었다. 마침 바라보니 한 집이 있으되 가장 깨끗하거늘 주인 없는 줄 알고 손님방에 머물렀더니, 이 집은 돈을 주고 설홍을 사다가 북산도에 버려 주었던 왕 승상의 집이라. 잠깐 조는데 승상이 와서 말하되,

"설홍 공자는 대접할 주인도 없는데 무슨 재미로 이다지 깊이 자는가? **선생**의 명을 받아 나를 찾아왔거든 소저가 사는 곳에 들어가 나의 **딸**을 살려 줌이 어떠하오?"

하고, 사라지거늘 설홍이 깨어 보니 꿈이었다. 그제야 **왕상국**의 집인 줄 알고 바로 그의 딸이 사는 곳에 들어가니 등이 밝게 빛나는데 방 안이 요란하거늘 급히 문을 열고 들어가니 어떤 한 놈이 길이가 석 자 정도 되는 긴 칼을 들고 앉았는데, **처자**가 방 안에 기절한 듯 쓰러져 있거늘 놀라 말하기를,

"그대는 어떠한 사람이기에 이 깊은 밤에 사람을 죽였는가?" / 하니, 돌쇠가 말하기를,

"나는 이 집 주인이라 **저 아이**가 내 말을 듣지 아니하기로 죽이고자 했거니와 너는 어떠한 아이길래 분수에 지나치게 남의 집에 들어와 이러한 말을 하느냐?"

하며, 설홍을 칼로 치거늘 홍이 남에게 보이지 않게 몸을 감추는 술법을 사용해 칼을 피한 후에 소저를 업어다가 순금으로 장식된 금고에 두 층 쇠로 된 용두 위에 세 겹으로 쌓은 돌로 돋우어 높이고 구름과 안개가 그려진 병풍 두른 안에 앉히고 상체를 살펴 소저를 구하니, 왕 소저 겨우 정신을 차려 묻기를,

"공자는 금능땅 앵무동 설홍 공자 아니요?"

하니, 홍이 대답하기를 / "과연 그러하나 소저는 저를 어찌 아십니까?"

하였다. **소저** 그제야 눈물을 흘려 말하기를,

"**부친**께서 몸에 피를 흘리시며 들어와 눈물 흘리며 탄식하기를 나는 돌쇠의 손에 죽은 몸이 되었으니 그 누가 알리요. 모월 모일에 설홍 공자가 이곳에 와 원수를 갚아 주리라 하셨기에 알았습니다. 돌쇠는 본디 악한 놈이라 몇 번이나 검을 차고 집에 들어와 나쁜 뜻을 먹고 더러운 말을 하기에 분함을 이기지 못하여 꾸짖었더니 칼을 들어 찌르려 하였나이다."

하며, 그동안의 모든 일을 설홍에게 얘기하였다. 이에 설홍이 크게 분하여 돌쇠를 꾸짖으며,

"이놈, 너는 승상 댁 노복으로 나쁜 마음을 먹고 승상을 죽여 소저에게 도덕을 심하게 위반한 죄를 저질렀으니 어찌 세상이 너를 용납하리오. 내 너에게 이 칼을 더럽히고 싶지 않으나 하는 수 없어 내 칼로 네 목을 베어 소저의 원수를 갚으리라."

하니, 돌쇠 눈을 들어보니 금고 위에 소저를 데리고 앉아 있거늘 돌쇠가 분함을 이기지 못하여 소리를 크게 지르며,

"이놈, 너는 처음 보는 사람인데 무슨 욕심으로 소저를 빼앗아 데려가느냐? 데려가지 못할 바에는 내 칼을 받으라."

하며, 온 힘을 다하여 칼을 들어 금고를 치거늘, 설홍이 조금도 흔들리지 아니하고 들어오는 칼을 꺾어 방으로 던졌다. 설홍이 웃으며 말하기를,

"이놈아, 너는 아직 포대기에 쌓인 아이라. 산을 뽑는 씩씩한 기상을 지닌 초패왕도 오강을 못 건넜거늘 신분이 낮고 보잘것없는 사내 주제에 어찌 역수를 건널 수 있겠느냐? **독해 TIP** 초패왕 항우가 한나라와의 싸움에서 패하고 오강에 이르렀을 때, 강을 건너지 않고 자결한 고사를 활용하고 있다. 왕조차도 강을 건너지 못하고 죽음을 맞이하였으니, 보잘것없는 노복 돌쇠의 죽음은 당연한 것임을 강조하고자 고사를 활용한 것이라 이해하면 된다. 네가 무슨 재주로 나를 당하겠느냐, 부디 시키는 대로 하라."

하니, 돌쇠 속으로 생각하기를,

'내 힘과 검술은 귀신도 감당하지 못하는데 이제 내 칼을 두 번이나 막았으니 이놈은 대단한 놈이라. 힘으로 다투는 것은 불가능하겠다.' / 하고, 주머니에서 오색 종이를 꺼내 다섯 방향을 지키는 다섯 신에게 지극한 정성을 다하여 말하기를,

"집안에 도적이 들어와 나의 **백년인연**을 빼앗아가고자 하니 이는 보통 놈이 아니다. 네 동시에 일어나 싸우라. 만일 동참하지 아니하면 군법으로 다스릴 것이니 속히 명령을 따르라."

하고, 바람을 주관하는 신에게 보냈더니 문득 공중에서 다섯 방향을 지키는 다섯 신이 깃발과 창검을 들고 해와 달을 희롱하여 거센 바람에 조각구름같이 동서남북으로 쫓아 들어와 설홍을 둘러싸고 화살과 돌이 비 오듯 하였다. 그러나 설홍은 조금도 흔들리

지 않고 술법을 베풀어 몸을 감추고 육갑 육경으로 오행 구궁팔괘를 24개의 방향에 붙여 두고 바람과 구름의 예측하기 어려운 변화를 마음대로 부리며 주역 육십사괘 중 잡귀를 쫓기 위한 주문을 소리 높여 읽으니, 다섯 방향을 지키는 다섯 신이 각각 방향을 잃었으니 어찌 용납이 되리오. 문득 거센 바람이 크게 일어나 사방에서 검은 구름이 일어나며 화살과 돌이 비 오듯 하는지라. 귀신 병사들이 견디지 못하여 갑옷을 버리고 슬피 울면서 달아나더라. 돌쇠 이러한 거동을 보고 어찌 두렵지 아니하랴. 목숨을 유지하고자 축지법을 써서 도망가거늘 설홍은 술법을 사용해 길을 막으니 돌쇠 크게 놀라 문 밖에 나오지 못하고 방 안에서 돌아다니다 생각다 못하여 엎드려 빌며 말하기를,

"소인의 죄가 많사오나 공자의 넓으신 덕으로 이놈의 불쌍한 목숨을 살려 주옵소서." / 하였다. 이에 설홍이 꾸짖어,

"이놈 너는 여러 가지 죄를 저지르고 어찌 살기를 바라리오. 네 내 말을 자세히 들으라. 승상은 무슨 일로 죽였으며 신체는 어디에 모셨느냐? 조금도 속이지 말고 끝까지 고하라." / 하니, 돌쇠 아뢰기를,

"소인의 죄가 이미 밝혀졌사온데 어찌 속이겠습니까? 제가 승상을 모시고 황성으로 올라가다가 행화촌 운무탄 흰 바위 아래에 버렸습니다." / 하였다. 독해 TIP 하층 계급인 돌쇠가 설홍을 공격하기 위해 온 힘을 다하지만 설홍이 이에 조금도 흔들리지 않는 모습은, 설홍을 노비인 돌쇠보다 뛰어난 능력을 지닌 양반 자제로 형상화함으로써 신분제 사회가 지배적이었던 당대의 사회상을 드러내는 것이라 볼 수 있다.

OX 문제

01. 힘의 우위를 바탕으로 갈등이 해결되고 있다. [O / X]
02. 왕 승상은 설홍의 꿈에 나타나 자신의 딸이 위기에 처했음을 알려 주었다. [O / X]
03. 인물의 성격을 고사에 빗대어 사건을 새로운 국면으로 전환한다. [O / X]
04. 설홍은 운담 도사를 통해 왕 승상이 돌쇠의 손에 죽은 사실을 알게 되었다. [O / X]
05. 돌쇠는 자신의 검술을 과시하며 설홍과 끝까지 힘으로 다투고자 하였다. [O / X]

심층체크

1. 서로 같은 인물을 지칭하는 말을 찾아 짝지으시오.
   A. 운담 도사   B. 왕 승상   C. 선생   D. 딸   E. 왕상국   F. 처자   G. 저 아이   H. 소저   I. 부친   J. 백년인연
2. 서술자의 개입이 드러난 부분을 모두 찾아 밑줄 그으시오.

설홍전

장면 11

이윽고 동쪽 하늘은 밝아 오고 왕 승상의 시신은 먼 곳에 있어 설홍이 소저에게

"나는 돌쇠를 데리고 승상의 신체를 찾아 모시고 올 것이니 소저는 몸을 조심하소서."

하고, 이날 돌쇠를 데리고 여러 날 만에 행화촌 운무탄에 이르렀다.

근처 백사장에 흰 바위가 있거늘 그 돌을 들고 보니 승상께서 얼굴에 피를 흘린 채 죽어 있었다. 설홍이 자연히 슬픈 마음에 울부짖다가 즉시 시신을 수습하여 본가로 돌아왔다.

이때 왕 소저 설홍을 보낸 후에 부친의 신체를 모시고 올 것을 하늘에 빌더라.

설홍이 승상의 신체를 모시고 들어오므로 왕 소저 급히 달려 나가서 신체에 얼굴을 맞대고 슬프게 우니 산천초목*이 다 서러워하는 듯 하더라. 새로 수의를 갖추어 깨끗이 하고 장례 일을 같이 하여 부인의 무덤에 함께 묻어 주었다.

설홍이 관을 묻은 후에 죽은 사람에 대하여 애도의 뜻을 나타낸 글을 지어 제사를 지내며,

"모년 모월 모일 모시에 금능땅 앵무동 사는 설홍은 감히 승상께 고하나이다. 소자 팔자가 기박하여 부모를 이별하고 짐승의 털을 쓰고 몸이 난처하였는데, 승상의 넓으신 덕으로 북산도에 들어가 털을 벗은 후에 다시 사람 몸을 하고 다니게 된 것은 모두가 승상 덕분이오니 죽더라도 어찌 잠시인들 잊겠사옵니까? 마침 승상 댁에 이르러 꿈에 승상께서 하시던 말씀을 듣고 소저를 구하고 승상의 신체를 찾아 편안하게 장사를 지내며 돌쇠는 베겠나이다."

하며, 한 잔 술을 올린 후에 울면서 말하기를,

"이 세상과 저 세상이 다른 법이오나 엎드려 바라건대 귀한 영혼께서는 편안히 잠드소서."

하고, 슬피 울부짖다가 돌쇠를 승상의 무덤 아래에서 베고 집으로 돌아와 며칠 머문 후에 떠나고자 하거늘, 소저 이 말을 듣고 시비 난양으로 하여금 설 공자를 불러,

"이제 떠난다 하오니 소녀는 어찌하시려 하나이까?" / 하니, 설홍이 대답하기를,

"하늘의 보살핌으로 우연히 이곳에 이르러 소저의 화를 구하였사오나 제가 어찌할 수 있겠습니까?" / 하니, 소저 말하기를,

"이 말씀은 여자가 드릴 말씀은 아니오나, 부친께서 말씀하시되 설 공자는 너와 천정배필이니 예절을 생각지 말고 백년가약을 잃지 말라 하시었습니다. 독해 TIP 당시에는 부모가 결혼 상대를 정해 주는 관습이 작용했기에, 혼인 당사자의 입장은 고려하지 않은 채 부모의 뜻을 따르는 경우가 많았다. 또한 소녀의 가엾은 목숨을 살려 주시고 돌쇠를 베어 부친의 원수를 갚아 주시니 그 은혜를 무엇으로 갚겠나이까? 원하옵건대 제가 공자의 곁에 머물며 이 백골난망의 은혜를 조금이나 갚고자 하나이다."

하니, 설홍이 말하기를,

"조그만 일을 큰 은혜라 하시니 도로 부끄럽습니다. 또한 소저의 소원이 그러하오니 하늘의 뜻을 어기지는 아니하겠사오나, 제 몸이 죄 중에 있사오니 천한 소생이 나갔다가 삼 년 후에 돌아와 소저의 소원대로 하겠나이다. 소저는 몸을 보호하옵소서."

하였다. 소저 말하기를,

"공자의 말씀이 당연하나 세상만사는 알 수가 없는 것이니 무슨 신표*라도 두고 가시옵소서."

하니, 설홍이 오른쪽에 쥐었던 부채 자루에 하늘에서 미리 정하여 준 인연이라는 글을 써서 주거늘 왕 소저는 옥으로 만든 가락지 한 쌍을 주며 말하기를,

"이것은 제가 평생 간직한 것이오니 설 낭군은 이것으로 믿음을 삼으소서."

하니, 설홍이 받아 주머니 속에 간직하고 문밖에 나와 강과 산을 정처 없이 떠돌았다.

한편 옛적에 진 숙인은 설홍을 물에 버리고 몹쓸 병이 들어 손과 발을 쓰지 못하고 온몸이 부어 말을 못하니 이런 이유로 집안의 재산을 다 써서 없애고 노복이 흩어졌더라. 숙인이 외로이 있어 작대기를 짚고 동서로 빌어먹고 다니니 사람마다 미워하여 얼굴을 보며 음식을 양이 차지 않게 주더라.

한편 이때 돌쇠의 동생 돌뿌리란 놈이 있으니, 큰 산을 지고 넓은 바다를 능히 건너는 용감함과 사나움을 가졌는데 큰 곳에 뜻을 두고 용화산 낙안 선생을 찾아가 술법을 배웠더라. 이날 돌뿌리는 제 형이 죽었다는 말을 듣고 산 밖에 나와 소주 땅 구화동을 찾아가 승상 댁에 이르니 사람의 발자취가 고요한 한밤중이 되었더라.

이때 왕 소저는 시비 난양과 함께 자고 있었는데, 승상이 들어와 말하되,

"일이 되어 가는 형세가 이와 같으니 어찌 예절을 생각하고 내게 걱정을 끼치느냐? 돌뿌리가 제 형의 원수를 갚고자 하여 문밖에 왔으니 어찌 네 몸이 온전하겠느냐? 시비 난양을 데리고 도망하여 목숨을 보호해라."

하시고, 문득 사라지거늘 깨고 보니 꿈이었다. 독해 TIP 고전 소설에서 꿈은 주인공이 위기에 처했을 때 이를 알려 주거나 모면할 수

있는 방법을 지시하는 기능을 하기도 한다. 여기서도 왕 소저는 꿈을 통해 돌뿌리의 위협으로부터 벗어날 수 있었다. 시비 난양과 꿈의 일을 말하고 있는데 문밖에 요란한 소리가 들리며 사람의 발자취가 들리거늘, 마음이 황급하여 급히 일어나 문을 열고 나와 사당에 들어가 위패*를 모시고 행장*에 간직하여 이날 밤 삼경에 도망하였다. 돌뿌리가 창검을 가지고 소저의 방에 쫓아 들어가니 등불이 빛나고 집안 살림은 옛날 그대로더라. 속으로 이상하게 생각하여 집 안을 두루 찾으니 사람이 또한 없는지라. 그제야 도망한 줄 알고 분함을 이기지 못하여 왕 상승의 집안 살림을 다 불태우고 방방곡곡으로 두루 찾으나 뜬구름처럼 곳이 없는 사람을 어찌 찾겠는가. 하늘을 탄식한 후에 용화산으로 갔다.

OX 문제

01. 악인의 횡포를 징벌함으로써 권선징악의 세계관을 드러내고 있다.   [O / X]
02. 설홍은 돌쇠를 처벌한 후 행화촌 운무탄으로 가서 왕 상승의 시신을 수습해 왔다.   [O / X]
03. 인물 간의 대화를 통해 사건 해결의 방안을 제시하고 있다.   [O / X]
04. 왕 소저는 설홍과 자신이 하늘의 연분임을 강조하며 혼인하기를 청하였다.   [O / X]
05. 진 숙인은 몸이 불편한 자신에게 음식을 충분히 주지 않은 사람들을 미워하였다.   [O / X]

심층체크

1. 서로 같은 인물을 지칭하는 말을 찾아 짝지으시오.
  A. 왕 상승   B. 돌쇠   C. 부친   D. 소저   E. 귀한 영혼   F. 소녀   G. 너   H. 형
2. 서술자의 개입이 드러난 부분을 모두 찾아 밑줄 그으시오.

필수어휘 _ 반드시 암기하기

*산천초목 : 산과 내와 풀과 나무라는 뜻으로, '자연'을 이르는 말.
*신표 : 뒷날에 보고 증거가 되게 하기 위하여 서로 주고받는 물건.
*위패 : 단, 묘, 원, 절 따위에 모시는 죽은 사람의 이름을 적은 나무패.
*행장 : 여행할 때 쓰는 물건과 차림.

06 설홍전

장면 12

한편, 이때 왕 소저 어두운 밤에 난양을 앞세우고 걸음을 재촉하여 북산도로 가 부친의 위패와 조상의 위패를 각각 차례로 묻고 슬피 울부짖다가 잠깐 졸았는데 승상이 꿈에 나타나 소저를 어루만지며 말하기를,

"네 이곳에 있어도 쓸데없으니 급히 떠나 편삼노로 바삐 가라."

하시고, 갑자기 사라지거늘 소저 깨달아 명령을 어기지 못하여 하직하고* 편삼노 수십 리를 들어가니 과연 한 노승이 길가의 넓고 평평한 큰 돌 위에 앉아 고개를 숙이고 졸거늘 반겨 곁에 앉으며

"도사는 어느 절에 계시기에 이곳에 앉아 계십니까?" / 노승이 대답하기를,

"소승은 연소암에 있는데 친가에서 오는 길에 이곳에 왔나이다. 소저는 누구시기에 이곳을 왔나이까?" / 하니, 소저 말하기를,

"소녀는 소주 구화동에 있어 팔자 기박하와 어린 나이에 부모를 잃고 몸을 의지할 곳이 없기에 중이나 되고자 하여 절을 찾아다니는데 하늘이 준 큰 행운으로 높으신 스님을 만났으니 보살핌 아래 두어 주옵기를 바라나이다."

하니, 노승이 말하기를,

"드릴 말씀은 아니오나 소승은 본디 가난하여 부처의 가르침을 실천하고 불도를 닦는 수행자를 정하지 못하였사오니 소저의 뜻이 그러하거든 소승을 따라 가사이다."

하며, 험악한 산길 백여 리를 들어가니 연소암이 은은히 보이거늘, 문에 들어가니 여러 스님들이 합장하여 절한 후에 묻기를,

"처자는 뉘십니까?" / 하니, 노승이 말하기를,

"소저는 소주 구화동 왕 승상의 딸로서 부모를 이별하고 중이나 되고자 하여 소승을 따라 왔나이다."

하였다. 이튿날 나쁜 기운을 타지 않도록 깨끗이 몸가짐하고 소저를 불러 머리를 깎이고 승명을 '월인'이라 하며 노승의 수행자가 되고 난양은 머리를 깎아 승명을 '들한'이라 하고 월인의 수행자가 되어 승려의 옷을 입고 아침저녁으로 불경을 외며 설 공자를 빨리 만나기를 빌었다. 그 노승은 심 시랑의 딸로 일찍 남편과 이별하고 중이 되었으니 승명은 용암이라 하였다. **독해 TIP** '승명'은 승려가 되는 사람에게 지어 주는 이름이다. 승려가 되면 속세에서 쓰던 이름을 쓰지 않고 승명을 사용한다.

한편 이때 설홍은 재주가 뛰어난 남자를 찾아 두루 다니다가 용화산에 들어가니, 한 소년이 선생을 모시고 불교의 뜻을 배우다가 푸른 하늘에 외기러기가 울고 가는 소리를 듣더니 은연중 당상 아래로 내려와 하늘을 우러러 몸을 솟구쳐 얼른 움직이니 머리 없는 기러기가 푸른 하늘에서 떨어지는데 사람은 사라지고 없었다. 마침 한 곳을 바라보니 서쪽 절벽 위에 한 소년이 칼로 제 몸을 덮어 사람이 오르지 못할 바위 끝에 번개같이 노닐며 바위 위에 얼른 올라서 하늘에 나타난 조짐을 살피는 듯 하더라. 설홍은 마음에 두려움은 있으나 근본을 알고자 하여 그곳에 이르러 그 사람에게 묻기를,

"그대는 뉘라 하십니까?" / 하니, 그 사람이 대답하기를,

"나는 돌뿌리라. 이곳에 선생을 모시고 술법을 배우거니와 그대는 뉘라 하십니까?" / 하니, 설홍이 대답하기를,

"나의 성명은 설홍이라 하거니와 그대의 힘은 세상에서 더 위에 할 자 없을 것입니다." / 하였다. 돌뿌리 말하기를,

"그대는 소주 구화동 왕 승상 댁에 돌쇠라 하는 놈이 승상을 죽인 후에 소저를 빼앗고자 함에 그 놈을 죽인 풋내기 아닙니까?"

하니, 설홍이 대답하기를, / "그러하옵니다."

하니, 돌뿌리 이 말을 듣고 크게 노하며,

"그 사람은 나의 형이라. 형의 원수를 갚고자 하여 그곳에 이르니 그 집이 비었기에 살림 도구를 불 지르고 너를 찾아다니다가 오늘날 이곳에 와서 만났으니 원수를 갚으리라." / 하며, 일어서더니 문득 가진 창검을 가지고 설홍을 치거늘 설홍이 꾸짖기를,

"이놈아 너는 하룻강아지라. 사나운 호랑이를 이기리오. 나는 비록 쌀가마도 들지 못하고 손에 창검은 없으나 어찌 너의 칼을 겁내리요?"

하니, 돌뿌리가 설홍을 가소롭게 여기다가 이 말을 듣고 더욱 크게 노하며 칼을 들어 치거늘 설홍이 몸을 피하고 은신하여 돌뿌리가 설홍을 업고 바람에 부쳐 물 위의 제비 노는 듯 하고 구름이 긴 먼 산의 사나운 호랑이 노는 듯, 장판교의 조자룡이 노는 듯 하니 이는 하늘 아래 이름난 장수라. **독해 TIP** '장판교의 조자룡'은 삼국지에서 조자룡이란 장수가 장판교 전투에서 유비의 아들을 구하기 위해 한 필의 말을 타고 조조군 진영을 홀로 뛰어들어 싸운 인상 깊은 장면 중 하나를 말하는 것이다. 이 부분에서는 삼국지의 내용을 인용하여 설홍의 영웅적인 모습을 부각하고 있다. 설홍이 돌뿌리의 등에 붙어서며,

"너의 힘을 아껴 살리고 싶다마는 네 마음이 괘씸한 죄로 죽이노니 나를 원망치 말고 저승으로 부디 무사히 돌아가라."

하며, 옷고름에 대고 긴 칼로 수박 꼭지 오려 내 듯 돌뿌리의 머리를 베어 바위 아래로 던지고 잡귀를 쫓기 위한 주문을 큰소리로 읽으니, 돌뿌리의 죽은 몸이 갑자기 솟구쳐 큰 나무를 잡아 부러뜨리니 그 나무뿌리가 빠지며 산이 무너지고 숲을 막는 듯 하더라. 한편 이때 낙안 선생이 작은 집에 높이 앉아 두 사람의 재주를 구경하다가 돌뿌리가 죽는 것을 보고 분한 마음이 하늘을 찌를

듯 격렬하게 북받쳐 올라 눈물 흘려 탄식하며,

　“내 어찌 저 아이를 살려 산 밖에 내보내리오.” / 하며, 설홍을 꾸짖어 말하기를,

　“네 꿈쩍 말고 몸을 높여 내 칼을 받으라.”

　하거늘, 설홍이 바라보다 놀란 마음에 되는대로 바람을 주관하는 신을 붙여 낙안의 진영에 던지니 억만 대병이 간데없고 벌건 쑥대만 빠졌거늘, 낙안이 구름과 안개에 휩싸여 달아나는 것을 신병을 거느리는 장수들이 내달아 둘러싸고 무수히 치니 낙안이 견디지 못하여 땅에 떨어지거늘, 낙안을 사로잡아 앞세우고 승전고를 울리며* 설홍 앞에 바쳤다.

OX 문제

01. 꿈을 꾼 주체를 돕는 역할을 하는 존재가 출현한다. [O / X]
02. 왕 소저는 꿈에 나타난 아버지의 명에 따라 편삼노로 가 노승 들한을 만났다. [O / X]
03. 돌뿌리는 형의 원수를 갚고자 신병을 거느리는 신을 불러 설홍을 공격하였다. [O / X]
04. 전기적 요소를 활용하여 비현실적 장면을 부각하고 있다. [O / X]
05. 낙안 선생은 자신의 제자가 죽는 것을 보자마자 두려움을 느끼고 달아났다. [O / X]

심층체크

1. 서로 같은 인물을 지칭하는 말을 찾아 짝지으시오.

　A. 왕 소저　　B. 소녀　　　C. 처자　　D. 왕 승상의 딸　　E. 월인
　F. 한 소년　　G. 그 사람　 H. 그대　　I. 풋내기　　　　　J. 저 아이

필수어휘 _ 반드시 암기하기

*하직하다 : ① 먼 길을 떠날 때 웃어른께 작별을 고하다. ② 어떤 곳에서 떠나다.

*승전고를 울리다 : (사람이) 시합이나 싸움에서 이기다.

설홍전

장면 13

설홍이 크게 잘못을 꾸짖어,

"내 그대에게 원한 산 일이 없는데 무슨 이유로 나를 해하고자 하는가?" / 하니, 낙안이 이르기를,

"공자께서 무슨 잘못이 있겠는가마는 돌부리를 죽였사오니 스승과 제자 간의 정을 저버리지 못하여 이리된 일이오니 죄가 될 수 없소이다." / 하자, 설홍이 대답하기를,

"내 그대를 죽이고자 하나 유명한 선생이요, 나 같은 아이 손에 죽으면 어찌 한 맺힌 귀신이 되지 않겠는가? 선생을 생각하여 놔주거니와 이후로는 이런 일 없도록 하라."

하였다. 낙안이 절하여 감사의 뜻을 표하고 용화산을 떠나 서쪽으로 가더라. 설홍은 즉시 물러나 산 밖으로 나왔다.

한편 이때 천자께서 나라에 인재가 없음을 한탄하고 과거를 실시하니, 각 도 각 읍의 글하는 선비들이 구름같이 모였는데 설홍은 일 푼도 없어 선비들의 책보자기를 들어 주고 그들이 먹다 남은 밥을 얻어먹고 황성에 다다라 사람 가득히 모인 과거 시험장 안에 들어서는데, 글 제목을 걸었거늘 문제를 풀며 생각하여 종이를 펼쳐 놓고 글을 단숨에 죽 내리 써 첫 번째로 글을 지어 바쳤는데 천자 그 글을 보고 칭찬하며 등급을 높이 매겨 벼슬을 내리시니 금능땅 앵무동 설회분의 아들 홍이라 하였다. 이날 과거에 급제한 사람을 부르니 설홍이 대궐 안으로 들어가 천자께 절을 올렸다. 천자 보시고 외진 골짜기의 <u>늙은 선비</u>인 회분의 말씀을 하시며 못내 사랑스러워 <u>한림학사</u>의 벼슬을 직접 내리셨다. 설홍이 감사드린 후에 대궐 문밖에 나와 머리에 어사화 모자를 쓰고 관복에 옥으로 만든 띠를 차고 금 안장을 달고 빠르게 달리는 말에 뚜렷이 앉아 장안 큰길 위에 나오니 음악을 연주하는 소리가 멀고 가까운 곳에 진동하고 잔치에서 춤추고 노래 부르는 아이의 모습은 범나비 꽃을 물고 노는 듯 하더라.

<u>설 학사</u> 이러한 기쁜 일을 맞아 한편 기쁘고 한편 슬퍼하였다. 설 학사는 한림원에 머물며 나랏일을 돕게 되었다.

한편, 이때 기주 땅에 참혹한 흉년이 들어 곳곳에 도적이 눈앞에서 점점 일어나거늘 천자께서 이 일로 걱정하여 <u>설 한림</u>으로 기주 도어사를 내리시고 말하되, / "기주에 내려가 때를 잘 살펴 죽게 된 백성을 건지고 무사히 돌아오라."

하시니, 설 학사 임금의 은혜에 감사하고 기주로 달려가 굶주려 죽은 백성들을 살펴 조사하니 천여 명이오, 살아 있는 백성은 굶주림을 견디지 못하고 배가 고파 사람끼리 서로 잡아먹고 있더라.

이에 창고의 곡식을 풀어 백성에게 나누어 주니 백성이 어사에게 만세를 부르더라.

어사 관청에 이르니 백성이 말하기를,

"덕천군 돌리봉의 곽섬이라 하는 장수가 수만 명의 병사를 거느리고 수일 안에 어사님을 치고자 쳐들어오고 있다옵니다."

하거늘, 어사 이 말을 듣고 덕천군도에 들어가니 과연 곽섬이라 하는 놈이 병사 수만 명을 거느리고 두 사람씩 짝을 이룬 대열로 재주를 자랑하였다. 어사 싸우고자 하나 손에 가진 것도 없고 재주와 검술을 알지 못하여 몸을 숨기는 술법을 행하여 몸을 감추니 곽섬이 설홍을 잃고 간 곳을 알지 못하여 두루 찾는 것을 보고 어사 크게 웃으며,

"곽섬은 여기 있는 나를 모르고 어디 가 찾느냐?"

하니, 곽섬이 돌아 바라보니 푸른 장막 밑에 부채를 들고 얼굴을 반만 내 놓고 서 있거늘, 곽섬이 사생결단*하자 하고 달려들어와 창검으로 치는데 어사 칼을 꺾어 진영 가운데 던지고 몸을 날려 곽섬의 투구를 벗겨 제치고 머리를 베어 그것을 황성으로 보내었다.

그 후 그곳 회음 땅에 이르러 명선을 잡아다가 죄인을 묶을 때 쓰는 붉은 줄로 움직이지 못하게 묶어 아래에 꿇리고 꾸짖기를,

"네놈 명선아, 네 얼굴을 들어 나를 보라. 내가 몇 해 전에 너한테 설움 받던 <u>응백의 그 짐승</u>이다."

하고, 목을 벤 후 그 재산을 흩어내어 회음 땅 굶주린 백성에게 주고 정산으로 향하였다. **독해 TIP** ▶ '명선'은 장면 07에 나왔던 인물로, 인곰이었던 설홍을 응백에게서 훔쳐 와 사람들 앞에서 강제로 재주를 부리도록 한 악인이다. 권력을 얻게 된 설홍이 자신을 괴롭혔던 악인 명선을 찾아가 처벌하는 모습이 그려지고 있다.

한편, 이때 황제는 어사가 보고한 문서를 보시고 그 공을 칭찬하시며 설홍에게 좌강로 겸 이부 상서의 벼슬을 직접 내려보내셨다.

이때 설 어사 북산도에 이르러 응백을 찾아가니 응백이 나와 여쭈오되,

"<u>상공</u>은 뉘시길래 어찌 저를 찾나이까?" / 하니, 어사 손을 잡고 눈물을 흘리며,

"나는 수년 전 주인이 북산도에서 거두어 기르던 짐승이오나 주인은 그 사이에 몸과 마음은 안녕하십니까?"

하니, 응백이 말을 듣고 크게 놀라며,

"그 말씀은 곧게 들을 말씀이 아니로소이다. 그렇다면 몸의 가득한 털은 어떻게 벗어 이리 멋있는 사나이가 되셨습니까?"

하니, 설홍이 말하기를, / "그 때 명선이란 놈이 나를 훔쳐다가 여차여차하였습니다."

하며, 소주 땅 구화동 왕 승상이란 재상이 계시는데 설홍의 불쌍한 몸을 생각하시고 은화 백 냥으로 사다가 북산도에 두고 간 일과 먼 섬의 쌍용사 부처님이 여차여차하시든 말씀과 약을 먹고 다시 사람 된 말씀이며 그 후 서울로 올라가 과거를 본 후 용문에 올라 기주 도어사로 나서게 된 말을 고하니 그제야 곧이들었다. **독해 TIP** '용문에 오르다'는 어려운 관문을 통과하여 크게 출세하게 되었음을 의미한다. 설홍이 곰에서 인간으로 다시 돌아온 후, '기주 도어사'의 벼슬을 얻게 된 과정을 요약적으로 설명하고 있다.

OX 문제

01. 인물들의 대립 구도를 통해 서사적인 흥미를 높이고 있다. [O / X]
02. 인물 간 대화가 오가는 장면을 보여 주어 이전 사건에 따른 다른 인물들의 현재 행선지를 드러내고 있다. [O / X]
03. 설홍은 자신의 잘못을 인정하며 용서를 구하는 낙안 선생을 풀어 주었다. [O / X]
04. 천자는 설홍에게 기주 도어사의 벼슬을 내려 장수 곽섬을 잡아올 것을 명하였다. [O / X]
05. 응백은 기주 도어사가 되어 자신을 찾아온 설홍을 바로 알아보지 못하였다. [O / X]

심층체크

1. 지칭하는 대상이 <u>다른</u> 하나를 고르시오.

  A. 늙은 선비   B. 한림학사   C. 설 학사   D. 설 한림   E. 응백의 그 짐승   F. 상공

필수어휘 _ 반드시 암기하기

*사생결단 : 죽고 사는 것을 돌보지 않고 끝장을 내려고 함.

장면 14

"회남 땅에 이르러 명선이란 놈을 바로 가서 죽이고 또한 늦었으나 그대의 은혜를 갚고자 왔나이다." / 하고,

"충분하지는 못하지만 그리던 정으로 뜻을 표하노라." / 하시며, 은돈 백 냥을 주시거늘 응백이 이 말을 듣고는,

"천하의 희한한 말을 듣나이다. 그때 상공을 잃고 이성을 잃은 상태로 사방으로 찾아다녔더니 다시 만나지 못하여 돌아와 잊지 못하다가 이렇게 짐승의 털을 벗고 온전한 몸이 되어 다시 만났으니 반갑고 기쁜 말씀 어찌 다 말하리요. 하늘의 명령을 받아 이렇게 되었으니 어찌 저의 공이라 하리요. 하오니 도로 거두옵소서."

어사 대답하기를,

"내 섬 중에서 갈 데도 없어 주인 만나지 못했더라면 세상의 설홍이 어찌 살아남을 수 있었겠습니까? 주인 부부께서 서로 마음으로 저를 돌보아 주셨고 내 또한 주인을 뵙고 그리던 정으로 이렇게 은혜를 갚게 된 것이니 거절하지 마십시오."

하니, 응백이 하는 수 없어 은돈을 받아 간직하고 어사를 데리고 작은방으로 들어갔다. **독해 TIP** 나쁜 짓을 저지른 인물은 벌을 받거나 죽으며, 착한 일을 한 인물은 상을 받는 고전 소설의 특징을 '권선징악'이라고 한다. 응백은 이전에 곰이 된 설홍을 보호해 준 일에 대한 보상으로 설홍에게 은돈을 받았다. 응백 부부 말하기를,

"상공께서 잠시 머물던 곳을 잊지 아니하고 집을 찾아와 중요하게 여기시며 성의를 표하시니 우리가 어찌 손님으로 이별하리오. 늘 신변을 각별히 조심하소서." / 하며, 정성이 지극하였다.

어사 응백 부부를 불러 말하기를,

"내가 이리 일의 이치에 어긋나지 않고 알맞게 되었고 주인 부부도 아무 탈 없이 편안함을 알았으니 어느 때 또 주인을 만나 보오리까. 주인은 내내 건강하소서." / 하였다. 응백 부부 한편 기쁘고 한편 슬퍼하며 탄식하기를,

"이제 떠나시면 생전에 어찌 다시 만나리오. 오호, 저의 팔자 기박하여 아들은 두지 못하였고 말년에 딸 매월을 두었더니 얼굴은 곱지 못하여 여태 둘 곳이 없었사옵니다. 허나 상공에게 부탁하고자 하오니 제 말씀을 저버리지 마옵소서." **독해 TIP** 실제로 딸의 모습이 아름답지 않아 혼인하지 못했다는 의미가 아니다. 응백 부부는 자신의 딸이 결혼하지 못하였음을 겸손하게 표현하여 자신의 딸과 설홍의 혼사를 추진하고자 한 것이다.

하였다. 어사 대답하기를,

"소저 주인의 잊지 못할 은혜를 생각하면 사소한 청을 어찌 피하겠습니까마는 이미 혼인을 약속한 곳이 있사오니 그렇지 않다면 은혜에 저버리는 말씀 어찌 드리리까." / 하니, 응백이 다시 여쭈기를,

"상공의 정실*됨을 바라오리까? 그저 보살핌 아래에 두시고 정과 도리나 잊지 아니하신다면 저희 부부 위로가 될 것입니다."

하니, 어사 그동안의 일을 생각하며 응백의 말을 듣고는,

"그렇게 하겠습니다." / 하며, 허락하시고 즉시 날을 잡아 매월을 배필로 맞이하였다.

한편, 이때 의관이 교지*를 올리거늘 북향사배하고 떼어 보니 좌강로 겸 이부 상서의 벼슬을 내린다는 내용을 보고 황제의 은혜에 감사하며 의관을 대접하여 황성으로 보냈다. **독해 TIP** 당대에는 최고로 높은 지위에 있는 임금을 공경하는 관습이 존재했기에, 남쪽을 향하여 앉아 있는 임금을 우러르거나 임금의 지시를 받을 때에는 북쪽을 향해 네 번 절하는 '북향사배'를 했다. 따라서 설홍처럼 임금의 은혜에 감사하는 마음을 표하고자 할 때에는, 임금과 같이 있지 않더라도 북향사배를 올렸다.

또한 이때 왕 소저 월인이 용암 스님을 모시고 영소암을 떠나 동정 완월산 극락암에 계시더니 하루는 뜻밖에 도적 수십 명이 들어와 스님들을 움직이지 못하게 묶어 기둥 위의 나무에 매달고 재물을 빼앗으며 집에 불을 지르니 갑자기 검은 연기가 하늘로 치솟았다.

이때 난양은 산에 올라 산나물을 캐다가 절 쪽을 바라보니 난데없는 불이 일어나 연기가 높이 솟아오르거늘 놀라 급히 내려와 보니 화재가 분명한지라 왕 소저와 용암 대사를 부르며 슬피 울부짖더니 어디서 소리가 나거늘 불꽃 사이로 살펴보니 뒤쪽 정원 기둥에 왕 소저를 묶어 매어 놓았거늘 불을 무릅쓰고 짚으로 만든 깔개를 둘러쓰고 소저를 업고 죽음도 두려워하지 않고 급히 쫓아 나와 건너 동쪽 사이로 내려와 놓고 보니 옷에 불이 붙어 살이 상하여 말하기 어려울 정도였다. 이러다 세상을 버리실 것 같았다.

난양이 크게 놀라, / "이런 비참한 일이 어디 있으리오."

하고, 땅을 치며 하늘을 우러러 탄식하다가 옷고름에 있던 칼을 빼서 다리에 피를 내어 소저의 입에 넣으니 이윽고 왕 소저 눈을 떠 난양을 보는지라. 왕 소저 겨우 정신이 차차 돌아오는 것 같았다. 난양이 그제야 울음을 그치고 일의 까닭을 물은 후 다시 용암 대사를 모시고자 하여 찾았더니 찾지 못하여 아마 세상을 버리셨나 하고 걱정하던 차에 용암 대사의 삼십 명 제자들이 대사의 신체를 찾아 화장하였다는 말을 고하니, 소저 이 말을 듣고 슬픔을 이기지 못하여 마음을 추스르지 못하고 눈물을 뿌리며 슬피 울부

짖었다.

난양이 생각하니 '먹을 것도 없고 또한 집도 없어 이 병든 소저를 데리고 잠시인들 이곳에서 어찌 살리오.' 싶어 소저를 업고 절에서 나가 마을로 내려가니 집이 빽빽하게 늘어서 있거늘, 소저를 업고 한 집에 들어가 하룻밤 자기를 청하니 주인이 나와,

"정성을 다하여 기도나 할 것이지 게다가 어디 있는 중인지도 모르고 불에 타 부정한 중을 업고 와서 재워 주기를 청하는가?"

하며, 밥 한술조차 주지 아니하고 등을 밀어 동네 밖에 내치거늘 난양이 슬픔을 이기지 못하여 적적한 달 아래 겨우 코앞의 지척을 분별하며 길을 걸어 첩첩산중으로 물을 따라 가니 이미 밤은 깊었다. 사람은커녕 짐승도 왕래하기 어려운 곳이라. 청산은 어둡고 컴컴하고 산새는 슬피 울어 마음을 더욱 슬프게 하는지라. 기운은 없어져 점점 약해지는데 나무의 밑동에 걸려 엎어져 놀라서 일어나니 왕 소저의 머리가 깨어져 피가 흘러 온몸에 흐르니 난양이 왕 소저의 머리를 어루만지며 통곡하였다.

난양이 말하기를, / "이 몹쓸 년아, 상전에게 정성이 부족하여 상전의 귀한 몸을 상하게 하였도다."

하며, 손으로 가슴을 쥐며 울었다. 잡초를 뜯어다 엮고 강가에서 옷을 벗어 빨아 말려 그 위에다 소저를 눕히고 솔잎을 뜯어 즙을 내어 소저 입에 따라 주며 난양도 먹었다. 이때부터 원인 모를 기운이 일어나며 조금씩 낫는 듯 하더라.

OX 문제

01. 현실 공간에서 느껴지는 불길함이 드러나고 있다.   [O / X]
02. 응백은 설홍이 감사의 뜻으로 전해 준 은돈 백 냥을 끝까지 거부하였다.   [O / X]
03. 설홍은 응백의 청을 외면하지 못하고 그의 딸을 정실로 맞이하였다.   [O / X]
04. 내적 독백을 활용하여 난관을 극복하고자 하는 의지를 표현하고 있다.   [O / X]
05. 화상을 입고 죽어 가던 왕 소저는 난양의 도움을 받아 가까스로 목숨을 구하였다.   [O / X]

심층체크

1. 서로 같은 인물을 지칭하는 말을 찾아 짝지으시오.

A. 상공   B. 어사   C. 딸   D. 소자   E. 배필   F. 월인   G. 부정한 중   H. 상전

필수어휘 _ 반드시 암기하기

*정실 : '본처('아내'를 첩에 상대하여 이르는 말)'를 달리 이르는 말. =본부인.
*교지 : 승정원의 담당 승지를 통하여 전달되는 왕의 명령이 쓰인 문서.

설홍전

장면 15

사람이 없고 밤이 깊어 적적한 태산의 구름은 오고가고 빈 산중에서 숨도 제대로 크게 쉬지 못하며 죽은 듯이 밤을 이겨내었는데 난양이 소저의 얼굴을 보니 두 눈은 아직 뜨지 못하더라.

이튿날 소저를 업고 가되 겨우 십 리를 가니 배는 땅에 붙으려 하고 발이 아파 한 걸음도 옮기지 못하였다. 나무 사이로 버들 열매를 훑어다가 둘이 먹으며 냇물을 마시고 풀을 뜯어 자리를 만들고 소저를 그 위에 눕히고 다리를 주무르며 밤을 지내는데 이윽고 거센 바람이 크게 일어나며 검은 구름이 덮이며 천둥하여 번갯불이 번득하며 처마 위를 치며 비가 오거늘, 슬프다. 소저는 의식이 흐린 가운데 출입도 못하고 죽게 된 몸이 제대로 끼니도 들지 못하고 밤이 되면 심해지고 정신도 오락가락 하는 중에 이 찬비를 맞고 어이 살까. 추위를 이기지 못하여 떨며 앓는지라. 난양이 어쩔 줄 모르고 제 몸으로 소저의 허리를 끌어안고 얼굴을 한 데 닿으며 비를 맞지 못하게 하며 울며 하늘에 빌며 이르기를,

"우리 소저 팔자 기박하여 어려서 부모를 잃고 맡겨질 곳 없어 삼발승이 되었고 이제껏 다니다가 이곳에 이르러 속절없이 죽게 되었으니 하늘이 살피시어 우리 소저를 살려 주옵소서." 독해 TIP 고전 소설에서는 흔히 하늘을 절대적 존재로 인식하여 하늘이 운명을 정해 준다고 믿었기에, 위험한 일을 겪거나 위기에 처하면 하늘에 간절히 빌었다.

하며, 빌기를 그만두지 않더라. 이윽고 비는 그치고 날이 새거늘 겨우 정신을 진정하고 뒤를 돌아보니 크기는 한 채의 집 같고 길이는 십여 장이나 되는 뱀이 머리 위에 엎드려 몸은 약 반토막 정도 끊어져 죽어 있는지라, 마음에 놀라 문득 생각하기를 밤에 하마터면 뱀의 밥이 될 뻔하였으리라 싶어 즉시 그곳을 떠나 소저를 업고 절을 찾아 여러 산이 겹친 산속으로 들어가니 층을 이루는 바위와 괴상하게 생긴 돌이 드리웠고 고운 풀 속에 구슬같이 아름다운 꽃이 좌우에 우거져 있는데 경치와 분위기가 사람 사는 세상이 아닌 듯하더라. 그 길로 종일토록 가도 사람 한 명 보이지 않고 어느새 해가 서산으로 떨어지고 새들은 날아드는데 배는 고프고 기운은 다하여 걸음을 옮기지 못하고 배고픔과 목마름은 심하고 소저는 업혀 신음을 하는 고로 잠깐 머물러 갈까 하고 시냇가 넓은 돌 위에 내려놓고 보니 소저 기운이 없어 몸을 가누질 못하고 목숨은 위태로운지라. 난양이 놀라 소저를 안고 울며 말하기를,

"우리 소저 금지옥엽*으로 태어나 여태 팔자 기박하여 이 깊은 산 외따로 떨어져 있는 구석진 마을에서 세상을 버리게 되었으니 선약*이 없으니 뉘 있어 살리리오."

하며, 크게 소리를 지르되 답이 없더라. 소저 겨우 눈을 뜨며 난양을 보고 탄식하기를,

"나는 죄악이 있어 이 고생 하거니와 부모를 잃고 깊은 산속의 골짜기에 와 서로 몇 해의 어려움을 견디며 어렵사리 목숨을 보전하여 불에 타 죽을 몸을 너의 구함을 입어 이 골짜기에 들어와 이제 오늘날 명이 다 되었으니 내 죄로 이런 곤욕을 치르거니와 너는 죄가 없다. 밤낮으로 온 힘을 다하여 나를 업고 여기까지 와서 공을 이루지도 못하고 내가 이리 죽어 가니 너는 내 죽은 후에 울지 말고 내 신체를 장사 지낸 후에 산 밖에 나가 설 낭군을 큰 행운으로 만나거든 네가 나를 위해 힘들여 애쓴 것을 전하여라. 생전에 서로 만나 백골난망을 다 갚지 못하고 이곳에서 죽으면 다시 만나지 못하리니 눈을 감고 제대로 가지를 못할 것 같구나. 부디 꼭 전하여라." 독해 TIP 왕 소저는 자신을 돌쇠로부터 구해 주고 아버지의 원수를 갚아 준 설홍에게 은혜를 갚지 못하고 죽게 되어 원통함을 느끼고 있다.

말을 제대로 하지 못하고 눈물만 흘리더라. 이윽고 조용하니 세상을 버리는 것 같았다. 칙칙한 삼경에 물소리는 요란하고 달은 높이 떠 있고 산새들은 슬피 울 때 소저의 명이 다하니 난양의 마음에 기가 막혀 하늘과 땅을 구별하지 못하여 잠시인들 살고 싶은 생각이 있으랴. 땅을 두드려 울며 하는 말이,

"불쌍한 이 귀신아 세상에 나만 두고 가는가. 죽기를 원하는 사람을 버리고 소중한 우리 소저를 모시고 가는구나, 친척도 없고 뉘와 더불어 밤을 새우며 소저의 장사를 혼자 어찌 하리요. 차라리 나도 죽어 소저를 쫓아 외로운 영혼을 위로함이 옳도다."

하고, 머리를 바위에 부딪치며 피를 흘리니 피가 온몸에 흐르더라. 아무리 죽고자 운들 하늘의 명령을 마음대로 하리요. 정성으로 하늘을 우러러 기도하며 말하기를,

"소저는 어려서 부모를 잃고 정처 없이 이리저리 빌어먹고 다니다가 이곳에 들어와 세상을 버리시니 밝은 하늘은 굽어살피시어 약을 내려 주시고 우리 소저를 살려 주옵소서."

하며, 빌기를 다하고 눈물을 흘리다 손가락을 깨물어 소저의 입에 떨어트리며 신체를 안고 누워 같이 죽고자 할 때 홀연히 하늘로부터 즉시 소리가 나거늘, 독해 TIP 조선 시대에서 시비의 신분은 비록 천민이지만, 평소 주인이 베푼 아량과 은혜에 보답하기 위해 목숨을 바치거나 충절을 드러내는 경우가 많았다. 죽어가는 소저의 모습을 본 난양이 '머리를 바위에 부딪치며 피를 흘리'거나 '누워 같이 죽고자' 하는 모습에서 이를 확인할 수 있다.

"조선의 난양은 들어라. 너의 소저는 천상의 선녀로서 상제를 모시던 선관과 더불어 화답한 죄로 지옥에 내려 보내 십 년 고생한

이후에 인간에 나와 여러 번 죽을 불운을 지나게 하시나니 하늘이 이때 이르러 죽게 한 것이니라. 너의 정성이 지극하여 환생초를 줄 것이니 소저를 급히 구하여라."

하였다. 받아 고이 열어 살펴보니 과연 세상에서 보지 못한 풀이거늘 찧어 물을 내어 소저 입에 떨어트리니 이윽고 숨이 터지며 눈을 떠 난양을 살펴보더라. 난양이 깜짝 놀라 두 팔과 두 다리를 주무르며 죽었다가 다시 사는 일은 이 세상에 처음이라.

"우리 소저 진정으로 하늘이 도우셨도다."

하며, 소저를 업고 첩첩산중으로 들어가니 천수암이 아직 멀리 보이나 마음은 멀지 않거늘 '이제야 무슨 걱정 있으리오.' 하였다.

OX 문제

01. 감각적인 배경 묘사를 통해 인물의 행동이 전개되는 상황의 낭만적 분위기를 부각하고 있다.   [O / X]
02. 정황을 전달하는 주체에 대한 부정적인 태도가 나타나 있다.   [O / X]
03. 난양은 자신들의 옆에 잠들어 있는 뱀을 피해 한밤중에 왕 소저와 함께 산속으로 들어갔다.   [O / X]
04. 왕 소저는 설홍을 다시 만나지 못하고 죽음을 맞이하게 된 자신의 처지를 한탄하였다.   [O / X]
05. 왕 소저는 본래 죽을 운명이었으나 난양의 지극한 정성 덕에 살아날 수 있었다.   [O / X]

심층체크

1. 지칭하는 대상이 <u>다른</u> 하나를 고르시오.
   A. 소저   B. 삭발승   C. 너   D. 귀신   E. 천상의 선녀
2. 서술자의 개입이 드러난 부분을 모두 찾아 밑줄 그으시오.

필수어휘 _ 반드시 암기하기

*금지옥엽 : 귀한 자손을 이르는 말.
*선약 : 신선이 만든다고 하는 장생불사(오래도록 살고 죽지 아니함)의 약.

설홍전

장면 16

난양이 중얼거리는데 문득 바위틈으로 백호 달려 나가 앞발로 흙을 파며 붉은 입을 벌리고 소리를 지르며 오거늘, 난양이 바라보니 눈이 어둡고 정신이 없어 어떻게 할 줄을 모르더니 또 난데없는 호랑이가 소리를 지르고 오거늘 난양이 혼비백산하여* 숨어 탄식하기를,

"슬프다. 이렇게 산짐승의 밥이 되는 것인가. 가다가 죽을지라도 어찌 앉아 죽기를 바라리오." 하고는, 소저를 업고 숲속으로 덤불을 헤치고 들어가니 하늘인지 땅인지 구별하지 못하겠고 한 걸음 한 걸음 들어가며 생각하니 살아날 길이 아득하였다. 그럭저럭 산으로 넘어가니 온갖 꽃 가득 피어 있고 대나무 숲 우거진 한 마을이 있거늘, 마을에 들어가 짚으로 만든 깔개를 얻어 가지고 나와서 소저를 누이고 모든 집마다 다니며 밥을 빌어먹었다.

한편, 이때 설 상서 의관을 보내고 매월과 더불어 즐기다가 홀연 왕 소저 생각하니 슬픈 마음을 이기지 못하셨다. 먼 산을 바라보고 생각에 잠겨 있는데 문득 헐벗고 굶주린 중이 들어와 밥을 얻어 가지고 문 앞에 서서 상서를 그윽이 보다가 여쭈기를,

"상공님은 모년 모일에 소주땅 앵무동 설 공자 아니십니까?"

상서 말하기를,

"그러하거니와 중은 어찌 알고 묻느냐?"

하니, 중이 다시 여쭈기를,

"소승은 왕 승상 댁 시비 난양이로소이다. 상공은 어찌 난양을 몰라보십니까?"

상서가 괴이 여기며 중을 불러 자세히 보니 난양이 분명하거늘 그제야 난양의 손을 잡고,

"네 어이 이 지경이 되었는고. 여기까지 왔다면 왕 소저는 어느 곳에 계시는가?" / 난양이 다시 여쭈기를,

"그때 상공이 집을 떠나 온 후에 세월을 보내다가 소저 꿈에서 승상의 말씀을 듣고 그날 밤 바로 삼경에 도망하여 우연히 용암대사를 만나 연소암에 가서 삭발하고 동정 완월산 극락암에 계시다가 전혀 생각지도 못한 날에 도적 수십 명이 들어와 모든 스님들을 죽이거나 묶어 놓고 불을 질렀습니다. 저는 소저를 구하다가 여차여차하여 여기까지 왔사오며 소저는 문밖에 계시긴 하나 목숨을 보존키는커녕 혼자 오고가지도 못하시는 중에 죽을 고생을 겪고 지금은 세상에 살아날 길이 없나이다."

하니, 난양의 말을 듣고 상서 크게 놀라며 버선발로 문밖으로 나가 난양의 뒤를 따랐다.

왕 소저 다리 밑에 짚으로 만든 깔개를 덮고 누웠으니 숨이 오락가락하거늘 상서가 이 참혹한 모습을 보시고 또한 승상의 옛 은혜를 생각하니 스스로 눈물이 떨어지는지라 소저의 깎은 머리를 어루만지며,

"불쌍하다 왕 소저여, 잔인한 이 신세를 차마 보지 못할 지경이로다. 천생연분 맺어 놓고 이렇게 세상을 버리시려 하나이까? 금능땅 앵무동 설홍이라오. 소저는 눈을 떠서 나를 보소서."

하며, 불러보나 대답이 없었다. 조금 있으려니 소저 겨우 눈을 뜨는 듯 하더니 도로 다시 눈을 감고 정신이 없어지는지라. 상서 슬픈 마음을 걷잡지 못하고 소리를 크게 내어 다시 부르니 소저 눈을 떠 상서를 향하여 입을 겨우 열며,

"뉘신데 이리 부르나이까?"

하니, 상서 슬픔을 이기지 못하여 소저를 안고 집에 돌아와 매월의 방에 고이 눕히고 약을 구하시더라. 이어 정신이 차차 돌아오는지라 진정하며 눈을 떠서 난양에게 묻자 난양이 대답하기를,

"이 집은 뉘 집인지 모르오나 곁에 앉아 있는 분은 앵무동 처사입니다."

하니, 소저 이 말을 듣자 진짜인가 하여 난양을 불러 손을 잡고 일어나 앉으며 상서를 보시고 반가운 마음을 어찌 다 말하리오. 마음을 가다듬지 못하고 눈물을 흘리며 목 안으로 말씀을 겨우 하시는데,

"상공은 참으로 금능땅 앵무동 설 낭군이 분명하니 꿈이면 깰까 하노이다. 작별하신 후로 어느 날 어느 시엔들 액운*이 안 든 적이 없었사오니 어찌 다 말씀드리오리까?" / 하며,

"크고 작은 일들을 생각하며 이별한 지 삼 년 동안 여태 안녕하셨으며 또 이곳에는 어찌하여 와 계시나이까? 첩의 가련한 목숨을 살리려고 왔나이까?" 독해 TIP '첩'은 정식 아내 외에 데리고 사는 여자, 결혼한 여자가 윗사람을 상대하여 자기를 낮추어 이르던 일인칭 대명사의 두 가지 의미로 사용된다. 해당 부분에서 '첩'은 후자의 의미로 쓰였으며 '왕 소저'를 지칭한다.

하면서, 지금까지 고생하던 말이며 여러 번 죽을 위기를 당한 말이며 난양의 구함을 입어 살아나 다시 만나기까지의 이야기를 대강 말하였다. 소저 이제 죽은들 무슨 한이 있으랴 싶어 눈물이 비 오듯 하였다.

상서 또한 한편 기쁘고 한편 슬퍼하시며 손을 들어 눈물을 닦으시며,

"나랏일이 우선이니 어찌 하리요? 소저는 과도히 슬퍼하지 마시고 기운을 안정하옵소서." / 하며 당부하였다.

설 처사 그때 소저를 이별하고 용화산에 들어가 돌쇠 동생 돌뿌리를 죽이고 황성에 올라가 과거 급제하여 한림학사가 된 이야기

와 이 집 주인 안부를 묻고자 왔다가 주인 딸 매월을 허락하여 첩으로 둔 일과 **독해 TIP** 여기에서 '첩'은 정식 아내 외에 데리고 사는 여자의 의미로, '매월'을 지칭한다. 또한 황제께서 곽섬을 물리친 공으로 좌강로 겸 이부 상서로 교지를 내리심에 의관을 따라 가고자 하다가 매월을 만난 지 수일이며 차마 마지못하여 잠깐 머물고 가려하였더니 이제 이곳에서 왕 소저를 만나게 되었다는 말을 낱낱이 하였다. **독해 TIP** 왕 소저와 설홍이 각각 겪었던 일을 요약적으로 제시함으로써 사건을 빠르게 전개하고 있다. 일반적으로 사건이 요약적으로 제시되면 서사는 빠르게 진행되고, 묘사와 대화로 제시되면 서사는 느리게 진행된다. 난양으로 더불어 소저를 업고 목숨을 구해 주었다며, / "더할 수 없을 만큼 큰 너의 은혜를 무엇으로 갚으리오." / 하니, 난양이 말씀드리기를,

"소저의 타고난 명이 그러하기로 오늘 만난 것이며 또한 하늘이 도우셔서 이곳에 와 만났으니 어찌 제가 구하였다 하오리까?"

하였다. 자연히 그간의 일을 말하시고 매월을 왕 소저에게 인사를 시키니 왕 소저 사랑하시며 매월 또한 소저를 섬기기를 부모같이 하더라. 또한 응백 부부도 왕 소저를 모시고 처소*를 떠나지 아니하며 간호하니 상서 더욱 응백 부부를 칭찬하더라.

소저 병석에 이불을 깔고 몸져누워 있는지라 상서는 황성에 돌아가지도 못하고 북산 아래서 하는 일 없이 세월만 헛되이 보내고 있었다.

OX 문제

01. 시간의 역전을 통해 사건의 진상을 밝히고 있다. [O / X]
02. 설홍은 난양을 통해 왕 소저가 자신과 가까운 곳에 있음을 알게 되었다. [O / X]
03. 여러 가지 사건이 동시에 발생하여 긴박한 분위기를 조성하고 있다. [O / X]
04. 왕 소저는 자신을 부르는 설홍의 목소리를 듣고 자신의 옆에 설홍이 있음을 알아차렸다. [O / X]
05. 매월은 설홍의 간호를 받으며 자신의 집에 머무는 왕 소저를 미워하였다. [O / X]

심층체크

1. 서로 같은 인물을 지칭하는 말을 찾아 짝지으시오.
  A. 설 상서   B. 굶주린 중   C. 설 공자   D. 소승   E. 소저   F. 앵무동 처사   G. 설 낭군   H. 첩
2. 서술자의 개입이 드러난 부분을 모두 찾아 밑줄 그으시오.

필수어휘 _ 반드시 암기하기

*혼비백산하다 : 몹시 놀라 넋을 잃다. 혼백이 어지러이 흩어진다는 뜻에서 나온 말이다.
*액운 : 액을 당할 운수.
*처소 : 사람이 기거하거나 임시로 머무는 곳.

설홍전

장면 17

한편, 이때에 만리장성을 지키던 수문장이 황제에게 아뢰기를,

"가달이 중국의 왕권을 무너뜨려 침략코자 하는 계획으로 용맹스러운 장수 천여 명과 군인 백만을 거느리고 성문 밖에 진을 치고 있습니다."

하거늘, 황제 듣고 크게 놀라 여러 신하들과 함께 의논할 때, 또한 북쪽 관문을 지키던 포졸이 보고하기를,

"가달이 북문을 깨뜨리고 들어와 수문장을 베고 성을 지키던 병사들의 항복을 받았습니다. 가달왕은 요술이 뛰어나고 바람과 구름의 변화를 마음대로 부리오며, 장수 부석은 칼과 창이 몸에 들지 아니하고 도로 창날이 부러지며 눈을 크게 거꾸로 뜨면 장수와 병사들이 다 정신이 흐려지며, 부장 설만은 검술이 능숙하며 또한 천문 지리에도 뛰어나다 하옵니다. 제일 앞에서 부대를 지휘하는 선봉장 무송은 몸에 날개가 돋쳤는지라 발을 땅에 붙이지 아니하고 또한 멀리 간다하오며, 장수와 병사의 머리를 마음대로 베고 그 아래 이름난 장수만 내어도 백여 명이로소니 폐하께서는 성을 지킬 장수와 병사를 가려내어 우선 급함을 막으소서." 하였다.

황제는 크게 놀라 대도독 이경노로 선봉을 삼고 도독으로 중군을 삼으시고 중낭장 이명으로 영군 대장을 삼고 절제 소장 노익겸으로 통독장을 삼고, 오운 태수 황두문으로 구량 장군을 삼고 문밖 장수 백여 명을 차례로 뽑아 함성을 일으키며 태자로 하여금 수도를 지키게 하고, 용맹스러운 장군 천여 명과 강한 군사 백만을 거느리고 황제가 친히 치러 갈 때 어사대부며 중서령이며 태학사며 모든 벼슬아치가 황제를 둘러싸고 보호하더라. 독해 TIP '선봉장', '대도독', '중군', '통독장', '구량 장군' 등 당시 벼슬의 이름과 전쟁에서의 직책이 서술되고 있다. 벼슬 이름과 직책을 암기할 필요는 없으며, 해당 부분은 황제가 전쟁을 하기 위해 각 장수들과 군사에게 직책을 내리며 작전을 세우는 장면으로 이해하면 된다. 행군 삼 일 만에 북로성에 다다르니 즉시 적진을 대하여 가달에게 격서*를 보낸 후에 이튿날 포를 쏴 진영을 드나드는 문 크게 열고 선봉장 이경노로 하여금 맞서 싸우라 하니 이경노 진문 밖에 크게 위엄을 주며 말하기를,

"가달은 들어라. 도리를 모르고 이렇듯 범죄를 저지르니 우리 황제 여기 이르러 너를 잡아 죄를 물은 후 너의 목을 베고자 하니 나를 당할 자 있거든 사생결단하고 그렇지 아니하거든 네 머리를 베어 우리 황제 앞에 바치리라."

하니, 적진 중에서 포를 한 발 쏘고 가달의 선봉장 무송이 자줏빛 투구를 걸치고 용 모양 갑옷을 입고 와룡검을 차고 금빛 말을 몰아 진문 밖에 나오니 얼굴이 불꽃같고 팔 척의 장신에 눈을 부릅뜨고 크게 꾸짖으며,

"너의 황제가 덕이 적은 고로 백성이 몹시 가난하고 고통스러운 지경에 들어 원망하는 소리가 하늘을 찌르고 하늘이 살피시어 우리 황상*으로 하여금 너의 황제의 머리를 베어라 하는 명이 있기로 왔나니 너는 하늘의 명령을 모르고 무례하게 말을 하는가?"

독해 TIP 전쟁 장면이 장황하게 서술될 때에는 하나하나 의미를 정확하게 파악하기보다 어느 쪽이 우세한지를 중점적으로 파악하면 된다.

하며, 서로 달려들어 싸우니 이십여 합에 이르러 무송의 와룡검이 번득하며 이경노의 머리가 땅에 떨어지거늘 황제의 진중에서 이경노의 죽음을 보고 좌익군을 거느리는 장수 유익보가 창을 휘두르며 말을 타고 나가 싸우는데 이십여 합에 무송의 와룡검 빛이 익보의 머리를 땅에 떨어트리거늘 황제 크게 놀라 일곱 명의 장수 달려들어 무송을 첩첩이 둘러싸고 활로 쏘며 창으로 찌르니 무송이 날며 일곱 장수를 한 칼로 베어 들고 본진으로 돌아가 승전고를 울리거늘 황제 진영 장수와 병사가 분한 마음을 이기지 못하였다. 표기 장군 정일제 진문 밖에 나서며 크게 소리 지르며,

"어제는 우리 진이 패하였거니와 오늘은 너희 장수들을 모두 죽일 것이니 나와 상대가 되는 사람이 있거든 빨리 나와 내 칼을 받으라."

하니, 적진 부장 설만이 황금 투구를 쓰고 흰 말을 타고 밖에 나서니 얼굴은 옻칠한 듯 수염은 두 자나 되고 불같은 눈을 부릅뜨며 말하기를, / "너의 진중에 장수 많이 있느냐? 모두 나와 내 칼을 받으라."

하며, 달려들어 서로 싸우는데 이십여 합에 이르러 적장의 창이 번득하더니 정일제의 머리 땅에 떨어지거늘 황제 진영 장수와 병사가 정일제의 죽음을 보고 눈물을 이기지 못하여 소리를 크게 지르고 내달아 싸웠더니 황제 진영 장수의 머리 땅에 떨어지니 적장 설만이 의기양양하여* 황제 진영의 장수 나오는 대로 삼십여 명을 베고 본진으로 돌아가 승전고를 울리거늘 황제 진영이 두 번의 싸움에서 패함에 황제를 둘러싼 여러 신하들과 장군들이 더불어 의논이 한데 뒤섞여 어수선하더라. 구량 장군 황두문이 엎드려 아뢰기를,

"내일은 소장이 나가 적장의 머리를 베어 두 번 싸움의 패한 분을 풀어 드리겠습니다."

하고, 이튿날 황두문이 진문 밖에 나서며 크게 소리 지르며,

"잔악무도한 적장은 들어라. 두 번 싸움에 승리했다고 의기양양하지만 내 오늘 너희를 벌하고 가달왕을 베어 두 번 싸움에 패한 장수들의 원수를 갚고 네 왕의 간을 내어 회를 쳐 먹으리라."

한데, 적장 묵특이 크게 화를 내며 두 마리의 봉황을 새겨 넣은 투구에 쇠로 된 철갑옷을 입고 손에는 창을 들고 꼬리가 푸른 말

위에 뚜렷이 앉았는데 몸은 한 채의 집과 같고 얼굴은 장작 같고 샛별 같은 눈을 부릅뜨고 천둥 같은 소리를 번개 같이 지르며 달려들어 불과 칼과 창이 서로 한 번 마주치는 사이에 적장 묵특의 칼이 번득하며 황두문의 머리, 칼 빛을 받으며 떨어지거늘 황제 진영 중에서 두문의 죽음을 보고 슬픔을 이기지 못하여 용장 백여 명과 군사 오천을 거느리고 서로 맞붙어 싸울 때 크게 소리하며 내달아 적장 묵특을 둘러싸니 묵특이 친히 몸을 날려 황제 진영의 장수 백여 명을 베고 하늘로 높이 솟아오르며 황제 진영 중으로 달려드니 황제 진영 중 군졸들이 미처 손을 놀리지 못하여 죽는 자 무수하더라. 적장 묵특이 의기양양하여 바로 성안으로 쫓아 들어오니 황제 크게 놀라 여러 장수에게 / "묵특을 막으라."

하시고, 모시고 있던 여러 신하들을 모아 도망할 때 적진 중에서 황제 미리 달아남을 보고 소리를 크게 내지르며 앞을 막아 출동하며 승리의 북을 울리니 선봉장 무송은 철갑을 입은 병사 삼천 명을 거느리고 자줏빛 투구에 용 모양 갑옷을 입고 와룡검을 두르고 금빛 말을 타고 앞을 막아 쫓아가 창을 휘두르며 좌편으로 가고 상장군 묵특은 쌍봉 투구에 철갑옷을 입고 창을 두르며 꼬리가 푸른 말을 타고 벼락같이 쫓아가니 북소리는 하늘이 무너지는 듯하고 함성 소리는 땅이 꺼지는 듯 하더라.

OX 문제

01. 공간이 국내에서 국외로 바뀌면서 서사적 긴장감이 고조되고 있다. [O / X]
02. 황제는 가달을 치기 위해 태자와 신하들의 보호를 받으며 도성을 떠났다. [O / X]
03. 선봉장 이경노는 도리를 모르고 대국을 침략하고자 하는 가달왕을 꾸짖었다. [O / X]
04. 인물의 외양을 묘사하여 인물의 혼란스러운 심리 상태를 드러내고 있다. [O / X]
05. 황제는 적장 묵특이 황두문을 이기고 진영으로 쫓아 들어오자 신하들과 함께 도망치려 했다. [O / X]

심층체크

1. 서로 같은 인물을 지칭하는 말을 찾아 짝지으시오.
  A. 가달왕   B. 대도독   C. 이경노   D. 황상   E. 너   F. 황두문   G. 소장   H. 네 왕

필수어휘 _ 반드시 암기하기

*격서 : 군병을 모집하거나, 적군을 달래거나 꾸짖기 위한 글.
*황상 : 현재 살아 나라를 다스리고 있는 황제를 이르는 말.
*의기양양하다 : 뜻한 바를 이루어 만족한 마음이 얼굴에 나타난 상태이다.

설홍전

장면 18

적군이 황제의 앞을 막아 첩첩이 두르거늘 황제 하늘을 우러러 탄식하며,

"명국의 사백 년 나라를 다시 회복하지 못하고 오늘날 적장의 손에 맡기게 되었으니 하늘은 살펴 주소서. 어리고 이름난 장수들이 죽어서 이별한 불쌍하고 가여운 목숨을 살려 주옵소서."

하며, 빌기를 그만두지 아니하더라.

한편, 이때 [설 상서] 왕 소저의 병이 차차 나음에 운이 좋은 날을 가리어 부부의 정을 맺으시고 북산도를 떠나 황성에 이르니 가달이 나라를 배반하고 중국을 침범하여 황제 스스로 군사를 거느리고 가달을 치러 가셨다는 말을 듣고 울적한 마음을 이기지 못하여 바로 황제 진영을 찾아갔다. 처용재를 넘어 옥환관을 지나 관북으로 쫓아가니 낙선대에 해가 지고 월경각에 달이 비치더라. 능선관에 묵고 홍성관을 지나 서편관에 묵으며 우심산 좁은 길로 강을 옆에 끼고 상산 땅을 돌아드니, 마을에 닭소리 들리거늘 칠성 앞을 바라보고 동죽령을 넘어 가니 해가 동쪽에서 뜨며 날이 밝아 온다. [독해 TIP] 설홍이 황제의 소식을 듣고 급하게 황제 진영으로 달려가는 상황을 시간의 흐름에 따라 압축적으로 서술하고 있다.

끝없이 넓고 기름진 들 아래를 내려다보니 황제의 진영이 크게 패하여 [황제]가 약간 남은 장수와 병사들을 거느리고 도망하는 모습 보이거늘 적진 장수와 병사들이 둘러싸고 길을 막으며 가거늘 황제의 생사가 그 가운데 달렸는지라. 설홍이 분함을 이기지 못하고 남이 보이지 않게 여러 가지 술법을 써서 몸을 숨기며 구름을 일으켜 몸을 바꾸어 진영 안에 들어가니, 무송이 와룡검을 높이 들어 황제를 치려 하자 설홍이 위엄 있게 소리를 지르며 급히 들어가 황제를 모시고 본진으로 돌아와 통곡하고 번개같이 달려들어 칼과 창이 서로 한 번 마주치는 사이에 적장을 냅다 치니 가달의 선봉장 무송이 몸을 솟구쳐 말 아래 떨어지는지라. 설홍이 무송의 금빛 말을 빼앗아 타고 번개 같이 호통하니 거센 바람이 일어나며 구름과 안개가 자욱하더니 하늘이 무너지는 듯 해가 뒤집히는 듯 무송의 와룡검을 가로질러 적진 장수와 병사의 머리가 구시월 단풍잎 떨어지는 듯 하고 크고 높은 목소리에 가달이 놀라 앞뒤 분별치 못하고 도망하는 길에 밟혀 죽은 자 무수하더라. 설홍이 한 번 싸움에 홀로 백여 명을 상대하고 황제 진영의 깃발을 휘두르며 흩어진 군사를 낱낱이 찾아 모으더라. 행군의 북을 울리며 본진으로 돌아와 황제를 보살피니 차차 정신이 돌아오시는지라. 황제 눈을 뜨고 맞이하시며,

"아까 나를 구하던 인재는 누구이신가?"

하니, 설홍이 나서며 엎드려 아뢰기를,

"[신]은 이부 상서 설홍이로소이다. 가달이 침략하고자 하여 이렇게 요란한데 소신이 먼 지방에 가 있었기로 일찍 가달을 물리치지 못하여 송구하기 그지없고 [폐하]의 몸을 상하게 하였사오니 신의 죄는 만사무석이로소이다. 어찌 저만한 가달을 두려워하오리이까? 능히 적장의 머리를 베고 [가달왕]을 사로잡아 폐하 앞에 바치리라. 엎드려 바라옵건대 폐하는 걱정하지 마옵소서."

하니, 황제 들으시고 설홍을 청하여 손을 잡으시고,

"[짐]*이 밝지 못하여 경*을 찾지 못하였으니 어찌 경의 죄라 하리오. 짐이 죽게 된 목숨을 [경]이 아니었다면 뉘가 구하였으리요."

하시며, 설홍에게 대원수를 봉하시고 권력을 가진 무관이 매는 끈을 주시며,

"역적들을 처치하라."

하시거늘, [원수] 명을 받고 진중에서 나와 진영을 고쳐 여러 방면으로 모든 방면 수문장을 각각 내시고 군사를 맡아 진영을 떠나지 못하게 하고 군사와 더불어 / "적장 무송의 용 모양 갑옷과 와룡검을 앗아 오라."

지시한 후 포를 한 발 쏘고 문을 둘러보며 군대를 지휘하는 데 쓰던 깃발을 세우고 그 아래 맞서서 버티다가 적진 선봉장 무송을 잡아내어 문 밖에서 베어 깃대에 달고 승전의 북을 울리니 대신과 군 장수와 병사 뉘 아니 즐거워하리오.

한편, 이때 가달왕이 선봉장의 죽음을 보고 크게 놀라 부장 설만을 불러 말하기를,

"아까 명의 황제를 쫓아 둘러싸되 백 명의 장수와 병사 있는 곳에 들어 구름과 안개 속에서 명의 황제를 구하고 선봉장 무송을 벤 장수는 어떤 장수냐?" / 하니, 설만이 여쭈기를,

"그 장수는 어떠한 장수인지 모르나이다. 선봉장 무송이 명의 황제를 둘러싸고 잡게 되었더니 운수가 불행하여 [그 장수]에게 잡혀 죽었사오니 한 번 이기고 한 번 지는 것은 전쟁하는 사람에게 항상 있는 일이라 하였으니 선봉자 무송이 없음을 어찌 걱정하리오. 내일 소장이 나가 그 장수의 머리를 베어 왕의 분함을 씻고 선봉의 원수를 갚으리다."

하였다. 우군 대장 정인택이 알리기를,

"장군이란 자가 남을 경솔히 알고 말씀하십니까? 그 장수는 추왕산 운담 도사에게 배운 제자 설홍이거니와 천문 지리와 여러 가지 술법이며 육경 육갑에 오행 구궁팔괘를 마음에 품었고, 역발산기개세하는 힘에다 이제 신출귀몰한 재주를 가졌으나 내 어찌 명을 두려워하며 명의 황제를 치지 아니하리오. 또한 하늘 아래 성공과 실패는 황상께 있사옵고 힘에 있는 것이 아닙니다."

> **독해 TIP** '역발산기개세'는 힘이 산을 뽑을 만큼 세고 기개는 세상을 덮을 만큼 웅대함을 이르는 말이며, '신출귀몰'은 귀신처럼 그 움직임을 쉽게 알 수 없을 만큼 자유자재로 나타나고 사라짐을 비유적으로 이르는 말이다. 이는 설홍의 영웅적인 면모를 부각하기 위해 사용된 표현으로 이해하면 된다.

　하고, 또 이어 말하기를,

　"장수는 명예를 위하여 하늘이 내신 것이니 아무리 황상의 은혜와 덕이 두텁기로 하늘의 명령을 어떻게 하겠습니까? 아무리 생각해 봐도 황제를 잡을 장수 없사오니 소자에게 선봉을 주옵소서. 그리하신다면 황제 진영의 장수 설홍을 베고 명의 황제를 사로잡아 황상께 바치리다." / 하니, 상장군 묵특이 꾸짖어 말하기를,

　"이놈, 너는 당돌하게 진영에 들어와 홀로 남을 신세인데 이렇듯 무례하다. 잡아 문 밖에 내다 베도록 하라."

　하니, 무사들이 달려들어 문 밖에 내어 베었다.

OX 문제

01. 사건을 요약적으로 제시하여 서사를 빠르게 전개하고 있다. [O / X]
02. 설홍은 황제의 진영이 크게 패하였다는 소식을 듣고 황제 진영으로 급히 떠났다. [O / X]
03. 과장된 비유를 활용하여 상황의 급박함을 드러내고 있다. [O / X]
04. 설홍은 대원수가 되어 가달의 선봉장 무송을 처치하였다. [O / X]
05. 정인택은 신출귀몰한 재주를 가진 설홍을 죽이고 황제를 잡을 수 있다고 자신하였다. [O / X]

심층체크

1. 서로 같은 인물을 지칭하는 말을 찾아 짝지으시오.
　A. 설 상서　　B. 황제　　C. 신　　D. 폐하　　E. 가달왕　　F. 짐　　G. 경　　H. 원수　　I. 그 장수　　J. 황상
2. 서술자의 개입이 드러난 부분을 모두 찾아 밑줄 그으시오.

필수어휘 _ 반드시 암기하기

*짐 : 임금이 자기를 가리키는 일인칭 대명사. ≒과인.
*경 : 임금이 2품 이상의 신하를 가리키던 이인칭 대명사.

장면 19

좌우의 장수 중에 목철이 정인택의 죽음을 보고 분함을 이기지 못하여 다시 이르기를,

"소장이 본래 번국 사람으로 정인택과 빛나는 이름을 다음 세대에 전하고자 의로써 형제의 관계를 맺어 삶과 죽음을 한 가지로 하자고 맹세하며 우리가 황상을 돕자고 나섰더니, 이런 일을 입어 죽음을 당하였으니 무슨 까닭으로 정인택의 말씀을 그르다 하고 소장 등은 진중에 두었다가 언제 쓰려 하나이까? 슬프다. 황상은 장수 중에 쓸 만한 인재로 어떤 사람을 생각하고 계십니까?"

하고, 정인택의 죽음을 슬퍼하며,

"너는 황상을 모셨으나 본국으로 돌아가지 못하였거늘 나는 번국으로 돌아가리라."

하고, 말을 마치고 홀연 사라지거늘, 상장군 묵특과 부장 설만이 육목철의 말을 듣고 분함을 이기지 못하여 목을 잡아 죽이고자 하나 거처*를 알지 못하여 진중이 요란하였다. 독해TIP ▶ 중국을 침략하려는 오랑캐 나라의 내부에 분열이 일어나고 있다. 육목철은 억울하게 죽임을 당하는 정인택의 모습을 보고 크게 슬퍼하며 번국으로 돌아가는데, 이러한 인물은 이후에 다시 등장할 가능성이 높으므로 기억해 두는 것이 좋다.

한편, 이때에 황제 진영의 대원수 설홍이 포를 한 발 쏘고 문을 크게 열어 금빛 말을 높이 타고 뚜렷이 나가며 가달을 불러 꾸짖어 말하기를,

"너는 조그마한 재주를 믿고 나를 가벼이 여겨 대군을 치고 죽을죄를 범하였다. 속히 나를 당하겠거든 바삐 나와 승부를 가르자."

하거늘, 적장의 부장 설만이 크게 화를 내며 문 밖에 나서 크게 소리치며 말하기를,

"네가 지난 번 싸움에 우리 선봉장을 벤 놈이냐? 오늘은 네 머리를 베어 우리 선봉장의 원수를 갚고 피를 내어 분함을 풀리로다."

하고는, 마주 싸워 팔십여 합에 이르러 원수의 와룡검이 번득하더니 설만의 머리 엎드러지거늘, 설만이 신발을 버리고 번개같이 뛰며 공중으로 날아올라 맞서 싸우니 양 장수의 고함 소리 태산이 무너지는 듯 하고 북소리는 하늘과 땅을 짓누르는 듯하더라.

모래와 돌이 날리어 눈을 뜨지 못하고 오십여 합에 와룡검이 번득하며 적장의 투구마저 깨어지니 설만이 더욱 분하여 횃불 같은 눈을 부릅뜨고 번개 같은 소리를 지르며 하는 말이

"너는 이 투구를 깨부수었으나 네 목숨은 나의 창에 달렸느니라."

하고, 몸을 날려 공중으로 오르는 척하더니 설홍의 가슴을 찔렀으나 원수 도로 난창검을 거머쥐고 와룡검을 들어 설만을 치니 설만의 창을 든 팔이 눈 깜빡할 사이 떨어지거늘 칼을 버리고 달려들어 원수의 갑옷을 입으로 물어 싸움에 금빛 말이 놀라 뒤로 솟구치며 발로 차니 설만이 땅에 떨어지는지라. 원수 급히 말을 돌려 설만의 머리를 베어 와룡검을 거머쥐고 본진으로 돌아오니 적진의 장수들이 분을 이기지 못하여 순금으로 된 투구와 갑옷에 말을 타고 군사를 거느리고 쫓아오며 크게 소리 지르기를,

"황제 진영의 장수 설홍은 달아나지 말고 목을 늘리어 내 칼을 받으라."

하며, 전후좌우로 첩첩이 둘러싸며 함성 소리는 천지에 진동하고 말발굽은 뒤섞여 어수선하게 이리저리 번개같이 달려 나가 원수를 맞아 싸울 때 오십여 합에 적장 석돌의 창이 빛나더니 공중으로 날아오르는지라. 원수 와룡검을 들어 냅다 치니 창날이 산산이 부러지는지라. 적장 석돌이 땅에 떨어지거늘 내려다보니 몸을 솟구쳐 말을 잡아타고 달려들어 싸우는데 삼십여 합에 원수의 와룡검이 번득하더니 석돌의 머리가 구시월 단풍잎 떨어지는 듯하는지라. 적진 장수 위돌이 석돌의 죽음을 보더니 분을 이기지 못하여 크게 소리 내며,

"설홍은 들으라. 먼저 싸움에 내 형과 아우를 죽인 고로 너를 죽여 내 가슴에 품은 한을 씻으리라."

하고, 쇠로 만든 활에 독을 묻혀 쏘거늘 원수 말을 돌려 타고 좌우로 오는 화살을 잡아 버리고 쫓아오며 위돌을 치니 투구마저 떨어지며 흘린 피가 흩어져 어지럽거늘, 위돌이 크게 놀라 쇠로 만든 활을 버리고 군중에 들어가거늘 원수 말을 놓아 들어가며 와룡검을 높이 들고 베어 버리고 번개 같은 소리를 벽력같이 지르며 적진 중에 좌충우돌하니 군사 수만 명이 대열을 가리지 못하고 도망하는지라. 원수 본진으로 돌아와 깃발을 높이 들고 승전고를 울리며 들어오니 황제가 원수를 맞아 칭찬을 마지아니하시더라.

한편, 이때 가달왕이 구경하다가 여러 장수들을 불러 말하기를, / "적장 설홍은 귀신이 아니면 하늘에 있다는 신이로다."

하고, 정인택의 말을 듣고 죽이지 않았더라면 설홍을 베어 선봉장의 설욕*을 갚고 명의 황제를 잡기는 우물 안 개구리로 함정에 든 뱀 잡듯 할 것을 내 눈이 어두워 인재를 찾아 제대로 쓰지 못했다고 여기며 정인택의 죽음과 육목철이 없어진 것에 후회하기를 마지아니하더라. 상장군 묵특이 여쭈기를,

"육목철과 정인택은 자신이 죄를 지어 굳이 돌아갔거늘 황상께서 이렇게 한탄하시니 장차 황제 진영의 장수 설홍을 사로잡아 올 것이니 황상은 소장의 재주를 구경하옵소서."

하였다. 이튿날 묵특이 창을 휘두르며 말을 타고 달려 나가 문을 열고 눈을 부라려 뜨고 번개 같은 소리를 지르며,

"어제는 우리 세 명의 장수가 패하였거니와 오늘 너란 놈을 잡아 우리 장수들의 원수를 갚을 것이니 바삐 나와 내 칼을 받으라. 나는 가달국 상장군 묵특이로다." / 하며 달려들거늘 원수 와룡검을 들고 크게 꾸짖으며,

"이놈 묵특아, 황제 진영 설홍을 당할 자 있거든 재주를 다하여 시험하여 보라."

하고, 말에 올라 맞아 싸우니 칠십여 합에 승부를 내지 못하였다.

OX 문제

01. 한 인물과 다른 인물들 간의 다면적 갈등 관계를 제시하고 있다.   [O / X]
02. 육목철은 의형제를 맺은 정인택의 죽음을 슬퍼하며 번국으로 돌아가고자 했다.   [O / X]
03. 장면 묘사를 통해 인물의 상상과 현실 사이의 대립을 부각하고 있다.   [O / X]
04. 위돌은 설만과 석돌을 죽인 설홍에게 복수하고자 독화살을 쏘았다.   [O / X]
05. 가달왕은 인재를 알아보지 못하고 장수 정인택을 죽인 것을 후회하고 있다.   [O / X]

심층체크

1. 서로 같은 인물을 지칭하는 말을 찾아 짝지으시오.

A. 소장   B. 황상   C. 나   D. 대원수   E. 가달   F. 놈   G. 내   H. 육목철

필수어휘 _ 반드시 암기하기

*거처 : 일정하게 자리를 잡고 사는 일. 또는 장소.
*설욕 : 부끄러움을 씻음.

설홍전

장면 20

여러 번 겨룬 끝에 묵특의 창이 번득하며 황제 진영의 <u>대원수</u> 머리가 땅에 떨어지는지라, 홀연히 사라졌거늘 묵특이 내심 생각하기를 설홍의 머리를 분명히 베었는데 눈에 보이지는 아니하니 괴이한 일이라 여기며 크게 소리를 질러,

"너희 원수 설홍은 베어져 그림자도 없이 죽었으니 너희 진중에 장수 얼마든지 함께 나와 내 칼을 받으라."

하며 황제 진영으로 쫓아오거늘 황제 진영에서는 원수의 죽음을 보고 크게 놀라 슬픔을 이기지 못하며 황제를 모시고 도망하고자 하니, 적장 묵특이 번개같이 소리를 지르며 쫓아옴을 보고 몹시 놀라 넋을 잃어 오도 가도 못하고 죽기만 바랐더니 황제 진영의 대원수가 자줏빛 투구에 와룡검을 비껴들고 금빛 말을 급히 몰아 눈을 부릅뜨고 / "이놈 묵특아!"

하는 소리 산이 무너지는 듯하고 강이 끓는 듯 북해가 뒤집히는 듯하거늘 설홍이 묵특의 뒤를 쫓아가며,

"너는 승전한다고 애쓰지 말고 나의 와룡검을 받으라."

하며, 거센 바람에 조각구름 날리듯 달려 들어오니 묵특이 뒤를 돌아보자 죽었던 설홍이 환생하여 쫓아오거늘, 묵특이 놀라 칼을 들어 싸울 때 삼백여 합에 서로의 승부를 분별치 못하여 양 장수의 고함 소리 땅이 꺼지는 듯 모래와 돌이 날리어 안개가 자욱하였다. 또 십여 합에 묵특의 창이 번득하더니 황제 진영의 대원수 금빛 말이 땅에 꺼꾸러지거늘 또한 설홍도 사라졌거늘, 묵특이 그제야 설홍이 술법을 써 귀신같이 바꾼 것인 줄 알고 무엇이 되어 다시 올 줄을 알지 못하여 몸을 날려 창을 번개같이 놀리며 설홍이 오는 곳을 살피니, 한 곳에서 거센 바람이 크게 일어나더니 <u>한 장수</u>가 황제가 나랏일을 볼 때 쓰는 관을 쓰고 몸에는 구름을 감고 금빛 말 위에 앉았으니 이는 곧 설홍이라. 부채를 들고 얼굴을 가려 크게 웃으며,

"이놈 묵특아 들어라. 나를 여기 두고 어디서 찾느냐. 장수라는 것이 천문에 대하여 잘 알아 승패를 헤아리고 선봉장이 되는 것이니 너는 겨우 너의 강력한 힘만 믿고 감히 나를 예로써 대하지 아니하는구나."

하며, 서로 맞붙어 삼십여 합을 싸움에 피차 승부가 나지 않는지라. 두 장수 나는 듯이 다시 몸을 솟구쳐 칼을 번개같이 놀리며 번개 같은 소리를 질러 적장 묵특의 칼이 번득하며 공중으로 들어오거늘, 원수 들어오는 칼을 꺾어 버리고 원수의 와룡검이 빛나드니 적장의 투구마저 깨어지는지라. 묵특이 그제야 말을 놓아 본진으로 돌아가거늘 대원수 설홍이 급히 말을 몰아 묵특의 앞을 막아서며 말하기를,

"너를 볼 진데 어찌 용서치 아니하랴마는 만약 보내게 되면 <u>네 왕</u>이 나의 재주 부족하다 할 터이니 고로 죽이려 하니 나를 원망하지 말라."

하고, 말을 마치자 칼을 들어 묵특의 머리를 치니 말 아래 떨어지거늘 가달왕이 묵특의 죽음을 보고 크게 화를 내 장수와 병사들을 거느리고 바삐 쫓아와 용맹한 장수 삼백여 명으로 원앙진을 치고 설홍을 첩첩이 둘러싸고 창을 들어 치며 활로 쏘는데 이때 설홍이 술법을 써 몸을 감추어 나가지 못하게 하고 앞에는 문을 내어 편편이 둘러싸고 북을 치고 나발을 불어 아우성치는 소리는 하늘과 땅이 진동하는 듯하고 깃발, 창, 칼에 핏빛이 흩어져 있더라. 원수 어느새 적병 천여 명 사이에 칼과 창이 비 오듯 함에 바람과 구름에 붙여 와룡검을 번개 같이 놀리니 적장 설대치 나서며,

"설홍이라 하는 놈이냐. 목을 늘리어 내 칼을 받아라."

하고, 싸우는데 불과 수 합에 와룡검이 번득하더니 설대치 머리 떨어지거늘 적진 후군장 한통철이 분을 이기지 못하여 크게 꾸짖어 말하기를,

"너는 우리 진중에 갇혔으니 어찌 살아 돌아가기를 바라리오. 이제 네 머리를 베어 왕상의 분함을 풀어드리리라."

하며, 달려들거늘 원수의 와룡검이 번득하며 한통철의 머리 떨어지는지라. 원수 와룡검을 높이 들고 의기양양하여 적장이 들어오는 대로 삼십여 합을 치고 좌충우돌하니 감히 설홍과 겨룰 자 없는지라. 또한 와룡검이 번득하며 장수와 병사의 머리 추풍낙엽* 같이 떨어지는지라. 이때 적진의 장수 마대영 서서 구경하다 생각하기를,

'진중에 가두어 두고 잡지 못하여 수족* 같은 장수와 병사를 다 죽이니 다시 설홍을 잡으려 하기보다는 저절로 죽게 하리라.'

하며, 북을 울려 둘러싸더니 갑자기 적진 앞으로 바람이 일어나며 백포소장이 출처 없이 들어와 군사를 무수히 죽여 버리며 좌우로 번개 같이 다니면서 좌충우돌하니 진중이 요란할 때 가달왕이 보고 크게 놀라 좌우를 풀어 백포소장이 진중에 뜨지 못하게 앞을 질러 날자 원수 설홍이 진을 치고 장수들 사이로 몸을 날려 문 밖에 나와 적진 후면을 치며 번개 같은 소리를 지르며 와룡검을 휘두르니 군사들은 넋을 잃고 미처 손을 놀리지 못하여 죽는 자 헤아릴 수 없을 만큼 많더라. 가달왕이 지켜보고 대경실색하며*

독해 TIP '백포소장'은 흰 베를 입은 장수라는 의미다. '백포소장'이 누구인지 명확하게 제시되지 않았으니 일단 설홍을 돕고 있는 인물, 즉 설홍이 고난을 극복하고 나라를 구하는 과정에서 도움을 주는 인물로 파악하고 넘어가면 된다.

"황제 진영의 장수 설홍은 어느 사이에 반대쪽으로 쳐들어오니 이는 사람이 아니요 귀신이라, 명의 황제를 위하여 하늘이 내신 이로다." / 하고, 날랜 장수 이십여 명을 거느리고

"설홍을 잡으라." / 하니, 도위장 남두문이 여쭈기를,

"이제 날랜 장수 십여 명으로 설홍을 잡으라 함은 한 줌의 고기로 호랑이의 입을 막는 것이니 그리하지 마옵시고 황상은 진을 풀어 본진으로 돌아가면 설홍이 우리를 쫓아 진중에 들 것이니 문을 굳게 닫고 장수와 병사가 내달아서 잡으면 설홍은 저절로 죽을 것이니 이 어찌 설홍 잡기를 걱정하오리까?" / 하니, 왕이 옳게 여겨 즉시 군사를 거두어 본진으로 돌아갔다.

OX 문제

01. 주인공의 죽음을 제시하여 작품의 비극성을 고조하고 있다.   [O / X]
02. 설홍은 본진으로 도망가는 묵특의 앞을 가로막고 와룡검으로 묵특의 머리를 베었다.   [O / X]
03. 서술자가 개입하여 앞으로 일어날 사건을 예고하고 있다.   [O / X]
04. 가달왕은 묵특의 죽음을 보고 대경실색하여 장수 이십여 명을 거느리고 진중에서 벗어났다.   [O / X]
05. 남두문은 가달왕에게 설홍을 진중에 들여 저절로 죽게 하자고 제안하였다.   [O / X]

심층체크

1. 서로 같은 인물을 지칭하는 말을 찾아 짝지으시오.
  A. 대원수   B. 한 장수   C. 네 왕   D. 황상   E. 왕
2. 서술자의 개입이 드러난 부분을 모두 찾아 밑줄 그으시오.

필수어휘 _ 반드시 암기하기

*추풍낙엽 : 가을바람에 떨어지는 나뭇잎.
*수족 : 자기의 손이나 발처럼 마음대로 부리는 사람을 비유적으로 이르는 말.
*대경실색하다 : 몹시 놀라 얼굴빛이 하얗게 질리다.

설홍전

장면 21

이때 원수 설홍은 적군을 무수히 베고 문으로 내닫거늘 동쪽 진영으로 백포소장이 크게 소리를 지르며,

"황제 진영의 대원수는 적진 천 리에 들지 마옵고 본진으로 돌아오소서."

원수가 백포소장이 부르는 소리를 듣고,

'저 사람은 나를 도운 자이니 어찌 말을 듣지 아니하랴.'

하고, 본진으로 돌아오니 장수와 병사들이 문을 크게 열고 원수와 백포소장을 맞아들이니 이때 황제 원수의 손을 잡고 칭찬하여 말하기를,

"원수가 아니었다면 적장 묵특을 뉘라서 잡으리오? 또한 적진 사이에서 어떻게 돌아서 나아갔으랴?"

하시며, 칭찬을 하더라. 백포소장이 예의를 차려 황제를 뵈온 후 또한 원수를 뵈었는데 원수 칭찬하여 말하기를,

"내 적진 사이에서 위험에 처할 뻔 하였다만 그대의 힘을 입어 문 밖에 나왔으니 그대 성명은 뉘라 하며 어디에 사는가?"

하니, 장수 여쭈기를,

"소장의 성명은 육목철이라 하오며 본디 오랑캐 나라 사람으로 정인택과 의로써 형제의 관계를 맺어 적진에 의지하였더니, 정인택은 무죄한데 가달왕이 죽임에 분한 마음을 이기지 못하여 그곳을 떠나 번국으로 가는 길에 원수의 높은 이름을 듣고 한마음으로 황제를 도와 가달의 머리를 베어 망하게 하여 정인택의 원수를 갚고자 하오니 원수는 뜻이 어떠하옵니까?"

하니, 원수 말하기를,

"그렇다면 내 적진에 들 때 내 뒤를 쫓아 적진의 군사를 벨 적에 정인택의 원수를 갚지 아니하고 도리어 적진에 들지 못하게 한 것은 무슨 까닭인가?"

하자, 목철이 여쭈기를,

"소장이 적진에 있을 때 진중을 살펴보니 문 좌우에 큰 구덩이가 수십 칸을 파고 곳마다 칼과 창을 무수히 묻었으니 혹 실수하여 빠질까 걱정하여 피하시게 함이었습니다." **독해 TIP** 설홍을 도운 '백포소장'이 장면 19에 등장했던 '육목철'임을 연결 지으면서 읽었어야 한다. 적진의 장수였기에 가달의 계략을 정확히 알 수 있었으며, 그 덕에 설홍을 위기에서 구해 줄 수 있었던 것이다.

원수 기특히 여겨 즉시 황제께 말씀드려 목철로 선봉을 삼았다. 선봉장 목철이 여쭈기를,

"적진에 장수 많사오나 소장의 상대될 만한 자 없사오니 무슨 걱정 있사오며 또한 가달왕은 요술과 변화가 끝이 없으니 그것이 걱정이로소이다. 그러나 위급한 상황이면 자신만 살려는 마음뿐이요, 우리 군사 잡을 뜻이 크게 없사오니 무슨 걱정이 있겠사옵니까. 내일은 소장이 나가 적장과 겨룰 것이니 원수는 군사를 거느리고 적진에 쳐들어오면 적진이 미리 앞으로 피하려 큰 구덩이를 지나다 빠질 것입니다. 그때 소장이 마주 쳐들어가리니 가달왕은 사방으로 진을 풀어 약간 남은 군사를 거느려 도망할 것입니다."

하니, 원수가 목철의 말을 듣고 크게 기뻐하였다. 가달왕이 설홍이 진중에 들어오다가 백포소장이 들어감을 보고 탄식하기를,

"우리 진중에 구덩이를 판 줄 알고 설홍을 데려가니 하늘이 망하게 함이요, 황제를 도우는 것이로다."

하고, 남두문을 불러,

"우리 군사가 먼저 나아가지 아니하면 설홍이 먼저 싸우고자 할 것이니 그때를 틈타서 남은 군사를 거느려 설홍을 둘러싸고 잡으라. 만일 설홍을 잡지 못해 군사를 거두어 본진으로 돌아가면 설홍이 뒤에 있는 군대로 쳐들어오리니 내 군사로 하여금 앞을 치면 설홍이 속절없이 낭떠러지 신세가 되어 우리 진영에 외로운 혼이 되리라."

하니, 제장 노경춘이 아뢰기를,

"왕의 말씀이 극히 마땅하오나 다시 장수와 병사를 거느려 가오면 굶주린 아이 밥 주기와 같사오니 내일은 소장이 나가 설홍과 백포소장을 유인하오리다." / 하였다.

이튿날 노경춘이 문을 크게 열고 말하기를,

"황제 진영의 장수 설홍은 바삐 나와 내 칼을 받으라."

이때, 황제 진영의 선봉장 육목철이 창을 휘두르며 말을 타고 달려 나가며 꾸짖어 말하기를,

"나는 너의 진에 있던 좌초 육목철이라. 너희들이 내 아우 정인택을 이유 없이 죽이고 또한 나를 해치고자 하니 원한이 가슴에 가득하여 네 왕의 머리를 베어 나의 분함과 정인택의 원수를 갚고자 하노라."

하니, 적장이 이 말을 듣자 내심 생각하기를,

'황제 진영의 장수를 유인하고자 하였더니 육목철이 분명 우리 진중 상황을 알리로다. 그러나 제 어찌 나를 당하리오.'

하며, 눈을 부릅뜨고 소리를 크게 지르며,

"이놈 목철아, 네 아우 정인택을 이유 없이 죽였다하더라도 너는 충성을 다하여 나라의 은혜를 갚음이 당연하거늘 역심*을 품고

임금을 배신하느냐?"

  하니, 목철이 말하기를,

"나는 본시 번국 사람으로 주군*을 돕고자 왔더니 참혹한 설움을 당하여 이리 된 일이니 이 어찌 역심이리오."

  하며, 두 장수 서로 맞붙어 싸우더니 노경춘의 머리가 말 아래 떨어져 구르는지라.

OX 문제

01. 대화 상대의 환심을 사기 위해 자신의 우월한 지위를 드러내고 있다.   [O / X]
02. 설홍은 적진에서 만난 백포소장의 정체를 의심하며 그의 청을 거절하였다.   [O / X]
03. 백포소장은 설홍이 큰 구덩이에 빠질 위기에서 벗어나도록 도움을 주었다.   [O / X]
04. 노경춘은 아우 징인텍의 이유 없는 죽음으로 원한을 품은 육목칠을 달래 주었다.   [O / X]
05. 인물의 행위가 연속적으로 나열된 장면을 통해 신분의 변화 과정을 드러내고 있다.   [O / X]

심층체크

1. 지칭하는 대상이 다른 하나를 고르시오.

  A. 백포소장   B. 저 사람   C. 육목철   D. 소장   E. 주군

필수어휘 _ 반드시 암기하기

*역심 : 반역을 꾀하는 마음.
*주군 : 군주 국가에서 나라를 다스리는 우두머리. ≒군주, 임금.

장면 22

　적진 장수 양두홍이 노경춘의 죽음을 보고 크게 화를 내며 달려들자 단번에 선봉장 목철의 칼이 번득하더니 두홍의 머리 떨어지는지라. 목철이 두 장수를 베자 장수와 병사가 모여드니 그들을 거느리고 적 진영을 쳐들어가며 번개 같은 소리를 벽력같이 지르니 산이 무너지는 듯 군사와 장수 넋을 잃고 정신을 수습하지 못하여 죽는 자 절반 이상이라. 선봉장 육목철이 군사를 거느려 앞을 막으니 적진 군사 더욱 놀라 우왕좌왕할 때 군사들이 구덩이에 빠져 공간을 메울 정도여서 밟아 다니는지라. 가달왕이 백만 대병을 구덩이에 다 죽이고 나서거늘, 육목철이 가달왕을 보고 크게 웃으며 하는 말이,

　“네가 왕이냐! 나는 군사 목철이로다. 어찌 만남이 이리 느린고?”

　서로 맞아 싸울 때 백여 합을 싸워도 승부를 결단치 못하는지라. 대원수 설홍이 보다가 분함을 이기지 못하여 눈을 부릅뜨고 왼손에 와룡검을 들고 오른손에는 깃발을 들고 우레 같은 소리 천둥같이 지르며 불같이 성난 호랑이같이 달려들어

　“이놈, 가달왕아!”

　하니, 가달왕이 말을 돌려 세우고 왼손에 든 칼로 제 몸을 가려 막으며 오른손에 긴 창을 번개같이 놀려 두 장수의 오는 창을 막으며 몸을 솟구쳐 창으로 원수를 찌르니 원수 와룡검으로 창을 치니 창이 산산이 부서지는지라. 또한 선봉장 육목철의 창이 번득하더니 가달왕이 탄 오추마가 엎드려지거늘, **독해 TIP** ‘오추마’는 검은 털에 흰 털이 섞인 말이라는 의미로, 가달왕이 탄 말을 가리킨다. 참고로 이외에 ‘적토마’, ‘천리마’가 자주 등장하는데, 이는 쉽게 생각해 뛰어난 말이라고 이해하면 된다. 원수 설홍이 의기양양하여 쫓아가며 가달왕의 목을 치니 가달왕이 입으로 안개를 토하더니 홀연 진중에 검은 구름이 일어나며 가달왕이 약간 남은 군사를 거느리고 북쪽으로 달아나거늘, 대원수 구름의 절반을 거두니 구름이 사방으로 흩어지며 원수 선봉장과 군졸들을 거느려 길을 막고 앞을 치니 가달왕이 하얗게 질려 설홍을 칭찬하며 투구와 갑옷을 벗어 버리고 군사에게 달려가니 사라지고 없는지라. 대원수 가달왕을 살피되 만나지 못하니 분을 이기지 못하여 적진 군사를 무수히 죽이고 본진에 돌아와 황상을 뵙고 가달왕을 잡지 못한 자세함을 대강 설명하니 황제 들으시고 말하기를,

　“가달왕의 재주는 귀신 같으니 이내 잡지 못하면 달리 다시 병사를 일으켜 일을 도모할 것이니 후환*을 어찌하리오. 그러나 적진의 장수와 병사가 놀라 지금까지 가슴을 진정하고 있지는 못하리라.”

　다시 선봉장 육목철이 아뢰되,

　“소장이 적진에 있을 때 들으니 이번 싸움에 승리하면 하늘의 뜻을 얻으려니와 만일 패하게 되면 황양동으로 들어가자 하였으며 또한 사방에 흩어진 군사를 모은 후에 흉노 등에게 지원을 요청할 것입니다.”

　하니, 원수 다시 번나라의 소장을 청하며

　“소장은 중간에 있다가 이러이러하라.”

　하니, 선봉장 육목철이 다시 여쭈기를,

　“가달왕은 몸을 감추는 술법을 가졌기로 죽을 곳을 대하여도 날개 달린 짐승이 되어 날아가오니 어찌하려 하나이까?”

　하니, 원수 말하기를,

　“그것은 걱정 말라. 가까운 고을에 공문서를 보내 그물을 많이 구하여 가지고 군사를 데리고 황양동 좁은 길로 돌아가면 사방에 군사를 숨겨 두었다가 가달왕이 변신하여 나가도 그물을 치면 나갈 곳이 없을 것이고 장수 열 명에게 적진의 복장을 입혀 골짜기 안에 숨어있되 연기가 나게 하여 가달왕 오기를 기다리라.” / 하였다.

　한편, 이때 가달왕은 백만 대병을 거느리고 먼저 쳐들어 왔다가 많은 장수와 병사가 죽었으니 실로 분한 마음을 이기지 못하여 눈물을 금치 못하고 탄식하며 말하기를,

　“이번 싸움에서 승전하면 하늘의 뜻을 얻고 빛나는 이름을 제국에 낼 것을 눈이 어둡고 때가 이롭지 못함이로다. 사람을 다스리지 못하고 정인택의 말을 듣지 아니하고 이리 되었으니 뉘를 원망하리오. 싸움에 패하거든 황양동으로 들어가자 하였더니 이내 생각하되 목철이 정인택의 원수를 갚고자 하여 황제 진영에 붙었으니 우리 계획을 말하여 확실히 알았을 것이니 황양동을 버리고 북관을 지나 본국으로 들어가 다시 군사를 일으킴이 옳도다.” / 하고, 본관으로 가더라.

　선봉장 육목철이 변복하여* 거짓으로 병신인 척 하고 북관으로 가는지라. 한 숲에 앉았더니 가달왕을 보고 내심에 반가우나 거짓 두려운 척하며 길가로 나오다 숨는 체 하니 가달왕이 앞을 지나다가

　“너는 어떤 사람이건데 이러한 시절에 외로이 앉아 나를 보고 숨는 것인가?” / 하니, 육목철이 말하기를,

　“저는 저 건너 황내촌에 있는 백성이온데 이번 난을 당하여 살아갈 길이 없어 황양동으로 들어가 난을 피하니 수일 전에 가달의 군사 백여 명이 들어와 굳게 막아 지키니 그곳에서 있지 못하옵고 가지고 간 양식을 다 버리고 또한 이 아래 황제 진영의 대원수 백 명 대병을 거느리고 길을 막고 기습하려 군사를 숨기고 있으므로 가도 오도 못하고 이곳에서 엎드려 죽게 되었으니 지금 오신

모습을 보니 자연히 겁이 납니다." **독해 TIP** 육목철은 변복을 한 후 가달왕에게 황양동에 가달의 군사 백여 명이 있다는 거짓 정보를 흘린다. 이는 가달왕을 황양동으로 유인하기 위함이다. / 하였다. 가달왕이 이 말을 듣고 내심 생각하되,

'분명 흩어진 군사를 거느리고 본국으로 감이 옳다.' / 하고는,

"불쌍하다 너의 백성 이곳에 있다가 굶주려 죽거나 그렇지 아니하면 군사에게 밟혀 죽을 것이니 이곳을 떠나 목숨을 보호하라."

하고, 말을 돌려 황양동에 남은 군사를 거두려 들어갔거늘 육목철이 황양동으로 먼저 들어가 대원수를 보시고 가달왕을 유인하였다 말하니 원수 들으시고 즉시 전쟁에서 쓰는 도구들을 갖추어 몹시 기다리더라.

OX 문제

01. 전쟁 장면의 구체적인 묘사를 통해 사건의 긴박감을 고조한다. [O / X]
02. 가달왕의 백만 대병은 대원수 설홍을 보고 겁에 질려 적진의 구덩이에 빠져 모두 죽었다. [O / X]
03. 적대자와의 지략 대결을 통해 주인공의 초월적 능력을 보여 주고 있다. [O / X]
04. 설홍에 의해 죽을 위기에 처한 가달왕은 날개 달린 짐승으로 변신해 도망갔다. [O / X]
05. 육목철은 변복을 하고 거짓 정보를 흘려 가달왕이 황양동으로 돌아가도록 유인하였다. [O / X]

심층체크

1. 서로 같은 인물을 지칭하는 말을 찾아 짝지으시오.
  A. 선봉장   B. 황상   C. 소장   D. 황제   E. 육목철

필수어휘 _ 반드시 암기하기

*후환 : 어떤 일로 말미암아 뒷날 생기는 걱정과 근심.
*변복하다 : 남이 알아보지 못하도록 평소와 다르게 옷을 차려입다.

장면 23

이때 가달왕이 황양동으로 흩어진 군사들을 거두려 와 보니 과연 골짜기 안에 가득하거늘 마음이 기뻐 말하기를,

"북관으로 가다가 황양동 백성 만나 설홍의 군사가 숨어 있다는 이야기를 듣고 이곳에 우리 군사 저다지 모여 있음을 보니 무슨 걱정 있으리오."

하며, 말이 끝나자마자 포를 한 발 쏘고 소리 더욱 커지며 징과 북소리 하늘이 무너지는 듯 함성 소리 땅이 꺼지는 듯하더라. 사방팔방으로 둘러 있고 산 위로 변복한 군사들이 선득선득 내달아 분별이 없는지라. 사면으로 가달을 첩첩이 둘러싸고 팔방으로 둘렀는데 황제 진영의 설홍이 벼락 같은 소리를 천둥같이 달려 나가 번개같이 쫓아오거늘, 가달왕이 그제야 황양동 백성에게 속은 줄을 알고 즉시 갑옷과 투구를 갖추고 설홍과 싸울 때 화살이 뒤섞여 어수선하며 분별하지를 못하겠더라. 칠십여 합에 원수가 와룡검을 들어 치니 가달왕의 투구 깨지거늘 왕이 분을 이기지 못하여 몸을 바람에 맡기고 창을 번개같이 놀리며 서로 싸울 때 모래와 돌이 날려 앞을 분별치 못하더라. 다시 오십여 합에 원수의 와룡검이 번득하더니 가달왕이 땅에 엎드리거늘 선봉장 육목철이 달려들어 가달왕을 사로잡아 바로 움직이지 못하게 묶어 앉히고 좌우의 장수와 병사가 긴 창을 들고 겨누어 쏘되 원수 설홍은 붉은 얼굴에 눈을 부릅뜨고 소리를 크게 지르며 말하기를,

"이놈 가달왕은 항복하라."

하는 소리 산이 무너지는 듯 하더라. 가달왕이 원수의 이런 모습을 보고 몸을 구부리자 묶어 둔 사슬이 터지면서 가달왕이 모습을 바꾸어 흰 꿩이 되어 달아나거늘 가다가 그물에 걸려 떨어졌다. 원수 군사를 거느려 쫓아가며 그물을 걷어 보니 흰 꿩은 사라지고 보라매가 성문 밖으로 날아가 또 그물 사이에 걸려 떨어지거늘, 원수와 육목철이 가면서 이르기를,

"가달왕은 들어라. 네 변신하는 법을 내 먼저 알거니와 네 어디로 가느냐?"

하니, 난데없는 백호가 내달아 주홍 같은 입을 벌리고 고함을 지르니 산이 무너지며 암석 사이로 달리며 군사 수백 명을 앞발로 찍고 맨입으로 물어 죽이나 장수와 병사 중에 호랑이를 잡을 자 없어 어떻게 해야 할 줄을 몰라 온갖 무기로 겨누다 소리만 지르고 달아나거늘, 백호는 원수와 목철을 바라보고 입으로 돌연 장수와 병사들을 깨무니 하얀 눈이 흩날리는데 앞발로 흙을 파고 다니며 조금도 거리낌이 없이 장난하며 절벽 위로 달아났다. 원수 백호의 하는 거동을 보고 이상하게 여겨 급히 쫓아가니 호랑이가 사나움을 더욱 보이는데 원수가 따라가며 고함을 질렀다. 원수 실로 이를 잡고자 바위 위에서 떨어지니 가달왕이 도리어 손으로 머리를 움켜쥐고 변신하여 몸을 바람에 붙여 달아나거늘, 설홍이 쫓아가며 와룡검을 들어 가달왕의 머리를 치니 눈 아래에서 구르는지라. 원수 본진으로 돌아와 황상을 보시고 가달왕의 머리를 바치며 승전고를 울리니 즐거워하더라. 독해 TIP 가달왕이 몸을 감추는 술법을 갖추었음에도 원수에게 죽임을 당하는 장면에서 설홍의 영웅적인 면모가 돋보이고 있다.

황제 원수의 공을 의논하시되,

"하늘 같고 바다 같도다. 무엇으로 공을 갚으리오?"

하고, 또한 여러 신하들도 칭찬하며 원수를 위로하고 좌우 자사들 땅에 엎드려 원수를 송축하더라*. 원수 먼 길을 떠남에 공문을 놓고 황상을 뵙고 승전고를 울리며 행군하여 여러 날 만에 죽림관을 지나 봉황성에 돌아오니 수성 장수와 병사들이 나와 무사히 돌아옴을 못내 칭찬하더라. 황상과 원수를 모시고 궁으로 돌아올 때 장안의 백성이며 교외 백성들이 성문 밖에 나와 황상의 성은*과 원수의 충성을 말씀하시며 들어 거듭 절하며 축하하더라. 황제가 원수를 얻어 대장을 거느리고 삼일 큰 잔치 후에 가달은 이미 처리하였으나 강동 땅의 세력과 대립이 있고 조공을 제때 바치지 않는 점을 걱정하며 원수의 손을 잡고 말씀하시기를,

"경의 공을 어찌 갚으리오. 강동이 비록 적으나 지방이 천리요, 백성이 대강 백만이라. 강동으로 내려가 곤경에 빠진 수백 인명을 맡기노라." / 하시며, 내시와 노복 수백 명을 주시더라.

한편, 신표를 주시며 강동의 백성들이 왕으로 섬기게 하고 그 부친 죽림처사의 호를 원능이라 하시더라. 돌로 만든 여러 물건들을 갖추어 세우고 벼슬을 능참봉으로 정하여 보내시며 군사를 다 각각 풀어 주시며 쌀 삼백 석과 은돈 백 냥씩을 하사받고 행군하셨다. 원수 크게 기뻐하며 내려와 급히 말하기를,

"자고로 나라가 불행하여 어려움을 당하면 충성을 다하여서 나라의 은혜를 갚아 나라를 잘 다스려 백성을 편히 살게 하는 것이 법도에 당연하거늘 이러한 왕명을 주시오니 황은을 어찌 감당하오리까. 엎드려 바라건대 폐하께서는 왕의 직첩을 거두옵소서."

독해 TIP 설홍은 오로지 나라가 불행에 빠져 충성을 다한 것이었다며 왕의 직책을 사양하고 있다. 이를 통해 설홍의 겸손한 자세를 확인할 수 있다.

하니, 왕이 말하되, / "짐의 뜻으로 왕명을 주는 것이 아니라 하늘이 주는 것이라."

하고, 그 아내 왕 씨를 정열왕비로 봉하시고 황금 수만 냥을 주시며,

"급히 내려가 백성을 보호하라."

하시고, 임금이 입던 곤룡포와 임금의 도장을 주시거늘 원수 못내 감사해하며 물러 나오니 제장 군졸들이 문밖에 나와 강동왕으로 모시고 형원각에 돌아가 차례로 하직할 때 황제께서 주신 증여와 나라에서 주는 금품 등이 왕을 귀하게 하더라. 독해TIP 임금의 도장은 임금만이 가질 수 있는 권위의 상징이다. 즉, 임금의 도장을 준다는 것은 임금의 자리를 내려 준다는 것과 같은 말이다.

OX 문제

01. 인물의 행위가 연속적으로 나열된 장면을 통해 신분의 변화 과정을 드러내고 있다.　[O / X]
02. 가달왕은 사슬을 끊고 흰 꿩으로 변신하여 절벽 위로 달아났다.　[O / X]
03. 설홍은 가달왕이 새로 변신할 것을 염두에 두고 그물을 미리 설치해 두었다.　[O / X]
04. 대화를 통해 과거로 돌아가려 하는 인물들의 심리를 보여 주고 있다.　[O / X]
05. 황제는 원수 설홍의 공을 높이 사 강동의 백성을 다스릴 수 있는 왕의 직첩을 내렸다.　[O / X]

심층체크

1. 서로 같은 인물을 지칭하는 말을 찾아 짝지으시오.

　A. 설홍　　B. 왕　　C. 흰 꿩　　D. 보라매　　E. 백호　　F. 원수　　G. 경　　H. 강동왕

필수어휘 _ 반드시 암기하기

*송축하다 : 경사를 기리고 축하하다.
*성은 : 임금의 큰 은혜.

06 설홍전

장면 24

전하 몸에 곤룡포를 입고 임금의 자리에 앉아 선봉장 육목철로 좌승상을 봉하시고 이부 상서 노영춘으로 우승상을 삼으시고 그 남은 대장에게 중요한 직책을 하사하시더니 이튿날 조회에서 강동왕이 여쭈기를,

"소왕이 본국을 떠나 고향에 돌아가 조상 무덤을 돌보는 가솔*을 거느려 강동으로 가고자 하나이다."

하니, 황제 허락하시고,

"경 등은 충성을 다하여 나라의 은혜를 갚아 보낸 이름을 다음 세대에 빛나게 하라."

하였다. 강동왕이 신하들을 거느리고 궐문 밖에 나오니 장안의 늙은이와 젊은이 수만 명이 따라와 송축하더라. 승상 육목철로 하여금 각 도 각 읍에 공문을 보내게 하였다. 북산 아래 이르러 자사 철영이 찾아와 뵙고 응백 부부가 내려와 엎드려 절하더라.

왕은 제문을 짓고 제사에 필요한 여러 재료를 갖추어 차례로 놓고 제사를 지낸 후에 앵무동 본댁으로 돌아오니 모든 노복이 다 인사하였다. 가옥이 낡아 사당의 물건들을 알맞게 처리하시고 비복들에게 집을 지키게 하였다. 진 숙인은 아직 살아있으되 눈만 깜박이며 혼이 나간 사람 같았다. 손과 발을 움직이지 못하며 혼자 출입도 못하는 것을 보자 자연히 슬픔을 이기지 못하여 진 숙인의 손을 잡고 통곡하며 여쭈기를,

"집안 형편이 이러하니 안타까운 마음이 이루 말할 수 없습니다. 그러나 부친 산소를 두고 일시에 고향을 다 떠나기 어렵사오니 섭섭히 생각 마옵소서. 저는 이제 강동으로 떠나겠습니다."

하며, 즉시 지시하여 집을 수리하고 금은보화를 마련하여 생활에 부족함이 없도록 한 후에 하직하고 가니 진 숙인은 전의 일을 생각하고 한 말도 하지 못하고 얼굴이 죽은 사람 같더라.

이때 동네 사람들이 모여 와 말하기를,

"설 공자는 주인에게 서러움을 받아 산짐승이 되었다 하더니 하늘이 감동하여 이번 난리에 큰일을 이루어 강동왕이 되어 불쌍히 대접한 주인을 죽이는가 하였더니 보은으로 답례하니 그런 기특한 마음은 세상에 없더라."

하였다. 이날 앵무동을 떠나 소주 땅 북산 아래 찾아 들어 왕 승상 산소에 제문을 갖추어 왕비와 그 일족들이 함께 제사를 지내고 후궁 매월이 멀리 그 아래서 기도하고 영소암에 들어가 용암 대사의 모습을 그려 벽에 걸고 향을 피운 후에 여러 승려를 불러 은혜에 보답하며, 독해 TIP ▶ '용암 대사'는 왕비 왕윤선과 그녀의 시비 난양을 거두어 보살펴 준 스님이다. 장면 14에서 용암 대사는 도적에 의해 죽임을 당하였는데, 설홍은 그 스님을 위해 제사를 지내며 왕윤선을 돌봐 준 은혜에 감사함을 표하고 있는 것으로 이해하면 된다.

"불전에 축원* 드려 주소서."

하고, 영소암을 떠나 강동에 도착한 후 제장의 벼슬 주고 백성을 다스림이 제국에 진동하더라. 백성들이 풍년이 들어 농부가 태평한 세월을 즐기는 노래를 일삼으니 천하태평하고 일 년에 과거 두 번씩 보게 하여 인재를 택하여 벼슬아치로 삼더라.

왕의 젊은 나이 삼십사 세요. 왕비의 나이도 동갑이라. 삼남 일녀를 두었으니 총명하고 매월의 나이가 이십칠 세에 일남 이녀를 두었으되 세상에 겨룰 만한 인물이 없을 정도였다. 매월 후궁은 왕비 왕 씨를 모시며 같이 섬기더라. 왕자 설 공자는 승상 조경운의 딸과 맺어지고 둘째 아들 설인은 이부 상서의 사위가 되었으며 셋째 아들 설민은 산림처사 김처락의 사위가 되었다.

세월이 흘러 왕의 나이가 칠십이 되니 심상치 아니한지라. 첫째 아들 설공을 임금의 지위에 오르게 하고 모든 벼슬아치들이 모시니 무엇이 두려우랴. 독해 TIP ▶ 영웅 소설의 대부분의 경우는 공적인 일을 수행한 후 행복한 결말을 맞이하는 것으로 끝나는데, 설홍전의 경우도 이에 속한다.

OX 문제

01. 주변 인물이 알고 있는 사례를 근거로 주요 인물에 대해 상반된 평가를 내리고 있다.　　　　　[O / X]
02. 서술자가 개입하여 주관적 판단이나 감정을 드러내고 있다.　　　　　[O / X]
03. 진 숙인은 설홍을 괴롭히던 이전의 일을 떠올리며 설홍에게 용서를 빌었다.　　　　　[O / X]
04. 강동왕은 강동에 가기 전 왕 승상의 산소에 들러 제문을 갖추고 제사를 지냈다.　　　　　[O / X]
05. 강동왕의 둘째 아들 설인은 이부 상서가 되어 임금의 지위에 오른 형을 보필하였다.　　　　　[O / X]

심층체크

1. 지칭하는 대상이 <u>다른</u> 하나를 고르시오.
　 A. 전하　　　B. 소왕　　　C. 강동왕　　　D. 산짐승　　　E. 설 공자
2. 서술자의 개입이 드러난 부분을 모두 찾아 밑줄 그으시오.

필수어휘 _ 반드시 암기하기

*가솔 : 한집안에 딸린 구성원.
*축원 : 신적 존재에게 자기의 뜻을 아뢰고 그것이 이루어지기를 비는 일.

무조건 올라가는

고전소설 문해력

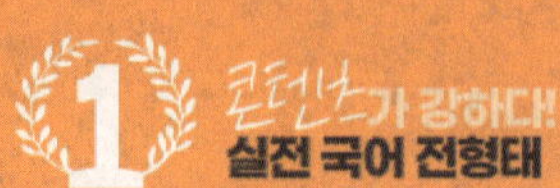

콘텐츠가 강하다!
실전 국어 전형태

07

홍길동전

주제

불합리한 사회 제도에 저항하는 홍길동의 영웅적 활약상

특징

① 우리나라 최초의 국문 소설로, 유교의 충효 사상을 바탕으로 함.
② 영웅의 일대기적 구성을 따름.
③ 인간 평등사상을 바탕으로 적서 차별과 같은 불합리한 신분 제도에 대한 비판을 드러냄.

작품 해제

「홍길동전」은 우리나라 최초의 국문 소설로 광해군 때 허균이 지은 소설이다. 영웅의 일대기를 중심 서사로 하고 있으며, 지하국에 사는 괴물을 퇴치하고 납치된 여자를 구해 혼인하게 된다는 지하국 대적 퇴치 설화의 영향을 받은 흔적을 보인다. 적서 차별, 부정부패가 만연했던 사회에 대한 비판 등을 주제로 내세우면서 '율도국'이라는 이상국에 대한 지향을 드러내고 있다. 일반적인 고전 소설들은 사회 체제를 옹호하는 경향을 보이는데, 이 작품은 조선을 떠나 율도국이라는 새로운 나라에서 이상적인 정치를 펼친다는 점에서 체제 비판적인 성격을 강하게 지녀 사대부들에게 비난받기도 하였다.

인물 관계도

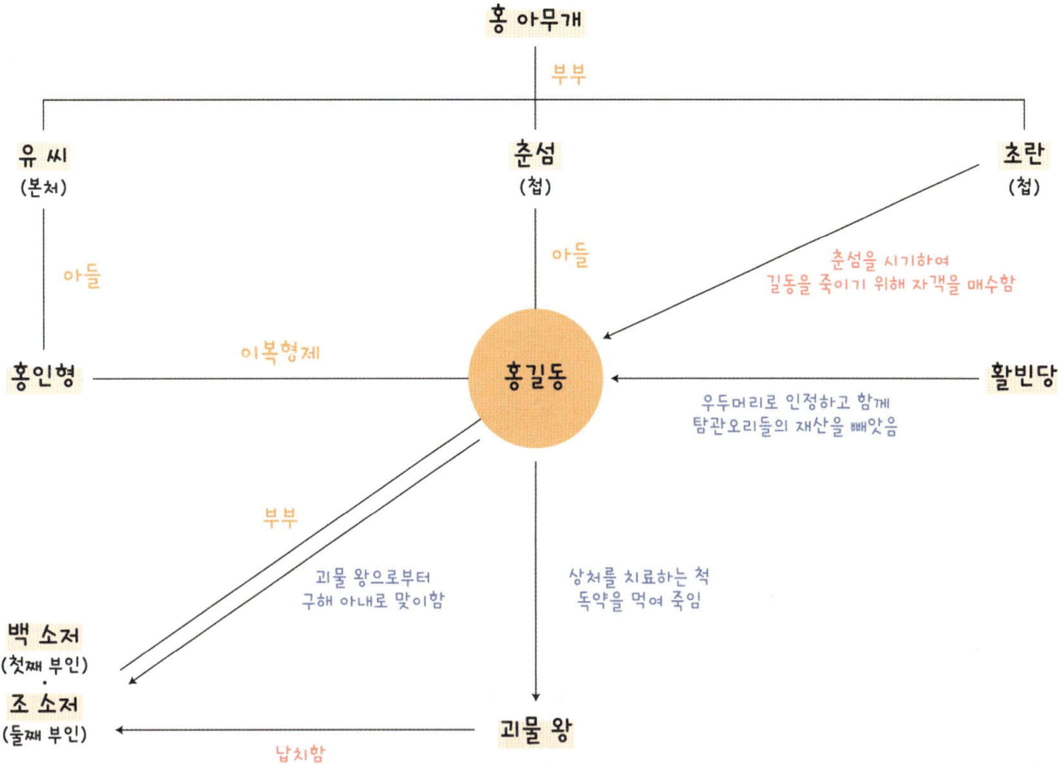

- **홍길동** : 홍 아무개와 시비 춘섬 사이에서 태어난 얼자. 적서 차별에 대한 불만을 가지고 집을 나가 활빈당의 우두머리가 된다. 훗날 율도국의 왕이 되어 태평세계를 이룬다.
- **홍 아무개** : 길동의 아버지. 대대로 이름난 가문의 후예로, 길동의 재능을 아까워하고 그의 처지를 이해하지만 적서 차별이라는 당시 사회 제도를 거스르지 못하는 보수적 태도를 보인다.
- **홍인형** : 홍 아무개와 본처 유 씨 사이에서 태어난 아들이자 길동의 이복형. 임금이 길동을 잡아들이라고 명령하자 길동을 설득하는 글을 붙여 자수할 것을 권한다.
- **춘섬** : 길동의 어머니. 시비 출신으로 홍 아무개의 첩이다.
- **초란** : 곡산 지방의 기생 출신으로 홍 아무개의 첩. 춘섬이 길동을 낳아 홍 아무개의 사랑을 받자 이를 시기하여 길동을 없애려고 한다.
- **활빈당** : 홍길동이 이끄는 도적 무리. 탐관오리들이 부정하게 얻은 재물을 빼앗아 가난한 백성들에게 나눠 준다.

장면 01

조선 세종 때에 한 재상이 있었으니, 성은 홍 씨요 이름은 아무개였다. 대대로 이름난 가문으로서 어린 나이에 과거에 합격해 벼슬이 으뜸이었다. 명성이 자자한 데다 충효까지 갖추어 그 이름을 온 나라에 떨쳤다. 일찍 두 아들을 두었는데, 하나는 이름이 인형으로 본처 유 씨가 낳은 아들이고, 다른 하나는 이름이 길동으로 시비 춘섬이 낳은 아들이었다. 독해 TIP 당대에는 아버지가 양반일지라도 어머니가 천민이라면 그 사이에서 태어난 아이도 천민으로 분류되었다. 홍 아무개의 본처가 낳은 인형과 달리, 시비 춘섬이 낳은 아들인 길동은 천민과 양반 사이에서 태어난 얼자로 천민에 해당한다. 따라서 신분에 의해 길동이 차별 대우를 받을 것임을 예상할 수 있다.

그 앞서, 공이 길동을 낳기 전에 한 꿈을 꾸었다. 갑자기 천둥과 번개가 진동하며 청룡이 수염을 거꾸로 하고 공을 향하여 달려들기에, 놀라 깨니 한바탕 꿈이었다. 마음속으로 크게 기뻐하여 생각하기를, '내 이제 용꿈을 꾸었으니 반드시 귀한 자식을 낳으리라.' 하고, 즉시 안방으로 들어가니, 부인 유 씨가 일어나 맞이하였다. 공이 그 고운 손을 잡고 바로 수작을 부리고자 하였으나, 부인은 정색을 하고 말했다.

"상공께서는 위엄을 갖추지 않은 채 어리석고 경박한 사람의 행위를 하고자 하시니, 첩은 따르지 않겠습니다."

하며 말을 마치고는 손을 떨치고 나가 버렸다. 공은 몹시 무안하여 화를 참지 못하고 바깥으로 나와 부인의 지혜롭지 못함을 한탄하였다.

그때 마침 시비 춘섬이 차를 올리기에, 그 고요한 분위기를 틈타 춘섬을 이끌고 방에 들어가 바로 수작을 부렸다. 그 무렵 춘섬의 나이는 열여덟이었는데, 한번 정을 나눈 후에는 문밖에 나가지 아니하고 타인과 접촉할 마음도 먹지 않기에, 공이 기특하게 여겨 아끼는 첩으로 삼았다.

과연 춘섬이 그 달부터 태기*가 있더니 10달 만에 옥동자를 낳았는데, 생김새가 비범하여 실로 영웅의 기상이었다. 공은 한편으로 기뻐하면서도 아이가 부인의 몸에서 태어나지 못한 것을 안타깝게 여겼다. 독해 TIP 당시에는 서얼에 대한 신분 차별이 심했기 때문에 천민인 길동은 영웅의 기상을 타고났더라도 과거에 응시하여 출세할 수 없었다. 그렇기에 홍 아무개는 길동이 본처인 유 씨의 아들로 태어나지 못한 것을 안타까워한 것이다.

길동이 점점 자라 8살이 되자, 총명하기가 보통이 넘어 하나를 들으면 백 가지를 알 정도였다. 그래서 공은 더욱 귀여워하면서도 출생이 천해, 길동이 늘 아버지니 형이니 하고 부르면, 즉시 꾸짖어 그렇게 부르지 못하게 하였다. 길동이 10살이 넘도록 감히 아버지와 형을 부르지 못하고, 종들로부터 천대받는 것을 뼈에 사무치게 한탄하면서 마음 둘 바를 몰랐다.

"대장부가 세상에 나서 공자와 맹자를 본받지 못할 바에야, 차라리 병법*이라도 익혀 대장이 되어 많은 나라를 정복하여 나라에 큰 공을 세우고 이름을 빛내는 것이 장부의 통쾌한 일이 아니겠는가. 나는 어찌하여 아버지와 형이 있는데도 아버지를 아버지라 부르지 못하고 형을 형이라 부르지 못하니 심장이 터질지라, 이 어찌 통탄할* 일이 아니겠는가!" 독해 TIP '공자와 맹자'는 전설적인 유학자이다. 길동은 신분 때문에 학문에 정진하여 벼슬을 할 수도, 군사를 지휘하여 공을 세울 수도, 심지어는 아버지와 형을 제대로 부를 수도 없는 자신의 처지를 한탄하고 있다.

하고, 말을 마치며 뜰에 내려와 검술을 익히고 있었다.

그때 마침 공이 또한 달빛을 구경하다가, 길동이 서성거리는 것을 보고 즉시 불러 물었다.

"너는 무슨 재미가 있어서 밤이 깊도록 잠을 자지 않느냐?"

길동은 공경하는 자세로 대답했다.

"소인은 마침 달빛을 즐기는 중입니다. 그런데 만물이 생겨날 때부터 오직 사람이 귀한 존재인 줄 아옵니다만, 소인에게는 귀함이 없사오니, 어찌 사람이라 하겠습니까?"

공은 그 말의 뜻을 짐작은 했지만, 일부러 꾸짖는 척하며, / "네 무슨 말이냐?" 했다. 길동이 절하고 말씀드리기를,

"소인이 평생 서러워하는 바는, 소인이 대감의 기운을 받아 당당한 남자로 태어났고, 낳아 길러 주신 부모님의 은혜를 입었음에도 불구하고, 아버지를 아버지라 못 하옵고, 형을 형이라 못 하오니, 어찌 사람이라 하겠습니까?"

하고, 눈물을 흘렸다. 공이 듣고 불쌍하다는 생각이 들었으나, 그 마음을 위로하면 건방져질까 염려되어, 크게 꾸짖어 말했다.

"재상 집안에 천한 종의 몸에서 태어난 자식이 너뿐이 아닌데, 네가 어찌 이렇게 건방지냐? 앞으로 다시 이런 말을 하면 내 눈앞에 서지도 못하게 하겠다."

이렇게 꾸짖으니 길동은 감히 한 마디도 더 하지 못하고, 다만 땅에 엎드려 눈물을 흘릴 뿐이었다. 공이 물러가라 하자, 그제서야 길동은 방으로 돌아와 슬퍼해 마지않았다.

하루는 길동이 어미의 방에 가 울면서 아뢰었다.

"소자가 어머니와 더불어 전생에서부터의 인연이 깊어, 이번 생에 모자가 되었으니, 그 은혜가 지극하옵니다. 그러나 소자의 팔

자가 사나워 천한 몸이 되었으니 품은 한이 깊사옵니다. 제가 세상에 살면서 남의 천대를 받지 않을 수 없으니, 소자는 서러움을 참지 못하여 어머니 슬하*를 떠나려 하오니, 엎드려 바라건대 어머니께서는 소자를 걱정하지 마시고 건강히 잘 지내십시오.”

그 어미가 듣고 나서 크게 놀라 말했다.

“재상가에서 천하게 태어난 사람이 너뿐이 아닌데, 어찌 마음을 좁게 먹어 어미 가슴을 태우느냐?” / 길동이 대답했다.

“옛날, 장충의 아들 길산은 천하게 태어났지만 열세 살에 그 어미와 이별하고 운봉산에 들어가 도를 닦아 아름다운 이름을 다음 세대에 전하였습니다. 소자도 그를 본받아 세상을 벗어나려 하오니, 어머니는 안심하고 나중을 기다리십시오. 최근에 곡산댁의 눈치를 보니 상공의 사랑을 잃을까 하여 우리 모자를 원수같이 알고 있습니다. 큰 화를 입을까 하오니 어머니께서는 소자가 나가는 것을 걱정하지 마십시오.” / 하니, 그 어머니 또한 슬퍼하더라.

OX 문제

01. 시간의 흐름에 따라 서사를 전개하여 갈등이 해소되는 과정을 부각하고 있다.   [O / X]
02. 요약적 서술을 통해 인물의 삶의 내력을 드러내고 있다.   [O / X]
03. 용꿈을 꾸고 귀한 자식을 낳을 것이라 확신한 공은 곧바로 춘섬을 찾아갔다.   [O / X]
04. 공은 길동의 한탄을 듣고 건방지다고 생각하며 크게 꾸짖었다.   [O / X]
05. 길동은 길산의 일화를 들어 집을 나가겠다는 주장을 강화하였다.   [O / X]

심층체크

1. 지칭하는 대상이 <u>다른</u> 하나를 고르시오.
  A. 한 재상   B. 상공   C. 대장부   D. 아버지   E. 대감

필수어휘 _ 반드시 암기하기

*태기 : 아이를 밴 기미.
*병법 : 군사를 지휘하여 전쟁하는 방법.
*통탄하다 : 몹시 탄식하다.
*슬하 : 무릎의 아래라는 뜻으로, 어버이나 조부모의 보살핌 아래. 주로 부모의 보호를 받는 테두리 안을 이른다.

장면 02

상공의 첩 중 곡산 지방의 기생 출신인 곡산댁이 있었는데, 이름은 초란이었다. 아주 교만하고 자기 마음에 맞지 않으면 공에게 고자질을 하기에, 집안에 폐단*이 무수하였다. 자신은 아들이 없는데, 춘섬은 길동을 낳아 상공으로부터 늘 예쁨을 받게 되자, 속으로 불쾌하여 길동을 없애 버릴 마음만 먹고 있었다.

하루는 초란이 흉악한 마음을 먹고 무당을 불러 말하기를,

"내가 편안하게 살려면 길동을 없애는 방법밖에는 없다. 만일 나의 소원을 이루어 주면 그 은혜를 후하게 갚겠다."

라고 하니, 무당이 듣고 기뻐서 대답했다.

"지금 동대문 밖에 일류 관상녀가 있는데, 사람의 얼굴을 한번 보면 운이 좋고 나쁨을 판단합니다. 그 사람을 청하여 소원을 자세하게 말하고, 공께 소개하여 그녀로 하여금 전후 사정을 자신이 본 듯이 이야기하게 하면, 공이 속아 넘어가 길동을 없애고자 할 것이니, 그때를 틈타 이리이리하면 어찌 묘한 방법이 아니겠습니까?" 독해 TIP ▶ 길동을 없애려는 초란과 무당의 흉악한 계획이 드러나고 있다. 둘은 관상을 보고 운수를 판단하는 '관상녀'를 매수해 길동을 모함하여 해치려고 하고 있다.

이에 초란이 크게 기뻐서 먼저 은돈 오십 냥을 주고 관상녀를 청해 오도록 하자, 무당이 인사하고 갔다.

이튿날 공이 방에 들어와 부인과 더불어 길동의 비범함에 대해 이야기하면서 다만 신분이 천함을 안타까워하고 있던 중, 문득 한 여자가 들어와 마루 아래서 인사를 하기에, 공이 이상하게 여겨 물었다.

"그대는 어떠한 여자인데 무슨 일로 왔소?"

그 여자가 말했다. / "소인은 관상 보는 사람이온데, 우연히 상공 댁에 이르렀습니다."

공이 이 말을 듣고 길동의 앞날을 알고 싶어 즉시 길동을 불러서 보이니, 관상녀가 이윽히 보다가 놀라 말하기를,

"이 공자의 관상을 보니 하늘이 내린 영웅이지만, 신분이 부족하니 다른 걱정은 없을 듯합니다."

하고는 말을 하고자 하다가 주저하기에, 공과 부인이 크게 의심하며 말했다.

"무슨 말인지 바른 대로 이르라."

관상녀가 마지못한 체하며 주위 사람들을 내보내고 말했다.

"공자의 관상을 보니, 조화로운 자연의 기운이 끝이 없으니 실로 왕이 될 기상입니다. 성장하면 온 집안이 멸망하는 재앙을 당할 것이오니, 상공께서는 잘 생각하십시오."

공이 듣고 나서 놀란 나머지 한참 동안이나 묵묵히 있다가 마음을 진정시키고 이르기를,

"사람의 팔자는 피하기 어려운 것이니, 너는 이런 말을 밖으로 새어 나가게 하지 말라." / 당부하고는 돈을 주어 보내었다.

그 후로는 공이 길동을 산에 있는 정자에 머물게 하고 행동 하나하나를 엄격하게 감시했다. 길동은 이런 일을 당하자 서러움이 더욱 북받쳤지만 어쩔 수가 없어 병법과 천문 지리를 공부하고 있었다. 공이 이 사실을 알고는 크게 걱정하여 말했다.

"이놈이 본래 재주가 있어, 만일 과분한 마음을 품게 되면 관상녀의 말과 같을 것이니, 이를 어찌하랴?"

이때 초란이 무당 및 관상녀와 짜고 공을 놀라게 하고는 길동을 없애고자 많은 돈을 들여 자객을 매수했는데*, 그 이름은 특재였다. 초란은 특재에게 계획을 자세히 일러 주고는 공에게 가서 아뢰었다.

"며칠 전 관상녀가 아는 일이 귀신 같으니, 길동의 앞일을 어떻게 처리하려 하십니까? 저도 놀랍고 두려우니 일찍 길동을 없애 버리는 것이 나을 듯하옵니다."

공은 이 말을 듣고 눈썹을 찡그리면서, / "이 일은 내 손바닥 안에 있으니, 너는 섣부르게 굴지 말라."

하고 물리치기는 했으나, 마음이 뒤숭숭하여 밤이면 잠을 이루지 못해 병이 나고 말았다. 부인과 인형이 크게 걱정이 되어 어쩔 줄을 모르고 있는데, 초란이 곁에서 모시고 있다가 아뢰었다.

"상공의 병이 깊으신 것은 길동으로 인한 것입니다. 저의 좁은 의견으로는 길동을 죽여 없애면 상공의 병도 완쾌되실 뿐 아니라, 가문도 보존할 것이온데, 어찌 이 점을 생각하지 않으시는지요?" 독해 TIP ▶ 초란은 상공의 병과 가문의 보존을 이유로 들어, 유 씨 부인과 인형에게 길동을 죽일 것을 제안하고 있다.

부인이 이르기를, / "아무리 그렇다 한들 천륜*이 더할 수 없이 무거운데 차마 어찌 그런 짓을 하겠나."

라고 하자, 초란이 말했다.

"듣자오니 특재라는 자객이 있는데, 사람 죽이기를 주머니 속의 물건 잡듯이 한답니다. 그에게 많은 돈을 주고 밤에 들어가 해치게 하면, 상공이 아셔도 어쩔 수 없을 것이오니, 부인은 다시 한 번 생각하십시오."

부인과 인형이 눈물을 흘리면서 말했다.

"이는 차마 못할 바이로되, 첫째는 나라를 위함이요, 둘째는 상공을 위함이며, 셋째는 우리 가문을 보존하기 위함이니, 너의 생

각대로 하려무나."

　그러자 초란이 크게 기뻐하면서 다시 특재를 불러 사정을 자세히 이야기하고, 오늘 밤에 급히 행하라 하니, 특재가 그렇게 하겠다 하고 밤 되기를 기다렸다.

OX 문제

01. 무당은 관상녀를 이용해 길동을 없애자는 초란의 계획을 듣고 기뻐하였다.　　　　　　　　[O / X]
02. 관상녀는 공에게 길동이 왕이 될 기상을 가지고 있으니 길동을 보호해야 한다고 주장했다.　　[O / X]
03. 부인은 천륜이 무거움을 이유로 끝까지 초란의 제안을 거절했다.　　　　　　　　　　　　　[O / X]
04. 서술자가 인물의 내면 심리를 직접 제시를 통해 드러내고 있다.　　　　　　　　　　　　　　[O / X]
05. 동시에 일어나는 두 개의 사건을 병치하여 긴장감을 조성하고 있다.　　　　　　　　　　　　[O / X]

심층체크

1. 지칭하는 대상이 <u>다른</u> 하나를 고르시오.
　A. 일류 관상녀　　　B. 그 사람　　　C. 그녀　　　D. 무당　　　E. 한 여자

필수어휘 _ 반드시 암기하기

*폐단 : 어떤 일이나 행동에서 나타나는 옳지 못한 경향이나 해로운 현상.
*매수하다 : 금품이나 그 밖의 수단으로 남의 마음을 사서 자기편으로 만들다.
*천륜 : 부모와 자식, 형제와 자매 사이에서 마땅히 지켜야 할 도리.

장면 03

　한편, 길동은 그 원통한 일을 생각하니 잠시를 머물지 못할 바이지만 상공의 명령이 엄하므로 어쩔 수가 없어 밤마다 잠을 설치고 있었다. 독해 TIP 길동이 생각한 '원통한 일'은 장면 02에서 상공이 길동을 산에 있는 정자에 머물게 하며 행동 하나하나를 엄격하게 감시한 일을 가리킨다. 그런데 그날 밤, 촛불을 밝혀 놓고 서적을 골똘히 읽고 있는데, 까마귀가 세 번 울고 갔다. 길동은 이상한 예감이 들어 혼잣말로, / "저 짐승은 본래 밤을 꺼리거늘, 지금 울고 가니 매우 불길하도다."

　하면서 잠시 점을 쳐 보고는 크게 놀라 책상을 밀치고 둔갑법으로 몸을 숨긴 채 상황을 살피고 있었다. 새벽이 되자 한 사람이 칼을 들고 천천히 방문으로 들어오는지라, 길동이 급히 몸을 감추고 주문을 외니, 갑자기 한 줄기의 으스스한 바람이 일어나면서, 집은 간데없고 첩첩산중*에 풍경이 굉장하였다. 크게 놀란 특재는 길동이 범상치 않음을 깨닫고 칼을 감추며 피하고자 했으나, 갑자기 길이 끊어지면서 바위로 된 절벽이 가로막자, 오도 가도 못하는 처지가 되었다. 사방으로 방황하다가 피리 소리를 듣고서야 정신을 차리고 살펴보니, 한 소년이 나귀를 타고 오며 피리 불기를 그치고 꾸짖었다.

　"너는 무엇 때문에 나를 죽이려 하는가? 죄 없는 사람을 해치면 어찌 천벌이 없으랴?"

　하고 주문을 외니, 갑자기 검은 구름이 일어나며 큰 비가 물을 퍼붓듯이 쏟아지고 모래와 자갈이 날리었다. 특재가 정신을 가다듬고 살펴보니 길동이었다. 재주가 대단하다고는 여기면서도 '어찌 나를 상대하리오.' 하고 달려들면서 소리쳤다.

　"너는 죽어도 나를 원망하지 말라. 초란이 무당과 관상녀로 하여금 상공과 의논하게 하고, 너를 죽이려 한 것이니, 어찌 나를 원망하랴."

　칼을 들고 달려드는 특재를 보자, 길동은 분함을 참지 못해 요술로 특재의 칼을 빼앗아 들고 호통을 쳤다.

　"네가 재물을 탐내어 사람 죽이기를 좋아하니, 너 같은 놈은 죽여서 후환*을 없애겠다."

　하고 칼을 드니, 특재의 머리가 방 가운데 떨어졌다. 독해 TIP '둔갑법'은 마음대로 자기 몸을 감추거나 다른 것으로 변하게 하는 술법이며, '요술'은 초자연적 능력으로 괴이한 일을 행하는 술법이다. 이러한 술법들을 통해 자객인 특재를 제압하는 길동의 모습에서 비범한 능력을 가진 영웅으로서의 면모가 부각되고 있다. 길동은 분노를 이기지 못해 그날 밤에 바로 관상녀를 잡아 와 특재가 죽어 있는 방에 들이쳐 박고 꾸짖기를, / "네가 나와 무슨 원수를 졌다고 초란과 짜고 나를 죽이려 하느냐?"

　하고 칼로 치니, 그 처참한 꼴을 어찌 두 눈 뜨고 볼 수 있으리오?

　이때 길동이 두 사람을 죽이고 하늘을 살펴보니, 은하수는 서쪽으로 기울어지고 달빛은 희미하여 마음은 더욱 울적해졌다. 분통이 터져 초란마저 죽이고자 하다가, 상공이 사랑하는 여자라는 데 생각이 미치자, 칼을 던지고 달아나 목숨이나 건지기로 마음먹었다. 바로 상공의 방으로 가 하직* 인사를 올리고자 하는데, 마침 공도 창밖의 인기척을 듣고서 창문을 열고 살폈다. 공은 길동임을 알고 불러 말했다. / "밤이 깊었거늘 네 어찌 자지 않고 이렇게 방황하느냐?"

　길동은 땅에 엎드려 아뢰었다.

　"소인이 일찍 부모님께서 낳아 길러 주신 은혜를 만분의 일이나마 갚을까 하였더니, 집안에 옳지 못한 사람이 있어 상공께 참소하고* 소인을 죽이고자 하기에, 겨우 목숨은 건졌으나 상공을 모실 길이 없기로 오늘 상공께 하직을 고하옵니다."

　하기에, 공이 크게 놀라 물었다. / "너는 무슨 일이 있어서 어린아이가 집을 버리고 어디로 가겠다는 거냐?"

　길동이 대답했다.

　"날이 밝으면 자연히 아시게 되려니와, 소인의 신세는 뜬구름과 같사옵니다. 상공의 버린 자식이 어찌 갈 곳이 있겠습니까?"

　길동이 두 줄기의 눈물을 감당하지 못해 말을 이루지 못하자, 공은 그 모습을 보고 불쌍한 마음이 들어 타일렀다.

　"내가 너의 품은 한을 짐작하겠으니, 오늘부터는 아버지를 아버지라 부르고 형을 형이라 불러도 좋다."

　길동이 절하고 아뢰었다.

　"소자의 한 가닥 지극한 한을 아버지께서 풀어 주시니 죽어도 한이 없습니다. 엎드려 바라옵건대, 아버지께서는 만수무강하십시오*." 독해 TIP '소인'은 신분이 낮은 사람이 자기보다 신분이 높은 사람을 상대하여 자기를 낮추어 이르는 표현이며, '소자'는 아들이 부모를 상대하여 자기를 낮추어 이르는 표현이다. 상공이 호부호형을 허락하자 길동이 자신을 지칭하는 표현을 '소인'에서 '소자'로, 아버지를 지칭하는 표현을 '상공'에서 '아버지'로 바꾸었다. 고전 소설에서는 상황에 따라 인물을 지칭하는 표현이 자주 바뀌기 때문에 이를 유의하며 읽어 나가야 한다.

　이렇게 말하고 하직하니, 공이 붙잡지 못하고 다만 무사하기만을 당부하더라. 길동이 또 어머니 방에 가서,

　"소자는 지금 슬하를 떠나려 하오나 다시 모실 날이 있을 것이니, 어머니는 그 사이 몸을 아끼십시오."

　하고 작별 인사를 하였다. 춘섬이 이 말을 듣고 무슨 까닭이 있음을 짐작하나 굳이 묻지는 않고 하직하는 아들의 손을 잡고 통곡하면서 말했다.

"네 어디로 가려 하느냐? 머무는 곳이 멀어 늘 보고 싶었는데, 이제 너를 보내고 어찌 잊으랴. 부디 무사히 돌아와 만나기를 바란다."

길동이 절하고 문을 나와 멀리 바라보니 깊은 산중에 구름만 자욱한데 정처 없이 길을 가니 어찌 가련치 않으랴.

OX 문제

01. 인물의 초월적 행위를 통해 사건의 환상적 면모를 부각하고 있다. [O / X]
02. 까마귀 울음소리를 듣고 불길함을 느낀 길동은 점을 쳐 보고 놀라 미리 숨어 있었다. [O / X]
03. 특재는 길동의 재주를 보고 크게 놀라 자신의 잘못을 고백하며 용서를 구하였다. [O / X]
04. 인물 간의 대화를 통해 주인공이 처한 상황과 내면을 나타내고 있다. [O / X]
05. 춘섬은 갑작스레 자신의 슬하를 떠나겠다는 길동에게 무슨 이유로 떠니려 히냐며 통곡했다. [O / X]

심층체크

1. 지칭하는 대상이 같은 것끼리 짝지으시오.

　A. 한 사람　　B. 한 소년　　C. 나　　D. 특재　　E. 사랑하는 여자　　F. 버린 자식　　G. 춘섬

2. 서술자의 개입이 나타난 부분을 찾아 밑줄 그으시오.

필수어휘 _ 반드시 암기하기

*첩첩산중 : 여러 산이 겹치고 겹친 산속.

*후환 : 어떤 일로 말미암아 뒷날 생기는 걱정과 근심.

*하직 : 먼 길을 떠날 때 웃어른께 작별을 고하는 것.

*참소하다 : 남을 헐뜯어서 죄가 있는 것처럼 꾸며 윗사람에게 고하여 바치다.

*만수무강하다 : 아무런 탈 없이 아주 오래 살다.

장면 04

한편, 초란은 특재의 소식이 없자 이상하다 싶어 사정을 알아보라 했더니, 길동은 간 데가 없고 특재와 관상녀의 시신만 방 안에 있더라고 했다. 이에 혼비백산하여* 급히 부인에게 알리니, 부인은 크게 놀라 인형을 불러 이 일을 이야기하고 상공에게도 알렸다. 이 소식을 접한 상공은 대경실색하며* 말했다.

"길동이 밤에 와 슬피 하직하기에 이상하다 여겼더니, 결국 이런 일이 벌어졌구나."

이에 인형이 감히 숨기지 못하여 초란이 그동안에 한 일을 전했더니, 공은 더욱 분노하여 초란을 내쫓고 슬그머니 그들의 시체를 없앤 후, 종들을 불러 이런 말을 내지 말라고 당부하였다. 독해TIP 인형이 상공에게 전한 '초란이 그동안에 한 일'은 장면 02에서 자객 특재를 매수하여 길동을 죽이고자 했던 일을 말한다.

그 무렵, 길동은 부모와 이별하고 갈 곳 없이 떠돌다가 어떤 경치 좋은 곳에 이르렀다. 사람 사는 집을 찾아 점점 들어가니 큰 바위 밑에 돌문이 닫혀 있었다. 가만히 그 문을 열고 들어가자 평평하고 넓은 들판이 나타나는데, 거기에는 수백 개의 집들이 빽빽하게 늘어서 있고, 여러 사람 이 모여 잔치를 하며 즐기고 있었는데 알고 보니 그곳은 도적 의 소굴이었다. 한 사람이 길동을 보고 예사롭지 않다는 듯 반겨 말했다.

"그대는 어떤 사람이기에 이곳에 찾아 왔소? 이곳에는 영웅 이 모여 있으나, 아직 우두머리를 정하지 못하고 있으니, 그대가 만일 뛰어난 역량이 있어 참여할 마음이 나면 저 돌을 들어 보시오." / 길동이 이 말을 듣고 다행히 여겨 절하고 말했다.

"나는 경성 홍 판서의 얼자 길동인데, 집에서 천대 받기가 싫어서 아무 데나 정처 없이 다니다가 우연히 이곳에 들어왔소. 마침 모든 호걸들 이 동료 되기를 바라니 대단히 감사하거니와, 장부가 어찌 저만한 돌 들기를 근심하리오."

하고, 그 돌을 들어 수십 보를 걷다가 던졌는데, 그 돌 무게는 천 근이었다. 여러 도적들이 동시에 칭찬하기를,

"과연 장사로다. 우리 수천 명 중에 이 돌 드는 자가 없더니, 오늘 하늘이 도와 장군 을 내려 주셨도다."

하고, 길동을 윗자리에 앉힌 뒤, 차례로 술을 권하며 관습대로 흰 말을 잡아 맹세하면서 굳은 약속을 맺었다. 이에 많은 사람들이 모두 승낙하고 온종일 즐기며 놀았다. 그 후 길동은 여러 사람과 더불어 무예를 연습해 수개월 안에 군법을 엄히 세웠다.

하루는 여러 사람들이 하나의 제안을 했다.

"우리가 이전부터 합천 해인사를 쳐 그 재물을 빼앗고자 하였으나, 지혜가 부족하여 실천에 옮기지 못했는데, 이제 장군님 의견은 어떠하신지요?" / 길동은 웃으며, / "내가 직접 출동할 터이니, 그대들은 내 지휘대로만 하라."

하고는, 푸른 옷에 검은 띠를 두르고 나귀 등에 올랐다. 부하 몇 명도 데리고 갔다.

"내가 그 절에 가서 낌새를 살펴보고 오겠다."

하며 가는 뒷모습을 보고 양반가의 자제 아니라 할 이 있으랴? 그 절에 들어가 절을 책임지는 승려에게 먼저 말했다.

"나는 경성 홍 판서 댁 자제다. 이 절에 공부를 하려고 왔는데, 내일 쌀 이십 석을 보낼 것이니, 음식을 깨끗이 장만하라. 너희들과 함께 먹겠다." / 하고는, 절 안을 두루 살펴보며 뒷날을 약속하고 나오니 모든 중들이 기뻐하였다.

길동이 돌아와 쌀 수십 석을 보내고 부하들을 불러 놓고 말했다.

"내가 아무 날 그 절에 가 이리이리할 것이니, 그대들은 뒤를 따라와 이리이리하라."

그날이 다가와 부하 수십 명을 데리고 해인사에 이르렀더니, 중들이 맞이해 들어갔다. 길동이 노승을 불러,

"내가 보낸 쌀로 음식이 부족하지 않던가?" / 하니 노승이, / "어찌 부족하겠습니까. 너무나 감격하였습니다."

라고 하였다. 길동이 맨 윗자리에 앉아, 모든 중을 일제히 불러 각기 상을 받게 하고는, 먼저 술을 마시며 차례로 권하니, 모든 중이 감격스러워하였다. 길동이 상을 받고 먹다가 모래를 슬그머니 입에 넣고 깨무니, 소리가 크게 났다. 중들이 듣고 놀라 사과를 했지만, 길동은 일부러 화를 내어 꾸짖었다.

"너희들이 음식을 어찌 이렇게 깨끗하지 않게 했느냐? 이는 반드시 나를 깔보고 업신여기는 짓이다."

하고, 부하들을 시켜 모든 중을 한 줄로 묶어 꿇어앉히니, 모두가 겁이 나서 어쩔 줄을 몰랐다. 이윽고 수백 명이 한 번에 달려들어 모든 재물을 제 것 가져가듯 하니, 중들이 보고 다만 입으로 소리만 지를 따름이었다. 마침 그때 지나가던 사람이 이 일을 보고 관가에 알리니, 합천 원님이 관군을 뽑아 그 도적을 잡게 했다. 장교 수백 명이 도적을 쫓다가 문득 보니 지팡이를 짚은 스님이 산에 올라가 외쳤다. / "도적이 저 북쪽의 작은 길로 갔으니 빨리 가 잡으시오."

관군들은 그 절의 스님이 가리키는 줄 알고, 바람같이 북쪽의 작은 길로 찾아 가다가 잡지도 못하고 날이 저문 후에 돌아갔다. 길동은 부하들을 남쪽의 큰길로 보내고 홀로 스님의 차림으로 관군을 속여 무사히 소굴로 돌아오니, 독해TIP 장교들에게 도적의 위치를 알려 주었던 '지팡이를 짚은 스님'이 바로 길동이었음을 알 수 있는 부분이다. 모든 부하들이 이미 재물을 가져다 놓고 있었다. 그들이 크게 감사해하기에 길동은 웃으며,

“장부가 이만한 재주 없어서야 어찌 여러 사람의 우두머리가 되리오.” / 했다.

　그 후, 길동은 스스로 이름을 활빈당이라고 하면서 조선 팔도로 다니며 각 읍 수령이 부정하게 모은 재물이 있으면 빼앗고, 혹시 가난하고 의지할 데 없는 사람이 있으면 도와주되, 백성은 건드리지 않고 나라의 재산에는 절대 손을 대지 않았다. 부하들은 그 뜻에 감동하였다.

　“탐관오리인 함경 감사가 백성을 착취해 견딜 수 없게 되었는지라, 우리가 그대로 둘 수 없으니, 그대들은 나의 지휘대로 하라.”

독해 TIP 비록 도적들의 우두머리지만 길동은 탐관오리들의 부정한 재물을 빼앗아 가난한 백성들에게 나눠 주는 의로운 모습을 보이고 있다. 부정부패가 만연한 사회 현실을 고발하고 빈민을 구제하고자 하는 작가 의식이 드러나는 부분이다.

하고는, 아무 날 밤으로 약속을 하고, 하나씩 흘러 들어가 남문 밖에 불을 질렀다. 감사가 크게 놀라 불을 끄라 하니, 관리며 백성들이 한꺼번에 달려 나와 불을 끄는데, 길동의 부대 수백 명이 함께 성 안에 달려들어 창고를 열고 곡식과 무기를 찾아내어 북문으로 달아나니, 성 안이 물 끓듯이 요란해졌다. 감사가 뜻밖의 재앙을 당하여 어쩔 줄을 모르다가 날이 밝은 후 살펴보고서야 창고의 무기와 곡식이 없어졌음을 알고 크게 놀라 도적 잡기에 온 힘을 다했다. 그런데 갑자기 북문에 글이 붙기를 ‘돈과 곡식을 훔친 자는 활빈당 우두머리 홍길동이라.’ 하였기에, 감사가 군사를 모아 도적을 잡으려 하였다.

　한편, 여러 부하와 함께 곡식을 많이 훔친 길동은 혹시나 길에서 잡힐까 염려하여 둔갑법과 축지법을 써서 소굴로 돌아왔다.

OX 문제

01. 서술자의 개입을 통해 앞으로 일어날 사건을 예고하고 있다.　　　　　　　　　　[O / X]
02. 주인공의 행동을 서술함으로써 인물의 성격을 구체화하고 있다.　　　　　　　　　[O / X]
03. 길동은 활빈당을 만들기 위해 도적들의 소굴을 찾아갔다.　　　　　　　　　　　[O / X]
04. 지팡이를 짚은 스님은 길동에게 속아 관군들에게 잘못된 정보를 전달했다.　　　　[O / X]
05. 함경 감사는 날이 밝기 전까지 창고의 무기와 곡식이 없어졌음을 알지 못했다.　　[O / X]

심층체크

1. 지칭하는 대상이 <u>다른</u> 하나를 고르시오.
　A. 여러 사람　　B. 도적　　C. 영웅　　D. 호걸들　　E. 장군
2. 서술자의 개입이 나타난 부분을 찾아 밑줄 <u>그으시오.</u>

필수어휘 _ 반드시 암기하기

*혼비백산하다 : 혼백이 어지러이 흩어진다는 뜻으로, 몹시 놀라 넋을 잃음을 이르다.
*대경실색하다 : 몹시 놀라 얼굴빛이 하얗게 질리다.

장면 05

하루는 길동이 여러 부하를 모으고 말했다.

"이제 우리가 합천 해인사에 가 재물을 빼앗고 또 함경 감영*에 가 돈과 곡식을 훔쳐서 소문이 자자하려니와, 나의 이름을 써 붙였으니 오래지 않아 잡히기 쉬울 것이다. 그러나 그대들은 나의 재주를 보라."

하고 즉시 짚으로 만든 사람 일곱을 만들어 주문을 외웠다. 그러자 일곱 길동이 한꺼번에 크게 소리치고 한곳에 모여 야단스럽게 지껄이니, 어느 것이 진짜 길동인지 알 수가 없었다. 팔도에 하나씩 흩어지되, 각각 사람 수백 명씩 거느리고 다니니, 그중에서도 어느 것이 진짜인지 알 수가 없었다. 여덟 길동이 팔도에 다니며 바람과 비를 마음대로 불러오는 술법을 부려 각 읍 창고에 있던 곡식을 하룻밤 사이에 흔적 없이 가져가며, 지방에서 서울로 올려 보내는 선물 보따리들을 하나도 놓치지 않고 빼앗으니, 팔도의 각 읍이 시끄러워져서 사람들이 밤에는 잠을 설치고 낮에는 길에 나다니지 못하였다. 이 때문에 팔도가 요란해지자, 감사가 임금께 문서를 올렸는데, 그 내용은 대개 이러했다.

"난데없는 홍길동이라는 도적이 신통한 술법을 부려 각 읍의 재물을 빼앗고 서울로 보내는 물품을 가로막아 폐단이 매우 심하니, 그 도적을 잡지 않으면 장차 어느 지경에 이를지 알지 못할 정도이오니, 엎드려 바라건대 성상*께서는 좌우 두 포도청에 명하여 잡게 하옵소서." **독해 TIP** '포도청'은 조선 시대에 범죄자를 잡거나 다스리는 일을 맡아보던 관아인데, 좌포도청과 우포도청으로 나뉘어졌다. 포도청의 대장을 포도대장이라고 부르며, 좌포도청의 대장은 좌포장, 우포도청의 대장은 우포장이라고 칭한다. 명확히 알진 못하더라도 맥락상 범죄자를 잡을 수 있도록 도와달라고 요청하는 것이라 이해하며 읽어 나가면 된다.

임금이 보고 크게 놀라 포도대장을 부르고 있는데, 계속 팔도에서 문서가 올라왔다. 연이어 읽어 보니 도적의 이름을 다 홍길동이라 하였고, 돈과 곡식 잃은 날짜를 보니 한날한시였다. 임금이 크게 놀라 말하기를,

"이 도적의 용맹과 술법은 세상 누구라도 당하지 못하겠도다. 아무리 신기한 놈인들 한 몸이 팔도에 있어서 한날한시에 어떻게 도적질을 하리오? 이는 보통 도적이 아니어서 잡기 어렵겠으니, 좌포장과 우포장이 군사를 내어서 잡으라."

하니, 이때 우포장 이흡이 아뢰었다.

"신이 비록 재주는 없으나 그 도적을 잡아 오겠사오니, 전하께서는 걱정하지 마십시오. 좌우 포도대장이 어찌 한꺼번에 출전하겠습니까?"

임금이 옳다고 여겨 급히 출발하기를 재촉하니, 이흡이 하직한 후 수많은 부하들을 거느리고 출발하면서, 각각 흩어져 아무 날 문경에 모이기로 약속하였다. 이흡은 약간의 부하들을 데리고 변장한 채 다니고 있었다.

하루는 날이 저물어 주점을 찾아 쉬고 있는데, 갑자기 어떤 소년이 나귀를 타고 들어와 인사를 하였다. 이흡이 답하여 인사하니, 그 소년은 갑자기 한숨을 지으면서 말했다.

"온 천하가 임금의 땅 아님이 없고, 모든 땅의 백성이 임금의 신하 아님이 없으니, 소생이 비록 시골에 있으나 나라를 위해 걱정을 하고 있습니다."

포장이 일부러 놀라는 체하며 물었다. / "그게 무슨 말이오?"

소년이 말했다.

"이제 홍길동이라는 도적이 팔도로 다니며 소란을 피워 혼란스러운데, 그놈을 잡아 없애지 못하니 어찌 분하지 않겠습니까?"

포장이 이 말을 듣고 말했다.

"그대가 씩씩한 기운을 갖고 충성스러우니, 나와 함께 그 도적을 잡는 것이 어떻겠소?"

소년이 말했다.

"내가 벌써 잡고자 하였으나 용기와 능력이 있는 사람을 만나지 못하여 그냥 있었는데, 이제 그대를 만났으니 어찌 다행이 아니겠소? 그러나 그대의 재주를 알 수 없으니 그윽한 곳에 가서 시험합시다."

하고 가다가, 한 곳에 이르러 높은 바위 위에 올라앉으면서 말했다.

"그대는 힘을 다하여 두 발로 나를 차 떨어뜨리라."

하고, 벼랑 끝에 나가 앉았다. 우포장이 생각하되, '제 아무리 재주가 뛰어난들 한번 차면 어찌 떨어지지 않으리오.' 하고, 평생 힘을 다하여 두 발로 힘껏 차니 그 소년이 갑자기 돌아앉으며 말했다.

"그대는 정말 장사로다. 내가 여러 사람을 시험해 보았지만, 나를 움직이게 한 자가 없었는데, 그대에게 차여 온몸이 울린 듯하도다. 그대가 나를 따라 오면 길동을 잡을 것이오."

하고 깊은 산속으로 들어가기에 우포장이 생각하되,

'나도 힘을 자랑할 만하더니 오늘 저 소년의 힘을 보니 어찌 놀랍지 않은가! 저 소년 혼자인들 길동 잡기를 어찌 걱정하리오. 이

곳까지 왔으니 반드시 길동을 잡으리라.' 하고 따라갔다. 그 소년이 갑자기 돌아서면서,

　"이곳이 길동의 소굴인데, 내가 먼저 들어가 탐색할 것이니, 그대는 여기서 기다리라."라고 했다. 우포장은 속으로 의심은 되었으나, 빨리 잡아 오라고 당부하고는 앉아 있었다. 얼마 지나지 않아 갑자기 계곡으로부터 수십 명의 군사들이 요란하게 소리를 지르며 내려오고 있었다. 포장이 크게 놀라 피하고자 하는데, 점점 가까이 와 포장을 묶으면서 꾸짖었다.

　"네가 포도대장 이흡인가? 우리들이 저승에서 왕의 명령을 받아 너를 잡으러 왔다."

하고, 쇠사슬로 목을 감아 바람같이 몰아가니, 포장이 혼이 빠져 어쩔 줄을 몰랐다. 한 곳에 이르러 소리를 지르며 꿇어앉히기에, 포장이 정신을 가다듬어 쳐다보니, 궁궐이 거대한데 수많은 신하들과 장군들이 주위에 서 있고, 제일 윗자리에 한 임금이 앉아 성난 목소리로 말했다. 독해TIP▶ 이전 장면의 내용을 기억하고 있다면 활빈당 소굴의 우두머리는 길동이라는 것을 알고 있을 것이다. 따라서 길동의 소굴에서 제일 윗자리에 앉아 있다는 '한 임금'은 사실 길동임을 예상할 수 있다.

　"네 하찮은 놈이 어찌 홍 장군을 잡으려 하는가? 너를 잡아 지옥에 가두겠다."

OX 문제

01. 길동은 술법을 부려 각 읍의 곡식은 물론 서울로 보내는 물품까지 빼앗았다.　　[O/X]
02. 내적 독백을 활용하여 인물의 심리를 생생하게 드러내고 있다.　　[O/X]
03. 임금은 우포장 이흡의 의견을 받아들여 좌우 두 포도청에 명하여 길동을 잡게 하였다.　　[O/X]
04. 전기적 요소를 활용하여 비현실적 장면을 부각하고 있다.　　[O/X]
05. 우포장은 소년에게 길동의 소굴에 먼저 들어가 탐색할 것을 제안하였다.　　[O/X]

심층체크

1. 지칭하는 대상이 <u>다른</u> 하나를 고르시오.
　A. 길동　　B. 그 도적　　C. 그놈　　D. 나　　E. 홍 장군

필수어휘 _ 반드시 암기하기

*감영 : 조선 때, 관찰사가 직무를 보던 관아.
*성상 : 살아 있는 자기 나라의 임금을 높여 이르는 말.

장면 06

우포장이 겨우 정신을 차려,
"소인은 인간 세상의 보잘것없는 사람인데, 죄도 없이 잡혀 왔으니 살려 보내 주시기 바랍니다."
하고 몹시 애원하니, 임금이 웃으며 꾸짖었다.
"이 사람아. 나를 자세히 보라. 나는 곧 활빈당 우두머리 홍길동이다. 그대가 나를 잡으려 하기에 그 재주와 뜻을 알고자, 어제 내가 푸른 옷을 입은 소년처럼 꾸며 그대를 이끌어 이곳에 와서 나의 위엄을 보여 준 것이다." **독해 TIP** 길동의 발화를 통해 직전 장면에서 우포장 이흡 앞에 등장했던 '소년'은 길동이 변장한 것이었음을 알 수 있다.
말을 마치자, 부하들을 시켜 묶은 것을 풀었다. 그러고는 마루에 앉히고 술을 내어와 권하면서 다시 말했다.
"그대는 부질없이 다니지 말고 빨리 돌아가되, 나를 보았다 하면 반드시 죄를 물을 것이니 부디 그런 말은 하지 말라."
이렇게 말하고는, 다시 술을 부어 권하면서 부하들에게 내어 보내라 하였다.
이흡이 생각하되, / '내가 이것이 꿈인가 생시인가? 여기에는 어찌하여 왔을까?'
하며 길동의 위엄에 놀라 일어나 가고자 했다. 그러나 갑자기 팔다리를 움직일 수 없었다. 괴상하다는 생각이 들어 정신을 차리고 살펴보니, 자신이 가죽으로 만든 자루 속에 들어 있었다. 간신히 나와 보니 가죽 자루 세 개가 나무에 걸려 있었다. 차례로 풀어 보니, 처음 떠날 때 데리고 왔던 부하들이었다. 서로 이르기를,
"이게 어찌된 일인고? 우리가 떠날 때는 문경으로 모이자 하였는데, 어찌 이곳에 왔을까?"
하고 두루 살펴보니, 다른 곳도 아니고 서울의 북악산이었다. 네 사람이 어이없어 성안을 내려다보며 하인에게 물었다.
"너는 어째서 여기 왔느냐?"
세 사람이 아뢰었다.
"소인들은 주점에서 자고 있었는데, 갑자기 바람과 구름에 싸여 이리 왔사오니, 어찌된 까닭인지 알지를 못하겠습니다."
우포장이,
"이 일이 너무나 허무맹랑하니 남에게 말하지 말라. 그러나 길동의 재주는 헤아릴 수 없으니 사람의 힘으로 어찌 잡겠는가? 우리가 이제 그저 들어가면 반드시 죄를 피하지 못할 것이니 몇 달을 기다리다가 들어가자." **독해 TIP** 자신을 잡으러 온 우포장 이흡과 그의 동료들을 신묘한 술법을 써 손쉽게 제압하는 모습을 통해 주인공 길동의 비범함이 드러나고 있다.
하고 나왔다.
이때, 임금이 팔도에 명을 내려 길동을 잡도록 하였지만, 신통함이 끝이 없어 서울의 큰길에서 수레를 타고 오가고, 혹은 각 고을에 도착 날짜를 미리 문서로 알려 놓고는 가마를 타고 오가기도 하며, 혹은 어사의 모습으로 꾸며 탐관오리의 목을 자르고 임금에게 보고하되 어사 홍길동이라 했다. 이에 임금은 더욱 분노하여,
"이놈이 각 도에 다니며 이런 난리를 치는데도 아무도 잡지 못하니, 이를 어찌하리오?"
하면서 신하들을 모아 놓고 의논을 하고 있었다. 그때 연이어 문서가 올라왔는데, 팔도에서 홍길동이 난을 일으킨다는 내용이었다. 임금이 차례대로 보고는 크게 걱정하여 주위를 돌아보면서 물었다.
"이놈이 아마 사람은 아니고 귀신인 것 같소. 여기 중에서 누가 그 정체를 짐작할 수 있겠소?"
한 사람이 나와서 아뢰었다.
"홍길동은 전임 이조 판서 홍 아무개의 얼자요, 병조 좌랑 홍인형의 아우이오니, 이제 그 부자를 잡아 와서 친히 문초하시면* 자연히 아실까 하옵니다."
임금이 더욱 화를 내어, / "그런 말을 어찌 이제야 하는가?"
하고는, 즉시 그렇게 하도록 명령했다. 홍 아무개는 옥에 가두고, 먼저 인형을 잡아들여 임금이 직접 문초를 하였다. 임금이 분노하여 책상을 치며 꾸짖었다.
"길동이라는 도적이 너의 아우라는데, 어찌 대처하지 않고 그냥 두어 국가에 큰 재앙이 되게 한단 말인가? 네가 만일 잡아들이지 않으면 네 부자의 충효도 돌아보지 않을 것이니, 빨리 잡아들여 나라에 큰일이 없게 하라."
인형이 황공하여* 관을 벗고 머리를 조아리며 아뢰었다.
"신에게 천한 아우가 있어 일찍 사람을 죽이고 달아난 지 몇 년이나 지났으되, 그 생사를 알지 못하여 신의 늙은 아비 그 때문에 병이 깊어진 나머지 목숨이 끊어질 지경에 이르렀습니다. 길동이 착하지 못하여 성상께 근심을 끼쳤으니, 신의 죄는 만 번 죽어도 아깝지 않사옵니다. 그러나 엎드려 바라옵건대, 전하께서는 자비로운 은혜를 내려 신의 아비 죄를 용서하시와, 집에 돌아가 몸을 보살필 수 있도록 하시면, 신이 죽음으로써 맹세하고 길동을 잡아 저희 부자의 죄를 면하올까 하옵니다."

임금이 다 듣고 나자 감동하여 즉시 홍 아무개를 풀어 주고, 인형에게 경상 감사를 제수하면서* 말했다.

"경이 만일 길동을 잡지 못하면 감사로서의 능력이 없다고 볼 것이니라. 기한을 1년으로 정하여 주니 빨리 잡아들이라."

OX 문제

01. 임금은 만일 인형이 1년 안에 길동을 잡아오면 홍 아무개를 풀어 주겠다고 약속했다.　　　　　　[O / X]
02. 길동은 자신을 잡겠다는 우포장 이흡 앞에 푸른 옷을 입은 소년으로 변장하여 나타났었다.　　　　[O / X]
03. 임금은 인형에게 임시 어사를 제수하며 길동을 잡아들일 것을 명했다.　　　　　　　　　　　　[O / X]
04. 권위 있는 인물의 중재를 통해 인물 간의 갈등이 해소되고 있다.　　　　　　　　　　　　　　　[O / X]
05. 반복되는 사건을 제시하여 인물들의 갈등을 심화하고 있다.　　　　　　　　　　　　　　　　　[O / X]

심층체크

1. 지칭하는 대상이 같은 것끼리 짝지으시오.

A. 소인　　　　B. 활빈당 우두머리　　C. 그대　　　　D. 자신　　　　E. 우포장　　　F. 이놈

G. 병조 좌랑　　H. 아우　　　　　　I. 천한 아우　　J. 신　　　　　K. 경상 감사　　L. 경

필수어휘 _ 반드시 암기하기

*문초하다 : 죄나 잘못을 따져 묻거나 심문하다.

*황공하다 : 위엄이나 지위 따위에 눌리어 두렵다.

*제수하다 : 추천의 절차를 밟지 않고 임금이 직접 벼슬을 내리다.

홍길동전

장면 07

　인형이 수없이 절하며 은혜에 감사하고 임금께 하직하였다. 바로 그날 출발하여 감사로 부임해서는* 각 마을에 글을 붙였다. 그 내용은 길동을 달래는 것이었는데, 다음과 같았다.

　"사람이 세상에 태어남에, 오륜*이 으뜸이요, 오륜이 있음으로써 인의예지*가 분명하거늘, 이를 알지 못하고 임금과 부모의 명을 거역해 불충불효가 되면 어찌 세상이 용납하리오. 우리 아우 길동은 이런 일을 알 것이니 스스로 형을 찾아와 사로잡히라. 아버지께서 너로 말미암아 고칠 수 없는 병이 들고, 성상께서 크게 걱정하시니, 너의 죄는 가득 차서 넘치는 셈이다. 이 때문에 임금께서 나를 특별히 감사로 임명하여 너를 잡아들이라 하신다. 만일 잡지 못하면 우리 홍 씨 집안의 여러 대에 걸친 깨끗한 덕이 하루아침에 없어지리니, 어찌 슬프지 않으랴. 바라나니 아우 길동은 이를 생각하여 일찍 자수하면 너의 죄도 덜 것이요, 우리 가문도 보존할 것이니, 너는 만 번 생각하여 자수하라." 독해 TIP 쉽게 정리하면, 유학의 도리를 따르지 않고 불충불효라는 큰 죄를 저질렀으니 자수를 하라는 이야기이다. 또한 길동이 저지른 죄로 인해 가문에 화가 미칠 수 있음을 언급하며 자수할 것을 거듭 강조하고 있다. 이를 통해 개인보다는 가문의 명예를 중시했던 당시 사회 분위기를 엿볼 수 있다.

　감사가 이 글을 붙인 뒤 모든 일을 멈춘 채 길동이 자수하기만 기다리고 있었다.

　하루는 나귀를 탄 소년 하나가 하인 수십 명을 거느리고 문밖에 와 뵙기를 청한다 하기에, 감사가 들어오라 하니, 그 소년이 대청 위에 올라와 인사를 했다. 감사가 눈을 들어 자세히 보니 그토록 기다리던 길동인지라, 기쁘고도 놀라워 주위 사람들을 물러가게 하고, 손을 잡고 흐느껴 울면서 말했다.

　"길동아, 네가 한번 집을 떠난 뒤 생사를 알지 못하여 아버지께서는 고칠 수 없는 병을 얻으셨다. 너는 갈수록 불효를 끼칠 뿐 아니라 나라에 큰 걱정이 되게 하니, 무슨 마음으로 불충불효를 하며 또한 도적이 되어 세상에 비할 데 없는 죄를 짓느냐? 이 때문에 성상께서 분노하시어 나로 하여금 너를 잡아들이도록 하셨다. 이는 피치 못할 죄이니 너는 일찍 서울로 올라가 임금께 순종해라." 하고 말을 마치며 눈물을 비 오듯 흘렸다. 길동은 머리를 숙이고 말했다.

　"제가 여기에 이른 것은 아버지와 형을 위태로움으로부터 구하기 위한 것이니, 어찌 다른 말이 있겠습니까? 대감께서 일찍이 천한 길동을 위하여 아버지를 아버지라 부르게 하고 형을 형이라 부르게 하셨던들 어찌 여기까지 이르렀겠습니까? 지나간 일은 말해 봐야 쓸데없거니와, 이제 저를 묶어 서울로 올려 보내십시오." 하고는 다시 말이 없었다. 감사는 이 말을 듣고 한편 슬퍼하면서 길동의 목에 칼을 채우고 수레에 태웠다. 건장한 장수 십여 명을 뽑아 호송하게* 한 뒤 올려 보냈다. 각 읍 백성들은 길동의 재주를 들었는지라, 잡아 온다는 소문을 듣고 길에 모여 구경을 하였다.

　이때, 팔도에서 다 길동을 잡아 올리니, 조정과 서울 사람들이 어찌된 영문인지를 아무도 몰랐다. 임금이 놀라서 온 조정의 신하들을 모으고, 몸소 죄인을 다스리는데, 여덟 명의 길동을 잡아 올리니 그들이 서로 다투면서 말하기를,

　"네가 진짜 길동이지 나는 아니다."

하며 서로 싸우니, 어느 것이 진짜 길동인지 구분할 수가 없었다. 임금이 괴상하게 여겨 즉시 홍 아무개를 불러 말했다.

　"자식을 알아보는 데는 아비만한 자가 없다 하니, 저 여덟 중에서 경의 아들을 찾아내라."

　홍 공이 황공하여 머리를 조아리면서 아뢰었다.

　"신의 천한 자식 길동은 왼편 다리에 붉은 점이 있사오니, 그것으로써 알 수 있을 것입니다."

　또 여덟 길동을 꾸짖기를,

　"바로 앞에 임금님이 계시고 아래로 아비가 있는데, 네가 이렇듯 세상에 다시 없을 죄를 지었으니 죽기를 아끼지 말라."

하고 피를 토하면서 엎어져 기절을 하였다. 임금이 크게 놀라 의원에게 지시해 치료하게 하였으나 효과가 없었다. 여덟 길동이 이를 보고 동시에 눈물을 흘리면서 주머니에서 환약 한 개씩을 내어 입에 드리니, 홍 공이 잠시 후 정신을 차렸다. 길동 등이 임금에게 아뢰었다.

　"신의 아비가 나라의 은혜를 많이 입었사온데 신이 어찌 감히 나쁜 짓을 하오리까마는, 신은 본래 천한 종의 몸에서 났는지라, 그 아비를 아비라 못하옵고 그 형을 형이라 못하와, 평생 한이 맺혔기에 집을 버리고 도적의 무리에 참여하였사옵니다. 그러나 백성은 털끝 하나 건드리지 않고 각 마을 수령이 백성들을 들볶아 착취한 재물만 빼앗았을 뿐입니다. 이제 십 년이 지나면 조선을 떠나 갈 곳이 있사오니, 엎드려 빌건대 성상께서는 걱정하지 마시고 신을 잡으라는 명을 거두어 주십시오." 독해 TIP 길동은 적서 차별 때문에 도적의 무리에 참여하게 되었지만 부정한 재물만을 빼앗았을 뿐 선량한 백성들을 괴롭히지는 않았다며 임금에게 자신의 입장을 전하고 있다.

하고, 말을 마치며 여덟 명이 한꺼번에 넘어지므로, 자세히 보니 다 풀로 만든 허수아비였다. 임금이 더욱 놀라며 진짜 길동을 잡으라는 명을 다시 팔도에 내렸다.

OX 문제

01. 인물의 내적 독백을 활용하여 시간의 흐름을 지연시키고 있다.　　　　　　　　　　　　[O / X]
02. 환상적 배경에서 벌어진 사건을 통해 이야기의 허구성을 강화하고 있다.　　　　　　　　[O / X]
03. 인형은 유학의 도리와 가문의 보존을 이유로 들어 길동에게 자수를 권했다.　　　　　　[O / X]
04. 길동은 상대의 말과 행동이 불일치함을 들어 자신의 결백을 입증하고 있다.　　　　　　[O / X]
05. 홍 공은 진짜 길동을 판별할 수 있는 방법을 임금에게 전했다.　　　　　　　　　　　　[O / X]

심층체크

1. 지칭하는 대상이 <u>다른</u> 하나를 고르시오.
  A. 우리 아우　　B. 나귀를 탄 소년　　C. 저　　D. 홍 아무개　　E. 경의 아들　　F. 신

필수어휘 _ 반드시 암기하기

*부임하다 : 임명이나 발령을 받아 근무할 곳으로 가다.
*오륜 : 유학에서, 사람이 지켜야 할 다섯 가지 도리. 부자유친, 군신유의, 부부유별, 장유유서, 붕우유신을 이른다.
*인의예지 : 유학에서, 사람이 마땅히 갖추어야 할 네 가지 성품. 곧 어질고, 의롭고, 예의 바르고, 지혜로움을 이른다.
*호송하다 : 죄수나 형사 피고인을 어떤 곳에서 목적지로 감시하면서 데려가다.

장면 08

길동이 허수아비를 없애고 두루 다니다가 사대문에 글을 써 붙였는데, 그 글에다,

"소신 길동은 아무리 하여도 잡지 못할 것이오니, 병조 판서 벼슬을 내려 주시면 잡히겠습니다."

라고 하였다. 임금이 그 글을 보고 신하들을 모아 의논하니, 여러 신하들이 말했다.

"이제 그 도적을 잡으려 하다가 잡지 못하고 도리어 병조 판서를 제수하심은 이웃 나라에도 창피스러운 일입니다."

임금이 옳다고 여기고 다만 경상 감사에게 길동 잡기를 재촉하니, 경상 감사가 왕명을 받고는 황공하여 어쩔 줄을 몰랐다.

독해 TIP 장면 06에서 임금은 길동을 어서 잡아오라며 인형에게 경상 감사를 제수하였다. 즉, 여기서 '경상 감사'는 길동의 형인 인형을 가리키는 말이다. 내용을 잘 체크하고 있어야 인물들을 가리키는 지칭·호칭 표현에서 헷갈리지 않을 수 있다.

하루는 길동이 공중으로부터 내려와 절하고 말했다.

"제가 지금은 진짜 길동이오니, 형님께서는 아무 걱정 마시고 저를 묶어 서울로 보내십시오."

감사가 이 말을 듣고는 손을 잡고 눈물을 흘리면서 말했다.

"이 철없는 아이 야. 너는 나와 형제인데 아버지와 나의 가르침을 듣지 않고 온 나라를 떠들썩하게 하니, 어찌 애달프지 않으랴. 네가 이제 진짜 몸이 와서 나를 보고 잡혀 가기를 스스로 청하니 도리어 기특한 아이로다."

하고, 급히 길동의 왼쪽 다리를 보니, 과연 붉은 점이 있었다.

즉시 팔다리를 단단히 묶어 수레에 태운 뒤, 건장한 장수 수십 명을 뽑아 철통같이 싸고 바람같이 몰아가도, 길동의 안색은 조금도 변치 않았다. 여러 날 만에 서울에 다다랐으나, 대궐 문에 이르러 길동이 한 번 몸을 움직이자, 쇠사슬이 끊어지고 수레가 깨어져, 마치 매미가 허물 벗듯 공중으로 올라가며, 나는 듯이 구름에 묻혀 가 버렸다. 모든 군사가 어이없어 다만 공중만 바라보며 넋을 잃을 따름이었다. **독해 TIP** 비현실적 요소를 활용하여 길동의 영웅적 면모를 부각하고 있다. 길동은 자신이 원하는 바를 얻기 위해 일부러 인형에게 자원하여 잡히는 척 하다가 술법을 써서 또 다시 도망하였다. 어쩔 수 없이 이 사실을 보고하니, 임금이 듣고,

"세상에 이런 일이 어디 있으랴?" / 하며, 크게 근심을 했다.

이에 여러 신하 중 한 사람이 아뢰기를,

"길동의 소원이 병조 판서를 한번 지내면 조선을 떠나겠다는 것이라 하오니, 한번 제 소원을 풀면 제 스스로 은혜에 감사하오리니, 그때를 틈타 잡는 것이 좋을까 합니다."

라고 했다. 임금이 옳다 여겨 즉시 길동에게 병조 판서를 제수하고 사대문에 글을 써 붙였다.

그때 길동이 이 말을 듣고 즉시 옷차림을 갖추고 수레에 의젓하게 높이 앉아 큰길로 버젓이 들어오면서 말하기를,

"홍 판서가 임금의 은혜에 감사하러 온다." / 라고 했다.

관리들이 맞이해 궐 안에 들어간 뒤, 여러 관리들이 이야기하기를,

"길동이 임금을 뵙고 나올 것이니 도끼와 칼을 쓰는 군사를 매복*시켰다가 나오거든 단번에 쳐 죽이도록 하자."

하고 약속을 하였다. 길동이 궐 안에 들어가 엄숙히 절하고 아뢰기를,

"소신 의 죄가 무거운데, 도리어 은혜를 입어 평생의 한을 풀고 돌아가면서 전하와 영원히 작별하오니 부디 만수무강하소서."

독해 TIP '평생의 한'은 길동 자신이 얼자라는 이유로 벼슬길에 나아가지 못했던 것을 말한다. 임금이 길동을 잡기 위해 그가 요구한 '병조 판서'를 제수하였기 때문에 자신의 한을 풀었다고 이야기하고 있는 것이다.

하고, 말을 마치며 몸을 공중에 솟구쳐 구름에 싸여 가니, 그 가는 곳을 알 수가 없었다. 임금이 보고 도리어 감탄을 하기를,

"길동의 신기한 재주는 예나 지금이나 드문 일이로다. 지금 조선을 떠나겠다고 하였으니 다시는 폐 끼칠 일이 없을 것이요, 비록 수상하기는 하나 일단 대장부다운 통쾌한 마음을 가졌으니 걱정 없을 것이로다."

하고, 팔도에 글을 내려 길동 잡는 일을 그만두었다.

한편, 길동 이 돌아와 부하들에게 명령하기를,

"내가 다녀올 곳이 있으니, 너희들은 아무 데도 출입하지 말고 내가 돌아오기를 기다리라."

하고, 즉시 몸을 솟구쳐 남쪽으로 향하여 가다가 한곳에 다다르니, 거기는 율도국이었다. 사방을 살펴보니 산천이 깨끗하여 편안하게 살 만한 곳이었다. 들어가 구경한 뒤, 또 제도라 하는 섬에 들어가 두루 다니면서 산천도 구경하고 백성들의 마음도 살피다가 오봉산에 이르니, 정말 제일가는 강산이었다. 둘레가 칠백 리요, 기름진 논이 가득하여 살기에 정말 좋았다. 마음속으로 생각하기를 '내 이미 조선을 떠났으니, 이곳에 와 숨어 살다가 큰일을 꾀하리라.' 하고 가벼운 걸음으로 돌아가 여러 부하에게 말했다.

"그대는 아무 날 강가에 가서 배를 많이 만들어 몇 월 며칠 한강에서 기다리라. 내 임금께 요청해 벼 일천 석을 구해 올 것이니, 약속을 어기지 말라."

　한편, 홍 공은 길동의 난이 없으므로 병이 완전히 낫고, 임금 또한 근심 없이 지내게 되었다. 당시는 구월 보름께였는데, 임금이 달빛을 받으며 정원을 산책하고 있을 때, 갑자기 한 줄기의 맑은 바람이 일어나며 공중에서 피리 소리가 맑게 울려오는 가운데, 한 소년이 내려와 임금 앞에 엎드렸다. 임금은 놀라서 물었다.

　"신선을 모시는 아이가 어찌 인간 세상에 내려왔으며 무엇을 하려 하느뇨?"

　소년은 땅에 엎드려 아뢰기를, / "신은 전 병조 판서 홍길동이옵니다."

　임금이 놀라 물었다. / "네가 깊은 밤에 어찌 왔느냐?" / 길동이 대답하기를,

　"신이 전하를 받들어 평생을 모실까 했으나, 제가 천한 종의 몸에서 태어났기 때문에 벼슬길이 막혔습니다. 이런 까닭으로 사방을 멋대로 떠돌아다니면서 나라에 죄를 지었던 것이온데, 이는 전하로 하여금 아시게 하려 함이었습니다. 엎드려 바라건대 전하께서는 만수무강하십시오."

하고, 공중으로 올라가 나는 듯이 가거늘, 임금이 그 재주를 못내 칭찬하였다. 그 후로는 온 나라가 태평하였다.

　길동이 조선을 떠나 남쪽 땅 제도로 들어가, 수천 개의 집을 지은 뒤 농업에 힘쓰고 무기 창고를 지으며 군법을 연습하니, 병사는 잘 훈련되고 곡식은 풍족하게 되었다.

OX 문제

01. 인물의 발화를 통해 당시 사회 현실의 문제를 드러내고 있다.　　　　　　　　　　　　[O / X]
02. 임금은 길동의 소원을 이용해 그를 잡자는 경상 감사의 말에 따라 길동에게 벼슬을 내렸다.　　[O / X]
03. 정원을 산책하던 임금은 공중에서 한 소년이 내려와 엎드리자 그가 길동임을 바로 알아차렸다.　[O / X]
04. 상황에 어울리지 않는 비유를 활용하여 인물의 신이한 능력을 강조하고 있다.　　　　　　　[O / X]
05. 길동은 자신의 형인 감사에게 찾아가 자신을 묶어 서울로 보낼 것을 요청했다.　　　　　　　[O / X]

심층체크

1. 지칭하는 대상이 <u>다른</u> 하나를 고르시오.

　A. 철없는 아이　　B. 소신　　C. 길동　　D. 한 소년　　E. 천한 종

필수어휘 _ 반드시 암기하기

*매복 : 상대편의 동태를 살피거나 불시에 공격하려고 일정한 곳에 몰래 숨어 있음.

07 홍길동전

장면 09

하루는 길동이 약초를 구하러 망당산으로 가다가 낙천이라는 땅에 이르렀다. 그곳에 사는 부자 백룡이라는 사람이 딸 하나를 두고 있었는데, 재주가 비상하여 소중하게 여기는 터였으나, 어느 날 태풍이 크게 불면서 그 딸이 없어져 버렸다. 그러자 백룡 부부는 슬퍼하면서 많은 돈을 들여 사방으로 찾았으나 흔적이 없었다. 부부는 슬픔에 젖어 말을 퍼뜨리기를 "누구라도 내 딸을 찾아 주면, 재산의 반을 주고 사위를 삼으리라."라고 하였다.

길동은 이 말을 듣고 안쓰러웠으나 어떻게 할 도리가 없어 망당산에 가서 약초를 캐다가 날이 저물어 주저하고 있는데, 갑자기 사람 소리가 나며 등불이 밝게 비쳤다. 그곳을 찾아가니 사람이 아닌 짐승들이 앉아 지껄이고 있었다. 원래 이 짐승은 울동이라는 짐승인데, 여러 해를 묵어 변화가 끝이 없었다. 길동이 몸을 감추고 활로 쏘니, 그중 한 괴수가 맞았다. 그러자 모두 소리를 지르며 달아나기에, 길동은 나무에 의지하여 밤을 지내고 두루 돌아다니면서 약을 캐더니, 갑자기 괴물 몇이서 길동을 보고 물었다.

"그대는 무슨 일로 이 깊은 곳에 이르렀소?"

길동이 대답했다. / "내가 의술을 아는 고로 이 산에 들어와 약을 캐는 중이오."

그것이 대답하기를,

"나는 이곳에 산 지 오래더니, 우리 왕이 부인을 새로 정하고 어젯밤에 잔치를 하다가 하늘에서 내린 화살을 맞아 병이 심한지라, 그대가 의술을 안다고 하니 약초로 왕의 병을 고치면 큰 상을 받으리라." 독해 TIP 길동이 활로 쏘아 맞춘 '한 괴수'가 길동에게 말을 건 괴물들의 왕임이 드러나고 있다. 괴물들은 이를 모르고 의술을 안다는 길동을 데려가 자신들의 왕을 고쳐 줄 것을 제안하고 있다.

하였다. 길동이 생각하되 '그놈이 어제 밤에 다친 놈이로다.' 하고 허락하였다. 그것이 길동을 이끌고 가서 문 앞에 세우고 들어가더니, 이윽고 청하기에 길동이 들어가 보니 그림으로 장식한 집이 넓고도 아름다운데, 그 가운데 흉악한 것이 누워 신음하다가 길동을 보자 몸을 움직이면서 말했다.

"내가 우연히 화살을 맞아 위독했는데, 신하들의 말을 듣고 그대를 청하였으니, 이는 하늘이 나를 살린 것이라. 그대는 재주를 아끼지 말라."

길동이 감사의 뜻을 표하고 말했다.

"먼저 몸의 내부를 치료할 약을 쓰고, 다음으로 외부를 치료할 약을 쓰는 것이 좋을까 하오."

그것이 승낙하거늘, 길동이 약주머니에서 독약을 내어 급히 따뜻한 물에 타서 먹이니, 얼마 뒤 한 마디 소리를 지르고 죽는지라. 그러자 모든 요괴가 한 번에 달려들었다. 길동이 요술을 부려 모든 요괴를 후려치는데, 갑자기 두 젊은 여자가 나타나 애원하였다.

"저희는 요괴가 아니라 세상 사람인데 잡혀 왔사오니, 남은 목숨을 구하여 세상으로 나가게 하소서."

길동은 백룡의 일을 생각하고 사정을 물었더니, 하나는 백룡의 딸이요, 하나는 조철이라는 사람의 딸이었다. 길동이 요괴를 깨끗이 없애 버리고, 두 여자를 구출해 각각 제 부모에게 돌려주니, 그 부모들은 크게 기뻐하면서 그날로 길동을 맞아 사위를 삼았는데, 첫째 부인은 백 소저요, 둘째 부인은 조 소저였다. 길동이 하루아침에 두 아내를 얻은 후, 두 집 가족을 거느리고 제도 섬으로 가니, 모든 사람이 반기며 고마워하고 칭찬하였다.

하루는 길동이 하늘을 보다가 놀라 눈물을 흘리기에 주위에서 무슨 까닭으로 슬퍼하느냐고 물으니, 탄식하면서 말하기를,

"내가 부모의 안부를 하늘의 별을 보고 짐작하더니, 지금 하늘을 보니 아버지의 병이 깊으신지라. 그러나 나의 몸이 먼 곳에 있어 거기에 도착하지 못할까 하노라."

하니 모든 사람들이 슬퍼하였다. 이튿날 길동은 월봉산에 들어가 하나의 훌륭한 묘 터를 구한 후, 일을 시작하여 정성껏 못자리를 마련하였다. 그러고는 한 척의 큰 배를 준비하여 부하들에게 조선 서쪽 강가로 몰고 가서 기다리라 하였다. 자신은 즉시 머리를 깎고 중의 모습을 한 뒤, 작은 배 한 척을 타고 조선으로 향하였다.

이 무렵, 홍 판서는 갑작스런 병을 얻어 점점 심각해지자, 부인과 인형을 불러 말하기를,

"내가 죽어도 다른 한이 없으나, 길동의 생사를 알지 못하는 것이 한스럽구나. 제가 살아 있으면 찾아올 것이니, 신분을 구분하지 말고 제 어미를 잘 대접해라."

하고, 숨이 끊어지니 온 집안이 슬픔에 잠겨 장례를 치르고자 하나, 묘 터를 구하지 못해 난처해하였다. 독해 TIP 당시에는 지형이나 방위를 인간의 운수와 연결시켜, 죽은 사람을 묻거나 집을 짓는 데 알맞은 장소를 구하는 풍수지리가 성행했기 때문에 명당을 찾아 무덤을 만드는 것이 관습이었다. 홍 씨 집안은 이러한 명당을 구하지 못했기 때문에 장례도 치르지 못한 채 난처해하고 있는 것이다.

OX 문제

01. 괴물들은 길동에게 자신들의 왕을 치료하면 약초를 상으로 받을 수 있을 것이라고 하였다. [O / X]
02. 인물들 간의 대화를 통해 특정 인물의 생각과 행동을 희화화하고 있다. [O / X]
03. 길동은 아버지의 병이 심각함을 예측하고 부하들과 함께 배 한 척을 타고 조선으로 향했다. [O / X]
04. 낙천 땅에 사는 백룡은 괴물에게서 자신의 딸인 백 소저를 구출한 길동을 사위로 삼았다. [O / X]
05. 사건에 개입되지 않은 이의 객관적 관점을 통해 인물의 위선적 면모를 표면화하고 있다. [O / X]

심층체크

1. 지칭하는 대상이 <u>다른</u> 하나를 고르시오.
  A. 한 괴수   B. 괴물   C. 우리 왕   D. 다친 놈   E. 흉악한 것

장면 10

하루는 문지기가 알리기를, / "어떤 중이 와서 조문*을 하려 합니다."

라고 했다. 이상하게 여겨 들어오라 했더니, 그 중이 들어와 목을 놓아 크게 우니, 모든 사람이 이유를 몰라 서로 얼굴만 돌아보았다. 그 중이 상주*에게 한 번 통곡한 뒤 말하기를,

"형님께서 어찌 아우를 몰라보십니까?"

상주가 자세히 보니 곧 길동이라, 붙잡고 통곡하며,

"아우야. 그 사이 어디 갔더냐? 아버지께서 평소에 유언이 간절하셨는데, 이제 오니 어찌 자식의 도리겠는가?"

하며, 손을 이끌고 집 안에 들어가 춘섬을 마주하게 하였다. 춘섬이 한바탕 통곡한 뒤 묻기를,

"네가 어찌 중이 되어 다니느냐?" / 했다. 이에 길동이 대답했다.

"소자가 조선을 떠나 머리를 깎고 중이 되어 아버지를 위하여 좋은 터를 구했으니, 어머니는 염려 마십시오."

인형이 크게 기뻐하면서 말했다.

"너의 재주가 비범한지라, 좋은 터를 구했다니 무슨 걱정이 있으랴."

다음 날 길동이 관을 운반하여 제 어머니를 모시고 서쪽 강가에 이르니, 지시해 놓은 배가 기다리고 있었다. 배에 올라 화살같이 빨리 저어 한 곳에 다다르니, 여러 사람이 수십 척의 배를 대기시켜 놓고 있었다. 서로 반기며 함께 이동하니 그 광경에 어찌 감탄치 않을 수 있으랴. 어느덧 산 위에 다다르매, 인형이 자세히 보니 산의 기운이 웅장한지라, 길동의 지식에 몹시 감탄하였다. 일을 마치고 함께 길동이 머무는 곳으로 돌아오니, 백 씨와 조 씨가 시어머니와 아주버니를 맞아 뵈옵는 한편, 인형과 춘섬은 길동이 잘 자랐음을 칭찬하였다.

여러 날이 되자, 인형은 길동과 이별하면서 산소를 정성껏 모시라 당부한 후, 산소에 하직하고 출발했다. 집에 도착해 어머니를 뵙고 전후 사실을 말씀 드리니, 부인이 신기하게 여겼다. **독해 TIP** 장면 01을 떠올려 보면 길동과 인형은 어머니가 달랐다. 인형의 어머니는 유 씨 부인이고, 길동의 어머니는 첩 춘섬이다. 인형은 길동과 이별한 뒤 집으로 돌아와 자신의 어머니인 유 씨 부인께 전후 사정을 말씀드리고 있다.

한편, 길동이 제사를 정성껏 받들어 삼년상을 마치고 나서는, 모든 영웅을 모아 무예를 익히며 농업에 힘을 쓰니, 병사는 잘 조련되고 양식도 풍족했다. 남쪽에 율도국이라는 나라가 있었으니, 기름진 평야가 수천 리나 되어 실로 살기 좋은 나라라, 길동이 항상 마음속으로 생각해 오던 곳이었다. 모든 사람을 불러 말하기를,

"내가 이제 율도국을 치고자 하니 그대들은 최선을 다하라."

하고는 그날 율도국을 치러 갔다. 길동은 스스로 앞장서서 잘 훈련된 병사 오만을 거느리고 율도국 철봉산에 다다라 싸움을 걸었다. 율도국 장수 김현충이 난데없는 군사의 침입을 보고 크게 놀라, 왕에게 보고하는 한편 한 부대의 군사를 거느리고 내달아 싸웠다. 길동이 이를 맞아 싸워 순식간에 김현충을 베고 철봉을 점령한 후 백성을 달래어 위로하였다. 장수 정철에게 철봉을 지키게 하고, 군사를 지휘해 바로 도성을 치는데, 적군을 꾸짖는 글을 율도국에 보냈으니 그 내용은 이러하였다.

"장수 홍길동은 글을 율도왕에게 부치나니, 내가 폭풍 같은 병사를 일으켜 먼저 철봉을 격파하고 물밀듯 들어오고 있으니, 왕은 싸우려 하거든 싸우고, 그렇지 않으면 일찍 항복하여 살기를 도모하라."

왕이 다 보고 나서 소리쳐 말하기를,

"우리나라가 철봉을 굳게 믿었거늘, 이제 잃었으니 어찌 맞서랴." / 하고는, 모든 신하를 거느리고 항복했다.

길동이 성 안에 들어가 백성을 달래어 안심시키고 왕위에 오른 후, 전 율도왕과 나머지 여러 장수에게 각각 벼슬을 내리니, 조정에 가득 찬 신하들이 만세를 불렀다. 왕이 나라를 다스린 지 삼 년에 산에는 도적이 없고 길에서는 떨어진 물건을 주워 가지지 않으니, 태평세계라고 할 만하였다. 왕이 백룡을 불러,

"내가 조선 성상께 표문*을 올리려 하니, 경은 수고를 아끼지 말라."

하고 당부를 했다. 그 후 길동은 표문과 편지를 홍 씨 집안으로 부쳤다. 백룡이 조선에 도착하여 먼저 표문을 올리니, 임금이 표문을 보고 "홍길동은 진실로 귀한 인재로다." 하고 크게 칭찬했다.

임금은 홍인형을 사신으로 삼아 명령서를 내렸다. 인형이 임금의 은혜에 감사드린 후 돌아와 어머니께 임금과 이야기한 바를 말씀드리니, 부인이 직접 가려 하였다. 인형이 마지못해 부인을 모시고 출발하여 여러 날 만에 율도국에 이르렀다. 왕이 맞이해 명령서를 받은 후 부인과 인형을 반갑게 맞이하며 잔치를 베풀어 즐겼다. 여러 날이 되자 부인이 홀연 병을 얻어 죽으매, 홍 판서의 묘에 합쳐 모셨다. 인형이 왕에게 하직하고 조선에 돌아와 임금께 보고하니, 임금이 위로하였다.

율도왕이 삼년상을 마치고 삼남 일녀를 낳으니, 맏아들과 둘째 아들은 백 씨의 자식이고, 셋째 아들과 막내딸은 조 씨의 자식이

었다. 왕이 나라를 다스린 지 삼십 년에 갑자기 병이 들어 별세하니* 나이 72세였다. 왕비도 이어 죽으니 함께 장사지낸 후, 맏아들이 즉위하여 대대로 이으면서 태평스럽게 살아가더라. **독해 TIP** 적서 차별 제도 및 탐관오리들의 횡포 등과 같은 모순된 사회 구조에 대해 불만을 품고 반항하던 길동이 결국 율도국이라는 새로운 이상 국가의 왕이 되어 태평세계를 꾸리는 것으로 작품이 마무리되고 있다.

OX 문제

01. 중의 모습을 하고 조선으로 돌아온 길동은 아버지의 임종을 지키지 못하였다.　　　[O / X]
02. 전쟁 장면의 상세한 묘사를 통해 길동의 애상적 정서를 강조한다.　　　[O / X]
03. 율도국의 장수는 길동이 보낸 글 내용에 놀라 항복했다.　　　[O / X]
04. 인형은 상황에 대한 애통한 심정을 의문형 표현을 활용하여 드러내고 있다.　　　[O / X]
05. 길동은 적군을 꾸짖는 글에서 상대방의 항복을 유도하기 위해 자신의 우월한 신분을 드러내고 있다.　　　[O / X]

심층체크

1. 지칭하는 대상이 같은 것끼리 짝지으시오.
　A. 중　　B. 상주　　C. 어머니　　D. 부인　　E. 왕　　F. 임금　　G. 홍인형
2. 서술자의 개입이 드러난 부분을 찾아 밑줄 그으시오.

필수어휘 _ 반드시 암기하기

*조문 : 남의 죽음에 대하여 슬퍼하는 뜻을 나타내어 상주를 위로함. 또는 그 위로.
*상주 : 주가 되는 상제(부모나 조부모가 세상을 떠나서 상중에 있는 사람). 대개 맏아들이 된다.
*표문 : 마음에 품은 생각을 적어서 임금에게 올리는 글.
*별세하다 : 윗사람이 세상을 떠나다.

무조건 올라가는

고전소설 문해력

08

조웅전

주제

나라의 은혜에 보답하고자 하는 충성과 자유연애 사상

특징

① 창작 군담 소설로, 당대의 사회상과 민중의 심리를 사실적으로 반영함.
② 고행담과 애정담, 영웅의 무용담으로 구성됨.
③ 한시를 삽입하여 인물의 상황이나 심리를 드러냄.

작품 해제

이 작품은 조선 후기의 대표적인 영웅 소설로, 영웅의 일대기 형식에 맞춰 주인공의 영웅적인 면모와 자유연애의 애정관이 잘 드러나고 있는 작품이다. 또한 중국 송나라를 배경으로 주인공 조웅이 간신 이두병으로 인해 고난을 겪다가 이두병을 처치하고 왕실을 바로 잡는 과정을 담고 있는 창작 군담 소설로서 진충보국(충성을 다하여서 나라의 은혜를 갚음)의 주제를 담고 있는 국문 소설이다. 조웅의 고행담과 애정담을 담은 전반부와, 조웅의 영웅적 무용담을 다룬 후반부로 구성되어 있다.

인물 관계도

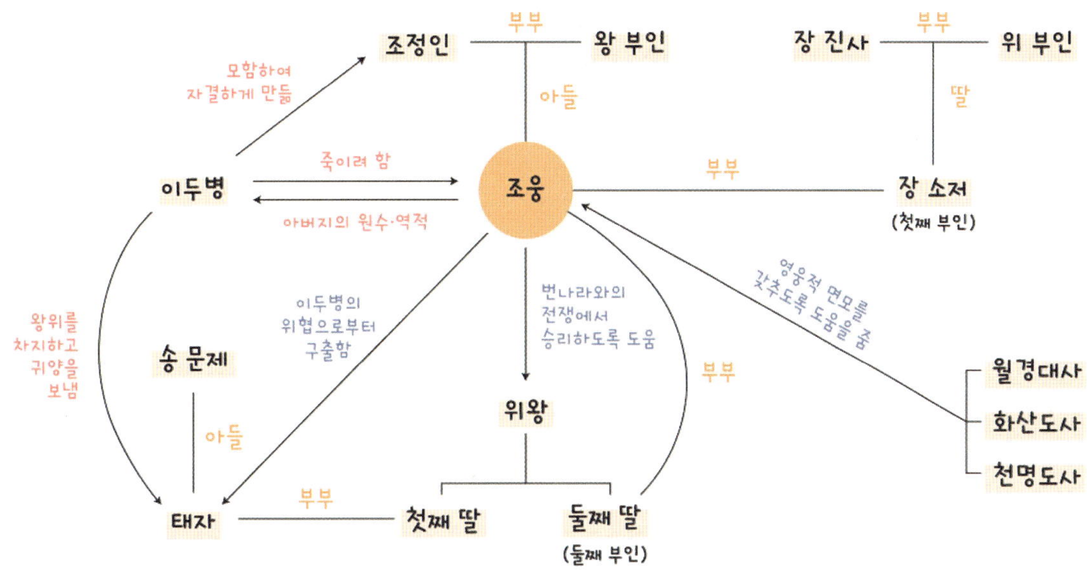

- **조웅** : 좌승상 조정인의 아들. 온갖 어려움을 이겨 내고 태자를 복위시키는 영웅이자 충신의 전형이다. 또한 장 소저와 함께 진보적인 자유연애를 하는 낭만적 인물이기도 하다.
- **이두병** : 조웅의 아버지인 조정인을 모함하여 스스로 목숨을 끊게 만들고 이후 황제가 되어 송나라를 차지한 역적. 결국 영웅으로 성장한 조웅에게 패배하고 죽임을 당한다.
- **월경대사** : 조정인의 초상화를 그렸던 승려. 초상화 뒤에 조웅 모자가 겪게 될 미래를 예측하여 적어 두었다. 조웅에게 글과 술법을 가르치는 조력자이다.
- **장 소저** : 위 부인의 딸. 객점에서 처음 만난 조웅과 백년가약을 맺고 이후 조웅의 부인이 된다.
- **천명도사** : 조웅에게 병법, 천문 지리, 술법을 가르쳐 주는 조력자.
- **화산도사** : 조웅에게 천하 명검인 삼 척의 '조웅검'을 전해 주고 철관 도사를 만날 길을 알려 주는 조력자.

08 조웅전

장면 01

[앞부분의 줄거리] 중국 송나라 문제 때 이두병은 승상 조정인의 충성심과 명성을 질투하여 그를 제거하고자 참소*한다. 억울한 누명을 쓴 조정인은 독약을 마시고 스스로 목숨을 끊는다. 황제는 이를 안타까워하며, 조정인의 아들 조웅을 궐로 불러들인다.

이때 조웅의 나이 불과 일곱 살이었지만 얼굴이 아름답고 행동거지는 어른보다 더 의젓했다. 내시를 따라 황제 앞에서 몸을 굽혀 절하니 황제께서 보시고 크게 칭찬하였다.

"충신의 아들은 과연 다르도다. 짐이 오늘 네 몸가짐을 보니 도덕에 벗어나지 않으니 어찌 아름답지 않으리오. 또한 나이가 일곱 살이라 하니 태자*와 동갑이로다. 어찌 더욱 사랑스럽지 않으랴."

이어 태자를 불러오게 하시어 분부하셨다.

"조웅은 너와 동갑으로 충성과 효도를 함께 지녔으니 훗날에 나랏일을 의논하라. 짐은 늙어 여든 살이 가까우니 너희들의 힘이 필요하도다."

하시니, 태자도 즐거워하였다.

조웅이 땅에 엎드려 아뢰었다.

"성은 망극하나이다. 그러나 소신은 나이가 어리옵고 또한 나라에 정해진 도리가 있으니 어찌 벼슬길에 오르지도 않은 아이가 대궐 안에 있을 수 있겠습니까? 그리고 폐하께서 이렇듯 어린 아이에게 나랏일을 의논하시니 어찌 두렵지 아니하오리까? 엎드려 빌건대 물러가서 공부를 마친 후에 다시 폐하를 뵙게 하소서." 독해 TIP 조웅은 벼슬에 오르지 않은 자신의 신분과 나이를 이유로 황제의 명을 따를 수 없음을 완곡하게 돌려 말하고 있다.

그 목소리가 지극히 간절하니 비록 어린 아이의 말이지만 황제는 이치에 맞다 하여 명령을 내리셨다.

"네 나이 십삼 세가 되거든 벼슬을 내릴 것이니 가서 열심히 공부하도록 하라."

조웅이 황공하여* 큰절을 올리고 물러 나오니 태자도 몹시 서운해 하였다. 황제께서는 조정의 신하들을 모아놓고 조웅에 대해 입에 침이 마르도록 칭찬하셨다.

한편 이두병에게는 아들이 다섯 있는데 모두 으뜸 벼슬에 올라 있으므로 조정의 모든 신하들이 두려워했다.

이날 황제께서 조웅을 크게 칭찬하심을 보고 이두병의 아들들은 모여 의논했다.

"조웅이 벼슬길에 오르면 틀림없이 아비의 원수를 갚으려고 할 것이다. 조심해야 하겠다."

마침내 그들은 조웅을 몰래 죽일 흉악한 계획을 꾸몄다.

아무것도 모르는 조웅은 집으로 돌아와 어머니를 뵈었다. 정렬부인은 엄숙히 물었다.

"그래, 폐하를 뵈었느냐?"

조웅은 공손히 아뢰었다.

"들어가 뵈었나이다."

"그렇다면 황제께서 하문하신* 말씀이 있었을 것인데 어떻게 대답했느냐?"

조웅이 황제께서 열세 살이 되면 벼슬을 주시겠다고 하시던 말씀과 태자도 다시 만나기를 원한다고 낱낱이 고하니 부인이 크게 기뻐하였다.

"폐하의 은혜가 하늘처럼 높고 바다같이 깊으니 너는 명심해서 충성을 다하여라."

"어머님 말씀 명심하겠습니다."

모자는 임금의 은혜에 거듭 감사하고, 한층 더 몸과 마음을 닦는 데 열중했다. 독해 TIP '모자'는 어머니와 아들을 아울러 이르는 말로, 여기에서는 조웅과 정렬부인을 의미한다. 고전 소설에서는 인물 간 관계가 중요하니 이를 잘 파악하며 읽어야 한다.

OX 문제

01. 인물 간의 대화를 통해 사건 해결의 방안을 제시하고 있다.　　　　　　　　　　　[O / X]
02. 태자는 조웅이 궐에서 머무르는 것을 거부하였다.　　　　　　　　　　　　　　　[O / X]
03. 조웅은 자신을 해치려는 이두병의 계획을 눈치채고 있었다.　　　　　　　　　　[O / X]
04. 대화를 통해 인물 간의 위계나 관계를 보여 주고 있다.　　　　　　　　　　　　[O / X]
05. 조웅과 다르게 정렬부인은 황제의 은혜에 감사하고 있다.　　　　　　　　　　　[O / X]

심층체크

1. 지칭하는 대상이 같은 것끼리 짝지으시오.
　A. 조웅　　B. 충신의 아들　　C. 너　　D. 짐　　E. 소신　　F. 태자

필수어휘 _ 반드시 암기하기

*참소 : 남을 헐뜯어서 죄가 있는 것처럼 꾸며 윗사람에게 고하여 바침.
*태자 : 황제의 자리를 이을 황제의 아들.
*황공하다 : 위엄이나 지위 따위에 눌리어 두렵다.
*하문하다 : 윗사람이 아랫사람에게 묻다.

장면 02

세월이 흘러 어느덧 병인년 마지막 달이 되었다. 이날 황제께서는 온 조정의 신하들로부터 인사를 받고 말하였다.

"아, 짐의 나이가 어느덧 여든을 바라보게 늙었구나. 하늘은 짐의 죽음을 재촉하는데 태자의 나이가 어려 나랏일을 보기에 아직 이르니 어찌할꼬?"

그러자 모든 신하들이 엎드려 절하며 아뢰었다.

"폐하께서는 아직도 이렇듯 건강하시온데 어찌 왕세자의 어림을 걱정하나이까."

이부 상서 정출이 앞으로 나와 간사*를 떨었다.

"폐하께서는 염려하지 마옵소서. 승상 이두병이 아직 능력이 뛰어나오니 나라에 아무런 걱정이 없나이다."

모든 신하들이 이두병의 권력과 세력을 두려워해 맞장구를 쳤다.

"승상 이두병은 한나라의 소무 같은 훌륭한 신하이오니 폐하께서는 걱정하지 마옵소서." **독해 TIP** 한나라의 소무는 높은 절개로 유명했던 중국 전한 시대의 정치가이다. 여기서 한나라의 소무가 누구인지를 아는 것은 중요하지 않다. 모든 신하들이 이두병을 훌륭한 신하로 여기지 않음에도 그의 권력과 세력을 두려워해 이부 상서의 말에 동조하고 있다는 점을 파악하면 된다.

황제는 신하들이 이처럼 장담하자 마음을 놓았다.

그러나 이게 웬일인가. 대궐 안으로 난데없이 흰 호랑이가 한 마리가 들어와 돌아다니다가 궁녀 하나를 물고 동산으로 달아나 버리는 것이 아닌가. 이에 황제와 모든 신하들은 크게 놀라고 백성들 또한 앞으로 닥칠 재앙을 알지 못해 소동을 피웠다. 황제가 크게 걱정하시니 신하 중 하나가 나와 아뢰었다.

"며칠 동안 북풍이 크게 불고 눈이 산을 덮었으므로 굶주린 호랑이가 내려온 것이니 폐하께서는 걱정하지 마옵소서."

황제는 이 말에 약간 마음을 놓았으나 왠지 모르게 불길한 예감이 들었다.

한림학사 왕열은 사촌 누이 되는 왕 부인께 이 변고*를 편지로 알렸다.

왕 부인은 조웅에게 옛날의 역사를 가르치다가 이 편지를 받고 뜯어보았다. 편지에서는 대궐 안으로 흰 호랑이가 들어와 난동을 부린 사실을 자세히 알리며 이것이 좋은 일인지 나쁜 일인지 풀어 달라고 했다. 왕 부인은 이것을 보고 크게 놀라 오랫동안 생각하다가 답장을 써서 보낸 다음에 아들에게 일렀다.

"국가에 이런 흉한 재앙이 일어났으니 네가 앞으로 벼슬을 한다고 해도 간신*들에게 당하겠구나."

조웅이 엄숙한 태도로 아뢰었다.

"어머님은 걱정 마옵소서. 사람의 명예와 치욕은 마음대로 되는 것이 아니옵고 오직 하늘이 정하는 것이옵니다. 조정에 간신들이 가득해도 저는 백옥같이 죄가 없사오니 그 누가 저를 모함하겠습니까?"

왕 부인은 고개를 설레설레 흔들었다.

"애야, 너는 하나만 알고 둘은 모르는구나. 산에 불이 나면 옥이나 돌을 구분하지 않고 모두 태우는 법이다. 어찌 간신들이 너를 가만히 두겠느냐?" **독해 TIP** 자신은 죄가 없으니 안전할 것이라는 조웅에게 부인은 간신들로 인한 재앙이 일어나면 죄의 유무와 상관없이 화를 입을 수 있음을 비유적 표현을 통해 전달하고 있다.

조웅은 애써 웃으며 대답했다.

"사람이 일을 당하여 오래 조심하면 가슴만 아플 뿐 백 가지 일이 불리하옵니다. 그러나 어머님께서는 너무 걱정하지 마옵소서. 설마 하늘이 죄 없는 저희들에게 재앙을 내리겠습니까?"

아들의 말에 왕 부인은 걱정하지 않고 묵묵히 집안일을 돌보았다.

한편 왕 부인의 편지를 받은 한림학사 왕열은 깊이 깨닫는 바가 있어 벼슬을 그만두고 고향으로 돌아갔다.

때는 정묘년 정월 보름이었다. 신하들의 인사가 끝난 다음 황제께서는 갑자기 말하셨다.

"전에 짐이 조웅을 보니 충성과 효도를 완전히 갖추었도다. 해서 태자를 위해 조웅을 대궐로 데려오고자 하니 자네들의 뜻은 어떠한가?"

이두병이 즉시 앞으로 나와 반대의 뜻을 표했다.

"폐하, 그건 아니 되옵니다. 벼슬 없는 아이를 조정에 두는 것은 법에 없나이다."

폐하께서는 불쾌한 안색을 지으셨다. / "인재를 거두는 데 어찌 법을 따지는가?"

이두병은 조금도 굽히지 않고 조웅을 깎아 내렸다.

"인재를 얻고자 하시면 장안*에서만도 조웅보다 열 배나 더한 인재가 수백이요, 조웅과 같은 아이는 헤아릴 수 없을 만큼 많사옵니다."

황제께서는 불쾌한 나머지 자리를 박차고 들어가셨다. 그러자 이두병이 신하들을 돌아보고 엄포*를 놓았다.
"만약 조웅에 대해 좋게 아뢰는 사람이 있으면 좋지 못할 것이오."
이렇게 되니 겁내지 않는 신하가 그 누구이겠는가.
이때 왕 부인과 조웅은 이두병의 말을 전해 듣고 앞으로의 일이 크게 잘못될 것이라고 걱정했다.

OX 문제

01. 구체적인 시간적 배경을 제시하여 현실성을 부여하고 있다. [O / X]
02. 황제는 태자의 인품이 나랏일을 이끌어 갈 만한 인재가 되기에는 부족함을 안타까워하였다. [O / X]
03. 왕 부인은 흰 호랑이가 나라의 재앙을 모두 없애 줄 것이라 믿고 집안일에만 힘썼다. [O / X]
04. 인물들이 특정 인물에 대해 상반된 평가를 내리고 있다. [O / X]
05. 모든 신하들은 충심과 능력을 갖춘 이두병이 태자를 도와 나랏일을 잘 해 나갈 것이라고 믿었다. [O / X]

심층체크

1. '조웅'을 지칭하는 표현을 모두 고르시오.
   A. 태자　 B. 왕세자　 C. 아들　 D. 벼슬 없는 아이　 E. 인재
2. 서술자의 개입을 찾아 밑줄 그으시오.

필수어휘 _ 반드시 암기하기

*간사 : 나쁜 꾀가 있어 거짓으로 남의 비위를 맞추는 태도가 있음.
*변고 : 갑작스러운 재앙이나 사고.
*간신 : 간사한 신하.
*장안 : 수도라는 뜻으로, '서울'을 이르는 말.
*엄포 : 실속 없이 위협이나 호령으로 으르는 짓.

장면 03

드디어 불행이 닥쳤다. 시름시름 앓기 시작한 황제께서는 많은 백성들이 기도한 보람도 없이 정묘년 삼월 삼일에 승하하셨다*. 이에 온 조정의 신하들과 천하의 백성들이 슬피 우니 하늘과 땅이 진동했다. 왕 부인과 조웅의 슬픔은 그 누구보다 컸다.

황제가 돌아가시니 세상은 온통 이두병의 마음대로였다. 뜻 있는 신하들이 하나 둘 떠나니 간신들만 우글우글했다. 백성들은 나라가 망할 조짐이라고 속으로 한탄할 뿐 그 누구도 감히 나서서 이두병의 악행을 꾸짖지 못했다.

기회가 왔다고 생각한 이두병은 시월 십삼 일에 드디어 만조백관*이 모인 자리에서 본색을 드러냈다.

"지금 태자의 나이 겨우 여덟 살이니 황제의 자리에 앉는 것은 불가하다. 나라라는 것은 하루라도 주인이 없으면 곧 시드는 법이니 그대들은 어찌하겠는가?"

온통 이두병의 편으로 이루어진 신하들은 미리 짜여진 각본대로 저마다 떠들어 댔다.

"세상은 덕이 있는 사람의 것입니다. 나라가 지금 위태로운데 어찌 여덟 살밖에 안 되는 태자가 즉위*할 수 있으리오. 그러니 승상께서 임금의 도장을 받으시고 즉위하십시오." **독해 TIP** 임금의 도장은 황제의 권위를 상징한다. 즉, 임금의 도장을 받는다는 것은 곧 권위를 얻고 황제의 자리에 오른다는 뜻이다.

그러자 이두병이 일부러 세 번 사양하다가 황제의 자리에 오르니 모든 백성이 크게 놀랐다. 그러나 이두병의 군사들이 곳곳에서 위세를 떨쳐 감히 대항하는 자가 없었다. 이두병이 스스로를 순제라 칭하고 법을 제 마음대로 바꾸고 태자를 몰아내어 외각관에 감금하니 충성스런 신하들은 남몰래 피눈물을 흘렸다.

이때 왕 부인은 이두병이 기어코 나라를 빼앗았다는 소식을 듣자 통곡하며 하늘을 우러러 부르짖었다.

"슬프구나! 나라가 망했는데 웅의 나이 겨우 여덟 살이니 어찌할 것인가?" / 조웅이 급히 들어와 어머니를 애써 위로했다.

"어머님께서는 불효자를 걱정하지 마옵시고 몸을 보호하소서. 이두병은 아버님을 해친 원수이자 역적*이옵니다. 제가 비록 나이 어리나 원수를 갚지 못하고 어찌 역적의 손에 죽겠습니까? 어머님께서는 조금도 염려하지 마시옵소서." **독해 TIP** 간신에게 나라가 넘어간 것에 대한 책임이 조웅에게 있는 것은 아니지만, 당대에는 나라와 부모를 위해 힘쓰지 못하는 것을 불효라고 생각했으므로 조웅이 스스로를 '불효자'라고 칭한 것이다.

그러나 조웅의 눈에서도 분노의 눈물이 주르르 흘러 내렸다. 한편 이두병은 맏아들을 왕세자로 삼고 외각관에 감금했던 송 태자를 태사부 계량도로 귀양 보냈다. 왕 부인과 조웅은 태자가 귀양 간다는 소식에 매우 슬퍼하고 분노했다. 그들은 태자를 따라가고 싶었으나 역적들의 눈에 띄면 죽을 것이라 그럴 수도 없었다.

하루는 조웅이 분한 마음을 참지 못하여 어머니 모르게 큰 거리로 돌아다니었다. 그러다가 한 곳에 이르니 어린아이들이 노래를 부르는데 의미가 묘했다.

"나라가 망했으니 아비 없는 어려운 세상이로다. 평화로웠던 세월이 어지러운 세상으로 변했구나. 그러나 남의 것 빼앗아 사는 자가 그 며칠이나 갈 것인가. 충신의 피눈물이 흐르니 역적은 망하는도다. 온 세상에 숨어 놀다가 상황이 좋아지면 다시 만나리."

조웅이 듣고 나서 자기도 모르게 피눈물을 흘리며 어느덧 대궐의 경화문에 이르렀다. 사방은 고요하고 달빛은 밝게 흐르는데 저절로 돌아가신 황제의 따뜻한 정이 생각났다. 조웅은 당장이라도 대궐 안으로 들어가 역적 이두병을 죽이고 싶었지만 수많은 군사들이 곳곳에 지키고 있으니 감히 경거망동*할 수 없었다. 그러나 이대로 돌아가기에는 분노가 너무 치밀어 품속에서 붓을 꺼내 이두병의 죄를 욕하는 글을 써서 몰래 경화문에 붙였다.

이때 왕 부인은 잠을 자다가 기이한 꿈을 꾸었다. 돌아가신 승상이 살아있을 때의 모습으로 나타나 엄히 이르는 것이 아닌가.

"부인은 어서 일어나시오. 날이 밝으면 큰일이 생길 것이니 어서 웅을 데리고 도망가시오." **독해 TIP** 고전 소설에서 '꿈'은 대체로 앞으로 일어날 일을 예고하거나 위기를 해결할 수 있는 방법을 지시하는 등 중요한 기능을 수행한다. 여기서도 이와 같은 기능으로 쓰이고 있다.

부인이 놀라 급히 물었다. / "온 곳에 역적이 깔리었거늘 어디로 가란 말씀이십니까?"

그러나 대답이 없어 놀라 깨어보니 꿈이었다. 이때 황급히 아들을 부르니 간 곳이 없었다. 왕 부인이 다급한 마음에 문밖을 나와 살피니 조웅이 총총히 걸어오는 것이었다.

"얘야, 이렇듯 깊은 밤에 어디를 갔었느냐?"

어머니가 묻자 조웅은 사실대로 말했다.

"소자는 이두병의 죄가 너무 크므로 경화문에 가서 역적을 꾸짖는 글을 써서 붙였사옵니다."

어머니가 크게 놀라 엄히 꾸짖었다.

"네 어찌 이렇듯 행동이 가볍고 조심성이 없느냐? 그렇지 않아도 역적이 우리 모자를 찾으려고 혈안이 되었는데 그 글을 보면 모든 일을 제쳐 두고 우리를 죽이려고 할 것이다. 다행히 [너의 아버님]께서 꿈에 나타나 알리셨으니 어서 도망가자."

　두 사람은 즉시 간단한 행장*을 차린 다음 사당으로 달려갔다. 안으로 들어가니 제사를 지내는 단 위의 초상화에 땀이 나서 얼굴에 물기가 축축했다. 모자는 크게 울지도 못하고 엎드려 흐느끼니 그 모습이 가련하기 이를 데 없다. 겨우 마음을 진정하고 초상화를 떼어 가지고 도망하였다.

OX 문제

01. 전기적 요소를 활용하여 사건 전개에 긴장감을 더하고 있다.　　[O / X]
02. 조웅은 왕위를 얻고 태자를 몰아낸 이두병을 벌하기 위해 궁궐 문 앞으로 갔다.　　[O / X]
03. 왕 부인은 조웅을 데리고 승상이 알려 준 곳으로 떠났다.　　[O / X]
04. 꿈과 현실을 교차하여 사건을 입체적으로 구성하고 있다.　　[O / X]
05. 왕 부인과 조웅은 날이 밝자 사당으로 이동하여 초상화를 챙겼다.　　[O / X]

심층체크

1. 지칭하는 대상이 같은 것끼리 짝지으시오.
　A. 황제　　B. 왕 부인　　C. 순제　　D. 남의 것 빼앗아 사는 자　　E. 승상　　F. 부인　　G. 너의 아버님
2. 서술자의 개입을 찾아 밑줄 그으시오.

필수어휘 _ 반드시 암기하기

*승하하다 : 임금이나 존귀한 사람이 세상을 떠나다.
*만조백관 : 조정의 모든 벼슬아치. ≒만조.
*즉위 : 임금이 될 사람이 예식을 치른 뒤 임금의 자리에 오름.
*역적 : 자기 나라나 민족, 통치자를 반역한 사람.
*경거망동 : 경솔하여 생각 없이 망령되게 행동함.
*행장 : 길을 떠날 때 쓰는 물건과 차림.

조웅전

장면 04

모자는 수십 리를 걸어 어느 강가에 도착했다. 날씨는 험악하여 물결은 거친데 사공 없는 나룻배만이 덩그러니 매어져 있었다. 모자가 황급히 배에 올라 노를 저었으나 매여 있는 배가 어찌 움직이겠는가.

일이 이렇게 되니 왕 부인과 조웅은 초조하기 그지없었다. 당장이라도 이두병의 군사들이 몰려와 꼼짝없이 잡힐 것만 같아 발을 동동 굴렀다. 이때 갑자기 상류 쪽에서 한 조각배가 등불을 밝히고 이쪽으로 쏜살같이 오는 것이 보였다. 왕 부인은 크게 기뻐하여 목청껏 외쳤다. / "사공께서는 제발 우리들을 살려 주십시오."

그러자 조각배가 모자 곁에 이르더니 늙은 사공이 재촉하는 것이었다. / "두 분은 어서 배에 오르십시오."

모자가 반겨 배에 오르자 사공은 있는 힘을 다해 배를 저었다. 왕 부인은 마음이 약간 진정되자 사공에게 물었다.

"사공께선 어쩐 일로 이 밤중에 배를 몰고 내려왔습니까?"

늙은 사공은 웃으며 대답했다.

"이렇듯 깊은 밤중에 누가 배를 몰겠습니까? 다만 꿈에 한 귀인이 나타나셔서 급히 이리로 와서 사람을 구하라고 하시기에 달려 왔을 뿐입니다."

사공의 얘기를 듣자 모자는 하늘의 도우심에 깊이 감사드렸다. 이윽고 날이 희미하게 밝을 무렵 조각배는 낯선 강가에 닿았다. 왕 부인은 사공에게 깊이 감사 인사를 하고 아들의 손목을 잡고 정처 없이 걸어갔다.

한편, 이두병의 대궐에서는 큰 야단이 났다. 날이 밝자 경화문을 지키던 문지기가 당황한 기색으로 들어와 아뢰는 것이었다.

"날이 밝았기에 보니 문에 이런 글이 붙어 있기에 가져왔나이다."

송 황실이 약해지니 나라에 역적이 가득 찼도다.
불행히 황제께서 돌아가시니 소인배들이 세력을 얻어 태자를 배신하고 역적 이두병에게 붙었도다.
역적 이두병은 듣거라. 너는 임금의 은혜를 입어 벼슬이 일품에 이르렀는데 무엇이 부족하여 역적이 되었느냐?
네 죄를 생각하면 하늘 아래 모든 백성이 살을 씹고 뼈를 갈아도 부족하리라.
내 어느 때건 너를 잡아 백성들 앞에서 목을 베어 역적의 최후가 어떠한지를 보여 줄 것이다.

　　　　　　　　　　　　　　　　　　　　　　　　　　　　　　　　　- 충신 조정인의 아들 조웅 -

이두병은 이 글을 읽자 크게 분노하여 명령했다.

"즉시 조웅 모자를 묶어 잡아들여라."

그러나 때는 이미 늦어 조웅의 집으로 달려갔을 때는 텅 빈 집뿐이었다. 이에 더욱 화가 난 이두병은 군사를 풀어 조웅이 어디로 갔는지를 찾는 한편 사당으로 사람을 보내 조정인의 초상화를 가져오라고 했다. 그러나 초상화까지 감쪽같이 없어졌다는 보고만 뒤따를 뿐이었다. 이두병은 너무 분한 나머지 아무 죄 없는 대궐 문지기의 목을 베어 성문에 높이 달아 놓았다. 이에 조웅이 살던 집과 사당을 불태워 버리라고 명령을 내렸다. 그래도 이두병이 화가 풀리지 않아 호통을 치자 여러 신하들이 좋은 말로 아뢰었다.

"조웅의 나이 겨우 여덟이고 그 어미는 늙은 여인이니 멀리 가지 못했을 것입니다. 그러니 천하에 명을 내려 잡으라고 하면 머지 않아 좋은 소식이 있을 것이옵니다."

이에 이두병은 나라 전체에 명령을 내리기를 만약 조웅 모자를 잡아 오는 자가 있으면 천금의 상과 제후의 벼슬을 주겠다고 했다. **독해.TIP** 이두병에 대한 분노를 직설적으로 드러낸 조웅의 글로 인해 조웅 모자가 위기에 처하게 되었음이 드러나고 있다.

[중략 부분의 줄거리] 조웅 모자는 어느 마을에서 친절한 노파의 도움으로 생계를 이어간다. 그러나 노파가 왕 부인을 자신의 친척에게 재혼시키려 하자, 그 집에서 도망쳐 다시 정처 없이 길을 떠난다.

들을 지나 수십 리를 걸으니 어느덧 발도 붓고, 가지고 온 식량도 떨어져 굶주림이 심하였다. 모자는 별 수 없어 길가에 앉아 잠시 쉬었다. 이때 그들 곁에 마침 말을 탄 나그네가 지나거늘 조웅이 앞으로 나아가 절을 하고 도움을 청했다.

"길을 가다가 피곤에 지쳐 있으니 도와주시면 감사하겠습니다."

그러자 나그네는 말에서 내려 대답했다. / "가진 것이라곤 마른 음식이 조금 있으니 이것으로 요기*를 하십시오."

조웅이 인사를 하고 마른 음식을 받아 어머니와 함께 먹으니 겨우 살아날 수가 있었다. 다시 며칠을 걸어 한 곳에 이르니 해상현 옥구라는 곳이었다. 그런데 마을 사람들이 모여 수군거리기를,

　"새 황제가 온 세상에 이르기를 조웅 모자를 잡아 바치면 천금의 상을 내리고 제후에 임명한다 하니 우리가 그들을 잡으면 크게 복을 누리리라."

　하고, 오가는 사람들을 유심히 살피고 있었다. 조웅 모자는 이 말을 듣고 간담이 서늘하여* 급히 마을에서 도망쳤다. 너무 급히 도망치는 바람에 발이 아픈 줄도 몰랐다. 이윽고 깊은 산중으로 들어가니 날이 이미 저물었다. 모자는 자신들의 처지를 생각하니 눈물이 비 오듯 흘러 서로 껴안고 울었다.

　"이제는 어디로 가도 역적의 손에 잡혀 죽겠구나." 독해 TIP 조웅전은 전형적인 영웅 소설의 전개를 따르는 작품으로, 해당 장면에서는 주인공 조웅이 어린 시절에 겪는 고난을 그려 내고 있다.

OX 문제

01. 조웅 모자는 우연히 강을 건너던 늙은 사공에 의해 구출되었다.　[O / X]
02. 배경의 묘사를 통해 인물이 처한 상황을 드러내고 있다.　[O / X]
03. 조웅 모자는 끝까지 희망을 놓지 않고 역경을 이겨 낼 의지를 다지고 있다.　[O / X]
04. 잦은 장면 전환을 통해 긴박한 분위기를 조성하고 있다.　[O / X]
05. 이두병은 조웅이 경화문에 글을 붙일 수 있게 도움을 준 대궐 문지기의 목을 베었다.　[O / X]

심층체크

1. 다음 중 '이두병'을 가리키는 말이 <u>아닌</u> 것을 모두 고르시오.
　A. 역적　B. 너　C. 제후　D. 모자　E. 새 황제
2. 서술자의 개입을 찾아 밑줄 그으시오.

필수어휘 _ 반드시 암기하기

*요기 : 시장기(배가 고픈 느낌)를 겨우 면할 정도로 조금 먹음.
*간담이 서늘하다 : 몹시 놀라서 섬뜩하다.

장면 05

때는 꽃피는 봄 삼월이어서 나무마다 새잎이 돋았는데 모자의 신세는 더욱 처량하기만 했다. 바위를 의지하여 밤을 지내는데 부엉이는 울고 늑대는 사방에서 울부짖어 사람의 마음을 더욱 고달프게 했다. 왕 부인이 아들을 끌어안고 계속 눈물만 흘리니 달빛조차 함께 슬퍼하는 듯했다. 밤을 지내며 굶주림을 참자니 몸이 더욱 무거워져 왕 부인은 자기도 모르게 누워 버렸다.

이에 조웅이 꽃을 꺾어다가 어머니에게 드리니, / "이게 어찌 요기가 되겠는가?"

하고 탄식하고 있는데, 어디선가 갑자기 사람의 말소리가 들렸다. 자세히 살피니 대여섯 명의 여자 승려들이 산골짜기를 타고 내려오고 있었다. 왕 부인은 용기를 내어 물었다. / "여승님께서는 어느 절에 있으며 어느 절로 가나이까?"

여승 중의 하나가 의아한 어조로 물었다. / "부인은 누구신데 이렇듯 깊은 산중에 와 있습니까?"

왕 부인은 애처로운 얼굴로 사실대로 대답했다.

"저희 모자는 길을 잃고 이곳에 들어왔다가 굶주림을 이기지 못하여 꼼짝도 하지 못하고 있습니다."

그러자 여승들은 저마다 보따리를 풀어 음식을 내주었다. 조웅 모자는 절하며 감사를 표했다.

"죽을 사람을 구해 주시니 이 은혜를 어떻게 갚아야 할지 모르겠습니다."

여승들은 사양하며 길을 가르쳐 주었다. / "이곳에서 동쪽으로 수십 리를 가면, 사람들이 사는 집이 있으니 그리로 가십시오."

모자는 그들과 헤어지자 허겁지겁 요기를 했다. 이윽고 기운을 차리자 조웅은 다시 길을 떠나려고 했다. 그러자 왕 부인이 울며 말했다.

"얘야, 어디로 가겠다는 거냐? 마을도 가면 반드시 관리들에게 잡힐 것이다. 역적에게 끌려가 죽느니 차라리 이 산중에서 굶어 죽는 것이 나을 것이다." / 조웅은 애써 밝은 표정으로 어머니를 위로했다.

"사람의 목숨이 하늘에 달려 있으니 하늘이 죽이면 죽을 것이요, 살리면 살 것이옵니다. 어찌 사람이 두려워 이 산중에서 굶어 죽거나 짐승의 밥이 되겠습니까? 조금도 염려하지 마시고 마을로 내려가십시오."

왕 부인은 잠시 생각하더니 입을 열었다.

"얘야, 우리 모자가 이렇게 가면 반드시 행적*이 드러나 잡힐 것이다. 이 어미의 생각으로는 우리가 차림새를 달리하면 좋을 것이다."

"어떻게 말입니까?" / "나는 삭발하여 여승이 되고 너는 그 제자가 되면 누가 알겠느냐?"

"어머님, 목숨을 건지는 것도 중요하지만 어찌 머리카락을 없애겠습니까?" **독해 TIP** 목숨이 아슬아슬한 처지에 머리카락이 중요하냐는 생각이 들 수 있지만, 조선 시대에는 효를 굉장히 중시했다. 머리카락과 같은 신체 일부는 부모에게서 물려받은 것이기 때문에 목숨처럼 아껴 훼손하지 않았다. 시대적 배경 등을 고려하며 읽으면 이해가 수월하다.

"얘야, 머리를 깎는다고 해도 승려가 아니니 상관있느냐? 너는 조금도 걱정하지 마라."

조웅은 어머니의 결심이 굳은 것을 보고 결심했다. / "그렇다면 저도 머리를 깎겠습니다."

"너같이 어린아이가 삭발하면 오히려 의심할 것이다. 이 어미만 깎을 테니 너는 더 이상 말하지 마라."

왕 부인은 엄히 이르고 행장에서 가위를 꺼내 머리를 깎으라 하니 조웅이 차마 가위질을 할 수가 없어 눈물만 흘렸다. 이를 본 모친이 크게 꾸짖었다.

"이 어미가 지금까지 산 것은 오로지 너 때문이다. 그런데도 너는 이 어미를 위로해 주지는 못할망정 울고만 있으니 어떻게 원수를 갚고 나라를 되찾겠느냐?"

이에 조웅은 억지로 울음을 그치고 가위를 들어 어머니의 머리를 깎으니 마음이 찢어지는 듯 아팠다.

"어머님, 제가 오늘을 잊지 않고 반드시 역적을 없애겠습니다."

머리를 다 깎자 왕 부인은 행장에서 옷을 꺼내어 승려가 입는 옷을 지어 입고 머리에 여승이 쓰는 모자를 쓰니 모습이 완전히 달라졌다. 그리곤 조웅을 앞세워 마을로 내려오니 알아보는 사람이 없었다. 집집마다 들러 밥을 빌어먹고 다니다가 하루는 한곳에 장이 열렸으므로 깎은 머리카락을 팔았다. 머리 값으로 겨우 돈 다섯 냥을 받아 이날 밤은 객점*에서 잤다.

그런데 밤이 깊은 후에 갑자기 마을이 떠들썩했다. 조웅 모자가 놀라 나와 보니 도적들이 흉기를 들고 달려드는 것이 아닌가. 왕 부인은 놀라 담을 뛰어 넘어 도망치다가 문득 뒤를 돌아보니 조웅이 없었다. 부인이 깜짝 놀라 마을을 돌아보니 불길이 온통 마을을 휩쓸고 도적들이 여기저기서 날뛰는 것이었다. 이어 도적이 기를 쓰고 뒤를 쫓으니 왕 부인은 아들의 이름을 부르며 자꾸만 도망쳤다. 얼마쯤 도망치다가 보니 한 채의 낡은 묘가 있기에 비석 뒤에 숨었다.

한편 조웅은 북새통*에 어머니를 잃고 어찌할 바를 모르고 우왕좌왕했다. 이때 도적이 달려들어 봇짐을 빼앗으려 하니 붙들고 애원했다. / "봇짐 속에 돈 몇 푼이 있으니 그것만 가지고 가고 짐은 남겨 주십시오."

그러자 한 늙은 도적이 불쌍히 여겨 짐 속에서 석 냥의 돈과 초상화만 꺼내고 봇짐을 내주었다. 조웅은 이를 보고 애절히 부르짖었다. / "나를 죽이고 그 초상화를 가져가시오!"

도적이 크게 의아하여 물었다. / "도대체 이것이 누구의 초상화냐?"

"나는 보다시피 승려의 제자인데 우리 스승께서는 늘 부처의 초상화를 모시고 다닙니다. 오늘도 스승을 모시고 객점에 들어갔다가 혼란 중에 서로 헤어졌으니 만약 이 초상화마저 가져가면 나는 절에 돌아갈 수가 없습니다. 그러니 가져가도 소용없는 초상화는 이리 주십시오." **독해 TIP** 조웅 모자가 변장을 하면서 호칭이 달라지고 있다. '우리 스승'은 조웅의 어머니인 왕 부인을 가리킨다. 내용을 꼼꼼하게 이해하고 있어야 특정 호칭이 가리키는 인물을 바로바로 체크할 수 있다.

조웅이 거듭 애원하니 늙은 도적이 여러 도적들에게 권유하여 돌려주었다. 조웅은 초상화를 받고 물었다.

"어디로 가면 저의 스승님을 만나겠습니까?" / "그 여승 말이냐? 저쪽 길로 갔으니 그리로 가 보아라."

조웅은 크게 기뻐하여 도적이 가리킨 길로 달려가면서 모친을 불렀다. 이 때 왕 부인은 비석 뒤에서 잠깐 졸고 있는데 꿈에 남편이 나타나 빨리 일어나라고 해서 깜짝 놀라 깨어났다. 그러자 묘 밖에서 발자국 소리가 들리는 것이 아닌가. 부인이 크게 기뻐하여 불렀다.

"웅이냐?" / 조웅이 듣고 급히 달려와 외쳤다.

"어머님, 저 웅이옵니다." / 모자는 다시 만난 기쁨에 서로 껴안고 울고 웃고 했다.

OX 문제

01. 의인화된 대상을 통해 인물의 심리를 효과적으로 드러내고 있다.　　　　　[O / X]
02. 조웅은 운명론적 태도를 바탕으로 어머니를 위로하고 있다.　　　　　　[O / X]
03. 인물의 처지와 조응하는 계절적 배경이 제시되어 있다.　　　　　　　　[O / X]
04. 산중에서 만난 여승들은 왕 부인의 사정을 듣고 여승의 차림새를 할 것을 권하였다.　[O / X]
05. 늙은 도적은 조웅에게 초상화를 돌려주고 왕 부인이 향한 곳을 알려 주었다.　[O / X]

심층체크

1. 지칭하는 대상이 <u>다른</u> 하나를 고르시오.

A. 여승　B. 부인　C. 왕 부인　D. 어머니　E. 스승　F. 여승

필수어휘 _ 반드시 암기하기

*행적 : 움직인 자취.
*객점 : 예전에, 오가는 길손이 음식을 사 먹거나 쉬던 집.
*북새통 : 많은 사람이 야단스럽게 부산을 떨며 법석이는 상황.

조웅전

장면 06

　이윽고 날이 밝자 비석의 글자가 뚜렷하게 보이거늘 조웅 모자는 무심코 이를 읽었다. 거기에는 금빛 글자로, 〈만고충신 병부시랑 겸 진부어사 조정인을 기리는 비석〉라고 써져 있었다. 그 밑에는 작은 글자로, 〈황제께서 밝게 살피사 위왕을 벌하시니 모두가 조 승상의 공이로다. 흩어진 백성들이 다시 모여 덕을 찬양하니 이 은혜 무엇으로 갚을꼬.〉라고 써져 있었다.

　조웅 모자가 이 비문을 보고 눈물을 하염없이 흘리니 산천초목*이 함께 흐느끼는 듯 빛을 잃었다. 조웅이 겨우 눈물을 삼키고 모친께 여쭈었다. / "아버님 비석이 어찌하여 이곳에 있나이까?" / 모친이 애달픈 목소리로 대답했다.

　"아, 이 비석을 보니 이곳이 위나라 땅이구나. 네 아버지가 병부시랑을 지낼 때에 위왕 두침이 포악한 왕으로 하늘 아래 모든 백성이 미워했었다. 백성들이 이에 참을 수가 없어 고향을 등지고 사방으로 떠나니 황제께서는 네 아버지를 보내어 위왕을 벌주시고 다시 살기 좋은 땅으로 만드셨단다. 이곳 백성들이 그 은혜와 공로를 잊지 못하고 네 아버지의 비를 세웠구나."

　이에 붓을 꺼내어 비문을 베낀 다음 하직했다*. 그러나 도대체 어디로 간단 말인가. 더구나 푼돈마저 도적에게 빼앗겼으니 앞길이 아득하기만 했다. 조웅이 어머니에게 아뢰었다.

　"다시 마을로 다니다가는 무슨 봉변을 당할지 모르니 절을 찾아가는 것이 좋겠습니다."

　왕 부인도 이를 옳게 여겨 길 가는 사람에게 절이 있는 곳을 물었다. / "여기서 서쪽으로 쭉 가시오."

　그가 가리켜 준 대로 모자는 험한 산 속으로 걸어 들어갔다. 이때 한 늙은 중이 지팡이를 짚고 다가오더니 카랑카랑한 음성으로 입을 열었다. / "매우 배고픈 것 같아 보이니 우선 이것으로 요기나 하십시오."

　조웅 모자는 염치 불구하고 음식을 받아 요기하고 감사를 드렸다.

　"지나가는 사람이 없어 굶어 죽을 뻔했는데 인자하신 대사님을 만나 살았으니 은혜를 잊을 수 없나이다."

　그러자 늙은 중이 웃으며 말했다.

　"조금 요기하신 것을 은혜라 하신다면 빈승*은 부인에게서 천금을 얻었으니 그 은혜는 어찌하오리까?" / 부인이 놀라 물었다.

　"저는 본래 가난한 여승으로 사방에 다니며 빌어먹는 신세인데 어찌 천금의 재물을 대사님께 주었다고 말씀하나이까?"

　늙은 중이 엄숙한 얼굴로 도리어 물었다.

　"부인께서는 조 승상의 부인이 아니시옵니까? 이렇게 변장하신들 제가 몰라보겠습니까?"

　조웅 모자는 크게 놀라 속으로 부르짖었다. / '우리의 정체가 탄로났으니 어찌할 것인가.'

　왕 부인은 떨리는 목소리로 애걸했다.

　"대사님, 우리 모자를 잡아 관청에 바치면 천금의 상과 제후의 벼슬을 받겠지만 부귀는 뜬구름 같은 것이니 제발 저희들을 놓아주소서." / 늙은 중은 웃으며 대답했다.

　"부인께서는 안심하십시오. 빈승은 부인을 잡아가려는 것이 아닙니다. 빈승은 지난날 승상의 초상화를 그렸던 승려 월경이옵니다. 그때 승상을 그려 부인께 바쳤더니 천금의 상을 주셨기에 가지고 간 적이 있습니다. 그런데도 부인께서는 빈승을 몰라보십니까?"

　이 말을 듣고 왕 부인은 늙은 중을 자세히 살피다가 고개를 내저었다.

　"물론 그런 일이 있지만 너무 오래되어 기억이 없습니다. 대사께서는 저희들을 농락하지 마시고 본심을 얘기하옵소서."

　그러자 늙은 중은 엄숙히 말했다. / "부인께서는 우선 초상화를 내주소서."

　왕 부인은 더욱 놀라 완강히 부인했다.

　"떠돌아다니는 사람에게 무슨 초상화가 있겠습니까, 대사께서는 사람을 놀리지 마십시오."

　"부인께서는 어찌 이렇게 의심하십니까? 그때 빈승이 부인을 뵈올 적에 임신하신 지 여러 달 되었기에 앞으로 닥칠 일을 초상화 뒤에 써 넣었으니 어서 꺼내어 살펴보십시오."

　늙은 중의 간곡한 말에 왕 부인은 이상하게 생각되어 마침내 초상화를 꺼내어 뒤에 붙어 있는 종이를 떼어 살펴보았다. 과연 거기에는 깨알과 같은 글씨로, 〈충신의 부인은 어이 머리를 깎으셨는가? 도둑에게 망한 나라 바닷가에서 거북을 만났도다. 주인은 누구인고? 굴원*의 넋이로다. 뱃속에 있는 아이 충신 열사로다. 아들로 제자를 삼고 모습을 고치려 해도 어찌 옛일을 잊겠는가. 위나라 강서 출신 월경〉이라고 써져 있었다. **독해 TIP** '충신의 부인'에서 '충신'은 조웅의 아버지인 조정인을 가리킨다. 조웅이 태어나기도 전, 월경대사는 이미 조웅 가족에게 일어날 일들을 예견했음을 알 수 있다. 왕 부인은 놀랍기도 하고 기쁨에 겨워 울며 말했다.

　"우리 모자는 나라를 도둑질한 역적을 피하다가 하늘이 내린 행운으로 이곳에서 대사님을 뵈었으니 이 기쁨을 어찌 말로써 표현할 수 있겠습니까?" / 월경대사가 좋은 말로 위로했다.

　"부인께서 고생하신 것을 빈승이 어찌 모르겠습니까. 그러나 귀하고 천하게 되는 것은 모두가 하늘의 뜻이니 너무 걱정하지 마십시오. 빈승은 이렇게 만날 것을 미리 알고 있었나이다."

라고 말하고는, 조웅 모자를 데리고 산골짜기 안으로 들어갔다.

그곳은 바위가 병풍처럼 둘러 있고, 맑은 냇물이 구불구불 흐르다가 폭포를 이루고 있었다. 이윽고 돌다리를 건너 절에 이르니 많은 중들이 나와 반갑게 맞이했다. 조웅 모자는 고생 끝에 이렇게 신선이 사는 듯한 공간에 이르니 마음이 저절로 밝아지는 느낌이었다. 왕 부인은 거듭 감사를 드렸다.

"속세에서 때가 묻은 저희 모자가 극락*을 어지럽힌 듯하니 마음이 불안하옵니다."

그러나 모든 중들이 이구동성으로 말하는 것이었다. / "누추한 곳에 귀한 분이 오시니 더욱 영광이옵니다."

"저희들은 가난하여 그저 비바람이나 피할 수 있는 작은 절에 살고 있었는데 월경대사께서 서울에 가셨다가 부인께서 천금을 주신 것을 가지고 오셔서 절을 지었나이다. 독해 TIP 중국을 배경으로 하는 소설에서 '서울'이 나왔다고 당황할 필요 없다. 이때 '서울'은 한 나라의 중앙 정부가 있는 곳, 즉 수도의 의미이다. 저희들이야말로 부인의 은혜를 어찌 다 갚겠습니까?"

"원 별 말씀을 다하십니다. 작은 것을 베풀고 이렇듯 큰 인자함을 받으니 도리어 부끄럽습니다."

서로 얘기를 나누며 별당에 이르니 왕 부인이 앞으로 지낼 곳이었다. 월경대사는 조웅을 데리고 글을 가르치는 한편 신통한 술법도 아낌없이 전해 주었다. 조웅은 본래 영특하고 민첩한지라 한 가지를 가르쳐주면 열 가지를 깨우쳤다. 이에 왕 부인은 편안한 마음으로 아들이 성장하는 것을 바라보았다. 독해 TIP 고난을 겪던 조웅이 월경대사로부터 글과 술법을 배우며 영웅적 면모를 갖추어 나가고 있다. 「조웅전」에는 특히 조웅을 돕는 조력자들이 여럿 등장하는데, 월경대사도 그중 한 명이다.

OX 문제

01. 비유적 표현을 사용하여 인물이 느끼는 감회를 강조하고 있다. [O / X]
02. 과거에 조정인은 황제의 명을 받들어 위왕과 함께 역적을 토벌하였다. [O / X]
03. 왕 부인은 승상의 초상화를 통해 고난이 닥칠 것을 예견하고 있었다. [O / X]
04. 새로운 인물의 발화를 제시하여 갈등이 발생한 근본적 원인을 보여 준다. [O / X]
05. 조웅은 어머니에게 글을 배우고, 월경대사에게는 신통한 술법을 배웠다. [O / X]

심층체크

1. 지칭하는 대상이 같은 것들을 찾으시오.
  A. 그   B. 늙은 중   C. 대사님   D. 빈승   E. 승상
2. 서술자의 개입을 찾아 밑줄 그으시오.

필수어휘 _ 반드시 암기하기

*산천초목 : 산과 내와 풀과 나무라는 뜻으로, '자연'을 이르는 말.
*하직하다 : 먼 길을 떠날 때 웃어른께 작별을 고하다.
*빈승 : 덕이 적다는 뜻으로, 승려나 도사가 자기를 낮추어 이르는 일인칭 대명사.
*굴원 : 모함을 당해 자신의 뜻을 펴지 못하다가 스스로 물에 빠져 죽은 초나라의 충신.
*극락 : 더없이 안락해서 아무 걱정이 없는 경우와 처지. 또는 그런 장소.

08 조웅전

장면 07

세월은 흐르는 물 같이 흘러 조웅의 나이 어느덧 열다섯 살이 되었다. 이제는 누가 보아도 생김새가 뛰어나고 건장한 대장부였다. 하루는 조웅이 어머니를 뵙고 아뢰었다.

"제 나이 열다섯 살이 되었나이다. 대장부가 세상에 나서 한 곳에서 보낼 것이 아니라 세상을 두루 다니며 구경도 하고 서울의 일도 알고 싶사오니 허락하여 주소서."

왕 부인은 듣고 크게 놀라 거듭 말했다.

"만 리 타향*에 와서 오직 너만을 믿고 살아왔는데 어찌 이 어미를 두고 떠나려고 하느냐? 네가 떠나겠다면 이 어미도 같이 가겠다."

조웅은 더 이상 여쭙지 못하고 스승인 월경대사에게 의논을 드렸다.

"제가 어머니께 세상에 나아가 역적의 소식도 듣고 그간의 일을 알고자 한다고 했더니 꾸중만 들었습니다. 부디 스승께서는 어머님의 마음을 돌리시어 제 뜻을 펴게 해 주십시오."

월경대사도 더 이상 가르칠 것이 없다고 생각하던 중이라 흔쾌히 승낙했다. 그리하여 며칠 뒤에 왕 부인을 찾아가 조웅의 뜻을 아뢰니 부인은 벌써 얼굴빛이 어두워졌다.

"대사님의 말씀은 옳습니다만 웅의 나이 아직 이십도 안되었는데 어찌 홀로 보낼 수 있겠습니까?"

월경대사가 웃으며 말했다.

"부인께서는 어찌 그리 약한 말씀을 하십니까? 빈승이 웅의 앞날을 짐작하지 못하면 절대로 내보내지 않을 것입니다."

왕 부인은 그래도 마음을 놓을 수 없었다.

"만약 대사님의 예측이 빗나가면 어찌하겠습니까?"

"그건 염려하지 마십시오. 빈승이 웅의 일생을 짐작하는 것쯤은 감히 장담하겠습니다."

이에 부인은 마지못해 허락했다.

조웅은 크게 기뻐하여 이튿날 아침 모친과 스승, 그리고 여러 중들에게 작별 인사를 드리고 산을 내려왔다.

몇 년 만에 세상에 나오니 조웅은 기분이 날아갈 듯하여 조금도 두렵지 않았다.

이리하여 온 세상을 돌아다니며 구경하기를 어느덧 반년이 지났다.

하루는 강호라는 곳에 이르니 무척 큰 마을이어서 사람이 분주하게 오가고 상점이 빽빽하게 늘어서 있었다. 한참 구경하다가 한 곳에 이르니 머리가 눈같이 흰 노인이 다 떨어진 옷에 검은 띠를 두르고 앉아 있었는데 아무래도 범상하지* 않았다. 특히 조웅의 눈에 띈 것은 백발노인의 앞에 놓인 검이었다. 이 검은 보기에는 웅장하여 저절로 욕심이 생겼으나 수중에 돈이 없으니 멀리서 구경만 할 수밖에 없었다.

그런데 이상한 것은 사람들이 칼을 사려고 해도 백발노인이 거들떠보지도 않는 것이었다. 날이 저물자 백발노인은 검을 들고 가 버렸다. 조웅은 객점으로 돌아와 잠을 청했으나 백발노인의 칼이 머리에 떠올라 잠을 이룰 수가 없었다.

이튿날 조웅은 아침 식사도 잊은 채 백발노인이 앉았던 곳으로 달려갔다. 백발노인은 벌써 나와 있었다. 그런데 이상한 것은, 칼 이외에도 벽에 글귀를 써 붙였는데 살펴보니 이런 내용이었다.

화산도사의 한쪽 소매가 무거우니 행색이 칼 파는 노인 같다.
사람마다 칼 값을 물으니 노인이 이르되, 내 기다리는 자 있도다.
앞으로 만 명의 사람이 와도 팔기를 원치 않노라.
아, 조웅의 소식을 누구에게 물어볼 것인가, 기다리는 사람은 어이해서 오지 않는고.

조웅은 글을 다 읽고 크게 놀라 백발노인에게 절했다. 독해 TIP 글귀의 내용을 통해 '백발노인'이 곧 '화산도사'이며, 그가 조웅을 기다리고 있었음을 알 수 있다. 백발노인은 한참 살피더니 조웅의 손을 잡고 물었다.

"그대 이름이 조웅인가?" / 조웅은 공손히 대답했다.

"제가 바로 조웅이옵니다. 어르신께서는 어떻게 저의 이름을 아시는지요?" / 백발노인은 크게 기뻐하며 대답했다.

"그야 자연스레 알고 있지. 하늘이 보배로운 검을 주시었으므로 임자를 찾아내고 온 천하를 두루 돌아다니다가 얼마 전에 큰 별이 강호에 비쳤기에 이곳에 와서 기다렸다. 어제 그 별이 더욱 비치므로 자네가 나타날 줄 알고 글을 써서 알렸다." 독해 TIP 하늘이 내린 검을 조웅에게 전달하는 역할을 하고 있으니 화산도사 역시 조웅을 돕는 조력자이다. 조웅은 초월적 능력을 지닌 조력자들을 만나

　하면서 웅에게 검을 주었다.

　조웅이 검을 공손히 받아 살펴보니 길이가 석 자요, 그 가운데에는 금빛 글자로 〈조웅검〉이라고 뚜렷이 써져 있었다. 조웅은 머리를 숙이며 입을 열었다. / "귀한 검을 주시니 이 은혜를 죽어도 잊지 못할 것입니다."

　"이 검은 그대의 것이다. 나는 다만 전해 주었을 뿐이니 어찌 은혜라 할 수 있겠는가?"

　백발노인은 말하고 나서 자리를 털고 일어섰다. / "그대의 앞길은 창창하니 부디 큰 공을 세우라."

　조웅이 무척 섭섭해 하니 백발노인은 다시 말했다.

　"여기서 남쪽으로 칠백 리를 가면 관산이라는 곳이 나오는데 그 산중에 천명도사라는 분이 계신다. 정성을 다하면 만날 수가 있으니 어서 여기를 떠나거라." / 하고 사라져 버렸다.

OX 문제

01. 과거와 현재를 교차하여 사건을 입체감 있게 구성하고 있다. 　[O / X]
02. 조웅은 절에서 내려오자마자 검을 얻기 위해 시장으로 향했다. 　[O / X]
03. 월경대사는 조웅의 미래를 알 수 있다고 장담하였다. 　[O / X]
04. 인물의 외양을 묘사하여 인물을 희화화하고 있다. 　[O / X]
05. 조웅은 월경대사에게 왕 부인의 마음을 돌릴 수 있게 해 달라고 부탁하였다. 　[O / X]

심층체크

1. 지칭하는 대상이 같은 것끼리 짝지으시오.

　A. 스승　　B. 백발노인　　C. 화산도사　　D. 칼 파는 노인　　E. 기다리는 사람　　F. 임자

필수어휘 _ 반드시 암기하기

*타향 : 자기 고향이 아닌 고장. ≒타관.
*범상하다 : 중요하게 여길 만하지 아니하고 평범하다.

장면 08

　조웅은 백발노인이 가르쳐 준 대로 남쪽으로 떠나 며칠 만에 관산에 도착했다. 산중으로 들어가니 깎아 세운 듯한 절벽 밑에 아담한 초가집이 있었다. 그리고 주위에는 맑은 연못이 있어 연꽃이 가득 피어 있고 이름 모를 새들이 지저귀고 있었다. 조웅이 들어가 사람을 찾으니 흰 수염이 가슴까지 내려온 신선 차림의 천명도사가 기다렸다는 듯이 나와 맞이했다. 조웅이 엎드려 절하고 뵈오니 천명도사가 크게 기뻐하며 이르기를,

　"내 너를 기다린 지 오래다. 하늘의 뜻을 따라 내 너에게 모든 것을 가르칠 것이니 힘써 배우라."

　하거늘, 조웅이 제자의 예를 베풀고 그날부터 열심히 공부하기 시작했다. 독해 TIP 조웅이 초월적 세계인 하늘의 비호를 받는 인물이며, 그를 가르치는 천명도사 역시 조웅을 돕는 조력자임을 알 수 있다.

　먼저 병법서를 익힌 다음 천문 지리를 담은 천문도를 배우니 조웅은 눈앞이 트이는 듯하여 잠자는 일과 먹는 일을 잊고 자기의 것으로 만들었다. 하루는 해가 뉘엿뉘엿 질 무렵쯤에 갑자기 거센 바람이 크게 일어나고 벼락 치는 소리가 산중의 적막을 깨뜨렸다. 조웅이 놀라 천명도사에게 까닭을 물었다. / "스승님, 이게 무슨 일입니까?"

　천명도사는 빙그레 웃으며 대답했다.

　"산중에 하늘이 내린 말 한 마리가 있는데 어찌나 날쌔고 용맹한지 구름을 부르고 바람을 일으키는구나. 너는 나가서 이 천마를 얻도록 하여라."

　조웅이 크게 기뻐하여 나가보니 과연 한 마리의 천마로 전신의 털이 불꽃처럼 붉었다. 그리고 절벽 사이를 호랑이처럼 뛰어다니는데 바람 소리가 윙윙 날 지경이었다. 조웅이 이를 보고 크게 외쳤다. / "네 어찌 주인을 모르고 날뛰느냐?"

　그러자 천마는 조웅을 뒤돌아보더니 반가운 듯이 달려와 울어댔다. 조웅은 말의 목을 몇 번 쓰다듬어 주다가 조웅을 뒤따라 나와 지켜보고 있는 천명도사에게 말했다. / "스승님께서는 저를 위해 미리 말까지 마련해 두셨습니까?"

　"이 천마는 네가 앞으로 행동하는데 크게 도움이 될 것이다. 하늘이 낸 물건은 임자가 있는 법이니 너는 내게 감사할 필요가 없느니라." / 천명도사가 더욱 힘을 다해 신통한 술법을 가르치니 조웅의 무술은 날로 눈부시게 성장하였다.

　[중략 부분의 줄거리] 어머니를 만나기 위해 잠시 관산을 떠나게 된 조웅은 우연히 장 낭자가 부르는 아름답고 고운 노랫소리를 듣는다.

　초산의 나무를 베어 객실을 지은 뜻은 인재를 보려한 것인데, 영웅 은 아니 오고 거지들만 오는구나.
　오동나무 베어 거문고를 만든 뜻은 원앙새를 보려 한 것인데 까마귀 만 지저귀는구나.
　아이야, 술잔에 술 부어라. 술로써 근심이나 풀자꾸나.

　조웅은 자기도 모르게 노랫소리에 취해 정신이 황홀해졌다. 이에 행장을 풀어 통소를 꺼내어 답하니 그 소리가 이루 다 말할 수 없이 맑았다. 부인과 딸이 안방에서 이 통소 소리를 듣고 매우 놀랐다. 이어 우렁찬 노랫소리가 들려오니 그 가사는 이러했다.

　십 년을 공부하여 천문도를 배운 뜻은 달나라의 선녀 를 보려 했더니, 은하수에 오작교가 없어 오르기 어렵구나.
　푸른 대나무를 베어 통소를 만든 뜻은 그리운 님을 보려 한 것인데, 그 누가 이 뜻을 알리오.
　아서라, 아는 이 없으니 나그네의 근심이나 위로할까 하노라.

　부인과 딸이 듣고 마음이 황홀하여 중문으로 나와 살며시 엿보니 나그네의 얼굴이 비범하고 풍채가 훌륭한 것이 눈이 번쩍 뜨였다. 부인이 크게 기뻐하여 딸을 보고 말했다. / "공자 같은 성인이 나시매 기린 *이 나고, 아름다운 딸이 나매 영웅이 나는도다."

　하니, 장 낭자가 부끄러워 별당에 들어가 숨었다. 그러다가 자기도 모르게 깜빡 졸았는데 꿈속에 아버지가 나와 엄숙히 이르기를,

　"너의 평생 좋은 짝을 데려왔으니 오늘 밤에 아름다운 인연을 맺도록 하라. 집 없는 나그네이니 한 번 가면 만나기 어려울 것이다." 독해 TIP 중략 이전까지는 조웅의 영웅적 면모에 대한 이야기가 전개되다가, 중략 이후부터 분위기가 바뀌었다. 조웅과 장 낭자의 첫 만남이 이루어지고 있으며, 두 사람의 인연을 꿈을 통해 암시하고 있다.

　하시며 빨리 나가라고 급하게 재촉하는 것이었다. 장 낭자가 일어날 때 갑자기 하늘에서 일곱 개의 별을 입에 문 용이 내려와 치마 속으로 몸을 숨기는 것이 아닌가. 크게 놀라 깨어보니 일생에 한 번도 보기 힘든 기이한 꿈이었다.

이때 조웅은 자기도 모르게 발길을 옮겨 중문을 열고 별당까지 이르렀다. 장 낭자가 이를 보고 놀라 이불 속에 몸을 숨기니 조웅은 부드럽게 말했다.

"낭자께선 놀라지 마십시오. 나는 길 가던 나그네인데 시를 읊는 소리가 들리기에 나도 모르게 끌려 들어왔소이다."

장 낭자가 당황하며 대답했다.

"남녀칠세부동석*인데 어찌 예절을 지키지 않고 아녀자의 방에 들어오십니까? 어서 나가십시오."

그러나 조웅은 물러가지 않고 자기의 마음을 솔직하게 털어놓았다.

"낭자께서는 너무 꾸짖지 마십시오. 나도 양반의 후예이니 어찌 예절을 모르겠습니까? 다만 지금의 처지가 부모의 승낙을 받을 수가 없으니 나중에 아뢰기로 하고 백년가약*을 정하고자 합니다." 독해 TIP 당시에는 부모가 결혼 상대를 정해 주는 관습이 있었기에, 부모의 허락 없이 당사자가 서로 혼인 의사를 표현하는 것은 예절에 어긋난 행동이었다.

그러나 장 낭자는 부끄러움에 고개만 푹 떨구었다. 이에 조웅이 낭자의 손을 이끌고 백년가약을 맺으니 어찌 천생배필*이 아니겠는가.

은근한 정으로 밤을 지냈는데 날이 밝아올 무렵에 닭이 울자 조웅이 떠나가려고 했다. 장 낭자가 하루만 더 머물러 어머니를 뵙고 가는 것이 좋겠다고 붙잡았으나, 조웅은 자기도 역시 어머니를 천 리 밖에 두고 떠난 지 삼 년이나 되기 때문에 하루도 늦출 수 없는 형편임을 알려 주었다. 장 낭자는 할 수 없이, / "그렇다면 무슨 신물*이라도 남겨 주소서."

하니, 조웅이 옳게 여기며 행장에서 부채를 꺼내 시 한 구절을 지어주면서 훗날 만나는 신표*로 삼도록 했다. 장 낭자가 받아서 읽어보니 다음과 같은 시구였다.

통소로 미인의 거문고에 답하고, 쓸쓸한 방 안으로 나도 모르게 들어갔도다.
오늘 밤 어린 신랑은 누구인가? 소년 영웅 조웅이 분명하도다.
새벽바람에 눈물로 작별하니, 길이 아득하여 언제 온다 약속을 못하겠구나.

OX 문제

01. 서술 시점을 바꿔 대상을 바라보는 태도에 변화를 주고 있다. [O / X]
02. 장 낭자의 아버지는 '남녀칠세부동석'을 근거로 하여, 낭자와 조웅의 만남을 반대하였다. [O / X]
03. 조웅은 떠나기 전 장 낭자에게 구체적인 재회의 시기를 말해 주지 않았다. [O / X]
04. 인물들이 주고받는 시를 삽입하여 이별의 상황을 드러내고 있다. [O / X]
05. 천마를 얻도록 하라는 천명도사의 명령에 조웅은 두려움을 느꼈다. [O / X]

심층체크

1. 가리키는 의미가 부정적인 것을 찾으시오.
   A. 영웅   B. 까마귀   C. 선녀   D. 기린   E. 어린 신랑
2. 서술자의 개입을 찾아 밑줄 그으시오.

필수어휘 _ 반드시 암기하기

*기린 : 성인이 세상에 나올 전조로 나타난다는 상상 속의 동물.
*남녀칠세부동석 : 유교의 옛 가르침에서, 일곱 살만 되면 남녀 구별을 엄히 하여야 한다는 말.
*백년가약 : 젊은 남녀가 결혼하여 평생을 함께할 것을 다짐하는 아름다운 언약.
*천생배필 : 하늘에서 미리 정해 준 배필.
*신물, 신표 : 뒷날에 보고 서로 알아보기 위해서 주고받는 물건.

장면 09

한편, 왕 부인은 아들을 보낸 다음 밤낮으로 걱정하며 세월을 보내고 있었다. 월경대사가 와서 왕 부인을 위로했다.

"부인께서는 염려하지 마십시오. 웅이는 어진 스승을 만나고 또 훌륭한 보물을 많이 얻었으니 어찌 즐겁지 않겠습니까?"

왕 부인은 의아하여 급히 물었다. / "대사께서는 어떻게 아십니까?"

"빈승이 어젯밤에 꿈을 꾸었습니다. 꿈에 웅이 나타나 말하기를 좋은 스승과 기이한 검, 그리고 하루에 능히 천 리를 달릴 수 있는 천마를 얻었다고 했습니다. 이제 웅이가 이리로 오고 있으니 만나 보시면 모든 것을 아실 것입니다."

부인이 크게 기뻐하여 언제 도착할 것인가를 물었다. 월경대사는 잠시 손을 짚어 보더니 웃으며 말했다.

"지금 밖에 있으니 조금 후면 도착할 것입니다."

하고 부인을 모시고 절의 문밖에 나가 조웅을 기다렸다.

과연 잠시 후에 불꽃같이 붉은 털을 가진 천마 위에 한 소년이 타고 나는 듯이 달려오는데 그것이 바로 조웅이었다. 조웅이 말에서 내려 어머니께 엎드려 절하니 부인은 아들을 붙들고 흐느껴 울었다.

이윽고 안으로 들어가 조웅이 그간에 있었던 일을 말하니 부인과 스승은 하늘이 도와주셨다고 크게 기뻐하였다. 다시 어머니와 만나 조웅은 그동안 못다 한 효도를 하느라고 세월 가는 줄 몰랐다.

하루는 부인이 아들을 보고 말하기를,

"이제 네가 이렇게 컸다만 머나먼 타향에 친척도 없으니 너의 짝을 누가 정해 줄 것이냐? 내가 생전에 네 짝을 보지 못할까 걱정이 되는구나."

하며 눈물을 하염없이 흘렸다. 이에 조웅이 모친을 위로했다.

"어머님께서는 걱정하지 마시옵소서. 천지 만물이 모두 짝이 있는데 사람이 설마 짝이 없겠습니까?"

하고는, 문득 땅에 엎드려 사죄를 청했다.

"어머님, 이 불효자식을 꾸짖어 주십시오."

왕 부인이 크게 놀라 물었다. / "도대체 그게 무슨 말이냐? 네가 대체 무슨 죄를 졌다는 것이냐?"

"어머님께 불효한 일이 있나이다. 소자가 스승님을 떠나오다가 강호에서 장 낭자와 백년가약을 맺었나이다."

하고는 지난 일을 자세히 아뢰었다. 왕 부인이 듣고 크게 기뻐하였다.

"네 말을 들으니 참으로 천생배필이구나. 그것 역시 하늘이 지시한 것이로다." / 월경대사도 듣고 같이 기뻐했다. **독해 TIP** 부모의 중매가 아닌, 당사자 간의 의사 결정을 토대로 혼인이 진행된다는 점에서 자유연애 사상이 드러나고 있다.

조웅이 며칠 후에 어머니께 아뢰었다.

"스승님과 기한을 정하고 왔사오니 이제 어머님 곁을 떠나야 할까 합니다."

부인이 섭섭한 마음을 억누르고 대답했다.

"네 말이 당연하다. 그러나 네 소식이 궁금하면 어디 가서 알아보면 될지 모르겠구나."

월경대사가 옆에서 대신 말했다.

"부인께서는 조금도 염려하지 마소서. 웅이 지내는 곳은 빈승이 아나이다."

부인이 월경대사의 말이 거짓이 아님을 알기 때문에 어서 떠나라고 도리어 재촉했다.

조웅이 인사하고 여러 날 만에 관산에 이르니 천명도사께서 웃으며 맞이했다.

"네가 약속한 날짜를 잊지 않았으니 기특하도다. 어머님께서는 편안하시더냐?"

조웅은 엎드려 아뢰었다.

"어머님은 편안하시옵니다. 스승님께서도 그동안 안녕하셨는지요?"

천명도사는 빙그레 웃더니 말했다.

"보아하니 분명 배필*을 정한 듯하구나."

조웅이 땅에 엎드려 사죄했다.

"스승님께 큰 죄를 지었나이다."

"하늘이 정한 것이니 너는 너무 부끄러워하지 말라."

천명도사는 조웅의 손을 잡아 일으키고는, 그동안 쉬었던 수업을 다시 계속했다. 조웅은 뛰어난 재주로 병법과 천문 지리, 그리고 신기한 술법을 모두 자기 것으로 만들어 스승은 매우 흐뭇해했다.

OX 문제

01. 대화를 통해서 인물을 둘러싼 극적 갈등이 점차 고조되고 있다. [O / X]
02. 왕 부인은 부모의 허락도 없이 장 낭자와 부부의 연을 맺은 조웅을 질책했다. [O / X]
03. 월경대사와 천명도사 모두, 웅이 천생배필을 만난 것을 말하기 전에 이미 알고 있었다. [O / X]
04. 서술자가 인물의 심리를 직접적으로 제시하여, 상황에 대한 인물의 태도를 드러내고 있다. [O / X]
05. 월경대사가 왕 부인에게 꿈 내용을 말한 이유는 왕 부인을 위로하기 위함이다. [O / X]

심층체크

1. 지칭하는 대상이 같은 것끼리 짝지으시오.
  A. 월경대사   B. 스승   C. 스승님   D. 스승님   E. 빈승   F. 천명도사

필수어휘 _ 반드시 암기하기

*배필 : 부부로서의 짝.

장면 10

하루는 천명도사가 밝은 달빛에 조웅을 데리고 하늘을 살피다가 갑자기 놀란 음성으로 말했다.

"웅아, 네 앞길에 큰 일이 생겼구나."

조웅이 놀라 급히 물었다.

"무슨 일이 있는지 자세히 가르쳐 주소서."

"너의 처가에 죽음의 위기가 닥쳤으니 빨리 가 보아라."

천명도사는 엄숙히 말하고는 환약 세 알을 내주었다. 조웅은 약을 받아 가지고 말을 몰아 나는 듯이 강호로 달려갔다.

이때에 장 낭자는 조웅을 보내고 소식이 없자 마침내 병이 들어 눕고 말았다. 이에 어머니 위 부인이 온갖 약을 써서 치료하였으나 치료되기는커녕 더 심해졌다. 그러던 차에 조웅이 장 진사 댁에 도착하니 슬피 우는 소리가 밖에까지 들리고 있었다.

조웅이 종을 불러 물으니 울면서 대답하기를, / "저희 아가씨의 병이 심하여 거의 죽을 지경에 이르렀습니다."

하니, 조웅이 급히 말했다.

"어서 안으로 들어가 주인께 아뢰어라. 내게 약이 있으니 증상을 자세히 알려 주면 쉽게 고칠 수 있을 것이다."

종이 안으로 들어가 그대로 여쭈니 위 부인은 물에 빠진 사람 지푸라기라도 잡고 싶은 심정인 때라 부리나케 증상을 적어 보냈다. 그러자 조웅이 잠시 생각하더니 환약을 꺼내 주며 말했다.

"이 환약을 환자에게 먹이고 따뜻한 음식을 먹이도록 하라."

과연 시키는 대로 환약을 먹이니 장 낭자는 언제 병이 들었냐는 듯이 일어났다. **독해 TIP** 장 낭자의 병을 미리 알고 병을 나을 수 있게 하는 환약을 건넨 천명도사의 초월적 능력이 드러나고 있다. 위 부인이 크게 기뻐하여 밖으로 나와 조웅의 손을 잡고 감사해했다.

"공자는 나의 딸을 살려 냈으니 우리 집의 은인입니다. 부디 우리 딸을 맞이하여 주시기 바랍니다."

조웅이 듣고 겸손하게 사양했다.

"떠돌아다니는 몸에게 이렇듯 중한 말씀을 하시니 감사하기 그지없습니다. 그러나 어머님의 분부*가 있어야 하니 돌아가서 소식을 알리겠습니다."

하고는, 작별을 고하자 위 부인은 부디 소식을 빨리 전해 달라고 신신당부하는 것이었다. 조웅은 관산으로 돌아와 스승께 절하며 감사드렸다.

하루는 천명도사가 조웅을 데리고 큰 바위에 올라가 하늘의 기운을 보더니 크게 놀라며 말했다.

"웅이야, 저것이 보이느냐? 별들이 제자리를 잡지 못하고 있으니 천하가 시끄럽게 되었구나. 지금 서쪽 오랑캐가 크게 세력을 떨쳐 대륙을 취하려고 하니 너는 먼저 위나라를 돕고 그 다음에 대송을 회복하라."

조웅이 엎드려 아뢰었다.

"어리석은 제자가 어찌 공을 세울 수 있겠습니까?"

"그건 염려 마라. 네 재주면 능히 나라를 구할 수 있도다." **독해 TIP** 여러 조력자들을 통해 영웅적 능력을 키워 온 조웅이 실제 전장에서 활약하게 될 것임을 예측할 수 있다.

스승이 엄숙히 말하니 조웅은 즉시 행장을 차리고 인사를 올렸다.

"스승님, 제자는 다녀오겠습니다."

천명도사는 고개를 끄덕이며 말했다.

"이번 이별은 꽤 오래 걸릴 것이다. 부디 몸을 조심하라."

조웅은 스승과 작별하고 나서 즉시 어머니에게로 말을 몰았다. 인사를 드리고 나서 장 낭자의 병을 고쳐 준 일을 알려드리니 어머니가 크게 기뻐하셨다. 조웅이 몸을 바로 하고 어머니께 아뢰었다.

"지금 서쪽 오랑캐가 세력을 떨쳐 위나라를 침범하려고 하니 제가 비록 재주는 없사오나 나가 막을까 합니다."

왕 부인이 크게 놀라 극구 만류*했다.

"네가 어린 나이에 어떻게 싸움터에 나가겠다는 거냐? 부질없는 생각은 하지 말아라."

"스승님의 명령인데 제가 어찌 거역할 수 있겠습니까?"

조웅이 꿋꿋이 말하니 부인이 한숨을 내쉬며 허락했다.

"스승님의 말씀이 그러하다면 이 어미도 막을 수가 없구나. 위왕은 네 아버지와 전부터 친분이 있는 분으로 이름은 신광이시다. 먼저 위왕을 도와 큰 공을 세우고 돌아와서 이 어미를 다시 보도록 하여라."

조웅이 어머니에게 작별을 하고 천마를 몰아 전쟁터로 향했다.

OX 문제

01. 스스로 묻고 답하는 방식으로 인물의 의지를 드러내고 있다. [O / X]
02. 왕 부인은 조웅에게, 장 낭자와의 혼사를 재촉하였다. [O / X]
03. 조웅은 스승의 명을 받고 곧바로 전쟁터로 향하였다. [O / X]
04. 과거 장면을 삽입하여 인물들의 관계를 드러내고 있다. [O / X]
05. 천명도사는 조웅의 미래를 예견하고 조웅에게 환약 세 알을 건네주었다. [O / X]

심층체크

1. 조웅이 장 진사 댁 다음으로 이동한 공간적 배경을 쓰시오.

필수어휘 _ 반드시 암기하기

*분부 : 윗사람이 아랫사람에게 명령이나 지시를 내림. 또는 그 명령이나 지시.
*만류 : 붙들고 하지 못하게 말림.

조웅전

장면 11

얼마쯤 가다가 개가 짖는 소리가 들리므로 발길을 서두르니 초가집 두 채가 나타났다. 문을 두드리니 한 늙은이가 나와 맞이했다. 조웅이 사정을 말하고 하룻밤 쉬기를 청하자 노인은 흔쾌히 승낙했다. 차려 준 저녁밥을 먹고 병법서를 읽고 있는데 자정이 되어서 문득 선녀같이 아름다운 여자가 살며시 들어와 절을 했다.

"너는 어떤 여자이길래 깊은 밤중에 남자가 머무는 곳을 찾아오느냐?" / 그러자 미녀가 맑은 음성으로 대답했다.

"저는 이 마을에 사는 여인으로 공자의 행차*가 쓸쓸한 것을 보고 위로해 드리고자 왔나이다."

조웅이 듣고 틀림없이 귀신이라 여기고 귀신을 쫓는 주문을 외우니 여인이 울면서 방을 나갔다. 조웅은 마음을 가다듬고 다시 병법서에 열중했다. 이때 갑자기 바람이 크게 불며 돌멩이가 사방으로 나는 것이 천지가 뒤집히는 듯했다. 게다가 문이 저절로 열리고 닫히고 하므로 조웅은 정신을 바짝 차리고 앉아 있었다. 한참 후에 밖에서 발자국 소리가 크게 울리더니 키가 구 척에다가 몸에 갑옷을 걸치고 큰 칼을 찬 한 장수가 안으로 들어섰다. 보통 사람이면 한 번 보고 까무라칠 정도로 무시무시한 형상이었으나, 조웅은 도리어 두 눈을 부릅뜨고 검을 빼어 책상을 두드리며 호통쳤다. **독해 TIP** 보통 사람들과는 다른 조웅의 비범한 면모가 부각되고 있다.

"너는 어떤 귀신이길래 감히 대장부를 능멸하는가*!"

그러자 그 장수가 땅에 엎드려 하염없이 눈물을 흘리는 것이 아닌가. 조웅이 이상히 여겨 목소리를 부드럽게 하여 물었다.

"깊은 밤중에 이렇게 나타난 것은 깊은 사연이 있는 듯한데 무슨 사정이오?" / 장수가 눈물을 그치고 대답했다.

"저는 관서 땅에서 이름을 날린 장수인데, 뜻을 이루지 못하고 떠도는 신세가 되었으니 어찌 원한이 없겠습니까? 그러다가 오늘 뜻밖에 훌륭한 영웅을 만났으니 제 원수를 갚을 때가 온 듯하여 감히 시험해 보았습니다. 조금 전의 그 여인은 제가 평생 사랑하던 아내입니다." 하며, 문을 열고 부르자 그 미인이 갑옷과 큰 칼을 들고 들어와 절을 했다. 조웅이 급히 예를 갖추자 그 장수가 말을 이었다.

"제 아내가 영웅께 드리는 갑옷과 칼은 부디 성공하시어 저의 원한을 풀어 주십사 하는 뜻에서 드리는 것입니다. 승리하시고 돌아오는 길에 갑옷과 칼을 무덤 앞에 묻어 주십시오." / 말이 끝나기가 무섭게 장수와 미인은 온데간데없이 사라져 버렸다. **독해 TIP** 귀신이 된 장수 그리고 그의 아내와 대화를 하고 갑옷과 큰 칼을 얻는 것에서 전기적 요소가 드러나고 있다.

이튿날 노인을 불러 물으니 한 무덤을 가르쳐 주었다. 마을 뒤로 가보니 두 개의 무덤이 있는데 한 무덤 앞에는 〈관서 장군 활달의 묘〉라는 비석이 서 있고, 그보다 작은 무덤 앞에는 〈관서 장군 월랑의 묘〉라고 쓰인 비석이 서 있었다. 조웅이 절하고 황금 갑옷과 칼을 가지고 위나라로 떠나니 마치 호랑이에게 날개가 돋친 듯했다.

며칠 후에 위나라에 도착해서 싸움터로 가서 보니 넓은 벌판에 양쪽이 진을 쳤다. 서쪽 오랑캐 번나라 군사는 산을 등지고 진을 쳤고, 위나라 군사들은 강을 등지고 진을 치고 있었다. 이때 번나라는 세력이 강해 용맹한 장수가 구름처럼 많고 군사가 강해 위나라가 맞서 싸우기를 한 달이 되어도 매번 지기만 했다. 이날도 서로 맞붙어 싸우는데 번나라의 장수가 칼을 번뜩일 때마다 위나라 장수는 맥없이 죽거나 도망치기에 바빴다. 번나라 장수가 의기양양하여 크게 외쳤다.

"위나라 장수는 빨리 나와 내 칼을 받으라!"

그러자 위나라 병사는 얼굴색이 변해 벌벌 떨었다. 위왕이 더 버틸 수가 없어 항복하는 글을 써서 장수에게 주어 보냈다. 장수가 번왕에게 나가 항서*를 바치니 번왕은 도리어 크게 화를 냈다.

"너의 왕이 앉아서 항서만 보내니 어찌 이토록 무례하냐? 우선 네 머리를 베어 본보기로 삼으리라."

호통이 채 끝나기도 전에 장수의 머리가 벌써 말 아래로 굴렀다. 이어 번나라 안에서 가장 용맹한 장수가 머리를 칼로 꿰어 들고 달려들자, 위나라 병사는 사시나무 떨듯 두려워하였다. 위왕은 이를 보자 비통히 부르짖으며 스스로 목숨을 끊으려고 했다.

이때 조웅이 이 모양을 보고 크게 분노하여 갑옷을 입고 검을 빼어든 채 천마를 타고 나는 듯이 달려가며 천둥같이 호통쳤다.

"번나라의 장수는 빨리 나와 내 칼을 받으라!"

양국 진영의 군사들이 어리둥절하여 보고 있는 사이 조웅은 번나라 장수를 향해 달려들었다.

"이건 또 웬놈이냐?"

번나라 장수는 우습다는 듯이 칼을 내리쳤다. 그러나 조웅은 머리를 낮추어 쉽게 적의 칼을 피하더니 검을 번개같이 휘둘렀다. 그러자 번나라 장수는 한 번도 겨루지 못하고 목이 땅 위로 굴렀다. 조웅은 적장의 목을 칼끝에 꿰어 들고 나는 듯이 위나라 진영으로 돌아왔다.

위왕은 이것이 혹시 꿈이나 아닐까 해서 조웅이 말에서 내려 엎드리는 것도 보지 못했다. 조웅은 엎드린 채 죄를 빌었다.

"제가 당돌하게 나섰으니 죄를 내리소서." / 위왕은 그제서야 정신을 차리고 입에 침이 마르도록 칭찬했다.

"과인이 어리석은 탓으로 장군을 미리 맞아들이지 못했구려. 과인의 목숨이 오늘로 끝나게 된 것을 장군이 살려 주었으니 이 은혜를 무엇으로 갚겠소. 그런데 장군의 성함은 어떻게 되시오?"

조웅은 위왕에게 자기의 내력*을 숨김없이 아뢰었다. 그러자 위왕이 크게 놀라며 조웅의 손을 붙들고 말하였다.

"장군의 아버지는 곧 내 어릴 적의 벗이다. 이제 그대를 보니 어찌 감개무량*하지 않으랴."

이어 대송의 소식을 물었다. 조웅은 이두병이 송나라를 멸하고 자칭 황제가 되었다는 사실과, 자신과 어머니가 역적에게서 벗어나려고 도망하여 다니던 일을 자세히 아뢰었다.

위왕이 듣고 송나라 서울을 향해 절하고 슬피 우시니 그 충성이 본래 크고 아름다웠다. 조웅이 같이 눈물을 흘리다가 도리어 위로했다.

"대왕께서는 고정하십시오*. 아직 오랑캐를 무찌르지 못하였으니 우선 이들을 없앤 후에 앞으로 할 일을 의논하는 것이 좋을 듯하옵니다."

OX 문제

01. 비유적 표현을 사용하여 표현의 효과를 높이고 있다. [O / X]
02. 위왕은 조웅을 보자마자 벗의 아들이라는 것을 알아보았다. [O / X]
03. 전기적 요소를 활용하여 비현실적 장면을 부각하고 있다. [O / X]
04. 장수는 조웅을 시험하고자 무시무시한 형상으로 조웅의 거처에 들어갔다. [O / X]
05. 번나라 장수는 조웅이 휘두른 검에 반격하지 못하고 베였다. [O / X]

심층체크

1. 지칭하는 대상이 같은 것끼리 짝지으시오.

A. 미녀   B. 귀신   C. 대장부   D. 장수   E. 훌륭한 영웅   F. 장수   G. 번나라 장수   H. 장군

필수어휘 _ 반드시 암기하기

*행차 : 웃어른이 차리고 나서서 길을 감. 또는 그때 이루는 대열.

*능멸하다 : 업신여기어 깔보다.

*항서 : 항복의 뜻을 적어 상대에게 보내는 글.

*내력 : 지금까지 지내 온 경로나 경력.

*감개무량 : 마음속에서 느끼는 감동이나 느낌이 끝이 없음. 또는 그 감동이나 느낌.

*고정하다 : (주로 손윗사람에게 쓰여) 노여움이나 흥분 따위를 가라앉히다.

장면 12

한편, 장수를 잃은 번왕은 크게 놀라 주위의 신하들을 돌아보고 물었다.

"그 장수는 누구인가? 그 싸우는 모습을 보니 보통 범상한 인물이 아니구나."

그러자 장수 한 명이 자리를 박차고 일어서며 호기* 있게 외쳤다.

"그 장수의 머리는 저의 칼끝에 달렸으니 대왕께서는 염려 마옵소서."

하고는 곧 창을 비스듬히 들고 진 앞으로 나와 천둥같이 외쳤다. 그러나 얼마 지나지 않아 조웅의 검이 한 번 번쩍하더니 번나라 장수의 머리가 말 아래로 떨어졌다. 조웅은 기세를 틈타 칼을 휘두르며 외쳤다.

"번왕은 빨리 나와 항복하라. 만일 반항하면 머리를 베어 본보기로 삼으리라."

번나라 진영의 군사들은 조웅의 무서운 기세에 눌려 멀찍이 물러났다. 조웅이 그대로 쳐들어가려 하자 위왕은 염려하며 북을 쳐서 불렀다.

또 한 명의 장수를 잃자, 번왕은 사색이 되었다. 그러자 장군 이황이 앞으로 나가 아뢰었다.

"대왕께서는 안심하소서. 내일은 소장이 나가 적장을 사로잡겠나이다."

이황이 용맹을 뽐내니 번왕은 겨우 마음을 놓았다. **독해 TIP** 위나라와 번나라의 전쟁 장면이다. 등장하는 장수가 어느 나라 장수인지, 발화 속 '대왕'이 누구를 가리키는지 등을 잘 체크하며 읽어 나가야 한다.

한편 위왕은 조웅을 대원수로 삼고 깃발을 고쳐 금빛 글자로 〈대국충신 위국 대원수〉라 크게 쓰게 했다.

이튿날 원수가 깃발을 진 앞에 세우고 천마에 올라 외쳤다.

"번왕은 빨리 나와 항복하라."

그러자 적진에서 한 장수가 크게 대답하고 달려 나왔다. 이때 갑자기 진지*에 안개가 자욱하여 사물을 분별할 수가 없었다. 이 틈을 노려 원수 뒤에서 또 한 적장이 달려들었다. 드디어 세 장수가 얽혀 싸우니 수십 번을 겨루어도 승부를 낼 수가 없었다.

"받아랏!"

다음 순간, 대원수 조웅의 칼이 번쩍하더니 한 장수의 목이 떨어졌다. 양편 군사가 놀라 바라보니 바로 장수 이황의 머리였다. 위나라 진영에서 이를 보자 기세가 올라 함성이 떠나갈 듯했다. 이어 원수의 맑은 호통 소리가 울리며 또 하나의 머리가 떨어지는데 역시 번나라 장수의 것이었다.

원수가 크게 위세를 떨쳐 검을 높이 들고 번나라 진영으로 쳐들어가 적을 무찌르니 짧은 시간에 죽은 사람이 산같이 쌓이고 서로 밟혀 죽는 자가 헤아릴 수 없이 많았다. 번나라의 군사들은 견디지 못하고 사방으로 도망쳤다. 번왕 또한 옷을 벗어 팽개치고 도망쳐 버렸다.

원수가 남은 장수들을 묶어 돌아오니 위왕이 몸소 나아가 원수를 맞이하여 무수히 칭찬했다. 원수가 땅에 엎드려 사양했다.

"모든 것이 다 대왕의 넓으신 덕 덕분이옵니다."

이어 군사들에게 명령해 적들의 무기를 거두어 오도록 했다. 그리고 번나라 장수 열넷을 묶어 들여 위엄 있게 꾸짖었다.

"오늘 너희들을 모두 죽이려 했지만 특별히 살려 보내니 너희 왕에게 가서 헛된 생각을 하지 말라고 하라."

하고는 모두 놓아 보내니 장수들은 무한히 감사하며 돌아갔다. 위왕은 크게 기뻐하여 잔치를 베풀어 승리를 축하하고 이번 싸움에 죽은 혼령을 위로했다. 잔치가 끝난 후 원수는 위왕을 모시고 돌아오는데 위엄과 기세가 하늘을 찌를 듯했다.

한편, 도망쳤던 번왕은 가까스로 군대를 수습하고 복수의 기회를 노렸다. 위나라 군사들이 번양 땅에 와서 잠시 쉬는 동안, 번왕은 군사를 매복*시켜 습격할 태세를 갖추었다. 그러나 천문 지리에 능통한 원수를 어찌 속여 넘기랴.

원수가 미리 알고 준비하고 있다가 습격해 오는 번왕과 그 군사들을 모두 잡으니 위왕이 더욱 신임했다*. 원수가 번왕을 잡아다가 죽이려 하자 번왕은 땅에 엎드려 애원했다.

"이두병이 대국을 빼앗아 천자가 되었으니 모든 사람이 미워하고 있습니다. 저도 이두병을 없애고 대송을 회복하고자 은근히 노리다가 잘못하여 대왕께 죄를 졌습니다. 대왕과 원수께서 저를 살려 주시면 군사를 일으켜 대송을 회복하는데 힘쓰겠습니다. 제발 살려만 주십시오."

위왕이 이를 듣고 그럴 듯하여 항서를 받고 엄히 명령했다.

"오늘 너를 죽이려 했지만 특별히 놓아 보낸다. 돌아가서도 위나라를 배반하지 말라."

이에 번왕은 무수히 절하고 물러갔다. 위왕이 대궐로 돌아오니 서울의 백성들이 모두 나와 춤을 추며 반겼다. 돌아온 지 사흘 만에 큰 잔치를 베풀고 상과 벌을 고르게 하니 모두들 위왕과 원수의 덕을 칭송했다. **독해 TIP** 조웅의 영웅적 활약상이 아주 잘 드러나고 있는 장면이다. 위나라와 번나라의 대립 관계, 위왕을 도우러 간 조웅, 각국의 장수 이름 등을 체크하며 읽어 나가면 된다.

OX 문제

01. 과장법을 사용하여 인물의 용맹함을 강조하고 있다.　　　　　　　　　　　　　　[O / X]
02. 조웅은 번왕을 잡아 죽이고, 위왕과 함께 대송을 회복하기로 다짐하였다.　　　　　[O / X]
03. 번왕은 이두병의 명을 받아 위나라를 침략한 것임을 실토했다.　　　　　　　　　[O / X]
04. 전쟁 장면의 묘사를 통해 사건의 긴박감을 고조하고 있다.　　　　　　　　　　　[O / X]
05. 조웅이 번나라 진영으로 쳐들어가자 번나라의 군사들과 장군 이황은 다급하게 도망쳤다.　[O / X]

심층체크

1. 조웅을 가리키는 말을 모두 고르시오.
　A. 장수　　B. 장수　　C. 장수　　D. 번나라 장수　　E. 소장　　F. 원수
2. 서술자의 개입을 찾아 밑줄 그으시오.

필수어휘 _ 반드시 암기하기

*호기 : 씩씩하고 호방한 기상.
*진지 : 적과 교전할 목적으로, 설비 또는 장비를 갖추고 부대를 배치하여 둔 곳.
*매복 : 상대편의 움직임이나 상태를 살피거나 불시에 공격하려고 일정한 곳에 숨어 있음.
*신임하다 : 믿고 일을 맡기다.

장면 13

하루는 **위왕**이 모든 신하들이 모인 자리에서 원수에게 말했다.

"**과인**의 나이가 늙어 정신이 차츰 흐려지니 이제 위나라의 도장을 원수에게 전하고자 하니 자네들의 의견은 어떠한가?"

원수가 황공하여 땅에 엎드려 아뢰었다.

"저는 여기에 있을 처지가 못 되옵니다. 대송이 역적에게 넘어갔으니 제가 어찌 밤잠을 편히 잘 수가 있겠습니까?" **독해 TIP** 여기서 '역적'은 이두병을 가리키는 말이다. 조웅은 이두병을 처단해야 함을 이유로 자신의 자리를 물려주려는 위왕의 뜻을 완곡하게 거절하고 있다.

하며 간곡하게 인사를 올렸다.

"제가 재주가 없으나 하늘이 도우시고 **대왕**의 높은 덕으로 다행히 적을 무찔렀습니다. 그러나 어머님을 객지에 두고 떠났으니 마음이 불안합니다. 이제 송 태자의 귀양지로 가서 태자를 모시고 어머니를 뵈오러 떠나겠으니 용서해 주십시오."

위왕이 크게 놀라 함께 떠나겠다고 고집하였다. 이에 원수와 신하들이 모두 간했다*.

"어찌 한시라도 나라를 비우시겠다고 하십니까?"

위왕은 할 수 없이 탄식을 토했다.

"아, 내가 원수와 함께 갈 수 없는 형편이로다. 생전에 태자를 뵈오면 저승에 가서도 **선황제**께 군신의 예로 뵈올 낯이 있지만 그렇지 못하면 어찌 신하라 하겠는가. 태자께서는 지금 어떻게 지내시는지……." **독해 TIP** 위왕의 발화를 통해 송나라와 위나라가 군신 관계를 맺고 있음이 드러나고 있다.

말끝을 맺지 못하고 비 오듯이 눈물을 흘리자 여러 신하들이 위로했다.

"진정하시옵소서. 언젠가는 나라를 회복할 날이 올 것이옵니다."

왕이 가까스로 슬픔을 거두고 원수에게 거듭 부탁을 하였다.

"태자를 구하거든 이리 모시고 와 대송을 회복할 의논을 하는 것이 좋으리라. 원수는 부디 내 뜻을 저버리지 말라."

그런 다음 날쌘 군사 일천 명과 용맹한 장수 수십 명을 주며 작별을 아쉬워했다. 원수는 위왕과 헤어져 바로 송 태자의 귀양지로 향했다.

[중략 부분의 줄거리] 한편, 장 낭자는 조웅의 소식이 없어 밤낮으로 걱정하며 지내던 중, 탐관오리인 강호자사의 처가 될 위기에 처한다. 강호자사가 강압적으로 혼례날을 정하자 장 낭자는 정절을 지키기 위해 도망치고 어느 절에 도착한다.

이곳은 바로 조웅의 어머니 왕 부인이 계신 절이었다. 이에 중들이 장 낭자를 왕 부인과 월경대사가 계신 곳으로 데려갔다. 왕 부인이 보니 세상에서 보기 힘든 미인이라 평범한 사람이 아닌 줄 알고 은근히 물었다.

"이렇게 어린 나이에 험한 고생을 겪는구나. 위나라 땅에 산다고 하니 이번 싸움의 승패를 아는가?"

장 낭자가 절하며 아뢰었다.

"오다가 듣자오니 번나라 오랑캐가 크게 패하여 돌아갔다 하옵니다."

부인은 이 말을 듣고 조웅이 반드시 살아 돌아오리라 믿고 걱정을 덜었다. 이어 장 낭자의 모습을 유심히 살피다가 물었다.

"강호에 살았다면 혹시 장 진사 댁의 딸을 아는가?"

장 낭자가 크게 의아하여 도리어 물었다.

"어떻게 장 처녀를 아십니까?"

그러자 왕 부인은 아들 조웅이 그간에 겪었던 일을 자세히 이야기했다. 장 낭자가 듣고 눈물을 흘리며 행장을 풀어 부채를 내놓았다.

"소녀가 공자를 처음 만나자마자 즉시 이별하게 되었는데 그때 공자께서 주고 가신 신물이옵니다."

왕 부인은 반가움을 이기지 못하여 장 낭자의 손을 잡고 말했다.

"네가 정말 장 처녀라면 나의 며느리이니라."

하면서, 부채를 들어 유심히 살피며 감개무량한 어조로 말을 이었다.

"이 부채는 내 아들 웅의 부채가 틀림없구나. 그 아이가 전에 산을 내려가서 장 진사 댁의 사위가 되었다고 하면서 네 말을 여러 번 했느니라. 내 생전에 너를 보지 못하고 죽을까 염려했더니 하늘이 도우사 오늘 이렇게 만났구나."

장 낭자도 그때서야 모든 일을 알고 즉시 일어나 두 번 절하며 아뢰었다.

"먼 곳에 어머니를 모셨다는 말씀은 들었으나 이곳에 계실 줄이야 어찌 알았겠습니까?"

왕 부인은 그녀의 등을 어루만지며 물었다.

"나는 팔자가 사나워 이곳에 와서 머물고 있지만 너는 무슨 까닭으로 여기까지 왔느냐?"

이에 장 낭자는 조웅을 처음 만났던 일과 이전에 자신의 병을 고쳐 준 일, 홀로 도망치게 된 사연을 자세히 말하니 독해 TIP ▶ 장 낭자에게 일어난 이전의 사건들을 요약적으로 서술하여 사건의 전개를 빠르게 하고 있다. 부인과 여러 중들이 매우 기특하게 여겼다. 이 날부터 시어머니와 며느리로서 예를 차려 왕 부인을 지극한 정성으로 섬기니 칭찬이 자자했다.

OX 문제

01. 의식의 흐름에 따라 사건을 요약적으로 서술하고 있다. [O / X]
02. 위왕은 조웅을 신임하여 위나라를 맡기고자 하였다. [O / X]
03. 왕 부인은 장 낭자와 만난 후에, 조웅이 반드시 살아 돌아올 것이라 믿었다. [O / X]
04. 대화를 통해 과거로 돌아가려는 인물들의 심리를 보여 주고 있다. [O / X]
05. 장 낭자는 조웅의 어머니를 만나 뵙기 위해 절을 찾아갔다. [O / X]

심층체크

1. 지칭하는 대상이 <u>다른</u> 하나를 고르시오.

  A. 위왕 B. 과인 C. 대왕 D. 선황제 E. 왕

2. 장 낭자가 조웅과 백년가약을 맺은 사이임을 증명하는 소재를 찾아 쓰시오.

필수어휘 _ 반드시 암기하기

*간하다 : 어른이나 임금에게 잘못을 고치도록 말하다.

08 조웅전

장면 14

한편 조 원수가 태자의 귀양지로 향하면서 각 마을로 미리 연락을 하니 놀라지 않는 곳이 없었다. 들르는 곳마다 높은 관리들이 줄지어 서서 마중했다. 관서 땅에 이르러 즉시 황 장군의 무덤을 깨끗이 청소하고 제사 음식을 마련하여 친히 제사를 지내니 깃발과 창칼이 줄지어 섰다. 제사가 끝나자 갑옷과 칼을 무덤에 묻으려 하니 돌로 만든 상자가 무덤 속에서 솟구쳤다.

원수가 친히 갑옷과 칼을 묻고 승전고*를 울리라 명령하자 북과 피리 소리가 요란했다. 그러자 깃발 아래에 난데없이 장수 귀신 하나가 나타나 허리를 굽혀 술 서너 잔을 마셨다. 그리곤 원수를 향해 절을 하더니 온데간데없이 없어졌다. 독해 TIP 황 장군의 무덤에서 제사를 지내자 귀신이 나타나 술을 마시고 절을 했다는 것에서 전기적 요소가 드러나고 있으며, 이때 '장수 귀신'은 황 장군의 혼령임을 예측할 수 있다. 참고로 '황 장군'은 장면 11에 등장했던 '관서 장군 활달'이다.

이튿날 떠나가면서 원수는 마을 백성들을 불러 단단히 일렀다.

"황 장군의 무덤을 착실히 가꾸고 봄가을로 제사를 올리라."

누구의 명령인데 거역하겠는가. 고을 백성들은 명을 받들 것을 하늘에 두고 맹세했다.

다시 길을 떠나 여러 날 만에 스승이 계신 관산에 이르렀다. 군사들을 산 밑에 쉬게 하고 원수 혼자서 산중에 들어가니 주위 풍경은 여전하되 초가집에는 아무도 없었다. 이상히 여겨 두루 살펴보니 먼지가 수북하게 쌓인 것이 빈 지 오래였다.

원수가 슬픔을 이기지 못하고 하늘을 우러러 크게 탄식하는데 벽에 전에 보지 못하던 글자가 쓰여 있는 것이 보였다.

화산도사는 어느 때 돌아올 것인가.
아침에 금강호요, 저녁에 관산이라.
그림자처럼 가는 곳을 모르니 다시 만날 날이 그 어느 때일꼬.

조웅은 글귀를 다 보자 스승의 인자한 모습이 더욱 생각나 저절로 눈물이 흘렀다. 이윽고 관산에서 내려와 군사들을 거느리고 강호로 떠나면서 장 진사 댁에 숙소를 정하리라고 사람을 먼저 보냈다.

강호자사는 원수의 통지를 받고 매우 놀라, 장 진사 댁의 일을 숨기려 하였다. 강호자사의 명령을 받은 하인이 달려와 원수에게 아뢰었다. 독해 TIP '강호자사'는 장면 13의 [중략 부분 줄거리]에서 강제로 장 낭자를 처로 삼으려고 했던 인물이다.

"장 진사 댁에 살인이 있어 아가씨는 도망하였고 부인은 옥에 갇혔으니 그곳에 머무르기가 불편하실 것이옵니다. 부디 다른 숙소에서 쉬시옵소서."

원수는 크게 놀라 숙소에 자리 잡는 즉시 옥에 갇힌 죄수들을 모두 불러들이라 분부했다.

이에 온 마을이 술렁이게 되었다. 죄인을 모두 불러들이니 거의 백여 명인데 원수가 하나하나 심문*하자 모두들 원통하다는 사람뿐이었다. 그 중에서 위 부인이 쇠약한 몸으로 형구를 쓰고 앉았는데 그 처참한 모습은 차마 볼 수가 없었다.

원수가 가까이 불러 죄를 물으니 말을 못하고 품 속에서 원통한 사연을 적은 글을 꺼내어 올렸다. 원수가 이를 받아 보고 그만 소스라치게 놀랐다. 급히 분부하여 칼을 풀어 위 부인을 댁으로 모시라 하고 나머지 죄인들도 모두 풀어 주도록 했다. 그러자 백여 명의 억울한 죄인들은 허리를 굽혀 감사하고 춤추며 나갔다.

"강호자사를 묶어 들여라."

원수가 위엄 있게 호령하니 군사들이 한꺼번에 달려가서 강호자사를 꽁꽁 묶어 대령했다. 이에 원수가 낱낱이 죄목을 들어 꾸짖었다.

"네가 나랏돈을 받는 신하로 손으로 꼽기 어려울 만큼 많은 죄를 지었으니 살려 둘 수 없다."

하고 병사를 시켜 목을 베게 했다.

이를 본 마을 백성들은 십 년 묵은 체증이 가시는* 듯 기뻐했다. 원수가 진사 댁에 들어가니 집이 몹시 거칠어지고 쓸쓸하여 절로 눈물이 났다. 위 부인이 나와 감격한 어조로 감사함을 표했다.

"원수는 누구이시옵니까? 미천한 목숨을 살려 주시니 이 은혜를 무엇으로 갚겠습니까?"

원수가 절하며 아뢰었다.

"부인께서는 오랫동안 옥에 갇혀 고생하시어 저를 몰라보시는군요. 저는 저번에 부인 댁에 들른 조웅이옵니다."

위 부인이 그제서야 원수가 조웅임을 알아보고 손을 잡고 통곡했다. 원수가 부인을 위로하며 그간의 사정을 물었다. 그러자 위 부인은 약간 진정되어 그간의 있었던 일을 모두 이야기하고 딸아이는 혼례식 전날 밤에 집을 나가 어디로 갔는지 지금까지 소식이 없다고 했다. 원수가 듣고 부인을 좋은 말로 위로했다.

"사람의 목숨은 하늘에 달려 있으니 설마 죽기야 하겠습니까? 언젠가는 만나볼 날이 있을 것이니 너무 슬퍼하지 마십시오. 우선 저와 함께 어머니가 계신 강선암으로 가시지요." **독해 TIP** 조웅의 발화를 통해 인물들의 다음 행선지(강선암)가 드러나고 있다.

OX 문제

01. 시간의 역전을 통해 사건을 입체적으로 드러내고 있다. [O / X]
02. 강호자사는 사건을 은폐하려 했으나 결국 발각되어 벌을 받았다. [O / X]
03. 조웅은 위 부인을 모시고 자신의 어머니가 계신 강선암으로 가려 한다. [O / X]
04. 공간에 대한 묘사를 통해 인물들의 외적 갈등이 심화되고 있음을 드러내고 있다. [O / X]
05. 조웅은 태자의 귀양지로 향하는 도중에 황 장군의 무덤을 거쳐 스승이 계시던 관산에 들렀다. [O / X]

심층체크

1. 지칭하는 대상이 같은 것끼리 짝지으시오.
  A. 조 원수   B. 아가씨   C. 부인   D. 위 부인   E. 조웅   F. 딸아이   G. 어머니
2. 서술자의 개입을 찾아 밑줄 그으시오.

필수어휘 _ 반드시 암기하기

*승전고 : 싸움에서 이겼을 때에 치는 북.
*심문 : 자세히 따져서 물음.
*십 년 묵은 체증이 가시다(내리다) : 어떤 일로 인하여 더할 나위 없이 속이 후련하여진 경우를 비유적으로 이르는 말.

조웅전

장면 15

이튿날 원수는 위 부인의 식구를 모두 거느리고 강선암으로 떠나는데, 미리 통지하기를 〈동국충신 위국대원수 겸 각도안찰어사 조웅〉이라 했다. 왕 부인이 장 낭자, 월경대사와 함께 이 통지를 받고 크게 기뻐하며 절 밖으로 나가 기다렸다.

이윽고 한 소년이 황금 갑옷에 검을 차고 말을 타고 들어오는데 그 위엄이 하늘을 찌를 듯했다. 뒤에는 수많은 장군들이 질서정연하게 따르고 있었다. 원수가 말에서 내려 어머니께 절하며 뵈오니 왕 부인은 눈물을 흘리며 기뻐했다. 재회의 기쁨이 약간 진정되자 왕 부인이 입을 열었다.

"너를 난리 속에 보내고 소식이 없으니 이 어미는 잠을 제대로 자지 못했다. 어디 가서 무슨 일이 있었는지 이야기해 보아라."

원수가 땅에 엎드려 번나라를 무찔러 항복받고 위나라를 구한 것과 대원수가 되어 오는 길에 강호에 들러 탐관오리 강호자사의 목을 베고 장 진사 댁 일가를 모셔 왔으나 장 낭자의 행방을 알 수가 없다는 것을 얘기했다.

그러자 왕 부인이 웃으며 말했다. / "너는 걱정하지 말아라. 장 낭자가 이리로 도망하였기에 나와 함께 있었느니라. 또한 오늘 사부인을 모셔 왔으니 이런 기쁨이 또 어디 있겠느냐." 독해 TIP ▶ 여기서 '사부인'은 며느리의 친정어머니, 즉 '위 부인'을 가리킨다. 고전소설에서는 친족 간 호칭어가 빈번하게 사용되므로 자주 쓰이는 호칭·지칭들은 암기하고 있어야 한다. 참고로 딸의 시어머니를 이를 때에도 '사부인'이라는 호칭을 쓴다.

하고는, 장 낭자더러 나오라고 일렀다. 이윽고 장 낭자가 나와 어머니를 만나니 서로 붙들고 울며 재회의 기쁨을 나누었다. 원수는 두 부인과 장 낭자를 별당으로 모시고 밤이 늦도록 얘기를 나누면서 즐기었다.

이튿날 원수는 강선암에 남은 어머니와 위 부인, 그리고 장 낭자에게 인사를 하고 송 태자의 귀양지로 떠났다. 원수 일행은 태산부 계량도로 가는 도중에 번나라를 지나게 되었다. 그러자 여러 장수들이 원수께 아뢰었다.

"번나라는 우리 위나라와는 원수지간이니 걱정이 되옵니다."

원수가 듣고 크게 꾸짖었다. / "장수된 자가 어찌 그리 겁이 많은가? 두렵거든 따라오지 말라."

그러자 모든 장수들이 크게 부끄러워 얼굴을 붉혔다. 원수가 목소리를 부드럽게 하여 위로하였다.

"그대들은 너무 걱정하지 말라. 번나라로 들어가면 틀림없이 번왕이 나를 유인하리라."

이때 번왕은 원수가 온다는 말을 듣자 모든 장수들을 불러 의논했다.

"조웅이 온다는데 어떻게 하면 좋을꼬?" / 한 신하가 앞으로 나와 여쭈었다.

"조웅은 욕심이 많고 미인을 좋아한다 하니 대접을 잘하고 예쁜 궁녀를 보내어 제후에 임명한다고 유인하소서."

번왕이 옳게 여겨 조웅이 오기를 기다렸다.

이윽고 조 원수가 번나라에 이르니 번왕이 사신을 보내어 천금보화를 바치며 반겼다. 원수가 이 선물을 모두 번나라의 신하들에게 나누어 주니 모두들 크게 기뻐하였다. 번나라 성 안에 들어가자 진을 치고 군사들에게 휴식하기를 명했다. 이때 번왕이 친히 와서 원수를 뵙고 지난 일을 사죄하니 원수가 좋은 말로 위로했다.

"지난 일은 각기 나라를 위함이니 어찌 탓하겠습니까? 다시 만나 뵈니 반갑습니다."

번왕이 크게 기뻐하여 원수를 회유했다*.

"원수는 본래 위나라 사람이 아님을 잘 압니다. 지금 우리 번나라가 작아도 길이 천 리요, 군사가 백만이며 또한 땅이 기름지고 백성들이 부지런합니다. 원수를 제후에 임명하려 하니 노여워 마시고 머물러 부귀영화*를 누리십시오."

원수가 듣고 괘씸하였으나 마음을 너그럽게 먹고 부드럽게 대꾸했다.

"저는 지금 송나라로 돌아가는 길이니 대왕의 말을 들을 수가 없습니다. 널리 양해하십시오."

이에 한 신하가 나와 예쁜 궁녀를 보내 조 원수를 유혹하라고 여쭈었다. 번왕이 이 계책*을 받아들여 인물과 노래가 뛰어난 월대라는 궁녀를 원수에게 보내 유혹하게 했다. 그러나 원수가 어떤 인물인데 한낱 오랑캐 궁녀에게 빠질 것인가. 월대가 와서 온갖 교태*로 유혹하자, 원수는 간사하고 영악하다며 단칼에 월대의 목을 베었다. 독해 TIP ▶ 돈과 권력, 여인 등 갖은 회유에도 넘어가지 않는 조웅의 강직한 성품을 확인할 수 있다.

번왕이 이 소식을 듣고 크게 놀라 모든 궁녀들을 모아 놓고 조 원수를 유혹할 자신이 있는 미녀를 구했다. 그러나 많은 궁녀들이 다 도망치는 가운데 한 궁녀만이 거문고를 안고 스스로 나섰다.

"제가 원수의 마음을 돌이켜 보겠나이다."

번왕이 크게 기뻐하여 궁녀를 원수의 진영으로 보냈다. 궁녀가 원수 앞에 나서서 거문고를 뜯으며 노래하는데 슬프기가 그지없었다. 궁녀가 문득 거문고를 놓고 눈물을 흘리며 원수께 아뢰기를,

"저는 번나라 사람이 아니고 위나라 땅에 사는 두우성의 딸 금년이라 하옵니다. 일찍이 아비를 잃고 늙은 어미를 모시고 살다가

저번 난리 때 번나라로 잡혀 왔나이다. 그러다가 하늘이 도우사 원수를 만났으니 바라옵건대 저를 데리고 가셔서 어미의 소식을 알게 해 주소서." / 하고 통곡하며 애원하니 원수가 심히 불쌍히 여겨 허락했다.

　이튿날 원수는 번왕에게 금년을 데리고 가니 양해해 달라고 통지하고 군대를 이끌고 떠났다. 번왕이 듣고 이를 갈며 분하게 여겼다.

　"수많은 재물과 궁녀까지 잃었으니 이 분함을 어찌 풀꼬."

　여러 신하들이 위로하기를 조용이 다시 이리 올 때에 사로잡아 분을 풀라고 했다.

OX 문제

01. 대화를 통해 인물들의 생각을 구체적으로 드러내고 있다. [O / X]
02. 원수는 금년을 불쌍히 여겨 후처로 맞이하였다. [O / X]
03. 왕 부인은 번나라로 떠나는 원수의 안위를 걱정하며 만류하였다. [O / X]
04. 인물의 반어적 발화를 제시하여 다른 인물의 의견에 대한 부정적 태도를 드러낸다. [O / X]
05. 원수는 번나라를 지날 때 번왕이 자신을 유인할 것임을 짐작하였다. [O / X]

심층체크

1. 지칭하는 대상이 같은 것끼리 짝지으시오.
　A. 위 부인　B. 한 소년　C. 어머니　D. 대원수　E. 사부인　F. 어머니　G. 장수된 자
2. 서술자의 개입을 찾아 밑줄 그으시오.

필수어휘 _ 반드시 암기하기

*회유하다 : 어루만지고 잘 달래어 시키는 말을 듣도록 하다.
*부귀영화 : 재산이 많고 지위가 높으며 귀하게 되어서 세상에 드러나 온갖 영광을 누림.
*계책 : 어떤 일을 이루기 위하여 꾀나 방법을 생각해 냄. 또는 그 꾀나 방법. ≒계략, 계교.
*교태 : 아양을 부리는 태도.

장면 16

한편 원수는 길을 재촉하여 태산부 근처에 이르러 진을 치고, 마을 사람을 불러 계량도의 소식을 물었다. 그러자 마을 사람이 울면서 말했다.

"원수께 아뢰나이다. 지금 태산부의 자사가 송 태자 전하를 죽이려고 독약을 가지고 갔사옵니다. 또한 같이 머물고 있는 예전 충신들을 모두 죽인다고 하나이다."

원수가 크게 놀라 계량도까지의 거리를 물으니 칠십 리라고 하므로 군사들에게 진을 치고 엄히 지키라고 분부했다. 그리고 혼자서 말에 올라 계량도로 달려갔다. 때마침 밤이 깊었는데 태자가 머무는 곳으로 가니 사방에 창칼이 번뜩이고 군사가 겹겹이 둘러싸고 있는 것이 날아다니는 새라도 들어갈 수가 없었다. 원수가 안의 형편을 몰래 살피니 늙은 충신들이 가득히 앉은 가운데 한 미인이 거문고를 뜯으며 노래를 부르고 있었다.

옥도끼 금도끼 날을 갈아 월궁의 계수나무를 베는구나.
흔들리는 곳은 어디뇨? 계량도로다.
모시도다, 모시도다, 우리 황태자 모시도다.
눈 속의 매화 가지에 봄바람이 불어 꽃이 피었네.
모였도다, 모였도다, 송나라 충신들이 모였도다. 묻노라, 이 밤이 몇 시더냐?
쓸쓸한 바람은 머리카락을 날리니 늙은 충신 부여잡고 눈물로 작별하니 돌아올 수 없는 것이로고.
바라노니 푸른 산의 매화나무 앞 무덤 아래 묻어 주소서.

노래가 끝나자 모든 신하들이 눈물을 비 오듯이 흘리며 태자에게 절하며 물러갔다. 이에 원수가 몸을 솟구쳐 바람같이 들어가 엎드려 네 번 절하고 울며 아뢰었다.

"태자께옵서는 귀하신 몸이 안녕하셨는지요? 저는 선황제의 충신 조정인의 아들 조웅이옵니다."

송 태자는 크게 놀라 물으셨다.

"이게 꿈인가, 생시인가? 그대가 어찌하여 여기에 왔는가?"

그러다가 진짜 조웅임을 알아보시고 눈물을 흘리며 반기셨다. 원수가 좋은 말로 태자를 위로했다.

"진정하소서. 제가 왔으니 이제 안심하십시오."

태자가 겨우 정신을 차리고 걱정하셨다.

"그대는 어찌하여 죽을 곳에 왔는가? 나는 운이 없어 내일이면 죽을 몸인데 이렇게 만나니 반갑기는커녕 슬프기만 하도다."

원수가 위로하며 미녀를 돌아보고 물었다.

"이 여인은 누구이옵니까?"

"이 마을의 별장이 보내온 계집종으로 나와 슬픔을 함께하는구나."

태자의 대답에 원수가 또 물었다.

"이 마을의 별장이란 누구이옵니까?"

"백성추라고 하는 충신이로다. 내가 이곳에 귀양 온 후 별장이 잘 대접해 주어 그 은혜를 잊을 수가 없구나."

태자는 이어 태산부 자사가 내일이면 독약을 먹이고 함께 있는 충신들을 모두 잡아갈 것이라고 하며 통곡을 그치지 않았다. 원수가 태자와 함께 울다가 은밀히 여쭈었다.

"제가 지금 백 리 밖에 군사를 숨겨 놓고 들어왔으니 안심하소서. 제가 이제 나가 군사를 거느리고 와서 모실 것이니 부디 몸을 건강히 하소서."

하고는, 바로 인사하고 나왔다. 단숨에 진영까지 달려온 원수는 즉시 여러 장수를 모아 놓고 분부했다.

"그대들은 내가 시키는 대로 하라."

명령을 내리고 군사를 몰아 계량도로 가니 어느새 날이 어두워졌다. 원수가 다급하여 칼을 뽑아 들고 몸을 날려 태자가 머무는 곳으로 달려갔다.

이때 벌써 자사의 부하가 약그릇을 들고 나오는데 충신들은 모두 묶여 있었다.

원수는 이를 보자 분함을 참지 못해 약그릇을 쳐서 깨뜨리고 칼을 들어 자사의 부하를 치니 머리가 땅에 떨어졌다. 이어 군사를 재촉하여 모든 충신들을 다 풀어 놓게 하고 태자 앞에 엎드려 절하니 태자가 원수의 손을 잡고 기뻐하였다.

"이것이 꿈이 아니길 바라는도다." / "태자께서는 이제 안심하소서."

원수가 위로하고 있을 때, 중군장 원충이 군사들을 이끌고 바람같이 들어왔다. 순식간에 마을을 에워싸고 자사와 그의 부하들을 모조리 잡아 원수 앞에 끌어오니 모두들 기뻐했다. 원수는 악독한 관리들을 꾸짖고 목을 베었다.

이때 태자와 충신들은 기쁨을 이기지 못하여 원수를 무수히 칭찬했다.

"장군의 공은 하늘과 같도다. 세상에 이런 충신이 또 어디 있겠는가."

원수가 잔치를 베푸니 백여 명 충신이 모두 일어나 춤을 추면서 즐겼다. 또한 마을 안의 백성들도 모두 춤추며 노래하고 즐기는데 그 소리가 하늘과 땅에 진동하였다.

OX 문제

01. 시간의 역전이 일어나 사건이 긴장감 있게 전개되고 있다.   [O / X]
02. 원수는 계량도에서 태자를 만나 구출을 약속했다.   [O / X]
03. 태자 곁에 있던 충신들은 태자가 독약을 먹기 전날 밤에 도망쳤다.   [O / X]
04. 인물의 독백을 통해 내적 갈등의 해결 과정을 드러내고 있다.   [O / X]
05. 여인은 태자와 함께 귀양 간 조웅의 종으로, 노래를 불러 태자를 위로하였다.   [O / X]

심층체크

1. 아래 인물 중 성격이 <u>다른</u> 인물 하나를 고르시오.

A. 원수   B. 미인   C. 신하   D. 조정인   E. 별장   F. 자사   G. 원충

장면 17

사흘 동안의 잔치가 끝나자 원수가 태자께 아뢰었다.

"태산부와 이웃 마을의 관리들을 모두 없앴으니 따라온 신하 중에서 각기 임명하여 지키게 하십시오."

태자가 옳게 여긴 신하를 뽑아 각기 임명하였다. 원수는 일이 끝나자 태자와 여러 충신들을 모시고 길을 떠났다.

위나라로 가려면 부득이하게 번나라를 또 지나야 했다. 이때 번왕은 조웅이 돌아오기를 기다려 그를 잡고자 하던 참에 염탐꾼이 알리기를,

"조웅이 송 태자를 모시고 이리로 오나이다." / 하므로, 즉시 여러 신하들을 모아놓고 의논했다.

"이전에는 재물과 궁녀만 잃었으니 어찌할꼬?" / 한 신하가 앞으로 나와 아뢰었다.

"조웅이 송 태자와 함께 온다 하니 먼저 태자를 유인하여 대궐 안에 가두는 것이 좋을 것입니다. 그런 다음 조웅에게 우리 번나라와 힘을 합해 대국을 회복하자고 달래면 될 것입니다. 그래도 듣지 않거든 위나라로 가는 길에 마을과 객점을 없애는 것입니다. 그리고 성을 따로 쌓아 군사를 숨겨 두어 습격하면 사흘 안에 조웅은 잡힐 것입니다."

번왕이 크게 기뻐하여 그 계교대로 하라고 했다.

이때 원수는 여러 날 만에 번나라에 이르니 번왕이 십 리 밖까지 나와 반기므로 웃으며 말했다.

"대왕이 옛일을 생각지 아니하고 오고 갈 때마다 이렇게 극진히 대접하니 죄송하나이다."

번왕 또한 웃으며 응대했다.

"그게 무슨 말씀이십니까? 나라에 오신 손님을 어찌 박대*하겠습니까? 우리 번나라가 비록 가난해도 군사가 강하니 원수를 도와 능히 대국을 회복할 수 있을 것입니다. 원수께서는 깊이 생각하시어 우리와 함께하도록 하십시오."

원수가 좋은 말로 이를 거절했다.

"대왕의 뜻은 고맙지만 대국의 남은 충신들이 구름같이 많으니 태자 전하를 도와 능히 대국을 회복시킬 수 있습니다. 대왕의 고마우신 뜻은 마음속에 간직하겠습니다."

이에 번왕은 멋쩍은 표정으로 돌아가고 말았다. 원수는 군사들에게 편히 쉬라고 말하고 자신도 나와 쉬었다. 이때에 번왕은 여러 신하들과 함께 흉악한 계략을 꾸미기에 여념이 없었다. 이에 처음 계획한 대로 태자의 숙소를 군사로 둘러싸고 몰래 잡도록 했다.

태자가 잠을 자다가 주위가 시끄러워 눈을 떠보니 번왕과 장수들이 겹겹이 둘러싸 있지를 않은가.

번왕이 반 협박조로 태자에게 말하기를,

"내게 딸 하나가 있는데 인물이 뛰어나니 이제 태자께 드리려고 합니다. 거절하시지 마시고 받아 주옵소서."

태자가 듣고 크게 꾸짖었다.

"이게 무슨 짓인가? 국왕이라 하면서 딸아이를 길거리에서 술파는 계집처럼 여기니 한심하도다."

이때 조 원수는 잠자리가 뒤숭숭하여 일어나 태자 숙소로 갔다. 가서 보니 번왕이 태자를 모욕하고 있지 않은가. 원수는 크게 분노하여 칼을 빼들고 쳐들어 가 지키고 있던 번나라의 군사를 마구 죽이니 번왕이 이에 놀라 도망치려 했다. 그러나 몇 걸음도 도망가지 못하고 원수에게 사로잡혔다.

"벌써 죽일 놈을 이제까지 살려 두었더니 안되겠구나!" / 원수가 당장에 칼을 내리치려 하니 번왕이 땅에 엎드려 애원했다.

"부디 한 번만 용서하소서. 다시는 나쁜 마음을 먹지 않겠나이다."

그 비는 모습이 너무 처량하여 태자께서는 한 번만 용서하라고 원수에게 권했다. 이에 원수가 번왕의 상투를 잘라 벌하고 밖으로 내쳤다. 그런 다음 군사들을 재촉하여 떠나갔다. **독해 TIP** 고작 상투를 자르냐고 생각할 수 있지만, 당대 사회에서 상투는 양반의 권위를 상징함과 동시에 유교적 질서를 유지하는 중요한 요소였다. 이러한 상투를 자른다는 것은 그러한 권위와 존엄을 꺾어버리는 것이므로 굉장히 치욕스러운 벌이라고 생각하면 된다.

번나라의 신하들은 왕이 상투가 잘려진 채 꼴이 말이 아닌 것을 보고 이를 갈며 복수를 맹세했다. 번왕과 신하들은 머리를 맞대고 의논한 결과 함곡에다가 군사를 매복하여 조웅을 죽이기로 했다.

이윽고 원수가 태자를 모시고 함곡에 도착하니 사방이 온통 절벽인데 오직 좁은 오솔길만이 양의 창자처럼 꼬불꼬불 이어진 것이 천하제일의 힘든 길이었다. 해는 서산으로 뉘엿뉘엿 넘어가려고 하니 원수는 마음이 급하여 군사를 재촉해 함곡 안으로 들어가려고 했다.

이때 문득 동쪽 작은 길에서 누추한 옷을 입은 한 노인이 지팡이를 의지하여 힘겹게 오더니 부채를 들어 원수를 만류했다.

"위나라로 가는 조 원수를 혹시 보지 못했습니까?"

원수가 속으로 크게 놀라 급히 물었다. / "제가 바로 조웅인데 무슨 일로 찾으십니까?"

그러자 노인이 크게 기뻐하며 대답했다.

"나는 천하를 두루 구경하다가 오봉룡에 들어가서 천명도사를 만나 사나흘 묵었습니다. 떠날 때에 편지를 주며 그대에게 전하라 하였으니 받으십시오."

원수는 스승이 편지를 보냈다는 말을 듣자 깊이 감사드리고 받았다. 편지를 전한 노인은 두말 않고 오던 길로 돌아갔는데 그 발길이 무척 빨라 순식간에 모습을 감추었다. **독해 TIP** 조력자의 도움으로 조웅이 죽음의 위기에서 벗어나게 될 것임을 예측할 수 있다.

OX 문제

01. 서술자가 직접 인물의 미래를 암시하고 있다.　　　　　　　　　　　[O / X]
02. 번국은 위나라로 오가는 길목에 위치한 나라이다.　　　　　　　　　[O / X]
03. 번왕은 조웅에게 함께 번나라를 회복할 것을 제안하였다.　　　　　　[O / X]
04. 새로운 인물이 등장하면서 인물 간의 대립 구도가 전환되고 있다.　　[O / X]
05. 군사에 둘러싸여 두려움을 느낀 태자는 번왕의 협박에 굴복하였다.　[O / X]

심층체크

1. 지칭하는 대상이 <u>다른</u> 하나를 고르시오.
　A. 원수　B. 충신　C. 손님　D. 조 원수　E. 그대

필수어휘 _ 반드시 암기하기

*박대 : 정성을 들이지 않고 아무렇게나 하는 대접. = 푸대접.

장면 18

원수가 스승이 계신 곳을 향해 절한 다음 편지를 펼쳐보니 이런 내용이었다.

〈함곡에 들어가지 말고 대포만 한 방 쏘아라.〉

원수가 보고 크게 놀라 즉시 장군 이홍창을 불러 군사들을 함곡으로 들어가지 못하게 하라고 당부했다.

"원수께 아뢰오. 맨 앞의 군사들은 이미 함곡으로 들어갔나이다."

이홍창이 대답하니 원수는 크게 놀라 엄히 명령을 내렸다.

"장군은 급히 들어가 군사들을 뒤로 물리라. 그곳에 진을 치는 척하고 한 둘씩 빠져 나오면 무사하리라."

이홍창이 명령을 받고 급히 들어가 군사들을 무사히 물러나게 했다. 원수는 진을 치고 군사들에게 명령했다.

"그대들은 움직이지 말고 깃발과 무기는 모두 숨겨라."

그리고 오원충을 불러 분부했다.

"그대는 맨 앞 군대를 거느리고 함곡 성문 좌우에 숨어 있다가 대포 소리가 울리면 들이닥쳐라."

하고 다시 유연을 불러 명령했다.

"그대는 자정에 몰래 함곡 성 안에 들어가 대포 한 방만 쏘고 급히 나오라."

㉠ 이날 밤 자정에 유연이 명령대로 성에 들어가 대포 한 방을 쏘고 물러나오니 갑자기 하늘과 땅이 진동하는 고함 소리가 울리면서 숨은 번나라 군사가 쫓아 나왔다. 그러자 미리 숨어 있던 오원충이 달려들어 낱낱이 사로잡았다. 원수 앞에 모두 끌어오니 거의 천 여 명이 되었다. 원수는 크게 꾸짖기를,

"너희들 모두를 죽이는 것이 마땅하나 특별히 살려 보내니 번왕에게 가서 말하라. 다시 한 번 이런 짓을 하면 내 달려가서 목을 끊겠다고!"

하고 모두 놓아 보냈다. 그런 다음 명령을 내려 산성을 불사르고 함곡을 지나 위나라 계양에 도착했다.

계양 태수가 마중 나와 위왕의 편지를 바쳤다. 원수가 부모의 편지를 받은 듯 기뻐하며 뜯어보니 이런 내용이었다.

〈위왕은 원수에게 몇 마디 알리노라. 무사히 태자 전하를 구했는지 걱정이 되어 자리에 누우니 그리움이 병이 되었노라. 또한 원수의 걱정을 덜기 위하여 어머니를 편안히 모시었으니 빨리 돌아와 재회의 기쁨을 맛보기를 바라노라.〉

원수는 크게 기뻐하여 사람을 시켜 위왕에게 먼저 알리게 했다. 원수가 길을 재촉하니 수령들이 줄지어 마중하는 행렬이 끊이지를 않았다. 드디어 위나라 서울에 무사히 도착하니 위왕이 모든 신하를 거느리고 나와 기다렸다가 태자에 엎드려 네 번 절하고 울면서 아뢰었다.

"소왕이 이제야 태자님을 뵈오니 죄가 너무나도 크옵니다." 독해 TIP 위왕이 태자에게 실제로 죄를 지은 것이 아니다. 태자를 빨리 구하지 못하고 뒤늦게야 만나게 된 것에 대한 죄송함의 표현으로, 위왕의 충심이 드러나는 대목이다.

태자가 같이 눈물을 흘리며 위로했다.

"내가 살아옴은 모두 위왕의 덕이니 어찌 감사하지 않겠는가."

위왕이 태자와 원수를 모시고 궁궐로 들어오니 온 백성이 춤을 추며 반겼다. 원수가 시간을 내어 어머니와 장모를 뵈오니 다시 만남을 크게 즐거워했다. 독해 TIP 조웅의 어머니는 왕 부인, 장모는 위 부인이다. 소설에서 인물 관계는 굉장히 중요하니 계속해서 숙지하고 있어야 한다.

㉡ 이날 밤은 모든 사람들이 나와 태자를 위로하는 잔치를 베푸니 노랫소리가 백 리 밖에까지 들렸다. 이어 수고한 군사들에게 일일이 상을 내리고 벼슬을 높였다. 이때 통신병이 와서 알리기를 번왕이 병에 걸려 죽고 그의 아들이 왕위에 올랐다 하므로 위왕과 원수가 불행히 여겼다.

[중략 부분의 줄거리] 위왕의 첫째 딸은 태자와 혼인하고, 둘째 딸은 조웅의 둘째 부인이 된다. 한편, 이두병이 태자에게 사약을 내렸다는 사실에 분노한 조웅은 충신들과 함께 역적 이두병을 치고자 한다.

행군을 재촉하여 한 곳에 이르니 천여 명의 군사가 진을 치고 있어 원수가 이상하게 여겨 알아본즉 이두병의 친위대였다. 원수가 크게 화를 내어 말을 몰아 쳐들어가서 칼을 휘두르니 가을 낙엽처럼 적의 머리들이 땅에 떨어졌다. 살아남은 병사 대여섯이 겨우 도망쳐서 이두병에게 가서 아뢰었다.

"조웅이 지금 황성으로 쳐들어오는 중입니다. 어서 군사를 내어 막으소서."

이두병이 놀라 어찌할 줄을 모를 때 다시 급한 전갈*이 왔다. 조웅의 군사 팔십만이 광음을 함락하고 서주를 침범 중이라는 것이

었다.

이두병이 더욱 깜짝 놀라 급히 신하들을 모아 놓고 대책을 논의하니 장군 장덕이 앞으로 나섰다.

"제가 재주는 없사오나 조웅을 폐하께 바치겠나이다." 독해 TIP 실제로 재주가 없다는 뜻이 아니라, 자신의 능력을 겸손하게 표현한 것이다.

이두병이 크게 기뻐하여 그에게 대원수의 벼슬을 내리고 많은 군사를 주어 적을 치라 했다.

OX 문제

01. ㉠과 ㉡의 공간적 배경은 동일하다.   [O / X]
02. 위왕은 조웅과 태자에게 자신의 불충을 눈물로 사죄하였다.   [O / X]
03. 조웅은 매복하고 있던 번나라의 군사들을 모조리 죽이고 산성을 불태웠다.   [O / X]
04. 사건의 압축적 제시와 대화 장면의 제시를 통해 사건 전개의 완급을 조절하고 있다.   [O / X]
05. 원수의 공격으로부터 살아남은 친위대는 이두병에게 조웅의 황성 진격 소식을 전하였다.   [O / X]

심층체크

1. 지칭하는 대상이 같은 것끼리 짝지으시오.
  A. 이홍창   B. 그대   C. 번왕   D. 위왕   E. 소왕

필수어휘 _ 반드시 암기하기

*전갈 : 사람을 시켜 남의 안부를 묻거나 말을 전함. 또는 전하는 말이나 안부.

장면 19

　한편 조 원수는 군사를 이끌고 제양산에 이르러 잠시 쉬고 있었다. 이때에 골짜기 안에서 한 장수가 군사 수백 명을 이끌고 원수 앞으로 와서 엎드려 아뢰었다.

　"소장은 충신 강걸의 아들 강백으로 역시 이두병 때문에 아버지를 잃고 지금껏 숨어 있었나이다. 그동안 무예를 갈고닦으며 군사 수백을 길러 때를 기다리다가 하늘이 도와 원수를 만났으니 군대에 거두어 주옵소서."

　이에 강백으로 선봉장*을 삼아 서주로 쳐들어가니 서주자사 위길대가 삼천의 군사로 길을 막았다. 원수가 선봉장 강백을 불러 명했다.

　"그대의 재주를 오늘 시험할 것이니 나가 싸우라."

　강백이 명을 받고 즉시 긴 창을 휘두르며 말을 몰아 위길대에게 달려들었다.

　위길대도 지지 않고 칼을 들어 상대하였으나, 얼마 가지 않아 강백의 창끝에 목이 뚫려 죽었다. 그러자 위길대의 아들 위영이 아버지의 원수를 갚겠다고 칼을 휘두르며 달려드는데 매우 용맹스러웠다. 그러나 강백의 창을 다루는 기술은 신출귀몰*하여 겨루다가 한 소리 크게 호통치며 창을 내지르니 위영의 목에서 피가 솟구쳤다. 이를 본 원수가 크게 기뻐하여 칭찬을 아끼지 아니했다.

　"강백의 용맹은 그 옛날 조자룡에 못지않도다." **독해 TIP** 조자룡은 삼국 시대 촉나라 사람으로 창을 다루는 기술이 뛰어났다고 알려져 있다. 누군지 모르더라도 용맹스러웠던 옛 인물이라는 것 정도만 파악하고 넘어가면 된다.

　적진의 군사들은 위길대와 위영이 허무하게 죽어 버리자 당할 수 없음을 깨닫고는 산산이 흩어져서 도망쳐 버렸다.

　원수가 군대를 몰아 황성 가까이 있는 관산에 도착하니 이두병의 또 다른 군대가 진을 치고 기다리고 있었다. 원수가 적진을 살피자 문득 한 장수가 뛰어나와 크게 호령했다.

　"역적 조웅은 빨리 나와 내 칼을 받으라!"

　원수가 이를 보고 크게 화가 나 강백을 내보내어 싸우게 했다. 강백이 명을 받고 나는 듯이 달려 나가 적의 머리를 창끝에 꿰어 돌아왔다.

　그러자 이두병으로부터 대원수의 벼슬을 받은 장덕이 앞으로 나와 호통을 쳤다.

　"역적 조웅은 듣거라. 너는 도망쳤던 죄인으로서 아직도 죄를 뉘우치지 않는구나. 내 오늘 너를 잡아 죄를 물으리라."

　원수가 크게 노하여 마주 호통쳤다.

　"역적 장덕이 무슨 낯으로 나서느냐? 너같이 더러운 놈이 여지껏 살아 있었다니 우습구나!"

　호통과 함께 내달아 창을 풍차처럼 휘둘렀다. 장덕도 용기를 뽐내어 맞섰다. 그러나 장덕이 어찌 원수의 무예와 용맹을 당해 내겠는가. 겨우 몸을 지탱하다가 방향을 돌려 도망쳤다.

　원수가 뒤를 쫓으며 꾸짖었다. / "장덕은 도망가지 말고 내 칼을 받아라!"

　순간, 도망치는 장덕 앞에 난데없이 황소만한 호랑이가 나타나 입을 벌려 그를 물려고 했다. 장덕이 크게 놀라 멈칫하는 사이에 뒤쫓아 온 원수의 칼이 번뜩하더니 장덕의 목이 떨어졌다.

　이 소식은 지체 없이 이두병에게 전해졌다. 믿었던 장수가 허무하게 죽어 버리자 이두병은 간담이 서늘하여 신하들을 돌아보며 떨리는 음성으로 물었다.

　"역적 조웅이 저토록 강하니 어찌할꼬?"

　그러자 장군 최식이 앞으로 나와 여쭈었다.

　"장덕은 적을 얕보았다가 패했나이다. 제가 재주는 없으나 조웅을 잡아 오겠나이다."

　이두병이 크게 기뻐하며 주천으로 선봉장을 삼고 최식에게 대원수의 직책을 내리고 군사 팔십만 명을 거느리게 했다.

　한편 조 원수는 군사를 몰아 위세 당당하게 들어가니 감히 맞서 싸우는 적군이 없었다. 드디어 관동 땅에 이르자 적의 대원수 최식이 팔십만 명의 군사들을 거느리고 진을 치고 기다리고 있었다. 조 원수는 상황을 살핀 다음 풀과 나무에 의지하여 진을 쳤다. 이때 적진에서 갑자기 대포 소리가 울리면서 적군에서 한 장수가 나와 소리쳤다.

　"역적 조웅은 빨리 항복하라. 항복하면 목숨만은 살려 주리라."

　강백이 듣고 크게 화가 나 즉시 말을 몰아 나가려고 하니 원수가 말했다.

　"그대는 잠시 분노를 참으라. 내게 좋은 계획이 있느니라." / 하고는, 군사들에게 명해 적의 도전에 절대로 응하지 말라고 했다.

　이때 적의 대원수 최식은 원수의 군대를 유심히 살피더니 장수에게 분부했다.

　"조웅이 풀과 나무에 의지하여 진을 쳤으니 어찌 병법을 안다 하겠는가? 그대는 화약을 준비해 가지고 오늘 밤 자정에 적지에 나아가 불을 질러 적을 몰살시켜라. 조웅을 잡는 것은 이제 손바닥을 뒤집는 것보다 쉽도다."

같은 시각에 조 원수는 강백을 불러 은밀히 명을 내렸다.

"적장은 우리가 숲에 의지하여 진을 친 것을 보고 반드시 오늘 밤 불을 지르러 올 것이다. 모든 군사를 은밀히 옮기되 소리를 내지 말라." 독해 TIP 적의 계획을 미리 예상하고 대응하는 모습을 통해 조웅의 비범한 면모가 드러나고 있다.

OX 문제

01. 외양을 상세하게 묘사해 인물의 위엄을 드러내고 있다. [O / X]
02. 강백은 선봉장으로서 승리하여 원수의 신임을 얻었다. [O / X]
03. 원수는 적의 행동을 미리 꿰뚫어 보고 숲에 진을 쳤다. [O / X]
04. 시간의 순서를 뒤바꾸어 이야기의 인과관계를 재구성하고 있다. [O / X]
05. 이두병은 장덕의 죽음에도 동요하지 않고 곧바로 다른 장수에게 조웅을 잡아오도록 명하였다. [O / X]

심층체크

1. 지칭하는 대상이 같은 것끼리 짝지으시오.
   A. 그대   B. 너   C. 내   D. 그대   E. 그대   F. 강백
2. 서술자의 개입을 찾아 밑줄 그으시오.

필수어휘 _ 반드시 암기하기

*선봉장 : 제일 앞에 진을 친 부대를 지휘하는 장수. =선봉대장.
*신출귀몰 : 귀신처럼 자유자재로 나타났다 사라졌다 함.

장면 20

과연 이날 밤 자정에 최식의 군사가 원수의 진에 쳐들어와 사방에 불을 질렀다. 그러자 불빛이 하늘까지 치솟으며 숲을 모두 태웠다. 최식이 이를 보고 크게 기뻐했다.

"이제 적은 흔적도 없이 죽었을 것이다."

그러나 기뻐하기도 잠깐, 갑자기 대포 소리가 벼락 치듯이 울리더니 조 원수가 칼춤을 추면서 군사들의 목을 무 베듯 하는 것이 아닌가. 또한 사방에서 조 원수의 군사가 벌떼처럼 쏟아져 나와 닥치는 대로 베고 찌르니 최식의 군사는 거의 반 이상 죽고 부상당했다. 놀란 최식은 진영으로 드나드는 문을 굳게 닫고 쥐 죽은 듯이 엎드려 있었다.

이에 원수가 문 앞으로 와 크게 호통치기를, / "역적은 빨리 나와 항복하라!"

하니, 수많은 군사들이 겁을 먹고 쥐구멍만 찾았다. 이에 최식이 주천을 보고 말했다.

"조웅을 당해 낼 장수가 없으니 항복하여 살 길을 찾을 수밖에 없구려."

주천 또한 싸울 용기를 잃고 있던 터라 찬성했다. / "그렇습니다. 빨리 항복하여 살 길을 찾는 것만이 현명한 길입니다."

최식과 주천은 즉시 항복하는 글을 써 가지고 문을 활짝 열고 나가 원수의 발밑에 꿇어 엎드려 빌었다.

"소인들이 무지하여 원수의 뜻을 어겼으니 죄는 죽어도 마땅하나 원수께서는 너그러운 마음으로 목숨만은 살려 주옵소서."

원수가 듣고 두 눈을 부릅뜨고 꾸짖었다.

"너희들은 천하에 둘도 없는 간신이요, 이두병은 세상에 비할 바가 없는 역적이니 어찌 살려 두겠느냐?"

호통과 함께 최식과 주천의 목을 베어 적진 속으로 던지니 적의 군사들이 모두 놀라 도망해 버렸다.

[중략 부분의 줄거리] 이두병은 일대, 이대, 삼대 형제에게 오십만 명의 군사를 주어 원수를 치도록 한다.

이때 원수의 진에 한 도사가 와서 뵙기를 청하므로 원수가 이상히 여기어 윗자리에 모시고 예의를 다해 대접했다. 그러자 도사가 소매에서 편지 하나를 꺼내어 내주며 이르기를,

"원수는 과연 하늘이 낸 영웅이로다. 지금 적진을 지휘하는 삼 형제는 내가 가르친 제자들인데 죄악에 빠졌도다. 원수는 이 편지에 적힌 대로 행하라. 나는 세상에 머물러 있을 사람이 아니므로 떠나노라."

하더니, 문득 모습이 보이지 않았다. 원수가 크게 의아하여 편지를 펼쳐 보니 아래와 같이 적혀 있었다.

〈일대의 진영 안에는 들어가지 말지어다. 이대의 진영 안에서는 백마의 피를 칼에 칠하고 귀신을 쫓는 주문을 외우라. 삼대의 진영 안에서는 결코 삼대 왼쪽에 가까이 가지 말라.〉 `독해 TIP` 편지를 통해 일대, 이대, 삼대 형제와의 전투에서 알아야 할 사항들을 전하고 있다. 도사 역시 조웅을 돕는 조력자에 해당한다.

원수가 보고 마음 속 깊이 기억해 두고 도사에게 감사해했다.

이튿날 원수는 갑옷을 갖추고 말에 올라 일대의 진 앞으로 나가 크게 외쳤다.

"역적은 빨리 나와 내 칼을 받아라."

그러나 일대는 문을 굳게 닫고 나오지 않았다. 이에 원수는 말을 돌려 돌아와 강백을 불러 주의를 주었다.

"적장이 문을 열고 나오지 않으니 특히 조심하라."

이튿날이 되자 일대가 문을 열고 나오더니 천둥같이 호통을 쳤다.

"역적 조웅은 듣거라. 네가 감히 천하를 시끄럽게 하니 오늘 너를 죽여 공을 세우겠다."

원수가 진 앞으로 나가 바라보니 일대는 키가 구 척에 쇠로 만든 갑옷을 입고 수염은 두 자고, 눈이 왕방울 같았다. `독해 TIP` 비유적 표현을 통해 일대의 외양을 묘사하고 있는 부분이다.

원수는 즉시 강백을 불러 일렀다.

"그대는 나가 싸우되 적장이 거짓으로 패하여 도망치거든 절대로 뒤쫓지 말라."

강백이 나가 싸우는데 과연 일대는 삼십여 번 겨루다가 거짓으로 패한 척하고 달아났다. 그러나 강백은 원수의 명령대로 뒤를 추격하지 않고 본진으로 돌아왔다.

이튿날 원수가 친히 나서서 크게 외쳤다.

"역적 일대는 어서 나와 나의 칼을 받아라. 감히 나에게 반항을 하다니 목숨이 몇 개이냐?"

일대가 크게 화내며 나와 싸우니 흡사 두 마리의 호랑이가 싸우는 것 같았다. 오십여 번을 겨루다가 일대가 또 거짓으로 패한 척 도망치니 원수가 조롱을 퍼부었다.

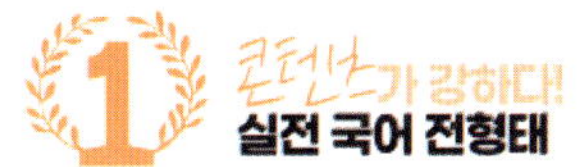

"너는 도망하는 수련만 배웠나 보구나."

하고는, 더 이상 싸우지 않고 본진으로 돌아와 강백에게 계획을 알려 주었다.

"내일 그대가 적장과 싸우되 날이 저물거든 거짓으로 패한 척하고 적진으로 들어가라."

OX 문제

01. 사건을 압축적으로 제시하여 속도감 있는 전개를 보여 주고 있다. [O / X]
02. 원수는 자신의 스승이 준 편지 내용을 가슴에 새기고 전투에 임했다. [O / X]
03. 비유적 표현을 사용하여 생동감 있게 이야기를 풀어 가고 있다. [O / X]
04. 조웅은 항복의 뜻을 전하는 최식과 주천을 용서하지 않고 죽였다. [O / X]
05. 일대는 강백과 싸울 때는 달아났지만 조웅과 싸울 때는 달아나지 않았다. [O / X]

심층체크

1. 지칭하는 대상이 <u>다른</u> 하나를 고르시오.

　A. 조 원수　 B. 원수　 C. 조웅　 D. 너　 E. 그대

조웅전

장면 21

　이튿날 일대 가 나와 여러 번 싸움을 걸었으나 원수는 문을 굳게 닫고 나가지 않다가 저녁 무렵에야 강백에게 나가 싸우라고 했다. 강백이 일대와 싸우기를 오십여 번에 이르니 날이 완전히 저물었다.

　이에 강백은 원수의 지시대로 거짓으로 패한 척하고 적진으로 달려드니 적의 군사들이 문을 열어 왼쪽으로 안내했다. 크게 놀란 일대가 강백을 뒤따라 달려드니 일대의 군사들이 적장인 줄 잘못 알고 한꺼번에 달려들어 말을 때렸다. 그러자 일대의 말이 놀라서 함정에 떨어졌다. 군사들이 우르르 몰려들어 창칼로 마구 찌르니 일대는 비명을 질렀다.

　"이놈들아, 너희 대장 도 모르느냐?"

　군사들이 크게 놀라 불을 밝히고 자세히 보니 과연 대장인 일대였다.

　이때 조 원수가 군사를 이끌고 바람같이 덮치니 적의 군사는 모두 흩어져 달아났다. 원수와 강백이 안을 들여다보니 일대는 온몸이 창칼에 찔려 비참하게 죽어 있었다. 원수 가 보고 탄식했다.

　"제 꾀에 제가 죽으니 참으로 미련한 놈이로다."

　원수는 적진의 무기와 식량을 거두고 백마를 잡아 피를 칼에 칠하고 이대의 진영으로 나아갔다.

　이대는 형 이 죽었다는 소식을 듣자 슬피 울며 이를 갈다가 문을 열고 나와 호통쳤다.

　"역적 조웅아, 너를 죽여 맏형의 원수를 갚겠다."

　하고, 나는 듯이 달려들었다.

　원수가 이대를 맞아 싸울 때 백마의 피를 바른 칼로 치니, 이대의 칼이 허공에서 날아오다가 가운데에서 막히곤 했다. 그러나 이대의 용맹은 일대보다 열 배나 강하여 백여 번을 겨루어도 승부가 나지 않았다.

　원수는 도사가 가르쳐 준 대로 귀신을 쫓는 주문을 외우며 온 힘을 다하여 이대의 칼을 쳤다. 그러자 이대가 깜짝 놀라며 칼을 떨어뜨렸다. 순간, 원수의 칼이 번쩍하더니 이대의 목이 땅에 떨어졌다.

　대장 이 죽자 이대의 군사들은 개미 떼처럼 사방으로 흩어져 도망쳤다. 원수는 이대의 목을 창끝에 꿰어 들고 승전고를 울리며 삼대의 진에 이르렀다.

　"서창에서 일대의 목을 베고 회음에서 이대의 머리를 베어 왔다. 삼대야, 어서 나와 칼을 받아라!"

　원수가 호통 치니 삼대가 크게 분노하여 창을 들고 달려 나오며 외쳤다.

　"너를 죽여 돌아가신 형님의 원수를 갚겠다."

　원수가 맞이하여 싸우는데 도사가 알려 준 대로 삼대의 오른편만 쳤다. 독해TIP▶ 도사가 편지로 알려 준 사항들을 따르며 적과 맞서는 조웅의 모습이 그려지고 있다. 용과 호랑이가 싸우듯 백여 번을 싸워도 승부가 나지 않았다. 이를 보고 선봉장 강백이 천둥같이 호통 치며 달려 나와 역시 삼대의 오른편을 노리고 창을 찔렀다. 삼대가 제 아무리 재주가 뛰어난들 두 장수를 당해 내겠는가. 강백의 창이 번뜩하더니 삼대의 말이 비명을 지르며 쓰러졌다. 그러자 삼대가 크게 놀라 허공으로 몸을 솟구쳤다.

　이를 본 원수가 번개처럼 내달아 삼대의 창 든 손을 치니 삼대는 혼비백산*하여 창을 버리고 하늘로 날아갔다. 원수도 함께 하늘로 치솟아 칼을 날려 삼대의 목을 쳤다. 그러자 한바탕 거센 바람이 일어나며 삼대의 머리가 땅에 떨어졌다.

　진 앞에 푸른 안개가 일어나며 두 줄기 무지개가 공중으로 뻗치는데, 이는 삼대의 왼팔 밑에 있던 날개가 날아가는 모습이었다. 삼대의 부하들은 대장이 죽자 역시 사방으로 흩어져 달아났다.

　원수는 승전고를 높이 울리며 위풍당당하게 황성으로 쳐들어가니 감히 맞설 자가 없었다. 독해TIP▶ 일대, 이대, 삼대 형제와 겨루어 승리를 거두는 조웅의 모습이 드러나 있다. 주인공이 전쟁에서 영웅적 활약을 보여 주는 군담 소설의 특징이 잘 드러나는 부분이다.

　이두병은 믿었던 삼 형제가 모두 죽었다는 소식을 듣자 넋을 잃고 어찌할 바를 몰라 했다. 신하들을 돌아보며 누가 나가서 조웅 의 군사와 싸우겠느냐고 물어도 나서는 자가 하나도 없었다.

　이날 밤에 승상 황덕이 여러 신하들을 모아 놓고 은밀히 논하기를,

　"나라의 멸망이 눈앞에 닥쳤으니 살 길이 없다. 그대들은 어떻게 하겠는가?"

　하니, 모든 신하들이 두려워하는 어조로 대답했다.

　"우리에게 방법이 있을 리 있겠습니까? 승상께서 가르쳐 주십시오."

　황덕이 칼을 놓고 계획을 말했다.

　"모든 죄는 지금 황제로 있는 이두병에게 있다. 우리가 대궐에 들어가 이두병과 아들들을 묶어 조웅에게 바치면 일등 공신*이 될 것이니 어떠한가?"

　모든 신하들이 듣고 찬성했다. / "그 방법만이 우리들이 살 길입니다."

　이에 황덕은 힘센 군사 육십여 명을 거느리고 대궐에 들어가 이두병과 그 아들 오 형제를 묶어 수레에 싣고 조 원수의 집을 찾았다.

　이때 황성의 백성들은 조 원수가 온다고 하는 말에 크게 기뻐하고 있다가, 이두병이 사로잡혀 간다는 말에 모두 나와 구경하는데 그 광경이 구름 떼와 같았다.

OX 문제

01. 여러 개의 삽화가 병렬적으로 제시되어 있다.　　　　　　　　　　　　　　　　　[O / X]
02. 원수는 뛰어난 실력을 발휘하여 일대, 이대, 삼대 형제를 홀로 무찔렀다.　　　[O / X]
03. 이두병은 원수의 부하가 아니라 자신의 부하에게 잡히고 말았다.　　　　　　[O / X]
04. 초월적 능력을 중심으로 사건이 새로운 국면으로 전환되고 있다.　　　　　　[O / X]
05. 조웅은 백마의 피를 바른 칼이 소용없어지자 귀신을 쫓는 주문을 외워 이대를 물리쳤다.　[O / X]

심층체크

1. 지칭하는 대상이 같은 것끼리 짝지으시오.
　A. 일대　　B. 대장　　C. 원수　　D. 형　　E. 대장　　F. 조웅
2. 서술자의 개입을 찾아 밑줄 그으시오.

필수어휘 _ 반드시 암기하기

*혼비백산 : 혼백이 이리저리 날아 흩어진다는 뜻으로, 몹시 놀라 넋을 잃음을 이르는 말.
*공신 : 나라에 공로가 있는 신하.

장면 22

이윽고 원수가 팔십만 대병을 몰고 황성으로 들어오니 황성의 남녀노소 모두가 뛰어나와 길에 엎드려 절하며 외쳤다.

"장하고 장하구나! 하늘이 조 원수를 내서 대송을 회복했구나."

원수도 감개무량하여 힘껏 백성들을 위로하며 천천히 나아갔다. 이때 여러 신하들이 이두병과 그의 아들 오 형제를 수레에 싣고 와 원수 앞에 엎드려 간곡하게 여쭈었다.

"소신들이 나라를 버리고 황제를 배신한 죄는 죽어 마땅합니다. 그러나 그때는 이두병의 강압에 못 이겨 참여한 것이옵고 날마다 송 태자님을 생각하며 세월을 보내다가 하늘이 준 큰 행운으로 원수께서 오신다고 하였기에 이렇게 이두병 부자를 잡아 바치옵니다. 원수께서는 부디 저희들의 죄를 용서하시옵소서."

원수가 이두병을 보니 분노가 머리끝까지 치밀어 올라 즉시 군사들에게 명령하여 끌어내어 엎드리게 했다.

"두병아, 낯을 들어 나를 보아라. 네 죄를 생각하니 죽여도 분이 풀리지 않겠다. 태자를 귀양 보내고 독약까지 내리었으니 그 죄가 어떠하며 또 나를 잡으려고 군사를 보내어 세상을 시끄럽게 했으니 네 죄를 네가 알렷다!"

원수가 크게 꾸짖으니 백성과 군사들이 달려들어 이두병을 마구 치고 때렸다.

이두병은 견디지 못하여 비명을 지르며 외치기를,

"이미 붙잡힌 신세이니 무슨 말을 하리오. 그러나 나라를 가로채고 태자를 귀양 보내 독약을 내린 것은 모두가 저들 소인배*들이 의견을 낸 것이오. 또한 이 지경이 되자 저희들은 죄를 면하고자 꾀를 내어 나를 붙잡아 원수에게 바쳤으니 죄는 모두 저들에게 있지 나는 결백합니다. 원수께서는 밝히 살피십시오."

그 말이 너무 간사하므로 원수가 크게 꾸짖었다.

"이 간악한 놈아! 너를 잠깐이나마 살려 두는 것은 태자님을 기다리는 것이니 그렇게 알라."

이어 군사들에게 명하여 이두병과 그 아들들을 수레에 싣고 대궐로 들어가니 백성들이 춤추며 맞이했다.

역적을 모두 물리치자 원수는 충신들에게 황성을 지키도록 하고 위나라로 떠났다.

며칠 만에 도착하여, 태자 앞에 엎드려 절하며 승리한 사연을 여쭈니 태자와 위왕이 크게 기뻐하며 수고를 칭찬했다. 이어 가족들을 만나 다시 만난 것을 즐긴 다음 이튿날 태자 앞에 나아가 아뢰었다.

"황성이 오래 비었으니 어서 궁으로 돌아가시옵소서." 독해 TIP ▸ 현재 태자가 있는 곳은 위나라이다. 태자는 송나라 황제의 아들이므로, 자신이 있어야 할 궁으로 돌아가야 하는 것이다. 공간적 배경 및 인물의 상황을 잘 체크하고 있어야 한다.

태자가 크게 기뻐하여 허락했다. / "즉시 떠날 준비를 하거라."

그러자 위왕이 백 리 밖에까지 나와 전송하면서* 작별을 아쉬워했다. 태자가 궁으로 돌아가시는데 강백이 군사를 거느리고 앞에 서고 원수가 태자의 아내와 가족들을 모시고 팔십만 명의 군사들을 지휘하여 가니 그 위엄은 하늘까지 덮는 듯하구나.

여러 날 만에 송나라 황성에 도착하니 백성들이 모두 나와 반겼다. 태자는 돌아온 즉시 성대한 황제 즉위식을 치렀다. 그런 다음 이두병과 그 아들 오 형제를 잡아들여 크게 꾸짖고 사지를 찢어 죽였다. 백성들은 역적의 시체에 침을 뱉으면서 춤을 추며 즐거워했다.

모든 일이 끝나자 모두 잔치를 열어 싸움에 나갔던 장수들을 일일이 표창하였다*. 조 원수를 번왕에 임명하고 부인 장 씨를 왕비로, 원수의 모친은 정절부인, 장모인 위 씨는 정부인, 원수의 외숙부 왕열은 우승상, 강백의 아버지는 좌승상에 임명하였다. 또한 이번 싸움에 특히 공이 큰 강백에게는 대사마 겸 대원수로 임명하고 나머지 장수들에게도 공을 따라 벼슬을 내리고 군사들에게도 많은 상금을 내리니 모두들 임금의 은혜에 감사했다.

마지막으로 이두병을 도왔던 신하들을 모두 잡아들여 크게 꾸짖기를,

"너희는 간사한 무리로다. 간에 붙었다, 쓸개에 붙었다 하는 무리를 내 어찌 살려 두겠느냐?"

하시고 능지처참*해 버렸다.

이윽고 번왕이 된 조웅이 번나라로 떠나는 날이 되니 황제께서는 눈물을 흘리시며 작별을 아쉬워했다.

"짐이 그대의 충성을 생각할 때 번나라로 보낼 수는 없다. 이 천하가 어찌 짐 혼자의 천하인가."

번왕이 엎드려 공손히 아뢰었다.

"황제께서 귀하신 몸으로 만 리 밖에 귀양살이하신 것은 오로지 저희 신하의 잘못이옵니다. 이제 역적을 무찌르고 다시 나라를 세웠으니, 다시는 간신들이 날뛰지 못하게 미리 대비해야만 할 것입니다. 저도 어서 가서 오랑캐가 소란을 피우지 못하도록 미리 대비하겠나이다."

황제가 매우 기뻐하시며 당부했다.

"짐이 그대를 만 리 밖으로 보내고 어찌 잠시라도 잊겠는가? 일 년에 한 번씩은 꼭 짐을 보러 오도록 하라."

번왕이 엎드려 가족들을 이끌고 번나라로 떠났다.

새 황제가 즉위한 후로는 해마다 풍년이 들어 백성들이 태평한 세월을 마음껏 즐겼다. 대송 제일 충신 조웅은 번왕이 되어 백성들을 따뜻하게 보살피어 모든 백성이 태평가를 부르며 찬양했다. 매년 한 번씩 황성으로 올라가 그간에 있었던 일을 이야기하고 즐기니 보는 사람마다 번왕 조웅의 충성을 기리었다.

OX 문제

01. 인물 간의 갈등이 심화될 것을 서술자가 직접 예고하고 있다. [O / X]
02. 이두병은 자신의 죄를 뉘우치며 목숨을 살려달라고 애원하였다. [O / X]
03. 조웅은 번왕 자리에 올라 선정을 베풀며 태평성대를 만들었다. [O / X]
04. 회상의 기법을 사용하여 현재와 과거의 화해를 지향하고 있다. [O / X]
05. 태자는 이두병을 따랐던 신하들의 사정을 알고 이들을 용서하였다. [O / X]

심층체크

1. 지칭하는 대상이 같은 것끼리 짝지으시오.
   A. 소신들   B. 저희들   C. 아들들   D. 백성들   E. 장수들   F. 신하들
2. 서술자의 개입을 찾아 밑줄 그으시오.

필수어휘 _ 반드시 암기하기

*소인배 : 간사하고 도량이 좁은 사람. 또는 그 무리.

*전송하다 : 예를 갖추어 떠나보내다. 서운하여 잔치를 베풀고 보낸다는 뜻에서 나온 말이다.

*표창하다 : 어떤 일에 좋은 성과를 내었거나 훌륭한 행실을 한 데 대하여 세상에 널리 알려 칭찬하다. 또는 그것에 대하여 명예로운 증서나 메달 따위를 주다.

*능지처참 : 대역죄를 범한 자에게 과하던 극형. 죄인을 죽인 뒤 시신의 머리, 몸, 팔, 다리를 토막 쳐서 각지에 돌려 보이는 형벌이다.

무조건 올라가는
고전소설 문해력

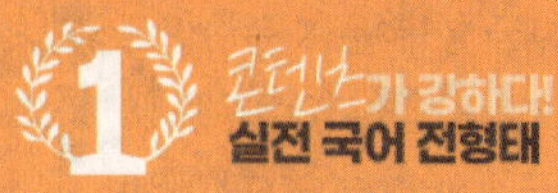

09

낙성비룡

주제

고난을 이겨 낸 이경모의 영웅적 활약

특징

① 인물의 외양을 묘사하여 비범함을 부각함.
② 요약적 진술과 인물 간의 대화를 통한 장면 제시를 활용하여 서술함.
③ 주인공이 먹보이자 잠꾸러기라는 특징을 지님.

작품 해제

「낙성비룡」은 어려서부터 부모를 잃은 주인공 경모가 고난을 극복하고 장원 급제한 뒤 번왕 남곽을 진압하는 활약상을 다루고 있는 영웅 소설이다. 18세기 후반에 창작된 것으로 알려진 「소대성전」과 줄거리가 유사하고, 두 작품 모두 주인공을 먹보이자 잠꾸러기로 그리고 있다는 점에서 「소대성전」의 영향을 받아 창작된 작품으로 여겨지고 있다. 작품의 제목은 별이 떨어졌다가 용으로 변하여 승천하는 태몽을 꾼 후 경모가 태어난 것에서 비롯된 것이며, 어린 시절 갖은 고난을 겪던 경모가 후에 부귀공명을 누린다는 줄거리와도 관련이 있다.

인물 관계도

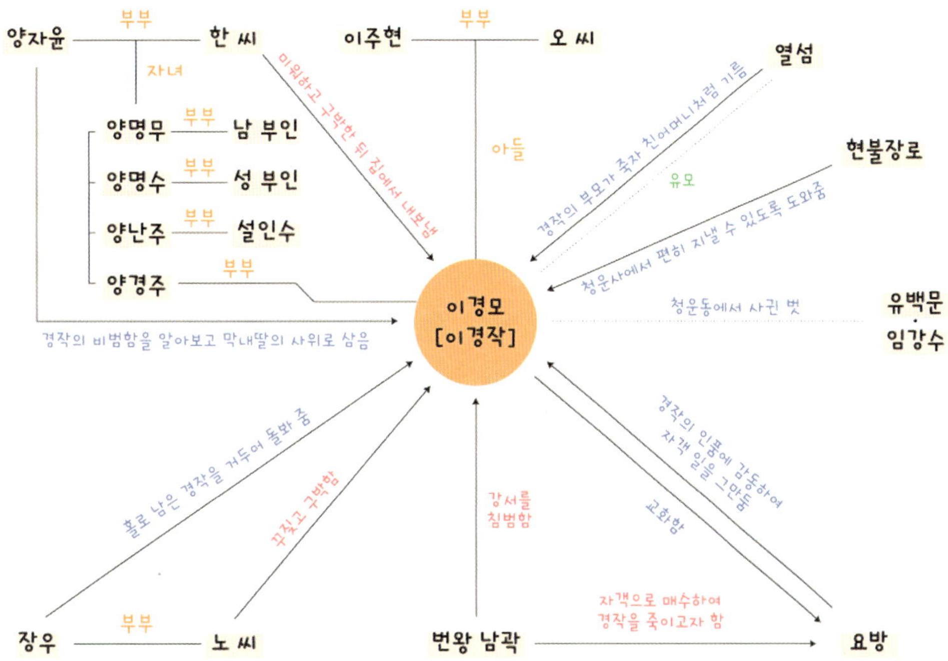

- **이경모(이경작)** : 일찍이 부모를 잃고 장우의 집에서 머슴살이를 하다가 양 승상의 눈에 띄어 그의 사위가 되는 인물. 시련과 고난을 극복하고 장원 급제한 후 번왕 남곽을 진압하며 영웅적 활약을 한다. 잠꾸러기에 먹보라는 성격을 지녔다.
- **열섬** : 경모의 유모. 경모의 부모가 세상을 떠나자 친어머니처럼 그를 돌보지만, 경모가 일곱 살이 된 해에 세상을 떠난다.
- **장우** : 어려서 부모와 유모를 잃은 경모를 불쌍히 여겨 길러 준 인물. 아내의 질책에 어쩔 수 없이 경모에게 소 먹이는 일을 시킨다.
- **양자윤(양 승상)** : 경모의 비범함을 일찍이 알아보고 자신의 막내딸 양경주와 혼인시키는 인물. 경모를 아끼고 사랑하였으나 일흔 두 살에 병세를 이기지 못하고 세상을 뜬다.
- **한 씨 부인** : 양자윤의 아내로, 경모를 미워하며 박대하는 인물. 이후 영웅으로 성장한 경모가 찾아오자 지난날을 자책하며 용서를 구한다.
- **양명무, 양명수** : 양경주의 오빠들로, 경모를 못마땅해하며 박대하는 인물들. 새로운 임금이 즉위한 후 옛 벼슬에 나아가지 못하게 되었으나 이후 경모의 추천으로 다시 복귀하게 된다.
- **양경주** : 경모의 아내로, 집안에서 경모를 박대하였지만 예를 잃지 않고 경모를 대하는 인물. 경모가 집에서 쫓겨난 뒤 그의 부탁을 들어 매년 시부모와 유모 열섬의 제사를 정성껏 올린다.
- **현불장로** : 경모로 하여금 청운사에 머물며 학업에 정진할 수 있도록 도움을 주는 인물. 후에 경모와 함께 천하를 유람한다.
- **유백문, 임강수** : 우연히 경모의 글 읊는 소리를 들은 후 깊은 우정을 나누는 인물들. 경모와 함께 바둑을 두고 해학을 주고받으며 즐거운 시간을 보낸다.
- **번왕 남곽** : 강서를 침범하였으나 경모의 위엄을 보고 항복한 인물.

장면 01

　명나라 영종 때에 북경의 유화 마을에 어진 선비 한 사람이 있었는데 성은 이요, 이름은 주현이었다. 인물이 아름답고 학문이 넓었지만 운명이 순탄하지 않아 공명*을 이루지 못하였다. 그는 대대로 집안이 가난하여 생활이 매우 어려운 지경이었지만, 착한 일을 많이 하였다. 그의 처 오 씨는 선비 가문의 아름다운 숙녀로, 부인의 덕에 부족함이 없었다. 부부 사이의 정이 매우 두터웠는데 쉰 살이 되도록 아들을 낳지 못했다. 주현의 선조가 벼슬을 했지만 한림학사로 일찍 죽고, 그 후 대대로 벼슬을 하지 않은 선비로 지냈다. 주현에게 이르러서 더욱 집안이 쇠약한 중에 또 조상의 대를 이을 자식도 없었던 것이다. **독해 TIP** 인물의 내력을 요약적으로 서술하여 인물의 성격과 상황을 잘 이해할 수 있도록 돕고 있다. 주현이 오 씨와 함께 매일 탄식하며 말하였다.

　"우리 부부가 인간 세상에 나서부터 각별히 남에게 죄를 짓지 아니하였으나 영화롭고* 귀한 것은 운수가 막혀 이루지 못했습니다. 또한 슬하*에 자녀도 하나 없이 세월만 흘러 우리가 죽은 후에 조상의 신령을 맡길 곳이 없었습니다. 죄인으로 저승에 가 어찌 조상의 얼굴을 뵐 수가 있겠습니까?"

　오 씨 역시 탄식하고 울며 대답하였다.

　"사정이 매우 딱하니 **당신**이 걱정하는 것이 당연합니다. 첩*이 변변치 못하게 당신을 뒷바라지한 지 30여 년이지만 죄가 커서 가문의 대를 잇지 못하니 간절함이 마음속에 맺혔습니다. 당신의 말씀을 들으니 **첩**이 죽으려 해도 죽을 수가 없습니다. 이미 나이 쉰 살이 되어 더 바란다는 것은 너무 어렵습니다. 부디 다른 아내를 구하여 사내아이를 낳는 기쁜 일이 있다면 조상님께 죄를 면할까 합니다." **독해 TIP** 당대 사회에서는 조상들에게 제사를 드리고 가문의 이름을 높일 아들을 낳지 못하는 것을 죄스럽게 여겼다. 그렇기 때문에 오 씨 부인은 남편에게 차라리 다른 아내를 구해서라도 아들을 얻기를 권유하고 있는 것이다.

　주현이 두려워하며 말하였다.

　"벼슬을 하지 않은 선비는 본래 가난한 법입니다. 한 명의 부인도 과분하거늘 또 어찌 첩을 구하며, 또 누가 나의 아내가 되겠습니까?"

　그러고 나서 길게 탄식하고 목이 메어 오랫동안 울었다. 이튿날 저녁에 부부가 잠자리에 들었는데 문득 큰 벼락소리가 나며 하늘이 열리더니 큰 별이 방 안에 떨어졌다. 크기가 박 만하고 빛이 찬란하여 네 벽에 밝게 비쳤다. 눈앞이 어지럽고 황홀하였다. 갑자기 그 별이 날아다니는 황룡으로 변하여 뜰 가운데 서렸다. 다시 벼락 소리가 나자 문득 두 날개를 펼쳐 하늘로 오르니 길이가 천 장이나 되고 금빛이 찬란히 비쳤다. 주현이 놀라 깨어 보니 꿈이었다. **독해 TIP** 작품의 제목과 밀접한 관련이 있는 부분이다. '낙성'은 별이 떨어졌다는 뜻이고, '비룡'은 용이 날아오른다는 뜻이다. 즉, 주현이 큰 별이 방에 떨어진 후 황룡으로 변하여 하늘로 오르는 꿈을 꾼 것은 태어날 아이가 작품의 주인공이라는 점과 주인공이 비범함을 지닌 영웅으로 성장할 것임을 암시하는 것이라고 볼 수 있다. 황홀하고 놀랐지만 기쁜 마음에 오 씨를 깨우자, 오 씨가 말하였다.

　"바야흐로 긴 꿈을 꾸고 있는데 깨우시면 어떻게 하십니까?"

　주현이 꿈속의 일을 말하자 오 씨도 놀라고 의아해하며 말하였다. / "첩의 꿈도 그러하니 무슨 길조*인지 알지 못하겠습니다."

　부부가 서로 말하고 매우 기뻐하였다. 과연 다음 달에 임신하여 향기가 방안에 가득하고 좋은 기운이 자주 어렸다. 주현이 크게 기뻐하여 아들 낳기를 기도하였다. 18개월 만에 **아들**을 낳으니 아이가 태어나면서 울음이 웅장하고 기상*이 비범하여 옥으로 만든 용 같았다. 주현의 부부가 분에 넘친 소망에 크게 기뻐하여 천지신명께 감사해하고 아명을 '경작'이라 하고, 이름을 '경모'라 하고, 자를 '문성'이라 하였다. **독해 TIP** '아명'은 아이 때 부르는 이름을, '자'는 본이름 외에 부르는 이름을 뜻한다. 당시에는 이름을 소중히 여겨 함부로 부르지 않았던 관습이 있어 본이름을 대신하여 아명이나 자로 부르곤 했다. 그 후 비록 몹시 가난하나 즐거움이 봄바람 같았다. 경작이 세 살이 되니 기상이 어른 같아 어린아이의 모습이 없었다. 비범한 골격과 백옥 같은 모습이 매우 특이해서 보고 칭찬하지 않는 사람이 없었다.

　그러나 불행히도 경작의 나이 세 살 때 부모가 함께 돌아갔다. 어린 나이에 장례 치르는 일이 어려운데 도와줄 가까운 일가친척이 거의 없었다. 다만 유모 열섬과 서너 명의 종들이 상의하여 논밭과 재산을 팔아 장례 준비를 갖추었다. 관을 만들어 금주의 조상의 무덤이 있는 산으로 가는데 따라가는 사람이 하나도 없었다. 유모 열섬이 경작을 업고 관을 따라가니 길 가는 사람이 모두 걱정하고 슬퍼하였다. 몇 개월 만에 마침내 금주에 이르렀다. 예를 갖추어 장례를 치른 후에 시비 경섬과 차섬과 노비 유복이 나무로 만든 위패*를 모셔 서울로 향하였다. 이때 열섬은 먼 길을 아이를 업고 수레를 빨리 몰아 달리느라 병이 나서 잘 걸을 수 없었다. 또 경작도 갑작스런 병을 심하게 앓았다. 여러 날 치료했으나 끝내 걸을 수가 없어 종들이 할 수 없이 산소 아래 옛집을 수리하여 경작과 열섬을 머무르게 하고 부부의 위패를 실어 저희들 먼저 돌아갔다. 헤어질 때에 서로 붙들고 부르짖어 통곡하니 푸른 하늘도 빛을 달리하였다. 세 사람이 열섬에게 다시금 부탁하였다.

　"**주인 어른**과 **부인**이 돌아가시고 남은 혈육이 소공자뿐이니 조심히 보호하여 잘 자라기를 기다려 서울로 돌아오게. 우리 세 사람은 이 마을 저 마을 구걸하며 다녀도 주인의 제사를 그치지 않을 것이니 그대는 부디 몸을 아끼고 보호하게."

열섬이 통곡하며 말하였다.

"어린 공자를 아끼고 보호하는 것은 그대들이 말을 하지 않아도 할 것이네. 삼 년 제사와 삼 년 후 제사도 그대들이 정성을 다할 것이므로 내가 염려하지 않겠네."

세 사람이 또한 경작을 안고 슬퍼하며 마음을 놓지 못하였다. 경작이 그들의 마음을 아는 듯 대답하니 더욱 슬피 울며 서울로 갔다.

OX 문제

01. 주현은 오 씨 부인에게 대를 이을 자식을 얻기 위해 다른 아내를 구하고자 한다고 말하였다.　　　　[O / X]
02. 오 씨 부인과 달리 주현은 큰 별이 방 안에 떨어져 황룡이 되는 꿈을 꾸었다.　　　　[O / X]
03. 요약적 서술을 통해 인물의 삶의 내력을 드러내고 있다.　　　　[O / X]
04. 두 공간에서 동시에 일어나는 사건을 병렬적으로 배치하고 있다.　　　　[O / X]
05. 열섬은 산소 아래 옛집에서 경작과 이별하고 서울로 향했다.　　　　[O / X]

심층체크

1. 지칭하는 대상이 같은 것끼리 짝 지으시오.

A. 당신　　B. 첩　　C. 아들　　D. 주인 어른　　E. 부인　　F. 어린 공자

필수어휘 _ 반드시 암기하기

*공명 : 공을 세워서 자기의 이름을 널리 드러냄. 또는 그 이름.

*영화롭다 : 몸이 귀하게 되어 이름이 세상에 빛날 만하다.

*슬하 : 무릎의 아래라는 뜻으로, 어버이나 조부모의 보살핌 아래. 주로 부모의 보호를 받는 테두리 안을 이른다.

*첩 : ① 예전에, 결혼한 여자가 윗사람을 상대하여 자기를 낮추어 이르던 일인칭 대명사. ② 정식 아내 외에 데리고 사는 여자.

*길조 : 좋은 일이 있을 조짐.

*기상 : 사람이 타고난 기개나 마음씨. 또는 그것이 겉으로 드러난 모양.

*위패 : 단, 묘, 원, 절 따위에 모시는 죽은 사람의 이름을 적은 나무패.

장면 02

열섬이 경작을 보살펴 다섯 살이 되었다. 훌륭한 기운이 보통 사람보다 뛰어나고 체격이 크고 글 읽기를 잘하였다. 열섬이 이웃집에서 책을 빌려 가르치는데, 배움이 물 흐르듯 하여 하나를 깨우치면 백을 알았지만 함부로 드러내지 않아 다른 사람이 그 학식을 알지 못하였다. 그리고 말을 드물게 하여 남이 그 말과 웃음을 듣지 못하였다. 열섬이 크게 기뻐하고 매우 사랑하며 보호하였다. 경작이 열섬을 어머니로 알고 자랐는데, 하루는 나가 놀다가 집으로 돌아와 물었다.

"아까 앞집에 가보니 그 집 아이가 나와 동갑이라 함께 놀았는데, 그 아이는 아비와 어미를 함께 부르는데 나는 어머니뿐이니 아버지는 어디 있습니까?"

열섬이 이 말을 듣고 마음이 베이는 듯하여 비로소 그간의 일을 자세히 말하고 그 무덤을 가르쳐 주었다. 경작이 눈물이 얼굴에 가득하여 말하였다.

"부모를 보지도 않았는데 어찌 그 말만 듣고도 눈물이 납니까?"

"하늘이 맺어준 정을 어찌 막을 수 있겠습니까?"

열섬이 경작을 쓰다듬으며 눈물을 그치지 아니하였다. 그럭저럭 경작의 나이 일곱 살이 되었다. 많은 글을 꿰뚫어 모르는 것이 없었다. 매일 산소에 가서 풀을 뽑고 쓸며 부르짖어 울기를 그치지 아니하니 열섬이 더욱 애처롭고 불쌍히 여겼다. 그러나 경작의 팔자가 몹시 험한 탓에 갑자기 그 해 여름에 열섬이 죽었다. 경작은 시신을 붙들고 통곡하고 음식을 먹지 않았다.

"이제 어미 죽었으니 누가 시신을 묻으며 내 장차 어찌 살아가겠습니까?"

말을 마치고 눈물을 흘리며 열섬의 가슴에 엎드려 기절하였다. 마을 사람들이 경작의 모습을 보고 울지 않는 사람이 없었다. 열섬이 살아 있을 적에 이웃들에게 정을 베푼 덕에 모두 와서 관을 마련하여 장례를 치러 주었다.

"어머니가 나를 버리고 깊은 곳에 드니 나는 어느 곳에 몸을 맡기고 살아갑니까?" 독해 TIP ▶ 경작의 발화에 나타난 '어미', '어머니'는 경작을 어머니처럼 보살펴 준 유모 열섬을 가리키며, 열섬이 자신을 버리고 깊은 곳에 들었다는 것은 그녀가 죽어 무덤에 묻혔음을 의미한다. 유모 열섬의 죽음으로 인해 큰 슬픔과 상실감에 빠진 경작의 모습이 드러나 있다.

경작이 무덤을 두드리며 종일토록 흐느끼며 통곡하였다. 이웃 마을 장우란 사람이 제법 부유하였는데, 경작이 이같이 우는 것을 보고 불쌍히 여겨 데려다가 길렀다. 열한 살이 되니 경작이 심히 게을러 잠자는 것을 좋아하고 밥을 많이 먹었다. 장우의 처는 쓸데없는 놈이라고 매일 꾸짖으며 옷도 입히지 않고 머리도 빗기지 않았다. 경작의 너저분한 모습이 거지와 같았다. 장우는 매일 경작을 감싸고 보호하였으나 그의 처 노 씨가 심하게 꾸짖어 할 수 없이 소 먹이는 일을 시켰다. 경작은 언덕에 올라 소를 매어놓고 잠만 자니, 노 씨가 더욱 미워하여 마굿간과 뒷간을 치우게 하고 뜰을 쓸게 하였다.

한편 승상 양자윤은 대대로 명문의 자손으로 일찍이 벼슬에 나아가 임금을 섬겼다. 충성이 남다르고 지식이 넓었으며 재주로 얻은 명예와 많은 사람이 우러러보는 덕은 조정에서 따라갈 만한 사람이 없었다. 임금이 예를 갖춰 대우하고, 동료들로부터 존경받고, 온 나라 사람들이 어진 사람이라 떠받들었다. 양자윤의 첫째 부인 유 씨는 슬하에 자식을 두지 못한 채 마흔 살에 세상을 떠났다. 자윤은 다음 아내로 한 씨를 얻어 두 아들과 두 딸을 연이어 낳으니 부모의 모습을 이어받아 하나같이 빼어났다. 큰 아들의 이름은 명무, 차남은 명수, 장녀는 난주, 차녀는 경주였다. 모두 꽃 같은 모습과, 지혜가 뛰어난 여인의 태도가 있지만 막내딸 경주가 모든 자녀 중 가장 뛰어나서 옛날뿐 아니라 지금도 찾아보기 힘든 빼어난 성향을 가졌다. 얼굴이 곱고 찬란하기는 침향전 북쪽에서 교태롭게 현종을 모신 양귀비나 한나라 무제 때의 미인 탁문군과 비슷하고, 향기가 어린 고혹한 모습은 임고대에 비껴선 서시와 오랑캐에게 시집 간 왕소군의 모습을 모두 갖추었다. 가냘프고 맵시 있는 아름다운 용모와 민첩한 행동거지는 은쟁반을 가려 바람을 막는 조비연 아니면, 한나라 무제가 혼령이라도 불러오려 했던 이 부인 같았다. 그 재주가 뛰어나기는 비단으로 시를 짓던 소혜를 능가하고, 사도온의 자연 속 한적한 풍채*를 지녀서 글을 뛰어나게 잘 짓는 재자*를 압도하였다. 독해 TIP ▶ 고전 소설에서는 흔히 인물의 외양과 성품 등을 칭찬할 때 옛 고사 속 인물들을 끌어오곤 한다. 이 부분에서도 양 승상의 막내 딸 경주의 외모와 능력 등을 고사 속 인물들과 견주어 높이 평가하고 있다. 모르는 이름이 나왔다고 당황하지 말고 인물을 긍정적으로 드러내기 위한 표현이라고 보고 넘어가면 된다. 침착한 성품과 얼음처럼 맑고 옥처럼 깨끗한 마음은 추운 겨울의 소나무와 잣나무 같았다. 통달하고 상쾌함이 영웅의 풍채와 호걸*의 모습이 있어 부모가 다른 자식보다 더욱 사랑하였다. 모든 자식이 잘 성장하니, 양자윤이 배필을 널리 구하여 두 아들을 장가들였다. 맏며느리 남 씨와 둘째 며느리 성 씨는 외모가 아름답고 어질며 순하고 현명한 덕이 있어서, 양자윤이 크게 기뻐하였다.

이때 큰딸이 나이가 열세 살이고 둘째 딸은 아홉 살이었다. 큰딸 또한 재주와 용모가 세상에서 뛰어났다. 하늘로부터 타고난 눈 같이 흰 피부와 옥 같은 몸매와 원만하고 어진 마음을 가진 둘째 딸에는 미치지 못했지만 고운 얼굴과 태도가 매우 아름다웠다. 양자윤이 큰딸 난주와 어울리는 짝을 구하던 중 예부 시랑 설경주가 중매로 혼인을 청했다. 독해 TIP ▶ 당대에는 혼인 당사자의 의지보다는 부모의 뜻에 따르는 혼인이 이루어졌기에, 부모에게 중매인을 보내 혼인을 진행하는 경우가 일반적이었다. 이때 '중매'란 결혼이 이루어지도록 가운데서 소개하는 일을 말한다. 설경주가 청혼을 넣은 사람은 동생인 설연주의 아들 설인수이다. 인수의 나이 다섯 살에 동생 부부가 함께 죽자 거두어 키웠다. 설경주가 혼인을 청하니 양자윤이 설인수의 아름다움을 알고 장녀와의 혼인을 허락하였다.

OX 문제

01. 비유적 표현으로 인물의 성격을 구체적으로 제시하고 있다. [O / X]
02. 우연히 친부모의 산소를 발견한 경작은 매일 산소를 찾아가 풀을 뽑으며 눈물을 흘렸다. [O / X]
03. 내적 독백을 활용하여 난관을 극복하고자 하는 의지를 표현하고 있다. [O / X]
04. 이웃 마을 사람인 장우와 그의 처 노 씨는 경작을 불쌍히 여겨 그를 데려다가 돌봤다. [O / X]
05. 설경주는 조카 설인수와 양자윤의 장녀를 중매하여 부부의 연을 맺어 주었다. [O / X]

심층체크

1. 지칭하는 대상이 같은 것끼리 짝 지으시오.

  A. 나   B. 어머니   C. 내   D. 어머니   E. 장우의 처   F. 노 씨   G. 난주   H. 큰딸

필수어휘 _ 반드시 암기하기

*풍채 : 드러나 보이는 사람의 겉모양.
*재자 : 재주가 뛰어난 젊은 남자.
*호걸 : 지혜와 용기가 뛰어나고 기개와 풍모가 있는 사람.

낙성비룡

장면 03

이때 양자윤의 큰아들 명무는 나이가 열여덟 살이고, 작은아들 명수는 열일곱 살이었다. 아름다운 외모와 빛나는 글이 누구보다 뛰어나 사람들마다 우러르며 떠받들었다. 그해 가을에 형제가 모두 과거 시험에서 장원*으로 뽑혔다. 임금이 양자윤의 아들인 두 사람의 재주와 용모를 아름답게 여기어 양명무를 시어사로, 명수를 한림학사로 임명하였다. 명성이 자자하니 모든 관료가 공경하였다. 양자윤이 두 아들의 벼슬이 높은 것을 보고 스스로 복이 너무 지나쳐 갑자기 잘못될까 두려워하여 늙고 병든 것을 핑계로 벼슬자리를 사양하였다. 그러나 임금과 모든 신하가 허락하지 않으니, 자윤의 마음이 매우 불편하였다. 양자윤은 서울의 여러 가문의 자제 중에서 막내딸 경주와 어울리는 사위를 얻으려 하였지만 한 사람도 마음에 들지 않았다. 고향에 돌아가서 훌륭한 사위를 구하려는 뜻이 더욱 간절하였다. 대궐 아래 나아가 벼슬을 사양하는 글을 세 번 올렸다. 임금은 그의 굳은 뜻을 보고 더 이상 머무르게 하지 못할 줄 알아 마음이 서운하여 모든 신하를 돌아보며 말하였다.

"양 승상은 이 세상의 성인군자다. 짐이 매일 그 늙는 것을 안타깝게 생각하였는데, 이제 쇠약함을 말하고 고향으로 가려하니 머무르게 하고자 하나 그 굳은 뜻을 막을 수가 없구나. 국가의 불행이로다."

모든 신하가 아뢰었다.

"자윤은 나이 칠순에 가까우나 드러난 병이 없으니 수삼 년을 더 머물다가 물러가는 것이 옳겠습니다."

"그렇지 않다. 자윤이 뜻을 정하였으니 어찌 억지로 청하겠는가? 벼슬길에 들어선 후 오십 년 동안 충성을 다하여 국가를 받들었다. 칠순에 물러가는 것을 허락하지 않으면 그 아름다운 뜻을 저버리는 것이니 이제 허락하노라." **독해 TIP** 양자윤을 조정에 더 머물게 하자는 신하들과 달리, 임금은 오래도록 충성을 다한 양자윤을 존중하며 벼슬에서 내려오고자 하는 그의 요청을 허락하고 있다.

이에 승상 유재주가 말하였다.

"양자윤의 뜻을 굽히지 못하겠지만 그의 두 아들이 충분히 그 아비를 대신할 것입니다."

"두 아들이 비록 아름다우나 그 아비를 대신할 수는 없을 것이다."

임금이 탄식하며 마침내 벼슬자리에서 물러나는 것을 허락하였다. 양자윤이 크게 기뻐하며 금주의 옛집으로 돌아가면서 대궐 아래서 하직하니* 임금이 불러서 눈물을 흘리며 말하였다.

"나라의 으뜸 공신인 경이 물러나기를 원하니 짐은 잠자리와 음식마저 불편할 지경이오. 경의 나이를 고려하여 뜻을 막지 못하고 돌아가는 것을 허락하니 두 아들을 잘 가르쳐서 경의 뒤를 잇게 하시오."

양자윤이 일어나 네 번 절하고 아뢰었다.

"미천한 신하가 나라의 은혜를 입은 지 오십 년입니다. 심혈을 기울여 충성을 다하고자 했으나 이제 나이가 많은 까닭에 정신이 쇠약하고 늙어 임금의 은혜를 가릴 뿐이고, 주제넘게 조정을 지키며 나라의 많은 녹*을 헛되이 쓸 따름입니다. 조금도 국가에 유익한 것이 없습니다. 그런데 또 두 어린 자식이 은혜를 크게 입으니 실로 두려움이 많습니다. 만족한 줄을 알고 물러가며 오늘 이별을 아룁니다."

임금이 섭섭하고 슬퍼 눈물을 흘리니 양자윤도 눈물을 흘렸다. 임금이 관아에 명령을 내려 비단 천 필과 황금 십 근, 백금 오천 냥을 주었다. 양자윤이 사양하여 받지 않자 임금이 청렴함을 칭찬하고 옥으로 만든 술잔에 술을 부어 주면서 말하였다.

"경은 이 잔을 받고 짐을 잊지 말라."

양자윤이 잔을 받으면서 임금의 은혜에 감사하고 물러 나왔다. 집안 식구를 거느리고 금주로 떠나는데, 모든 관리가 백 리 밖까지 나와 작별하여 보내니 이별하는 글이 셀 수 없이 많았다. 양자윤이 두 아들에게 충성과 선량함을 잊지 않도록 당부한 후, 두 며느리를 머무르게 하고 경주와 함께 떠났다. **독해 TIP** 두 며느리는 양명무의 부인인 남 씨와 양명수의 부인인 성 씨를 가리킨다. 양자윤은 두 아들과 두 며느리를 뒤로 하고 막내 양경주를 데리고 고향인 금주로 떠났다. 고전 소설을 읽을 때는 인물들과 공간 이동을 잘 체크하며 상황을 이해해야 한다.

금주에 이르러서는 옛집을 수리하고 청소하여 편안하게 머물렀다. 베옷에 두건을 쓰고 때론 대숲을 산책하면서 거문고를 타며, 도연명이 '문은 있으나 늘 잠겨 있다네' 하고 노래한 일을 본받고 때론 강태공이 위수에서 낚시한 것처럼 깊은 냇물에서 낚시를 즐겼다. 그리고 몸소 쟁기를 이끌어 밭 갈고 김매기하며 지낸 것이 어언 삼 년에 이르니 거의 농부가 다 되었다. 벼슬을 버리고 초야*에 묻혀 살았던 엄자릉의 높은 뜻과 노중련의 생활이 비할 바가 아니었다. **독해 TIP** '도연명', '강태공', '엄자릉', '노중련'은 모두 고사 속 인물들로 자연 속에서 머물며 절개를 지키며 살았다는 공통점이 있다. 높은 벼슬자리를 사양하고 내려와 자연에 묻혀 즐기며 살아가는 양자윤의 모습을 강조하기 위해 인용한 것으로 보면 된다.

OX 문제

01. 대화를 통해 인물 간의 위계나 관계를 보여 주고 있다. [O / X]
02. 양자윤은 고향으로 돌아가 막내딸의 남편감을 찾기 위해 벼슬을 계속 사양하였다. [O / X]
03. 임금은 양자윤에게 병이 없으니 조정에 수 삼년을 더 머물러야 한다는 신하들의 말에 동의하였다. [O / X]
04. 공간 이동에 따른 인물의 내면 변화를 제시하고 있다. [O / X]
05. 임금의 은혜에 감사를 표하고 물러난 양자윤은 모든 집안 식구들을 데리고 고향인 금주로 향했다. [O / X]

심층체크

1. 지칭하는 대상이 다른 하나를 고르시오.
  A. 장원   B. 양 승상   C. 아비   D. 경

필수어휘 _ 반드시 암기하기

*장원 : 과거에서, 갑과에 첫째로 급제함(과거에 합격함). 또는 그런 사람.
*하직하다 : ① 서울을 떠나는 벼슬아치가 임금에게 작별을 아뢰다. ② 먼 길을 떠날 때 웃어른께 작별을 고하다.
*녹 : 벼슬아치에게 일 년 또는 계절 단위로 나누어 주던 금품.
*초야 : 풀이 난 들이라는 뜻으로, 궁벽한 시골을 이르는 말.

장면 04

경주가 꽃다운 열두 살에 이르자 외모와 옷맵시가 날이 갈수록 새로워졌다. 양자윤이 딸에게 어울리는 멋진 사위를 사방에 널리 묻고 찾았으나, 쉽게 얻지 못하였다. 장안의 구름 같은 가문의 잘생기고 재주가 뛰어난 사람들도 눈에 차지 않았는데 작은 금주에서 어찌 양자윤의 마음에 들 영웅을 찾을 수 있으리오? 양자윤이 걱정하여 사위를 선택할 마음이 더욱 급해졌다. 금주의 양반들이 양자윤의 덕과 경주의 선녀 같은 모습을 우러러 받들고 따랐다. 중매인들이 구름처럼 몰려들어 화려한 말솜씨로, 이 씨의 신랑감이 아름다운 얼굴에 뛰어난 글 솜씨를 모두 갖추었다고 하고, 혹 장 씨의 신랑감이 잘생기고 글씨를 잘 쓴다며 떠들었다. 그때마다 양자윤은 웃으며 말하였다.

"나의 소원은 재주 있는 신랑감이 아니라 그보다 더 큰 인물이다. 영웅의 기질을 갖추어 나라의 기둥이 될 만한 신하 말이다. 조정 밖에서는 훌륭한 장수가 되고, 조정 안에서는 더할 나위 없이 뛰어난 재상이 되어 세상을 뒤엎을 만한 그런 군자*를 구한다. 어찌 소소한 글재주나 있는 변변찮은 신랑감을 말하는가?"

이에 모든 중매쟁이들이 감히 다시 말을 못하고 흩어졌다. 양자윤의 이런 태도에 불만스러운 사람이 많았으나 감히 다투지 못하였다.

세월이 빨라 해가 지나고 이듬해 봄을 맞으니 경치가 아름다웠다. 양자윤이 막대를 짚고 한가롭게 풍경을 즐기고 있었는데 서쪽 언덕에 꽃이 매우 탐스럽고 예뻤다. 경치를 감상하고자 하여 언덕에 올라 두루 구경하며 걷다가 한 곳에 이르렀다. 한 아이가 수풀에 누워 잠이 깊이 들었는데, 소 두 마리를 각각 길게 늘어뜨린 가죽띠에 매어 제 발목에 매고 있었다. 양자윤이 보니 보잘것없는 옷차림은 짧은 베옷이 낡아 살을 가리지 못하고, 어지러운 머리털이 얼굴을 덮어 알아보지 못할 정도였다. 양자윤이 거지인가 싶어 불쌍히 여겨 탄식하고 깨기를 기다렸다. 그런데 그 아이가 문득 기지개를 켜고 잠결에 읊조렸다.

"서쪽 언덕에 풀이 무성하니 두 소를 이끌고 봄잠이 깊구나. 알지 못하겠구나. 누가 눈이 있어 태산을 알아보겠는가? 춘추시대 소 여물 먹이다 재상이 된 영척을 본받고 있는 나를 과연 예를 갖추어 맞아들일 제후* 있을까?" 독해 TIP '영척'은 춘추시대 위나라 사람으로, 집안이 가난하여 소를 먹이는 일을 하며 살았는데 그가 노래 부르는 모습을 우연히 보게 된 제나라 임금이 그의 총명함을 알아보고 재상으로 삼았다고 전해진다. 이러한 인물을 본받고 있다는 것으로 보아 경작이 자신의 능력을 알아 볼 위인을 기다리고 있음을 알 수 있다.

아이의 음성은 학의 울음소리와 같이 맑았다. 그 소리가 매우 웅장하면서도 멀리 뻗어 가니 음률이 조화로웠다. 양자윤이 크게 놀라 가까이 나아가 자세히 보니 허름한 옷차림과 헝클어진 머리 사이로 비범한 기상이 비쳤다. 마음속으로 놀랍고 미심쩍어 헝클어진 머리를 쓰다듬고 다시 보았다. 햇빛에 그을려 검은 얼굴은 옥이 먼지와 흙에 묻힌 것 같고, 밝은 달이 검은 구름에 가린 듯하였다. 옷차림은 초췌하였지만, 얼굴빛과 골격이 아름답고 웅장하여 푸른 바다에 용이 어린듯했다. 또 가는 눈은 붉은 봉황새를 닮았고, 긴 눈썹은 누에 같아 엄숙한 품격이 온몸에 어리었다. 게다가 두 미간은 강산의 신령스러운 기운을 담아 아름다우니 뛰어난 문장을 품은 듯하였고, 이마는 달이 보름을 맞은 듯 넓었다. 큰 입과 높은 코는 짐짓 영웅의 모양이었고, 몸집은 호걸의 체격이었다. 독해 TIP '아이'의 외양을 구체적으로 묘사하여 비범한 인물임을 드러내고 있다. 양자윤이 크게 놀라고 기뻐서 어루만졌다. 깨기를 기다리며 그 겉모습을 살피다가 마음이 아파서 하늘을 우러러 탄식하였다.

"예로부터 천하게 태어난 영웅호걸이 무수히 많지만 어찌 오늘 이 아이와 같겠는가."

그리고는 발목에 매어 둔 소를 풀어 나무에 매고 한참 동안 앉아 있었다. 그러나 소년은 깨지 않고 점점 잠이 깊이 들었다.

"어서 일어나라. 두 소를 놓쳤으니 빨리 잡아라."

양자윤이 흔들어 깨우며 두어 번 이르니 소년이 문득 일어났다. 발목에 맨 소가 없어진 것을 알고 눈을 비비고 두루 살피다가 오동나무에 매인 소를 발견하고는 고삐를 잡고 또 졸았다. 양자윤이 여러 번 깨웠지만 소년은 대답하지 않고 머리만 긁었다. 양자윤이 다시 깨우니 소년은 / "누구인데 자는 사람을 깨우시오?" / 하고는 다시 잤다.

머리와 얼굴에는 굶주린 이가 가득했다. 양자윤이 손수 수십 개를 주워서 버리고 또 깨웠다. 그제야 겨우 일어나 소를 긴 풀에 놓아 그늘에 매고 도로 와 앉았다. 양자윤이 다가가 물었다.

"너는 어떤 아이인데 이리 뜨거운 볕에서 그토록 오래 자느냐?"

"볕이라고 오는 잠을 자지 아니합니까? 누구인지 모르지만 이렇게 귀찮게 굴며 단잠을 깨우니 화가 나오."

"나는 이 앞 늙은이인데 너를 보니 범상치 않은 아이 같아 단잠을 깨웠으니 화내지 말고 너의 이름과 사는 곳을 말해 보아라."

"자는 사람 깨워서 이름은 물어 무엇 하려고 하시오?"

"길가에서 만나 서로 이름을 묻는 것이 어찌 이상한 것이냐? 어서 대답해 보아라."

"알고자 하니 말하리다. 내 성은 이요, 이름은 경작이니 이 앞마을에 사는 장우라는 사람 집의 소 먹이는 머슴이오. 알아서 무엇을 하려고 하시오?"

"네 머슴이라 하는데 네 모습이 천한 사람이 아니니 나를 속이지 마라. 뉘 집 자식이냐?" / 경작이 크게 웃으며 말하였다.

"노인은 모르겠소?" / "네 아까 읊던 글을 들으니 큰 뜻을 품었음이 분명한데, 나를 속이지 마라."

"잠결에 읊는 것이 무슨 뜻이 있겠소? 말하기 싫으니 가겠소." / 일어나 소를 끌고 가려 하자, 양자윤이 잡아 앉혔다.

"네 비록 어린 아이나 예의를 모르는구나. 나는 나이 든 사람이고, 너는 나이 어린 아이인데 어찌 그리 버릇없이 구느냐?"

"소 먹이는 머슴이 무슨 예를 알겠소?" / "너는 내 얼굴을 자세히 봐라."

경작이 머리를 헤쳐 쓸고 보니, 흰 옷을 입은 어른이 머리에 두건을 쓰고 오른손에는 보석으로 장식된 부채를 잡고 왼손에는 명아주 줄기로 만든 지팡이를 짚고 있었다. 흰 수염이 가슴에 늘어졌는데 골격이 맑아 마치 신선 같았다.

OX 문제

01. 인물의 외양을 묘사하여 성격을 제시하고 있다.   [O / X]
02. 양자윤은 깊이 잠든 경작의 모습을 보자마자 그의 비범함을 단번에 알아보고 놀랐다.   [O / X]
03. 인물 간의 대화에 서술자가 개입함으로써 인물에 대한 서술자의 평가를 제시하고 있다.   [O / X]
04. 경작은 자신을 깨운 양자윤에게 화를 내며 끝까지 이름을 알려 주지 않았다.   [O / X]
05. 양자윤은 소소한 글재주를 가진 사내가 아니라 온 세상을 뒤엎을 만한 군자를 사위로 찾고 있다.   [O / X]

심층체크

1. 지칭하는 대상이 같은 것끼리 짝 지으시오.

  A. 한 아이   B. 소년   C. 늙은이   D. 노인   E. 나이 어린 아이   F. 흰 옷을 입은 어른

2. 서술자의 개입이 나타난 부분을 찾아 밑줄 그으시오.

필수어휘 _ 반드시 암기하기

*군자 : ① 행실이 점잖고 어질며 덕과 학식이 높은 사람. ② 예전에, 높은 벼슬에 있던 사람을 이르던 말. ③ 예전에, 아내가 자기 남편을 이르던 말.

*제후 : 봉건 시대에 일정한 영토를 가지고 그 영내의 백성을 지배하는 권력을 가지던 사람.

낙성비룡

장면 05

경작은 마음 속으로 '사람을 많이 보았지만 이러한 사람은 없었으니 이 사람은 뭔가 있는 늙은이로구나.'라고 생각하였다.

"제가 대인의 기상을 보니 봉황을 받들 기질이요, 대궐 안의 신하로 나라를 다스리고 백성을 편안하게 할 재주와 덕이 있어 보이는데 무슨 이유로 평범한 차림으로 이리저리 다니십니까?"

양자윤이 웃으며 말하였다.

"네 말이 우습구나. 뒤늦게 공경하는 것은 무슨 이유냐? 네 승상 양자윤을 아느냐?"

"가장 어진 재상이라 들었습니다. 아주 가까운 거리에서 만나 뵙게 되었습니다."

"알아보다니, 얼굴 보기를 좀 하는구나." / "아까 그 말씀에 깨달았습니다."

"내가 비록 보는 눈이 없지만 평생 사람을 눈여겨보았다. 너를 보니 결코 천한 신분의 사람은 아니고, 지은 글이 틀림없이 뜻이 있는 듯하니, 나를 속이지 마라."

"그렇게 물어보시니 마음속에 담은 일을 말씀드리겠습니다."

이어서 경작은 세 살에 부모를 잃고 유모에게 맡겨졌다가 일곱 살에 유모가 죽자 의지할 데 없어 장우의 집 머슴이 된 사연을 이르고 동쪽 산을 가리키며 말하였다.

"저 무덤이 제 부모의 무덤입니다." / 경작이 말을 끝내고 눈물을 흘리니, 양자윤이 슬퍼 탄식하며 말하였다.

"예로부터 어려운 처지에 놓인 영웅호걸이 많다 하나, 어찌 너 같은 사람이 있겠느냐? 네 나이 얼마나 되었느냐?"

"어찌할 도리 없이 열네 봄을 지내었습니다."

"내가 너에게 청할 말이 있는데 받아들이겠느냐?"

"들을 말씀이면 듣고 못 들을 말씀이면 못 듣는 것이지 미리 정할 수 있겠습니까?"

"다른 일이 아니다. 내가 두 아들과 두 딸을 두었는데 위로 셋은 결혼을 하고 막내만 남았다. 막내딸의 나이가 열넷인데, 결혼할 때가 되어 제법 아름다우나 현명한 군자를 만나지 못하였다. 이제 너와 내 딸이 쌍을 이루게 하려고 하는데 허락할 수 있느냐?"

경작이 하늘을 보며 크게 웃었다.

"어르신의 따님은 천금과 같은 소저로 신분이 높고 귀하기가 끝이 없습니다. 저는 상민 집의 종인데 어르신의 말씀이 사실인가 의심이 갑니다. 하지만 정말로 숙녀라면 어찌 사양하겠습니까?" 독해TIP 양자윤의 제안을 의심하던 경작이 그의 요청을 받아들여 그의 사위가 되고자 하는 뜻을 밝히고 있다. 당시는 엄격한 신분제 사회였기에 천한 신분의 사람은 양반과의 혼인이 불가능하였다. 그렇기에 경작은 양자윤의 제안을 처음에는 의심한 것이다.

"네 말이 이러하니 비단과 귀금속을 장우의 집에 보내 양민이 되게 하고, 곧 혼례를 치를 것이다. 내일 중매쟁이를 장우의 집에 보내어 장우에게 혼인을 청하겠다."

경작이 특별히 사양하지 않고 허락하였다. 양자윤이 기뻐 서로 약속하고 각각 돌아갔다. 집에 돌아온 양자윤의 눈썹 언저리에 기쁜 기색이 나타났다. 부인 한 씨가 맞으면서 물었다.

"무슨 좋은 일이 있는데 기쁜 빛이 이러합니까?"

"내 사위 정하는 일로 병을 얻었는데 오늘 영웅을 만나 사위로 허락하였소. 딸아이의 재주와 덕을 저버리지 않게 되었으니 어찌 기쁘지 않겠습니까?"

한 씨 역시 기뻐하면서 말하였다. / "영웅을 고르셨다 하시니, 뉘 집 자제이며 문벌*이 어떠합니까?"

"인품만 보면 되지 어찌 문벌을 따지겠습니까?"

말을 마치고 경작에 대하여 이야기하자 한 씨의 안색이 흙빛으로 변하였다. 한 씨가 발을 동동 구르며 크게 놀라 말하였다.

"다시는 말도 꺼내지 마십시오. 경주는 계수나무 궁전의 모란꽃이요, 달 속의 선녀입니다. 마땅히 어울리는 가문의 멋있는 낭군을 구하여 짝짓는 것을 보아야 하는데 저 집의 종을 배필*로 삼고자 하시다니요? 막내딸 계집종도 그리하지는 못하니 상공은 열 번 생각하시고 다시는 말하지 마십시오."

"사람을 말하는데 있어 어찌 부귀한 것으로 말하겠습니까? 사람이 어질지 못할까 걱정해야지, 어찌 부귀하지 못한 것을 걱정하겠습니까? 내 뜻이 이미 정해졌으니 부인은 편협한* 말을 다시 하지 마시오. 독해TIP 사람의 신분이나 부귀가 아닌, 가능성과 인물됨을 중시하는 양자윤의 가치관이 드러나고 있다. 이 아이 지금은 이렇지만 훗날 그 이름이 온 세상에 가득한 성인군자가 될 것이오. 이 사람을 따를 자가 없을 것이오." / 말을 마치고 경주를 나오게 하여 사랑하고 아끼면서 말하였다.

"내 아이 이같이 아름다워 늙은 아비가 마음이 쓰였는데 이제 마음에 드는 사위를 골랐으니 저승에 가도 한이 없구나."

한 씨가 혀를 끌끌 차면서 화를 냈다. / "상공이 자식을 망치려 합니다."

"자식을 영화롭고 귀하게 할 것입니다. 두 아들과 설생이 비록 재주가 뛰어나다해도 산과 들의 짐승 종류에 불과하지만, 이 사람은 용과 호랑이의 기상과 금빛 봉황새의 자질을 가졌습니다. 제비가 어찌 기러기의 큰 뜻을 알겠습니까?" **독해 TIP** '제비가 기러기의 뜻을 모른다.'는 평범한 사람은 속이 깊은 사람의 뜻을 짐작할 수 없다는 의미의 속담이다. 경작의 비범함을 알아본 양자윤의 뜻을 이해하지 못하는 아내 한 씨와 양자윤 사이의 갈등이 드러나고 있다.

"어디 가서 귀신을 보고 와서 신선 같은 아들과 사위가 당하지 못할 것이라고 하십니까?"

"신선 같은 아들과 사위는 귀신 모양 같은 이 아이에게 견주지 못할 것이니, 훗날에 내 말이 옳을 줄을 깨달을 것입니다. 이 아이 비록 그을려 검고, 힘든 일에 시달려서 겉모습이 초췌하고 옷차림이 낡았으나 비범한 골격과 웅장하고 수려한 모습은 지금은 물론이고 옛적에도 비길 사람이 없을 것입니다. 그 속에 해와 달의 정기와 바다 같은 마음을 깊이 감추고 있습니다. 지금은 비록 얼굴이 검고 초췌하나 불과 수일 후면 옥 같은 군자가 될 것이니 의심하지 마시오."

OX 문제

01. 대화를 통해 인물 간 대립의 양상이 심화되고 있다. [O / X]
02. 양자윤은 경작의 신분이 천하지 않다는 것을 확신하였다. [O / X]
03. 의문형 표현을 통하여 다른 인물에 대한 반감을 제시하고 있다. [O / X]
04. 경작은 양자윤의 제안을 사양하지 않고 경주와의 혼례를 약속하였다. [O / X]
05. 한 씨는 경작이 두 아들, 설생과 다르게 산과 들의 짐승과 같다며 혼사를 반대하였다. [O / X]

심층체크

1. 지칭하는 대상이 같은 것끼리 짝 지으시오.

A. 대인   B. 네   C. 어진 재상   D. 한 씨   E. 영웅
F. 종   G. 부인   H. 이 사람   I. 사위   J. 상공

필수어휘 _ 반드시 암기하기

*문벌 : 대대로 내려오는 그 집안의 사회적 신분이나 지위.
*배필 : 부부로서의 짝.
*편협하다 : 한쪽으로 치우쳐 도량이 좁고 너그럽지 못하다.

장면 06

양자윤은 중매인을 장우의 집에 보내어 혼인을 청하였다. 드디어 길일*을 고르고 서울에 사는 명무와 명수에게 혼인 치르는 것을 알렸다. 두 사람이 사 년을 부모와 떨어져 살다가 누이동생 혼인을 맞아 네다섯 달의 시간을 받아 처자를 데리고 금주로 돌아왔다. 양난주는 시아버지의 제사를 지내느라 가지 못하고 편지를 부쳤다. 명무 형제가 금주에 이르러 자윤 부부에게 인사를 드리자 서로 반기며 슬픔이 뒤섞여 도리어 몹시 서러워하였다.

"누이동생의 혼사를 정하여 경사스러운 일이 가깝다 하는데 뉘 집 자제이며 조상이 어떠하며 그 대인은 무슨 벼슬을 지낸 사람입니까?" / 명무의 물음에 양자윤이 웃으며 대답하였다.

"사람을 말하는 데에 있어 어찌 영화롭고* 귀한 것만으로 일컫느냐? 내 칠순에 이르도록 사람을 많이 보았지만 이 사람과 같은 이가 없었으니 천한 사람 중에도 대인이 많다는 것을 깨달았다."

두 아들이 놀라 얼굴색이 변하였다.

"인품을 말할 때는 귀함과 천함을 가리지 않는 것은 당연합니다. 하지만 우리집은 대대로 명문이요, 아버지에 이르러서는 명성과 어진 덕이 온 세상에 진동하여 사람들마다 우러러 받들지 않는 사람이 없습니다. 우리 가문에는 미치지 못하더라도 이름 있는 가문의 훌륭한 신랑을 얻어 누이동생의 아름다운 몸을 저버리지 않는 것이 마땅할 것인데 어찌 걸인*을 얻어 우리 가문의 명성을 떨어뜨리려 하십니까? 마땅히 행하지 못할 것이니 아버님은 다시 생각하십시오."

양자윤이 웃으며 말하였다.

"너희는 영화롭고 존귀한* 모양으로 사람을 판단하는구나. 순임금이 크고 어진 분이지만 처음에는 매우 어려워 밭 갈고, 고기 잡고, 질그릇 굽다가 나중에 천하를 맡아서 태평하게 다스렸다. 그 결과 성현이 되어 빛난 이름이 후세에 전하는 것이다. 또한 한 고조가 사백 년의 나라를 열게 된 것은 가난하고 천하다 하여 세상이 그를 버리지 않았기 때문이다. 사람을 어찌 부귀빈천*으로 따지겠느냐? 이 아이는 평범한 사람과 다르다. 내 뜻은 이미 정하여졌다. 어찌 빈천하다고 영웅을 버리겠느냐? 고조가 시장 거리에서 도적들의 가랑이 밑을 기던 한신을 쓰고, 성탕과 문왕이 위수와 신야에서 인재를 찾아 초대한 일이 그릇된 일이냐? 이 아이의 당당한 명예가 이 늙은이보다 위에 있을 것이다. 너희는 가문의 명성을 떨어뜨릴 것이라고 말하지만 반드시 우리 가문을 흥하게 할 것이니 이 아이를 통해 네 아비의 사람을 보는 능력이 밝은 줄을 알게 될 것이다. 너희들은 나중에나 사람 알아보는 눈을 깨칠 것 같구나." 독해 TIP 양자윤은 가난하고 천하게 살았음에도 성현이 되어 후세에 이름을 알린 인물들을 언급하며, 천하다는 이유로 경작과 동생 경주의 혼사를 반대하는 두 아들을 나무라고 있다.

두 아들이 달갑지 않아 다시 대답하지 않고 부인을 뵙는데, 부인이 천한 가문과 혼인하는 것을 못마땅하게 생각하여 자윤을 무수히 원망하였다.

"들어보니 만족스럽지는 않지만 아버님의 사람 보는 눈이 밝으니 잘못되지 않을 것입니다. 이미 뜻을 철석같이 정하셨으니 어머님이 애달파하셔도 소용없습니다."

"장래에는 영화롭고 귀하게 될 것이라고 말하지만 선녀 같은 귀한 내 딸을 머슴과 짝짓는다고 생각하니 안타까워 병이 날 듯하구나. 사위를 삼으나 내가 살아 있을 적에는 미운 사위가 될 것이다."

두 아들이 웃으며 대답하지 않았다. 이럭저럭 혼인 날짜가 다가와 예물을 보내고 혼례를 치르게 되었다. 양자윤이 위엄을 갖춘 몸차림으로 화려하게 준비하고 신랑 이경작을 기다렸다. 경작이 헌 베옷을 벗고 복장을 단정히 하여 금으로 장식한 백마를 타고 오는데, 뒤따르는 종이 많았다. 신부집에 이르러 기러기를 전하고 뜰 가운데에 나섰다. 경작이 갑자기 빛나는 옷을 차려입기는 하였지만, 그을린 얼굴과 촌스러운 걸음걸이가 영 어울리지 않았다. 명무 형제와 설인수의 예법에 맞는 걸음걸이와 품위 있는 모습, 깨끗한 얼굴, 붉은 입술과는 완전히 차이가 났다. 명무 형제가 한 번 보고 다시 보지 않고, 한 씨가 안쪽에서 보고는 안타까운 마음이 하늘을 찔러 말을 못하고 분해서 기운이 막히는 듯하였다. 양자윤이 바깥채에서 들어와 경작이 서 있는 모습을 보더니 즐거워하며 기뻐하는 기색이 얼굴에 가득 찼다. 한 씨는 작은 목소리로 원망했다. 양자윤이 경작에게 말하였다.

"이미 혼례를 올렸으나 그대 집에 사당이 없고 산소가 멀지 않으니 신부의 예를 산소에서 하는 것이 어떠하냐?" 독해 TIP 당대에는 혼례가 끝나면 사당에 방문해 예를 갖추는 관습이 있었다. 사당은 조상의 위패를 모셔 놓은 곳인데, 경작은 장면 01에서 부모의 장례를 위해 어린 시절 금주로 내려왔으며, 부모의 위패는 시비 경섬과 차섬, 노비 유복이 서울로 가져갔기 때문에 금주에는 사당이 없다. 양자윤은 이러한 사정을 알기에 사당 대신 부모의 산소에서 예를 갖추자고 말한 것이다.

경작이 대답하였다. / "가장 이치에 맞습니다."

양자윤이 즉시 꽃가마를 놓아 신부에게 예를 차리게 하였다. 경주가 웅장하고 화려한 빛을 띠면서 가마에 올랐다. 양자윤이 신랑에게 명하여 가마문을 잠그라 하고 산소에 제사 음식을 풍성하게 차리고 두 사람을 거느리고 묘 아래로 가 절을 올렸다. 이어 경주가 시부모 묘 아래 절을 올리니 마치 선녀가 내려온 듯하여 바라보지 못할 정도였다. 이후 경작 부부가 어깨를 나란히 하여 술잔을 올리니 십여 년 동안 쓸쓸했던 묘에 이렇듯 제물이 풍성한 것을 보고 사람마다 놀라고 찬양하였다. 어떤 사람은 양자윤이 의리가 있다고 하고 어떤 사람은 어리석다고 하였다. 예식이 끝나고 양자윤의 집으로 돌아오는 길에 경작의 눈물이 귀밑에 연이어 흘러 윗옷을 적셨다. 경주 또한 자세를 고치고 슬픈 빛이 눈길에 어리니 보는 사람들이 감탄하고 칭찬하였다.

OX 문제

01. 한 인물과 다른 인물들 간의 다면적 갈등 관계를 제시하고 있다. [O / X]
02. 양자윤은 경작을 달갑지 않아 하는 두 아들과 큰딸을 꾸짖었다. [O / X]
03. 현재와 과거를 교차하여 장면의 전환을 보여 주고 있다. [O / X]
04. 명무와 명수는 아버지가 사람 보는 눈이 밝지 않아 경작을 사위로 삼았다며 아버지를 원망하였다. [O / X]
05. 산소에 제물이 풍성한 것을 본 모든 사람들은 양자윤이 의리가 있다며 칭찬하였다. [O / X]

심층체크

1. 지칭하는 대상이 같은 것끼리 짝 지으시오.

A. 누이동생   B. 대인   C. 걸인   D. 아버님   E. 이 아이
F. 네 아비   G. 내 딸   H. 미운 사위   I. 그대

필수어휘 _ 반드시 암기하기

*길일 : 운이 좋거나 상서로운 날.
*영화롭다 : 몸이 귀하게 되어 이름이 세상에 빛날 만하다.
*걸인 : 남에게 빌어먹고 사는 사람.
*존귀하다 : 지위나 신분이 높고 귀하다.
*부귀빈천 : 재산이 많고 지위가 높은 것과 가난하고 천한 것.

09 낙성비룡

장면 07

양자윤이 경작의 옷을 벗기고 새 옷을 입혀 손을 이끌어 오른쪽 무릎 아래에 앉히고 경주를 왼쪽 무릎 아래에 앉혔다. 두 손으로 두 사람을 어루만지며 기특하게 여기고 기뻐하는 마음이 비할 데가 없었다. 그러나 한 씨는 전혀 기뻐하는 기색이 없었다.

양자윤이 경작에게 말하였다. / "네 아내가 어떠한지 보았느냐?"

"아직 보지 못했습니다." / "자리가 가까우니 자세히 봐라."

경작이 눈길을 들어 보니 경주는 부끄러워 버들 같은 눈썹을 숙일 뿐이었다. 일천 가지 고운 빛과 일만 가지 기이한 기운이 빛나고 찬란하여 귀와 눈이 황홀하였다. 하지만 여자에게 외모는 부질없는 것이라고 고쳐 생각하고 다시 보니 단정하고 맑은 기운 속에 온화하고 효성스러운* 어진 덕과 장엄하고 바른 태도가 얼굴에 나타났다. 경작은 마음속으로 놀라고 기뻐하였으나 특별히 겉으로 드러내지 않고 의연하게 앉아 있었다. 양자윤은 경작이 처음 경주의 외모를 보고 틀림없이 놀라리라 생각하였는데, 기색이 태연하여 조금도 달라지지 않는 것을 보고 더욱 칭찬하고 웃으면서 물었다.

"네 아내 어떠하냐?" / "순한 부인입니다."

"얼굴은 어떻다 생각하느냐?" / "괜찮다고 생각합니다."

양자윤이 등을 어루만지면서 더욱 사랑스러워하며 말하였다.

"너희 부부가 나에게 각각 두 번 절하여 사위는 숙녀를 얻은 것에 감사하고 딸은 군자 만난 것을 감사하여라."

경작이 즉시 일어나 두 번 절을 하자, 경주는 부끄러워 옥 같은 얼굴에 홍조를 띠니 더욱 아름다웠다.

양자윤이 재촉하여 시키니 마지못해 일어나 두 번 절하고 고개를 숙였다.

"늘그막에 이런 훌륭한 사위를 얻었으니 서로 칭찬하고 축하할 일입니다."

양자윤이 부인 한 씨를 돌아보고 웃으며 말한 후 잔을 여러 번 들어 반쯤 취하였다. 이윽고 해가 떨어지고 달이 뜨니 양자윤이 몸소 경작을 이끌어 신혼 방에 데려다주었다. 그 방은 매우 깨끗하게 꾸며져 있었으며, 특별히 호화롭거나 어지럽지 않았다. 경작은 가만히 장인의 어진 덕을 찬양하였다. 경작은 자기의 처지가 상당히 다른 것을 생각하면서도 장인이 자기를 알아보는 것을 신기하게 여겼다. 밤이 깊어지자 촛불을 밝히고 둘씩 짝을 지은 시녀가 경주를 보호하며 모시고 나왔다. 아름다운 자태가 더욱 눈부시게 하얀 벽에 빛났다. 경작이 그제야 긴장이 풀리니 피곤하기가 말할 수 없었다. 특별히 경주를 본 체하지 않고 침상에 올라가 잤다.

새벽에 닭 울음소리가 크게 울리자 경주가 일어나 방으로 들어왔으나, 경작은 날이 늦도록 일어나지 않았다. 아침밥을 차리고 한 씨가 경작을 깨우라고 명하였으나, 양자윤이 말리고 스스로 일어나기를 기다렸다. 날이 늦은 후에야 비로소 일어나니 즉시 음식상을 들였다. 진수성찬과 향기로운 과일이 음식상에 가득하였다. 배불리 먹지 못하던 경작은 여러 상이 비도록 많은 양의 음식을 먹었다. 명무 형제가 크게 놀라서 말하였다.

"그대, 먹는 양이 매우 많구료!" / "많이 주시는 것을 남기기가 무엇합니다."

이렇게 말하고 상을 물리니 한 씨와 온 집안이 놀랐으나 양자윤은 기쁨에 얼굴빛이 좋아졌다. 한 씨가 기뻐하지 않고 말끝마다 첫째 사위인 설인수만 칭찬하자 양자윤은 그 넓지 못한 마음을 속으로 탄식하였다. 이후 양자윤이 경작의 밥상을 차릴 때면 아주 많은 양의 밥을 하게 하였는데 매번 남기는 것이 없었다. 한 씨는 매일 어리석고 둔하다고 탓하였다. 경작이 이에 머문 지 오래되자 그을린 빛이 벗겨져 살빛이 옥 같았다. 비록 촌티는 있으나 풍채가 좋았다. 한 씨가 이를 보고 조금은 기뻐하면서도 많이 자고 많이 먹는 것을 꺼리었다. 이럭저럭 경작이 재상가의 사위가 된 지 열 달이 되었다. 경작은 여전히 늦게까지 잠을 자고, 글 읽기를 하지 않았다. 독해 TIP 비범하고 초현실적 능력을 뽐내는 일반적인 영웅 소설의 주인공들과 달리, 경작은 게으름뱅이에 먹보, 잠꾸러기의 특징을 가진 것으로 묘사되고 있다. 전형적인 영웅 소설과는 다른 새로운 영웅상을 설정하고 있음을 알 수 있다. 하루는 양자윤이 물었다.

"네가 늦게까지 잠을 자고, 선비로서 학문을 하지 않으니 무슨 뜻이 있느냐?"

"잠은 평생의 소원이요, 글 읽기는 싫어서 하지 않습니다."

"선비가 글 읽기를 싫어하면 무엇을 하겠느냐?"

"제 나이 열네 살이라 아직 너무 이르니 스무 살부터 하려 합니다."

양자윤이 크게 웃으며 말하였다.

"네 말이 비록 분수에 넘치나 네 뜻대로 하여라."

이처럼 말마다 사랑하고 소중하게 생각함이 날로 더하니 경작이 마음속으로 감격하였다. 한 씨와 집안사람들은 경작을 미워하는 마음이 나날이 더하여 화병이 생겼으나 양자윤을 무서워하여 입을 열지 못하였다. 자고로 영웅호걸에게는 귀신의 장난 같은 방해가 많은 법이다. 독해 TIP 서술자가 개입하여 주인공 경작이 앞으로 안 좋은 일들을 겪게 될 것임을 암시하고 있다. 양자윤의 오랜 병이 심해지자 집안사람들이 놀라고 당황하여 병간호를 한 지 한 달이 지났으나 병세가 점점 더 악화되었다.

OX 문제

01. 시간적 배경을 드러내어 인물의 성격 변화를 암시하고 있다.   [O / X]
02. 양자윤은 경주를 보고도 별다른 기색 없이 태연하게 앉아 있는 경작을 칭찬하였다.   [O / X]
03. 한 씨는 풍채가 좋아진 경작을 보고 기뻐하며 그에게 더욱 많이 자고 먹을 것을 권하였다.   [O / X]
04. 새로운 인물이 등장하면서 인물 간의 대립 구도가 전환되고 있다.   [O / X]
05. 경작은 자신이 현재 글을 읽기에 이른 나이임을 들어 스무 살부터 학문을 하겠다고 말하였다.   [O / X]

심층체크

1. 지칭하는 대상이 같은 것끼리 짝 지으시오.
  A. 네 아내   B. 사위   C. 숙녀   D. 딸   E. 군자   F. 그대
2. 서술자의 개입이 나타난 부분을 찾아 밑줄 그으시오.

필수어휘 _ 반드시 암기하기

*효성스럽다 : 마음을 다하여 부모를 섬기는 태도가 있다.

장면 08

[중략 줄거리] 양자윤은 자신의 병세가 점점 더 심각해지자 가족들을 불러 모은다.

"내 아마도 오늘을 넘기지 못할 것이니 모두들 각각 한 잔의 술로 영원히 헤어지자."
말을 마치고 잔을 재촉하였다.
자녀들이 각각 잔을 드리는데 눈물이 비 오듯 하였다. 경주의 차례가 되어 잔을 들고 경작과 함께 나아갔다. 양자윤이 오른손으로 경작의 잔을 받고 왼손으로 경주의 잔을 받아 마시고 경작 부부를 무릎에 앉으라 하고 한 씨를 돌아보며 말하였다.
"막내 사위가 갓 들어와 충분히 사랑하지 못하였으니 지하에 돌아가도 한이 될 것이오. 부탁하건대 부인은 나처럼 사랑해 주시오."
그리고는 경작을 쓰다듬으며 슬퍼하며 말하였다.
"잘 있어라. 너희가 성인이 된 후의 부귀영화를 보지 못하는 것이 한이구나." / 한 씨에게 다시금 부탁하고 말하였다.
"부인은 어찌 한 잔 술로 이별을 고하지 않습니까?"
한 씨가 옥으로 만든 술잔에 술을 들어 보내고 눈물을 그치지 않았다. 양자윤이 다시금 위로하고 경작 부부를 그리워하여 다시 손을 잡고 크게 탄식하며 생을 마치니 그의 나이 일흔두 살이었다. 온 가족의 울음소리 하늘과 땅에 사무치고 자녀들이 슬퍼하는 것이 비할 데가 없었다. 부음*이 서울에 이르니 임금이 크게 애통해 하고 남쪽을 향하여 통곡한 후 닷새 동안 육식을 피하고 채소 반찬만 먹었다. 모든 신하와 백성들도 그 덕을 생각하고 슬퍼하지 않은 사람이 없었다. 임금이 몸소 제문*을 짓고, 예부 상서를 보내어 제사를 지내고 예를 갖춰 장례를 치르게 하고, 금주에 크게 서원*을 지어 양자윤의 청렴한 덕과 충성을 표창하고 호를 **문충공**이라 하였다. 독해 TIP ▶ '호'는 본명이나 자 이외에 쓰는 이름을 말하는데, 여기서는 제왕이나 재상들이 죽은 뒤에 그들의 공덕을 칭송하여 붙이는 이름인 '시호'를 뜻한다. 이를 몰랐더라도 죽은 신하를 위해 제문을 짓고 시호를 내려 주었다는 것에서 임금이 양자윤을 많이 아꼈음을 파악하고 넘어가면 된다. 양씨 집안에서 끝없는 임금의 은혜에 감사하였다. 다음 해 가을에 임금이 돌아가니 나이가 쉰다섯이고, 즉위 47년이었다. 태자가 즉위하니 명무 형제 북쪽을 향하여 통곡하였다.
세월이 물 흐르는 것과 같아, 양자윤의 삼년상이 지났다. 독해 TIP ▶ '삼년상'은 유교 문화권의 장례 관습으로, 돌아가신 부모를 위해 자식이 3년간 상복을 입고 지내며 애도하는 것을 말한다. 이는 인간이 태어나서 3년이 되어야만 부모의 품을 떠날 수 있다는 의식에서 비롯된 것이다. 온 집안이 다시금 슬퍼함이 더하였다. 경작이 상복을 입고 모든 일에 정성을 다했더니 삼 년이 지나자 무척 슬퍼하여 매번 장인의 사람됨을 생각하였다. 설인수 부부는 서울로 갔지만 명무 형제는 다시 옛 벼슬로 나아가지 못하였는데, 이는 새로운 임금이 이들의 재능을 미처 알지 못했기 때문이다. 양자윤이 생을 마친 후, 경작은 게으름이 더욱 심해져 잠만 시도 때도 없이 자고 글은 펴보지도 않았다. 한 씨가 본래 못마땅하게 생각하던 중에 더욱 게으름을 싫어하여 사랑하는 마음이 조금도 없이 매일 꾸짖고 나무랐다. 명무 형제도 특별히 기특하게 여기지 않고 싫어하는 태도가 더욱 심해졌다. 집안의 남녀종들도 다들 경작을 큰 골칫거리로 여겼다. 오직 경주만이 엄한 손님처럼 공경하여 대하고 남 부인과 성 부인이 예로 대우하였다. 경작은 워낙 말하는 것이 드물었고 말을 주고받는 것도 좋아하지 않았다. 집안사람들은 경주와 함께 서로 이야기하는 것조차 듣지 못하였다. 또 여기에 온 지 삼사 년이 지났으나 한 번도 소리 내어 종을 부르는 것을 들을 수 없었다. 이에 한 씨는 매일 덜 된 사람이라고 꾸짖었다.
이럭저럭 해가 다하고 새봄이 왔다. 경주가 몸소 청색 비단을 짜 경작의 옷을 만드는데 정밀하고 기묘한 바느질 솜씨를 보니 참으로 선녀의 재주와 같았다. 남 부인과 성 부인이 칭찬을 그치지 않았다. 한 씨가 그것을 보고 혀를 차며 말하였다.
"옷 만드는 솜씨와 고운 빛이 저러한데 어리석은 신랑은 아무것도 몰라 정밀함과 조잡함을 구별하지 못하고 한 나절만 입으면 헌 것이 되게 하니 입히기 매우 아깝다."
경주가 웃으며 대답하지 않고 상자에 담아 경작의 방에 가서 옷을 받들어 입기를 기다렸다. 경작은 본래 온갖 것을 사양하는 법이 없어 옷이 고와도 입고 추해도 입었다. 이에 태연히 일어나 입고는 방 안에 단정히 앉아 책상 위에 놓인 책을 보았다. 경주가 물러난 후 한 씨가 시녀 난매를 불러 일렀다.
"이 서방이 잠만 많이 자고 음식만 많이 먹지 다른 온갖 일을 천천히 하고 게으름이 극심하여 지금껏 그 목소리도 듣지 못하였다. 오늘은 새 옷을 입었으니 네가 대소변을 갖다가 던져 더럽혀도 꾸짖지 않는가 시험해 보아라."
난매가 명을 받아 똥을 많이 담아 가지고 경작의 방에 가서 보니 경작이 방 안에 단정하게 앉아 고요히 책을 읽고 있었다. 난매가 여러 번 주저하다가 감히 가까이 가지 못하고 계단 아래에서 쥐고 던지니 똥이 멀리 튀어 경작의 왼쪽에 가득하였다. 그러나 경작은 여전히 침착하게 앉아 조금도 눈을 들어 보지 않고 끝내 꾸짖지 않았다. 난매가 한참이나 이렇게 있는데도 처음부터 끝까지 모르는 척하니 어이없어 돌아와 한 씨에게 아뢰었는데,

"나는 그래도 <u>그 위인</u>을 사람같이 여겼는데 본래 짐승이었구나." / 한 씨가 혀를 차며 말하였다.

그 후 경작을 더욱 싫어하여 음식과 옷차림을 종과 같이 하며 밥을 배가 차도록 주지 않았다. 이날 경주가 난매의 일을 모르고 경작의 방에 갔다가 경작이 옷에 똥이 가득하나 벗지 않고 있는 것을 보고 곧 눈치챘으나 말을 하지 않았다. 그러다가 문득 표정을 온화하게 하고 말하였다.

"상공의 옷에 더러운 것이 많이 묻었으니 벗으시면 치우고자 합니다."

경작이 즉시 벗어 내어 주니 경주가 몸소 흔적을 없애고 다시 입혔다. 그 후 경작은 아침저녁 밥이 자기 양에 찰 만큼 충분하지 못하고 친구할 사람도 없어서 매일 잠만 잤다.

OX 문제

01. 역사적 사건을 회고적으로 서술하여 시대적 배경을 부각시키고 있다.   [O / X]
02. 양자윤은 한 씨 부인을 제외한 식구들에게 잔을 받고 생을 마쳤다.   [O / X]
03. 여러 인물의 내면을 서술하여 인물들의 다양한 감정을 보여 주고 있다.   [O / X]
04. 남 부인, 성 부인과 달리 명무 형제는 글을 읽지 않고 게으름을 피우는 경작을 싫어하였다.   [O / X]
05. 난매가 저지른 일을 알게 된 경주는 급하게 경작에게 가서 경작의 옷을 정리해 주었다.   [O / X]

심층체크

1. 지칭하는 대상이 다른 하나를 고르시오.

  A. 막내 사위   B. 문충공   C. 어리석은 신랑   D. 이 서방   E. 그 위인

필수어휘 _ 반드시 암기하기

*부음 : 사람이 죽었다는 것을 알리는 말이나 글.

*제문 : 죽은 사람에 대하여 애도의 뜻을 나타낸 글.

*서원 : 조선 시대에, 선비가 모여서 학문을 강론하고, 석학(학식이 많고 깊은 사람)이나 충절로 죽은 사람을 제사 지내던 곳.

낙성비룡

장면 09

어느 날 명무 형제가 경작이 깊이 잠든 것을 보고 밧줄을 가져다가 사지를 묶어 공중에 매달았다. 하지만 경작이 움직이지 않고 천둥같이 코를 골며 끄떡없이 높이 달려 있자 두 사람이 박장대소하고 나가며 말하였다.

"잠이 아무리 깊이 들어도 이러한 사람이 어디 있겠는가? 아마도 어리석은 짐승일 것이다."

경작이 날이 저물도록 잠을 자고 비로소 깨어 기지개를 켜려고 하였으나 손발을 움직일 수 없었다. 이상하게 여겨 눈을 떠보니 몸이 공중에 매달렸으므로 명무 형제 짓인 줄 알고 어떻게 하는지 보려고 다시 자는 체하였다. 문 여는 소리가 나므로 힐끔 살펴보니 경주가 들어왔다. 경주는 경작이 높게 달려 있는 것을 보고 두 오빠의 소행인 줄 알고 붉은 입술과 흰 치아를 드러내며 호호 미소를 짓고 도로 나갔다. 경작은 계속 자는 척하였다. 저녁밥을 가지고 온 시녀가 보고 놀라 가소롭게 여기어 음식상을 놓고 나가서 모든 종에게 말하며 웃었다.

"이 서방이 깨었느냐?"

한 씨의 물음에 시녀가 공중에 달려서 잔다고 답하였다. 한 씨가 두 아들을 불러 말하였다.

"너희 둘이 한 일이냐? 그놈이 깨었을 것인데도 능청스럽게 자는 체하니 너희가 풀어서 저녁밥을 먹게 해라."

두 사람이 방 가운데 가서 보니 경작이 눈을 떴다가 도로 감았다. 두 사람이 끈을 풀면서 말하였다.

"능청스러운 이 서방은 밥이나 먹으렴."

경작이 풀려난 후 음식상을 받으면서 말하였다. / "두 형님은 실없는 사람입니다."

그리고 저녁 식사를 마친 후 경작의 봄바람 같은 화려한 말에 함께 이야기를 나누다가 밤이 깊어 흩어져 갔다.

세월이 빨라 다시 한 해가 지나갔다. 임금이 과거를 여시니, 설인수가 과거에 급제하여 남주의 추관이 되었다. 부인 양난주와 함께 부임지*로 가는 길에 금주에 이르러 장모님을 뵙고자 수보마을에 들렀다. 양난주가 두 오빠와 여동생을 반기고는 경주 손을 이끌고 안으로 들어갔다. 아버지가 머물던 조그만 집채는 쓸쓸하게 잠겨 먼지가 쌓여 있었다. 두 사람이 옛일을 생각하며 끊임없이 눈물을 흘렸다. 자매가 방에 모여 이별의 회포*를 이야기하며 옛날 일을 생각하며 눈물로 소매를 적시었다. 그 밤에 자매가 한 씨 곁에서 이불과 베개를 걷고 종일토록 이야기하였다.

다음 날 음식상이 나와 함께 식사를 하는데, 매우 거칠고 그릇 가짓수가 적은 상을 차려 바깥으로 보내자 양난주가 물었다.

"저 밥상은 누구 것입니까?" / "이 서방의 음식상이다."

양난주가 놀랍고 의아하여 말하였다.

"먼저 가져간 상은 진수성찬으로 가득하였는데 이 서방에게 가는 것은 왜 이렇게 차이가 있습니까?"

"사위가 미워 정이 없구나. 먹이기도 아까울 정도로 싫은 까닭에 어쩔 수 없으니 이상하게 여기지 마라."

양난주가 안타까워 눈물을 흘리며 말하였다.

"아버지 살아 계실 때에 이 서방을 대접하는 것이 이러했습니까? 어머니 어떻게 이렇게 인정이 박하십니까?"

한 씨가 입을 다문 채 말이 없었다. 양난주가 거듭 잘해 주라고 말하였지만 소용이 없었다.

"부질없이 굴지 마라."

한 씨의 말에 양난주는 오랫동안 수긍하지 않고 다시 말하고자 하다가 마침 두 오빠가 들어오는 바람에 그쳤다.

설인수가 일주일을 머무르다 떠나려 하니, 한 씨가 큰 잔치를 베풀어 설인수 부부와 작별하였다. 설인수가 처남들과 함께 들어가서 처제와 남 부인과 성 부인을 서로 보았다. 독해 TIP ▶ '처남'은 아내의 남자 형제를, '처제'는 아내의 여자 동생을 이르는 말이다. 설인수는 양난주의 남편이므로, 여기서 처남은 명무 형제를 가리키고 처제는 양경주를 가리킨다. 고전 소설에서는 친족 간 호칭어가 빈번하게 사용되므로 자주 쓰이는 호칭·지칭어는 암기하고 있어야 한다. 예를 갖추고 눈을 들어 세 부인을 보니 남 부인과 성 부인의 한가롭고 어진 모습이 매우 아름다웠다. 두 부인의 빼어난 미모는 이른바 물고기가 가라앉고 기러기가 내려앉을 정도이고, 달이 숨고 꽃이 부끄러울 정도로 아름다웠다. 단정히 앉아 있는 정숙한 모양과 부드러운 자태가 곱고 아리따웠고, 윤기 흐르고 탄력 있는 얼굴에는 복과 덕이 나타났다. 독해 TIP 감각적인 표현을 활용해 남 부인과 성 부인의 외양을 묘사하고 있다. 자기 부인이 비록 견줄 데 없이 뛰어났지만 저들에게 비하면 밝은 달빛에 별빛 정도였다. 놀라워 칭찬하기를 그치지 않았다.

명무 형제가 한 씨에게 말하였다. / "오늘 잔치 자리에 이 서방도 참석하라고 하십시오."

한 씨가 "옳다." 하고 이 서방을 불렀다. 경작이 즉시 들어 왔는데, 빗질도 세수도 하지 않아 덥수룩한 모습이 단정치 못했다. 한 씨의 마음이 더욱 애가 달았다. 단정한 풍채에 옷을 차려입은 설인수와 비교해 보니 울화가 치밀었다. 또 딸을 보니 장녀 난주는 봉황을 수놓은 관을 쓰고 꽃신을 신은 품위 있는 차림새였지만 경주는 붉은 치마와 푸른 저고리가 초라하기만 하였다. 행여 경주가 일생을 망칠까 한심한 마음이 벌컥 일어나 경작을 미워하는 마음이 더하였다.

OX 문제

01. 사건을 요약적으로 제시하여 서사를 빠르게 전개하고 있다.   [O / X]
02. 경작은 자신을 밧줄로 묶어 공중에 매단 인물이 명무 형제임을 알고 다시 자는 척하였다.   [O / X]
03. 감각적인 배경 묘사를 통해 인물의 행동이 전개되는 상황의 낭만적 분위기를 부각하고 있다.   [O / X]
04. 양난주는 그릇 가짓수가 적은 음식상이 경작과 경주의 음식상임을 알고 안타까워하였다.   [O / X]
05. 한 씨는 난주 부부와 경주 부부의 차림새가 비교되자 경작을 더욱 미워하였다.   [O / X]

심층체크

1. 지칭하는 대상이 <u>다른</u> 하나를 고르시오.

  A. 두 사람　　B. 두 오빠　　C. 두 아들　　D. 너희　　E. 두 형님　　F. 두 사람

필수어휘 _ 반드시 암기하기

*부임지 : 임무를 받고 근무하는 곳.
*회포 : 마음속에 품은 생각이나 정.

낙성비룡

장면 10

　정오가 되자 점심상이 들어오는데, 옥으로 만든 상 위에 금으로 만든 그릇에 잘 꾸며진 꽃이 봄빛을 머금었다. 경작의 상도 들어오는데, 깨진 상에 헌 그릇을 겨우 서너 개 올려놓았고, 다 채우지 못한 그릇을 벌여 놓은 모양도 깨끗하지 못했다. 명무 형제와 설인수의 상에 비하면 분명 머슴의 상 같았다. 남 부인과 성 부인, 양난주가 놀라 얼굴이 변하였다. 다시 네 부인의 상이 이르렀는데 가득 채운 것이 처음 들어온 상과 같았다. 부인들이 할 말을 잃고 불편하게 생각하여 수저를 들지 않았다.

　그런데 눈을 들어 경작을 보니 아무 일 없이 자기 상의 음식을 먹을 뿐 다른 상을 살피지 않았다. 다들 한 그릇을 못 먹었지만, 경작은 남김없이 다 먹었다. 세 부인이 그 모습을 보고 못내 칭찬하면서도 부족한 것을 마음속에 안타까워하였다.

　장녀 양난주가 아버지의 사람 보는 눈이 높음을 오늘에야 깨닫고 원망하던 마음을 돌이키니 눈썹에 기쁜 기운이 흘렀다. 설인수가 경작이 빨리 먹고 부족해 하는 모습을 보고 두어 그릇에 음식을 담아 더 먹을 것을 권하였다. 경작이 사양하지 않고 기쁜 얼굴로 또 받아먹으니 부인들이 탄식하였다. 한 씨가 물었다.

　"식사가 거의 끝나 가는데 두 며느리와 두 딸은 어찌 먹지 않느냐?" / 그들이 대답하였다.

　"기운이 불안하여 먹는 것을 잊었습니다."

　후에 저녁상을 들였는데 나오는 차림이 처음 상과 같았다. 부인들이 더욱 무안하여 경작의 기색을 살피나 부족해 할 뿐 여전히 눈을 들어 잠깐의 살핌도 없으니 짐짓 대인군자*였다. 네 부인이 바깥으로 나갔다.

　양난주가 어머니께 아뢰었다.

　"오늘 여러 차례 밥상을 보니 한심하고 무안함이 매우 심합니다. 잔치를 보살핀 시녀를 엄중히 꾸짖으십시오."

　"어떤 이유로 그러하느냐?"

　"마땅히 네 사람에게 똑같이 해야 할 것인데, 두 오빠와 설군의 상은 세상에 보기 드문 훌륭한 상이었으나 이 서방의 상은 텅텅 빈 노비의 상이었습니다. 그러니 엄하게 다스리십시오."

　이 말을 들은 경주가 명랑하게 웃으며 말하였다.

　"언니는 노여움을 가라앉히세요. 우연히 음식이 모자르고, 전하기를 잘못했을 뿐입니다. 무슨 마음에 둘 일이 있겠습니까?"

　"어떻게 두 번씩이나 잘못 전하겠느냐? 너는 과연 비위가 좋은 사람이구나. 이 같은 일을 당하고 태연하기가 봄바람 같으니 진정 이 서방의 짝이다."

　경주가 다만 웃을 뿐 대답이 없었다. 양난주가 시녀를 엄중히 다스리기를 여러 번 간절히 청하자 한 씨가 천천히 말하였다.

　"네 말이 비록 옳으나 이 서방이 미워 먹이고 싶지 않았다. 저 어리석은 시녀가 뭘 알겠느냐? 내 마음을 어쩌지 못하겠다."

　양난주가 어머니의 뜻을 알고 길게 탄식하고 더 이상 말하지 않았다.

　다음 날 출발하는 설인수 부부가 한 씨에게 하직하고 형제들과 이별하였다. 난주가 경주의 손을 잡고 옥 같은 눈물을 흘리며 말을 잇지 못하다가 입을 열었다.

　"집안의 분위기를 보니 두 오빠의 뜻이 크게 변하고 집안의 남녀 모두가 이 서방 대접하기를 개나 말같이 하더구나. 지난날 아버지 살아 있을 때를 생각하니 어찌 슬프지 않겠느냐? 현명한 동생은 남편 모시는 예를 잃지 말아라."

　"인정이 그러하니 탄식할 필요가 없지요. 그리고 하늘같은 서방님을 어찌 공손히 대하지 않겠습니까?"

　두 사람이 거듭 아쉬워하다가 이별하였다. 설인수가 부임하여 백성을 밝게 다스리고, 한 씨에게 보내는 것이 매우 많았다. 한 씨가 크게 기뻐하고, 경작을 더욱 미워하였다. 이로부터 아침저녁 밥이 그릇에 차지 못하고 대접이 더욱 참혹하니, 저의 양에 어찌 반이나 차겠는가? 잠을 일삼고 책을 한번 펴보지 않으니 집안의 꾸짖는 소리가 날로 더하였다. **독해 TIP** 경작에 대한 부인 한 씨의 미움과 구박이 점점 심해짐을 알 수 있는 부분이다. 경작과 한 씨의 갈등이 잘 드러나고 있다.

　경주가 민망하여 하루는 경작의 밥 먹는 때에 문득 말을 하고자 하였다. 그러나 부부가 된 지 여섯 해나 되었지만 말을 잘 주고받지 않아 말하기가 부끄러웠다. 한참을 입을 다물고 말을 하지 않다가 문득 자리를 고쳐 앉아 말하였다.

　"첩이 낭군에게 말을 하고자 하니 군자께서는 당돌함을 용서하시겠습니까?" / 경작이 웃으며 대답하였다.

　"당신이 무슨 일이 있어 나에게 말하려고 합니까? 빨리 해 보십시오." / 경주가 옷차림을 바르게 하고 말하였다.

　"다른 말이 아니라 낭군님이 일찍이 책을 펴 보지 않고 잠을 과하게 잡니다. 첩이 헤아리건대 시댁에 다른 동생이 없고 핏줄이 낭군 한 사람뿐입니다. 낭군이 이제 나이 열 아홉 살로 벌써 공명에 뜻을 두실 듯한데 아직도 모르는 듯하니 첩이 그 뜻을 헤아리지 못하여 당돌함을 잊고 품은 생각을 아룁니다. 속 시원히 말하여 의혹을 풀게 해 주십시오." **독해 TIP** 경주는 이 씨 가문의 이름을 드높일 수 있는 유일한 사람인 경작이 과거에 응시하여 급제할 뜻을 전혀 보이지 않자 이에 대한 그의 생각을 묻고 있다.

　경작이 태연하게 소매를 들어 공손하게 말하였다.

"그대의 말이 진정 나의 스승입니다. 다만 품은 생각이 없고 책은 잡기도 싫습니다. 다른 이유는 없고 그대 집에서 주는 아침저녁 밥이 매우 적습니다. 내 큰 뱃속에 간 곳이 없으니 기운이 없어 다시 일어나지를 못하고 가득한 잠이 더욱 심합니다. 그대의 의혹이 어찌 이상하겠습니까?"

경주가 듣고 나서 참담하고 슬퍼 반나절 동안 아무 말이 없다가 일어나 방으로 들어갔다. 화장대에서 진주로 만든 목걸이 한 쌍을 꺼내고 황금 팔찌를 벗어 시녀에게 팔게 하여 아침저녁 반찬거리를 보태어 큰 배를 차게 하니, 경작이 이따금 책을 펴 보나 한 번도 소리 내어 읽는 법이 없었다.

OX 문제

01. 한 씨는 음식상을 내온 시녀를 엄중히 벌하겠다고 난주에게 약속하였다.　　　　[O / X]
02. 서술자가 개입하여 앞으로 일어날 사건을 예고하고 있다.　　　　[O / X]
03. 비유적 표현으로 인물의 생각과 인상을 제시하고 있다.　　　　[O / X]
04. 난주는 집을 떠나며 경주에게 남편 모시는 예를 잃지 말 것을 당부하였다.　　　　[O / X]
05. 경작은 귀중품을 팔아 반찬거리를 마련한 경주의 정성에 보답하고자 소리 내어 책을 읽기 시작하였다.　　　　[O / X]

심층체크

1. 지칭하는 대상이 같은 것끼리 짝 지으시오.
    A. 설군　　　B. 현명한 동생　　C. 남편　　　D. 서방님　　　E. 설인수
    F. 군자　　　G. 낭군님　　　H. 첩　　　I. 그대
2. 서술자의 개입이 나타난 부분을 찾아 밑줄 그으시오.

필수어휘 _ 반드시 암기하기

*대인군자 : 말과 행실이 바르고 점잖으며 덕이 높은 사람.

장면 11

이럭저럭 수년이 지났다. 설인수가 보내는 것이 잦고 많았다. 한 씨와 종들이 설인수만 사위로 생각하고 경작은 하인이나 천민처럼 대하며 싫어함이 끝이 없었다. 하지만 오직 경주가 공경히 모시는 것은 날이 갈수록 새롭고 남 부인과 성 부인이 도와주어 대접하였다.

집안에서 이런저런 말이 나오더니 결국에는 경작을 내쫓자고 의논하였다. 경작이 눈치채지 못할 리 없지만 들어도 못 들은 척하여 조금도 아는 척하지 않았다. 경주가 어찌할 줄을 몰라 슬퍼하였다. 남 부인과 성 부인도 시어머니와 남편이 하는 일이니 감히 말하지 못하고 슬퍼하며 탄식하였다.

갑자기 한 씨가 병이 매우 심하니 자녀가 모두 간호하였다. 한 씨가 경주에게 말하였다.

"**이 서방**이 내 집에 온 지 여덟 해 동안 글 읽는 소리 한번 듣지 못하였다. 능청맞고 밉기가 날로 심해지니 너의 일생을 끝끝내 망칠 것이다. 이런 생각 때문에 **어미**의 마음에 울화가 치밀어 병이 들어 곧 죽음에 이를 듯하다. 이 서방의 모습을 보기 싫으니 집안에서 내보내야 내 살 길을 얻을까 싶다. 네가 나를 살리려거든 어서 이 서방을 내보내라." **독해TIP** ▶ 한 씨는 경주에게 경작을 미워하는 마음으로 인해 병이 들어 죽을 것 같다며 그를 집에서 내보내라고 말하고 있다.

경주가 부드러운 목소리로 말하였다.

"저 사람이 실로 몸이 고독하여 지낼 곳이 없으니 차마 나가라는 말을 못 하였습니다. 어머니의 뜻이 이와 같으니 곧 내보내겠습니다. 걱정하지 마십시오." / 큰오빠 명무가 말하였다.

"실로 인정이 박하나 **어머니**가 병중에 걱정이 이와 같으니 이 서방을 머무르게 하기가 어렵구나."

경주는 머리가 아득하여 어쩔 줄을 모르다가 일어나 경작의 방으로 갔다. 경작이 넓은 소매로 얼굴을 덮고 누웠거늘 경주가 멀리 앉았다. 경작이 잠깐 경주를 보니 참담한 얼굴빛에 어쩔 줄을 모르는 기색이 있었다. 어쩐 일인가 하여 가만히 보니, 얼굴빛이 자주 변하므로 벌써 눈치를 채고 소매를 걷고 일어나 앉았다.

"**장모님** 병세가 어떠합니까?" / "여전합니다."

"그대를 보니 하고자 하는 말이 있는 듯합니다. 그런데 하지 않는 것은 어쩐 일입니까?"

경주가 더욱 슬프고 괴로워 오래도록 말을 하지 못했다. 붉은 입술에 소리를 내다가 그치기를 반복하니 경작이 어찌 짐작 못하겠는가? 저렇게 어렵게 생각하는 것이 자기를 감당하지 못하는 것임을 알지만 온화한 기색으로 물었다.

"**당신**이 입을 다물고 있는 까닭을 이미 알고 있습니다. 주인이 있기를 허락하지 않으면 손님이 어찌 끈질기게 머무르겠습니까?"

경주가 자기 마음을 아는 것을 보고 더욱 부끄러워 오래도록 얼굴을 들지 못하였다.

경작이 물었다. / "무슨 부끄러움이 있어 그렇게 합니까?"

"인정이 아닌 말을 낭군에게 전하려니 얼굴이 달아오르고 마음이 아파 고개 들기가 어렵습니다."

"마음으로는 못할 말이 있을 것입니다. 그러나 상황이 어려우면 가는 사람인들 무슨 한이 있으며 말하는 사람인들 무슨 부끄러움이 있겠습니까?"

"저희 집이 **낭군**에게 박한 것이 아니라, 아버지가 돌아가시고 두 오빠가 온전하지 못하니 가계*가 예전과 같지 않아 인정에 어긋난 행동을 하는 것입니다. 첩은 차마 얼굴을 들어 사람을 보지 못할 죄인입니다." **독해TIP** ▶ 장면 08에서 양자윤이 죽은 다음 해에 새 임금이 즉위하면서 명무 형제가 옛 벼슬로 나아가지 못하게 되었다고 하였다. 두 오빠가 온전하지 못하다는 것은 벼슬을 하지 못해 사회적 지위가 예전 같지 않음을 나타내는 것이다. 인정에 어긋난 행동을 하는 가족들을 말리지 못하고 남편을 집에서 내보내는 자신을 죄스럽게 여기는 경주의 모습이 드러나고 있다.

"내 비록 사리*에 어두우나 그대의 뜻이 아닌 줄을 압니다. 상황이 이러하니 무슨 다른 말이 있겠습니까? 빨리 떠나고자 하나 먹을 것이 없어 나의 넓은 배를 채우고 가지 못 하니 이것이 난처합니다."

"비록 넉넉하지 못하나 노잣돈*은 **첩**이 준비할 것입니다. 그러나 낭군이 이제 어디로 떠나려 하는지 알지 못하겠습니다."

"나의 팔자가 좋지 않아 친척이 없고 이 한 몸 외로워 떨어지는 낙엽 같아 어느 곳으로 떠날지 모르겠습니다."

그리고 이어서 말했다. / "내가 한마디만 덧붙이고자 하니 들어주시겠습니까?"

경주가 공경하여 대답하였다. / "하시는 말씀을 어찌 듣지 않겠습니까?"

그 말을 들은 경작의 달 같은 이마에 가을철 파도 같은 슬픈 빛이 흘러 처량하였다. 경주가 결혼한 지 여덟 해 동안 저렇듯 슬픈 빛을 보지 못하였기에 안타까운 마음이 들었다.

"다른 말이 아니라 내가 무심하여 사당이 어느 곳에 있는 줄 알지 못하고 아침저녁으로 바라보고 위로하는 바는 저 산소입니다. 이제 내가 나가니 십 년이 되기 전까지는 서로 소식이 끊어질 것입니다. 생각건대 임자 없는 산소가 쓸쓸할 것을 생각하니 비록 돌과 나무와 같은 마음일지라도 어찌 견딜 수 있겠습니까? 그러나 그대가 어진 덕을 가진 것이 다행입니다. 내가 나간 후 매 계절 제사 올리기를 바라지만, 할 수 있으면 하고 어려우면 마십시오. 소생의 사정을 생각하여 만일 할까 싶으면 정성으로 하시고, 여력이 있거든 유모의 무덤도 돌봐 주십시오."

말을 마치니 눈물이 고여 귀밑으로 흘러내렸다. 경주 또한 흐르는 눈물이 가득하여 말하였다.

"낭군이 말하는 것이 곧 첩이 바라고 마음에 위로로 삼는 바입니다. 어찌 한 번이라도 소홀하겠습니까? 가르침을 마음속에 새기겠습니다."

말을 마치고, 일어나 작은 방으로 들어갔다. 보따리를 꾸려 혼사 때 마련했던 진주 비단 치마와 옥비녀 하나, 순금 팔쇠 한 쌍과 백옥 반지와 명주를 내어 시장에 팔아 은돈 삼백 냥을 받아 경작에게 주었다. 경작이 떠날 준비를 하여 다음 날 떠나기로 하였다.

OX 문제

01. 서술자가 풍자적 어조를 활용하여 중심인물에 대한 비판적 입장을 드러낸다.　　　　　[O / X]
02. 경주는 어머니의 뜻을 따라 경작을 대접하지 않고 싫어하는 태도를 보였다.　　　　　[O / X]
03. 인물의 행위를 나열하여 인물의 상황을 드러내고 있다.　　　　　[O / X]
04. 경작은 자신에게 말을 하려다 만 경주를 다그치며 하고자 하는 말을 전하라고 재촉하였다.　　　　　[O / X]
05. 경주는 부모와 유모의 무덤을 돌봐 달라는 경작의 부탁을 받아들였다.　　　　　[O / X]

심층체크

1. 지칭하는 대상이 같은 것끼리 짝 지으시오.
　A. 이 서방　　B. 어미　　C. 어머니　　D. 장모님
　E. 당신　　F. 낭군　　G. 첩　　H. 소생
2. 서술자의 개입이 나타난 부분을 찾아 밑줄 그으시오.

필수어휘 _ 반드시 암기하기

*가계 : ① 조상 대대로 내려오는, 한집안의 규율이나 가정교육 지침. ② 대대로 이어 내려온 한집안의 계통.
*사리 : 일의 이치.
*노잣돈 : 먼 길을 오가는 데 드는 돈.

장면 12

경작이 새벽에 일어나 세수를 하고 짐을 정리하다가 은돈을 넣어 놓고 경주를 향하여 말하였다.

"내가 한번 가면 십 년 사이 소식이 없을 것입니다. 걱정하지 말고 안타까워하지 마십시오. 이후 혹시 살아남으면 만날 날이 있을 것입니다." / 경주가 눈물을 머금고 말하였다.

"비록 몸은 사람이지만 첩은 실로 죄인입니다. 낭군 의 모습을 어찌 다시 바라겠습니까? 오직 시부모님의 산소를 받들어 목숨이 다한 후에 묘 아래 묻히기를 원합니다."

경작이 한숨을 쉬며 말하였다. / "나를 너무 믿지 마십시오. 이제 장모님께 하직 인사를 해도 괜찮겠습니까?"

"하직 인사하는 것은 괜찮습니다."

경작이 들어가 한 씨에게 하직하니 조금도 아쉬워함이 없었고, 명무 형제에게 이별하니 몸을 아끼고 보전할 것을 말할 뿐 지낼 곳을 묻지 않았다. 남 부인과 성 부인에게도 하직하고 보잘것없는 행낭*을 메고 짚신을 신고 가벼운 걸음으로 문을 나갔다. 경주가 난간에 기댄 채 그 모습을 바라보았다. 가벼운 몸에 행낭을 메고 문을 나가는데 아무도 신경 쓰지 않았다. 경작이 부모 묘에 가서 통곡하여 하직하고, 장인 의 묘에 가 통곡하고 이별하였다. 눈발이 날리는데 그 모습이 참담하여 사람의 마음을 더욱 아프게 하였다.

한번 떠나 만날 기약이 없으니 약한 사람이 어찌 이것을 견디겠는가? 경주가 방 안에 돌아와 보니 남아 있는 것이 예전과 같았다. 베개에 의지해 머리를 기대고 앉았다. 부부가 된 지 팔 년에 아버지 가 돌아가신 후로 한 때도 편안하게 받들지 못한 일과 아침저녁 밥을 양에 차게 주지 못했던 일이 세세히 생각났다. 그리고 마침내 구박하여 내쫓는 지경에 이른 것을 보았으니 그 참담함과 안타까움을 어디에 견줄 수 있겠는가? 구슬 같은 눈물이 얼굴에 가득하여 소리 내어 울었다. 남 부인과 성 부인이 와서 부드러운 말로 위로할 따름이었다. 이날부터 한 씨의 병이 나으니 서로 기뻐하며 다행스럽게 생각하였다. 그러나 경주의 슬픔은 더해만 갔다.

경작이 떠난 지 사흘에 이르러 큰 눈이 내리고 날이 몹시 추웠다. 경작은 눈을 부릅뜨고 천천히 걸었다. 언덕을 넘어 가며 '내 이렇게 나왔으나 진실로 의지할 곳이 없구나.' 하고 걱정하다가 다시 '사람이 나면 하늘이 살 곳을 주시는데 어찌 나에게는 그렇지 않은가.' 하고 생각하였다. 독해 TIP ▶ 작은따옴표를 통해 경작의 내적 독백을 제시하여 집에서 내쫓겨 갈 곳 없는 처지가 된 경작의 심리를 드러내고 있다.

두루 생각하며 걷는데 점점 눈이 많이 내려 옷이 다 젖고 모습이 초라하였다. 마음속으로 '내 몰골이 이러하니 틀림없이 주인이 머물게 하지 않을 것이다. 저녁을 어디 가서 먹을까?' 하고 한참을 골똘히 생각하는데 문득 사람의 울음소리가 어렴풋이 들렸다. 자세히 들으니 울음소리가 매우 슬퍼 일만 가지 설움과 일천 가지 한이 소리에 맺혀 마디마디 그쳤다. 경작이 탄식하여 말하였다.

"하늘이 사람을 낼 때 기쁨과 즐거움을 같이 하실 것인데 저 사람의 울음소리를 들으니 끝없는 슬픔이 있는 듯싶다. 하늘의 도가 공평하지 않은 것 같다."

울음소리가 점점 가까워지면서 한 노인이 상복을 입고 포대기를 쓰고 가며 우는 것이 보였다. 경작이 나아가 손을 들어 물었다.

"노옹* 은 어디 사람이며 무슨 일로 통곡하여 지나가는 사람의 마음을 참담하게 합니까?" / 노인이 울기를 그치고 대답하였다.

"나는 절강 사람으로 나이는 예순입니다. 아흔 노모를 모시고 사는데 집이 가난하여 농사도 짓지 못하였습니다. 그런데 올해 여름에 늙은 아비가 죽어 관가에서 빚을 내어 장례를 치렀는데 관리가 매일 집을 둘러싸고 빚 갚기를 독촉하니 배를 곯는 것이 더욱 심합니다. 관가에서 아흔 노모를 가두고 빚을 갚아야 석방하겠다고 하는 까닭에 돈을 빌러 다니지 않은 곳이 없으나 몇 푼의 돈조차 얻지 못하였습니다. 늙은 어미가 죽을 것 같아 고향으로 향하며 울음을 참지 못한 것입니다. 높은 선비 가 물으시니 전후 사정을 말합니다." / 경작이 듣고 난 후 하늘을 우러러 탄식하였다.

"어르신 의 말씀을 들으니 마음이 칼로 베이는 듯합니다. 얼마나 있으면 갚을 수 있습니까?"

"은돈 이백 냥을 빌려 썼으니 이자까지 삼백 냥이 있으면 갚습니다." / 경작이 즉시 매었던 행낭을 벗어 통째로 주며 말하였다.

"비록 적으나 이것으로 어르신의 빚을 갚을 수 있을 것입니다. 가져가 화를 면하십시오."

노인이 급히 펴보니 은돈 삼백 냥이 들어 있었다.

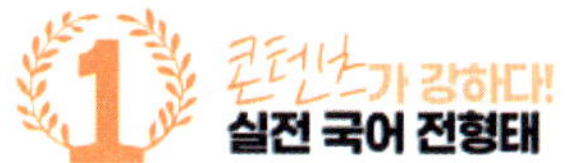

OX 문제

01. 내적 독백을 활용하여 인물의 내면 심리를 드러내고 있다. [O / X]
02. 경작과 경주는 십년 뒤에 만날 날짜를 정하며 재회를 약속하였다. [O / X]
03. 앞날의 일을 가정하여 인물 간 갈등의 심화를 암시하고 있다. [O / X]
04. 한 씨의 병이 낫자 경주는 경작과의 이별을 더 이상 슬퍼하지 않았다. [O / X]
05. 경작은 노인의 사정을 들은 후 자신이 가지고 있던 은돈 삼백 냥을 노인에게 주었다. [O / X]

심층체크

1. 지칭하는 대상이 같은 것끼리 짝 지으시오.
   A. 낭군   B. 장인   C. 아버지   D. 노옹   E. 높은 선비   F. 어르신
2. 서술자의 개입이 나타난 부분을 찾아 밑줄 그으시오.

필수어휘 _ 반드시 암기하기

*행낭 : 무엇을 넣어서 보내는 큰 주머니.
*노옹 : 늙은 남자.

낙성비룡

장면 13

노인이 손바닥을 마주 대고 빌면서 '하늘이 오늘 성인을 만나게 하셨습니다. 이름을 물어 다른 날에 그 집의 종이 되려고 하나 고집스럽게 말하지 않으니 이 사람은 참으로 어진 군자입니다.' 하면서 하늘을 향해 수십 번이나 기도를 하였다.

경작이 행낭 없이 떠나니 걸음걸이가 더욱 빠르고 가벼웠다.

날은 점점 어두워지는데 산봉우리가 옥을 쌓은 듯 빽빽할 뿐 사람 사는 집이 없었다. 춥고 배가 고픈 것을 참지 못하여 아무 집이나 찾고자 하다가 봉우리를 넘어가니 큰 마을이 있었다. 경작이 마을에 들어가 문을 두드렸지만 나오는 사람도 묻는 사람도 없었다. 배가 더욱 고파 할 수 없이 도로 나왔으나 행낭 없는 것을 조금도 후회하지 않았다.

문득 멀리 바라보니 동쪽 마을에 큰 집이 있었다. 불빛이 눈부시게 빛나는 것이 재상의 집 같았다. 경작이 '이 집에서 나를 받아 줄까?' 생각하고 다가가 문을 두드리니 한 동자가 나와 물었다.

"밤이 깊고 인적이 그쳤는데 어떤 귀한 손님이 오셨습니까?"

"지나가는 사람인데 길을 잃고 여기까지 왔으나 밤이 깊어 숙소를 찾지 못했소. 바라건대 주인께 말씀드려 하룻밤을 지낼 수 있게 해 주시오." / 동자가 들어갔다 즉시 나왔다.

"주인께서 들어오라 하십니다." / 경작이 기뻐 얼른 들어갔다.

촛불이 휘황하고 누각*이 기이하여 현실 같지 않았다. 한 노인이 마루 위에 앉아 있는데, 맑고 기이하여 평범한 사람 같지 않았다. 경작이 다가가 계단 가운데에서 예를 취하였다. 노인이 팔을 들어 인사하며 말하였다.

"귀한 손님이 저녁을 못하셨을 것이니 밥 한 그릇 내오는 것이 어떻겠느냐?" / 경작이 감사히 여겨 말하였다.

"궁한 선비가 길을 잘못 들어 이곳에 이르렀습니다. 이렇게 과하게 대접하시니 몸 둘 바를 모르겠습니다."

"대인은 작은 인사는 하지 않는다고 합니다. 어찌 작은 일에 감사하려 합니까?" / 그러고 나서 동자를 불러 말하였다.

"귀한 손님의 양이 매우 많아 보이니 밥을 많이 짓고 반찬을 갖추어 내어 오라."

경작이 '처음 보는데도 내 양이 많은 줄을 아니 슬기로운 어른이구나.' 하고 생각하였다. 얼마 뒤 동자가 음식상을 가져오는데 과연 밥이 푸짐하고 산나물이 정결하면서도 많았다. 경작이 날이 저물도록 굶주렸던 까닭에 밥술을 크게 떠서 먹었다. 노인이 말하였다.

"양에 차지 못할 터인데 더 가져오라고 하는 것이 어떠합니까?" / 경작이 사양하며 말하였다.

"주신 밥이 많아서 소생의 넓은 배를 채웠으니 그만하십시오."

"그대는 양이 적군요! 나는 젊어서는 이렇게 두 그릇을 먹었습니다. 그대가 오늘 큰 적선*을 하여 깊이 감동하였소."

경작이 노인이 이렇듯 신기한 것을 보고 평범한 사람은 아닐 것이라 생각하며 의아해 마지않았다.

"어르신이 무엇을 말씀하시는 것입니까? 저는 가난하여 적선한 일이 없습니다."

"대인은 사람 속이는 일을 하지 않소. 그런데 그대는 그렇게 많이 먹으면서 양식 없이 어찌 다니려 하는 것이오?"

"이처럼 얻어먹으면 못 살겠습니까?"

"젊은 사람의 말이 사정에 어둡구료. 나는 마침 그대 먹는 양을 알아 대접하였지만, 누가 그대의 먹는 양을 알겠소? 나는 그대의 이름을 알거니와 그대는 나의 이름을 알아도 부질없으니 말하지 않겠소. 그대는 이렇게 떠도느니 편안히 머물며 학문을 하는 것이 어떻겠소? 길거리에 떠돌아다니는 것은 무익하오. 낙양 땅 청운사가 평안하고 조용한데, 그 절의 중이 의롭고 부유하여 어려운 선비를 많이 대접하였다오. 그리로 가서 몸을 편안히 하고 공부를 착실히 하시오. 노잣돈이 없으니 노부가 간단하게나마 차려 주겠소." / 말을 마치고 문득 베개 밑에서 돈 네 꾸러미를 내어 주었다. **독해 TIP** '노부'는 노인이 자기를 낮추어 이르는 말이다. '노인'은 갈 곳 없이 떠도는 경작에게 노잣돈을 주며 도움을 받을 수 있는 곳을 말해 주고 있다. 영웅 소설에 자주 등장하는 조력자에 해당한다고 볼 수 있다.

"이 정도면 가는 길에 풍족하게 먹을 것이오. 청운사로 가면 좋은 일이 많을 것이외다."

경작이 감사하는데 노인이 웃으며 말하였다.

"삼백여 냥 은돈은 통째로 주고도 감사하는 것에 대해 기뻐하지 않더니 도리어 네 냥 화폐를 감사하시오?"

그리고 이어서 말하였다.

"여행의 피로로 노곤할 것이고, 본래 잠이 많으니 어서 자고 내일 떠나시오. 그리고 다시 나를 찾지 마시오. 내일 부어 놓은 차를 마시고 가시오. 후일 영화를 이루고 부귀할 것이니 미리 축하하오." **독해 TIP** 경작이 말을 하지 않았음에도 그가 대식가이며, 어려운 처지에 놓인 사람을 위해 적선한 일을 알고 있다는 점, 그의 미래를 예견하고 있다는 점에서 '노인'이 비범한 인물임을 알 수 있다.

경작이 깜짝 놀라 물었다.

"어르신의 말씀이 예사롭지 않으니 무슨 뜻입니까?" / "내 말이 틀리지 않을 것이니 의심치 마시오."

경작이 의심스러웠지만 여러 날 고생한 탓에 졸음이 몰려와 잠이 들었다. 동쪽이 밝은 줄을 깨닫지 못하다가 막 일어나보니 곁에 돈과 차 한 종지와 글이 쓰인 종이 한 장이 있을 따름이었다. 웅장한 누각은 없어지고 편한 바위 위에 누워 있었다. 노인의 흔적이 없어 신선인가 의심하고 스스로 탄식하면서 종이를 펼쳐 보았다.

"장인 양공이 사랑스러운 이 서방에게 부친다. 노부가 세상을 버린 뒤 너의 몸이 항상 괴롭구나. 떠나가는 길에 행낭마저 적선하고 밤늦도록 숙소를 찾지 못하여 배가 고픈데도 행낭을 아쉬워 않는구나. 마음이 크고 덕이 넓어 사람을 감동케 하니 푸른 하늘이 어찌 감동하지 않겠는가? 내 너를 위하여 하늘에 하루의 시간을 급하게 구하였다. 내 말을 어기지 말고 차를 마시고 빨리 떠나라."

독해 TIP 노인의 정체가 양자윤이었음이 밝혀지고 있다. 죽은 사람이 시간을 구하여 살아 있는 사람 앞에 나타나 실질적인 도움을 줬다는 것에서 비현실적 요소를 확인할 수 있다.

경작이 편지를 다 읽고 크게 놀라고 슬퍼 눈물을 흘렸다. 차를 마시니 정신이 상쾌하였다. 찻잔을 거두고 돈을 허리에 찼다. 옛일을 생각하며 어젯밤을 떠올리고는 슬픔을 멈추지 못하여 돌 위에 앉아 있었다. 한바탕 부는 바람에 종이와 찻잔이 간데없고 다만 공중에서 어서 가라는 소리만 들렸다. 경작이 공중을 향해 두 번 절하고 떠났다.

그 돈으로 식사를 하면서 가서 8일 만에 낙양에 이르렀다.

OX 문제

01. 꿈과 현실의 교차를 통해 앞으로 일어날 사건을 암시하고 있다.   [O / X]
02. 배가 고픈 상태로 떠돌던 경작은 노인에게 행낭을 모두 준 것을 후회하였다.   [O / X]
03. 노인은 경작에게 청운사로 가서 학문을 할 것을 제안하였다.   [O / X]
04. 경작은 앞날을 예고하는 노인을 의심하여 잠에 들지 못하였다.   [O / X]
05. 인물이 겪은 사건의 비현실적인 면모가 드러나고 있다.   [O / X]

심층체크

1. 지칭하는 대상이 같은 것끼리 짝 지으시오.

A. 성인   B. 한 노인   C. 궁한 선비   D. 귀한 손님   E. 슬기로운 어른

F. 소생   G. 어르신   H. 노부   I. 장인 양공   J. 노부

필수어휘 _ 반드시 암기하기

*누각 : 사방을 바라볼 수 있도록 문과 벽이 없이 다락처럼 높이 지은 집.

*적선 : 착한 일을 많이 하다.

장면 14

낙양은 주점이 많고 사람들이 시끌벅적하고 매우 번화하였다. 경작이 걸으며 길 가는 사람에게 물었다.

"여기서 청운사가 몇 리나 하며 어디로 갑니까?"

"서쪽으로 십 리 정도 가면 경치가 아름답고 빼어난 산이 있으니 그것이 청운산이오. 거기서 삼 리만 가면 큰 절이 하나 있습니다."

경작이 인사를 하고 가르쳐 준 대로 십 리를 가니 과연 큰 산이 하나 있었는데 눈도 녹지 않았고 얼음도 녹지 않았다. 경치와 기운은 비할 데가 없었다. 지나다니는 사람이 드물었고 붉은 해는 서쪽으로 기울고 있었다. 점점 올라가니 어렴풋이 멀리서 북소리가 들렸다. 빨리 걸어가니 산을 둘러 큰 절이 하나 있었다.

누각이 광채가 나듯 구름에 솟았고 절 문이 반쯤 열려 있었다. 안으로 들어가니 여러 스님이 저녁 식사를 마치고 불경을 외우며 북을 울리고 있었다. 한 노승 이 앉아 있는데, 옷의 빛깔과 겉모습이 크게 도를 깨우친 듯했다. 경작이 다가가 노승을 향하여 예를 취하니 엎어질 듯 내려와 맞았다.

"손님 은 어디에서 오셨습니까? 제가 어젯밤에 꿈을 꾸었는데 황룡이 서쪽으로부터 내려와 절에 들어 놀라 깨었습니다. 오늘 아마도 귀한 손님이 올 것으로 생각하여 하루 종일 문 앞에서 기다렸지만 발자취가 없어 방금 막 들어왔습니다. 귀한 손님이 오셨는데 골격과 겉모습이 보통과 다르니 저의 꿈이 맞습니다."

경작이 공손하게 말하였다.

"긴 꿈을 꾸어 가난한 선비 오는 징조를 안다고 하니 부끄럽구료. 이 절 이름이 무엇이며 보잘것없는 손님도 받아들이오?"

노승이 두 손바닥을 맞대며 대답하였다.

"이 절 이름은 청운사입니다. 제가 똑똑하지 못하나 생활이 어려운 젊은 선비들을 많이 겪었습니다. 하물며 귀한 손님을 대접하지 않겠습니까? 원컨대 이름을 듣고자 합니다."

"나의 성은 이요, 이름은 경모 요, 자는 문성이오. 노승의 성명을 알고 싶소." **독해 TIP** 장면 01에서 '경작'은 아명이며, '경모'가 본이름임을 제시하였다. 따라서 '경작'과 '경모'는 동일한 인물을 지칭하는 이름임을 파악했어야 한다.

"제가 이름을 감춘 지가 오래인데 다만 일컫기를 현불장로라 합니다."

이윽고 방 안에 들어가 제자에게 분부하였다.

"이 분 이 상공 의 겉모습을 보니 아마도 먹는 양이 방대한 선비일 것이다. 양을 많이 하고 깔끔하게 하여 오라."

제자가 듣고 가더니 즉시 음식을 마련하여 가져왔다. 음식이 큰 그릇에 대단하고 산나물이 정결하였다. 경모가 식사를 마치고 감사하였다.

"생이 의지할 데 없는 사람이라서 한낱 몸에 지닌 돈이 없으니 매우 걱정하였소. 하늘이 도와 장로 를 만나 대접을 잘 받으니 매우 다행입니다."

현불장로가 대답하였다.

"상공은 대인의 기상이라 장차 복되고 영화로운 삶이 지금의 세상에는 따를 사람이 없을 것입니다. 이토록 유복하고 어진 사람을 찾으려 해도 어려울 것이니 어찌 정성을 다하지 않겠습니까? 그러나 저의 절이 부유하지 못하여 뜻에 맞을까 걱정하고 있는데, 이렇게 칭찬하시니 몸 둘 바를 모르겠습니다. 뒤에 작은 집이 있어 깨끗하고 고요하니 독서하기에 좋을 것입니다. 상공은 이곳에 머무르십시오. 옷과 음식은 걱정하지 않게 하겠습니다." **독해 TIP** 여기서 '유복하다'는 살림이 넉넉하다는 의미가 아닌, 복이 있다는 의미로 사용된 것이다. 경모의 기상과 어진 태도를 높이 평가하며 그를 정성껏 대접하고자 하는 현불장로의 모습이 나타나 있다.

말을 마치고 제자 하나를 불렀다.

"이 중의 이름은 청아 입니다. 인물이 진실로 영특하고 민첩하니 상공의 곁에 두고 어려움을 나누십시오."

경모가 몸을 굽혀 감사하고 갈 때 현불장로가 청아와 한마음으로 따라왔다. 집을 보니 고요하고 멀리 떨어져 있는 가운데 정결하고 가벼워서 매우 흡족하였다.

방 안에 들어가 보니 한 칸에는 만 권의 책이 쌓여 있고, 필기구가 없는 것이 없었다. 경모가 방이 갖추어진 것이 매우 기뻐서 현불장로와 밤늦도록 대화를 나누었는데, 평범하고 경박한 태도가 없어서 마음을 놓았다. 현불장로도 경모의 풍채가 기이하고 말하는 음성이 평범한 사람이 아닌데다가 그런 사람을 처음 보아 크게 기뻐하여 정성껏 대접하였다.

현불장로가 물러와 모든 스님에게 일렀다.

"이 상공은 보통 사람과는 매우 다르니 훗날 이 절에 크게 은덕이 있을 것이다. 너희는 가볍게 대접하지 말라."

경모가 몸이 매우 편안하여 사흘을 쉬고 비로소 글 읽기를 시작하였다. 밤낮 한 시를 쉬지 않고 아침부터 저녁에 이르고 저녁부터 낮에 이르도록 그치지 않고 글 읽는 목소리가 끊이지 않았다. 그 소리가 웅장하고 맑고 깨끗하여 하늘의 학 울음소리와 같았고, 두 봉황이 새겨진 옥피리 소리 같았다. 뒷산의 원숭이와 앞산의 짐승이 와서 춤을 추었다. 모든 스님이 서로 즐겨 일하는 것을 잊고 어린애처럼 글 읽는 소리를 들었다.

　이럭저럭 세월이 지났다. 현불장로가 경모의 인물됨이 넓고 군은 것을 알고 더욱 사랑하고 공경하였다. 대접이 새롭고 모든 스님이 다 공경하며 청아가 한 때도 떠나지 않고 그림자처럼 좇는 것 같았다. 경모가 모든 일이 평안하여 이후 5년 동안 글을 부지런히 읽으니 문리*가 예사롭지 않았다. 문장의 빼어남이 대륙을 움직이고 아름답게 수를 놓은 듯하니 이 시대는 말할 것도 없고 예로부터도 둘도 없는 솜씨였다. 게다가 온갖 병법*과 하늘의 이치를 깨달으니 모든 스님이 다 놀라고 두려워하였다. **독해 TIP** 청운사에 머물며 공부하여 영웅적 면모를 갖추어 나가는 경모의 모습이 드러나고 있다.

OX 문제

01. 시각과 청각 이미지를 통해 애상적 분위기를 자아내고 있다.　　　　　　　　　　　　　　　[O / X]
02. 노승은 황룡이 나오는 꿈을 꾸고 절에 귀한 손님이 올 것이라 예측하였다.　　　　　　　　　[O / X]
03. 장면의 빈번한 교차를 통해 인물 간의 갈등을 입체적으로 드러내고 있다.　　　　　　　　　　[O / X]
04. 노승은 경모를 유복하고 어진 사람이라고 평하며 경모가 절에서 지내도록 하였다.　　　　　　[O / X]
05. 방 안을 살펴 본 경모는 책과 음식이 쌓여 있는 것을 보고 흡족해 하였다.　　　　　　　　　[O / X]

심층체크

1. 지칭하는 대상이 같은 것끼리 짝 지으시오.

　A. 한 노승　　　B. 손님　　　　C. 가난한 선비　　D. 경모
　E. 이 상공　　　F. 장로　　　　G. 제자　　　　　H. 청아

필수어휘 _ 반드시 암기하기

*문리 : ① 글의 뜻을 깨달아 아는 힘. ② 사물의 이치를 깨달아 아는 힘.
*병법 : 군사를 지휘하여 전쟁하는 방법.

장면 15

시절이 벌써 마지막 달 중순에 이르렀다. 매화 숲에 눈 내린 경치가 맑고 깨끗하여 빼어나게 아름다웠다. 경모가 청아를 데리고 절 바깥으로 나와 두루 산책하며 한가롭게 자연을 즐겼다. 한편 청운산의 청운동에 재주 많은 두 선비가 있었다. 한 사람은 성이 임이요, 이름은 강수였고, 다른 한 사람은 성은 유요, 이름은 백문이었다. 두 사람 모두 얼굴이 아름답고 재주가 빼어났으나 일찍 부모를 여의고 각각 처자를 남에게 맡겼으므로 서로 가까이 지냈다. 두 사람은 나이가 같고, 학문과 용모가 서로 우열을 가릴 수 없어 절친한 친구가 되었다. 아침저녁으로 함께 아름다운 봄철 달빛이 빛나는 매화나무 숲으로 찾아가 꽃다운 그림자를 찾았다. 이때에 아름다운 눈경치와 추위 속에 핀 매화가 밝은 달빛 아래에서 문인*의 흥취를 돋우었다. 두 사람이 손을 잡고 매화 아래를 돌아다니다가 높은 곳에 올라 멀고 가까운 경치를 살폈다. 그런데 문득 글 읊는 소리가 들려 귀 기울여 들으니 목소리가 맑고 깨끗하여 공중에 울려 퍼졌다. 문장이 빛나 두 사람은 스스로 자기들보다 위라 여기고 놀라 말하였다.

"틀림없이 이태백이 내려오셨다. 목소리와 문장이 지금 세상에서는 듣지 못하던 자다. 한 번 구경하는 것이 어떨까?" **독해 TIP**
'이태백'은 '두보'와 함께 중국 역사상 가장 위대한 시인으로 꼽히는 인물이다. 고전 소설에서 문장이 뛰어난 인물을 칭찬할 때 자주 인용되니 기억해 두는 것이 좋다.

서둘러 걸어 산을 넘어 절 문 앞에 이르러 바라보니 한 소년 이 두건을 쓰고, 가죽 띠를 가지런히 하고 소매가 넓은 흰 도포를 입고 산책하고 있었다. 두 사람이 겨우 서너 걸음 정도 떨어진 곳에서 그 얼굴을 보니 골격이 빼어나게 크고 기이하여 상쾌하고 깨끗한 인상이면서도, 연꽃처럼 우아한 외모였다. 두 사람은 놀라서 얼어붙은 듯 서로 오랫동안 바라보다가 급히 소년에게 다가가 팔을 들어 절하며 말하였다.

"우리 두 사람은 청운산 남쪽 청운동에 있는 선비들입니다. 차가운 달과 흰 눈이 구경할 만하여 돌아다니다가 그대 가 글 읊는 소리를 들었습니다. 그 음성과 문장이 이태백보다 떨어지지 않으니 공경하는 마음을 어쩌지 못하여 여기까지 오게 되었습니다."

경모가 매우 만족스럽게 손을 들어 대답하였다.

"저는 멀리서 온 사람입니다. 우연히 이 땅에 흘러들어 아름다운 계절을 맞이하여 헛되이 보내는 것이 아까워 이곳을 산책하다가 스스로 외로움을 한탄하였습니다. 천한 모습을 두 분이 찾아 주시니 매우 감사합니다."

"우리 두 사람은 어릴 때부터 같이 자란 벗입니다. 아침저녁으로 함께 어울리며 정을 나누고 있습니다. 그대는 소년 인데도 재주와 학문과 덕망이 보통 사람과 같지 않습니다."

경모가 문득 탄식하였다.

"저는 복이 없는 사람입니다. 갓난아기 때 부모를 잃고 형제도 없으며, 공명을 이루지 못하였습니다. 더구나 비록 처가가 있으나 부모가 없으니 어찌 그대의 빛난 칭찬에 어울리겠습니까?"

그러자 두 사람도 길게 탄식하였다.

"그대의 사정을 들으니 우리도 자연히 슬퍼집니다. 고향이 어디인지 알고 싶고, 존귀한 성과 큰 이름을 듣고 싶습니다."

"저는 금주 사람이고, 성은 이요, 이름은 경모입니다. 홀로 떠돌아다니다 이 땅에 이른 지 벌써 오 년입니다. 청컨대 저도 두 분의 고귀한 이름을 듣고 싶습니다."

"성은 임이요, 이름은 강수이고, 옆의 친구 는 성은 유요, 이름은 백문입니다."

"우리들 두 사람의 사정도 그대와 같습니다. 외롭고 고달픈 홀몸이라 벗에게 서로 의지하는데, 하늘의 도움으로 달빛에 이끌려 그대 를 만났습니다. 미천한 재주를 의심스럽게 여기지 않으신다면 내일 곁에서 모시는 것을 허락하시겠습니까?"

경모가 예를 표하면서 말하였다.

"두 분이 저를 버리지 않으시면 벗의 믿음과 의리를 지켜 일생을 즐겁게 마치기를 바랍니다."

두 사람이 크게 기뻐하여 나이를 물으니 경모도 두 사람과 나이가 같았다.

"이는 하늘이 우리 세 사람을 생각하신 것입니다."

세 사람이 더욱 기뻐하면서 밤이 깊도록 매화나무 아래에서 이야기를 주고받으며 글을 지어 서로 부르며 화답하였다. 경모의 문장과 말솜씨는 격식이 넓고 푸른 바다와 높은 산 같아 두 사람이 사랑하고 공경하기를 그치지 않았다. 경모도 두 사람의 풍채와 용모가 아름답고 문장이 뛰어나 늦게야 만난 것을 한탄하며 공경하고 사랑하였다.

밤이 깊어지자 찬 서리가 비단옷을 적시고 외로운 기러기도 더 이상 하늘에 보이지 않았다. 두 사람이 내일 보기를 약속하고 돌아가자, 경모도 청아를 데리고 절로 돌아왔다.

현불장로가 물었다. / "밤이 깊고 이슬이 찹니다. 어찌 빨리 오시지 않으셨습니까?"

경모가 임 선비와 유 선비 두 사람을 달빛 아래에서 만나 사귄 것을 말하였다.

"두 사람은 재주 있는 선비입니다. 상공이 보니 어떠하십니까?" / "매우 어진 선비입니다. 늦게 만난 것을 한탄할 뿐입니다."

현불장로 또한 칭찬하였다. 경모가 다음 날 세수도 하지 않고 글을 읽고 있는데, 청아가 황급히 들어왔다.

"임 선비와 유 선비 두 상공이 귀한 술과 진귀한 반찬을 들고 오십니다."

경모가 즉시 맞으면서 말하였다. / "두 분은 정말 믿을 만한 선비입니다."

임강수가 말하였다. / "달빛 아래에서 형을 만나 그 큰 기상을 알았는데 어찌 약속을 어기겠습니까?"

유백문이 말하였다.

"술과 안주를 가져왔습니다. 그대가 오래 산 속에 머물러 술과 고기를 끊었을 것이니 오늘 해소하는 것이 어떻습니까?"

경모가 공손하게 감사의 인사를 하고, 세 사람이 잔을 날려 진하게 마시다가 날이 저물어서 흩어졌다. 이후 세 사람은 하루도 보지 않은 날이 없을 정도로 함께 모였고, 정이 형제보다 더하였다.

OX 문제

01. 선비 강수와 백문은 경치를 즐기다 우연히 경모의 목소리를 들었다. [O / X]
02. 인물의 외양 묘사를 통해 인물의 내적 갈등을 형상화하고 있다. [O / X]
03. 두 선비는 경모와 달리 홀몸이라 서로 의지할 수밖에 없다고 하였다. [O / X]
04. 대립적인 두 인물을 배치하여 인물 간 갈등을 구체화하고 있다. [O / X]
05. 밤늦게 절로 돌아온 경모는 두 선비와 어울린 시간을 후회하며 한탄하였다. [O / X]

심층체크

1. 지칭하는 대상이 <u>다른</u> 하나를 고르시오.

  A. 한 소년   B. 그대   C. 소년   D. 옆의 친구   E. 그대   F. 형

필수어휘 _ 반드시 암기하기

*문인 : ① 문필에 종사하는 사람. ② 학문에 종사하는 사람. ③ 문관의 직에 있는 사람.

장면 16

[중략 줄거리] 어느 날 임강수와 유백문은 경모에게 과거를 보기 위해 서울로 떠난다고 말하며 함께 서울로 가서 과거를 치르러 가자고 제안한다. 이에 경모는 자신이 스스로 십 년 후에 과거를 보기로 정하였다며 둘의 제안을 거절한다.

　세 사람이 서로 슬퍼 한탄하다가 각각 이별시를 짓고 떠났다. 차가운 금빛 바람이 늠름하고, 낙엽은 흩어졌다. 경모는 더욱 마음이 울적하여 버드나무 아래에 서서 부모 산소가 있는 서쪽으로 머리를 돌리고 생각에 잠긴 채 신세를 슬퍼하였다. 그러나 다시 부지런히 독서하였다. 특별히 학문의 경지가 더 이상 늘 것은 없었으나 스스로 선비의 업을 게을리하지 않았다.

　한편, 이때에 금주에 홀로 남겨진 경주는 경모와 이별한 지 벌써 6년이나 그동안 편지 한 장 주고받지 못했다. 가을 기러기 추운 하늘에서 홀로 울 때 창문에 비친 아름다운 얼굴에는 시름이 맺히고 창자가 끊어지듯이 슬픔은 나날이 깊어갔다. 그러나 아침저녁 바느질로 돈을 벌어 시부모 제사를 정성껏 하였다.

　팔월 보름이었다. 경주가 제사 음식을 몸소 차려 시부모 묘에 올라 향을 꽂고 제사를 마친 다음 유모 산소에 잔을 부으며 슬피 통곡하니 주위 사람들이 모두 눈물을 흘렸다. 날이 저물어 집으로 돌아오니 자신의 처지가 처량하여 슬픈 감정을 억누르지 못하고 베개를 베고 끝없이 흐느꼈다. 기운이 쇠약하여 눈을 감으니 한 줌 기이한 향기가 코로 들어왔다. 경주가 두 눈을 들어 보니 푸른 옷을 입은 한 여자아이가 다가오는데, 예쁘고 아름다워 인간 세상 사람이 아니었다. 누구인지 궁금했으나 기운이 없어 묻지 못하였다. 그때 여자아이가 말하였다.

　"우리 주인님과 부인이 소저를 청하셨습니다." / "주인님이 누구이며, 어디 계십니까?"

　"가까이 계시니 가 보시면 자세히 알 것입니다." / "가려고 해도 수레 하나조차 준비하지 못하니 어찌 가겠습니까?"

　"밖에 수레가 기다리고 있으니 빨리 가십시오."

　경주가 헝클어진 머리를 매만지며 아이를 따라 수레에 올랐다. 순식간에 한 집에 다다르니 문에 금으로 글자를 새겼는데 '기공선의 집'이라 하였다. 붉은 기둥과 옥난간이 구름과 안개를 비웃는 것처럼 아름다워 눈이 황홀하였다. 아이가 문으로 인도하고 가리켜 말하였다. / "저곳에 어르신과 부인이 계시니 예를 갖추십시오."

　경주가 그곳을 바라보고 계단의 가운데에서 네 번 절을 하자 위에서 오르라고 명하였다.

　경주가 올라 보니 한 재상과 부인이 앉아 있는데, 모습이 늠름하고 위엄이 있고 단정하였다. 두 사람 다 술에 반쯤 취해 있었다. 그 주위에 여러 시녀들이 좌우로 모시고 서 있어, 그 모습이 엄숙하였다. 재상이 말하였다.

　"그대 나를 알겠느냐?"

　경주가 용모를 단정히 하며 대답하였다. / "첩은 하찮은 속인*입니다. 어찌 감히 얼굴을 알겠습니까?"

　"나는 너의 시아버지요, 저 부인은 너의 시어머니다. 집안의 운세가 불행하여 아이가 세 살 때 우리 부부를 여의고, 일곱 살에 유모가 죽어 다른 집의 종이 되는 것을 면하지 못하였다. 다행히 그대의 대인이 우리 아이를 거두셔서 그대 같은 어진 며느리를 얻으니 우리가 비록 영혼이지만 매우 기뻐했다. 아들이 이곳을 떠난 후에도 어진 며느리의 정성이 더욱 간절하니 우리가 깊이 감격하였다. 아까 정성스러운 제사상을 먹고 취기가 있었는데, 네가 묘 아래에서 우는 소리를 듣고는 마음이 매우 슬펐다. 내가 너의 처지를 가련하게 여겨 눈물 흘리지 않은 적이 없었다. 그런데 너의 지아비가 집을 나가 어진 며느리가 슬픔에 약한 몸이 상하기에 이르렀으니 오늘 초청하여 슬픈 회포를 풀고자 하는 것이다. 사람이 세상에 태어날 때 부귀와 빈천, 행복과 이로움, 슬픔과 즐거움이 하늘의 명이 아닌 것이 없으니 과도하게 걱정할 것이 아니다. 지금은 아들이 비록 낙엽같이 떠돌아다니나 훗날에 마땅히 영화롭게 돌아오리라는 것을 총명하고 지혜롭고 어진 네가 분명히 알 것인데 어찌 속절없이 고운 용모를 상하게 하느냐? 너그럽게 마음먹고 거듭 몸가짐을 조심해라." **독해 TIP** 경주를 부른 재상과 부인이 바로 경모의 부모인 이주현과 부인 오 씨임을 알 수 있다. 이들은 며느리에게 자신들을 위해 정성으로 제사를 지내 준 것에 대한 고마움과 아들과의 이별로 힘들어하는 것에 대한 안타까움을 드러내고 있다.

　경주가 시부모님을 처음으로 보니 반가움과 슬픔이 교차하여 마음을 양껏 표현하지 못하였다. 시아버지의 말씀을 다 듣고 일어나 두 번 절하고 다시 엎드려 말하였다.

　"제가 이 씨 집안에 몸을 맡긴 지 벌써 십여 년입니다. 시부모님을 꿈속에서도 뵌 일이 없었는데, 오늘 얼굴을 뵙고 가르침을 들으니 저의 마음을 아뢰겠습니다. 원컨대 저의 영혼을 이끄소서. 시부모님 자리 아래에서 모시기를 바랍니다."

　"수명이 길고 짧음은 다 때가 있으니, 너는 이런 말을 경솔하게 하지 말라. 비록 지금 당장은 괴롭겠지만 훗날 복이 가득할 것이니 어찌 우리 자취를 따르겠는가?"

　경주가 슬퍼하자 오 씨가 탄식하였다. / "가련하다. 나의 어진 며느리! 어찌 품은 뜻이 이같이 슬프냐?"

　주현이 시녀를 돌아보면서 말하였다. / "어진 며느리가 온 지 오래되었으니 차를 마시게 해라."

시녀가 즉시 옥으로 만든 잔에 차를 내왔다. 경주가 받아 마시니 어지럽던 정신이 상쾌하였다.

"어진 며느리 온 지 오래됐으니 어서 돌아가라."

주현의 명령에 경주가 울며 일어나 하직하니 주현이 거듭 위로하고 오 씨가 가련하게 생각하여 손을 잡고 걱정하였다. 경주가 절을 하며 이별하고 내려가고자 하였으나, 옥으로 만든 계단이 매우 높았다. 내려가려 하다가 놀라 깨달으니 베갯머리의 꿈속이었다. 경주가 황홀하여 베개를 밀치고 꿈속을 생각하니 슬픔이 새로웠다. 독해 TIP 고전 소설에서 '꿈'은 대체로 앞으로 일어날 일을 예고하거나 위기를 해결할 수 있는 방법을 지시하는 등 중요한 기능을 수행한다. 여기서는 죽은 시부모가 등장하여 힘들어하는 경주를 위로하고 앞날에 복이 많이 올 것임을 알려 주고 있다.

OX 문제

01. 시간의 역전을 통해 사건의 진상을 밝히고 있다. [O / X]
02. 경모는 스스로 학문이 부족하다고 생각하여 책을 읽는 것을 게을리하지 않았다. [O / X]
03. 꿈의 삽입을 통해 환상적 분위기를 조성하고 있다. [O / X]
04. 경주는 재상이 직접 밝히기 전까지 그와 부인의 정체를 알지 못했다. [O / X]
05. 경주의 시부모는 자신들의 자취를 따르겠다는 경주를 타일렀다. [O / X]

심층체크

1. 지칭하는 대상이 같은 것끼리 짝 지으시오.

A. 우리 주인님   B. 부인   C. 소저   D. 한 재상   E. 시아버지   F. 시어머니
G. 그대   H. 우리 아이   I. 며느리   J. 아들   K. 지아비   L. 주현

필수어휘 _ 반드시 암기하기

*속인 : 일반의 평범한 사람. ≒범인.

장면 17

　이때 옆 마을에 나이 젊고 인품이 좋으나 아내를 얻지 못한 김후성이란 사람이 있었다. 그는 경주가 선녀 같은 얼굴과 여자의 덕을 두루 갖췄지만 방 안에서 애간장을 끓인다는 사연을 듣고 아내를 삼고자 하여 뜻을 전하여 왔다. 한 씨는 귀한 딸이 이렇게 일생을 마친다는 것을 슬퍼하던 차에 이 이야기를 듣고 경주의 맑고 깨끗한 마음을 생각하지 않고 혹하여 허락하였다.

　한 씨가 두 며느리를 불러 경주를 알아듣도록 타이르라고 하자 두 며느리는 옳지 않다고 아뢰었다. 한 씨가 정색하고 듣지 않으니 두 사람은 탄식하고 경주의 방으로 갔다. 봄이 되어 온갖 꽃이 향기를 내뿜고 흐르는 물에 연잎이 가득하여 기이한 향기가 났다. 경주가 경치를 보고 난간에 기대어 탄식하다가, 두 부인이 오자 급히 내려가 맞이하였다.

　"봄 경치가 매우 아름다운데 어진 누이의 눈가의 시름은 떠날 때가 없습니다."

　경주가 한숨지으며 말하였다.

　"봄 경치가 아름다우니 저의 시름은 더욱 깊습니다."

　그러고 나서 서로 정답게 이야기를 나누는데 두 사람이 차마 말을 하지 못하다가 한참 후에야 시어머니 한 씨의 뜻을 말하였다. 경주가 듣고 나서 안색이 흙빛으로 변해 오랫동안 묵묵히 있다가 정색하고 말하였다.

　"두 언니의 현명함이 타인보다 월등하므로 저의 마음을 감춘 바 없었고 어머니와 같이 여겼는데, 어찌 이런 말씀을 입에 담아내어 젊은 인생으로 하여금 귀신이 되게 하려고 합니까?"

　두 사람이 눈물을 흘리며 길게 탄식하고 시어머니의 명을 어기지 못한 것을 말하였다. 경주가 오열하며 겨우 대답하였다.

　"다른 일이라면 물불이라도 어머니의 명을 거역하지 못하지만 이 일을 억지로 이루려 한다면 저는 남은 목숨을 끊을 생각입니다."

　말을 마치고 지난날 경모를 구박하여 내보내던 일을 생각하니 기운이 막혀 쓰러질 듯하였다. 두 사람이 어쩔 줄 몰라 위로하였다.

　"그대와 언니 양 부인이 아버님께서 살아 계실 때는 한 쌍의 아름다운 구슬이었는데, 지금 언니는 영화롭고 귀하지만 어진 누이는 재주와 덕이 뛰어난데도 이렇듯 슬프고 참혹하니 어찌 어머님께서 안타깝게 생각하지 않겠습니까? 우리를 볼 때마다 슬퍼하십니다. 앞으로는 어머님 앞에서 걱정스러운 얼굴빛을 보이지 않는 것이 어떠합니까?"

　경주가 길게 탄식하여 말하였다.

　"봄꽃이 떨어질 때 때론 비단 자리에도 떨어지며, 때로는 날아서 구렁에도 떨어집니다. 인생이 어찌 떨어지는 꽃과 다르겠습니까? 〔독해 TIP〕 경주는 자신의 처지를 구렁에 떨어지는 봄꽃에 빗대어 재주와 덕이 뛰어날지라도 처한 상황에 따라 슬픔과 시름에 잠겨 지낼 수 있음을 드러내고 있다. 마땅히 언니들 가르치신 대로 하겠습니다."

　두 사람이 일어나 안방으로 들어갔다. 경주는 슬픔에 가슴이 막혀 기운을 차리지 못하였다. 두 사람이 한 씨에게 경주의 말을 아뢰고 눈물을 흘렸다. 한 씨가 듣고 매우 슬퍼 흐느끼고 눈물을 흘리며 두 며느리에게 말하였다.

　"내가 제 뜻을 어찌 모르겠느냐마는 설움이 깊게 박혀 비할 데가 없어 얄팍한 마음에 그렇게 하였더니 제 뜻을 그렇게 정하였으면 다시 강제로 핍박하겠느냐? 제가 슬퍼하는 것을 볼 때마다 내 가슴은 찢어지는 것 같으니 어찌 참을 수 있겠느냐? 아까운 막내딸 인생을 참혹하게 마치게 하는구나." 〔독해 TIP〕 한 씨는 경주를 다른 남자와 혼인시키려 했으나 경주의 뜻을 듣고 혼인을 강제할 수는 없다며 생각을 접고 있다.

　한 씨가 한참 동안 슬퍼하자, 두 며느리가 온화하게 위로하였다. 그날 저녁 문안*드릴 때 경주의 안색은 전과 같지 않았지만 여전히 온화하고 태연하였다. 한 씨가 기색을 알고 불쌍한 마음을 멈추지 못하면서도 딸의 마음을 생각하여 자신의 마음을 잠깐 진정하였다.

　이때 설인수가 남주에 부임한 지 여섯 해가 되었다. 백성이 그 덕을 칭송하니 마침내 승진하여 강서 태수가 되었다. 한 씨가 크게 기뻐하고 집안이 매우 기뻐하였다. 한편, 경모가 청운사에서 독서한 지 일곱 해가 되었다. 이때 유백문과 임강수는 과거에 급제하여 각각 호부 시랑과 한림학사에 제수되었다*. 경모는 두 친구가 뜻을 이루었다는 소식을 듣고 기뻐하였다.

　하루는 경모가 현불장로에게 말하였다.

　"내가 여기에서 독서한 지 칠 년입니다. 만 권 책을 이미 머릿속에 저장하였으니 한번 유람하면서* 천하의 명승지*를 둘러본다면 매우 기쁘겠습니다. 수년을 기약하여 만물의 기운을 살피고자 하니 장로도 나와 함께 가는 것이 어떠합니까?"

　현불장로가 기뻐 허락하고 떠날 준비를 하고 작은 배를 샀다. 배를 띄워 여러 날 가서 남월 땅에 이르렀는데, 산수가 뛰어나서 문인이라면 한번 놀 만한 곳이었다. 경모가 현불장로에게 말하였다.

　"우리가 온 세상을 다 볼 것이니 먼저 명산을 구경하고 다음으로 큰 바다를 보는 것이 옳겠습니다."

"그 말이 마땅합니다. 나올 때 사 년을 기약하였으니 두 해는 명산을 유람하고 두 해는 큰 바다를 거듭 유람하면 마음이 시원하게 트일 것입니다."

두 사람이 배에서 내려 언덕에 올라 두루 구경하려고 들어갔다. 산과 물이 기이하지 않은 곳이 없었다. 이럭저럭한 해가 다하고 다음 해 봄을 맞이하니 더욱 흥이 나서 가지 않은 곳이 없었다.

OX 문제

01. 독백적 발화를 통해 등장인물의 의견에 대한 부정적 태도를 드러내고 있다.   [O / X]
02. 경주는 봄의 경치를 감상하며 그 아름다움에 감탄하였다.   [O / X]
03. 사건의 압축적 제시와 대화 장면의 제시를 통해 사건 전개의 완급을 조절하고 있다.   [O / X]
04. 경주는 자신의 처지를 떨어지는 꽃에 빗대어 두 부인의 뜻을 거절하였다.   [O / X]
05. 현불장로는 함께 천하의 명승지를 유람하자는 경모의 청을 받아들였다.   [O / X]

심층체크

1. 지칭하는 대상이 같은 것끼리 짝 지으시오.

  A. 귀한 딸   B. 어진 누이   C. 시어머니   D. 어머니   E. 그대   F. 딸

필수어휘 _ 반드시 암기하기

*문안 : 웃어른께 안부를 여쭘. 또는 그런 인사.

*제수되다 : ① 추천의 절차 없이 임금에 의해 직접 벼슬이 내려지다. ② 옛 관직이 없어지고 새 관직이 내려지다.

*유람하다 : 돌아다니며 구경하다.

*명승지 : 경치가 좋기로 이름난 곳. ≒명구승지.

장면 18

어느덧 임강수와 유백문이 급제한 지 두 해가 되었다. 뜻을 이루어 서로 즐기기는 하지만 경모를 생각하며 달빛 아래 꽃나무 속에서 매우 걱정스러워하였다. 두 사람은 집안 식구를 데려온다고 하고 한 달의 시간을 얻어 하인들을 모두 버려둔 채 낙양으로 향했다. 여러 날 만에 낙양에 도착한 두 사람은 경모를 생각하고 먼저 청운사부터 갔다. 큰 절에 인적이 없어 적적한데 마침 스님들이 저녁 식사를 하고 있었다. 두 사람이 다가가니 모든 스님이 예를 갖추어 축하하였다. 두 사람이 급히 물었다.

"축하는 천천히 하고 이 상공과 장로는 어디 있습니까?"

"이생과 스승님은 유람을 하려고 사 년을 기약하고 지난해에 작은 배를 타고 가셨습니다."

청아가 대답하고 나서 밀봉한 편지 한 통을 주며 말하였다.

"이 상공이 떠나면서 이 편지를 소승에게 맡겨 두 분께 전하라고 하였습니다. 왕래하는 사람을 구하지 못하여 이제야 아룁니다."

두 사람이 이야기를 듣고 놀라 받아 보았다.

'저 경모는 머리를 숙여 임 선비와 유 선비 두 형 발아래 글을 올립니다. 저는 우연히 좋은 분들을 만나 달빛 아래에서 교류하여 사귀기는 오래되지 않았지만 정이 깊었습니다. 쉽게 만났지만 사귀는 마음은 굳어 함께 서재의 창가에서 시를 읊었습니다. 문득 멀리 이별을 하여 헤어지니 마음을 둘 곳이 없었습니다. 형의 답신을 보니 몸이 청운*에 오르셨더군요. 영화롭고 다행스럽기가 꿈속같이 행복하지만, 이곳에 있는 제가 두 형을 그리워하는 마음은 더하여만 갑니다. 알지 못하겠습니다. 하늘이 만남을 우연히 아니하시고 떠남은 쉽게 하시니 제가 산 속에서 얼마나 오랫동안 슬퍼해야 할지요? 이제 떠날 준비를 하여 온 세상을 유람하려 하니 두 형의 모습이 더욱 멀어집니다. 제가 이번에 떠나면 아마도 삼사 년이 걸릴 것입니다. 기한 내에 돌아오면 충분히 두 형과 함께 묵은 회포를 풀 것입니다. 종이를 보니 간절한 마음을 어쩔 수 없어 붓을 들었지만 제대로 쓰지 못합니다.'

두 사람이 보고 난 후에 술에 취한 듯 한참을 멍하게 있다가 탄식하였다. / "이생이 어찌 조금만 더 머무르지 못하였는가?"

또 말하였다. / "떠나면서 글을 남겨 우리에게 안부를 물으니 진실로 의리 있는 군자로다."

칭찬하고 슬퍼하다가 각각 집으로 돌아가 식구를 거느리고 서울로 돌아갔다. 임금이 두 사람의 벼슬을 올려 임강수는 경주 총마어사를, 유백문은 예부 시중을 하게 하였다.

임강수가 즉시 경주에 이르러 일을 상세하고 분명하게 하니 백성의 칭송이 그치지 않았다. 기한이 넘어 벌써 삼 년에 이르렀다. 배를 타고 서울로 향하는데 도중에 서호를 지나게 되었다. 임강수가 호수 위에서 풍경을 구경하고자 하여 강가에 배를 띄웠다.

때가 3월 보름이라서 밤이지만 봄 하늘이 그윽하고 밤 물결이 고요하였다. 비단 돛을 높이 달아 배를 띄우니 흰 물결과 푸른 파도에 흥이 더욱 났다. 배에 앉으니 노래가 절로 나왔다. 이때 멀리서 통소 소리가 나기에 노래를 멈추고 들어보니 높은 하늘까지 맑은 소리와 부드러운 곡조가 울려 난새와 봉황이 내려와 춤추는 듯하였다.

"통소 소리 기이하니 이 세상의 곡조가 아니구나."

임강수가 황홀하여 눈을 들어 멀리 바라보았다. 작은 배 한 척이 봄바람을 따라 흰 물결 사이로 흘러 내려오는데, 통소 소리는 들을수록 더욱 기특하였다. 임강수가 손뼉을 쳐 칭찬하였다. 배가 점점 가까워져서 자세히 보니 배 위에 두 사람이 앉았는데 하나는 스님이요, 하나는 선비였다. 흰옷과 기이한 풍채가 산뜻한데, 다른 사람이 아니라 바로 청운사 현불장로와 이경모였다.

독해 TIP 호수 위에서 풍경을 즐기던 임강수가 유람을 끝내고 돌아오는 현불장로와 경모를 우연히 만나게 되었음이 드러나고 있다.

두 사람이 사 년 동안 유람하며 천하를 두루 돌아 이름난 산과 큰 호수를 보지 않은 곳이 없었다. 다시 볼 곳이 없어서 서호에 배를 띄워 막 청운산으로 향하는데 마침 이곳에서 임강수를 만난 것이다. 서로 반기고 다시 만난 정이 끝이 없어 하늘에서 내린 듯하였다. 세 사람이 특별한 회포를 풀면서 날이 새는 줄을 몰랐다. 임강수가 경작을 위하여 배 위에 올라 닷새를 머무르다가 비로소 이별하니, 마음이 간절하여 세 사람이 각각 글을 지어 위로하였다. 경모가 사 년 유람하는 동안 글 한 편도 헛되이 짓지 않았는데, 오늘날 특별한 회포를 이루니 웅장하고 뛰어난 문장과 새롭고 힘찬 글자가 사람을 놀라게 하였다.

"형의 문장이 출중하나 이렇게 웅장한 경지에 이른 것은 제가 알지 못하였습니다. 형이 이런 문장을 품었으니 한번 뿜어내면 용문에 날아오를 것입니다. 과거가 올해 팔월 초삼일입니다. 평범하게 듣지 말고 과거에 나아가는 것이 어떻겠습니까?" **독해 TIP** 용문에 오른다는 것은 어려운 관문을 통과하여 크게 출세하게 된다는 의미이다. 흔히 과거에 급제할 때 사용하는 표현이다.

"과거가 열리면 보기 어렵지 않으니 형이 올라간 후 제가 당당히 뒤를 따르겠습니다."

임강수가 크게 기뻐하여 거듭 과거 보기를 권하고 배를 띄워 떠났다. 이때 현불장로와 경작도 청운산으로 갔다.

이럭저럭 여름이 가고 초가을이 되었다. 경모가 떠날 준비를 하고 서울로 향하자 현불장로와 여러 스님은 경작이 떠나는 것을 슬퍼하여 절 밖에 나와 눈물을 흘리며 이별하였다. 경모가 또한 슬프게 이별하고 현불장로를 향하여 십 년 동안 뒷바라지 한 은혜를 거듭 감사하였다. / 현불장로가 두 손바닥을 맞대고 말하였다.

"상공은 하늘이 낸 사람입니다. 우연히 이곳에 이르러 계시더니 가난한 절이 여유롭지 못하여 괴롭게 머물다가 이리 돌아가십니다. 빈승의 한스러움이 깊어 몇 년이 지나도 풀리지 못할까 합니다. 상공이 이번에 가시면 당당히 과거에 높이 오를 것이니 후일에 빈승의 절에 오셔서 늙은이의 마음을 위로하여 주십시오."

경모가 거듭 감사의 말을 드리고 이별하였다. 현불장로가 말 한 마리와 아이 하나를 주어 먼 길을 도우려고 했지만, 경모가 굳이 사양하여 받지 않고 스스로 걸어 닷새 만에 서울에 도착하였다.

OX 문제

01. 임강수와 유백문은 경모의 편지를 읽고 낙양의 청운사로 향하였다. [O / X]
02. 계절적 배경을 나타내어 시간의 경과를 보여 주고 있다. [O / X]
03. 과장된 비유를 활용하여 상황의 급박함을 드러내고 있다. [O / X]
04. 경모는 임강수의 권유를 받아들여 과거를 보고자 그와 함께 서울로 향하였다. [O / X]
05. 현불장로는 경모가 과거에 높이 오를 것이라 확신하였다. [O / X]

심층체크

1. 지칭하는 대상이 같은 것끼리 짝 지으시오.

 A. 이 상공　　B. 장로　　C. 이생　　D. 스승님
 E. 스님　　　F. 선비　　G. 형　　　H. 빈승

필수어휘 _ 반드시 암기하기

*청운 : 높은 지위나 벼슬을 비유적으로 이르는 말.

낙성비룡

장면 19

　벌써 7월이 다 가고 8월 1일이었다. 경작은 과거 시험일이 촉박하여 임강수와 유백문을 찾지 못하고 겨우 필기도구를 차려 시험을 치르는 곳에 나아갔다. 글 제목을 보고 문득 바다가 움직이는 듯한 힘으로 써 내려갔다. 아홉 마리의 용이 서리고 많은 학이 춤추는 듯 넓은 문장은 하늘과 땅을 흔들고, 맑은 문체는 조화로운 기운을 모았으니 참으로 오랜 세월에 걸쳐 드문 사람이었다. 글을 바치고 나서 점심을 먹고 도시락을 베고 깊은 잠에 들었다.

　임금이 친히 앉아 여러 신하와 함께 모든 답안지를 보았다. 삼백여 장을 보도록 다 그만그만하여 뛰어난 재주를 가진 것이 없었다. 임금이 불안해하다가 초라한 답안지 하나를 친히 펴 보았다. 문장이 기이하여 사람을 놀랍게 하니 임금이 크게 기뻐하였다. 글을 보고 무릎을 치며 놀라더니 여러 신하에게 주며 말하였다.

　"짐이 임금의 자리에 있은 지 거의 이십 년이오. 인재를 많이 얻었으나 이러한 문장은 구경하지 못하였는데, 알지 못하겠구려. 어떤 사람이 이렇듯 웅장한 재주를 품었겠소?" / 여러 신하가 보고 매우 칭찬하여 말하였다.

　"이 글은 넓고 웅장하며 맑고 그윽하여 옛날부터 드문 문장입니다. 이 글을 지은 선비는 분명 영웅호걸일 것입니다. 빨리 불러 보십시오." / "좋소. 그렇게 하지요."

　봉인을 떼니 '금주 이경모'라고 적혀 있고, 나이가 삼십이라 하였다. 모든 신하가 일시에 소리하여 장원을 불렀다. 이때 경모가 점심 그릇을 베고 깊은 잠에 들어서, 부르는 소리는 급하나 응하는 사람이 없었다. 모든 사람이 경모를 흔들어 깨우니 경모가 잠에 취해 겨우 일어나 앉았는데 누군가가 크게 외쳤다.

　"장원은 이경모로 나이 삼십이다."

　외치기 두어 번에 이르나 경모가 잠에서 덜 깨 몽롱하여 대답하지 못하였다. 계속해서 서너 번 외침에 자기가 장원한 것을 알았다. 부르는 소리 급하여 경모가 의연히* 일어나 계단 앞에 나아가니 임금이 보고 기뻐하였다.

　이에 비단으로 된 도포와 종이꽃과 축하 연주할 두 어린 광대를 내리고 즉시 시어사에 제수하였다. 또한 사내종과 넉넉한 재산을 마련해 주니 경모가 임금의 은혜에 엄숙하게 감사드리고 궁궐 문을 나섰다. 구름같이 모여든 하인들이 흰 말과 금빛 안장을 따르며 호위하니 아름다운 모습은 바람에 더욱 빛나고 여유 있는 모습은 사람을 놀라게 하였다. 경모가 뜻밖에 공명을 이루어 몸을 빛내나, 부모를 생각하니 기쁨을 잊고 마음이 슬퍼졌다.

　경모가 구실아치에게 분부하여 몸소 아버지 집을 찾았으나, 오래도록 주인이 없으니 아는 사람이 없었다. 경모가 몸과 마음이 아득하여 아버지 이름을 써 집을 찾으니 마지막에 한 사람이 가르쳐 주었다. 집에 이르러 대문 안으로 들어가니 두 늙은 계집과 한 노인이 앉아 서로 탄식하다가 경모를 보았다. 이는 원래 경섬, 차섬 두 노비와 사내종 유복이었다. 독해 TIP ▶ 장면 01에서 어린 경모와 유모 열섬이 병에 걸리는 바람에 둘을 금주에 두고 서울로 올라갔던 세 인물이 다시 등장하고 있다. 금주에 가서 잃은 공자가 올 줄 꿈에라도 어찌 생각하였겠는가?

　경모는 바로 안방으로 들어갔다. 집이 쇠퇴하고 방안이 적적하여 참으로 참혹하기 그지없을 정도로 쓸쓸하였다. 보고 있으니 더욱 슬퍼 눈물이 떨어졌다. 경섬과 차섬이 구실아치에게 물어보고 비로소 금주에서 잃은 공자인 줄 알고는 기쁨이 하늘로부터 내린 듯하여 뛰어 들어가 경모를 이끌어 사당에 이르렀다. 풀이 오목하게 길었고 티끌이 석 자나 되었다. 경모가 사당에 찾아가 보니 아득하여 말로 표현할 수 없는 슬픔이 울음과 함께하였다. 부모의 위패를 붙들고 두어 시간이나 통곡하더니 소리 그치고 기운이 다하여 두어 되 피를 토하고 자리에 거꾸러졌다. 모두 크게 놀라 간호하였더니, 경모가 정신을 차리고는 다시 통곡하였다. 구실아치가 붙들어 부축하고 나왔다.

　경모가 방으로 가서 부모 계시던 곳을 보았다. 더욱 슬퍼하는 중에 벽 위에 아버지의 글씨 두어 장이 붙어 있는 것을 보았다. 반갑고 슬픔이 더하여 필적을 우러러 만지며 하루 종일 통곡하며 그치지 않았다. 슬픔이 가득하니 진정하지 못하여 바깥으로 나와 노복 경섬과 차섬을 불러 나오라 하였다. 세 사람이 어사의 붉은 옷깃을 잡고 오래도록 통곡하였다. 경모가 다시 통곡하니 돌과 나무조차 다 슬퍼하는 듯하였다.

　경섬 등이 기쁜 마음으로 저녁을 차려 경모를 대접하는데, 마치 정신 나간 사람들처럼 보였다. 구실아치가 들어와 아뢰었다.

　"임 어사 나리와 유 시중 나리가 와 계십니다."

　경모가 즉시 나가 맞았다. 세 사람이 반가움을 헤아릴 수 없어 서로 손을 잡고 축하하는 중에도 경모의 모습은 쓸쓸하였다.

　"형이 삼십에 장원을 하고, 모든 관료가 문장과 풍채를 공경하지 않는 이가 없는데 도리어 기뻐하지 않은 것은 무슨 일입니까?"

　경모가 길게 탄식하였다.

　"미천한 몸이 임금의 은혜를 지나치게 입어 스스로 감당하지 못하는 것을 두려워할 뿐 어찌 기쁜 줄을 모르겠습니까? 다만 부모를 잃고 공명을 이루어 옛집에 돌아와 종일 통곡하나 한 소리 응하시는 것이 없습니다. 독해 TIP ▶ 경모는 장원으로 급제하였음에도 부

모님의 부재로 인해 기쁨보다는 슬픔을 크게 느끼고 있다. 너무나 큰 설움에 가슴이 막혀 오래 두 형을 떠났다가 만났으나 정을 제대로 펴지 못하겠습니다."

말을 마치고 새로운 슬픔에 두 줄기 눈물이 연이어 흐르니 두 사람이 마음으로 느끼어 새로 급제한 경모에게 마음껏 놀자고 보채지 않았다.

경모가 사흘 동안 광대를 데리고 풍악을 울리고 난 후 임금이 내려 준 집으로 갔다. 천여 칸 금은보석으로 만든 집이 구름에 솟았는데, 옥으로 장식한 난간과 금으로 만든 계단과 붉은 지붕이 제후의 집 같았다. 집에 들어가 살펴보니 노비가 수천에 이르고 창고에는 금은비단이 산과 같았다. 논과 밭도 무궁하니 경모가 임금의 은혜를 생각하고, 분수에 넘쳐 매우 죄송하나 예사로 주는 것이라 사양치 못하였다. 사당을 닦고 청소한 후 제사를 올렸다.

경모가 이곳에 머무니 임강수와 유백문이 아침저녁으로 왕래하며 옛정을 이르니 친하기가 피를 나눈 형제보다 더하였다. 임금이 경모를 크게 총애하시고 모든 관료가 공경하지 않는 사람이 없으니 명성이 한 시대를 진동하였다.

경모가 이때에 이르러 부인 경주를 생각하고 가족들을 데려올 것을 아뢰고 한 달의 시간을 얻어 수삼 일 내에 떠나려 하였다.

OX 문제

01. 낮잠을 자던 경모는 자신을 부르는 소리에 깜짝 놀라 다급하게 임금 앞에 섰다. [O / X]
02. 경모는 임 어사와 유 시중의 축하를 받고 부모님의 부재로 인한 슬픔을 잊을 수 있었다. [O / X]
03. 인물의 발화를 통해 사건에 대한 인물의 내적 반응을 드러낸다. [O / X]
04. 공간 이동에 따라 일어나는 사건을 통해 인물들의 외적 갈등을 심화하고 있다. [O / X]
05. 경모는 세속적인 것에 욕심이 없어 임금이 내린 금은비단, 논과 밭을 사양하였다. [O / X]

심층체크

1. 지칭하는 대상이 다른 하나를 고르시오.
  A. 이 글을 지은 선비   B. 시어사   C. 공자   D. 유 시중 나리   E. 형
2. 서술자의 개입을 찾아 밑줄 치시오.

필수어휘 _ 반드시 암기하기

*의연히 : 의지가 굳세어서 끄떡없이.

09 낙성비룡

장면 20

이때 번왕 남곽이 병사를 크게 일으켜 강서를 침범하여 그 위세가 대단하였다. 강서 태수 설인수가 전쟁 상황이 급하다고 알리니 임금이 여러 신하를 모아 놓고 크게 걱정하였다. 모든 관리가 전임 승상 양자윤을 생각하여 서로 말하며 눈물을 흘렸다. 이부 상서 조석이 나아가서 아뢰었다.

"남곽이 강서를 침범하여 피해가 적지 않습니다. 마땅히 덕이 뛰어난 사람을 보내어 진정시켜야 할 것입니다. 장원 이경모의 글을 보니 문법이 비상하여 하늘의 크고 높은 것과 바다의 흐르고 깊음과 산의 맑고 깨끗한 것을 홀로 가지고 있어 재주와 덕이 조정 대신들 중 빼어납니다. 그 사람의 됨됨이를 알 수 있으니 그를 보내는 것이 옳습니다."

"경의 말이 옳소." / 임금이 크게 기뻐하였다. 그러나 예부 시랑 석죽이 아뢰었다.

"이경모의 글과 됨됨이를 보니 넓고 높을 따름이요, 슬기가 없는 매우 어설픈 선비입니다. 마땅히 지혜와 용기를 갖춘 자를 가려서 보내야 합니다. 이경모는 마땅치 않은 듯합니다."

"예로부터 영리하고 용맹함이 출중하면 꾀가 없는 법이오. 이러므로 호랑이가 산중 짐승의 으뜸이나 꾀가 없고, 용이 바다 가운데 여러 무리 중 으뜸이지만 꾀가 없는 것이오. 이경모는 사람 중의 용과 호랑이라 위엄을 두루 갖추었으니 그 영리하고 용맹스러움을 어찌 조그마한 꾀 있는 소인에 비유하리오?"

임금이 말을 마치고 즉시 경모를 불러오라 하셨다. 경모가 명을 받고 들어와 계단에서 삼가 절을 올렸다.

"남곽이 병사를 모아 강서를 침범하였소. 당당히 병사를 일으켜 막을 것이나 오직 나라에 사람이 없음을 탄식하였는데 조석이 경을 추천하였소. 진실로 마땅하니 경이 병사를 이끌고 가는 것이 어떻겠소?"

"나라를 배반한 적의 흉악한 계략을 짐작하기 어려우니 빨리 막아야 합니다. 신이 나라의 은혜를 크게 입고 아주 작은 것도 갚지 못하였으니 목숨을 다해 만에 하나라도 폐하의 은혜를 갚겠습니다."

임금이 크게 기뻐하여 즉시 명령을 내려 경모로 하여금 병부 상서 대원수를 하게 하였다.

길일을 택하여 싸움터로 나가니 임금이 몸소 십 리까지 나와 보았다. 경모가 은혜에 감사하고 군사들과 말을 점검하여 떠났다. 임금이 내려 준 흰 깃발과 황금 도끼, 검으로 인하여 대원수의 위풍*이 당당하였다. **독해 TIP** '대원수'는 병부 상서 대원수를 맡게 된 이경모를 가리킨다. 고전 소설에서는 인물에게 직책이 주어질 경우, 이름이 아닌 직책으로 인물을 지칭하기도 한다. 따라서 인물과 직책을 잘 짝 지어 누구인지를 판단하는 것이 중요하다. 또한 임금이 수레 하나를 내리니, 수레가 특이하여 금 바퀴에 다섯 개 옥이 꾸며졌고, 일곱 가지 보석이 장식되었다. 경모가 분수에 넘친다고 생각하여 사양하였으나 임금이 타기를 재촉함에 마지못하여 수레에 올랐다. 대원수가 병사를 거느리고 강서로 나아가니 임금이 모든 관료와 함께 전송하여* 보내며 그 모습을 지켜보았다. 경모가 가는 모습이 웅장하고 가지런하여 깃발이 달빛을 깨치며 물밀듯 나아갔다. 임금이 모든 관료와 함께 칭찬해 마지않고 궁으로 돌아갔다.

경모가 강서 지방에 이르러 진을 치고 병사들을 편안하게 하고 움직이지 않았다. 남곽이 싸움을 두어 번 걸어왔는데 경모가 직접 병사를 이끌고 나아가 싸워 매번 다 이기고 적병 오십여 명을 사로잡았다. 남곽이 크게 놀라 싸움을 멈추고 높은 곳에 올라가 경모의 진을 굽어보니 군대의 위엄이 엄숙하고 정기가 하늘에 닿았다. 그때 경모는 홀로 긴 칼을 짚고 학과 같은 옷차림에 관을 쓰고 진 밖에서 사방을 살피고 있었다. 얼굴에 가득찬 온화한 기운은 봄의 달빛이 부드러운 바람을 맞는 것 같은데, 그 속의 엄숙하고 위엄 있는 기상과 웅장한 골격은 사람을 두렵게 하였다. **독해 TIP** 번국과의 전쟁에서 매번 승리를 거두고 비상함을 드러내는 경모의 모습에서 그의 영웅적 면모를 확인할 수 있다. 번왕 남곽이 멀리서 바라보고 크게 놀라 말하였다.

"저 사람이 이렇듯 대단하니 싸움으로는 당하지 못할 것이다. 굳건하게 벽을 치고 나오지 않다가 저들이 피곤해지기를 기다려 칠 것이다."

모든 신하가 또한 살을 떨며 마땅하다고 하니, 남곽이 싸움을 멈추고 군사를 고향으로 돌려보냈다. 다음 해 봄에 이르도록 경모가 전쟁을 일으키지 않고 덕을 펴 백성을 진정시키고 위로하니 경모의 넓은 덕이 강서에 진동하였다. 남곽이 크게 걱정하여 여러 신하들에게 물었다.

"중국의 대장 이경모가 재주와 덕이 많고, 병사를 쓰는 것이 귀신같아 세 번을 싸워 다 이기고도 덕을 베풀어 백성이 항복하여 돌아가는 이가 많으니 이를 앞으로 어찌하느냐?"

"그 사람은 영웅이요, 뛰어난 호걸입니다. 당할 수가 없으니 가만히 자객을 보내어 살해하면 그 남은 사람들은 치기가 쉬울 것입니다. 그리하면 손에 침 뱉고 중국을 얻을 것입니다."

남곽이 크게 기뻐하여 금을 내걸고 자객을 찾아보았다. 요방은 가장 빨라 높은 데 넘고 오르기를 흔적없이 하고 날래기를 당할 사람이 없었다. 남곽은 요방에게 만금을 주고 이경모를 죽이기를 도모하니 요방이 크게 기뻐하며 그날 밤에 명나라의 진으로 왔다.

　이날 이경모는 진중에 명령을 내어 진을 단단히 지키라 하였다. 모든 장수가 명령을 듣고 모든 진을 단단히 지켰다. 경모가 홀로 앉아 촛불을 밝히고 관을 쓰고 흰 옷을 입은 채 책상에 의지하여 병법 책을 보고 있었다. 밤이 깊은데 문득 찬 바람이 몸을 거슬러 불며 공중으로부터 한 사람이 내려 책상머리에 섰다. 경모는 눈을 들어보지 않았다. 요방은 경모에게 가까이 갔다가 놀라 물러나기를 여러 번 하였다. 경모가 눈을 들어보니 한 남자가 허리에 서리 같은 날카로운 검을 차고 자기를 해하고자 하다가 자신의 위세를 두려워하여 어찌지 못하고 있었다.

　경모가 들었던 책을 놓고 천천히 물었다. / "너는 누구인데 깊은 밤중에 진중에 침입했느냐?"

OX 문제

01. 두 공간에서 동시에 일어나는 사건을 병렬적으로 배치하고 있다. 　[O / X]
02. 임금은 경모를 영리하고 용맹스러우며 꾀가 있는 인물이라고 칭찬하였다. 　[O / X]
03. 실제 공간의 실감 있는 묘사를 통해 시대적 상황을 구체화하고 있다. 　[O / X]
04. 번왕 남곽은 경모의 위엄 있는 기상과 웅장한 모습을 목격하고 놀랐다. 　[O / X]
05. 밤중에 책을 보던 경모는 자신에게 칼을 휘두른 상대의 정체를 물었다. 　[O / X]

심층체크

1. 지칭하는 대상이 같은 것끼리 짝 지으시오.

A. 그　　　　B. 경　　　　C. 병부 상서 대원수　D. 경모　　　E. 저 사람
F. 그 사람　　G. 한 사람　　H. 한 남자　　　　I. 너

필수어휘 _ 반드시 암기하기

*위풍 : 위세가 있고 엄숙하여 쉽게 범하기 힘든 풍채나 기세.

*전송하다 : 예를 갖추어 떠나보내다. 서운하여 잔치를 베풀고 보낸다는 뜻에서 나온 말이다.

장면 21

요방이 경모를 보니 얼굴 가득 온화한 기운을 보이는 듯하나 웅장함이 있어 감히 나아가지 못하다가 원수가 묻는 소리에 크게 놀라 무릎을 꿇으면서 말하였다.

"소인은 자객 요방입니다. 번왕의 명령을 받고 원수를 해치려고 합니다."

"가장 충성스러운 남자구나. 깊은 밤 진중에서 분명히 들킬 줄 알면서도, 두려움을 잊고 임금을 위하여 죽음을 돌아보지 않으니 진실로 충성스러운 지사*로다. 그러나 이제 임금의 뜻을 받아 왔다가 그저 돌아가면 미심쩍을 것이니 빨리 내 목을 베어가서 임금께 드리고 큰 상을 얻어라. 내가 너의 충성스러움에 깊이 감동하였다."

경모가 웃으며 긴 목을 빼니 요방이 즉시 칼을 버리고 엎드려 죽기를 청하였다.

"네 나를 해치려 왔기에 내가 그 충성에 감동하여 목숨을 허락하였는데 도리어 죽기를 청하는 것은 어쩐 일이냐?"

요방이 땅에 엎드려 말하였다.

"소인이 국왕의 꾐으로 여기까지 이르러 어른께 죄를 지으니 저의 삼족을 멸해야 마땅한데, 어르신께서 오히려 이렇게 하시니 빨리 죽어 죗값을 치르겠습니다." **독해 TIP** 번왕 남곽의 명으로 경모를 죽이러 온 요방은 경모가 의연히 자신의 목숨을 허락하자 그의 위세를 느끼고 죗값을 치르겠다며 사죄하고 있다. 경모의 위엄이 잘 드러나고 있는 부분이다.

"너의 말을 들으니 불한당*의 무리는 아니구나. 내 너를 속이는 것이 아니고 진심으로 죽기를 허락했는데 네 결국 이렇게 하니 남자 중의 남자구나." / 웃으며 말을 마치고는 얼굴색을 단정히 하고 부드러운 목소리로 말하였다.

"이제 네 모습이 사람을 죽일 것 같지는 않구나. 그런데 산속에서 논밭을 가꾸는 어진 백성이 되지 못하고 스스로 날카로운 검을 잡아 밤중에 분주한 그 신세가 어찌 괴롭지 않겠느냐? 또 살인을 하여 복이 달아나게 하겠느냐? 무슨 뜻으로 이 수고를 달게 여기느냐?"

요방이 백배 사죄하고 엎드려 아뢰었다.

"소인은 본래 농민이라 이런 일을 하지 않았습니다. 그러나 흔히 말하기를 '사흘 굶으면 못할 노릇이 없다' 하더니, 칠 년 동안 농사가 망하여 여러 해 굶으니 어진 마음이 없어졌습니다. 더구나 자객짓을 하면 돈이 많이 생기는 까닭에 이 노릇을 면하지 못했습니다. 눈이 있어도 태산을 몰라봐 죄를 범하니 뒤늦게 후회하지만 되돌리지 못하겠습니다." **독해 TIP** '사흘 굶으면 아니 못할 노릇이 없다'는 아무리 착한 사람이라도 몹시 궁하게 되면 못하는 짓이 없게 됨을 뜻하는 속담이다. 요방은 이를 활용하여 자신이 자객 일을 하게 된 경위를 나타내고 있다. 한편 '태산'은 높고 큰 산을 의미하는데 여기서는 위엄이 넘치는 경모를 빗대어 표현한 것이다.

"어찌 너만의 죄이겠느냐?" / 경모가 위로하고 말하였다.

"네가 이렇게 다녔으니 가련한 인생을 몇이나 해쳤느냐?"

"수십 명을 해쳤습니다." / 경모가 오래도록 한탄하다가 얼굴색을 고치고 다시 앉아 말하였다.

"내가 너에게 부탁 하나 하고자 한다." / "죽을죄를 무릅쓴 죄인이니 어찌 감히 평안히 어르신의 엄한 명령을 받겠습니까?"

"사람이 비록 처음에 어질지 못하나 나중에 어질게 되면 성인도 귀하게 여기신다 하니, 이는 처음에 어진 사람보다 낫게 생각하시는 것이다. 네가 지금의 행동거지를 버리고, 장사하고 밭을 가는 것으로 자객 일을 대신하면 몸이 편할 것이다. 네가 만일 장사 밑천이 없으면 내 마땅히 도울 것이다."

말을 마치고 상자 가운데에서 은돈 한 주머니를 주며 말하였다.

"여기 백 냥이니 비록 많지 않으나 가져가 농업에 힘쓰고 이 노릇을 버려라."

요방이 머리를 책상에 두드리며 죽기를 청하였으나 원수의 명쾌하고 깨끗한 인상과 너그러운 말씀으로 인해 오히려 감동하여 눈물을 흘리고 절을 하고 다시 꿇어앉았다.

"소인이 하늘에 죄를 지어 죽음으로써 악한 마음을 뉘우치고 어진 마음을 가져 한 목숨을 마쳐도 부질없을까 하였습니다. 그런데 도리어 어르신이 이렇게 죄를 용서해 주시고 은혜가 이와 같으시니 마음이 감동하여 흐르는 눈물을 어찌할 줄 모르겠습니다. 어르신이 관대하고 넓은 마음으로 목숨을 용서하시니 목숨이 다하도록 가르친 바를 잊지 않겠습니다."

요방이 감동하여 눈물이 샘솟는 듯하였다. 경모가 저렇게 깨우치는 것을 보니 기쁘고 어질게 여겨 부드러운 목소리로 은근하게 위로하여 말하였다.

"날이 밝으면 군중이 분명 너를 용서하지 않을 것이니 빨리 돌아가야 할 것이다."

요방이 즉시 일어나 검을 빼어 다섯 조각을 내고 경모를 향하여 백번 절을 한 후 감사의 말을 전하고 돌아갔다. 경모가 촛불 아래 홀로 앉아 저 흉악스러운 사람이 깨우친 것을 다행스럽게 여기어, 이튿날 여러 장수에게 말하지 않으니 군중은 까마득히 몰랐다.

요방이 급히 달려 번나라의 진영으로 돌아왔다. 번왕 남곽이 여러 신하들을 즉시 모았다. 요방은 절을 하고 땅에서 머뭇거리니 왕이 물었다. / "경모의 머리는 어디에 있느냐?"

요방이 주머니에서 은돈을 내어 왕에게 드리고 이경모가 목을 늘어뜨려 칼을 받으려 하던 일과 그 묻고 대답하던 이야기를 일일이 말하였다. 남곽이 듣고 나서 하늘을 보며 탄식하며 말하였다.

"하늘이 이 같은 영웅을 중국에 내시어 내 뜻을 이루지 못하니 한스럽다." / 그리고 모든 신하를 돌아보며 말하였다.

"이 사람은 세상에 비길 데 없이 뛰어난 사람이라. 비록 천 명의 장수, 만 명의 병사를 두었지만 그에게 미치지 못하는구나. 빨리 항복하는 것이 상책*일까 한다." / 모든 신하가 다 옳다고 말씀드렸다. 그러나 한 사람이 나섰다.

"군사들이 약해서 빌어 항복하면 저들이 분명 용서하지 않을 것입니다."

"그렇지 않다. 사람이 이렇듯 크고 넓으니 분명 용서할 것이다."

남곽이 이렇게 말을 하고는 요방을 놓아 보내 주었다. 요방이 이경모의 가르침에 크게 깨우친 것이 있어 자객 노릇을 버리고 은돈으로 장사하고 밭을 갈아 어진 백성이 되었다.

OX 문제

01. 관용적인 표현을 이용하여 인물의 처지를 드러내고 있다. [O / X]
02. 경모는 엎드려 죽기를 청하는 요방에게 깊이 감동하여 자신의 목을 베는 것을 허락하였다. [O / X]
03. 서술자의 개입과 인물의 발화를 통해 인물의 심리를 드러내고 있다. [O / X]
04. 경모는 가르친 바를 잊지 않겠다며 죄를 뉘우친 요방을 보고 기뻐하였다. [O / X]
05. 번왕은 경모를 죽이지 못하고 진영으로 돌아온 요방에게 화를 내며 그를 벌하였다. [O / X]

심층체크

1. 지칭하는 대상이 같은 것끼리 짝 지으시오.

A. 소인   B. 번왕   C. 원수   D. 국왕   E. 어르신
F. 흉악스러운 사람   G. 왕   H. 영웅   I. 이 사람   J. 그

필수어휘 _ 반드시 암기하기

*지사 : 나라와 민족을 위하여 제 몸을 바쳐 일하려는 뜻을 가진 사람.
*불한당 : ① 떼를 지어 돌아다니며 재물을 마구 빼앗는 사람들의 무리. ② 남 괴롭히는 것을 일삼는 파렴치한 사람들의 무리.
*상책 : 가장 좋은 대책이나 방책.

낙성비룡

장면 22

남곽이 이튿날 성 위에 깃발을 꽂고 항복하는 글을 올렸다. 경모가 받아 보니, 남곽이 글에서 자신의 죄를 말하고 있는데 그 말하는 어조가 매우 공손하였다. 경모가 마음으로 기뻐하는데 갑자기 남곽이 서로 볼 것을 청하였다. 경모가 갑옷을 입지 않고 가려 하자 모든 장수가 말하였다.

"적들의 뜻을 헤아리기 어려우니 갑옷을 입으시는 것이 좋겠습니다."

경모가 웃으며 상관없다고 하고는 모든 장수를 거느리고 번나라 진영으로 갔다. 남곽이 십 리까지 나와 맞으며 예를 갖추어 공손히 섬기기를 과도하게 하였다. 함께 본진에 이르니 남곽이 경모에게 자신의 죄를 낱낱이 일컬었다.

"제가 꽉 막히어 큰 나라를 잘못 침범하여 죄를 지었으나 이미 뉘우침이 큰 까닭으로 다시 표*를 올립니다. 만일 죄를 용서하시면 살아남은 목숨으로 해마다 재물을 부지런히 올리겠습니다."

경모가 안색을 바르게 하고 매우 기쁘게 승낙하자 왕이 두려워 항복하며 정성껏 대접하였다. 하루 종일 기쁘게 잔치하고 본진으로 돌아가는데 남곽이 십 리 밖까지 배웅하였다. 본진에 오니 날이 이미 저물었다. 경모는 술이 반쯤 취하여 기운이 피곤하여 침상 위에 비스듬히 기대어 여러 장수들과 함께 이야기를 나누었다.

이때 각 도 수령들이 날마다 대원수 이경모를 모시다가 저문 후에 각각 숙소로 돌아갔는데 태수 설인수도 매일 가까이 있었다. 경모는 설인수를 알아보았지만, 인수가 예전의 경작이 원수 된 줄을 꿈에나 상상했겠는가? 경모가 매일 이름을 알리고자 하나 군중이 번잡하여 사정을 말하지 못하였는데 이날은 이미 전쟁이 끝나서인지 조용하였다. 날이 어두워지자 다른 수령들이 다 물러가기를 청하고 설인수 홀로 경모를 모시고 있었다. 경모는 그가 물러가지 않은 것을 보고 심부름하는 아이를 불러 설인수를 대청 위로 오게 하였다. 인수가 사양하며 오르지 않자, 경모가 몸소 대청 밑으로 내려가서 인수를 이끌어 올리고 말하였다.

"인수 형이 경모를 모르십니까?" / 설인수가 머리를 조아리며 대답하였다.

"제가 정신이 밝지 못하고 일찍이 얼굴을 알 정도로 사귄 정이 없으니 기억하지 못하겠습니다."

경모가 조용히 웃으며 말하였다.

"<u>형</u>이 과연 눈이 무디십니다. 옛날 금주 땅의 양 승상 둘째 사위 머슴 이경작을 모르십니까?"

설인수가 천만뜻밖이라 깨닫지 못하고 놀라 말하였다.

"그 사람은 저의 <u>동서</u>*이니, 금주를 떠난 지 벌써 십일 년입니다." **독해 TIP** '동서'는 처제의 남편을 이르는 말로, 처제는 아내의 여동생을 말한다. 설인수의 아내는 양난주이며, 양난주의 동생 양경주가 처제이므로 그 남편을 칭하는 동서는 경모를 가리킨다. 설인수는 대원수 경모가 자신의 동서임을 알지 못하고 있는 것이다. 가족 간 호칭과 인물 관계를 잘 정리해 두고 있어야 내용을 잘 이해할 수 있다.

경모가 다시 웃고 말하였다. / "십일 년 못 보던 경작이 곧 여기 있으니 형은 의아하게 생각지 마시오."

설인수가 멍한 듯, 취한 듯하여 오래 말을 못하다가 이에 머리를 들어 자세히 보니 분명 경작이었다. 놀라움과 반가움을 이기지 못해 신분을 잊고 그 손을 잡아 매우 급하게 말하였다.

"<u>경작</u> 형아, 이것이 꿈이냐 생시냐."

원수가 웃으며 말하였다. / "너무 놀라지 마십시오."

말을 마치고 서로 잔을 들어 유쾌히 술을 마시며 정을 나누었다. 인수가 매일 경모의 큰 덕과 기이한 풍채를 우러러 보다가, 이날 나란히 한 자리에서 잔을 날리며 이별의 회포를 풀게 되니 세상일이란 참 알 수 없다고 생각하여 머리가 멍하였다.

"타지에 있은 지 벌써 십일 년인데 처형께서는 잘 계시오?" **독해 TIP** '처형'은 아내의 언니를 이르는 말로, 양난주를 가리킨다.

"<u>나</u>는 비록 부족한 남자지만 조강지처*를 버리지 않고 자녀를 갖추어 두었소. 그런데 <u>형</u>은 연약한 아내를 무정히 버리고 십일 년에 이르도록 편지 한 번 부치는 일 없다 하더군요. 이제 으뜸 벼슬으로서 부귀와 영광이 비할 데가 없고 어진 덕과 넓은 그릇을 우러러 존경하지 않는 사람이 없게 되었소. 그런데 오직 빈 방을 홀로 지키고 있는 연약한 아내를 염려하지 않으니 덕이 적음이 심하구려. 연약한 아내는 몸을 보전하지 못하게 되었으니, 참으로 무심한 <u>장부</u>로다. 나는 비록 벼슬이 부족하여 형을 모시고 서 있으나 처자를 편히 거느리니 감히 형보다는 낫다고 말할 수 있겠소이다."

말을 마치고 나서 크게 웃었다. 원수가 또한 웃고 말하였다.

"<u>형</u>이 어찌 부질없는 말로 <u>아우</u>를 조롱하십니까? 매우 가소롭소. 금주 집안이 다 무탈하신지요?"

"집안에 별 탈은 없으나 <u>형</u>의 부인이 병이 심하여 속수무책으로 아침저녁 목숨을 빈다고 하오. <u>형</u>이 비록 몸이 영화롭고 존귀하다고 하나 무엇이 즐겁겠소?" / 경모가 말을 듣고 깜짝 놀라 부끄러워하며 말하였다.

"<u>형</u>의 말이 진짜요?" / "농담이라도 어찌 그리 큰 거짓말을 하겠소?"

"수명의 길고 짧음과 부귀하고 빈천한 것이 하늘의 명령에 달렸으니 어찌 사람의 힘으로 살 수 있으리요?"

　"형이 오래지 않아 서울로 가면 도중에 금주를 지날 것이니 들렀다 가는 것이 어떻겠소?" **독해 TIP** 앞서 '동서', '처형'과 같은 호칭에 반응하여 인물들의 관계를 정확히 파악하지 못했다면 두 인물이 서로를 향해 '형'이라고 칭하는 것을 보고 혼란에 빠졌을 것이다. '형'은 꼭 나이가 많은 사람을 부를 때만 사용하는 것은 아니다. 나이가 비슷한 동료나 아랫사람을 조금 높여 이르기 위해 사용될 수도 있다. 따라서 이 장면에서는 형이라는 말에 꽂혀 흔들리지 않고, 가족 간 호칭에 집중하여 인물들의 관계를 파악하는 것이 중요하다.

　"부모의 산소가 거기에 계시니 어찌 들르지 않을 수 있겠소."

　"어느 때에 서울로 향할 것이오?" / "백성이 어지러우니 몇 개월만 더 머물러 진정시키고 위로하고 가려고 합니다."

　"내 고을이 비록 작으나 수일 잔치로 형을 전송할 것이니 사양하지 말고 정을 서로 나눕시다."

　"본디 음식 즐기는 손님이니 주는 것을 사양할 리 있겠소? 내가 먹는 음식의 양을 생각하여 알아서 많이 장만하시오."

　"살림이 넉넉지 못하여 형의 양에 차게 하려면 반드시 죄 짓기를 면하지 못 할 것이오. 올 때 허리띠로 창자를 줄이고 오시오."

　"더 늘이고 가겠소이다." / "그러면 아예 오지 말라 할 것이오."

　"국법에 본래 나 같은 사람을 정성껏 맞이하여 잔치를 베풀고 공경하여 넉넉히 대접하라고 되어 있으니 그렇게는 못 할 것이오."

　두 사람이 크게 웃었다.

OX 문제

01. 경모는 설인수를 시험하기 위해 설인수에게 일부러 자신의 이름을 먼저 알려 주지 않았다. 　　[O / X]
02. 설인수는 대청에서 자신에게 말을 건네는 원수의 목소리를 듣고 곧바로 그가 경모임을 깨달았다. 　　[O / X]
03. 권위 있는 인물의 중재를 통해 인물 간의 갈등이 해소되고 있다. 　　[O / X]
04. 시간의 역전을 통해 사건의 진상을 밝히고 있다. 　　[O / X]
05. 경모는 설인수로부터 경주의 소식을 재차 듣고 깜짝 놀라 부끄러워하였다. 　　[O / X]

심층체크

1. 지칭하는 대상이 같은 것끼리 짝 지으시오.

A. 형	B. 동서	C. 경작	D. 나	E. 형	F. 장부
G. 형	H. 아우	I. 형	J. 형	K. 형	L. 형

2. 서술자의 개입을 찾아 밑줄 치시오.

필수어휘 _ 반드시 암기하기

*표 : 마음에 품은 생각을 적어서 임금에게 올리는 글. ≒표문.

*동서 : ① 시아주버니의 아내를 이르는 말. ② 시동생의 아내를 이르거나 부르는 말. ③ 처형이나 처제의 남편을 이르는 말.

*조강지처 : 지게미와 쌀겨로 끼니를 이을 때의 아내라는 뜻으로, 몹시 가난하고 천할 때에 고생을 함께 겪어 온 아내를 이르는 말.

낙성비룡

장면 23

설인수가 돌아와 부인 난주에게 이경모의 전후 사정을 일일이 전하는 한편, 출세를 기특하게 여기며 장인어른의 사람 알아보는 능력이 보통 사람과 다른 것을 감탄하였다. 난주는 경모가 나간 지 이미 십일 년에 소식이 없다 하고, 연약한 체질인 경주가 홀로 빈 방에서 슬퍼하는 병이 가슴까지 침범했다는 소식을 듣고는 매일 목이 메어 울고 탄식하였다. 그러다가 의외로 이러한 말을 듣고 기쁘기 한이 없어 한참 동안 말을 못하다가 나즈막히 말하였다.

"사람의 일은 짐작하기 어려우니 이렇게 될 줄을 꿈에서라도 생각할 수 있겠습니까? 동생은 이런 것도 모르고 몸을 보전치 못하게 되었으니 한이 더욱 깊을 것입니다." / 난주의 탄식에 인수가 말하였다.

"그대 집에서 잘못하여 냉정하게 대하였으니, 동서가 사람됨이 좋고 넓어 마음에 두지 않겠지만 그대 집에서는 매우 부끄러워하겠소."

난주가 말없이 동의하더니 다시 말하였다. / "이 서방을 초대하지 않으셨습니까?"

"모레 올 것이니 잔치하여 대접할까 하오."

"정말 잘되었습니다." / 난주가 기뻐하며 술과 안주를 성대하게 준비하였다.

날이 바뀌어 약속한 날이 되었다. 인수가 대원수 경모의 체면을 생각하여 친히 가서 수레를 함께 타고 관아로 들어갔다. 난주가 맞아 서로 인사를 끝내고 안부를 물었다. 난주가 맑은 목소리로 축하 인사를 하고 영화롭고 행복함을 끝없이 일컬으니, 경모가 몸을 굽혀 공경하며 흐르는 물처럼 대답하였다. / 난주가 묻자오되,

"제부*가 몸이 이렇게 영화롭고 존귀하시어 강서를 평정하셨으니 위엄과 덕이 온 세상을 놀래 움직이게 하고 모든 백성에게 이르렀습니다. 지금 와서 옛날 일을 생각하니 마치 꿈만 같습니다. 영화로운 가운데 동생의 병이 심하다 하니 한 번 수고롭더라도 옛 일을 거리끼지 마시고 동생의 병을 위로하고 가는 것이 큰 덕일까 합니다." / 하니, 원수가 이르기를,

"금주는 소생 부모의 묘가 있는 곳으로 올 때는 바빠 들르지 못하였지만, 갈 때는 마땅히 들르고자 합니다."

난주가 기뻐서 거듭 칭찬하고 술잔을 들어 서로 정을 나누었다. 설인수가 웃으며 말하였다.

"허리띠로 창자를 조르고 오라 하였는데 어찌 이렇게 많이 먹을 수가 있소?"

"더 늘리고 오지 못한 것을 후회하고 있소이다."

경모가 웃으며 말하고 성대한 음식을 양껏 비우며 먹었다. 난주는 경모가 진귀한 음식을 입이 쉴 때가 없을 정도로 푸짐하게 먹는 것을 보고 그 전에 굶주리던 일을 생각하니 다시금 부끄러워졌다. **독해 TIP ▶** 한 씨가 경모를 미워하여 음식상을 머슴의 상처럼 내어 보냈던 장면 10을 떠올리면 된다. 난주는 과거와 현재의 상황이 극명하게 대비되는 것을 보고 죄책감을 느끼고 있다.

날이 어두워지자 경모가 진중으로 돌아왔다. 그 후 석 달을 머물러 백성을 편안하게 하였다. 이때에 경모의 덕과 위엄이 하늘과 땅에 진동하니 어린아이까지 모르는 사람이 없었다. 경모가 표를 올려 강서를 평정하고 올라가는 것을 아뢰고 서울로 출발하니, 모든 백성이 백 리까지 나와 떠나는 수레바퀴를 잡고 눈물을 흘렸다. 경모가 이들을 위하여 수레를 멈추고 거듭 위로하다가 백성들이 슬퍼하는 것을 보고 함께 안타까워하며 출발하여 철령에 도착하였다.

이때 임금이 강서를 평정하고 백성을 진정시켰다고 올린 경모의 표를 보고 크게 기뻐하니 모든 신하가 축하하였다. 임금이 특별히 경모를 대승상 문연각 태학사로 부르니 이러한 명령을 담은 문서가 경모가 철령에 도착하는 것에 맞추어 도착했다. 경모가 관복을 바로 입은 후 북쪽으로 향하여 네 번 절하고 다시 떠났다. 전쟁을 이기고 돌아오는 위풍이 늠름한데, 거기에 또 대승상의 위엄 있는 모습을 더하니 그 거룩함이 전에 없는 일이었다. 경모는 십여 일이 지나서 비로소 금주 지방에 도착하였다.

경주가 남편과 이별한 지 벌써 십일 년에 이르렀다. 남편이 집을 나갈 때는 십 년을 기약하였는데 십일 년이 지나도록 소식이 없으니 창자가 끊어질 듯 근심이 깊어졌다. / 하루는 경주가 한 씨에게 문안하고 나서 말하였다.

"그 사람이 집을 나간 지 벌써 십일 년입니다. 당초 소녀와 헤어질 때 십 년을 기약하였는데 이제 십일 년에 이르도록 소식이 없습니다. 아무래도 몸을 보전하지 못한 것 같습니다. 낭군이 본디 친척도 없어 우리 집에 의지하여 지냈습니다. 이제까지 돌아오지 않으니 불행한 일이 있다 해도 그 시신을 찾을 사람이 없을 것입니다. 이 일을 생각하니 가슴이 마디마디 찢어집니다. 남자 옷을 입고 그를 찾아다니며 만일 불행한 일이 있다면 해골이라도 거두어 시부모 묘 아래에 장사 지내려 합니다. 어머니는 소녀를 죽은 것으로 생각하시고 그렇게 하기를 허락해 주십시오." / 말을 마치니 맑은 눈물이 뺨을 적셨다. 한 씨가 화를 내며 말하였다.

"이 서방이 나간 지 십 년이 넘었으나 소식도 없다. 깊은 방 안의 아녀자가 남자 복장으로 고쳐 입고 어디 가서 낙엽 같은 인생을 찾는다고 세상을 떠돌아다니려 하느냐? 결단코 보내지 않을 것이니 내가 죽은 후에 마음대로 아무렇게나 해라."

경주가 두어 번 애원하였지만 한 씨는 한결같이 허락하지 않았다. 경주가 뜻을 이루지 못할 줄 알고, 이때부터 병이 깊어지기 시작했다. 여러 가지 위험한 병이 가슴속까지 침투하여 모든 약이 효과가 없었다. 집안에서는 어찌할 방법이 없어 다만 하늘만 바라

보고 있을 뿐이었다. 독해 TIP 경주의 병이 심해진 계기가 드러나고 있다. 경모가 죽었을 것이라고 판단한 경주는 남장을 하고 돌아다니며 그의 시신이라도 찾아 장사를 지내고자 했지만, 어머니의 반대로 뜻이 좌절되자 근심이 깊어져 병세가 악화된 것이다.

OX 문제

01. 상황에 어울리지 않는 비유로 반어적인 효과를 낳아 웃음을 유발하고 있다. [O / X]
02. 난주는 자신이 꾼 영화로운 꿈에 대해 이야기하며 경모의 미래를 예측하였다. [O / X]
03. 설인수의 요청을 수용하지 않은 경모는 잔치에서 환영받지 못하고 자리를 떴다. [O / X]
04. 인물의 행적을 요약적으로 제시하여 다른 인물과의 갈등을 짐작하게 한다. [O / X]
05. 경모를 찾기 위해 집을 떠나려던 경주의 계획은 한 씨에 의해 좌절되었다. [O / X]

심층체크

1. 지칭하는 대상이 같은 것끼리 짝 지으시오.

| A. 동생 | B. 동서 | C. 이 서방 | D. 제부 |
| E. 소생 | F. 그 사람 | G. 소녀 | H. 낭군 |

필수어휘 _ 반드시 암기하기

*제부 : 언니가 여동생의 남편을 이르거나 부르는 말.

낙성비룡

장면 24

　이때 경모가 대원수의 거룩한 모습에 대승상 벼슬을 더하여 승리를 알리는 음악을 울리며 금주를 지나가는 모습을 모든 부녀자가 집에서 나와 구경하니, 금주 전체가 진동하였다. 양 승상 댁에서도 한 씨가 남 부인과 성 부인 두 며느리를 데리고 원수의 행차를 보려고 나왔다. 문득 서쪽에서 붉은 양산이 움직이며 잘 정돈된 군대의 깃발이 해를 덮고 금으로 된 북이 일제히 두둥하며 소리를 내었다. 임금이 내린 흰 깃발과 황금 도끼, 그리고 칼이 앞을 이끌며, 깃발이 어지럽게 나부껴 위풍이 당당하였다.

　점점 다가오니 문득 양산 아래 큰 깃발이 움직이는데 금색으로 '병부 상서 대원수 대승상 문연각 태학사 이경모'라고 쓰여 있었다. 양산이 움직이는 곳에 옥 수레가 있었고 수레 사면에 구슬발을 걷고 그 속에 <u>소년 대장</u>이 단정히 앉아 있었다. 자줏빛 비단옷을 입고, 머리에 아홉 마리 용이 새겨진 관을 썼으며, 허리에 백옥으로 된 띠를 두르고, 왼손에 해를 가리는 부채를 들고 있었다. 옥 같은 풍채가 빼어나게 아름다워 구름 가운데 흰 용이 뛰는 듯하여 웅장한 기상이 짐짓 비길 데 없는 영웅이었다. 구름 같은 귀밑이 햇빛을 가리니 보는 사람마다 놀라지 않는 사람이 없었다. 독해 TIP ▶ 경모의 외양을 상세하게 묘사함으로써 그의 영웅적 면모와 위상을 부각하여 드러내고 있다.

　한 씨가 칭찬하며 말하였다.

　"갸륵하며 기특하다. <u>저 사람</u>이 어질다는 소문이 온 세상에 퍼졌는데 그 풍채를 보니 헛된 것이 아니구나. 어떤 사람이 저런 아들을 두었으며, 또 어떤 사람이 저런 사위를 얻었는가? 세상에서 제일 복 받은 사람이구나."

　입에서 칭찬을 멈추지 않았다. / 이때, 남 부인이 성 부인을 돌아보면서 말했다.

　"모습과 기상이 이 서방과 흡사한 곳이 많지 않은가?" / 성 부인 역시 그렇게 말하며 이상하게 여겼다.

　"이 서방은 세상에서 제일 어리석은 남자요, 이 사람은 다시없을 영웅호걸인데 어찌 비교할 수 있겠는가?"

　한 씨가 말하던 차에 경모의 행차가 지나갔다. 한 씨가 두 며느리를 데리고 집으로 돌아와서 두 아들에게 칭찬을 멈추지 않았다. 남 부인과 성 부인이 경주의 방에 가니 경주가 기운을 잠깐 차렸다. 두 부인이 이번 행차의 위엄을 말하고 나서 탄식하였다.

　"모습과 기상이 얼핏 이 서방 같으니 문득 반갑고 슬펐습니다."

　경주가 이 이야기를 듣고 하늘을 우러러 길게 탄식하며 한숨짓고 벽을 향하여 누우니, 두 사람이 위로하였다. 갑자기 두어 시녀가 황급히 들어와 아뢰었다.

　"아까 지나시던 승상이 <u>이 상공</u> 부모의 산소에 인사하시며 통곡하십니다." / 양명무가 말하였다.

　"틀림없이 친척일 것이다." / 그러자 양명수가 말하였다.

　"본래 친척도 없고 구차스럽기가 심하니 어디서 그런 영웅이 나왔겠는가? 분명 친한 사람일 것이다." 독해 TIP ▶ 명무 형제는 대원수 이경모가 과거 자신들이 박대하던 매제(손아래 누이의 남편을 이르는 말) 경작인 줄은 전혀 예상하지 못하고, 경작의 친척이나 친한 사람일 것이라고 추측하고 있다.

　잠시 후 시녀가 황급히 들어와 급히 아뢰었다.

　"그 승상이 우리 <u>어르신</u>의 묘에 가서 슬피 울며 인사하십니다." / 명무가 누구인 줄 몰라 말하였다.

　"<u>대인</u>이 살아 계실 적에 이경모라 하는 사람을 사귄 적이 없으니 알지 못하겠다. 어떤 사람인가?"

　말을 마치고 깊이 생각하고 있는데 갑자기 뜰 앞이 요란하고 길을 비키라는 소리가 온 마을에 진동하였다. 또 시녀가 아뢰었다.

　"<u>대승상</u> 행차가 문 앞에 와서 두 어르신 만나기를 청합니다."

　두 사람이 까닭을 몰랐으나 이미 집에 이르렀다 하므로 재상을 뵙는 복장을 단정히 입고 황급히 밖으로 나갔다. 옥 수레는 벌써 뜰 앞에 도착해 있었다. 두 사람이 공손히 담 아래에 서니 경모가 천천히 수레에서 내려 대청으로 왔다. 두 사람이 손을 가지런히 하고 절을 두 번 하니 경모가 도로 예를 갖춰 인사하고 바로 대청에 올랐다.

　"이별 후 십일 년 동안 집안이 다 무사합니까?" / 경모의 말에 두 사람이 오래 머뭇거리다가 말하였다.

　"저희는 산속에 묻힌 사람이라 일찍부터 <u>승상</u>과는 서로 사귄 정이 없으니 알지 못하겠습니다. 무슨 말씀이신지요?"

　"두 형님이 어찌 이 <u>아우</u>를 이렇듯 푸대접하시는지요? 형이 아우를 몰라보는구려. 나는 다른 사람이 아니라 형의 집에 들어온 경작이니 의아하게 생각하지 마시오."

　두 사람이 믿기지 않아 자세히 보았다. 경모가 거듭 밝혀 말하고서야 그 옛날의 이경작인줄 알고는 실로 꿈만 같아서 멍하니 오래도록 있다가 이윽고 말했다.

　"그대가 어떻게 이러한 지위에까지 이르렀는가?"

　경모가 앞뒤 사정을 간략하게 설명하다가 물었다. / "장모님과 집안은 평안합니까?"

　"<u>어머니</u>는 탈이 없으나, 누이의 병이 위독하구나."

"내가 온 것을 장모님이 분명 알지 못할 것이니 전하는 것이 어떠하겠습니까?"

경작이 틀림없다는 것을 안 명무 형제는 옛일을 생각하고 부끄러움이 가득하였으나 한편으로는 반가웠다. 둘은 경모의 손을 잡고 거듭 축하하며 말하였다.

"지난날 우리 형제가 그대를 많이 보챘으나 개의치 말기를 바라노라." / 경모가 크게 웃으며 말했다.

"아우는 본래 소탈하여 아침에 있었던 일도 낮이면 기억하지 못합니다. 십 년 전의 일을 어찌 꿈속에선들 생각하겠습니까?"

두 사람이 경모가 성격이 시원시원하고 활달해서 조금도 옛일을 기억하지 않는 것을 보고 기뻐하며 마음속으로 칭찬하면서도 한편으로는 부끄러워하였다.

OX 문제

01. 한 씨는 대원수가 경모와 흡사한 점이 있다며 이상하다고 생각하였다.   [O / X]
02. 상세한 묘사를 통해 사건 전개를 지연시키고 있다.   [O / X]
03. 경모는 금주에 도착하자마자 가장 먼저 양 승상 댁으로 향하였다.   [O / X]
04. 명무는 명수와 달리 대원수가 경모의 친척일 것이라 추측하였다.   [O / X]
05. 대화를 통해 과거로 돌아가려 하는 인물들의 심리를 보여 주고 있다.   [O / X]

심층체크

1. 지칭하는 대상이 같은 것끼리 짝 지으시오.

A. 소년 대장   B. 저 사람   C. 이 상공   D. 어르신   E. 대인
F. 대승상   G. 승상   H. 아우   I. 어머니   J. 장모님

장면 25

이때 시녀가 황급히 전하여 한 씨에게 아뢰었다. 한 씨가 또한 너무 놀라 흙으로 만든 사람같이 앉아 있었다. 두 아들이 경모를 이끌고 대청에 이르렀다. 경모가 장모 한 씨를 향하여 손을 공손히 하고 두 번 절하자 한 씨가 미처 깨닫지도 못한 가운데 답하며 얼어붙은 듯 정신을 차리지 못하였다. 두 아들이 경작이라고 아뢰니 한 씨가 황홀하여 부끄러움과 기쁨이 교차하였다. 지난날 그를 박대하던 일과 지금 모습을 생각하니 더욱 부끄러웠다. 그러나 한편으로는 다행스럽게 여기고 반기기를 하늘로부터 내린 듯하였다. 경모의 비단 두루마기의 옷자락을 잡고 한없이 눈물을 흘리며 한동안 있다가 비로소 입을 열었다.

"늙은이가 눈이 있어도 높고 큰 산을 알아보지 못하고 용과 호랑이를 살피지 못한 까닭에, 남편이 세상을 버리신 후 어진 사위의 기질이 사랑스럽지 않아 매우 박대하였네. 또 구박하여 내보내면서 한 푼 도운 것이 없었네. 하지만 편협한 마음에 이리한 후 나약한 딸자식의 일생을 생각하며 밤에 잠 못 이루고 낮에는 마음이 편치 않았다네. 이제 몸이 이렇게 귀하게 되어 국가에 큰 공을 이루고 영화가 매우 큰데도 옛일을 생각하지 않고 나를 찾아오니 의리가 있는 군자로다. 늙은이가 옛일을 생각하니 사람 보는 눈이 없는 것이 매우 부끄러워 낯 두꺼운 것을 참지 못하겠네. 어진 사위는 옛날의 잘못을 용서하기 바라네." 독해 TIP 집안에서 박대를 받고 쫓겨났음에도 높은 관직에 올라 다시금 집을 찾아온 경모를 보고 한 씨는 지난날의 자신의 잘못을 반성하고 경모에게 용서를 구하고 있다. 이전 장면에서 드러났던 한 씨와 경작의 갈등이 해소되고 있는 부분이다.

경모가 몸을 굽혀 공경하여 대답하니 부드럽고 화평하여 조금도 옛일을 기억하고 생각하지 않았다. 한 씨가 이를 더욱 기특하게 여기고 영화롭고 다행스러움을 감추지 못하며 옛일을 뉘우쳐 자책하였다.

"어진 사위가 나가고부터 연약한 딸아이가 상심이 날로 깊어 이제는 죽을병이 가슴에 박혔으니 아무리 뛰어난 의사라도 고칠 수가 없을 것이네. 그대는 빨리 가 보게."

경모가 경주의 방으로 갔다. 방이 적적하고 비단 병풍이 그대로인데, 거울과 화장대에는 먼지가 삼 척이나 쌓여 있었다. 비록 장부의 마음이지만 자연히 애통하고 슬퍼하며 명무 형제와 함께 들어갔다. 이때 경주가 지금의 승상이 곧 자기 남편이라는 말을 듣고 꿈인가 생시인가 의심하며 놀라니 병의 증세가 요동하여 더욱 심하였다. 경모가 들어오는 것을 보고 비록 그리던 마음이지만 혹 잘못된 일일 수도 있다고 하여 시녀를 돌아보며 말하였다.

"남편이 처음 떠날 때에 빗을 꺾어 서로 나눠 가진 것이 있으니, 내어다가 전해라."

시녀가 즉시 반쪽 빗을 전하니 경모가 또한 주머니에서 반쪽 빗을 꺼내어 맞추었다.

"누이동생이 고집하여 분명한 일을 의심하였으나, 빗이 맞으니 틀림이 없다. 바삐 이불을 열라." 독해 TIP '누이동생'이라고 칭한 것을 통해 경모의 발화가 아님을 알 수 있다. 경모는 명무 형제와 함께 경주의 방으로 들어왔으므로 이는 명무 형제의 발화에 해당한다.

경주가 기운이 없어 이불을 열지 못하였다. 이에 경모가 몸소 나아가 덮은 이불을 열어 보니 문득 옛날 꽃다운 모습은 온데간데 없고 살가죽과 뼈만 하나 남아 있었다. 옥 같은 몸과 눈 같은 피부는 사라지고 머리카락이 어지러워 연약한 모습이 더욱 서글프고 초췌하였다. 경모가 십여 년을 이별하였다가 오늘 만났는데 이렇게 모습이 바뀐 것을 보고 마음이 슬퍼 그 손을 잡고 자세히 보다가 눈물 떨어지는 것을 알지 못하였다. 경주가 눈을 뜨지 않자, 경모가 두어 번 소리쳐 부르니 경주가 겨우 정신을 차려 눈을 들어 경모를 보았다. 경주는 옥 같은 소리로 흐느끼기를 두어 번 하더니 문득 기운을 차려 일어나고자 하다가 다시 베개 위에 기절하니 명무 형제 몹시 슬퍼하고 경모 또한 몹시 놀랐다.

경주는 밤이 깊도록 깨지 않았다. 경모가 매우 당황하여 군중에 데려온 의사 수십 명 중에 가장 실력이 가장 뛰어난 자를 불러 약물로 치료하니 새벽에 비로소 정신이 돌아왔다. 경모가 명무 형제와 의원을 내보내고 직접 간호하였다. 먼 길을 말 타고 여행하느라 몸이 피로할 텐데도 밤이 새도록 간호하였다. 네 시간이 지나자 경주가 비로소 정신을 차리고 기운이 맑은 듯하였다.

이럭저럭 사흘에 이르는 병세에 차도*가 있었다. 원래 이 병은 다른 증세가 아니라 남편을 찾지 못할까 하는 생각으로 생긴 것이었다. 이제 남편이 귀하게 되어 돌아와 자기를 간호하니 오래된 병에서 쉽게 다시 회복된 것이다.

경주가 회복하자 집안이 기뻐하고 경모도 기뻐하였다. 경주가 비로소 옷을 갖추고 부부가 서로 마주하니 더할 수 없이 다행스러웠다. 경주는 두 줄기 푸른 눈물을 쉴 새 없이 흘리며 마음의 안정을 찾지 못하였다. 경모가 거듭 위로하니 한 씨가 옛날 일을 생각하고 못내 슬퍼하고 부끄러워함이 끝이 없었다. 지난날 양씨 집안의 종들도 경모를 닭이나 개 보듯 멸시했었는데 이제는 과거의 죄를 면하지 못할까 하여 스스로 죄를 청하였다. 경모가 크게 웃고 말하였다.

"너희들이 내게 지은 죄가 없는데 죄를 청하는 것은 무슨 일인가?"

모든 노비들이 황공하여* 머리를 조아리며 물러갔다. 경모가 5일을 머무르다가 서울로 향하는데 한 씨의 대접이 과도하여 이전에 설인수에게 대접하던 상보다 올린 것이 많았다. 돌아갈 때 경모가 한 씨에게 황금과 무늬 비단 두 수레를 드렸다. 또한 황금을 이웃에게 나누어 주고 또 황금 한 수레를 장우에게 주어 거두어 기른 은혜에 보답하였다.

　그리고 수레를 돌려 낙양 청운사에 들렀다. 현불장로와 모든 스님이 더할 나위 없이 반기고 축하하였다. 경모가 그 밤을 청운사에서 자고 절을 크게 수리할 수 있도록 현불장로에게 황금과 비단 옷감을 무수히 주었다.

OX 문제

01. 내적 독백을 통해 인물의 성찰적 태도를 드러내고 있다. [O / X]
02. 경주는 경모를 의심하여 경모가 자신의 방으로 들어오는 것을 거부하였다. [O / X]
03. 상징적 소재를 통해 인물 간의 관계를 보여 주고 있다. [O / X]
04. 경주가 병을 오래 앓았던 원인은 경모의 행방을 알지 못했기 때문이다. [O / X]
05. 경모는 집안의 종들이 자신에게 지은 죄들을 말하자 과거의 일일 뿐이라며 그들을 용서해 주었다. [O / X]

심층체크

1. 지칭하는 대상이 같은 것끼리 짝 지으시오.

A. 어진 사위　　B. 딸자식　　C. 딸아이　　D. 그대　　E. 누이동생　　F. 남편

필수어휘 _ 반드시 암기하기

*차도 : 병이 조금씩 나아 가는 정도. ≒차효.
*황공하다 : 위엄이나 지위 따위에 눌리어 두렵다.

09 낙성비룡

장면 26

경모가 현불장로와 이별하고 가서 성 밖에 이르렀다. 임금이 모든 관리를 거느리고 십 리 밖으로 마중 나오니 엄숙한 모습이 더욱 기특하였다. 임금이 공적*을 칭찬하니 경모가 수레에서 내려 네 번 절하고 뵈었다. 임금이 경모를 반기고 몹시 기뻐하며 위로하여 말하였다.

"강서가 심히 위태로웠는데 경이 가서 하나의 화살도 허비하지 않고 도적을 평정하고*, 모든 백성을 진정시키고 위로하고 돌아와 짐의 마음을 기쁘게 하였소. 이는 국가의 으뜸가는 공신*이니, 옛날에도 이보다 공적이 능가하는 사람이 없소. 짐이 무엇으로 갚으리오?"

경모가 머리를 조아려 절을 하며 말하였다.

"신이 하찮은 몸으로 폐하의 은혜를 과도하게 입어 으뜸 벼슬로서 명을 받들어 강서의 도적을 평정하였습니다. 이것은 다 폐하의 큰 복에서 말미암은 것입니다. 신의 몸에 무슨 공이 있겠습니까?"

임금이 경모의 말에 거듭 감탄하고 금과 비단으로 상을 내리면 받지 않을 줄 알고 궁중에서 잔치를 베풀어 사흘을 즐기게 하였다.

경모는 아내를 데려오는 일이 하루가 급하므로 글을 올려 두 달의 시간을 청하였다. 임금이 허락하고, 경모를 불러서 물었다.

"경은 누구의 사위가 되었소?"

"전 임금 때 승상 양자윤의 둘째 사위입니다."

"양 승상은 어진 재상이오. 경이 또 양공의 사위라고 하니 더욱 기특하오."

말을 마치고, 경주를 '우현비'에 봉하고 직첩을 주었다. 또한 경모의 아버지를 '승상 부원군'으로, 어머니 오 씨는 '정일품 정경부인'으로 봉하라 하였다. 그리고 4대 조상들까지 모두 승상의 벼슬을 주었다. 독해 TIP 당대에는 죽은 사람에게도 벼슬을 주는 제도가 있었다. 가문에 속한 조상들에게까지 명예를 내려 준다고 보면 된다. 임금은 경모의 공을 높이 평가하여 그의 부모는 물론 4대 조상까지 모두 높은 벼슬을 내려 가문이 빛나도록 하고 있다. 참고로, '정경부인'은 정일품·종일품 문무관의 아내에게 주던 봉작이다.

경모가 임금의 은혜에 감사를 표하고, 날을 골라 사당에 가서 관직이 내려졌음을 고하고, 금주로 떠나기 전에 궁궐에 나아가 하직하였다. 임금이 빨리 돌아올 것을 거듭 당부하였다. 경모가 천천히 아뢰었다.

"신이 폐하께 한 말씀을 아뢰고자 합니다."

"말하는 바를 듣고자 하오."

"이전 어사 양명무와 한림학사 양명수는 선조께서 아끼시던 신하입니다. 재주와 학문이 보통 사람과는 다르니 마땅히 나라가 거둘 만한데도, 산속에서 묻혀 지낸 지 벌써 이십 년에 이르렀습니다. 그리고 강서 태수 설인수는 가장 아름다운 군자인데 지방 벼슬에 오래 있는 것이 매우 아깝습니다. 청컨대 거두어 쓰시면 국가에 유익함이 많을 것입니다."

임금이 이 말을 듣고 봄날 꿈에서 깬듯하여 말하였다.

"양명무 형제는 선조가 아끼시던 선비이니 경의 말이 매우 마땅하오."

그 후 명무 형제를 각각 옛 벼슬로 부르는 문서가 금주에 이르렀다. 명무 형제가 문서의 내용을 듣고 북쪽으로 향하여 네 번 절하니 온 집안이 영광으로 여겼다.

이때 경모도 금주에 도착하여 자신의 부모와 양 승상의 묘를 웅장하게 만들어 제사를 지냈다. 유모의 무덤에도 비를 크게 세운 후, 경주와 함께 서울로 향하였다. 경주는 우현비에 봉하는 직첩을 받들어 복장을 갖추어 입고 떠났다. 강가에 이르자 화려하게 장식한 배들의 돛이 바람에 나부끼고 퉁소와 장구 소리가 크게 울렸다. 옥 같은 시녀가 비단으로 만든 가마를 호위하니 그 위엄 있는 모습이 비할 데가 없었다. 서울에 와서 보니 양명무 형제가 벌써 어머니를 모시고 와 옛집에 편안히 살고 있었다.

경모와 경주가 집에 도착해 처음으로 부부가 함께 사당에 예를 올리고 서로 감격하여 눈물을 흘렸다. 경주가 절을 마치고 집 안에 들어가니 모든 종들이 나와 차례로 문안하였다. 경주가 어진 덕과 가지런한 위엄으로 집안을 다스리는 것이 법도에 맞고 경모를 섬기는 것도 예법에 맞으니 집안에 온화한 기운이 봄날 같았다.

그러던 중 설인수가 와서 옛집을 수리하고 청소한 뒤 벼슬에 나아가니 형제와 자매 서로 모여 어머니를 모시고 즐거워하였다.

한편 이때에 임강수는 호부 시랑을 하였고 유백문은 이부 시중을 하고 있었다. 두 사람이 회의에 참여했다가 파하면 경모의 집에 모여 시와 술로 하루를 보냈다. 독해 TIP 임강수와 유백문은 장면 15에서 경모와 처음 만나 형제보다 더한 정으로 지내던 벗이다. 이야기가 길어질수록 인물 관계가 헷갈릴 수 있으니 잘 체크하며 읽어야 한다.

여러 해 지나 임금이 경모를 청광후로 봉하시니 사람들이 이청후라고 일컬었다. 경모가 서울에 온 지 다섯 해 동안 해마다 자손을 낳아 세 아들과 두 딸을 두었으니 하나같이 기특하고 모든 일이 뜻대로 되었다.

OX 문제

01. 배경을 시·청각적으로 묘사하여 인물의 심리를 드러내고 있다. [O / X]
02. 임금은 경모의 공적을 높이 평가하여 경모에게 금과 비단을 상으로 내렸다. [O / X]
03. 장면의 빈번한 전환으로 인물 사이의 긴장감을 고조시키고 있다. [O / X]
04. 임금은 경주에게 직첩을 주었으며 양 승상과 경모의 부모에게도 관직을 내렸다. [O / X]
05. 양명무 형제는 경모의 도움으로 옛 벼슬로 나아갈 수 있게 되었다. [O / X]

심층체크

1. 지칭하는 대상이 <u>다른</u> 하나를 고르시오.
　A. 경　　　B. 신　　　C. 선비　　　D. 자신　　　E. 이청후

필수어휘 _ 반드시 암기하기

*공적 : 노력과 수고를 들여 이루어 낸 일의 결과.
*평정하다 : ① 반란이나 소요를 누르고 평온하게 진정하다. ② 적을 쳐서 자기에게 예속되게 하다.
*공신 : 나라를 위하여 특별한 공을 세운 신하.

장면 27

하루는 경모가 회의를 마치고 옥 수레를 여섯 마리 말로 끌고 곧장 집으로 향하였다. 대궐에 들어갔을 때 임금이 내린 술을 너덧 잔 먹어서 얼굴에 술기운이 점점 올라서인지 그 모습이 더욱 아름다웠다. 큰길을 따라 기생집 대여섯 곳을 지나가는데, 모든 미인들이 경모의 풍채를 보고 놀라고 매혹되어 귤을 다투어 던지는 바람에 수레에 금귤이 가득하였다. 그러나 경모는 모른 체하고 옥 수레를 밀며 집으로 가던 중 길에서 유백문을 만났다.

"형의 수레에 귤이 어찌 저리 많은가요?" / 경모가 즐겁게 웃으며 말하였다.

"큰길을 지나는데 귤이 내 수레를 메우니 내가 매력이 많다고 할 수 있겠소이다." / 경모가 웃으며 말하였다.

"형은 당나라 때 장안 여인들에게 인기가 있었던 잘생긴 두목지와 같소이다. 그러나 어찌 그리 매정하단 말이오?" **독해 TIP** '두목지'는 당나라 때 미남으로 유명했던 인물이다. 애주가였던 그는 술에 취한 채 수레를 타고 거리를 지나곤 했는데, 이때 여러 여인들이 두목지의 시선을 받기 위해 수레로 귤을 던져 수레가 귤로 가득 차곤 했다는 일화가 있다. 이러한 고사를 활용하여 경모의 뛰어난 외모를 강조하고 있는 것으로 이해하면 된다.

"매정하다 함은 무슨 말이신가?"

"미인이 아리따운 정으로 귤을 전하였는데 돌아보지 않으니 이것이 매정한 것이 아니겠소?"

"주는 것을 사양하지 않았을 뿐 무슨 다른 뜻이 있겠소이까?" / 두 사람이 크게 웃고 함께 경모의 집으로 갔다.

[중략 줄거리] 경모는 경주 장관이 보낸 기생 다섯을 첩으로 맞이하여 편안한 나날을 보낸다.

이럭저럭 여러 해가 지났다. 경모는 장모 한 씨를 정성껏 모셨다. 한 씨가 나이 여든에 세상을 버리니 자녀들이 매우 애통해했다. 세월이 빠르게 지나 3년이 지나고 삼년상을 마쳤다. 경모 부부가 새롭게 슬퍼하니 이는 옛날의 일을 생각하여 마음이 매우 애통한 것이었다.

이때에 이르러 양명무의 벼슬이 이부 시랑이요, 양명수는 태사 정경이요, 설인수는 예부 상서였다. 이후에 임금이 유백문을 공부 상서를 시키고 임강수는 이부 상서를 시켰다. 이들은 경모의 집과 가까운 집을 사서 나랏일을 마친 뒤에 매일 만나 거문고를 타고 자리를 함께하며 시와 술로 날을 보냈다. 당시 사람들이 이들을 신선이라 불렀다.

경모가 경주에게서 열 명의 아들과 세 딸을 낳고 다섯 기생에게서 다섯 아들과 두 딸을 낳으니, 열다섯 아들과 다섯 딸 각각이 옥 같았다.

경모가 벼슬한 지 삼십여 년에 이르러 더욱 충성을 다해 임금을 섬기고 부지런히 나랏일을 살펴 모든 신하 중 뛰어났다. 이에 천하가 태평하여 밤에 도적이 없고 길에 거지가 없고 모든 백성이 안락하게 생활하였다. 천하의 모든 신하와 백성이 그 넓은 덕과 밝은 지혜, 맑은 정기를 갈수록 우러러서 길 가는 코흘리개라도 다 대인이라 칭찬했다.

임금이 더욱 기특하게 여겨 은총이 날로 더하였지만 돈과 보물은 내려 주지 못하였다. 경모의 청렴한 덕이 옥같이 굳기 때문이었다. 그러니 임금이 재물은 주지 못하고 매일 향기로운 술만 한 병씩 내려줄 따름이었다. 각 도 수령들도 재물을 바쳐 올리기를 의논하지 못하니 경모의 맑고 높은 덕이 이러하였다. **독해 TIP** 임금이 내려 주는 금은보화를 사양하고, 각 도 수령들이 올리는 각종 재물들도 받지 않는 경모의 모습에서 그의 청렴결백한 면모가 드러나고 있다. 임금이 매일 그 충성과 절개를 칭찬하여 평원왕으로 봉하시나 경모가 여러 번 사양하였다. 그러자 임금이 봉하는 명을 거두고 더욱 감탄하였다.

경모는 집에 머물 때면 단정히 앉아 학문의 이치를 쉬지 않고 탐구하고, 사람을 대접할 때는 다른 사람보다 후한 것이 넘쳤다. 벼슬이 으뜸이요, 지위가 제후인데도 궁궐에 출근하여서는 아랫사람을 대할 때라도 옷차림을 바르게 하였다. 항상 집에 있으나 가난한 사람을 대할 때 더욱 공손하였다. 또한 익살스러운* 해학*을 좋게 여겨 친한 사람이면 온화하게 온종일 농담을 나누고, 비록 아이라도 즐겁게 데리고 놀았다. 처음 보면 그 기상은 엄숙하나, 행동거지가 너그러워 온화한 기운이 봄바람 같았다. 말 붙이기 엄숙하나 말을 시작하면 부드러워서 바람이 바다 물결을 움직이는 듯하였다. 이에 당시 사람들이 경모를 일컬어 사람 중의 어진 군자요, 다시없을 영웅호걸이라고 하였다.

OX 문제

01. 동시에 일어나는 두 개의 사건을 병치하여 서사의 진행을 지연시키고 있다. [O / X]
02. 경모는 유백문의 말을 듣고 나서야 자신의 수레에 금귤이 가득하다는 사실을 알아챘다. [O / X]
03. 인물의 외양을 묘사하여 성격을 제시하고 있다. [O / X]
04. 유백문과 임강수는 조정 일을 마친 후 매일 경모를 만나 풍류를 즐겼다. [O / X]
05. 임금은 경모의 거듭된 청을 받아 들여 그를 평원왕으로 봉하는 명을 거두었다. [O / X]

심층체크

1. 지칭하는 대상이 <u>다른</u> 하나를 고르시오.
 A. 형   B. 공부 상서   C. 대인   D. 어진 군자   E. 영웅호걸

필수어휘 _ 반드시 암기하기

*익살스럽다 : 남을 웃기려고 일부러 우스운 말이나 행동을 하는 데가 있다.
*해학 : 익살스럽고도 품위가 있는 말이나 행동.

낙성비룡

장면 28

하루는 경모가 일을 마친 후 집에 들어와 한가히 쉬면서 아들들과 놀아 주고 있는데 시중드는 하인이 들어와 아뢰었다.

"공부 상서 유 어른과 이부 상서 임 어른이 와 계십니다."

경모가 홀로 있으며 두 사람을 생각하던 중이라 반가움에 어쩔 줄을 몰라 급히 맞았다.

"아우가 아까 두 형을 찾으려 나갔다가 두 형이 다 없어서 돌아왔는데 이렇게 만나니 무척 다행이오."

차를 내어 마시며 세 사람이 함께 서로 농담하니 웃음소리가 멈추지 않았다.

"형이 술을 즐기므로 내가 배꽃으로 빚어 만든 술이 막 익었기에 두어 병을 가져왔는데 마시겠소?"

"좋은 술을 가져왔으면 형의 정을 생각해서 반갑게 먹겠소이다."

임강수와 경모의 말이 끝나기도 전에 푸른 옷의 동자 둘이 각각 유리병을 하나씩 메고 왔다.

세 사람이 앵무새가 그려진 잔을 내서 먹었다. 강수와 백문이 잔을 자주 보내 경모에게 심하게 권하나, 경모가 순순히 받아 기울여 다 먹었다. 술이 반쯤 취하니 술기운이 점점 오르는 것이 겉모습에도 나타났다.

"우리 술기운을 타서 바둑을 두는 것이 좋겠소."

임강수가 판을 내어 벌였다. 원래 세 사람의 바둑 실력이 뛰어나고 당대에 제일이었지만, 두 사람은 경모를 한 번도 이긴 적이 없었다. 매일 한탄하다가 이날 술을 가져다가 무수히 권하고 때를 타 승부를 다투려 한 것이다. 그러나 경모가 반쯤 취하니 흥이 더욱 일어나고 실력이 전보다 배는 더하여서 손이 닿는 곳에 맑은 바람이 일어났다. 임강수가 능히 이기지 못하고 판을 밀치며 크게 웃으며 말했다.

"우리의 바둑 실력이 서로 같으나 형에게 미치지 못하므로 오늘 술을 권하여 취중에나 이기려 하였는데 술이 형의 실력을 더욱 돋우니 도리어 후회스럽소이다."

"술을 가져와서 먹이는 것을 이상하게 여겼는데 바둑을 지게 하려고 가져온 것이었구려."

유백문이 웃으며 말했다. / "너무 잘난 척 마시오. 내 당당히 한번 이길 것이니." **독해 TIP** 임강수와 유백문이 경모에게 술을 많이 권했던 이유가 드러나고 있다. 둘은 경모가 술에 취하면 그와의 바둑 대결에서 이길 수 있으리라 생각했지만 술이 들어가자 경모의 실력이 더 상승하여 이기지 못했다. 술을 마시고 바둑을 두며 평화로이 우애를 다지는 셋의 모습이 잘 드러나는 장면이다.

유백문이 판을 내어 와 다시 두었다. 그러나 감당하지 못하고 또 지니 임강수를 돌아보고 꾸짖었다.

"전에는 매일 아슬아슬하게 졌는데 오늘은 형이 좋은 술을 많이 먹이는 바람에 기운을 돋우어 더욱 감당하지 못하여 더 형편없이 졌소이다. 다 형의 탓이오. 술만 아니면 이번에는 반드시 이겼을 것이오."

경모가 크게 웃으며 말하였다.

"형이 매일 불만스러워 하기에 내 스스로 지고자 하나 두 손이 인정이 없어 매일 이기니 실로 내 뜻이 아니오. 만일 두 형이 이기고자 한다면 나의 두 손에 인정을 많이 쓰고 부디 이겨 달라고 간절히 빌면 혹 이길 법이 있을 것이오. 나는 마음대로 못 하니 두 형은 나를 원망치 마시오."

두 사람이 손뼉을 치며 크게 웃었다. / "가뜩이나 애가 타는데 능청맞은 소리를 하시는구려."

이렇게 세 사람이 웃고 있는데 문득 동자가 고하였다.

"석낭중 어른이 오셨습니다."

세 사람이 급히 일어나 맞아 안부를 묻고 차를 내온 후 한가롭게 담소하였다. 석낭중은 본디 바둑을 잘 둔다고 자랑하고 다니는 사람이었다. 유리판에 바둑알이 어지럽게 벌려져 있음을 본 석낭중은 세 사람이 두던 것인 줄 짐작하고 그 실력을 보고자 하나 감히 말을 꺼내지 못하였다. 그때 임강수가 판을 경모에게 밀며 말하였다.

"아까 형에게 매우 허망하게 졌으니 다시 두겠소." / "아까는 허망하게 졌지만 이번에는 크게 지려고 하는구려."

경모와 강수가 바둑을 다시 시작하였다. 낭중이 눈으로 저 두 사람의 재주를 보니 손을 쓰는 법이 뛰어났다. 판 위에 푸른 바람이 솔솔 부니 눈이 부시고 정신이 황홀하였다. 이윽고 경모가 판을 밀어냈다.

"형이 아까는 허망하게 졌는데 이번은 되게 졌소이다."

"오늘 두 판을 거듭 졌으니 후일 당당히 통쾌하게 이겨 갚을 것이오."

경모와 강수가 서로 마주보며 웃었다. 석낭중이 황홀해하더니 짧은 시간에 승부가 과연 경모의 말과 같이 끝나자, 신기하게 여겼다. 그리고 스스로 바둑 재주가 십분의 일도 당하지 못할 줄 알고 놀라서 하직하고 돌아갔다. 그후 석낭중은 세 사람의 실력을 칭찬하느라 침이 마르고 세 사람의 바둑 실력이 세상의 으뜸이라 하였다. 임강수와 유백문이 밤늦도록 이야기를 나누다 헤어졌다.

이들은 매일 여가가 생기면 서로 모여 바둑과 해학을 주고받으며 소일하는* 것으로 즐거움을 삼았다. 경모는 검소하고 소박하

항상 옷과 음식을 사치하지 않았다. 관복 외에는 비단을 몸에 가까이 않고 여름이면 보리밥이요, 겨울이면 잡곡밥을 먹었다. 부인 경주 또한 이를 본받아 비단을 짜며 평민이 하는 막일을 몸소 하니 당시 사람이 칭찬하며 그 덕을 본받았다. 임금이 경모의 덕과 충성심, 현명함에 매우 감동하여 서울 큰길 가운데 큰 집을 세우게 하였다. 그리고는 옥으로 비석을 새겨 그 충성과 의리, 청렴한 덕을 기록하여 금으로 메우고, 그 아래 또 '치국평천하*의 공'을 새기게 하였다.

경모 부부가 백 살이 되도록 해로하였고*, 열다섯 아들과 다섯 딸이 모두 명성이 높았다. 경모 부부가 젊은 시절 다른 사람은 겪지 않은 힘든 일을 지냈으나 출세한 후 다시 만나 칠십을 영화롭게 누리고 자손이 가득하니 그 어질고 너그러운 마음씨를 추앙하지 않는 사람이 없었다. 이처럼 복을 갖추어 누림은 세상에 다시없는 일이니 하늘이 어진 사람에게 복을 주신다 하는 것이 진실로 헛된 말이 아니다. 공적이 기특하기에 잠깐 기록하여 아름다움을 후세에 전한다. 독해 TIP 경모의 집안 대대손손이 영화롭게 되는 모습으로 작품이 마무리되고 있다. 여러 고난을 극복하고 행복한 결말을 맞이하는 전형적인 영웅 소설의 서사를 따르고 있는 작품이다.

OX 문제

01. 인물들의 선악 대결을 통해 새로운 사건의 시작을 알리고 있다.   [O/X]
02. 경모는 임강수와 유백문이 권한 술을 모두 마시고도 취한 기색을 보이지 않았다.   [O/X]
03. 환상적 배경에서 벌어진 사건을 통해 허구성을 강화하고 있다.   [O/X]
04. 임강수와 유백문은 바둑 시합에서 한 번도 경모를 이기지 못하였다.   [O/X]
05. 석낭중은 임강수와 경모의 바둑 실력이 자신의 바둑 실력에 미치지 못한다고 생각하였다.   [O/X]

심층체크

1. 지칭하는 대상이 같은 것끼리 짝 지으시오.
  A. 아우   B. 형   C. 백문   D. 내   E. 형   F. 형   G. 형
2. 서술자의 개입을 찾아 밑줄 치시오.

필수어휘 _ 반드시 암기하기

*소일하다 : 어떠한 것에 재미를 붙여 심심하지 아니하게 세월을 보내다.
*치국평천하 : 나라를 잘 다스리고 온 세상을 평안하게 함.
*해로하다 : 부부가 한평생 같이 살며 함께 늙다.

무조건 올라가는

고전소설 문해력

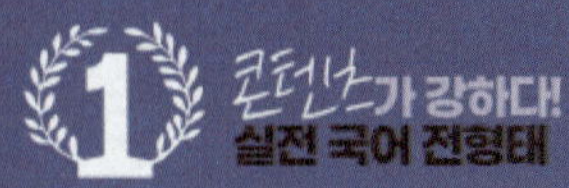

정답과 해설

장면01

OX 문제

1. O / 채봉은 '아름다운 약속'을 맺지 못한 채 세월이 빠르게 흐르는 것을 두고 "아! 세월도 빠르구나.~이와 같이 겉늙는구나."라며 탄식하였으므로 선지의 내용은 적절하다.

2. X / 채봉은 취향과 함께 동산으로 향하지 않고, '취향을 보내 찾아오라 하'였으므로 선지의 내용은 적절하지 않다.

3. X / 장필성은 수건 끝에 수놓아진 '채봉 두 자'를 통해, 취향을 만나기 전 수건의 주인이 채봉임을 이미 알고 있었으므로 선지의 내용은 적절하지 않다.

4. X / '아! 선녀가 하늘로 올라가니~까마귀와 까치 소리만이 시끄럽구나.', '이는 분명 그 처녀의 수건이요, 채봉은 그 이름이라.'라는 필성의 내적 독백과 '어떠한 양반이신지 우리 소저와 인물이 서로 비슷할 뿐이랴.~말하면 무슨 상관있으리오.'라는 취향의 내적 독백을 인용한 것은 맞다. 하지만 이를 통해 각 인물의 생각을 드러내고 있을 뿐, 인물의 과거 행적을 드러내고 있지는 않다.

5. O / '뜰 앞 낙엽에 가을바람이 쓸쓸하니, 근심과 탄식을 금치 못하는 터이라.~가라앉은 목소리로 시비를 부른다.'에서 가을이라는 계절적 상황에서 비롯되는 쓸쓸함이 강조되고 있으므로 선지의 내용은 적절하다.

심층체크

1. D
D : 취향 / A, B, C, E, F : 채봉

장면02

OX 문제

1. O / 채봉은 취향이 한 끼의 밥을 먹을 만한 시간이 되도록 오지 않자 '수건을 찾느라고 이렇게 늦는가? 혹시 그 엿보던 소년이 수건을 집어서 실랑이를 하나?'라고 추측하였으므로 선지의 내용은 적절하다.

2. X / 채봉은 장필성의 글에 대한 답장으로 '그대에게 권하노니 양대의 꿈을 생각하지 말고, / 독서에 힘써 과거에 급제하길 바라노라.'라고 썼다. 이를 통해 채봉이 장필성과의 만남을 약속하지 않았으며, 장필성이 전한 마음을 거절하였음을 알 수 있다.

3. O / 장필성은 '그대에게 권하노니~급제하길 바라노라.'라는 채봉의 글을 읽고 그녀의 글짓기 실력에 '깊이 감동하'였으므

로 선지의 내용은 적절하다.

4. X / "나는 소년 재사라. 군자의 좋은 짝으로 더할 것 있겠느냐.~은혜를 잊지 아니하마."에서 필성은 취향에게 자신의 재주가 뛰어남을 언급하며 채봉과의 만남을 성사시켜 줄 것을 부탁하고 있을 뿐, 취향의 호감을 사기 위해 자신의 우월한 지위를 드러내고 있지는 않다.

5. X / 필성이 지은 시가 삽입되어 있으나, 이를 통해 인물 간의 갈등 양상이 구체화되는 상황을 드러내고 있지는 않다.

심층체크

1. A, B / C, D, G, H / E, F
A, B : 취향 / C, D, G, H : 장필성 / E, F : 채봉

장면03

OX 문제

1. X / 채봉이 장필성이 지어 준 시를 여러 번 읊은 것은 맞으나, 그와 다시 만나기를 소원하지는 않았다.

2. X / 장필성은 "저번에 군자께서 주신 시도~어찌 다른 말씀을 하오리까."라는 채봉의 말을 들은 후, 채봉이 취향과 함께 초당으로 들어가는 모습을 바라보며 서 있다가 집으로 돌아갔으므로 급히 집으로 돌아갔다는 선지의 내용은 적절하지 않다.

3. O / '채봉의 어머니 이 씨가 달빛이 환함을 보고 딸을 보러 초당으로 나오니 채봉과 취향이 없거늘, 마음이 이상하여 정원으로 찾아가는데~눈을 비비며 그 남자를 보니,'에서 확인할 수 있다.

4. X / '동쪽에 뜬 달의 밝기가 낮 같아', "물 본 기러기 어옹을 두려워하리이까.", '백옥 같은 풍채로 달빛이 비치는 아래 채봉과 같이 서 있는 모습은 정말 원앙의 쌍이라.' 등에서 비유적 진술을 확인할 수 있다. 하지만 이를 통해 인물 사이에 나타난 갈등을 부각하고 있지는 않다.

5. O / 취향은 "오늘 이 일이 전생과 현생, 후생의 인연이~이 어찌 묘한 인연이 아니오리까."라며 채봉에게 장필성과의 만남은 필연으로 이루어진 인연임을 강조하여, 두 사람이 이어지도록 돕는 조력자 역할을 하고 있으므로 선지의 내용은 적절하다.

심층체크

1. D
D : 채봉 / A, B, C, E : 취향

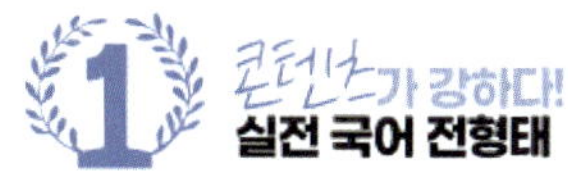

장면04

무조건 올라가는
고전소설 문해력

OX 문제

1. O / 이 부인은 취향을 통해 장필성에 대한 이야기를 들은 후 장필성의 글씨를 보고 "다시 더 말할 것 없거니와,"라며 채봉과 장필성의 혼인을 허락하였으므로 선지의 내용은 적절하다.

2. X / 서울로 올라간 김 진사가 혼사를 정하여 내려올 것을 걱정한 사람은 채봉이 아닌 이 부인이므로 선지의 내용은 적절하지 않다.

3. O / '그 뛰어난 인물을 어찌 한 붓으로 기록하리오.'에서 서술자가 개입하여 장필성의 뛰어난 모습에 대한 평가를 제시하고 있다.

4. X / 장필성은 "옛글에 나라가 어려울 때는 현명한 재상을 생각하고,~어찌 민망하지 아니하오리까?"라며 고사를 인용하여 어머니 최 씨에게 채봉과의 혼인을 원하는 자신의 상황을 부각하고 있을 뿐, 인물의 성격을 고사에 빗대어 사건을 새로운 국면으로 전환하고 있지는 않다.

5. X / "김 진사 집과 우리의 가문은 비슷하나 가난함과 부유함이 많이 다르니 우리와 결혼하기를 즐거워하겠느냐?"라는 최 부인의 발화를 통해 최 부인은 가문의 지위가 아닌 두 집안의 빈부 격차를 걱정하였음을 알 수 있다. 또한 최 부인은 '매파를 김 진사 집으로 보내 혼인할 뜻을 전하'였으므로 선지의 내용은 적절하지 않다.

심층체크

1. A, D, G / B, C, E / F, H
   A, D, G : 장필성 / B, C, E : 김 진사 / F, H : 최 부인
2. 그 뛰어난 인물을 어찌 한 붓으로 기록하리오.

장면05

무조건 올라가는
고전소설 문해력

OX 문제

1. O / "신부의 아버지가 내려오시거든 혼례를 할 터이니"라는 이 부인의 발화를 통해 알 수 있다.

2. X / 김양주가 '김 진사가 아주 많은 재산을 가지고 벼슬을 구하기 위해 올라왔다는 말'을 전해들은 것은 맞다. 하지만 '당시 허 씨가 제일 세도가로~이 사람은 김양주라 하는 자라.'를 통해, 상대에게 의도적으로 접근한 인물은 김양주가 아닌 김 진사임을 알 수 있으므로 선지의 내용은 적절하지 않다.

3. X / 김양주는 세도가가 아닌 세도가 허 씨의 문객이며, 김 진사는 김양주에게 만 냥이 아닌 천 냥을 건네주었으므로 선지의 내용은 적절하지 않다.

4. O / '이때, 김진사는 사윗감도~김양주라 하는 자라.'에서 채

봉과 필성이 혼인을 약속하고 김 진사를 기다리는 일과 김 진사가 서울에서 벼슬을 얻기 위해 김양주를 만나는 일이 동시에 진행되는 사건임을 알 수 있다. 이를 병렬하여 이야기를 입체적으로 구성하고 있으므로 선지의 내용은 적절하다.

5. X / "수령을 하려면 필요한 돈부터 내야 하는 고로, 만일 돈을 내지 못하면 오백 날 가기로 할 수 있소."에서 앞날의 일을 가정하고 있으나, 이를 통해 인물 간 갈등의 심화를 암시하고 있지는 않다.

심층체크

1. A, C, D / B, F / E, G, H
   A, C, D : 장필성 / B, F : 김 진사 / E, G, H : 김양주

장면06

무조건 올라가는
고전소설 문해력

OX 문제

1. X / 김 진사는 임금의 명이 적힌 문서를 가지고 온 사람에게 천을 나누어 주는 것이 당연하다는 김양주의 말에 '명주실로 짠 천'을 선물하였다. 그러나 '탕건'은 자신이 사용하기 위해 산 것이므로 선지의 내용은 적절하지 않다.

2. X / 방 안에 있던 사람들은 김양주에게 겁을 먹은 것이 아니라 김양주가 피운 담배 연기로 인해 머리가 아파 나간 것이다. 또한 김양주가 기생집 방으로 들어서자마자 달아나지 않았으므로 선지의 내용은 적절하지 않다.

3. O / 김 진사는 허 판서를 만나러 가자는 김양주의 제안을 처음에는 거절하였으나, 김양주가 거듭 제안을 하자 "아무려나 종씨 하라는 대로 합시다."라며 수락하였으므로 선지의 내용은 적절하다.

4. X / 인물의 성격 변화는 인물에게 부여된 본질적인 특성(가치관, 신분 등)의 변화가 나타나는 것을 말한다. "허허, 참 훌륭한 참봉 나리로구나.", "높은 자리에 올랐으니 대접을 아니할 수 없습니다." 등 인물의 발화를 통해 김 진사의 성격 변화를 보여 주고 있으나, 인물의 내력을 요약적으로 제시하여 이를 보여 주고 있지는 않다.

5. X / '어떠한 사내 하나가 옷을~얼굴은 아편쟁이처럼 누렇게 뜬 사람'에서 인물의 외양 묘사는 드러나지만, 이를 통해 인물 간의 갈등을 형상화하고 있지는 않다.

심층체크

1. A, C / B, F, G / D, E
   A, C : 김 진사 / B, F, G : 김양주 / D, E : 산홍

장면07

OX 문제

1. X / 김 진사가 허 판서의 잔심부름을 하는 사내아이를 사위로 삼고 싶어 했던 것은 맞으나, 그를 사위로 삼고자 허 판서에게 5천 냥의 돈을 주기로 약속하는 문서를 내어 놓은 것은 아니다. 5천 냥의 돈을 주기로 약속하는 문서는 과천 현감을 하기 위해 내어 놓은 것이므로 선지의 내용은 적절하지 않다.

2. X / 허 판서는 만 냥을 받고 김 진사에게 과천 현감직을 줄 것을 약속하였을 뿐, 채봉을 첩으로 맞이하고자 그에게 과천 현감직을 약속한 것은 아니다. 김 진사의 딸 채봉을 첩으로 맞이하기 위해서 김 진사에게 "감사라든지 참판, 판서"를 줄 수 있다고 말하였으므로 선지의 내용은 적절하지 않다.

3. O / 김 진사는 채봉을 첩으로 맞이하고자 하는 허 판서의 청을 '기뻐하며 허락한' 후 그녀를 데리고 오기 위해 '다음 날에 허 판서에게 인사를 드리고 평양으로 내려'갔으므로 선지의 내용은 적절하다.

4. X / '채봉의 됨됨이가 보잘것없어 제 팔자가 세니 이 부잣집에 첩이나 주어 호강이나 시키고 나는 부원군 부럽지 아니하게 벼슬이나 실컷 하리라.'에서 김 진사의 내적 독백을 확인할 수 있다. 그러나 이를 통해 딸 채봉을 허 판서와 결혼시켜 권력을 얻으려는 김 진사의 결심을 표현하고 있을 뿐, 난관을 극복하고자 하는 김 진사의 의지를 드러내고 있지는 않다.

5. O / '어찌 헛된 영광에 불같은 욕심이 나지 않으리요.'라는 서술자의 개입과 "미련한 딸을 더럽다 아니하고 이와 같이 부탁하시니 어찌 감히 말씀을 거스르겠습니까마는, 철없는 것이 감당할는지 그것을 몰라 걱정입니다."라는 김 진사의 발화를 통해, 딸 채봉을 허 판서와 결혼시켜 권력을 얻고자 하는 김 진사의 심리를 드러내고 있으므로 선지의 내용은 적절하다.

심층체크

1. A, D, E / B, F / C, G
A, D, E : 김 진사 / B, F : 허 판서 / C, G : 채봉

2. 슬프다. 500여 리 밖에 있는 채봉에게 무수한 풍운이 이로부터 일어남을 어찌 뜻하였으리오. / 김 진사는 어찌 그런 속셈을 알리오. / 어찌 헛된 영광에 불같은 욕심이 나지 않으리오.

장면08

OX 문제

1. X / 이 부인은 "아무리 남의 첩이 되더라도 호강만 하고 몸 편하였으면 좋지."라는 김 진사의 말을 듣고 "남의 눈엣가시 되어~나는 죽어도 그런 호강을 아니 시키겠소."라며 처음에는 반대하였다. 하지만 이후에 "영감이 기어코 하려 드시면 나라고 어떻게 하겠"냐며 뜻을 바꾸었으므로 선지의 내용은 적절하지 않다.

2. O / 채봉은 "너 재상의 첩이 좋으냐, 평범한 이의 부인이 좋으냐?"라는 김 진사의 물음에 '조금도 망설이지 않고' "차라리 닭의 입이 될지언정 소의 꼬리가 되기는 원하지 아니올시다."라고 답하며 재상의 첩은 되고 싶지 않다는 뜻을 전하였다.

3. O / "딸자식이란 것은 바깥부모가 하시는 대로 좇아가는 법이지. 아가 너는 네 방으로 가거라."라는 이 부인의 발화를 통해 알 수 있다.

4. X / "영감도 서울 가시더니 마음이 변하셨구려.~남의 첩으로 준단 말이오."에서 채봉을 허 판서의 첩으로 주려는 김 진사의 의견에 대한 이 부인의 부정적 태도가 드러나지만, 반어적인 발화를 사용하지는 않았으므로 선지의 내용은 적절하지 않다.

5. X / '김 진사는 허풍을 떤다.', '김 진사가 이 말을 듣고 열이 번쩍 나서 무릎을 탁 치며 큰 소리를 한다.'를 인물의 과장된 반응으로 볼 수는 있으나, 이를 통해 사건의 비극성을 완화하고 있지는 않다.

심층체크

1. A, F / B, H / C, E / D, G
A, F : 이 부인 / B, H : 김 진사 / C, E : 허 판서 / D, G : 채봉

장면09

OX 문제

1. O / "우리 부모가 하루아침에 나로 하여금~내 몸은 의롭지 못한 죄를 짓지 않으리라."라는 채봉의 발화를 통해 알 수 있다.

2. X / "죽었느냐 살았느냐? 죽었으면 잊기나 하련마는, 살아서 도적에게 붙잡혀 갔으면 고생이 심할 터이라."라는 이 부인의 발화를 통해, 이 부인은 채봉이 평양으로 도망친 사실을 눈치채지 못하였음을 알 수 있다.

3. X / '나머지 짐을 팔아 길을 오가는 데 쓰는 돈을 만들어 부부가 걸어서 서울을 올라가니라.'를 통해 김 진사가 짐을 도

적에게 모두 빼앗긴 것은 아님을 알 수 있다.

4. ○ / '김 진사가 누웠다가 깜짝 놀라 일어나 나와 보니,~우는 소리가 나는 쪽을 바라보고 쫓아가며 뒤를 돌아보니,'에서 인물의 연속적인 행위를 제시하여 도적에게서 도망가는 김 진사의 긴박한 상황을 드러내고 있다.

5. ○ / '다음 날 밤', '낮이 되었으니' 등의 시간 표지를 활용하여 김 진사 내외와 채봉이 집을 나서며 겪는 사건의 추이(일이나 형편이 시간의 경과에 따라 변하여 나감. 또는 그런 경향)를 드러내고 있으므로 선지의 내용은 적절하다.

심층체크

1. A, C / B, E / D, F
   A, C : 취향 / B, E : 채봉 / D, F : 이 부인
2. 누가 대답을 하리오. / 사람이 헛된 욕심에 뜨이면 눈앞이 어두운 법이라.

장면10

▶▶ 무조건 올라가는
고전소설 문해력

OX 문제

1. ○ / '가엾고 불쌍한 부모는 이미 호랑이의 입에 들었으며,'에서 비유적 진술을 통해 김 진사가 허 판서에게 붙잡혀 있는 상황을 부각하고 있으므로 선지의 내용은 적절하다.

2. ○ / '만리교에서 도적을 만난 일과 서울에 갔다가 허 판서가 영감을 가두고 위협하고 으름장을 놓던 일을 다 말하며,'에서 요약적 진술로 사건의 경과를 드러내어 김 진사가 갇힌 현재 상황에 대한 이해를 돕고 있으므로 선지의 내용은 적절하다.

3. X / 허 판서는 도적을 만나 딸 채봉과 재산을 잃게 된 사연을 털어놓는 김 진사를 '조금도 가여워하지 않고' "허! 이런 맹랑한 놈 보아!~딴소리를 해."라며 화를 내었으므로 선지의 내용은 적절하지 않다.

4. ○ / 이 부인은 채봉이 자신의 목소리를 듣고 한걸음에 뛰어나왔음을 바로 알아채지 못하였으며, 채봉이 급히 자신의 손을 잡고 "어머니, 나 여기 있소."라고 말을 한 후에야 채봉을 알아보았으므로 선지의 내용은 적절하다.

5. X / 채봉은 아버지를 구하기 위해 서울로 올라가자는 어머니의 말을 듣고 "어머니, 나는 죽어도 서울 올라가기는 싫소. 이 자식은 죽은 걸로 아십시오."라고 답하였으므로 선지의 내용은 적절하지 않다.

심층체크

1. E
   E : 허 판서 / A~D : 김 진사
2. 채봉과 취향이 부인의 목소리를 어찌 모르리오.

장면11

▶▶ 무조건 올라가는
고전소설 문해력

OX 문제

1. X / "봉선 어미가 봉선을 팔아서 서울로 보내고 집이 비었는데,"라는 취향 어미의 발화에서 봉선 어미의 행적이 요약적으로 제시되고 있으나, 이를 통해 인물 간의 갈등이 해소되었음을 보여 주고 있지는 않다.

2. X / "우리 집은 살림살이 하나 없이 갑작스럽게 이 지경이 되었으니까 말이 아니 나오오."에서 가난해진 이 부인의 현재 상황과 그 처지가 강조되고 있다. 하지만 현재의 상황을 과거의 상황과 대비하고 있지는 않으므로 선지의 내용은 적절하지 않다.

3. ○ / 채봉은 아버지를 구할 돈 5천 냥을 마련하기 위해 자신의 몸을 팔아 기생이 되기로 결심하였으므로 선지의 내용은 적절하다.

4. X / 봉선 어미는 "내가 기생이 되고자 하니 어떠하시오?"라는 채봉의 말을 듣고 "좋기는 하지마는 정말인지 알 수가 없"다며 의심하는 모습을 보였다. 하지만 취향 어미의 부탁을 받아들여 채봉을 만나러 온 것이므로 선지의 내용은 적절하지 않다.

5. X / "5천 냥은 아버지 나오시게 하고, 500냥은 나오시거든 집으로 내려오는데 쓰시오. 500냥은 내가 쓰겠소."라는 채봉의 발화를 통해 선지의 내용이 적절하지 않음을 알 수 있다.

심층체크

1. A, B / C, E, H / D, F, G
   A, B : 취향 어미 / C, E, H : 이 부인 / D, F, G : 채봉
2. 부모와 자식 간의 관계야 어찌하리오.

장면12

▶▶ 무조건 올라가는
고전소설 문해력

OX 문제

1. X / '창밖에 따스한 기운이 피고,~기러기가 답하더라.'에서 배경 묘사가 드러나지만, 이를 통해 밝고 역동적인 분위기를 조성하고 있지는 않다.

2. X / '차림새가 초라한 사람이라.'를 인물의 외양 묘사로 볼 수는 있으나, 이를 통해 인물의 혼란스러운 심리 상태를 드러내고 있지는 않다.

3. ○ / 장필성은 '김 진사가 내려와서 이 말 저 말 없이 서울로 모두 살러 갔다는 소리'를 들은 후 '마음을 단단히 먹어 품었던 생각을 끊'었다고 하였으므로 채봉과의 혼인을 포기하였다는 선지의 내용은 적절하다.

4. X / 장필성은 송이의 시를 본 후 '이 글은 나와 채봉 이외에는 알 사람이 없는데, 어찌 기생의 방에 붙었으며 그 기생이

어떠한 계집이기에 글 푸는 사람을 구하기는 무슨 까닭인고.'
라며 기생의 정체를 궁금해 했을 뿐, 시를 보자마자 송이가
채봉임을 알아차리지는 못하였다.

5. X / 기생 어미는 장필성과 송이의 사정을 알지 못하였으므
로 선지의 내용은 적절하지 않다.

심층체크

1. A, D, G / B, C, E / F, H
  A, D, G : 봉선 어미 / B, C, E : 채봉 / F, H : 장필성
2. 누가 쉽게 해독하리오.

▶▶ 무조건 올라가는
장면13
고전소설 문해력

OX 문제

1. X / '채봉은 아버지가 서울에서 내려와~자기가 몸을 팔아서
  올려 보낸 말을 다 하며,'에서 요약적 진술로 사건의 경과(일
  이 되어 가는 과정)를 드러내어 현재 상황에 대한 이해를 돕
  고 있으나, 추측을 포함한 진술은 나타나지 않았으므로 선지
  의 내용은 적절하지 않다.

2. X / '채봉은 아버지가 서울에서 내려와 하던 말이며,~자기
  가 몸을 팔아서 올려 보낸 말을 다 하며,'에서 요약적 진술로
  채봉이 기생이 된 사건의 진상(거짓 없는 모습이나 내용)을
  밝히고 있음을 확인할 수 있다. 하지만 해당 장면은 시간의
  흐름에 따라 사건이 전개되고 있으므로 시간의 역전이 드러
  난다는 선지의 내용은 적절하지 않다. 역전적 시간 구성은
  현재 장면 사이에 과거 장면이 삽입되어, 현재에서 과거로
  시간의 역전이 나타난 구성을 말한다.

3. X / 채봉은 자신의 마음은 '일편단심으로 예나 지금이나 똑
  같'지만 '장 씨의 생각이야 어떠한지' 알 수 없었다고 하였으
  므로 장필성의 마음이 자신의 마음과 같을 것이라고 확신하
  지 못한 것은 맞다. 그러나 이후 필성이 먼저 "저번에는 규수
  라~기생으로 나왔는가?"라고 말을 건넸으므로 선지의 내용
  은 적절하지 않다.

4. O / "걱정은 내 집안 형편이 빈곤하여 자네 몸을 빼내어 올
  방법이 없네그려."라는 장필성의 발화를 통해 알 수 있다.

5. X / 채봉은 자신의 돈 300냥을 장필성이 준 돈이라 속여 기
  생 놀음의 위기에서 벗어났으므로 선지의 내용은 적절하지
  않다.

심층체크

1. E
  E : 기생 놀음을 받으러 온 양반 / A~D : 장필성

▶▶ 무조건 올라가는
장면14
고전소설 문해력

OX 문제

1. X / 이보국이 평양 감사에 자원해 내려온 것은 '경치가 좋다
  는 말'을 들었기 때문이며, '송이가 글과 그림의 재주가 뛰어
  나다는 말'을 들은 것은 평양 감사가 된 이후의 일이므로 선
  지의 내용은 적절하지 않다.

2. O / '저 기생은 글솜씨가 뛰어나고~내가 한번 저 기생을 부
  려 보리라.'라는 평양 감사의 생각과 "얘, 송이는 내가 부리고
  자 하여 원래 값보다 천 냥을 더 주는 것이니, 네 마음에 어
  떠냐?"라는 평양 감사의 발화를 통해 알 수 있다.

3. X / 장필성이 송이를 만나기 위해 이방이 된 것은 맞으나,
  가까이 가지 못하여 송이의 소식을 알 수 없다고 하였으므로
  선지의 내용은 적절하지 않다.

4. O / '저 기생은 글솜씨가 뛰어나고~내가 한번 저 기생을 부
  려 보리라.'에서 평양 감사의 독백을 직접 인용하여 채봉에게
  도움을 주려는 그의 내면을, '나도 감사 앞에서 일하는 사람
  이 된다면 채봉을 만나기 쉬우리라.'에서 장필성의 독백을 직
  접 인용하여 채봉을 만나고자 하는 그의 내면을 보여 주고
  있다.

5. X / '송이가 마지못하여 붓을 잡고 먹을 진하게 갈아 종이 위
  에 일필휘지하니'에서 인물의 행위가 연속적으로 나열되고
  있으나, 이를 통해 신분의 변화 과정을 드러내고 있지는 않
  다.

심층체크

1. A, B, F / C, D, E / G, H
  A, B, F : 이보국 / C, D, E : 채봉 / G, H : 장필성
2. 가까이 가지 못하니 어찌 알리오.

▶▶ 무조건 올라가는
장면15
고전소설 문해력

OX 문제

1. X / 채봉이 평양 감사가 자신과 장필성의 관계를 '알면 무슨
  죄를 내릴지 몰라' 두려워한 것은 맞다. 하지만 장필성과 편
  지를 주고받지 못하고 서로의 글씨만 보며 지냈다고 하였으
  므로 선지의 내용은 적절하지 않다.

2. X / '그리워하던 장필성이 조용한 방에서 혼자 자신의 시를
  내놓고 보며 울고 전전반측 누웠거늘'은 채봉이 꿈에서 본 장
  필성의 모습이므로 선지의 내용은 적절하지 않다.

3. O / "그 옛날 심양강 거문고 뜯던 여인은~가련하지 아니할
  까."에서 중국의 고사를 인용하여 장필성과 만나지 못하는
  채봉의 쓸쓸한 상황을 부각하고 있으므로 선지의 내용은 적
  절하다.

4. X / '서로 상사병이 될 지경이더라.', '독수공방에 눈물로 세
월을 보내는 송이야 오죽할까.', '팔자가 사나운 여인의 한을
어찌 모르리오.'에서 서술자의 개입을 확인할 수 있으나, 이
를 통해 사건의 전모(전체의 내용)를 밝히고 있지는 않다.

5. X / 평양 감사가 채봉의 방에 들러 우연히 '추풍감별곡'을 보
게 된 것은 맞으나 그가 잠을 이루지 못한 이유는 '어떻게 하
면 백성의 불만이 없을까, 어떻게 하면 나라로부터 받은 은
혜에 보답할까' 생각하였기 때문이다. '잠을 이루지 못하고
누웠'다가 채봉의 울음소리를 듣게 된 것이므로 선지의 내용
은 적절하지 않다.

심층체크

1. B

B : 심양강에서 거문고를 뜯던 고사 속 여인 / A, C, D, E :
채봉

2. 서로 상사병이 될 지경이더라. / 독수공방에 눈물로 세월을
보내는 송이야 오죽할까. / 팔자가 사나운 여인의 한을 어찌
모르리오.

▶▶ 무조건 올라가는
장면16
고전소설 문해력

OX 문제

1. O / 장필성과 평양 감사의 대화에서 채봉과 장필성의 혼인을
성사시키기 위해 "송이의 부모를 내려오게" 한다는 사건 해
결의 방안을 제시하고 있으므로 선지의 내용은 적절하다.

2. O / '오래지 않아 허 판서가 욕심을 부리다~김 진사를 무죄
로 풀어 주니라.' 등에서 사건의 압축적 제시를 확인할 수 있
으며, 평양 감사와 장필성, 장필성과 채봉 등이 나누는 대화
장면을 확인할 수 있다. 이를 통해 사건 전개의 완급(느림과
빠름)을 조절하고 있으므로 선지의 내용은 적절하다. 이와
같이 압축적 제시와 대화 장면이 번갈아 등장하면 사건 전개
의 완급 조절은 자연스레 일어난다.

3. X / 채봉이 평양 감사의 도움으로 그리워하던 필성을 만난
것은 맞으나 그를 만나자마자 눈물을 쏟아 내지는 않았다.
평양 감사의 명에 따라 장필성과 건넌방으로 간 이후에야 '님
을 그리워하던 눈물'이 아닌 '큰 강과 바다 같은 이 감사의 은
혜에 느껴 우는 눈물'을 쏟아 내었으므로 선지의 내용은 적절
하지 않다.

4. O / '김 진사는 우선 관아에 옮기고 죄의 유무를 살펴보더
니,~김 진사를 무죄로 풀어 주니라.'를 통해 알 수 있다.

5. X / 김 진사 부부는 평양으로 내려가 채봉을 기생 신분에서
벗어나게 하려고 하였으므로 선지의 내용은 적절하지 않다.

심층체크

1. A, B / C, E / D, H / F, G

A, B : 이보국 / C, E : 장필성 / D, H : 김 진사 / F, G : 채
봉

2. 그 모습이 차마 어찌 애달프지 아니하리오. / 슬프다. 세상
일은 재산이 많고 지위가 높은 것과 가난하고 천한 것이 정
해져 있고,~지위를 오래 누리기를 기약하리오.

장면01

▸▸ 무조건 올라가는
고전소설 문해력

OX 문제

1. O / 남자와 여자가 혼인할 때 비단이 없어 산짐승을 잡아 가죽을 벗겨 혼수로 삼는다는 소문을 들은 서대쥐는 자신의 가죽이 벗겨질까 두려워 구궁산 깊은 굴속에 몸을 숨겼다.
2. X / 복희씨가 육십갑자를 정하여 쓴 문서를 전달한 것이 아니라, 육십갑자를 이루기 위해 무엇을 으뜸으로 삼을지를 서 씨 가문과 의논한 것이다.
3. O / "지금은 어느 나라 시절인 줄 아느냐."라는 서대쥐의 물음에 '여러 아들, 사위, 아우와 조카 모든 쥐들'은 과거 '복희씨'부터 지금의 '세민황제'에 이르기까지 과거 인물들의 업적을 시간의 흐름에 따라 나열하였다.
4. X / 서대쥐와 그 자손들 간의 대화가 제시되었으나, 이를 통해 특정 인물의 생각과 행동을 희화화하고 있지는 않다.
5. X / 서대쥐는 자손들이 "무식하고 남에게 비웃음을 살 만한 일을 이르며 가르치"는 모습에 답답함을 느낀 것이므로 적절하지 않다.

심층체크

1. A, B, G, H / C, D, E
   A, B, G, H : 서대쥐 / C, D, E : 서대쥐의 조상 / F : 서대쥐의 자손

장면02

▸▸ 무조건 올라가는
고전소설 문해력

OX 문제

1. X / 서대쥐 종족은 천자가 금용성을 치려 할 때, '금용성 창고 안의 백만 석 쌀을 모두 훔쳐 없'앴다. 이 공에 대한 상을 내리기 위해 천자가 서대쥐에게 벼슬을 내린 것이다. 즉, 서대쥐의 공은 금용성을 쳐서 함락시킨 것이 아니라, 금용성 창고 안의 쌀(식량)을 없애 적군으로 하여금 먹을 것이 없게 만든 것이다.
2. X / 서대쥐는 청지기 쥐에게 "지금 너에게 한두 석 쌀을 주고 싶으나" 가족이 흩어졌으므로 대신 자식을 데리고 자신의 집으로 와 지내라고 하였다.
3. X / '장 처사'나 천자의 교지를 들고 온 사람 등 새로운 인물이 다른 인물의 발화를 통해 등장하기는 하지만 인물 간의 대립 구도가 전환되는 부분은 나타나지 않는다.
4. O / '시간 표지'는 시간을 나타내는 표현을, '추이'는 '일이나 형편이 시간의 경과에 따라 변하여 나감. 또는 그런 경향'을

의미한다. 청지기 쥐는 '지난달 어느 밤', '십여 일' 등의 시간 표지를 활용하여 자신이 장 처사의 집에서 겪은 사건의 추이를 드러내고 있다.
5. X / 황제의 교지가 굴 밖에 걸려 있다는 청지기 쥐의 말을 듣고 손뼉을 치며 기뻐한 것은 서대쥐가 아니라, '여러 젊은 쥐들'이다. 서대쥐는 무수히 지저귀는 이들의 가벼운 행동을 꾸짖고 청지기 쥐에게 침착하게 답하였다.

심층체크

1. C
   C : 옛 사람(古人) / A, B, D, E : 서대쥐

장면03

▸▸ 무조건 올라가는
고전소설 문해력

OX 문제

1. O / 서대쥐는 "나의 잠깐의 즐거움만 생각하고 재물을 함부로 써서 자손들이 생산한 재물을 어찌 허비하리요, 그런고로 다시는 잔치하자 말을 말라."라며 잔치를 열자는 장자쥐의 제안을 거절했다.
2. X / 인물의 내적 독백은 주로 작은따옴표(' ')를 통해 표현한다. 하지만 윗글에서 작은따옴표가 쓰인 부분들은 인물의 내적 독백을 인용한 것이 아니라, 태부 소광의 말을 인용하거나 초대하는 글을 인용한 부분이다. 또한, 극적 긴장감은 갈등의 심화 혹은 위기감 고조 등이 나타날 때 허용할 수 있다. 따라서 해당 장면에서 극적 긴장감이 높아진다고 볼 수 없으므로 선지의 내용은 적절하지 않다.
3. X / 잔치를 연다는 글을 노복 20명에게 주어 여러 곳에 보냈더니, 팔괘동 중에 서 씨 종족이 하도 많아 모인 쥐들의 수를 이루 셀 수 없다고 하였다.
4. O / '푸른 하늘에 구름 모이듯 하고 봄철의 산에 안개 모이듯 하여'에서 비유적 진술을 통해 잔치에 서 씨 종족이 많이 모인 상황을 실감나게 묘사하고 있다.
5. O / 고산 서 씨는 "옛사람의 말에 일렀으되~자손의 청하는 말을 따르소서."라며 옛사람의 말을 근거로 서대쥐를 설득하였다.

심층체크

1. F
   F : 서기 쥐 / A~E : 서대쥐

장면04

▶▶ 무조건 올라가는 고전소설 문해력

OX 문제

1. O / '비록 흙구덩이이나 좋은 터로~풍류와 음악을 즐겨 노는 소리가 끊이지 않더라.'에서 '아침 태양과 저녁달은 구름 속에 그림같이 보이고', '용이 살아 움직이는 것같이 아주 활기 있는 글씨이더라.'와 같은 비유를 활용하여 잔치가 벌어지는 곳의 풍경을 묘사하고 있다.

2. X / 장자쥐는 서대쥐에게 장생주를 권하며 그가 사는 동안 아무런 탈이 없기를 빌었다. 서대쥐에게 불로주를 올리며 그의 수명이 늘어나기를 빈 쥐는 둘째 쥐이다.

3. X / '무늬를 또렷하고 정교하게 파서 새긴 기둥에는 봄의 시작을 알리는 글씨를 붙였으되'를 통해 서대쥐 집의 기둥에는 사계절의 흥취가 아닌, 봄의 시작을 알리는 글씨가 붙어 있음을 알 수 있다.

4. X / 두 공간에서 동시에 일어나는 사건을 병렬적으로 배치하고 있지 않다.

5. X / 서대쥐와 장자쥐, 서대쥐와 둘째 쥐의 대화가 삽입되어 있으나, 이를 통해 갈등 해소 과정을 보여 주고 있지는 않다.

심층체크

1. D
D : 둘째 쥐 / A : 한나라 황제 / B : 장자쥐 / C, E : 서대쥐

장면05

▶▶ 무조건 올라가는 고전소설 문해력

OX 문제

1. X / 서대쥐는 '장자쥐에 명하여 술병을 갖추어' 다람쥐를 '정성으로 대접'하였다.

2. O / 서대쥐의 집에 찾아간다는 다람쥐의 말을 듣고, 아내 다람쥐는 "비록 본 적이 있다고 하나~어찌 배고픔으로써 염치를 돌아보지 아니하리오."라며 다람쥐를 말렸다.

3. O / '본디 성품이 간사하고 악독할 뿐 아니라 일에 게으르고 몸을 심히 아끼는지라.'에서 서술자가 인물(다람쥐)의 성격을 직접적으로 제시하고 있음을 확인할 수 있다.

4. X / 다람쥐는 서대쥐를 만나기 위해 '구궁산 팔괘동'으로 공간을 이동하였다. 하지만 이를 통해 인물들의 외적 갈등을 심화하고 있지는 않다.

5. X / '구궁산 팔괘동'으로 찾아간 다람쥐가 '잔칫상으로 나아가'자 이를 보고 '모든 손님이 서로 보고 서로 말없이 얼굴만 물끄러미 바라보며 말이 없'다고 하였으므로 선지의 내용은 적절하지 않다.

심층체크

1. D
D : 아내 다람쥐 / A, B, C, E, F : 다람쥐

장면06

▶▶ 무조건 올라가는 고전소설 문해력

OX 문제

1. X / 서대쥐는 다람쥐에게 밤 한 석과 잣 다섯 두를 주며 "모름지기 갚음을 생각지 말"라고 하였다.

2. X / 아내 다람쥐와 다람쥐 사이의 갈등이 제시되어 있으나, 이를 다각적으로 조명하여 사건 전개의 양상을 다양화하고 있지는 않다. 참고로, 다각적으로 조명한다는 것은 다양한 기준이나 시각으로 본다는 것을 의미한다.

3. X / 아내 다람쥐는 예의염치를 돌아보라며 조언했으나, 다람쥐는 "사람이 살기 어려우면 예의염치를 가리지 않을지라.~그대는 나의 돌아오기를 기다리라."라며 그 조언을 따르지 않았다.

4. O / '이러구러 시간은 빠르게 흘러~불과 열흘 정도밖에 남지 않았다.'에서 사건을 요약적으로 제시하여 서사를 빠르게 전개하고 있다.

5. O / '아내 다람쥐 밤이 깊도록 소식이 없으매 근심하여 문을 의지하고 바라더니'에서 확인할 수 있다.

심층체크

1. E
E : 아내 다람쥐 / A~D : 다람쥐

장면07

▶▶ 무조건 올라가는 고전소설 문해력

OX 문제

1. O / 윗글의 전반부에서는 다람쥐와 서대쥐의 갈등이, 후반부에서는 다람쥐와 아내 다람쥐의 갈등이 대화를 통해 심화되고 있다.

2. X / 서대쥐가 다람쥐에게 "남에게 입은 은혜를 저버리고 배신하는 태도"가 있다고 한 이유는, 다람쥐가 이미 이전에 도움을 받았는데도 자신이 그의 요청에 거절한 것에 대해 화를 내었기 때문이다. 이후 서대쥐는 '도리어 웃'었다고 하였으므로, 서대쥐가 다람쥐에게 두 번이나 식량을 요청하러 온 것에 배신감을 느끼고 화를 내었다는 선지의 내용은 적절하지 않다.

3. X / "나를 생각하여 도와주려는 마음이 있대도 수백 석 줄 것도 아니요, 많으면 1~2석, 적으면 1~2두 줄 것이어늘"라는 다람쥐의 발화를 통해 다람쥐는 밤 수백 석을 얻을 것이

라고 생각하지 않았음을 알 수 있다.

4. O / "내 마땅히 송사하여 이놈을 잡아다가 재물을 헛되이 쓰도록 엄중한 형벌로써 몸을 괴롭게 하여 나의 분을 풀리라."라는 다람쥐의 말을 들은 아내 다람쥐가 '크게 꾸짖어' "낭군의 말이 틀리도다."라고 하였으므로 선지의 내용은 적절하다.

5. X / 권위 있는 인물의 중재를 통해 인물 간의 갈등이 해소되는 부분은 나타나지 않는다.

심층체크

1. F

　F : 서대쥐 / A, B, C, D, E, G : 다람쥐

장면08
▸▸ 무조건 올라가는
고전소설 문해력

OX 문제

1. X / 다람쥐의 말을 들은 아내 다람쥐는 "그대로 더불어 부부의 연을 맺어~그대는 홀로 살아 보소."라며 다람쥐를 꾸짖고 자신이 말하고자 하는 바를 뚜렷하게 전하였다.

2. X / 윗글에서 동시에 진행되는 사건을 나란히 서술하여 이야기를 입체적으로 구성한 부분은 나타나지 않는다.

3. X / 자신을 잡으러 온 오소리와 너구리의 '독촉이 타오르는 불 같'아 '서대쥐 호흡이 가빠지고 무서워서 땀이 배어 등을 적시는지라.'라고 하였으므로 서대쥐가 이 상황을 두려워하고 있음을 알 수 있다.

4. O / 다람쥐와 다람쥐 아내의 대화를 통해 인물들 사이의 갈등을 제시하고 있다.

5. X / 백호산군은 다람쥐의 소지를 살펴본 뒤 "한쪽의 말만 듣고 좋음과 나쁨, 착함과 착하지 않음을 가벼이 판결치 못"하니 "양쪽의 말을 같이 들은 뒤에야 기꺼이 판단을 하"겠다고 하였으므로 적절하지 않다.

심층체크

1. G

　G : 서대쥐 / A~F : 다람쥐

장면09
▸▸ 무조건 올라가는
고전소설 문해력

OX 문제

1. X / 너구리가 서대쥐의 요청을 거절한 이유는 본래 마음이 착하고 바른 짐승이라서가 아니라 '본래 음흉한 짐승이라' 기왕 뇌물을 받으려면 톡톡히 군더더기 없이 행동을 취해야 한다고 생각했기 때문이다. '본디 마음이 착하고 바른' 짐승은

너구리가 아니라 오소리이다.

2. O / '모든 쥐들이 이를 보고 눈이 둥그레지고 두 귀를 작게 벌렸다 오므렸다 하여 어찌할 줄 모르고 허둥지둥하거늘', '백호산군이 몸에는 점무늬가 박힌 황색 전투복을 입고 금색으로 빛나는 눈을 높이 떴으니 모습이 늠름하고 기상이 위엄한지라.'에서 묘사를 통해 인물의 외양을 드러내고 있다.

3. X / 백호산군의 '위엄이 엄청'남에도 불구하고, 서대쥐는 '조금도 두려운 빛이 없이' 그를 대했다. 또한 백호산군이 서대쥐에게 왜 절을 하지 않느냐고 다그쳤을 때에도, '얼굴색 하나 변하지 않고' 자신이 말하고자 하는 바를 모두 이야기했으므로 적절하지 않다.

4. O / 서대쥐는 "조금도 꺼리어 감추거나 숨기지 말고 사실 그대로 고하라."라는 백호산군의 말을 들은 후, "바라건대 잠깐 머무르시면 한 장 소지를 베풀어 제대로 된 사정을 밝히겠사옵니다."라며 소지를 통해 자신의 사정을 밝히고자 하였다.

5. X / 해당 장면에서는 시간의 흐름에 따라 이야기를 전개하고 있을 뿐, 시간의 순서를 뒤바꾸어 이야기의 인과 관계를 재구성하고 있지는 않다.

심층체크

1. A

　A : 서대쥐 / B~E : 오소리

장면10
▸▸ 무조건 올라가는
고전소설 문해력

OX 문제

1. O / 서대쥐는 자신과 다람쥐의 이번 갈등의 원인은 "신과 다람쥐 사이의 도리가 어긋남 때문이 아니라 그 책임이 가장 윗자리에 있는 분에게 있는 것이라. 산군의 교화가 이르지 못함" 때문이라고 했다.

2. O / 서대쥐는 다람쥐의 "집안이 본래 조용하여 숨기어 감출 수가 없으매 무엇이 넉넉하여 도둑맞을 수십 쌀을 어느 틈에 저축하오리까."라고 했다. 즉, 서대쥐는 애초에 도둑맞을 쌀을 가지고 있을 수가 없는 다람쥐의 형편을 근거로 자신을 둘러싼 모함에 대해 해명하고 있는 것이다.

3. X / 작중 인물이 아닌 서술자가 등장하고 있지 않으며, 윗글은 작품의 결말 부분으로 인물 간의 갈등이 해소되는 장면이다. 따라서 인물 간의 갈등이 새 국면(어떤 일이 벌어진 장면이나 형편)으로 진행된다는 선지의 내용은 적절하지 않다.

4. X / 다람쥐가 '비록 사납고 악한 성격이나 잘못을 뉘우쳐 스스로를 다그치'고 '송사함을 심히 뉘우치며 부끄러움을 머금'는 모습을 통해 성격의 변화가 드러나지만, 인물의 내력(지금까지 지내온 경로나 경력)을 요약적으로 제시하여 보여 주지는 않았으므로 적절하지 않다.

5. O / 서대쥐는 '잘못을 뉘우'치는 다람쥐에게 '남은 재물'을

주었으므로 적절하다.

심층체크

1. B
 B : 천자 / A, C, D, E : 백호산군

장면01

OX 문제

1. X / 인물의 외양 묘사를 통해 인물의 성격을 드러내기 위해 선 인물의 모습을 자세히 풀어 설명해 주어야 한다. 하지만 지문에서는 인물의 외양을 묘사한 부분이 없으며, 서술자가 '애랑'과 '김경'의 성격을 직접 제시하고 있으므로 선지의 내용은 적절하지 않다.
2. X / '난데없이 태풍이 일어나고~하인은 분주하게 서둘렀다.'에서 태풍을 만나 배가 난파될 수도 있는 긴박한 상황을 드러내고 있으나, 인물의 연속적인 행위는 제시되지 않았다.
3. X / 서술자는 애랑이 구미호의 환생이 아닐까 의심될 정도로 간사한 꾀를 잘 낸다고 하였을 뿐, 구미호가 애랑으로 환생한 것이라 하지 않았으므로 선지의 내용은 적절하지 않다.
4. O / "제주라는 곳이~첩의 신세를 망칠 것입니다."라는 배비장 아내의 발화에서 확인할 수 있다.
5. X / 배에 오른 후 추자도에 거의 다다랐을 때, 태풍을 만나 배가 난파될 수도 있는 위급한 상황에서 사또의 명으로 고사를 지낸 것이므로, 사공의 제안으로 배가 출발하기 전에 고사를 지냈다는 선지의 내용은 적절하지 않다.

심층체크

1. A, D, E / B, C
   A, D, E : 김경 / B, C : 배선달
2. 이 세상은 남녀를 막론하고~교활하게 나는 법이다. / 그 험하고 아름다운 정기가 서려서 기생 애랑이 생겨났는지 모른다.

장면02

OX 문제

1. O / 정비장과 애랑의 대화와 행동을 중심으로 사건이 전개되고 있다.
2. O / "푸른 강 맑은 물에 원앙새가 짝을 잃은 격이로구나.", '물오른 소나무의 껍질 벗기듯', '피나무 껍질 벗기듯'과 같은 비유적 진술을 통해 애랑과 이별하는 정비장의 상황, 애랑에 의해 모든 것을 빼앗기게 될 정비장의 상황을 부각하고 있다.
3. O / "나으리가 소녀를 버리고 가시면~다시 생각이나 하시겠습니까?"에서 애랑은 자신과 이별한 후 정비장의 일을 추정(미루어 생각하여 판정함)하며 정비장이 자신을 잊을 거라

는 우려를 제시하고 있으므로 선지의 내용은 적절하다.
4. X / 정비장은 칼을 풀어 자신에게 달라는 애랑의 부탁을 처음에는 거절하였으나, 수절하기 위함이라는 애랑의 말에 결국 칼을 풀어 주었으므로 선지의 내용은 적절하지 않다.
5. O / '없는 슬픔을 짜내어 고운 얼굴에 웃는 듯 찡그리는 듯 길게 한숨지으며 하는 말', '불한당 같은 마음' 등을 통해 알 수 있듯이 이별 상황에서 애랑의 태도는 정비장을 진심으로 애정하는 것으로 보기 어렵다. 하지만 정비장은 이별의 슬픔을 연기하며 자신의 물건을 요구하는 애랑에게 정신을 빼앗겨 자신의 옷을 모두 벗어 주었으므로 선지의 내용은 적절하다.

심층체크

1. A, B, D, G, H / C, E, F
   A, B, D, G, H : 정비장 / C, E, F : 애랑

장면03

OX 문제

1. X / '그까짓 고의적삼쯤이 문제랴. 통가죽이라도 벗어 줄 판이었다.'에서 서술자의 개입이 드러나고 있다. 하지만 서술자가 개입하여 정비장의 행동을 희화화하고 있을 뿐, 정비장의 행동에 대해 호감을 보이고 있지는 않다.
2. O / 정비장과 공방의 창고지기의 대화를 통해 애랑에게 자신의 앞니를 빼어 주려는 정비장의 생각과 행동을 희화화하고 있으므로 선지의 내용은 적절하다.
3. X / 정비장은 앞니를 하나 빼 달라며 통곡하는 애랑의 모습에 어이없어 하며 앞니의 용도를 물어봤을 뿐, 애랑을 타이르며 달래 주지는 않았다.
4. X / 정비장은 떠나기 전 애랑에게 "너는 죽어 높은 집의 거울 되고 나는 죽어 동쪽의 해가 되어 서로 얼굴을 비쳐 보자."라고 말하였다. 자신은 죽어 동방의 해가 되겠다고 하였으므로 선지의 내용은 적절하지 않다. 또한 학 이야기를 한 것은 정비장이 아닌 애랑이다.
5. O / 배비장은 애랑과 정비장이 작별하는 모습을 보고 "말과 행동이 착실하지 못한 장부로구나.~체면이 꼴이 아니다."라며 비난하였으므로 선지의 내용은 적절하다.

심층체크

1. A, B, F, G / D, E
   A, B, F, G : 정비장 / D, E : 공방의 창고지기 / C : 방자
2. 그까짓 고의적삼쯤이 문제랴. 통가죽이라도 벗어 줄 판이었

다.

장면04

OX 문제

1. O / '어! 저 여자가 누군지는 모르나 사람 여럿 녹였겠다.'에서 배비장의 독백을 직접 인용하여 숲속에서 목욕을 하고 있는 미인에 대해 궁금해하는 그의 내면을 보여 주고 있다.

2. X / '장부의 한 말이~먹을 수 있겠는가.'에서 서술자의 개입을 확인할 수 있다. 하지만 이를 통해 다른 비장들처럼 기생과 풍류를 즐기고 싶으나 방자와의 내기로 그럴 수 없는 배비장의 처지를 드러낼 뿐, 앞으로 일어날 사건을 예고하고 있지는 않으므로 선지의 내용은 적절하지 않다.

3. O / 방자는 기생 애랑에게 넘어가지 않을 거라며 잔뜩 허세를 부리는 배비장에게 내기를 제안하였으므로 선지의 내용은 적절하다.

4. O / 사또는 일등 기생들을 모두 불러 "너희 가운데 배비장을 흐뭇하게 하는 사람이 있으면 중한 상을 줄 것이니 그렇게 할 기생이 있느냐?"라며 배비장의 절개를 꺾고자 하였으므로 선지의 내용은 적절하다.

5. X / 배비장은 우연히 숲속을 바라보다 한 미인이 교태를 부리며 목욕을 하는 모습을 발견하게 되었으므로 선지의 내용은 적절하지 않다.

심층체크

1. A, D, G / B, C, E, F
A, D, G : 방자 / B, C, E, F : 배선달

2. 장부의 한 말이 천금같이 무겁다 하였으니 어찌 마음을 바꾸어 먹을 수 있겠는가.

장면05

OX 문제

1. O / 직접 제시는 서술자가 사건이나 인물의 성격을 요약적으로 서술하기에 사건 전개의 속도가 빠르며, 간접 제시는 대화나 행동을 통해 사건을 보여 주기 때문에 상대적으로 사건 전개의 속도가 느리다. 따라서 직접 제시와 간접 제시를 통해 사건 전개의 완급을 조절할 수 있다. '드디어 하루해가 저무니'에서 직접 제시를 통해 사건 전개 속도를 빠르게 하였고, 배비장과 동료 한 사람의 대화, 배비장과 방자의 대화 부분은 간접 제시를 사용하여 사건의 전개 속도를 느리게 하였다.

2. X / '골짜기 화초 사이의 좁은 길'과 같은 공간적 배경이 드러나기는 하지만, 사건 전개를 지연시킬 만한 '상세한 묘사'가 드러났다고 보기는 어렵다.

3. O / '딴마음을 먹고 꾀병으로 배를 앓는 체하였다.', '그 여인을 보아야겠다는 욕심을 감당할 수 없었다.'를 통해 배비장이 숲속에서 보았던 여인을 다시 보려는 욕심에 꾀병을 부리고 있음을 알 수 있다.

4. X / 배를 앓는 체하는 배비장을 놀리던 동료 한 사람은 "정 그러시다면 혼자 두고라도 갈 수밖에 없소이다."라고 말하며 다른 동료들과 함께 사또를 모시고 관아로 돌아갔으므로 선지의 내용은 적절하지 않다.

5. X / "얘야, 요란하게 굴지 말아라. 조용히 구경하자꾸나."에서 배비장이 방자와 함께 목욕하는 여인을 보러 갔음을 알 수 있으므로 방자까지 속였다는 선지의 내용은 적절하지 않다.

심층체크

1. E
E : 동료들 중 한 사람 / A, B, C, D, F, G : 배선달

장면06

OX 문제

1. X / 숲속에서 벌어진 사건만 제시되고 있을 뿐, 다른 장소에서 동시에 벌어진 사건을 병치하고 있지는 않으므로 선지의 내용은 적절하지 않다.

2. X / 대구적 표현을 사용하고 있지 않으므로 선지의 내용은 적절하지 않다.

3. O / "눈은 양반과 상민이 다르니까~봉변도 많이 당합니다."에서 방자가 '남녀유별'과 같은 유교적 가치를 내세워 배비장의 잘못을 지적하고 있음을 확인할 수 있다.

4. X / 방자에게 무안을 당한 배비장은 여인을 보지 않겠다고 말했을 뿐, 화를 내며 방자를 꾸짖지는 않았으므로 선지의 내용은 적절하지 않다.

5. X / 여인은 방자의 기침 소리를 듣고 깜짝 놀라는 체를 하며 흰 장막 안으로 도망갔으므로 선지의 내용은 적절하지 않다.

심층체크

1. A, C / B, D, F / E, G
A, C : 배선달 / B, D, F : 방자 / E, G : 목욕하는 여인

장면07

OX 문제

1. X / 인물의 회상은 나타나지 않으며, 해당 장면에서 인물 간 갈등의 원인 역시 제시되지 않았으므로 선지의 내용은 적절하지 않다.
2. X / 배비장은 '꽃을 찾는 벌과 나비의 마음'과 같은 비유적 진술을 통해 애랑에게 자신의 마음을 전달하고 있을 뿐, 자신의 우월한 지위를 드러내 애랑의 호감을 사려고 하지는 않았다.
3. O / 방자는 배비장에게는 "어떻게 처음 보는 남의 여자에게 음식을 달라고 하겠습니까?"라며 배비장이 반한 여인을 알지 못하는 것처럼 말하였다. 하지만 배비장의 전갈을 여인에게 전하며 "쉬! 애랑아. 배비장이 벌써 너에게 반했으니 무슨 음식이 있거든 좀 차려 주려무나."라고 말하는 것을 통해, 방자는 배비장이 반한 여인이 애랑임을 이미 알고 있었음을 확인할 수 있다.
4. X / 배비장은 자신의 답례를 듣지도 않고 빨리 돌아가라 한 여인의 태도에 쓸쓸하게 긴 탄식을 하고 침소로 돌아갔으며, 그녀를 잊지 못해 상사병을 앓게 되었으나 여인을 괘씸하게 생각하지는 않았다.
5. O / 배비장은 숲속에서 우연히 본 여인인 애랑을 잊지 못해 상사병으로 신음하였으므로 선지의 내용은 적절하다.

심층체크

1. A, B, E / C, D, F, G
A, B, E : 배선달 / C, D, F, G : 애랑

장면08

OX 문제

1. O / "그렇다면 내가 살고 죽고는 방자 네 손에 달렸다."라는 배비장의 발화에서 '손에 달리다'라는 관용 표현이 사용되었음을 확인할 수 있다. 이를 통해 상황을 해결하기 위해 방자에게 의존하려는 배비장의 생각을 효과적으로 전달하고 있으므로 선지의 내용은 적절하다.
2. X / 배비장과 방자를 대립적인 두 인물로 볼 수 없으므로 선지의 내용은 적절하지 않다.
3. O / "방자야 어제 한라산 수포동~볼 수 있게 해 주려무나."에서 확인할 수 있다.
4. X / 방자는 배비장에게 돈을 더 얻어 내기 위해 자신이 늙은 어미와 그날그날 겨우 살아가는 어려운 형편이기에 위태로운 곳에는 갈 수 없다는 사정을 말했을 뿐, 늙은 어미가 아프

다는 거짓말을 하지는 않았다.
5. X / 배비장은 '미친 소리 말고 마음을 바로잡고 물러가라.'라며 단호하게 자신의 마음을 거절하는 듯한 내용이 담긴 애랑의 편지 한 대목을 보고 "애고, 이 일을 어찌할꼬? 섬 속에 원통한 귀신 되었구나."라며 실망을 하였다. 하지만 방자의 말을 통해 편지에 연자가 있음을 깨닫고 편지를 계속 읽어 내려가고 있으므로, 애랑을 향한 마음을 접었다는 선지의 내용은 적절하지 않다.

심층체크

1. A, C, D, E / B, F, G
A, C, D, E : 방자 / B, F, G : 애랑

장면09

OX 문제

1. X / 감각적 배경 묘사를 통해 인물의 행동이 전개되는 상황의 낭만적 분위기를 부각하고 있는 부분은 제시되지 않았다.
2. X / 배비장이 담 구멍을 들어가는 행동을 구체적으로 묘사하여 해학적으로 표현하고 있을 뿐, 열거의 방식으로 인물의 외양을 해학적으로 표현한 부분은 제시되지 않았다.
3. O / '달이 진 깊은 밤에~살살 가볍게 걸어오십시오.'를 통해 알 수 있다.
4. X / 배비장은 방자의 속셈을 눈치채지 못했으며, 분함에 이를 갈지도 않았다. '바드득 이를 갈'게 된 것은 억지로 담 구멍을 들어가려다 나온 행동이므로 선지의 내용은 적절하지 않다.
5. X / 배비장은 애랑이 피우는 '담배 냄새를 맡고 저도 모르게 재채기를 하였'으므로 자신의 존재를 알리기 위해 일부러 기침 소리를 냈다는 선지의 내용은 적절하지 않다.

심층체크

1. A, E, F, G / B, C, D
A, E, F, G : 배선달 / B, C, D : 애랑

장면10

OX 문제

1. O / '그것이 모두 자기가 믿고 데리고 있는 방자의 계교라는 것을 어찌 알 것인가.'에서 서술자의 개입을 통해 배비장이 겪는 사건이 방자의 계교에서 비롯된 것임을 밝히고 있으므로 선지의 내용은 적절하다.

2. X / 지문에는 꿈 장면이 삽입되지 않았으므로 꿈과 현실을 교차한다는 선지의 내용은 적절하지 않다.

3. O / 커다란 자루 속에 들어간 배비장은 방자가 대꼬챙이로 자신을 때릴 때마다 입으로 "둥덩 둥덩" 거문고 소리를 내며 위기를 모면하고자 했으므로 선지의 내용은 적절하다.

4. O / "그게 본남편이오? 성품이 어떻소?"라고 묻는 배비장에게 애랑은 "성품이 매우 사납습니다.~피 보기를 예사로 합니다."라고 답하며 방자가 자신의 남편인 척 연기를 하며 배비장을 속이고 있으므로 선지의 내용은 적절하다.

5. X / 배비장은 상자 속에 자신이 들어가 있다는 사실을 사내에게 들킬까 두려워 숨을 가쁘게 쉬고 있는 것이다. 배비장이 상자에 갇혀 숨을 가쁘게 쉰 이후에 사내가 "저 상자를 불태워 버려라."라고 하였기 때문에 배비장이 숨을 가쁘게 쉬고 있는 이유를 '상자에 갇혀 불타 죽을지도 모른다는 두려움'으로 볼 수는 없다.

심층체크

1. A, D, F, G / B, C, E
   A, D, F, G : 방자 / B, C, E : 애랑
2. 그것이 모두 자기가 믿고 데리고 있는 방자의 계교라는 것을 어찌 알 것인가.

장면11

▶▶ 무조건 올라가는
고전소설 문해력

OX 문제

1. X / 일반적으로 내적 독백은 작은따옴표로 제시한다. '어허, 상자가 벌써 물에 떴나 보구나. 이젠 죽었구나.'에서 배비장의 내적 독백이 제시되었음을 확인할 수 있다. 하지만 이를 통해 물에 빠져 죽을지도 모른다는 생각에 망연자실해하는 배비장의 심리를 드러내고 있을 뿐, 난관을 극복하고자 하는 배비장의 의지를 표현하고 있지는 않으므로 선지의 내용은 적절하지 않다.

2. X / "하룻밤을 자도 만리성을 쌓는다 하지 않소?"에서 속담을 삽입하였음을 확인할 수 있다. 하지만 이는 배비장이 사내를 설득하기 위해 사용한 것일 뿐, 이를 통해 인물의 내적 갈등을 강조하고 있지는 않으므로 선지의 내용은 적절하지 않다.

3. O / 사내는 배비장이 바다에 빠졌다는 생각이 들도록 관아 마당에 상자를 놓고 상자 틈으로 물을 붓고 흔들며 연기를 하였으므로 선지의 내용은 적절하다.

4. O / "분명 유부녀 만나러 갔다가 그 지경이 되었구나."라고 말하는 사령들에게 배비장은 "예, 옳소이다."라고 말하며 자신이 저지른 행동을 인정하였으므로 선지의 내용은 적절하다.

5. X / 배비장은 상자에서 나와 '두 눈을 잔뜩 감고~허우적거'리며 한참을 헤엄쳐 가다 관아 대청에 머리를 부딪친 이후에

자신이 속았음을 눈치챘으므로 선지의 내용은 적절하지 않다.

심층체크

1. A, E, F, G / C, D
   A, E, F, G : 배선달 / C, D : 방자 / B : 애랑

장면01

▶▶ 무조건 올라가는
고전소설 문해력

OX 문제

1. O / '아름다운 산천이 감싸고 있어 마치 용이 서리고 호랑이가 웅크린 듯한 모습이었다.', '가득 찬 집들이 바둑판이나 별들처럼 늘어서 분명히 가리킬 만큼 뚜렷한 듯하였다.'에서 감각적인 수사를 사용하여 수성궁이라는 공간적 배경을 형상화하고 있다.

2. X / 유영은 '다른 사람들의 비웃음을 살 것을 걱정하여' 수성궁에 놀러 가는 것을 주저한 지가 오래였다가, '직접 술병을 차고 홀로 궁문으로 들어'가지만 구경 온 자들이 그를 돌아보고 손가락질하면서 비웃자 '부끄러워 몸 둘 바'를 몰랐다고 하였으므로 선지의 내용은 적절하지 않다.

3. X / 운문체(일정한 음절 수나 동일한 음의 반복으로 음악적인 리듬을 지니고 있는 문장)를 사용한 것은 맞으나, 이를 통해 인물 사이의 갈등을 부각하고 있지는 않다.

4. O / '유생은 부끄러워 몸 둘 바를 모르다가', '유영은 이상히 여겨' 등에서 서술자가 인물의 심리를 직접적으로 제시하여 상황에 대한 인물의 태도를 드러내고 있다.

5. X / 여인은 '노래를 마치고 한숨 쉬며 흐느껴' 울었으므로 선지의 내용은 적절하지 않다.

심층체크

1. A, E / B, C / D, F
A, E : 유영 / B, C : 소년 / D, F : 두 여자 종

장면02

▶▶ 무조건 올라가는
고전소설 문해력

OX 문제

1. O / "말을 하다가 다하지 아니하면 처음부터 말을 하지 않은 것만 같지 못하옵니다. 안평 대군의 일이며 진사가 근심하는 까닭을 자세히 들을 수 있겠소?"에서 확인할 수 있다.

2. O / 액자식 구성은 외부 이야기 안에 내부 이야기가 들어 있는 구성을 말한다. 해당 장면은 유생과 진사, 유영이 대화를 나누는 외부 이야기에서 진사와 운영의 과거 사연을 이야기하는 내부 이야기로 전환되고 있다.

3. X / 문종 대왕은 "비록 왕희지에게는 미치지 못하겠지만, 어찌 조맹부에 뒤지리오."라며 안평 대군의 필법을 칭찬하였다. 즉, 왕희지에는 미치지 못한다고 하였으므로 선지의 내용은 적절하지 않다.

4. X / '이에 탁월한 기상이 대군에게는 미치지 못하나, 음률의

청아함과 필법의 완숙함은 당나라 시인의 울타리를 부러워하지 않을 만큼 되었습니다.'에서 열 명의 시녀들이 대군과 유사한 실력을 갖추지는 못하였음을 알 수 있다.

5. O / 해당 장면에서는 운영과 진사의 말을 통해 사건의 경과가 요약적으로 드러나고 있다.

심층체크

1. A, C, F / B, D / E, I / G, H
A, C, F : 김 진사 / B, D : 유영 / E, I : 운영 / G, H : 안평 대군

장면03

▶▶ 무조건 올라가는
고전소설 문해력

OX 문제

1. X / 안평 대군은 상서로운 파란 연기를 본 후 자신이 먼저 시를 짓고 뒤이어 손님들에게 시를 짓게 하였다. 하지만 모두 마음에 들지 않자 시녀들에게 시를 지으라 명한 것이므로 선지의 설명은 적절하지 않다.

2. X / 대군은 시녀들의 시를 읽고 '놀라는 빛이 얼굴에 가득한 채로 여러 번 읊'었으며, 쉽게 우열을 정하지 못하다가 부용, 비취, 소옥의 시를 제일로 선정하였으므로 선지의 설명은 적절하지 않다.

3. X / 등장인물이 독백을 통해 자신의 생각을 직접 드러내는 부분은 제시되지 않았다. 독백은 자신만의 생각, 혹은 대화 상대 없이 발화하는 혼잣말이다.

4. X / 대군은 운영의 시를 보고, "누구를 상사하는 듯이 표현하고 있다. 그리워하는 자가 누구인지 모르지만 이 일을 마땅히 따져 물을 것이로되,"라고 하였으므로, 대군은 운영이 누군가를 그리워한다고 생각하였음을 알 수 있다. 이에 운영이 해명하자 대군은 "시는 마음으로 나와 억지로 숨기지는 못하는 것이다. 너는 다시 말하지 말라."라고 말하였으므로 대군이 의심을 거두지 않았음을 알 수 있다. 하지만 '온갖 비단 열 필을 열 명에게 나누어 주었습니다.'에서 운영을 포함한 열 명 전부에게 보상이 내려졌음을 알 수 있다.

5. O / 윗글은 시간의 흐름에 따라 사건을 전개하고 있다.

심층체크

1. A, C, G / B, E / D, F
A, C, G : 열 명의 궁녀들 / B, E : 안평 대군 / D, F : 운영

장면04
▶▶ 무조건 올라가는 고전소설 문해력

OX 문제

1. X / 소옥이 아닌 은섬이 "어딘가 뜻이 향하는 곳이 있어 마음이 여기 없구나."라며 운영이 마음을 다른 데에 두고 있음을 언급하였고, "내 장차 시험하리라."라고 하며 운영이 침묵하는 이유에 대한 해명이 사실인지를 시험해 보고자 하였다.

2. X / 지문에 운영의 마음을 의심한 소옥, 은섬 등과 운영의 갈등이 드러나긴 하지만, 권위 있는 인물의 중재를 통해 이러한 갈등 양상이 해소되고 있지는 않다.

3. O / 안평 대군은 열 명의 궁녀들이 쓴 시를 두고 "하인이 우연히 길에서 주워 와 어떤 사람 작품인지 알 수 없으나, 일반 백성의 집 재사의 손에서 나온 듯하오."라며 궁녀들이 쓴 것임을 숨겼으므로 선지의 설명은 적절하다.

4. O / 성삼문은 시를 보고 "이 시를 보니 풍격이 푸르고 변하지 아니하고 바른 생각이 초월하여, 조금도 속세의 태도가 없으니,~'서악과 앞 시내'라고 한 구절은 천상의 신선이 아니면 이 같은 모양을 얻지 못합니다."라며 정서적 감회를 드러내고 있다.

5. O / "이는 반드시 깊은 궁 안의 사람이~궁중에서 반드시 열 선인을 두고 양성한 것이니 숨기지 말고 한번 보여 주시지요."라는 성삼문의 발화를 통해 알 수 있다.

심층체크

1. A, G, I / B, C, F / D, E / H, J
A, G, I : 열 명의 궁녀들 / B, C, F : 운영 / D, E : 소옥 / H, J : 성삼문

장면05
▶▶ 무조건 올라가는 고전소설 문해력

OX 문제

1. X / 자란이 추궁하자 운영이 지난 가을 김 진사를 만난 일에 대해 이야기하며 과거를 회상하고 있을 뿐, 동시에 벌어진 사건들을 나란히 배치하고 있지는 않다.

2. X / 운영은 "궁인이 하도 많아 누가 엿들을까 두려워 말을 못하겠"지만, "네가 지극한 우정으로 묻는데 어찌 숨길 수 있겠는가?"라며 자란에게 김 진사 이야기를 꺼냈으므로 선지의 설명은 적절하지 않다.

3. O / 진사는 대군이 처음 시를 청했을 때 "허황한 이름이 사실을 가렸군요. 시의 격률을 소인이 어찌 감히 알겠습니까?"라며 사양했으나, 대군이 "나는 그대를 기다리며 정성을 다했다. 그대는 어찌하여 옥구슬 같은 시구 한 번 짓기를 아껴서, 내 집으로 하여금 빛을 드러내지 못하게 하는가?"라고

또다시 청하자 곧 시를 지었다.

4. X / 운영이 '벽에 구멍을 내고 엿보고 있'는 것을 안 진사가 '구석을 향하여 앉'은 것은 맞지만, 진사가 운영에게 편지를 직접 전하지는 않았다. 벽 틈으로 편지를 전한 인물은 진사가 아닌 운영이다.

5. X / 해당 장면에서 특정 인물의 시선을 통해 다른 인물의 심리를 해석하여 보여 주는 부분은 찾을 수 없다.

심층체크

1. B
B : 안평 대군 / A, C, D, E, F, G, H : 김 진사

장면06
▶▶ 무조건 올라가는 고전소설 문해력

OX 문제

1. X / 지문에 새로운 인물인 무당이 등장한 것은 맞지만, 인물 간의 대립 구도가 전환되는 부분은 나타나지 않는다.

2. X / "그런데 진사는 우연히 한 무당이 동문 밖에 사는데, 신통하기로 이름이 높아 자주 수성궁에 드나들면서, 대군의 총애를 받고 있다는 말을 들었습니다."를 통해 진사가 수소문 끝에 무당을 찾은 것이 아니라, 우연히 무당에 대한 정보를 듣게 된 것임을 알 수 있다.

3. O / 무당은 "편지를 전하여 주시면 죽어도 영광이겠습니다."라는 진사의 청을 듣고 "비천한 무당의 몸인 까닭에,~그러나 낭군을 위하여 한번 가 보지요."라고 말하며 그의 부탁을 승낙하였다.

4. O / '이에 무녀가 노여워했습니다.', '저는 이것을 보니 소리는 끊어지고 기운은 막히어 입속으로도 한탄하기 어려웠습니다.' 등에서 확인할 수 있다.

5. O / 편지의 '저승에서나 만날 수 있다면 다만 이것을 원할 뿐입니다.'에서 확인할 수 있다.

심층체크

1. D
D : 김 진사 / A, B, C, E, F, G : 무당

장면07
▶▶ 무조건 올라가는 고전소설 문해력

OX 문제

1. X / 운영은 자신에게 장난을 친 비취에게 '사실을 알렸'으며, '다만 남궁의 사람들만 모르도록 하여 달리 부탁'하였으므로 스스로 짐작하도록 에둘러 대꾸했다는 설명은 적절하지 않

다.
2. X / '어느 날 저녁에 자란이 조용히 제게 말하기를, / "궁중의 사람들은 매년 추석이면 탕춘대 아래 물에서 빨래를 하며 술자리를 벌이는데, 올해에는 아마 소격서동에다 벌이는 모양이야. 그런즉 그 핑계를 대고 여자 무당을 찾는 것이 상책이지."'에서, 추석에 여자 무당을 찾으라고 운영에게 권한 인물은 비취가 아니라 자란임을 알 수 있다.
3. O / '곧 기러기 떼는 남쪽으로 날아가고 풀잎에는 구슬 같은 이슬이 맺힐 때'에서 감각적인 수사를 사용하여 시간적 배경을 나타내고 있음을 알 수 있다.
4. X / 남궁 사람들은 빨래 장소를 '탕춘대 아래보다 나은 곳이 없다'며 고집을 피웠으나, 자란의 설득에 넘어가 소격서동으로 가기로 마음을 바꾸었으므로 선지의 내용은 적절하지 않다.
5. X / 의문의 진술을 통해 다른 인물의 발화에 대한 반감을 드러낸 부분은 나타나지 않는다.

심층체크

1. A, D / C, E
A, D : 서궁의 다섯 명(운영, 자란, 은섬, 옥녀, 비취) / C, E : 남궁의 다섯 명(소옥, 부용, 비경, 금련, 보련) / B : 운영 / F : 자란

▶▶ 무조건 올라가는
장면08 고전소설 문해력

OX 문제

1. X / 운영이 무녀를 찾아가 김 진사와의 만남을 청하자, 무녀가 '사람을 진사에게로 보'내 그를 데려오게 하였음을 알 수 있으므로, 무녀가 김 진사에게 편지를 보냈다는 선지는 적절하지 않다. 김 진사가 무당의 집으로 달려온 것은 '그러자 진사는 죽을 듯 살 듯 달려왔습니다.'에서 확인할 수 있다.
2. X / 한 사건을 다각적으로 조명하여 사건 전개의 양상을 다양화하고 있는 부분은 제시되지 않았다.
3. O / '부모님은 자식 중 특히 첩을 사랑하시어 나가 놀아도 내가 하고자 하는 대로 맡겨 두었나이다.'에서 확인할 수 있다.
4. X / 운영의 행동과 심리는 다른 인물의 발화가 아닌, 자신의 글에서 제시되고 있으므로 적절하지 않다.
5. O / "첩은 오늘 밤 돌아올 것이오니, 낭군님은 여기서 기다려 주세요."라는 운영의 말과 '양쪽 궁의 시녀들이 모두 모여 있는 까닭에 암만 하여도 함께 있을 수는 없습니다.'라는 운영의 편지를 통해 알 수 있다.

심층체크

1. A, C, D, F, G
A, C, D, F, G : 운영 / B : 김 진사 / E : 안평 대군

▶▶ 무조건 올라가는
장면09 고전소설 문해력

OX 문제

1. X / 지문 초반에 시가 삽입되어 있지만 사건 전개의 속도감을 높이고 있다고 볼 수는 없다. 오히려 시의 삽입으로 사건 전개의 속도감을 늦추고 있다.
2. O / "오늘 저녁 나와 진사는 금과 돌처럼 굳은 약속을 하였다. 오늘 오지 않으면, 내일은 반드시 담장을 넘어올 것이다. 오면 무엇을 대접할까?"에서 이러한 내용을 확인할 수 있다.
3. X / '진사는 그날 밤에 서궁에 왔으나 담이 높고, 몸에 날개가 없어 이를 수 없었습니다.'를 통해 김 진사가 운영에게 금가락지를 받은 날 서궁에 갔지만 담이 높아서 안으로 들어갈 수 없었던 것임을 알 수 있다.
4. X / 특이 사다리를 준비하여 김 진사가 서궁 안으로 들어갈 수 있도록 도와준 것은 맞지만, 이전에 운영의 부탁을 받았다는 내용은 나오지 않는다.
5. X / 지문에 새로운 인물인 특의 발화가 제시되었으나, 이를 통해 갈등이 발생한 근본적 원인을 보여 주고 있지는 않다,

심층체크

1. A, B / C, H / F, G, I
A, B : 운영 / C, H : 김 진사 / F, G, I : 특 / D : 열 명의 궁녀들 / E : 남궁의 다섯 명(소옥, 부용, 비경, 금련, 보련)

▶▶ 무조건 올라가는
장면10 고전소설 문해력

OX 문제

1. O / 진사가 자란에게 "만 번 죽음을 무릅쓰고 여기까지 왔습니다. 바라오니 낭자는 나를 불쌍히 여기소서."라고 하자, 자란은 "진사님이 오심을 기다리는 것이 큰 가뭄에 무지개를 기다림과 같았습니다.~낭군께서는 의심치 마옵소서."라며 그를 진정시켰다. '곧 자란이 안내하여 진사는~조심하며 들어왔습니다.'에서 자란이 진사를 운영이 있는 곳으로 데려다주었음을 알 수 있다.
2. X / 계절의 변화를 통해 사건 해결의 실마리가 드러나는 장면은 나타나지 않는다. 지문에서의 눈이 계절감을 드러내기는 하지만 계절의 변화와는 상관이 없다.
3. X / 진사는 술에 취한 것이 아니라 취한 척을 한 것이며, 이

는 운영과 단둘이 있기 위함이다. 궁 안에 발자취가 남은 이유는 쌓인 눈에 발자취가 남을 정도로 진사가 자주 드나들었기 때문이다.

4. X / 특은 김 진사에게 "그렇다면 왜 남몰래 데리고 달아나지 않으십니까?"라며 운영을 궁 밖으로 데리고 달아나는 계교를 말해 주었으며, 이를 김 진사가 운영에게 알린 것이므로 선지의 내용은 적절하지 않다.

5. O / '하지만 특의 실제 마음은 그렇지 않았습니다.~그러나 세상일을 알지 못하는 진사는 조금도 그것을 의심치 아니하였습니다.'에서 중심인물인 김 진사가 알지 못하는 상황을 제시하여 긴장감을 조성하고 있다.

심층체크

1. A, C / B, E / D, G, H / F, I, J
A, C : 자란 / B, E : 김 진사 / D, G, H : 운영 / F, I, J : 특

장면11
▸▸ 무조건 올라가는
고전소설 문해력

OX 문제

1. O / 김 진사가 쓴 시를 여러 번 읊던 안평 대군은 '담장을 좇아서 그윽이 풍류곡을 훔치네'라는 한 구절에 이르러 '입술을 닫고 의심하기 시작했'다고 하였으므로 선지의 내용은 적절하다.

2. X / "어젯밤 꿈에서 얼굴이 흉악한 모돈이라 하는 사람이 말하기를, '약속한 바가 있어 오랫동안 성 밑에서 기다리고 있다.'고 하기에 꿈에서 깨어나 놀라 일어났으니 심히 괴이하오."에서 운영이 자신이 꾼 꿈을 언급하고 있다. 하지만 이는 장면으로 제시된 것이 아니라, 인물의 발화 속에서 요약적으로 제시된 것이므로 꿈과 현실이 교차하였다고 볼 수 없다.

3. X / 자란이 언급한 네 가지 이유는 김 진사와 도망치겠다는 운영의 계획을 말리기 위함이다. 자란은 운영에게 김 진사와 헤어지라고 꾸짖은 것이 아니라, 시간이 지나면 안평 대군이 고향에 돌아가기를 허락할 것이니 계교는 그만두고 그때가 되면 김 진사와 함께 살라고 말한 것이다.

4. X / 지문에 관용적인 표현(둘 이상의 단어가 결합하여 새로운 의미를 만들어 낸 경우)으로 상황을 받아들이는 인물의 태도를 쉽게 이해하게 하는 부분은 제시되지 않았다.

5. O / 운영이 스스로 죽으려 하자 자란은 안평 대군에게 "주군께서 무죄한 시녀를 스스로 죽을 곳으로 가게 하시니"라며 운영은 지은 죄가 없다는 의견을 내보였으므로 선지의 내용은 적절하다.

심층체크

1. B, C / D, F, G, H / E, I

B, C : 특 / D, F, G, H : 운영 / E, I : 서궁의 다섯 명(운영, 자란, 은섬, 옥녀, 비취) / A : 김 진사

장면12
▸▸ 무조건 올라가는
고전소설 문해력

OX 문제

1. O / '그리고 첩의 보물과 옷은 다 팔아 불공드리되, 온 정성으로 빌어 소원을 비시면, 삼생의 연분을 두 번 다시 다음 세대에 이을 수 있을까 하나이다.'라는 운영의 편지를 통해 알 수 있다.

2. O / 특이 "궁녀는 나오지 못할 것이니, 재물은 하늘이 나에게 주신 것이다."라고 말한 것에서 확인할 수 있다.

3. X / 특이 '자기가 입었던 옷을 찢어 버리고, 자기의 코를 때려 피를 온몸에 칠하고, 머리를 풀어 헤치고, 맨발로 진사의 집에 뛰어 들어가 뜰에 엎어져 울'면서 과장된 행동을 한 것은 맞지만, 이를 통해 비극적 분위기에 반전을 주고 있지는 않다.

4. X / 제시된 지문은 시간의 흐름에 따라 순차적으로 이야기가 진행되고 있다. 운영의 편지에서 과거에 대한 회상이 나오지만, 이는 장면으로 제시된 것이 아니므로 역전적 시간 구성이라고 할 수 없다.

5. O / 특은 훔친 운영의 물건을 도적이 달아나며 던진 것이라고 거짓말하였다. 또한 김 진사가 이러한 물건을 빼앗으려 했다며 재물을 탐하는 인물이라고 거짓으로 험담하였다.

심층체크

1. A, B, D, E, F / G, H, I

A, B, D, E, F : 운영 / G, H, I : 특 / C : 궁에 있는 여러 사람들 / J : 김 진사

장면13
▸▸ 무조건 올라가는
고전소설 문해력

OX 문제

1. X / 대화를 통해 과거로 돌아가려 하는 인물들의 심리는 드러나지 않는다.

2. X / "저의 생각엔 한번 김 진사로 하여금 운영을 만나 보게 하여, 두 사람의 원한을 풀어 주시면 이보다 큰 선행은 없습니다.~엎드려 바라건대 주군께서는 첩의 몸으로 운영의 목숨을 잇게 하소서."에서 자란은 대군에게 운영과 진사를 만나게 하여 운영의 목숨을 살려 줄 것을 청하고 있다.

3. X / 자란은 안평 대군에게 "항우 같은 영웅도 장막 안에서 눈물을 참지 못하였습니다."라며 고사를 인용하여 사람이 사랑하는 것은 잘못이 아님을 말하고 있을 뿐, 사건을 새로운

국면으로 전환하고 있지는 않다.

4. O / '대군이 보기를 마치고, 자란의 글을 다시 펴 보시고 화
   난 기색이 좀 사라진 듯했습니다.', '이때 소옥이 다시 꿇어
   울면서 아뢰었습니다.~이에 대군의 화가 약간이나 풀리어'에
   서 자란의 글과 소옥의 발화로 인해 대군의 화가 약간이나마
   풀린 것을 확인할 수 있다.

5. X / 운영은 김 진사와 만난 죄로 혹독한 벌을 받게 되었으나
   궁녀들의 상소에 의해 별실에 갇히는 것으로 형벌이 그쳤다.
   그러나 운영은 "만일 죽음을 면하여 주시더라도 첩은 스스로
   목숨을 끊고 처분을 기다리겠습니다."라고 하였으며, 말했던
   바와 같이 별실에서 수건으로 목을 매 스스로 죽음을 택하였
   다.

1. A, C / B, D

   A, C : 남궁 궁녀들 / B, D : 서궁 궁녀들 / E : 안평 대군 / F
   : 김 진사

장면14

OX 문제

1. O / 운영이 죽은 후에 김 진사는 특에게 운영을 위한 불공을
   부탁했으나, 청녕사의 승려에게서 특이 악행을 저지른 사실
   을 전해 듣게 되자 분노하고 부처님에게 특의 죽음을 기도했
   다.

2. O / "진사는 오늘 죽고, 운영은 내일 다시 태어나 특의 배우
   자가 되게 하여 주소서."라는 특의 발화를 통해 알 수 있다.

3. X / 다양한 체험의 나열을 통해 인물의 성격 변화를 보여 주
   는 부분은 찾아볼 수 없다.

4. X / 김 진사는 세상에 뜻을 잃고 '방에 누워 먹지 않'다가 스
   로 목숨을 끊었다. 김 진사가 운영의 환생을 위해 자신의 목
   숨을 포기한 것은 아니다.

5. O / "지금 자비로운 마음으로 말씀하심에 죽은 나무에서 잎
   이 나고, 백골이 다시 살아나는 것과 같습니다.", '사일 만에
   깊은 탄식 한 마디를 남기고 다시 오지 못할 길을 향하여 가
   게 됐소.'에서 비유적 표현을 통해 인물이 처한 상황을 나타
   내고 있다.

1. A, D, E, F / B, C

   A, D, E, F : 김 진사 / B, C : 특

장면15

OX 문제

1. X / "천상의 선인으로 오랫동안 옥황상제를 가까이서 모시
   고 있었습니다.~정원의 과일을 따오라 하심에, 몰래 반도를
   취한 것이 많았는데"에서 운영과 김 진사가 원래 있던 공간
   이 초월적 세계(인간과 자연의 한계를 뛰어넘는 세계)임을
   알 수 있으나, 이는 김 진사의 발화이므로 장면의 전환에 해
   당하지 않는다.

2. O / 김 진사와 운영은 옥황상제가 과일을 따오라고 시키자
   반도(복숭아)를 훔쳤으며, 옥황상제의 과일을 훔친 죄와 몰
   래 서로 만난 죄로 인해 인간 세상에 내려오게 되었다.

3. X / "이러므로 세상에 태어남을 원하지 않습니다.~봄빛이
   옛날의 경치를 고치지 못하여 인간사가 변하기 쉬움을 생각
   하고 다시 찾아와 옛날을 생각하니 어찌 슬프지 않으리오."
   라는 김 진사의 발화를 통해 김 진사는 세상에 다시 태어나
   는 것을 원하지 않으며, 그가 슬퍼하는 이유는 대군이 패하
   고 궁이 예전 같지 않으며 세상이 변했기 때문임을 알 수 있
   다.

4. X / 과거와 현재를 병렬적으로 배치하여 특정 사건을 부각
   하는 장면은 제시되지 않았다. 참고로 병렬식 구성은 인과
   관계나 유기적으로 연결되지 않은 여러 사건들이 각각 독립
   적으로 진행되는 것을 말한다.

5. X / 유영은 김 진사와 운영의 비극적 사랑의 내용이 담긴 책
   자를 보고 '망연자실하여 잠자는 일과 먹는 일을 모두 그만'
   둔 것이므로 선지의 내용은 적절하지 않다.

1. A, C, F

   A, C, F : 김 진사와 운영 / B : 특 / D : 안평 대군 / E : 김
   진사 / G : 유영

장면01

▶▶ 무조건 올라가는
고전소설 문해력

OX 문제

1. O / '모과나무같이 뒤틀리고 봄철에 부는 바람 안개에 수수 잎같이 꼬여 있으니'에서 비유적 표현을 사용하여 놀부의 성격을 묘사하고 있다.

2. X / '흥부는 충실, 온화, 인자하였으니 형의 하는 짓을 탄식하고~말해 보아야 쓸데없으므로 말없이 주면 먹고 시키는 일이나 공손히 하였다.'에서 흥부가 놀부에게 악행을 하지 말라고 말하지 않았음을 알 수 있다.

3. X / 매를 맞아 비틀거리며 걸어오는 흥부의 사정을 알지 못한 채 "큰댁에 가더니~늘려 먹을 것을 팔아 옵시다."라고 말하는 흥부 아내의 모습을 통해, 흥부의 아내는 흥부가 놀부의 도움을 받지 못할 것을 짐작하지 못했음을 알 수 있다.

4. X / 놀부는 흥부네 가족을 집에서 내쫓을 때 "형제란 것은 어려서는 같이 살아도 아내와 자식을 갖춘 다음엔 각각 따로 사는 것이 떳떳한 법이다."라고 하였다. 돈이 없다는 핑계가 아니라, 형제 모두 아내와 자식을 갖추었기 때문에 따로 살아야 한다는 핑계로 흥부 가족을 내쫓은 것이다.

5. X / '술 잘 먹고, 욕 잘하고,~비 오는 날에 장독 열기 등이었다.'에서 놀부의 악행을 나열하고 있을 뿐, 동시에 벌어진 사건들을 나열하고 있지 않다.

심층체크

1. E

E : 흥부의 아내 / A~D : 놀부의 아내

2. 어찌 그 흉악함을 헤아릴 수 있으리오.

장면02

▶▶ 무조건 올라가는
고전소설 문해력

OX 문제

1. X / '그도 한두 번이지 짚인들 매번 얻을 염치가 있으랴?', '차마 어찌 눈 뜨고 볼 수 있는 모습이리오.'에서 서술자가 개입하여 서술자의 주관적 감상을 드러내고 있을 뿐, 앞으로 일어날 사건을 예고하고 있지는 않다.

2. X / 흥부는 "죄인 중에 살인죄를 범한 자 외에는 모두 풀어 줘라."라는 명을 듣고 매를 맞지 못해 돈도 받지 못한다는 생각에 실망하였으므로 선지의 내용은 적절하지 않다.

3. O / "죄가 없어 돌아오나? 곤장 맞고 돌아오나? 몽둥이 맞고 돌아오나?" 등에서 유사한 구조의 문장을 반복하여 리듬감을 살리고 있다. 참고로, 유사한 구조의 문장을 반복하면

당연히 리듬감(운율감)이 살아난다.

4. X / 흥부의 아내는 흥부가 매를 맞지 않고 돌아오자 "좋다 좋다. 얼씨구 좋다!~이런 기쁜 일이 또 어디 있는가!"라며 기뻐하였다. 어린 자식들을 살릴 생각에 운 것은 흥부의 아내가 아니라 흥부이다.

5. X / 김 부자의 조카에게 칠팔 냥을 받은 흥부는 그 돈으로 쌀을 팔고 반찬을 사서 며칠의 끼니를 해결했다. 짚신을 만들 짚단은 김 부자의 조카에게 받은 칠팔 냥을 다 쓰고 난 후에, 김 동지에게서 얻은 것이다.

심층체크

1. D

D : 흥부의 맏아들 / A, B, C, E : 흥부

2. 그도 한두 번이지 짚인들 매번 얻을 염치가 있으랴? / 차마 어찌 눈 뜨고 볼 수 있는 모습이리오.

장면03

▶▶ 무조건 올라가는
고전소설 문해력

OX 문제

1. X / "오뉴월 장마철에 집이 만일 무너진다면 그 아니 낭패이랴?", "순식간에 다 죽으니 어찌 불쌍하지 않은가?" 등에서 설의법이 활용되었지만 이는 작중 인물인 흥부의 발화로, 서술자의 개입이 아니다.

2. X / 흥부가 제비 새끼를 잡아먹은 구렁이를 보고 "흉악한 저 짐승아,"라며 '칼을 들어 그 짐승을 잡으려' 한 것은 맞다. 그러나 그때 '제비 새끼 한 마리가' 떨어진 모습을 보고 곧바로 제비 새끼를 치료해 주었으므로, 구렁이를 칼로 죽였다는 설명은 적절하지 않다.

3. O / '박 한 통을 또 따놓고 슬근슬근 톱질이다. 쓱삭 쿡칵 툭 갈라 놓으니' 등에서 음성 상징어를 활용하여 흥부 부부가 박을 타는 상황을 묘사하고 있다.

4. O / '그 해를 넘기고 이듬해(바로 다음의 해) 봄을 맞으니~그 제비가 머리 위를 날아들며 입에 물었던 것을 앞에다 떨어뜨린다.'를 통해 제비가 제비 왕에게서 받은 박씨를 흥부에게 전해 준 것은 다음 해 봄임을 알 수 있다.

5. X / '마치 북해 검은 용이 여의주를 물고 오동나무에서 노니는 듯, 황금 같은 꾀꼬리가 봄빛을 띠고 수양버들 사이를 오가는 듯'에서 감각적인 묘사를 사용하고 있다. 하지만 이를 통해 혼란스러운 시대적 분위기를 제시하고 있지는 않다.

심층체크

1. A, D / B, F / C, E / G, H
A, D : 구렁이 / B, F : 제비 왕 / C, E : 제비 새끼 / G, H :
박씨

장면04

OX 문제

1. X / 서술자가 의문과 추측의 진술을 통하여 다른 인물에 대
한 반감을 제시하고 있는 부분은 나타나지 않는다. "이놈이
도둑질을 했나?"에서 흥부에 대한 놀부의 반감이 드러나고
있으나, 이는 서술자의 진술이 아니라 놀부의 발화이다.

2. X / 놀부는 길에서 만난 독사에게 "내 집으로 가서 제비 집
으로 올라가면 제비 새끼 떨어지고 나는 부자가 될 것이니"
라고 말했으나, 자신이 원하는 대로 되지 않자 '제비 새끼 직
접 잡아 두 발목을 지끈 분'질렀으므로 적절하지 않다.

3. O / 놀부 아내는 박에서 나온 사람들에게 계속해서 돈을 빼
앗기자 놀부에게 '이 이상 패가망신하지 말고 그만 가르자'고
하였다.

4. X / 무당들이 놀부에게 돈 오천 냥을 받은 것은 맞다. 하지
만 놀부에게 뒷 박통에 금과 은이 들었다고 말해 준 뒤 사라
진 것은 무당들이 아니라 상인들이다.

5. O / '시간 표지'는 시간을 나타내는 표현을, '추이'는 '일이나
형편이 시간의 경과에 따라 변하여 나감. 또는 그런 경향'을
뜻한다. 윗글에서는 '십이월', '일월', '봄철', '이듬해 봄' 등 시
간 표지가 활용되고 있으며, 이를 통해 박을 얻기 위해 놀부
가 벌인 사건의 추이가 드러나고 있으므로 적절하다.

심층체크

1. E
E : 상여를 멘 이 / A~D : 놀부

장면05

OX 문제

1. O / '얼굴은 숯먹을 갈아 끼얹은 듯이 꺼먼 것이 제비턱에 화
가 나서 휘둥그레진 눈을 험상궂게 부릅뜨고서'에서, 박에서
나온 대장군(장비)의 외양을 묘사하여 대장군의 무서운 성격
을 드러내고 있다.

2. X / 놀부가 박에서 나온 건달들에게 온갖 형벌을 받은 것은
맞으나, 논밭 문서를 다 바친 대상은 건달들이 아니라 '떠돌
아다니며 노래와 춤을 파는 이들'이다.

3. X / '집안에 돈이라곤~좋은 일이 없으랴?'에서 놀부의 내적

독백이 나타나고 있으나, 내적 독백을 반복하고 있지 않다.

4. X / "이를 앞으로 어찌하면 좋은가? 이번엔 바칠 돈도 없으
니 죽는 도리밖에 없나 보다."라는 놀부의 말에 박을 가르던
일꾼은 비웃으며 "너는 네 죄로 죽거니와 내야 무슨 죄로 죽
는단 말이냐? 그런 말 다시 하다가는 내 손에 먼저 죽을 줄
알아라!"라고 말하였으므로 일꾼이 놀부를 위로했다고 볼 수
없다.

5. X / 놀부가 박 안의 인물에게 "비라 하시니 양귀비입니까?
누구신 줄이나 먼저 알고 박을 마저 가르겠습니다."라고 말
한 것을 통해 놀부는 박 안의 인물이 양귀비일 것이라고 확
신하지 못하였음을 알 수 있다.

심층체크

1. C
C : 박 안에 있는 장비 / A, B, D, E : 놀부
2. 쇠공이의 아들인들 어찌 견뎌 내리오?

장면06

OX 문제

1. O / "그러면 그렇지. 이제야~타지 말고 이 박 먼저 갈랐을
것을…"에서 놀부의 독백적 발화를 통해 마지막 박에 대한
놀부의 기대감을 드러내고 있다. 참고로, '독백적 발화'는 겉
으로 내뱉는 혼잣말로, 큰따옴표(" ")로 제시된다.

2. O / 놀부의 아내가 박 안에서 구린내가 나는 이유를 묻자 놀
부는 "이 박은 아주 무르익었으므로 구린내가 나는 것을 모
른단 말인가?"라고 답하였으므로 적절하다.

3. O / '놀부 놈은 은근히 화가 나서 꾸짖었다.'에서 서술자가
놀부의 분노를 직접적으로 제시하여 온 집안사람이 당동 소
리를 내게 된 상황에 대한 놀부의 부정적 태도를 드러내고
있다.

4. X / '놀부 놈은~거름 장사들을 닥치는 대로 불러다가 돈을
후히 주고 똥을 치우게 한 다음에야 겨우 풀려났다.'에서 놀
부가 박에서 나온 똥을 직접 치우지 않았음을 알 수 있다.

5. X / '놀부 부부 서로 붙들고 갈 곳이 없어 우는데, 이때 건넛
마을 흥부가 형이 패가망신했다는 말을 듣고 급히 종을 거느
리고 와서 놀부 부부와 조카들을 데리고 제 집으로 돌아왔
다.'를 통해 흥부가 놀부의 사정을 놀부에게 직접 들은 것이
아님을 알 수 있다.

심층체크

1. A, E / B, F / C, D
A, E : 놀부의 자식들 / B, F : 놀부 / C, D : 놀부의 아내

06 설홍전

장면01

OX 문제

1. O / '이날 밤 부인이 한 꿈을 얻었더니~일장춘몽이라.'는 꿈 속 장면이며, 이후 '부인'이 꿈에서 깨어났으므로 꿈과 현실이 교차되었음을 알 수 있다.
2. X / "홍을 이제야 낳아 몸이 귀하게 되어 세상에 이름이 빛나는 것을 보지 못하고~지극한 은혜를 못 잊을까 하노라."에서 부인이 자신이 죽은 후의 일을 가정하고 있음을 알 수 있다. 하지만 이를 통해 부인과 진 숙인 사이의 갈등의 심화를 암시하고 있지는 않으므로 적절하지 않다.
3. X / 처사는 쌍용사 불상 앞에서 소원을 빌면 자식을 얻을 수 있다는 부인의 말을 듣고 "빌어서 자식을 얻을 수 있으면 세상에 자식 없는 사람이 어디 있"겠냐며 의심을 드러내었으므로 적절하지 않다.
4. X / "신선으로서 상제를 모시는 한 선녀와~하심에 왔나이다."라는 신선의 발화를 통해, 신선이 쌍용사 부처님의 명을 받고 부인의 꿈에 찾아왔음을 알 수 있다. 하지만 상제를 모시는 선녀와 함께 찾아온 것은 아니므로 적절하지 않다.
5. O / "나는 전생의 죄가 더할 수 없이 무거워~은혜를 못 잊을까 하노라."라는 부인의 발화를 통해 알 수 있다.

심층체크

1. A, B, C / D, E, F
   A, B, C : 설회분 / D, E, F : 설홍
2. 슬프다. 홍진비래는 예나 지금에 드문 일이 아니라지만~목숨을 유지하지 못할 듯하였다.

장면02

OX 문제

1. X / '숙인은 본디 사납고 악한 계집이라.'와 같이 서술자가 직접 인물의 성격을 제시하고 있을 뿐, 인물의 외양 묘사를 통해 성격을 제시하고 있지는 않으므로 적절하지 않다.
2. X / 처사는 '설홍을 생각하시며 식음을 전폐하고 날로 서러워하다 그로 인하여 병이 났'다고 하였으므로 적절하지 않다.
3. O / "내 설홍을 보면 곧 속에서 불이 타는 듯 하니 저것을 어찌 집에 두고 잠깐인들 보리오."에서 설홍에 대한 원망을 의문형 표현을 활용하여 드러내는 숙인의 모습을 확인할 수 있다.
4. O / '설홍은 전생에 죄 지극히 무거워 부모를 잃었고~나의

큰 원수라.'에서 숙인은 설홍의 죄로 인해 처사와 이별을 하고 홀로 지내게 되었다며 설홍을 큰 원수로 여기고, '처사가 생각이 나면 설홍에게 분'을 풀었으므로 선지의 설명은 적절하다.
5. X / 운섬은 산중에 설홍을 버리고 오라는 숙인의 명을 받고 부인의 묘 아래가 아닌, '용문산 당월굴'에 설홍을 두고 집으로 돌아왔으므로 적절하지 않다.

심층체크

1. A, F, G, H / B, E / C, D
   A, F, G, H : 설홍 / B, E : 진 숙인 / C, D : 부인(설홍의 어머니)
2. 슬프고 슬프다. / 세상을 어찌 알리오. / 어찌 젖이 나리오. / 살고 싶은 마음 어찌 있으리오. / 숙인이 이런 참혹한 일을 당하니 어찌 슬프지 아니하리오. / 이러한 상황을 어찌 다 측량하리오. / 숙인은 본디 사납고 악한~어찌 명을 보전하리오. / 슬프다. 설홍의 다 떨어진~뉘 있어 알리오.

장면03

OX 문제

1. O / '염라국'이라는 초월적 공간을 설정하여 사건을 새로운 국면(어떤 일이 벌어진 장면이나 형편)으로 전환하고 있으므로 선지의 설명은 적절하다.
2. O / '봉황새가 죽은 사람을 살린다는 전설 속의 약초를 물고서 내려와~숨이 터져 나는 소리 있으니'에서 알 수 있다.
3. X / 염라국 사자는 설홍을 잡아 오라는 임금의 명령을 받고 설홍을 데리러 왔으며, 거만하게 구는 설홍을 쇠몽둥이로 혼내 주었다. 하지만 임금이 거만하게 구는 설홍을 벌하고 오라고 명령한 적은 없으므로 선지의 설명은 적절하지 않다.
4. X / '가히 그 불쌍함을 어찌 다 말할 수 있으리오.'에서 서술자의 개입을 확인할 수 있다. 하지만 이를 통해 설홍의 처지에 대한 서술자의 생각을 드러내고 있을 뿐, 사건의 전모(전체의 모습)를 밝히고 있지는 않다.
5. X / 설홍이 죄를 저지른 사람들이 형벌을 받는 모습을 본 것은 맞으나, 이를 보고 두려움을 느꼈다는 내용은 지문에 나오지 않았으므로 적절하지 않다.

심층체크

1. A, C, E / B, D
   A, C, E : 설홍 / B, D : 염라국 사자
2. 가히 그 불쌍함을 어찌 다 말할 수 있으리오.

장면04
무조건 올라가는 **고전소설 문해력**

OX 문제

1. X / 염라대왕과 설홍 사이의 갈등은 권위 있는 인물의 중재가 아닌, 두 인물 간의 대화를 통해 해소되고 있으므로 선지의 설명은 적절하지 않다.
2. X / 설홍이 염라대왕의 앞에 잡혀 온 사건의 원인은 과거 사건에 대한 회상이 아닌, "너는 무슨 일로 하늘의 명령을 거스르며~네 죄의 사실 여부를 바로 아뢰어라."라는 염라대왕의 발화를 통해 제시되고 있으므로 적절하지 않다.
3. O / "네가 애초에 자미성을 지키는 별의 선관으로 있으면서~그 선녀는 명나라 왕 승상의 딸이 되어 고생하며"라는 염라대왕의 발화를 통해 알 수 있다.
4. X / 염라대왕이 설홍에게 선과를 먹은 죄를 묻자, 설홍은 "상제께 바치는 선과인 줄 어찌 알고 먹었겠사옵니까.~엎드려 비오니 대왕은 통촉하옵소서."라며 억울함을 호소하였다. 이때 설홍은 선과를 먹은 사실을 부인하지 않고 인정하였으며, 염라대왕은 "너를 지옥에 가두어 세상에 내보내지 아니하려 하였더니 네 말을 들으니 그렇겠구나."라며 설홍의 억울함을 알아 주었으므로 선지의 설명은 적절하지 않다.
5. O / 설 처사는 설홍이 '부모를 잃은 후에 진 숙인에게 미움을 받아 흑운산 골짜기에 버려진 이야기'를 하자 "네 일을 대강 알거니와 이 또한 하늘이 준 운수로다."라고 하였으므로 선지의 설명은 적절하다.

심층체크

1. E
   E : 설회분 / A, B, C, D, F : 설홍

장면05
무조건 올라가는 **고전소설 문해력**

OX 문제

1. X / 꿈과 현실의 교차가 나타난 것은 맞으나, 이를 통해 앞으로 일어날 사건을 암시하고 있지는 않다.
2. X / "너의 얼굴을 한 번 보고자 하여 한이 마음속 깊은 곳에 맺혔더니 이곳에 와서 너를 만날 줄 어찌 알았으랴."라는 부인의 발화를 통해 부인이 설홍을 만날 것을 미리 알고 있지 않았음을 알 수 있다.
3. O / "자식 같은 사람을 산중에 버리니~원한 맺힌 영혼을 착실히 풀어 주시면 몸도 자연히 편해지고 죽기도 면할 것입니다."라는 점쟁이의 말을 듣고 진 숙인이 '원통하게 죽은 설홍의 혼이구나.'라고 생각하는 것을 통해 알 수 있다.
4. X / 진 숙인의 독백인 '원통하게 죽은 설홍의 혼이로구나.'와

설홍의 독백인 '부인이 나를 버리고 연화봉으로 가시더니 이제 나를 데려오라 하시나보다.'가 제시되긴 하였으나, 독백을 반복하여 내적 갈등의 해결 과정을 드러내고 있지는 않다.
5. X / 운섬은 바위에 앉아 울고 있는 아이가 "나는 금능땅 앵무동~이곳에 와 머뭅니다."라고 말하자 '그제야 설홍인 줄 알았다고 하였으므로 적절하지 않다.

심층체크

1. A, C / B, E, F, G / D, H
   A, C : 설회분 / B, E, F, G : 설홍 / D, H : 부인(설홍의 어머니)

장면06
무조건 올라가는 **고전소설 문해력**

OX 문제

1. O / '슬프다. 설홍은 이러한 곳에 있으면서~사람의 맑은 정신이 없더라.', '슬프다. 홍이 물에 빠져~화살같이 가는지라.'에서 편집자적 논평을 통해 설홍이 처한 현실의 비극성을 드러내고 있다.
2. X / '설 처사 댁'에서 '동쪽 강'으로의 공간의 이동은 드러나지만, 두 공간에서 동시에 일어나는 사건을 병렬적으로 배치하고 있지는 않다.
3. O / '설홍은 이런 흉악한 꾀를 모르고 독약을~갓 태어난 곰의 새끼 같더라.'에서 알 수 있다.
4. X / 설홍은 자식을 사랑하는 정 없이 자신을 작대기로 찌르며 괴롭히는 진 숙인을 원망하지 않고, 이를 자신의 팔자라고 여기고 있으므로 적절하지 않다.
5. O / 진 숙인은 설홍을 인곰으로 변하게 한 사실이 탄로 나면 세상에서 버려진 사람이 될 거라는 생각에 시비를 시켜 설홍을 물속에 버리고 올 것을 명하였으므로 적절하다.

심층체크

1. A, E, F / B, C, D
   A, E, F : 진 숙인 / B, C, D : 설홍
2. 진 숙인이란 사람의 마음이~악하고 잔인한 자라. / 슬프다.~사람의 맑은 정신이 없더라. / 슬프다.~화살같이 가는지라.

장면07
무조건 올라가는 **고전소설 문해력**

OX 문제

1. O / '세월이 물처럼 흘러 여러 해를 지남에 설홍의 발길이 안

닿은 곳이 없더라.'에서 사건의 압축적 제시를 통해 사건 전개의 속도를 빠르게 한 반면, 응백과 명선, 명선과 왕 승상의 대화 장면의 제시를 통해 사건 전개의 속도를 느리게 하며 사건 전개의 완급을 조절하였으므로 선지의 설명은 적절하다.

2. X / 은돈 백 냥을 받고 짐승의 모습으로 변한 설홍을 판 사람은 응백이 아닌 명선이다.

3. O / '응백이 돌아와 미치광이처럼 취하여 실성한 사람 같더라.'에서 비유적 진술을 통해 인곰을 데리고 도망간 명선으로 인해 큰 슬픔을 느끼는 응백의 상황을 부각하고 있으므로 선지의 설명은 적절하다.

4. O / '명선이 그 짐승을 데리고 집으로 돌아와~세상에 부족할 것이 없으나'를 통해 알 수 있다.

5. X / 설홍이 승상의 도움으로 명선에게서 벗어난 것은 맞다. 하지만 안도의 눈물을 흘리지 않았으며, 나무 사이에 누워 잠든 것은 배고픔을 이기지 못했기 때문이므로 선지의 설명은 적절하지 않다.

심층체크

1. A, D, F / B, C, E
A, D, F : 설홍 / B, C, E : 명선
2. 보는 사람이 뉘 아니 칭찬하겠는가? / 슬프다. 설홍이 갈수록 팔자가 기박하더라. / 승상의 말씀을 어찌 거역하리오. / 슬프다.

장면08
▶▶ 무조건 올라가는
고전소설 문해력

OX 문제

1. X / '청산은 푸르고 강물은 잔잔하고 온갖 꽃이 활짝 펴 아름다운 와중에 두견이 슬피 울 제', '푸른 소나무는 울울창창하고~바위 위에 올라가니 수간초옥을 깨끗이 지었으되'에서 배경 묘사가 드러나지만, 이를 통해 인물의 성격 변화를 암시하고 있지는 않다.

2. O / '또 한 약을 주거늘 홍이 받아먹으니~능숙히 말을 하니'에서 알 수 있다.

3. X / "하늘이 준 큰 행운 덕으로 도덕군자의 제자로 있으려 하오니 도사님께서 가난하고 천한 인생을 구하시어 보살핌 아래에 두어 주옵기를 천만 바라나이다."라는 설홍의 발화를 통해, 설홍이 먼저 운담 도사에게 가르침을 청하였음을 알 수 있다.

4. O / "소자 팔자 기박하여 하늘이~보살핌 아래에 두어 주옵기를 천만 바라나이다.", "저것은 천자의 주성이요,~이러이러하니라." 등에서 설홍과 운담 도사의 대화를 확인할 수 있으며, 이를 통해 스승과 제자의 관계임을 알 수 있으므로 적절하다.

5. X / 돌쇠는 "이놈아, 네가 무슨 세력으로~그런 짓은 하지 말

라."라며 자신의 평소 행실을 엄하게 꾸짖는 '승상의 말씀을 듣지 아니하고 도리어 자신을 해롭게 한다고 하며 조금도 마음을 고치지 아니하'였으므로 선지의 설명은 적절하지 않다.

심층체크

1. A, B, C / D, G, H / E, F
A, B, C : 노승 / D, G, H : 운담 도사 / E, F : 설홍
2. 몸에 걸친 옷이 없으니 어디로 가리오.

장면09
▶▶ 무조건 올라가는
고전소설 문해력

OX 문제

1. X / 과거와 현재가 아닌, 꿈과 현실을 교차하여 사건을 입체적으로 전개하고 있다.

2. O / '시간 표지'는 시간을 나타내는 표현을, '추이'는 '일이나 형편이 시간의 경과에 따라 변하여 나감. 또는 그런 경향'을 의미한다. 왕 승상이 딸인 왕 소저의 꿈에 나타나 말을 하는 부분에서 "오늘 밤 삼경", "모월 모일"의 시간 표지를 활용하여 미래에 일어날 사건의 추이를 드러내고 있으므로 선지의 설명은 적절하다.

3. O / 돌쇠는 왕 소저에게 "우연히 승상께서 병을 얻어~이번 달 셋째 날 다섯 시에 세상을 떠나셨"다고 전하였다. 하지만 승상은 왕 소저의 꿈에 나타나 "돌쇠의 손에 죽었으니 어찌 한심하지 아니하리오."라며 돌쇠에 의해 죽임을 당했다고 말했으므로, 돌쇠가 왕 소저에게 한 말이 거짓임을 알 수 있다.

4. X / 왕 소저가 "종과 주인의 사이가 분명한데 너는 위아래를 모르고~하늘이 두렵지 아니하느냐?"라며 자신의 권위를 내세워 돌쇠를 꾸짖은 것은 맞다. 하지만 이를 들은 돌쇠가 크게 분하여 자신을 죽이려 하자 거짓으로 웃으면서 돌쇠를 달래어 돌려보냈으므로 자신의 권위를 내세워 돌려보냈다는 선지의 설명은 적절하지 않다.

5. O / 수건으로 목숨을 끊으려 하는 왕 소저를 붙들고 울면서 "소저께서 죽으시면~삭발하고 머물러 다음을 기다립시다." 라고 한 시비 난양의 발화를 통해 알 수 있다.

심층체크

1. A, B, F / C, D, E
A, B, F : 돌쇠 / C, D, E : 설홍
2. 이런 막막한 일이 어디 있으랴?

장면10

▸▸ 무조건 올라가는
고전소설 문해력

OX 문제

1. O / 설홍이 힘과 검술에서 우위를 보이며 돌쇠와의 갈등을 해결하고 있으므로 선지의 설명은 적절하다.

2. O / 왕 승상은 자신의 집에서 졸고 있던 설홍의 꿈에 나타나 "선생의 명을 받아 나를 찾아왔거든 소저가 사는 곳에 들어가 나의 딸을 살려 줌이 어떠하오?"라고 말하며 자신의 딸이 위기에 처했음을 알려 주었다.

3. X / "산을 뽑는 씩씩한 기상을 지닌 초패왕도~역수를 건널 수 있겠느냐?"에서 돌쇠가 처한 상황을 고사에 빗대고 있을 뿐, 인물의 성격을 고사에 빗대어 사건을 새로운 국면으로 전환하고 있지는 않으므로 적절하지 않다.

4. X / 설홍은 운담 도사가 아닌, 왕 소저를 통해 왕 승상이 돌쇠의 손에 죽은 사실을 알게 되었다.

5. X / '내 힘과 검술은 귀신도 감당하지 못하는데~힘으로 다투는 것은 불가능하겠다.'라는 돌쇠의 독백을 통해 돌쇠는 설홍과 끝까지 힘으로 다투고자 하지 않았음을 알 수 있다.

심층체크

1. A, C / B, E, I / D, F, G, H, J
   A, C : 운담 도사 / B, E, I : 왕상국 / D, F, G, H, J : 왕윤선
2. 어찌 용납이 되리오. / 돌쇠 이러한 거동을 보고 어찌 두렵지 아니하랴.

장면11

▸▸ 무조건 올라가는
고전소설 문해력

OX 문제

1. O / 설홍이 악인인 돌쇠의 횡포(제멋대로 굴며 몹시 난폭함)를 징벌하는 부분을 통해 권선징악의 세계관을 드러내고 있다.

2. X / 설홍은 돌쇠를 데리고 행화촌 운무탄으로 가서 왕 승상의 시신을 수습해 온 후, 왕 승상의 장례를 지내고 승상의 무덤 아래에서 돌쇠를 처벌하였으므로 선지의 설명은 적절하지 않다.

3. X / 왕 승상이 딸인 왕 소저의 꿈에 나타나 "돌뿌리가 제 형의 원수를 갚고자~시비 난양을 데리고 도망하여 목숨을 보호해라."라고 말하며 위험에서 벗어날 수 있는 방안을 제시하고 있음을 알 수 있다. 하지만 왕 승상과 왕 소저가 서로 대화를 나눈 것은 아니므로 선지의 설명은 적절하지 않다.

4. O / "이 말씀은 여자가 드릴 말씀은~백골난망의 은혜를 조금이나마 갚고자 하나이다."라는 왕 소저의 발화를 통해 알 수 있다.

5. X / 몹쓸 병에 걸려 몸이 불편한 진 숙인에게 사람들이 음식을 충분히 주지 않은 것은 맞다. 하지만 진 숙인이 그러한 사람들을 미워했다는 내용은 지문에 나타나 있지 않다.

심층체크

1. A, C, E / B, H / D, F, G
   A, C, E : 왕상국 / B, H : 돌쇠 / D, F, G : 왕윤선
2. 어찌 찾겠는가.

장면12

▸▸ 무조건 올라가는
고전소설 문해력

OX 문제

1. O / 꿈을 꾼 주체인 왕 소저를 돕는 역할을 하는 존재인 노승 용암이 출현하였으므로 적절하다.

2. X / 왕 소저가 꿈에 나타난 아버지의 명에 따라 편삼노로 가 노승을 만난 것은 맞다. 하지만 노승의 승명은 '들한'이 아닌 '용암'이므로 적절하지 않다.

3. X / 돌뿌리가 형의 원수를 갚고자 설홍을 공격한 것은 맞으나, 신병을 거느리는 신을 불러 공격하지는 않았다. 신병을 거느리는 신은 설홍이 낙안 선생을 공격하고자 부른 것이다.

4. O / '옷고름에 대고 긴 칼로~산이 무너지고 숲을 막는 듯 하더라.', '되는대로 바람을 주관하는 신을 붙여~낙안이 견디지 못하여 땅에 떨어지거늘' 등에서 전기적 요소를 활용하여 비현실적인 장면을 부각하고 있으므로 적절하다.

5. X / 낙안 선생은 자신의 제자인 돌뿌리가 죽는 것을 보고 '분한 마음이 하늘을 찌를 듯 격렬하게 북받쳐 올라' 설홍을 공격하였으므로 선지의 설명은 적절하지 않다.

심층체크

1. A, B, C, D, E / F, G, H / I, J
   A, B, C, D, E : 왕윤선 / F, G, H : 돌뿌리 / I, J : 설홍

장면13

▸▸ 무조건 올라가는
고전소설 문해력

OX 문제

1. O / 인물들 사이의 대립 구도가 제시되면 서사적 흥미는 당연히 높아지므로, 인물들의 대립 구도가 나타나는지만 확인하면 된다. 해당 지문에서는 주인공 설홍과 곽섬의 대립 구도가 드러나므로 적절하다.

2. X / 설홍과 응백 간 대화가 오가는 장면은 제시가 되었으나, 이를 통해 이전 사건에 따른 다른 인물들의 현재 행선지를 드러내고 있지는 않으므로 적절하지 않다.

3. X / "공자께서 무슨 잘못이 있겠는가마는~죄가 될 수 없소이다."라는 낙안 선생의 발화를 통해, 낙안 선생이 설홍에게 자신의 잘못을 인정하지도 용서를 구하지도 않았음을 알 수 있다.

4. X / 천자는 기주 땅에 참혹한 흉년이 들어 곳곳에 도적이 일어나자 굶주린 백성을 구하고자 설홍에게 기주 도어사의 벼슬을 내렸다. 천자가 곽섬을 잡아올 것을 명하는 내용은 나타나지 않는다.

5. O / 응백은 기주 도어사가 되어 자신을 찾아온 설홍에게 "상공은 뉘시길래 어찌 저를 찾나이까?"라고 물으며 설홍을 바로 알아보지 못하였으므로 선지의 설명은 적절하다.

심층체크

1. A
A : 설회분 / B~F : 설홍

장면14
→ 무조건 올라가는
고전소설 문해력

OX 문제

1. O / '절 쪽을 바라보니 난데없는 불이 일어나 연기가 높이 솟아오르거늘'에서 화재가 난 절의 모습을 제시하여 왕 소저가 위기를 겪고 있음을 드러내고 있으므로 적절하다.

2. X / 응백은 설홍이 감사의 뜻으로 전해 준 은돈 백 냥을 거부하였으나 거듭된 설홍의 청으로 '하는 수 없어 은돈을 받아 간직하'였으므로 적절하지 않다.

3. X / 설홍이 응백의 청으로 그의 딸을 아내로 맞이한 것은 맞지만, 정실로 맞이한 것은 아니므로 적절하지 않다.

4. O / '먹을 것도 없고 또한 집도 없어 이 병든 소저를 데리고 잠시인들 이곳에서 어찌 살리오.'라는 난양의 내적 독백을 활용하여 아픈 소저를 데리고 열악한 환경에서 벗어나고자 하는 의지를 드러내고 있으므로 선지의 설명은 적절하다.

5. O / '옷에 불이 붙어 살이 상하여~다리에 피를 내어 소저의 입에 넣으니 이윽고 왕 소저 눈을 떠 난양을 보는지라.'에서 알 수 있다.

심층체크

1. A, B, D / C, E / F, G, H
A, B, D : 설홍 / C, E : 매월(응백의 딸) / F, G, H : 왕윤선

장면15
→ 무조건 올라가는
고전소설 문해력

OX 문제

1. X / '여러 산이 겹친 산속으로 들어가니 층을 이루는 바위와 괴상하게 생긴 돌 드리웠고 고운 풀 속에 구슬같이 아름다운 꽃이 좌우에 우거져 있는데 경치와 분위기가 사람 사는 세상이 아닌 듯하더라.', '칙칙한 삼경에 물소리는 요란하고 달은 높이 떠 있고 산새들은 슬피 울 때'에서 감각적인 배경 묘사가 제시되었음을 알 수 있다. 하지만 이를 통해 인물의 행동이 전개되는 상황의 낭만적 분위기를 부각하고 있지는 않으므로 선지의 설명은 적절하지 않다.

2. X / "소저는 어려서 부모를 잃고 정처 없이 이리저리 빌어먹고~우리 소저를 살려 주옵소서."라며 정황(일의 사정과 상황)을 전달하는 주체 '난양'에 대해 "너의 정성이 지극하"다라는 긍정적인 평가가 드러나므로 선지의 설명은 적절하지 않다.

3. X / 난양은 날이 새고 자신들의 옆에 죽어 있는 뱀을 보고 놀라 왕 소저와 함께 여러 산이 겹친 산속으로 들어간 것이므로 적절하지 않다.

4. O / "생전에 서로 만나 백골난망을 다 갚지 못하고~눈을 감고 제대로 가지를 못할 것 같구나."라는 왕 소저의 발화를 통해 알 수 있다.

5. O / "조선의 난양은 들어라.~소저를 급히 구하여라."라는 하늘의 소리를 통해 알 수 있다.

심층체크

1. C
C : 난양 / A, B, D, E : 왕윤선

2. 슬프다. 소저는~찬비를 맞고 어이 살까. / 잠시인들 살고 싶은 생각이 있으랴. / 아무리 죽고자 운들 하늘의 명령을 마음대로 하리요.

장면16
→ 무조건 올라가는
고전소설 문해력

OX 문제

1. X / 해당 지문은 시간의 흐름에 따라 사건이 전개되고 있으며, 시간의 역전이 나타난 부분은 제시되지 않았다.

2. O / 설홍은 "소저는 문밖에 계시긴 하나~세상에 살아날 길이 없나이다."라는 난양의 말을 듣고 왕 소저가 자신과 가까운 곳에 있음을 알게 되었으므로 적절하다.

3. X / 난양이 백호를 만나 숨는 장면에서 긴박한 분위기가 조성되고 있다. 하지만 여러 가지 사건이 동시에 발생하여 긴박한 분위기를 조성하고 있는 장면은 제시되지 않았다.

4. X / 왕 소저가 자신을 부르는 설홍의 목소리를 듣고 "뉘신데 이리 부르나이까?"라고 말했다는 점에서 자신의 옆에 설홍이 있음을 알아차리지 못했음을 알 수 있다.

5. X / '매월을 왕 소저에게 인사를 시키니~처소를 떠나지 아니하며 간호하니'를 통해 선지의 설명이 적절하지 않음을 알 수 있다.

심층체크

1. A, C, F, G / B, D / E, H
   A, C, F, G : 설홍 / B, D : 난양 / E, H : 왕윤선
2. 반가운 마음을 어찌 다 말하리오.

장면17
▶▶ 무조건 올라가는
고전소설 문해력

OX 문제

1. X / 공간이 국내에서 국외로 바뀌지 않았으므로 선지의 설명은 적절하지 않다.

2. X / 황제가 가달을 치기 위해 신하들의 보호를 받으며 도성을 떠난 것은 맞으나, '태자로 하여금 수도를 지키게 하'였으므로 선지의 설명은 적절하지 않다.

3. O / "가달은 들어라. 도리를 모르고~우리 황제 앞에 바치리라."라는 선봉장 이경노의 발화를 통해 알 수 있다.

4. X / '얼굴이 불꽃같고 팔 척의 장신에', '얼굴은 옻칠한 듯 수염은 두 자나 되고 불같은 눈을 부릅뜨며' 등에서 적진 장수들의 외양을 묘사하고 있음을 알 수 있다. 하지만 이를 통해 적진 장수들의 혼란스러운 심리 상태를 드러내고 있지는 않으므로 적절하지 않다.

5. O / 황제는 적장 묵특이 구량 장군 황두문을 베고 성안으로 쫓아 들어오자 크게 놀라 진영에 있던 신하들을 모아 도망하였으므로 선지의 설명은 적절하다.

심층체크

1. A, D, H / B, C, E / F, G
   A, D, H : 가달왕 / B, C, E : 이경노 / F, G : 황두문

장면18
▶▶ 무조건 올라가는
고전소설 문해력

OX 문제

1. O / '이때 설 상서 왕 소저의 병이 차차 나음에~날이 밝아온다.'에서 설홍이 왕 소저와 혼인을 한 후 황제 진영을 찾아가는 과정을 요약적으로 제시하여 서사를 빠르게 전개하고 있다.

2. X / 설홍은 '황제 스스로 군사를 거느리고 가달을 치러 가셨다'는 말을 듣고 울적한 마음을 이기지 못하여 바로 황제 진영을 찾아'간 것이므로 선지의 설명은 적절하지 않다.

3. O / '하늘이 무너지는 듯 해가 뒤집히는 듯~밟혀 죽은 자 무수하더라.'에서 과장된 비유를 활용하여 상황의 급박함을 드러내고 있다.

4. O / 설홍은 대원수로 봉해진 뒤 가달의 선봉장 무송을 처치하였으므로 적절하다.

5. O / 정인택은 "아무리 생각해 봐도 황제를 잡을 장수~황상께 바치리다."라고 말하며, 신출귀몰한 재주를 가진 설홍을 죽이고 황제를 잡을 수 있다고 자신하였다.

심층체크

1. A, C, G, H, I / B, D, F / E, J
   A, C, G, H, I : 설홍 / B, D, F : 황제 / E, J : 가달왕
2. 대신과 군 장수와 병사 뉘 아니 즐거워하리오.

장면19
▶▶ 무조건 올라가는
고전소설 문해력

OX 문제

1. O / 설홍과 적진 장수 설만, 석돌, 위돌 등 인물 간의 다면적 갈등 양상이 드러나고 있다.

2. O / "소장이 본래 번국 사람으로 정인택과 빛나는 이름을 다음 세대에 전하고자 의로써 형제의 관계를 맺어", "나는 번국으로 돌아가리라."라는 육목철의 발화를 통해 육목철이 정인택과 의형제를 맺었으며, 그의 죽음을 슬퍼하며 번국으로 돌아가고자 했음을 알 수 있다.

3. X / 설홍과 적진 장수들의 싸움 장면을 묘사하고 있지만 이를 통해 인물의 상상과 현실 사이의 대립을 부각하고 있지는 않다.

4. O / "설홍은 들으라.~한을 씻으리라.", '쇠로 만든 활에 독을 묻혀 쏘거늘'을 통해 알 수 있다.

5. O / '정인택의 말을 듣고 죽이지 않았더라면~인재를 찾아 제대로 쓰지 못했다고 여기며 정인택의 죽음과 육목철이 없어진 것에 후회하기를 마지아니하더라.'를 통해 알 수 있다.

심층체크

1. A, C, H / B, E, G / D, F
   A, C, H : 육목철 / B, E, G : 가달왕 / D, F : 설홍

장면20

➤➤ 무조건 올라가는
고전소설 문해력

OX 문제

1. X / '그제야 설홍이 술법을 써 귀신같이 바꾼 것인 줄 알'았다는 데에서 설홍이 죽은 것이 아니라 술법을 쓴 것임을 알 수 있으므로 주인공의 죽음을 제시하여 작품의 비극성을 고조하고 있다는 선지의 설명은 적절하지 않다.
2. O / '묵특이 그제야 말을 놓아 본진으로~말 아래 떨어지거늘'에서 알 수 있다.
3. X / '감히 설홍과 겨룰 자 없는지라.'에서 서술자의 개입을 확인할 수 있으나, 이를 통해 앞으로 일어날 사건을 예고하고 있지는 않으므로 적절하지 않다.
4. X / 가달왕은 묵특의 죽음을 보고 크게 화를 내며 장수와 병사들을 거느리고 설홍을 둘러싸 공격하였으므로 선지의 설명은 적절하지 않다.
5. O / "황상은 진을 풀어 본진으로 돌아가면~설홍 잡기를 걱정하오리까?"라는 남두문의 발화를 통해 알 수 있다.

심층체크

1. A, B / C, D, E
   A, B : 설홍 / C, D, E : 가달왕
2. 감히 설홍과 겨룰 자 없는지라.

장면21

➤➤ 무조건 올라가는
고전소설 문해력

OX 문제

1. X / 육목철은 대화 상대인 설홍의 환심(기뻐하고 즐거워하는 마음)을 사기 위해 적진의 정보를 제공하였을 뿐, 자신의 우월한 지위를 드러내지는 않았다.
2. X / 설홍은 백포소장의 소리를 듣고 '저 사람은 나를 도운 자이니 어찌 말을 듣지 아니하랴.'라며, 그의 청을 거절하지 않았으므로 적절하지 않다.
3. O / 백포소장은 설홍이 큰 구덩이에 빠져 위험에 처할 것을 걱정하여 설홍에게 크게 소리를 질러 적진에 들어가지 않도록 도움을 주었으므로 적절하다.
4. X / 노경춘은 육목철의 사연을 듣고 "이놈 목철아, 네 아우 정인택을~임금을 배신하느냐?"라며 육목철을 꾸짖었으므로 적절하지 않다.
5. X / 백포소장에서 황제 진영의 선봉장으로 육목철의 신분의 변화 과정은 드러난다. 하지만 인물의 행위가 연속적으로 나열된 장면을 통해 신분의 변화 과정을 드러내고 있지는 않다.

심층체크

1. E
   E : 가달왕 / A~D : 육목철

장면22

➤➤ 무조건 올라가는
고전소설 문해력

OX 문제

1. O / '적진 장수 양두홍이 노경춘의 죽음을 보고~창이 산산이 부서지는지라.'에서 황제 진영의 군사들과 적진 군사들이 벌이는 전쟁 장면을 구체적으로 묘사하여 사건의 긴박감을 고조하고 있다.
2. X / '선봉장 육목철이 군사를 거느려 앞을 막으니~가달왕이 백만 대병을 구덩이에 다 죽이고'를 통해, 가달왕의 백만 대병은 선봉장 육목철에 의해 자신들의 진영에 있는 구덩이에 빠져 모두 죽었음을 알 수 있다.
3. X / 주인공 설홍은 적대자 가달왕과 지략(어떤 일이나 문제든지 명철하게 포착하고 분석·평가하며 해결책을 능숙하게 세우는 뛰어난 슬기와 계략) 대결을 하고 있지 않으며, 윗글에서는 설홍이 아닌 가달왕의 초월적 능력을 보여 주고 있으므로 적절하지 않다.
4. X / 가달왕이 설홍에 의해 죽을 위기에 처했던 것은 맞지만, 날개 달린 짐승으로 변신하여 도망가지는 않았다.
5. O / 육목철은 변복을 한 후 가달왕에게 황양동에 가달의 군사 백여 명이 있다는 거짓 정보를 흘려 가달왕이 '황양동에 남은 군사를 거두'기 위해 돌아가도록 유인하였다.

심층체크

1. A, C, E / B, D
   A, C, E : 육목철 / B, D : 황제

장면23

➤➤ 무조건 올라가는
고전소설 문해력

OX 문제

1. X / 설홍은 강동왕으로, 설홍의 아내 왕 씨는 정열왕비로 신분의 변화가 생겼으나, 인물의 행위가 연속적으로 나열된 장면을 통해 그 변화 과정을 드러내고 있지는 않다.
2. X / 가달왕이 사슬을 끊고 흰 꿩으로 변신한 것은 맞으나, 달아나다 그물에 걸려 떨어졌으므로 선지의 설명은 적절하지 않다.
3. O / 새로 변신한 가달왕이 그물에 걸려 떨어지자 "가달왕은 들어라. 네 변신하는 법을 내 먼저 알거니와 네 어디로 가느냐?"라고 한 설홍의 발화를 통해, 그가 가달왕이 새로 변신

하여 달아나는 것을 염두에 두고 그물을 미리 설치하였음을
알 수 있다.

4. X / 황제와 설홍의 대화 장면은 제시가 되었으나, 이를 통해
과거로 돌아가려 하는 인물들의 심리를 보여 주고 있지는 않
다.

5. O / 황제는 "경의 공을 어찌 갚으리오.~수백 인명을 맡기노
라."라며 원수의 공을 칭찬하고 강동의 백성을 다스릴 수 있
는 왕의 직첩을 내렸으므로 적절하다.

심층체크

1. A, F, G, H / B, C, D, E
   A, F, G, H : 설홍 / B, C, D, E : 가달왕

▶▶ 무조건 올라가는
장면24   고전소설 문해력

OX 문제

1. X / 설홍과 진 숙인을 알고 있는 동네 사람들이 "설 공자는
주인에게 서러움을 받아~그런 기특한 마음은 세상에 없더
라."라며 사례를 근거로 주요 인물인 설홍에 대해 긍정적인
평가를 내렸을 뿐, 상반된 평가를 내리지 않았으므로 선지의
설명은 적절하지 않다.

2. O / '무엇이 두려우랴.'에서 서술자가 개입하여 왕위에 오른
설홍의 첫째 아들은 두려울 것이 없을 거라는 주관적 판단을
드러내고 있으므로 적절하다.

3. X / 진 숙인은 설홍을 괴롭히던 '전의 일을 생각하고 한 말
도 하지 못하'였다고 하였으므로 선지의 설명은 적절하지 않
다.

4. O / 강동왕은 왕 승상의 산소에 들러 '제문을 갖추어 왕비와
그 일족들이 함께 제사를 지'낸 후 '강동에 도착'하였으므로
선지의 설명은 적절하다.

5. X / 강동왕의 둘째 아들 설인은 이부 상서가 아니라 이부 상
서의 사위가 된 것이므로 선지의 설명은 적절하지 않다.

심층체크

1. E
   E : 설 공자(설홍의 첫째 아들) / A~D : 설홍
2. 무엇이 두려우랴.

장면01

▸▸ 무조건 올라가는
고전소설 문해력

OX 문제

1. X / 해당 장면은 시간의 흐름에 따라 전개되고 있으며, 갈등이 해소되는 과정을 그리고 있지도 않다. 오히려 '길동'과 '공' 사이의 갈등이 심화되고 있다.

2. O / 요약적 서술이란 긴 시간 동안 벌어진 일들을 간단한 몇 개의 문장으로 요약하여 서술하는 것을 가리킨다. 해당 장면에서는 춘섬이 길동을 낳고 길동이 10살이 되기까지의 과정을 요약적으로 제시하여 인물의 삶의 내력(지금까지 지내온 경로나 경력)을 드러내고 있다.

3. X / 공이 용꿈을 꾼 후 '내 이제 용꿈을 꾸었으니 반드시 귀한 자식을 낳으리라.'라며 귀한 자식을 낳을 것이라 확신한 것은 맞다. 하지만 곧바로 안방으로 들어가 부인 유 씨를 만난 후, 유 씨가 따르지 않겠다며 나가자 이후에 춘섬을 만나게 된 것이므로 선지의 내용은 적절하지 않다.

4. X / 공은 길동의 한탄을 듣고 '불쌍하다는 생각이 들었으나, 그 마음을 위로하면 건방져질까 염려되어' 길동을 꾸짖은 것이므로 선지의 내용은 적절하지 않다.

5. O / 길동은 "옛날, 장충의 아들 길산은~안심하고 나중을 기다리십시오."라며 길산의 일화를 들어 집을 떠나겠다는 자신의 주장을 강화하였다.

심층체크

1. C
C : 길동이 자신의 얘기를 하기 위해 언급한 일반적인 남성
A, B, D, E : 홍 아무개

장면02

▸▸ 무조건 올라가는
고전소설 문해력

OX 문제

1. X / 관상녀를 이용해 길동을 없애자는 계획을 세운 인물은 초란이 아닌 무당이다. 초란이 이러한 무당의 계획을 듣고 기뻐한 것이므로 선지의 내용은 적절하지 않다.

2. X / 관상녀가 길동에 대해 "실로 왕이 될 기상"이라고 말한 것은 맞다. 하지만 "성장하면 온 집안이 멸망하는 재앙을 당할 것"이라며 공에게 경고했을 뿐, 길동을 보호해야 한다고 주장하지 않았다.

3. X / 부인은 길동을 없애야 한다는 초란의 제안을 듣고 "아무리 그렇다 한들 천륜이 더할 수 없이 무거운데 차마 어찌 그런 짓을 하겠나."라며 망설였으나, 초란의 거듭된 설득에 "너

의 생각대로 하려무나."라며 결국 제안을 수락했으므로 선지의 내용은 적절하지 않다.

4. O / '자신은 아들이 없는데,~속으로 불쾌하여 길동을 없애버릴 마음만 먹고 있었다.' 등에서 서술자가 인물의 내면 심리를 직접 제시(서술자가 인물의 성격이나 심리에 대해 직접적으로 해설하는 것)를 통해 드러내고 있다.

5. X / 윗글에서 동시에 일어난 사건을 병치(둘 이상을 나란히 배치함)하여 긴장감을 조성하고 있는 부분은 제시되지 않았다.

심층체크

1. D
D : 무당 / A, B, C, E : 관상녀

장면03

▸▸ 무조건 올라가는
고전소설 문해력

OX 문제

1. O / '길동이 급히 몸을 감추고 주문을 외니,~풍경이 굉장하였다.'와 같이 길동의 초월적 행위를 통해 사건의 환상적 면모를 부각하고 있다.

2. O / '까마귀가 세 번 울고 갔다.~몸을 숨긴 채 상황을 살피고 있었다.'에서 알 수 있다.

3. X / 특재가 길동의 재주를 보고 대단하다고 여긴 것은 사실이나, 자신의 잘못을 고백하며 용서를 구하지는 않았다. 오히려 '어찌 나를 상대하리오.'라고 생각하며 길동에게 달려들었다가 결국 목숨을 잃었다.

4. O / "소인이 일찍 부모님께서~아버지께서는 만수무강하십시오."에서 상공과 길동의 대화를 통해 집을 떠나려는 길동의 상황과 내면이 드러나고 있다.

5. X / 춘섬이 자신의 슬하를 떠나겠다는 길동의 '손을 잡고 통곡'한 것은 맞지만, 길동의 '말을 듣고 무슨 까닭이 있음을 짐작하나 굳이 묻지는 않았다고 하였으므로 선지의 내용은 적절하지 않다.

심층체크

1. A, C, D / B, F
A, C, D : 특재 / B, F : 길동 / E : 초란 / G : 춘섬

2. 그 처참한 꼴을 어찌 두 눈 뜨고 볼 수 있으리오? / 어찌 가련치 않으랴.

장면04

OX 문제

1. X / 서술자가 개입하고 있으나, 이를 통해 앞으로 일어날 사건을 예고하고 있지는 않다.
2. O / '그 후, 길동은 스스로 이름을 활빈당이라고 하면서 조선 팔도로 다니며 각 읍 수령이 부정하게 모은 재물이 있으면 빼앗고, 혹시 가난하고 의지할 데 없는 사람이 있으면 도와주되, 백성은 건드리지 않고 나라의 재산에는 절대 손을 대지 않았다.'에서 길동의 행동이 서술되어 있다. 이러한 서술과 더불어 부정하게 재물을 모은 함경 감사의 재물을 훔치는 길동의 행동을 묘사하여 탐관오리를 벌하는 길동의 정의로운 성격을 구체화하고 있다.
3. X / "집에서 천대 받기가 싫어서 아무 데나 정처 없이 다니다가 우연히 이곳에 들어왔소."라는 길동의 말을 통해, 길동이 도둑들의 소굴에 도착한 것은 우연히 이루어진 일임을 알 수 있다.
4. X / '길동은 부하들을 남쪽의 큰길로 보내고 홀로 스님의 차림으로 관군을 속여 무사히 소굴로 돌아오니'를 통해 '지팡이를 짚은 스님'은 길동이었음을 알 수 있다.
5. O / '감사가 뜻밖의 재앙을 당하여~도적 잡기에 온 힘을 다했다.'에서 알 수 있다.

심층체크

1. E
   E : 길동 / A~D : 도적들
2. 가는 뒷모습을 보고 양반가의 자제 아니라 할 이 있으랴?

장면05

OX 문제

1. O / '여덟 길동이 팔도에 다니며~술법을 부려 각 읍 창고에 있던 곡식을 하룻밤 사이에 흔적 없이 가져가며, 지방에서 서울로 올려 보내는 선물 보따리들을 하나도 놓치지 않고 빼앗으니'에서 확인할 수 있다.
2. O / '나도 힘을 자랑할 만하더니~어찌 걱정하리오.'에서 우포장의 내적 독백을 제시하여 길동의 신이한 능력을 경험한 인물의 심리를 생생하게 표현하고 있다.
3. X / 임금은 "신이 비록 재주는 없으나~좌우 포도대장이 어찌 한꺼번에 출전하겠습니까?"라는 우포장 이흡의 의견을 받아들여 우포장에게 길동을 잡게 하였으므로 선지의 내용은 적절하지 않다.
4. O / 길동이 짚으로 만든 사람 일곱을 만들고 주문을 외워 일

곱 길동을 팔도의 각 읍에 보낸 것에서 전기적(기이하여 세상에 전할 만한) 요소를 활용하여 비현실적 장면을 부각하고 있음을 확인할 수 있다.
5. X / 소년이 "이곳이 길동의 소굴인데, 내가 먼저 들어가 탐색할 것이니, 그대는 여기서 기다려라."라며 스스로 길동의 소굴에 먼저 들어갔을 뿐, 우포장이 소년에게 길동의 소굴에 먼저 들어가 탐색할 것을 제안한 것이 아니다.

심층체크

1. D
   D : 우포장 이흡 / A, B, C, E : 길동

장면06

OX 문제

1. X / 임금이 인형에게 길동을 잡아들이라 명하자, 인형은 길동을 잡아들일 것을 약속하고 홍 아무개를 풀어 줄 것을 청하였다. 이에 임금은 바로 홍 아무개를 풀어 주었으므로 선지의 내용은 적절하지 않다.
2. O / "그대가 나를 잡으려 하기에 그 재주와 뜻을 알고자, 어제 내가 푸른 옷을 입은 소년처럼 꾸며 그대를 이끌어 이곳에 와서 나의 위엄을 보여 준 것이다."라는 길동의 말을 통해 알 수 있다.
3. X / '임금이 다 듣고 나자~인형에게 경상 감사를 제수하면서 말했다.'를 통해 임금이 인형에게 제수한 벼슬은 임시 어사가 아닌 경상 감사라는 것을 알 수 있다.
4. X / 해당 장면에서 권위 있는 인물은 임금이다. 하지만 임금과 길동 사이에 갈등이 있으므로, 권위 있는 인물의 중재를 통해 인물 간 갈등이 해소된다고 볼 수 없다.
5. O / 길동이 부패한 인물들에게 벌을 주는 사건, 도술을 통해 위기를 모면하는 사건을 반복적으로 제시하여 '임금, 조정 ↔ 길동'의 갈등을 심화하고 있다.

심층체크

1. A, C, D, E / B, F, H, I / G, J, K, L
   A, C, D, E : 우포장 이흡 / B, F, H, I : 길동 / G, J, K, L : 인형

장면07

OX 문제

1. X / 문학 작품에서 내적 독백은 주로 작은따옴표('')로 제시

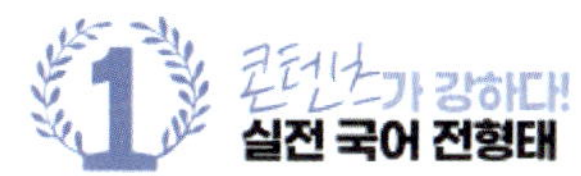

되는데, 해당 장면에서는 내적 독백이 드러나는 부분을 찾을 수 없다.

2. X / 길동이 허수아비로 변하는 것을 환상적이고 허구적인 사건이라고 할 수는 있지만, 사건이 진행되는 배경이 환상적인 것은 아니다. 사건이 일어나는 배경은 조선 팔도와 서울이므로, 환상적 배경에서 벌어진 사건이라고 볼 수 없다.

3. O / "바라나니 아우 길동은 이를 생각하여 일찍 자수하면 너의 죄도 덜 것이요, 우리 가문도 보존할 것이니, 너는 만 번 생각하여 자수하라."라는 인형의 글을 통해 알 수 있다.

4. X / "신의 아비가~명을 거두어 주십시오."에서 길동은 자신을 잡으라는 명령을 거두어 달라는 청을 올렸으나, "도적의 무리에 참여하였"다는 사실을 부인하지는 않았다. 또한 상대의 말과 행동이 불일치함을 지적하며 자신의 결백을 입증하고 있지도 않다.

5. O / 홍 공은 임금에게 "신의 천한 자식 길동은 왼편 다리에 붉은 점이 있사오니, 그것으로써 알 수 있을 것입니다."라며 여덟 명의 길동 중 진짜 길동을 찾아낼 수 있는 방법을 알려 주었다.

심층체크

1. D
  D : 홍 아무개 / A, B, C, E, F : 길동

▶▶ 무조건 올라가는

장면08
고전소설 문해력

OX 문제

1. O / 길동은 임금에게 "제가 천한 종의 몸에서 태어났기 때문에~이는 전하로 하여금 아시게 하려 함이었습니다."라고 말하였다. 이를 통해 신분의 차별로 인해 얼자가 벼슬길에 나아갈 수 없었던 당시 사회 현실의 문제를 드러내고 있다.

2. X / "길동의 소원이 병조 판서를 한번 지내면 조선을 떠나겠다는 것이라 하오니, 한번 제 소원을 풀면 제 스스로 은혜에 감사하오리니, 그때를 틈타 잡는 것이 좋을까 하옵니다."라고 말한 인물은 경상 감사가 아닌 여러 신하 중 한 사람이다.

3. X / 정원을 산책하던 임금은 공중에서 한 소년이 내려와 엎드리자 "신선을 모시는 아이가 어찌 인간 세상에 내려왔으며 무엇을 하려 하느뇨?"라고 물었으므로, 그가 길동임을 바로 알아차리지 못했음을 알 수 있다.

4. X / '마치 매미가 허물 벗듯' 등에서 비유를 활용하여 길동의 신이한 능력을 드러내고 있다. 그러나 상황에 어울리지 않는 비유를 활용한 부분은 제시되지 않았다.

5. O / "제가 지금은 진짜 길동이오니, 형님께서는 아무 걱정 마시고 저를 묶어 서울로 보내십시오."라는 길동의 말을 통해 그가 자신의 형인 감사에게 찾아가 자신을 묶어 서울로 보낼 것을 요청했음을 확인할 수 있다.

심층체크

1. E
  E : 춘섬 / A~D : 길동

▶▶ 무조건 올라가는

장면09
고전소설 문해력

OX 문제

1. X / 괴물들은 "그대가 의술을 안다고 하니 약초로 왕의 병을 고치면 큰 상을 받으리라."라고 하며, 왕을 치료할 경우 '큰 상'을 받을 수 있을 것이라 하였다. 이때 약초는 괴물 왕을 치료할 때 사용하라고 한 것이지, 약초를 상으로 받을 수 있을 것이라고 한 것이 아니다.

2. X / 인물들 간의 대화가 제시되어 있기는 하나, 이를 통해 특정 인물의 생각과 행동을 희화화(우스꽝스럽게 나타냄)한 부분은 찾을 수 없다.

3. X / 길동은 하늘의 별을 보고 부친의 병이 깊은 것을 알게 된 것은 맞다. 그러나 '그러고는 한 척의 큰 배를 준비하여 부하들에게 조선 서쪽 강가로 몰고 가서 기다리라 하였다. 자신은 즉시 머리를 깎고 중의 모습을 한 뒤, 작은 배 한 척을 타고 조선으로 향하였다.'를 통해 부하들과 한 배를 타고 조선으로 가지는 않았음을 알 수 있다.

4. O / 길동은 낙천 땅에 사는 부자 백룡의 딸을 괴물들로부터 구출해 '부모에게 돌려주'었고, 백룡이 이를 크게 기뻐하며 '그날로 길동을 맞아 사위로 삼'았다고 하였으므로 선지의 내용은 적절하다.

5. X / 해당 장면에서 사건에 개입되지 않은 이의 객관적인 관점을 통해 특정 인물의 위선적(겉으로만 착한 체 하는) 면모를 표면화하여 드러낸 부분은 찾을 수 없다.

심층체크

1. B
  B : 괴물 왕의 신하들 / A, C, D, E : 화살을 맞은 괴물들의 왕

▶▶ 무조건 올라가는

장면10
고전소설 문해력

OX 문제

1. O / 중의 모습을 갖춘 길동은 홍 판서의 숨이 끊어진 후에 조문을 하러 왔으므로, 길동이 아버지인 홍 판서의 임종(죽음을 맞이함)을 지키지 못했다는 선지의 내용은 적절하다.

2. X / '길동은 스스로~바로 도성을 치는데'에서 전쟁 장면이 제시되어 있으나, 상세한 묘사가 아닌 요약적 제시로 서술하

359

였으며, 이를 통해 길동의 애상적(슬퍼하거나 가슴 아파하는 것) 정서를 강조하고 있지도 않다.

3. X / 율도국의 장수 김현충은 길동의 군사가 침입한 것을 보고 놀라 왕에게 보고한 후 군사를 거느리고 나가 싸웠으므로 항복했다고 볼 수 없다. 길동에게 항복한 인물은 철봉을 점령당한 상황을 알게 된 율도국의 왕이다.

4. O / "아우야. 그 사이 어디 갔더냐?~이제 오니 어찌 자식의 도리겠는가?"라는 인형의 말에서 의문형 어미를 활용하여 길동이 아버지의 임종을 지키지 못한 상황에 대한 인형의 애통한 심정을 드러내고 있다.

5. X / 길동이 쓴 적군을 꾸짖는 글에서 상대방의 항복을 유도하기 위해 자신의 우월한 신분을 드러낸 부분은 찾을 수 없다.

심층체크

1. A, E / B, G
A, E : 길동 / B, G : 인형 / C : 춘섬 / D : 유 씨 / F : 조선의 임금

2. 그 광경에 어찌 감탄치 않을 수 있으랴.

Free Note

08 조웅전

장면01

▶▶ 무조건 올라가는
고전소설 문해력

OX 문제

1. X / 인물 간의 대화는 나타나 있으나, 이를 통해 사건 해결의 방안을 제시하고 있지는 않다.
2. X / 태자는 조웅이 정해진 도리를 들어 궐에 머무르는 것을 사양하자 '몹시 서운해 하였'으므로 선지의 내용은 적절하지 않다.
3. X / 조웅을 해치려는 계획을 세운 것은 이두병이 아니라 이두병의 아들들이며, 조웅은 이를 눈치채지 못하였다.
4. O / 조웅과 황제의 대화를 통해 인물 간의 상하 관계를 보여 주고 있다.
5. X / '모자는 임금의 은혜에 거듭 감사하고,'를 통해 조웅과 정렬부인은 모두 황제의 은혜에 감사하고 있음을 알 수 있다.

심층체크

1. A, B, E / C, F

A, B, E : 조웅 / C, F : 태자 / D : 황제

장면02

▶▶ 무조건 올라가는
고전소설 문해력

OX 문제

1. O / '어느덧 병인년 마지막 달이 되었다.', '때는 정묘년 정월 보름이었다.'와 같이 구체적인 시간적 배경을 제시하여 사건에 현실성을 부여하고 있다.
2. X / 황제는 태자의 나이가 어려 나랏일을 보기에 이르다고 염려했을 뿐, 태자의 인품이 나랏일을 이끌어 갈 인재가 되기에 부족하다고 생각하지는 않았으므로 선지의 내용은 적절하지 않다.
3. X / 왕 부인은 흰 호랑이가 난동을 부렸다는 것을 알고 국가에 흉한 일이 생길 것이라 생각했다. 집안일에만 힘쓴 이유는 죄 없는 자신들에게는 화가 미치지 않을 것이라는 웅의 말을 믿었기 때문이지, 호랑이가 나라의 재앙을 모두 없애 줄 것이라 믿었기 때문은 아니다.
4. O / 황제는 조웅을 대궐에 데려오는 것을 반대하는 이두병에게 "인재를 거두는 데 어찌 법을 따지는가?"라고 말하였다. 이에 이두병은 "인재를 얻고자 하시면 장안에서만도 조웅보다 열 배나 더한 인재가 수백이요, 조웅과 같은 아이는 헤아릴 수 없을 만큼 많사옵니다."라며 자신이 알고 있는 상황을 근거로 조웅에 대해 황제와 상반된 평가를 내리고 있으므로

선지의 내용은 적절하다.
5. X / 모든 신하들은 '이두병의 권력과 세력을 두려워'하여 "승상 이두병이 아직 능력이 뛰어나"다는 이부 상서 정출의 의견에 맞장구를 친 것이다. 이두병이 충심과 능력을 갖추고 있다고 여긴 것이 아니며, 그가 태자를 도와 나랏일을 잘 해 나갈 것이라고 믿지도 않았으므로 선지의 내용은 적절하지 않다.

심층체크

1. C, D

A, B : 태자 / E : 장안에 있는, 조웅보다 더한 인재를 지칭한 말
2. 그러나 이게 웬일인가. / 이렇게 되니 겁내지 않는 신하가 그 누구이겠는가.

장면03

▶▶ 무조건 올라가는
고전소설 문해력

OX 문제

1. O / '제사를 지내는 단 위의 초상화에 땀이 나서 얼굴에 물기가 축축했다.'에서 초상화가 땀을 흘린다는 전기적 요소가 드러나 있다. 이를 통해 조웅 모자에게 닥친 위기가 강조되어 긴장감이 더해지고 있다.
2. X / 조웅이 궁궐의 문(경화문)까지 간 것은 맞으나, 이두병을 벌하기 위해서 간 것이 아니다. '자기도 모르게 피눈물을 흘리며 어느덧' 다다른 장소였을 뿐이다.
3. X / 승상은 부인에게 위기를 예고했을 뿐, 피난할 장소를 일러 주지는 않았다. "온 곳에 역적이 깔리었거늘 어디로 가란 말씀이십니까?"라고 부인이 물었으나, 승상은 '대답이 없'었다.
4. O / 사건을 여러 시간대나 여러 공간 등을 통해 보여 주면 입체적 구성을 허용할 수 있다. 즉, 꿈과 현실이 교차되면 입체적 구성은 자연스레 적절한 설명이 되니 선지의 앞부분만 확인하면 된다. '이때 왕 부인은 잠을 자다가 기이한 꿈을 꾸었다.~그러나 대답이 없어 놀라 깨어보니 꿈이었다.'에서 왕 부인의 꿈 장면이 등장하였으므로 선지의 내용은 적절하다.
5. X / 왕 부인은 꿈에서 "날이 밝으면 큰일이 생길 것이니 어서 웅을 데리고 도망"가라는 승상의 말을 듣고, 조웅이 집으로 오자 '즉시 간단한 행장을 차린 다음 사당으로 달려'가서 '초상화를 떼어 가지고 도망'갔다고 하였다. 따라서 날이 밝자 사당으로 이동하였다는 선지의 내용은 적절하지 않다.

1. B, F / C, D / E, G

   B, F : 왕 부인 / C, D : 이두병 / E, G : 조정인 / A : 돌아가신 황제

2. 그 모습이 가련하기 이를 데 없다.

장면04

▸▸ 무조건 올라가는
고전소설 문해력

OX 문제

1. X / "꿈에 한 귀인이 나타나셔서 급히 이리로 와서 사람을 구하라고 하시기에 달려왔"다는 늙은 사공의 발화를 통해, 그가 강에 온 것은 우연이 아님을 알 수 있다.
2. O / '날씨는 험악하여 물결은 거친데 사공 없는 나룻배만이 덩그러니 매어져 있었다.'에서 배경 묘사를 통해 쫓기고 있는 조웅 모자의 급박한 상황을 드러내고 있다.
3. X / 조웅 모자는 "이제는 어디로 가도 역적의 손에 잡혀 죽겠구나."라고 탄식하며 울고 있으므로, 역경을 이겨 낼 의지를 다지고 있다고 보기 어렵다.
4. O / 잦은 장면 전환은 3번 이상 장면이 바뀐다면 허용할 수 있다. 윗글은 '강가→대궐→길가→해상현 옥구(마을)→산중'의 장면 전환이 일어나고 있으며, 이를 통해 도망 다니는 조웅 모자의 상황과 연관되는 긴박한 분위기를 조성하고 있으므로 선지의 내용은 적절하다.
5. X / '이두병은 너무 분한 나머지 아무 죄 없는 대궐 문지기의 목을 베어 성문에 높이 달아 놓았다.'에서 죽은 대궐 문지기는 조웅을 도운 인물이 아님을 확인할 수 있다.

1. C, D

   C : 조웅을 잡아 온 자에게 상으로 내릴 지위 / D : 조웅 모자

2. 매여 있는 배가 어찌 움직이겠는가.

장면05

▸▸ 무조건 올라가는
고전소설 문해력

OX 문제

1. O / '왕 부인이 아들을 끌어안고 계속 눈물만 흘리니 달빛조차 함께 슬퍼하는 듯했다.'에서 의인화된 '달빛'을 통해 인물의 심리를 효과적으로 드러내고 있다. 참고로 사람이 아닌 것을 마치 사람인 것처럼 표현하는 것을 의인화라고 한다.
2. O / 조웅이 왕 부인에게 "사람의 목숨이 하늘에 달려 있으니 하늘이 죽이면 죽을 것이요, 살리면 살 것이옵니다."라고

위로하는 부분에서, 조웅의 운명론적 태도를 엿볼 수 있다.
3. X / '조응'은 '서로 일치하게 대응함.'이라는 의미이다. '때는 꽃피는 봄 삼월이어서 나무마다 새잎이 돋았는데'에서 드러나는 생동감 넘치는 봄은, '모자의 신세는 더욱 처량하기만 했다.'와 대조되어 인물의 비참함을 부각하고 있다.
4. X / 산중에서 만난 여승들은 왕 부인의 사정을 들은 후 '보따리를 풀어 음식을 내주'고 '길을 가르쳐 주었'을 뿐 여승의 차림새를 하라고 권하지는 않았다. 왕 부인이 여승들과 헤어지고 '잠시 생각'한 후에 "얘야, 우리 모자가 이렇게 가면 반드시 행적이 드러나 잡힐 것이다. 이 어미의 생각으로는 우리가 차림새를 달리하면 좋을 것이다."라고 하였음을 확인할 수 있다.
5. O / 조웅이 봇짐에서 '초상화'를 꺼낸 늙은 도적에게 거듭 애원하자 늙은 도적은 이를 돌려주었다. 이후 "어디로 가면 저의 스승님을 만나겠습니까?"라는 조웅의 물음에 "저쪽 길로 갔으니 그리로 가 보아라."라고 답해 주었으므로 선지의 내용은 적절하다.

1. A

   A : 조웅 모자를 도와준 여승 / B~F : 왕 부인

장면06

▸▸ 무조건 올라가는
고전소설 문해력

OX 문제

1. O / '조웅 모자가 이 비문을 보고 눈물을 하염없이 흘리니 산천초목이 함께 흐느끼는 듯 빛을 잃었다.'에서 비유적 표현으로 인물이 느끼는 감회를 강조하고 있다.
2. X / '위왕'은 조정인과 함께 역적을 토벌한 영웅이 아니라, 황제의 명을 받은 조정인이 벌한 포악한 왕이다.
3. X / '왕 부인'은 승상의 초상화 뒤에 미래를 예견하는 문장이 쓰여 있다는 것을 알지 못했다.
4. X / 새로운 인물인 '늙은 중'의 발화가 제시되고 있으나, 이를 통해 갈등이 발생한 근본적 원인을 보여 주고 있지는 않다.
5. X / '월경대사는 조웅을 데리고 글을 가르치는 한편 신통한 술법도 아낌없이 전해 주었다.'를 통해 월경대사가 조웅에게 글과 신통한 술법 모두를 가르쳤음을 알 수 있다.

1. B, C, D

   B, C, D : 월경대사 / A : 길 가는 사람 / E : 조정인

2. 그러나 도대체 어디로 간단 말인가.

장면07

▸▸ 무조건 올라가는
고전소설 문해력

OX 문제

1. X / 과거와 현재를 교차하여 제시한 부분은 없다. '세월은 흐르는 물 같이 흘러', '어느덧 반년이 지났다.' 등에서 알 수 있듯이, 해당 장면은 시간의 흐름에 따라 사건이 진행되고 있다.

2. X / 조웅은 절에서 내려온 뒤 반년 동안 온 세상을 돌아다니다가, 강호에서 검을 얻었다.

3. O / "빈승이 웅의 앞날을 짐작하지 못하면 절대로 내보내지 않을 것", "빈승이 웅의 일생을 짐작하는 것쯤은 감히 장담하겠습니다."를 통해 알 수 있다.

4. X / '머리가 눈같이 흰 노인이 다 떨어진 옷에 검은 띠를 두르고 앉아 있었는데'에서 화산도사의 외양이 묘사되어 있기는 하나, 이를 통해 특정 인물을 희화화(우스꽝스럽게 표현)하고 있지는 않다.

5. O / "부디 스승께서는 어머님의 마음을 돌리시어 제 뜻을 펴게 해 주십시오."라는 조웅의 발화에서 확인할 수 있다.

심층체크

1. B, C, D / E, F
   B, C, D : 화산도사 / E, F : 조웅 / A : 월경대사

장면08

▸▸ 무조건 올라가는
고전소설 문해력

OX 문제

1. X / 서술 시점은 변함없이 3인칭 전지적 작가 시점으로 진행되고 있다.

2. X / 장 낭자의 아버지는, 장 낭자의 꿈에 등장해 "너의 평생 좋은 짝을 데려왔으니 오늘 밤에 아름다운 인연을 맺도록 하라. 집 없는 나그네이니 한 번 가면 만나기 어려울 것이다."라고 말하며 둘의 만남을 적극 찬성하였다.

3. O / 조웅은 "지금의 처지가 부모의 승낙을 받을 수가 없으니 나중에 아뢰기로 하고 백년가약을 정하고자 합니다."라며 후일을 기약했으나, '눈물로 작별하니, 길이 아득하여 언제 온다 약속을 못하겠구나.'라며 구체적인 재회의 시기는 말해 주지 않았다.

4. X / 해당 장면에서는 조웅이 장 낭자에게 전해 주는 시가 삽입되어 이별의 상황을 드러내고 있지만, 장 낭자가 조웅에게 시를 전해 주고 있지는 않으므로 시를 서로 주고받고 있다는 내용은 적절하지 않다.

5. X / "너는 나가서 이 천마를 얻도록 하여라."라는 천명도사의 명령에 조웅은 '크게 기뻐하여 나가보'았다고 하였으므로

적절하지 않다.

심층체크

1. B
   B : 화자가 기다리던 원앙새와 대조되는 부정적 대상 / A, C : 화자가 기다리던 대상 / D : 성인이 나올 전조로 나타나는 동물 / E : 조웅
2. 어찌 천생배필이 아니겠는가.

장면09

▸▸ 무조건 올라가는
고전소설 문해력

OX 문제

1. X / 대화는 제시되어 있으나, 이를 통해 인물을 둘러싼 극적 갈등이 고조되고 있지는 않다.

2. X / 왕 부인은 장 낭자와 연을 맺었다는 조웅의 말을 듣고 "참으로 천생배필이구나. 그것 역시 하늘이 지시한 것이로다."라며 크게 기뻐하였으므로 선지의 내용은 적절하지 않다.

3. X / "보아하니 분명 배필을 정한 듯하구나."를 통해 천명도사는 조웅이 소식을 전하기 전, 이미 배필을 정했다는 사실을 알고 있었음을 알 수 있다. 반면 월경대사는 조웅이 좋은 스승을 만나 보검, 천마를 얻은 것은 미리 알고 있었으나, 배필을 얻은 것은 조웅에게 직접 듣고 알았다. 이는 '월경대사도 듣고 같이 기뻐했다.'에서 확인할 수 있다.

4. O / '왕 부인은 의아하여', '부인이 크게 기뻐하여', '왕 부인이 듣고 크게 기뻐하였다.', '월경대사도 듣고 같이 기뻐했다.' 등에서 서술자가 인물의 심리를 직접적으로 제시하여, 상황에 대한 인물의 태도를 드러내고 있다.

5. O / 왕 부인이 밤낮으로 걱정하자 월경대사는 왕 부인을 위로하기 위해 자신의 꿈에 조웅이 나타나 "좋은 스승과 기이한 검, 그리고 하루에 능히 천 리를 달릴 수 있는 천마를 얻었"다고 말했으므로 선지의 내용은 적절하다.

심층체크

1. A, B, E / C, D, F
   A, B, E : 월경대사 / C, D, F : 천명도사

장면10

▸▸ 무조건 올라가는
고전소설 문해력

OX 문제

1. X / "지금 서쪽 오랑캐가 세력을 떨쳐 위나라를 침범하려고 하니 제가 비록 재주는 없사오나 나가 막을까 합니다.", "스

승님의 명령인데 제가 어찌 거역할 수 있겠습니까?"에서 오 랑캐를 무찌르겠다는 조웅의 의지가 드러나고 있으나, 스스 로 묻고 답하는 방식은 사용되지 않았다.

2. X / 왕 부인은 조웅이 장 낭자를 구해 준 것을 기뻐할 뿐, 혼 사를 재촉하지는 않았다.

3. X / 조웅은 스승의 명을 받은 이후 어머니가 계시는 곳으로 가서 어머니께 허락을 받고 전쟁터로 향하였으므로 선지의 내용은 적절하지 않다.

4. X / 과거 장면은 삽입되지 않았다. 과거 장면의 삽입을 허용 하려면 과거 상황에서의 인물의 발화나 구체적인 행동이 드 러나 있어야 한다.

5. O / "웅아, 네 앞길에 큰 일이 생겼구나.", '천명도사는 엄숙 히 말하고는 환약 세 알을 내주었다.'에서 확인할 수 있다.

1. 관산
'조웅은 관산으로 돌아와~'에서 확인할 수 있다.
참고로, 조웅은 '(관산) - 강호 - 장 진사 댁 - 관산 - 큰 바위 - (어머니가 계시는 곳) - 전쟁터로 향하는 길'로 공간을 이 동하고 있다.

장면11
무조건 올라가는
고전소설 문해력

OX 문제

1. O / '마치 호랑이에게 날개가 돋친 듯했다.', '용맹한 장수가 구름처럼 많고', '사시나무 떨듯' 등에서 비유적 표현을 사용 하여 표현의 효과를 높이고 있다.

2. X / 위왕은 조웅의 내력을 듣고 나서야 조웅이 벗의 아들이 라는 것을 알았다.

3. O / 조웅이 관서 장군 부부의 영혼과 대화를 나누고, 그들에 게서 갑옷과 큰 칼을 얻는 것에서 전기적 요소가 드러난다. 이를 통해 비현실적 장면을 부각하고 있으므로 선지의 내용 은 적절하다.

4. O / '한참 후에 밖에서 발자국 소리가 크게 울리더니 키가 구 척에다가 몸에 갑옷을 걸치고 큰 칼을 찬 한 장수가 안으 로 들어섰다. 보통 사람이면 한 번 보고 까무라칠 정도로 무 시무시한 형상이었으나, 조웅은 도리어 두 눈을 부릅뜨고 검 을 빼어 책상을 두드리며 호통쳤다.', "오늘 뜻밖에 훌륭한 영 웅을 만났으니 제 원수를 갚을 때가 온 듯하여 감히 시험해 보았습니다."에서 확인할 수 있다.

5. O / '번나라 장수를 향해 달려'든 조웅이 '검을 번개같이 휘' 두르자 '번나라 장수는 한 번도 겨루지 못하고 목이 땅 위로 굴렀다'고 하였으므로 선지의 내용은 적절하다.

1. B, D / C, E, H / F, G
B, D : 관서 장군 활달의 영혼 / C, E, H : 조웅 / F, G : 번나 라 장수 / A : 관서 장군 월랑의 영혼

장면12
무조건 올라가는
고전소설 문해력

OX 문제

1. O / '짧은 시간에 죽은 사람이 산같이 쌓이고' 등에서 과장 된 표현으로 원수의 용맹함을 강조하고 있다.

2. X / 조웅은 번왕을 죽이고자 하였으나, 위왕이 번왕의 말을 듣고 그를 살려 주었다.

3. X / 번왕이 이두병의 명을 받았다는 내용은 제시되어 있지 않다. "저도 이두병을 없애고 대송을 회복하고자 은근히 노 리다가 잘못하여 대왕께 죄를 졌습니다."라는 번왕의 발화를 통해 번왕은 오히려 이두병을 치고자 하였음을 알 수 있다.

4. O / '적진에서 한 장수가 크게 대답하고 달려 나왔다.~이어 원수의 맑은 호통 소리가 울리며 또 하나의 머리가 떨어지는 데 역시 번나라 장수의 것이었다.' 등에서 전쟁 장면의 묘사 를 통해 사건의 긴박감을 고조하고 있다.

5. X / 장군 이황은 조웅과 겨루다 조웅의 칼에 맞아 죽었으므 로 선지의 내용은 적절하지 않다.

1. B, F
B, F : 조웅 / A : 앞서 죽은 번나라 장수 / C, D : 두 번째 번나라 장수 / E : 장군 이황
2. 그러나 천문 지리에 능통한 원수를 어찌 속여 넘기랴.

장면13
무조건 올라가는
고전소설 문해력

OX 문제

1. X / '조웅을 처음 만났던 일과 이전에 자신의 병을 고쳐 준 일, 홀로 도망치게 된 사연을 자세히 말하니'에서 요약적인 서술이 나타나지만, 의식의 흐름과는 무관하다. '의식의 흐 름'은 인물의 감각·기억·연상 등을 그대로 서술하여 인과나 논리적인 흐름이 무시되는 서술이 있어야 허용이 가능하다.

2. O / "이제 위나라의 도장을 원수에 전하고자 하니 자네들의 의견은 어떠한가?"에서 확인할 수 있다. '도장'은 나랏일을 결정할 수 있는 권위를 상징하는 물건이다. 도장을 전한다는 것은 왕위를 물려준다는 의미이다.

3. O / 왕 부인은 장 낭자에게서 번나라의 패배 소식을 듣고,

조웅이 반드시 살아 돌아올 것이라 믿었다.

4. X / 인물 간의 대화가 제시되고 있는 것은 맞지만, 과거로 돌아가려는 인물들의 심리는 나타나지 않았다.

5. X / "먼 곳에 어머니를 모셨다는 말씀은 들었으나 이곳에 계실 줄이야 어찌 알았겠습니까?"라는 발화를 통해 장 낭자는 절에 조웅의 어머니인 왕 부인이 거처하고 있었다는 사실을 몰랐음을 알 수 있다.

심층체크

1. D

D : 승하한 송나라 황제 / A, B, C, E : 위왕

2. 부채

장 낭자가 "공자께서 주고 가신 신물"이라며 부채를 꺼내자, 왕 부인은 "네가 정말 장 처녀라면 나의 며느리"라며 부채를 살핀 뒤 "내 아들 웅의 부채가 틀림없구나. 그 아이가 전에 산을 내려가서 장 진사 댁의 사위가 되었다고 하면서 네 말을 여러 번 했느니라."라고 말하였다.

장면14 → 무조건 올라가는 고전소설 문해력

OX 문제

1. X / 시간의 흐름에 따라 사건이 진행되고 있다. '시간의 역전'을 허용하기 위해서는 현재에서 과거로의 회귀가 드러나야 한다.

2. O / 강호자사는 '장 진사 댁의 일을 숨기려' 하였으나 결국 전말이 드러나 원수에게 처벌받았다.

3. O / "우선 저와 함께 어머니가 계신 강선암으로 가시지요."라는 조웅의 발화를 통해 확인할 수 있다.

4. X / '주위 풍경은 여전하되~빈 지 오래였다.'에서 공간에 대한 묘사가 드러나나, 이를 통해 인물들의 외적 갈등이 심화되고 있음을 드러내고 있지는 않다.

5. O / 조웅은 태자의 귀양지로 향하는 도중에 '관서 땅'에 이르러 '황 장군의 무덤'에 들린 후에, '다시 길을 떠나' '스승이 계신 관산'에 이른 것이므로 선지의 내용은 적절하다.

심층체크

1. A, E / B, F / C, D

A, E : 조웅 / B, F : 장 낭자 / C, D : 위 부인 / G : 왕 부인

2. 누구의 명령인데 거역하겠는가. / 그 처참한 모습은 차마 볼 수가 없었다.

장면15 → 무조건 올라가는 고전소설 문해력

OX 문제

1. O / 원수와 부하들의 대화, 번왕과 신하들의 대화, 원수와 금년의 대화 등을 통해 인물들의 생각을 구체적으로 드러내고 있다.

2. X / 원수는 어머니와 재회하고 싶다는 금년을 불쌍히 여겨 데려갔을 뿐, 후처로 맞이하지는 않았다.

3. X / 왕 부인이 번나라로 떠나는 원수의 안위를 걱정하며 만류하였다는 부분은 나타나지 않는다.

4. X / "장수된 자가 어찌 그리 겁이 많은가? 두렵거든 따라오지 말라.", "저는 지금 송나라로 돌아가는 길이니 대왕의 말을 들을 수가 없습니다. 널리 양해하십시오."에서 다른 인물의 의견에 대한 조웅의 부정적 태도가 드러나고 있으나, 반어적 발화(실제와 반대되는 말)는 사용되지 않았다.

5. O / "그대들은 너무 걱정하지 말라. 번나라로 들어가면 틀림없이 번왕이 나를 유인하리라."라는 조웅의 발화에서 확인할 수 있다.

심층체크

1. A, E, F / B, D

A, E, F : 위 부인 / B, D : 조웅 / C : 왕 부인 / G : 조웅의 아래에 있는 장수들

2. 그러나 원수가 어떤 인물인데 한낱 오랑캐 궁녀에게 빠질 것인가.

장면16 → 무조건 올라가는 고전소설 문해력

OX 문제

1. X / 시간의 역전은 일어나지 않았다. 해당 장면은 시간의 흐름에 따라 사건이 진행되고 있다.

2. O / 원수는 계량도로 가서 태자를 만나 태자의 구출을 약속하였다.

3. X / 태자가 독약을 먹기 전날 밤에 충신들이 '태자에게 절하며 물러갔다.'라는 것은 처소로 돌아갔다는 의미이다. 충신들은 '바라노니 푸른 산의 매화나무 앞 무덤 아래 묻어 주소서.'라며 함께 죽을 것을 노래하였고, 다음날 모두 묶인 채 태자 곁에 있었다.

4. X / 인물의 독백은 나타나지 않았으며, 내적 갈등의 해결 과정이 드러나고 있지도 않다.

5. X / "이 마을의 별장이 보내온 계집종으로 나와 슬픔을 함께하는구나."라는 태자의 발화를 통해 태자를 위로하기 위해 노래를 부른 여인은 조웅의 종이 아닌 고을의 별장 백성추의

종임을 알 수 있다.

심층체크

1. F
F : 부정적 인물 / A, B, C, D, E, G : 긍정적 인물

장면17

OX 문제

1. X / 서술자가 작중에 개입하여 인물의 미래를 직접 암시하는 부분은 없다.
2. O / '위나라로 가려면 부득이하게 번나라를 또 지나야 했다.'를 통해, 번나라가 위나라로 가는 길목에 위치함을 알 수 있다.
3. X / 번왕은 조웅에게 "우리 번나라가 비록 가난해도 군사가 강하니 원수를 도와 능히 대국을 회복할 수 있을 것입니다.~함께하도록 하십시오."라며 함께 송나라를 회복할 것을 제안하였다. 번왕의 발화에서 "대국"은 번나라가 아니라 송나라를 가리킨다.
4. X / 지문에 새로운 인물인 노인이 등장한 것은 맞지만, 이를 통해 인물 간의 대립 구도가 전환되고 있지는 않다.
5. X / 잠을 자다가 번나라 군사에 둘러싸인 태자는 "내게 딸 하나가 있는데 인물이 뛰어나니 이제 태자께 드리려고 합니다. 거절하지 마시고 받아 주옵소서."라며 반 협박조로 말한 번왕을 '크게 꾸짖'으며 "이게 무슨 짓인가?"라고 하였으므로 선지의 내용은 적절하지 않다.

심층체크

1. B
B : 태자와 함께 있던 신하들 / A, C, D, E : 조웅

장면18

OX 문제

1. X / ㉠의 공간적 배경은 '함곡 성'이다. 원수는 스승의 편지를 읽고, 부하에게 함곡에 들어가지 말고 대포만 쏘고 나오게 했다. ㉡의 공간적 배경은 '위나라 서울'의 '궁궐'이다. '위나라 서울에 무사히 도착하니 위왕이 모든 신하를 거느리고 나와 기다렸다가' '위왕이 태자와 원수를 모시고 궁궐로 들어오니'에서 확인할 수 있다.
2. X / 위왕은 "이제야 태자님을 뵈오니 죄가 너무나도 크옵니다."라며 태자에게 사죄했을 뿐, 조웅에게 자신의 불충을 사

죄하지는 않았다. 또한 위왕이 태자에게 눈물로 사죄한 것은 정말 불충했기 때문이 아니다. 태자를 빨리 구하지 못한 것에 대한 사죄로서, 오히려 위왕의 충심을 알 수 있는 부분이다. 위왕이 불충하지 않다는 것은, 태자가 눈물을 흘리며 "내가 살아옴은 모두 위왕의 덕이니 어찌 감사하지 않겠는가."라고 말한 부분에서도 알 수 있다.
3. X / 조웅이 산성을 불사른 것은 맞지만, 번나라 군사들은 모두 살려 주었다. "너희들 모두를 죽이는 것이 마땅하나 특별히 살려 보내니"에서 알 수 있다.
4. O / '명령을 내려 산성을 불사르고 함곡을 지나 위나라 계양에 도착했다.' 등의 압축적 제시와 위왕과 태자의 대화 등 인물의 대화 장면의 제시를 통해 사건 전개의 완급을 조절하고 있다.
5. O / 원수의 공격으로부터 살아남은 친위대의 '병사 대여섯이 겨우 도망'친 후 이두병에게 "조웅이 지금 황성으로 쳐들어오"고 있음을 알렸으므로 선지의 내용은 적절하다.

심층체크

1. D, E
D, E : 위왕 / A : 이홍창 / B : 유연 / C : 번왕

장면19

OX 문제

1. X / 인물의 외양을 상세하게 묘사한 부분은 제시되어 있지 않다.
2. O / 강백은 자신의 재주를 "시험"하고자 한다는 원수의 말에 선봉장으로 출정하여 승리하였다. 이후 원수가 "강백의 용맹은 그 옛날 조자룡에 못지않도다."라고 칭찬한 것으로 보아, 강백을 신임하게 되었음을 알 수 있다.
3. O / 원수는 적군이 자신들이 숲에 의지하여 진을 친 것을 보고 불을 지르러 올 것을 짐작하며 명을 내리고 있다. 즉, 적군의 대응을 미리 꿰뚫어 본 것이다.
4. X / 시간의 순서를 뒤바꾸고 있지 않으며, 이야기의 인과 관계를 재구성하고 있지도 않다.
5. X / 믿었던 장수인 장덕이 죽었다는 소식을 들은 이두병은 '간담이 서늘하여 신하들을 돌아보며 떨리는 음성'을 내었다고 하였으므로 선지의 내용은 적절하지 않다.

심층체크

1. A, D, F / B, C
A, D, F : 강백 / B, C : 조웅 / E : 최식의 장수
2. 그러나 장덕이 어찌 원수의 무예와 용맹을 당해 내겠는가.

장면20
▶▶ 무조건 올라가는
고전소설 문해력

OX 문제

1. X / 사건을 압축적으로 제시하고 있지 않다.
2. X / 원수에게 편지를 준 인물은 조웅의 스승이 아니다. "지금 적진을 지휘하는 삼 형제는 내가 가르친 제자들인데"를 통해 그가 일대, 이대, 삼대의 스승임을 알 수 있다.
3. O / '벼락 치듯이', '무 베듯', '벌떼처럼', '천둥같이' 등의 비유적 표현을 사용하여 생동감 있게 이야기를 풀어 가고 있다.
4. O / 최식과 주천은 '즉시 항복하는 글을 써 가지고 문을 활짝 열고 나가 원수의 발밑에 꿇어 엎드려 빌었'지만, 조웅은 "너희들은 천하에 둘도 없는 간신"이라고 말하며 둘을 용서하지 않고 죽였다.
5. X / 강백과 싸우던 일대는 '삼십여 번 겨루다가 거짓으로 패한 척하고 달아'났는데, 이튿날 조웅과 싸우다가 '또 거짓 패한 척 도망'쳤다고 하였으므로 선지의 내용은 적절하지 않다.

심층체크

1. E
E : 강백 / A~D : 조웅

장면21
▶▶ 무조건 올라가는
고전소설 문해력

OX 문제

1. X / 여러 삽화가 병렬적으로 제시되어 있다는 선지를 허용하려면, 인과·선후 관계에 있지 않은 사건들이 각기 나열되어 있어야 한다. 그러나 이 지문에서는 인과 관계에 있는 사건들이 순차적으로 나열되어 있으므로 삽화가 병렬적으로 제시되었다고 볼 수 없다.
2. X / 원수는 혼자서 일대, 이대를 무찔렀지만, 삼대와의 싸움에서는 승부를 내지 못했다. 삼대는 강백과 함께 무찌른 것이다.
3. O / 원수의 기세를 두려워한 이두병의 신하들이, 자신들은 벌을 받지 않기 위해 이두병을 잡아다가 원수에게 바쳤다.
4. O / '삼대는 혼비백산하여 창을 버리고 하늘로 날아갔다. 원수도 함께 하늘로 치솟아 칼을 날려 삼대의 목을 쳤다.'에서 조웅이 하늘을 나는 것은 초월적 능력으로 볼 수 있으며, 이를 통해 삼 형제 중 마지막 적장인 삼대를 물리쳤으므로 사건이 새로운 국면(어떤 일이 벌어진 장면이나 형편)으로 전환되고 있다고 볼 수 있다.
5. X / 조웅이 '이대를 맞아 싸울 때 백마의 피를 바른 칼로 치니, 이대의 칼이 허공에서 날아오다가 가운데에서 막히곤 했

다.'라고 하였으며, '도사가 가르쳐 준 대로 귀신을 쫓는 주문을 외우며 온 힘을 다하여 이대의 칼을' 친 후 이대가 칼을 떨어뜨린 순간을 노려 공격하자 '이대의 목이 땅에 떨어졌'으므로 백마의 피를 바른 칼이 소용없어졌다는 선지의 내용은 적절하지 않다.

심층체크

1. A, B, D / C, F
A, B, D : 일대 / C, F : 조웅 / E : 이대
2. 삼대가 제 아무리 재주가 뛰어난들 두 장수를 당해 내겠는가.

장면22
▶▶ 무조건 올라가는
고전소설 문해력

OX 문제

1. X / '그 위엄은 하늘까지 덮는 듯하구나.'에서 서술자가 작중에 개입하여 정서를 드러내고 있으나, 인물 간의 갈등 심화를 예고하고 있지는 않다. '그 위엄은 하늘까지 덮는 듯하구나.'는 조웅의 위엄을 부각하기 위한 것이다.
2. X / 이두병은 자신의 결백함을 호소하며, 자신을 잡아다 바친 신하들에게 죄를 뒤집어씌우려 하였으므로 선지의 내용은 적절하지 않다.
3. O / '조웅은 번왕이 되어 백성들을 따뜻하게 보살피어 모든 백성이 태평가를 부르며 찬양했다.'에서 확인할 수 있다.
4. X / 회상은 나타나지 않았으며, 현재와 과거의 화해를 지향하고 있지도 않다.
5. X / 태자는 "너희는 간사한 무리로다. 간에 붙었다, 쓸개에 붙었다 하는 무리를 내 어찌 살려 두겠느냐?"라고 말하며 이두병을 따랐던 신하들을 '능지처참'했다고 하였으므로 선지의 내용은 적절하지 않다.

심층체크

1. A, B, F
A, B, F : 이두병의 황위 찬탈을 도운 신하들 / C : 이두병의 아들 오 형제 / D : 송나라 백성들 / E : 조 원수 아래의 장수들
2. 그 위엄은 하늘까지 덮는 듯하구나.

장면01

OX 문제

1. X / 다른 아내를 구하여 대를 이을 자식을 얻었으면 한다고 말한 것은 오 씨 부인이다. 주현은 오히려 "한 명의 부인도 과분하거늘 또 어찌 첩을 구하며, 또 누가 나의 아내가 되겠습니까?"라며 이를 거절하였으므로 적절하지 않다.

2. X / 주현이 오 씨 부인에게 큰 별이 방 안에 떨어져 황룡이 되어 하늘로 올라가는 꿈을 꾸었다고 말하자, 오 씨 부인 또한 "첩의 꿈도 그러하니 무슨 길조인지 알지 못하겠습니다."라고 하였으므로 적절하지 않다.

3. O / '명나라 영종 때에 북경의 유화 마을에 어진 선비 한 사람이 있었는데~또 조상의 대를 이을 자식도 없었던 것이다.'에서 확인할 수 있다. 참고로 '내력'은 지금까지 지내온 경로나 경력을 의미한다.

4. X / 두 공간에서 동시에 일어나는 사건을 병렬적으로 배치하고 있지 않다. 참고로, 병렬식 구성은 인과로 연결되지 않거나 유기적이지 않은 서로 다른 사건을 나란히 제시하는 방식이다.

5. X / 경작과 이별하고 서울로 향한 인물은 시비 경섬, 차섬과 노비 유복이다. 열섬은 경작과 함께 산소 아래 옛집에 머물기로 하였으므로 적절하지 않다.

심층체크

1. A, D / B, E / C, F
A, D : 이주현 / B, E : 오 씨 부인 / C, F : 이경모(이경작)

장면02

OX 문제

1. O / '침착한 성품과 얼음처럼 맑고 옥처럼 깨끗한 마음은 추운 겨울의 소나무와 잣나무 같았다.'에서 비유적 표현으로 양경주의 성격을 구체적으로 제시하고 있다.

2. X / '매일 산소에 가서 풀을 뽑고 쓸며 부르짖어 울기를 그치지 아니하니'를 통해 경작이 매일 친부모의 산소를 찾아가 풀을 뽑으며 눈물을 흘렸음을 알 수 있다. 그러나 열섬이 경작에게 '그간의 일을 자세히 말하고' 친부모의 산소를 가르쳐 준 것이므로, 경작이 우연히 친부모의 산소를 발견했다는 선지의 내용은 적절하지 않다.

3. X / 내적 독백은 나타나지 않았으며, 이를 활용하여 난관을 극복하고자 하는 의지를 표현하고 있지도 않다.

4. X / '이웃 마을 장우란 사람이~할 수 없이 소 먹이는 일을

시켰다.'를 통해 경작을 불쌍히 여겨 그를 데려다가 돌본 사람은 장우 혼자임을 알 수 있다.

5. O / '양자윤이 큰딸 난주와 어울리는 짝을 구하던 중 예부 시랑 설경주가 중매로 혼인을 청했다. 설경주가 청혼을 넣은 사람은 동생인 설연주의 아들 설인수이다.~양자윤이 설인수의 아름다움을 알고 장녀와의 혼인을 허락하였다.'에서 확인할 수 있다.

심층체크

1. A, C / B, D / E, F / G, H
A, C : 이경모(이경작) / B, D : 열섬 / E, F : 장우의 아내 노씨 / G, H : 양난주

장면03

OX 문제

1. O / 양자윤과 임금의 대화를 통해 인물 간의 위계(지위나 계층 따위의 등급)와 군신 관계를 보여 주고 있다.

2. O / '양자윤은 서울의 여러 가문의 자제 중에서 막내딸 경주와 어울리는 사위를 얻으려 하였지만~대궐 아래 나아가 벼슬을 사양하는 글을 세 번 올렸다.'에서 확인할 수 있다.

3. X / "자윤은 나이 칠순에 가까우나 드러난 병이 없으니 수삼 년을 더 머물다가 물러가는 것이 옳겠습니다."라는 신하들의 말에 임금은 "그렇지 않다. 자윤이 뜻을 정하였으니 어찌 억지로 청하겠는가?"라고 답하였으므로 적절하지 않다.

4. O / 양자윤은 조정에서 '마음이 매우 불편하였다'고 하였으나, 금주로 이동함에 따라 '옛집을 수리하고 청소하여 편안하게 머물'렀으며 '깊은 냇물에서 낚시를 즐겼다.'라고 하였으므로 적절하다.

5. X / 임금의 은혜에 감사하고 물러난 양자윤은 집안 식구들을 거느리고 고향인 금주로 떠났다. 그러나 '두 아들에게 충성과 선량함을 잊지 않도록 당부한 후, 두 며느리를 머무르게 하고 경주와 함께 떠났'다고 하였으므로 모든 집안 식구들을 데리고 갔다는 내용은 적절하지 않다.

심층체크

1. A
A : 양자윤의 두 아들(양명무, 양명수) / B~D : 양자윤

장면04

>> 무조건 올라가는
고전소설 문해력

OX 문제

1. O / '햇빛에 그을려 검은 얼굴은 옥이 먼지와 흙에 묻힌 것 같고,~몸집은 호걸의 체격이었다.'와 '머리에 두건을 쓰고 오른손에는 보석으로 장식된 부채를 잡고~마치 신선 같았다.'에서 각각 경작과 양자윤의 외양을 묘사하여 이들의 성격을 제시하고 있다. 참고로, 소설에서 '인물의 성격'은 인물에게 부여되는 가치관, 신분과 같은 본질적인 특성을 포함한다.

2. X / '한 아이가 수풀에 누워 잠이 깊이 들었는데,~양자윤이 거지인가 싶어 불쌍히 여겨 탄식하고 깨기를 기다렸다.'를 통해 양자윤이 경작의 잠든 모습을 보고 단번에 그의 비범함을 알아본 것은 아님을 알 수 있다. 양자윤은 잠결에 읊조린 경작의 음성을 듣고 놀라 경작을 다시 자세히 살펴보고 나서야 경작의 비범함을 깨달았다.

3. X / '어찌 양자윤의 마음에 들 영웅을 찾을 수 있으리오?'에서 서술자의 개입이 드러나고 있으나, 인물 간의 대화에 서술자가 개입하고 있지는 않다.

4. X / 경작은 양자윤에게 "알고자 하니 말하리다. 내 성은 이요, 이름은 경작이니 이 앞마을에 사는 장우라는 사람 집의 소 먹이는 머슴이오."라고 하였으므로 적절하지 않다.

5. O / "조정 밖에서는 훌륭한 장수가 되고, 조정 안에서는 더할 나위 없이 뛰어난 재상이 되어 세상을 뒤엎을 만한 그런 군자를 구한다. 어찌 소소한 글재주나 있는 변변찮은 신랑감을 말하는가?"라는 양자윤의 발화를 통해 알 수 있다.

심층체크

1. A, B, E / C, D, F
   A, B, E : 이경모(이경작) / C, D, F : 양자윤
2. 어찌 양자윤의 마음에 들 영웅을 찾을 수 있으리오?

장면05

>> 무조건 올라가는
고전소설 문해력

OX 문제

1. O / 양자윤과 한 씨의 대화를 통해 두 인물 간 대립의 양상이 심화되고 있다.

2. O / "너를 보니 결코 천한 신분의 사람은 아니고, 지은 글이 틀림없이 뜻이 있는 듯하니,"라는 양자윤의 발화를 통해 확인할 수 있다.

3. O / "저 집의 종을 배필로 삼고자 하시다니요?", "어디 가서 귀신을 보고 와서 신선 같은 아들과 사위가 당하지 못할 것이라고 하십니까?"에서 의문형 표현을 통해 한 씨가 경작을 사위로 들이려는 양자윤에 대한 반감을 드러내고 있음을 알 수 있다.

4. O / "어르신의 따님은~하지만 정말로 숙녀라면 어찌 사양하겠습니까?", '경작이 특별히 사양하지 않고 허락하였다.'에서 확인할 수 있다.

5. X / 한 씨가 막내딸과 경작의 혼사를 반대한 것은 맞다. 하지만 산과 들의 짐승과 같다고 표현한 대상은 경작이 아닌 두 아들과 설생이며, 이 말을 한 인물은 한 씨가 아닌 양자윤이므로 적절하지 않다.

심층체크

1. A, C, J / B, E, F, H, I / D, G
   A, C, J : 양자윤 / B, E, F, H, I : 이경모(이경작) / D, G : 한 씨

장면06

>> 무조건 올라가는
고전소설 문해력

OX 문제

1. O / 한 인물과 다른 인물들 사이의 갈등이 드러날 때 다면적 갈등 관계를 허용한다. 해당 장면에서는 경작을 사위로 삼는 것을 두고 양자윤과 명무, 명수, 한 씨 간의 다면적 갈등 관계가 제시되고 있다.

2. X / 양자윤은 "너희는 영화롭고 존귀한 모양으로 사람을 판단하는구나.~너희들은 나중에나 사람 알아보는 눈을 깨칠 것 같구나."라며 경작을 달갑지 않아 하는 두 아들, 즉 명무와 명수를 꾸짖었다. 그러나 '양난주는 시아버지의 제사를 지내느라 가지 못하고 편지를 부쳤다.'라고 하였으므로 큰딸을 꾸짖었다는 내용은 적절하지 않다.

3. X / 현재와 과거를 교차하고 있지 않다. 해당 장면은 순행적 구조를 이루고 있으며, '신부 집(양자윤의 집) → 산소 → 양자윤의 집'의 공간 이동을 통해 장면이 전환되고 있다.

4. X / 명무와 명수는 "들어보니 만족스럽지는 않지만 아버님의 사람 보는 눈이 밝으니 잘못되지 않을 것입니다."라며 양자윤을 원망하는 한 씨를 위로하였으므로 적절하지 않다.

5. X / 산소에 제물이 풍성한 것을 보고 '어떤 사람은 양자윤이 의리가 있다고 하고 어떤 사람은 어리석다고 하였'으므로, 모든 사람들이 양자윤을 칭찬했다는 내용은 적절하지 않다.

심층체크

1. A, G / B, C, E, H, I / D, F
   A, G : 양경주 / B, C, E, H, I : 이경모(이경작) / D, F : 양자윤

장면07
무조건 올라가는 고전소설 문해력

OX 문제

1. X / '이윽고 해가 떨어지고 달이 뜨니', '새벽에 닭 울음소리가 크게 울리자' 등에서 시간적 배경을 드러내고 있으나, 이를 통해 인물의 성격 변화를 암시하고 있지는 않다.
2. O / '양자윤은 경작이 처음 경주의 외모를 보고 틀림없이 놀라리라 생각하였는데, 기색이 태연하여 조금도 달라지지 않는 것을 보고 더욱 칭찬하고 웃으면서 물었다.'에서 확인할 수 있다.
3. X / 한 씨는 '풍채가 좋'아진 경작을 보고 '조금은 기뻐하'였으나, 그러면서도 '많이 자고 많이 먹는 것을 꺼리었다.'라고 하였으므로 적절하지 않다.
4. X / '둘씩 짝을 지은 시녀'가 새롭게 등장하였다고 볼 수 있으나, 이를 통해 인물 간의 대립 구도가 전환되고 있지는 않다.
5. O / "제 나이 열네 살이라 아직 너무 이르니 스무 살부터 하려 합니다."라는 경작의 발화에서 확인할 수 있다.

심층체크

1. A, C, D / B, E, F
   A, C, D : 양경주 / B, E, F : 이경모(이경작)
2. 자고로 영웅호걸에게는 귀신의 장난 같은 방해가 많은 법이다.

장면08
무조건 올라가는 고전소설 문해력

OX 문제

1. X / 역사적 사건을 회고적(지나간 일을 돌이켜 생각하는)으로 서술한 부분은 나타나지 않는다.
2. X / 양자윤은 "내 아마도 오늘을 넘기지 못할 것이니 모두들 각각 한 잔의 술로 영원히 헤어지자."라며 식구들에게 술을 받아 마셨다. 이때 '한 씨가 옥으로 만든 술잔에 술을 들어 보내고 눈물을 그치지 않았다.'를 통해 한 씨 또한 양자윤에게 잔을 올렸음을 알 수 있으므로 적절하지 않다.
3. O / '양자윤이 다시금 위로하고 경작 부부를 그리워하여', '임금이 크게 애통해 하고', '난매가~어이없어'와 같은 부분에서 확인할 수 있다.
4. O / 명무 형제는 '게으름이 더욱 심'해진 경작을 '특별히 기특하게 여기지 않고 싫어하는 태도가 더욱 심해졌'으나, 명무의 아내 남 부인과 명수의 아내 성 부인은 경작을 '예의로 대우하였'다고 하였으므로 적절하다.
5. X / 경주는 '난매의 일을 모르고 경작의 방에 갔다가 경작이

옷에 똥이 가득하나 벗지 않고 있는 것을 보'았다고 하였으므로, 경주가 난매가 저지른 일을 알고 급하게 경작에게 갔다는 내용은 적절하지 않다.

심층체크

1. B
   B : 양자윤 / A, C, D, E : 이경작

장면09
무조건 올라가는 고전소설 문해력

OX 문제

1. O / '세월이 빨라 다시 한 해가 지나갔다.~금주에 이르러 장모님을 뵙고자 수보마을에 들렀다.'에서 확인할 수 있다.
2. O / '어느 날 명무 형제가 경작이 깊이 잠든 것을 보고 밧줄을 가져다가 사지를 묶어 공중에 매달았다.~명무 형제 짓인 줄 알고 어떻게 하는지 보려고 다시 자는 체하였다.'에서 확인할 수 있다.
3. X / '물고기가 가라앉고 기러기가 내려앉을 정도이고,~밝은 달빛에 별빛 정도였다.'에서 감각적인 표현을 사용해 인물의 외양을 묘사하고 있을 뿐, 배경을 묘사하고 있는 부분은 나타나지 않았다. 또한 해당 장면의 분위기는 '낭만적'과 거리가 멀다.
4. X / 양난주가 '매우 거칠고 그릇 가짓수가 적은 상'이 경작의 음식상임을 알고 안타까워한 것은 맞으나, 경주의 음식상은 아니었으므로 선지의 내용은 적절하지 않다.
5. O / '경작이 즉시 들어 왔는데,~경작을 미워하는 마음이 더하였다.'에서 확인할 수 있다.

심층체크

1. F
   F : 양난주와 양경주 / A~E : 양명무와 양명수

장면10
무조건 올라가는 고전소설 문해력

OX 문제

1. X / 난주가 한 씨에게 '시녀를 엄중히 다스리기를 여러 번 간절히 청하자' 한 씨는 "네 말이 비록 옳으나 이 서방이 미워 먹이고 싶지 않았다. 저 어리석은 시녀가 뭘 알겠느냐?"라고 하였을 뿐, 시녀를 엄중히 벌하겠다고 약속하지 않았다.
2. X / '저의 양에 어찌 반이나 차겠는가?'에서 서술자가 개입하고 있으나, 앞으로 일어날 사건을 예고하고 있지는 않다.
3. O / "이 서방의 상은 텅텅 빈 노비의 상이었습니다.", "이 서

방 대접하기를 개나 말같이 하더구나."에서 비유적 표현으로 경작이 받는 대접에 대한 양난주의 생각과 인상이 드러나고 있다.

4. O / 난주는 집을 떠나며 경주에게 "현명한 동생은 남편 모시는 예를 잃지 말아라."라고 하였으므로 적절하다.

5. X / 경주는 '화장대에서 진주로 만든 목걸이 한 쌍을 꺼내고 황금 팔찌를 벗어 시녀에게 팔게 하여 아침저녁 반찬거리를 보태어' 경작의 '큰 배를 차게 하'였으나, 경작은 '이따금 책을 펴 보나 한 번도 소리 내어 읽는 법이 없었다.'라고 하였으므로 적절하지 않다.

심층체크

1. A, E / B, H, I / C, D, F, G
A, E : 설인수 / B, H, I : 양경주 / C, D, F, G : 이경모(이경작)

2. 저의 양에 어찌 반이나 차겠는가?

장면11

▶▶ 무조건 올라가는
고전소설 문해력

OX 문제

1. X / '경작이 어찌 짐작 못하겠는가?'에서 서술자의 개입을 확인할 수 있으나, 풍자적 어조를 활용하고 있지 않으며 중심 인물에 대한 비판적 입장을 드러내고 있지도 않다.

2. X / '한 씨와 종들이 설인수만 사위로 생각하고 경작은 하인이나 천민처럼 대하며 싫어함이 끝이 없었다. 하지만 오직 경주가 공경히 모시는 것은 날이 갈수록 새롭고 남 부인과 성 부인이 도와주어 대접하였다.'를 통해 경주는 어머니와는 다르게 경작을 대접하였음을 알 수 있으므로 적절하지 않다.

3. O / '일어나 작은 방으로 들어갔다. 보따리를 꾸려 혼사 때 마련했던 진주 비단 치마와 옥비녀 하나, 순금 팔쇠 한 쌍과 백옥 반지와 명주를 내어 시장에 팔아 은돈 삼백 냥을 받아 경작에게 주었다.'에서 경주의 행위를 나열하여 경작이 떠날 채비를 차려 주는 상황을 드러내고 있다.

4. X / 경작은 '소리를 내다가 그치기를 반복하'는 경주에게 '온화한 기색으로' "당신이 입을 다물고 있는 까닭을 이미 알고 있"다고 하였으므로 적절하지 않다.

5. O / 경주는 부모와 유모의 무덤을 돌봐 달라는 경작의 부탁을 듣고 "낭군이 말하는 것이 곧 첩이 바라고 마음에 위로로 삼는 바입니다. 어찌 한 번이라도 소홀하겠습니까? 가르침을 마음속에 새기겠습니다."라고 하였다.

심층체크

1. A, F, H / B, C, D / E, G
A, F, H : 이경모(이경작) / B, C, D : 한 씨 부인 / E, G : 양

경주

2. 경작이 어찌 짐작 못하겠는가?

장면12

▶▶ 무조건 올라가는
고전소설 문해력

OX 문제

1. O / '내 이렇게 나왔으나 진실로 의지할 곳이 없구나.', '사람이 나면 하늘이 살 곳을 주시는데 어찌 나에게는 그렇지 않은가.', '내 몰골이 이러하니 틀림없이 주인이 머물게 하지 않을 것이다. 저녁을 어디 가서 먹을까?'에서 내적 독백을 통해 경작의 내면 심리를 드러내고 있다.

2. X / 경작은 경주에게 "내가 한번 가면 십 년 사이 소식이 없을 것입니다.~이후 혹시 살아남으면 만날 날이 있을 것입니다."라고 하였을 뿐, 구체적인 날짜를 정하며 재회를 약속하지는 않았다.

3. X / "이후 혹시 살아남으면 만날 날이 있을 것입니다."에서 앞날의 일을 가정하고 있다고 볼 수 있으나, 이를 통해 인물 간 갈등의 심화를 암시하고 있지는 않다.

4. X / '이날부터 한 씨의 병이 나으니 서로 기뻐하며 다행스럽게 생각하였다. 그러나 경주의 슬픔은 더해만 갔다.'에서 적절하지 않음을 알 수 있다.

5. O / 경작은 노인의 사정을 듣고 "어르신의 말씀을 들으니 마음이 칼로 베이는 듯"하다며 노인에게 자신의 행낭을 통째로 주었다. 노인이 이를 확인하니 '은돈 삼백 냥이 들어 있었'다고 하였으므로 적절하다.

심층체크

1. A, E / B, C / D, F
A, E : 이경모(이경작) / B, C : 양자윤 / D, F : 상복을 입은 노인

2. 한번 떠나 만날 기약이 없으니 약한 사람이 어찌 이것을 견디겠는가? / 그 참담함과 안타까움을 어디에 견줄 수 있겠는가?

장면13

▶▶ 무조건 올라가는
고전소설 문해력

OX 문제

1. X / 꿈 장면은 제시되지 않았다. 경작이 노인을 만나 식사를 하고 대화를 나눈 것은 현실에서 겪은 사건으로, 꿈 장면에 해당하지 않는다.

2. X / 경작은 '춥고 배가 고픈 것을 참지 못하여 아무 집이나 찾'아다녔으나, '행낭 없는 것을 조금도 후회하지 않았다'고 하였으므로 적절하지 않다.

3. O / "낙양 땅 청운사가 평안하고 조용한데,~그리로 가서 몸을 편안히 하고 공부를 착실히 하시오."라는 노인의 발화에서 확인할 수 있다.

4. X / 경작이 "후일 영화를 이루고 부귀할 것이니 미리 축하하오."라며 앞날을 예고하는 노인을 의심한 것은 맞지만, '여러 날 고생한 탓에 졸음이 몰려와 잠이 들었'다고 하였으므로 선지의 설명은 적절하지 않다.

5. O / 아침이 되자 지난밤에 노인과 대화를 나누었던 '웅장한 누각은 없어지고' 경작이 '편한 바위 위에 누워 있었다'는 점, 노인의 정체가 '장인 양공'이었다는 점을 통해 인물이 겪은 사건의 비현실적 면모가 드러나고 있다.

심층체크

1. A, C, D, F / B, E, G, H, I, J

A, C, D, F : 이경모(이경작) / B, E, G, H, I, J : 양자윤

OX 문제

1. X / '지나다니는 사람이 드물었고 붉은 해는 서쪽으로 기울고 있었다. 점점 올라가니 어렴풋이 멀리서 북소리가 들렸다.', '그 소리가 웅장하고 맑고 깨끗하여 하늘의 학 울음소리와 같았고,~춤을 추었다.' 등에서 시각과 청각 이미지를 사용하고 있으나, 이를 통해 애상적(슬퍼하거나 가슴 아파하는) 분위기를 자아내고 있지는 않다.

2. O / "제가 어젯밤에 꿈을 꾸었는데 황룡이 서쪽으로부터 내려와 절에 들어 놀라 깨었습니다.~귀한 손님이 오셨는데 골격과 겉모습이 보통과 다르니 저의 꿈이 맞습니다."에서 확인할 수 있다.

3. X / 빈번한 장면 전환은 3개 이상의 장면이 제시되면 허용할 수 있다. '낙양 길 → 절 → 작은 집'으로 공간을 이동하였으므로 장면의 빈번한 교차는 허용할 수 있으나, 이를 통해 인물 간의 갈등을 입체적으로 드러내고 있지는 않다.

4. O / "이토록 유복하고 어진 사람을 찾으려 해도 어려울 것이니 어찌 정성을 다하지 않겠습니까?~상공은 이곳에 머무르십시오."에서 확인할 수 있다.

5. X / '한 칸에는 만 권의 책이 쌓여 있고, 필기구가 없는 것이 없'는 방 안을 본 경모는 '방이 갖추어'져 있다며 매우 기뻐하였다. 그러나 음식이 쌓여 있다는 내용은 제시되지 않았으므로 적절하지 않다.

심층체크

1. A, F / B, C, D, E / G, H

A, F : 현불장로 / B, C, D, E : 이경모(이경작) / G, H : 현불장로의 제자 청아

OX 문제

1. O / 선비 강수와 백문은 '손을 잡고 매화 아래를 돌아다니다가 높은 곳에 올라 멀고 가까운 경치를 살'피던 중 우연히 경모가 '글 읊는 소리'를 들었으므로 적절하다.

2. X / '한 소년이 두건을 쓰고,~연꽃처럼 우아한 외모였다.'에서 경모의 외양 묘사가 나타나지만, 이를 통해 인물의 내적 갈등을 형상화하고 있지는 않다.

3. X / 경모가 두 선비에게 "홀로 떠돌아다니다 이 땅에 이른 지 벌써 오 년"이 되었다고 하자, 두 선비는 "우리들 두 사람의 사정도 그대와 같습니다. 외롭고 고달픈 홀몸이라 벗에게 서로 의지"한다고 하였으므로 적절하지 않다.

4. X / 대립적인 두 인물은 나타나고 있지 않다.

5. X / 밤늦게 절로 돌아온 경모는 현불장로에게 임강수와 유백문 두 선비를 달빛 아래에서 만나 사귀었음을 이야기하며 "늦게 만난 것을 한탄할 뿐입니다."라고 하였다. 경모가 두 선비와 어울린 시간을 후회하며 한탄한 것이 아니므로 적절하지 않다.

심층체크

1. D

D : 유백문 / A, B, C, E, F : 이경모(이경작)

OX 문제

1. X / 시간의 역전은 나타나지 않으며, 사건의 진상(거짓 없는 모습이나 내용)을 밝히고 있지도 않다.

2. X / 경모가 '부지런히 독서'를 하였다는 점에서 책을 읽는 것을 게을리 하지 않았음을 알 수 있다. 하지만 이는 스스로 학문이 부족하다고 생각해서가 아니라 '스스로 선비의 업을 게을리하지 않'기 위한 것이며, '특별히 학문의 경지가 더 이상 늘 것은 없었'다고 하였으므로 적절하지 않다.

3. O / '기운이 쇠약하여 눈을 감으니 한 줄기 기이한 향기가 코로 들어왔다.'는 현실에서 꿈으로 들어가는 입몽 부분이며, '내려가려 하다가 놀라 깨달으니 베갯머리의 꿈속이었다.'는 꿈에서 깨어 현실로 돌아오는 각몽 부분이다. 이러한 꿈의 삽입을 통해 신비롭고 환상적인 분위기를 조성하고 있으므로 적절하다.

4. O / 경주는 "그대 나를 알겠느냐?"라고 묻는 재상에게 "첩은 하찮은 속인입니다. 어찌 감히 얼굴을 알겠습니까?"라고 답하였고, 재상이 "나는 너의 시아버지요, 저 부인은 너의 시

어머니다."라고 직접 밝히고 나서야 그들의 정체를 알게 되었으므로 적절하다.

5. O / 경주가 시부모에게 "원컨대 저의 영혼을 이끄소서. 시부모님 자리 아래에서 모시기를 바랍니다."라고 말하자, 경주의 시부모는 "수명이 길고 짧음은 다 때가 있으니, 너는 이런 말을 경솔하게 하지 말라.~어찌 우리 자취를 따르겠는가?"라며 경주를 타일렀으므로 적절하다.

심층체크

1. A, D, E, L / B, F / C, G, I / H, J, K

A, D, E, L : 이주현 / B, F : 오 씨 부인 / C, G, I : 양경주 / H, J, K : 이경모(이경작)

장면17

▶▶ 무조건 올라가는
고전소설 문해력

OX 문제

1. X / 경주는 두 부인에게 한 씨의 뜻을 전달받고 "두 언니의 현명함이 타인보다 월등하므로 저의 마음을 감춘 바 없었고 어머니와 같이 여겼는데, 어찌 이런 말씀을 입에 담아내어 젊은 인생으로 하여금 귀신이 되게 하려고 합니까?"라며 한 씨의 의견에 대해 부정적 태도를 드러내었지만, 이는 독백적 발화가 아니므로 적절하지 않다. 참고로, 해당 장면에 독백적 발화는 나타나지 않는다.

2. X / 경주는 '경치를 보고 난간에 기대어 탄식'하고 있을 뿐, 봄의 경치를 감상하며 그 아름다움에 감탄하고 있지 않다.

3. O / '이때 설인수가 남주에 부임한 지 여섯 해가 되었다.~이때 유백문과 임강수는 과거에 급제하여 각각 호부 시랑과 한림학사에 제수되었다.'와 같은 압축적 제시와 경주와 두 부인, 두 부인과 한 씨, 현불장로와 경모의 대화를 함께 제시하여 사건 전개의 완급(느림과 빠름)을 조절하고 있다.

4. X / 경주는 "봄꽃이 떨어질 때 때론 비단 자리에도 떨어지며, 때로는 날아서 구렁에도 떨어집니다. 인생이 어찌 떨어지는 꽃과 다르겠습니까?"라며 자신의 처지를 떨어지는 꽃에 빗대었으나, "마땅히 언니들 가르치신 대로 하겠습니다."라며 두 부인의 뜻을 승낙하였으므로 적절하지 않다.

5. O / "한번 유람하면서 천하의 명승지를 둘러본다면 매우 기쁘겠습니다.~장로도 나와 함께 가는 것이 어떠합니까?"라는 경모의 청에 현불장로는 '기뻐 허락하고 떠날 준비를 하고 작은 배를 샀다'고 하였으므로 적절하다.

심층체크

1. A, B, E, F / C, D

A, B, E, F : 양경주 / C, D : 한 씨

장면18

▶▶ 무조건 올라가는
고전소설 문해력

OX 문제

1. X / 임강수와 유백문은 급제 후에 '경모를 생각하며 달빛 아래 꽃나무 속에서 매우 걱정스러워'하다가 낙양으로 향하였다. 그리고 청운사에 도착해 청아에게서 '밀봉한 편지 한 통', 즉 경모의 편지를 전해 받았으므로 사건의 선후 관계가 다르다.

2. O / '이럭저럭 여름이 가고 초가을이 되었다.'에서 확인할 수 있다.

3. X / '이때 멀리서 퉁소 소리가 나기에 노래를 멈추고 들어보니 높은 하늘까지 맑은 소리와 부드러운 곡조가 울려 난새와 봉황이 내려와 춤추는 듯하였다.'를 과장된 비유로 볼 수 있으나, 이를 통해 상황의 급박함을 드러내고 있지는 않다.

4. X / 경모는 "과거가 열리면 보기 어렵지 않으니 형이 올라간 후 제가 당당히 뒤를 따르겠습니다."라며 과거를 보라는 임강수의 권유를 받아들였다. 그러나 임강수는 즉시 '배를 띄워 떠났'으며, 경모는 '여름이 가고 초가을'이 되었을 때 서울로 향했으므로 적절하지 않다.

5. O / "상공이 이번에 가시면 당당히 과거에 높이 오를 것"라는 현불장로의 발화에서 확인할 수 있다.

심층체크

1. A, C, F, G / B, D, E, H

A, C, F, G : 이경모(이경작) / B, D, E, H : 현불장로

장면19

▶▶ 무조건 올라가는
고전소설 문해력

OX 문제

1. X / 점심 그릇을 베고 깊은 잠에 든 경모는 신하들이 자신을 급하게 부르는 소리를 듣고 '의연히 일어나' 임금이 있는 계단 앞에 나아갔다고 하였으므로 깜짝 놀라 다급하게 임금 앞에 섰다는 설명은 적절하지 않다.

2. X / 경모는 임 어사와 유 시중의 급제 축하를 받은 후에도 "너무나 큰 설움에 가슴이 막혀~정을 제대로 펴지 못하겠습니다."라며 눈물을 흘렸으므로 경모가 슬픔을 잊었다는 설명은 적절하지 않다.

3. O / 경모는 임 어사와 유 시중에게 "미천한 몸이 임금의 은혜를 지나치게 입어 스스로 감당하지 못하는 것을 두려워할 뿐 어찌 기쁜 줄을 모르겠습니까?~너무나 큰 설움에 가슴이 막혀 오래 두 형을 떠났다가 만났으나 정을 제대로 펴지 못하겠습니다."라고 말하며, 자신이 장원으로 급제하여 어사가 되었지만 부모 생각에 슬퍼서 기뻐할 수 없음을 드러내고 있

다.

4. X / '시험을 치르는 곳 → 계단 앞 → 궁궐 문 → 아버지의 집 → 임금이 내려 준 집'의 공간 이동이 드러나나, 이를 통해 인물들의 외적 갈등을 심화하고 있지는 않다.

5. X / '집에 들어가 살펴보니 노비가 수천에 이르고 창고에는 금은비단이 산과 같았다. 논과 밭도 무궁하니 경모가 임금의 은혜를 생각하고, 분수에 넘쳐 매우 죄송하나 예사로 주는 것이라 사양치 못하였다.'에서 임금이 내린 금은비단, 논과 밭을 받았음을 확인할 수 있다.

심층체크

1. D
   D : 유백문 / A, B, C, E : 이경모(이경작)
2. 참으로 오랜 세월에 걸쳐 드문 사람이었다. / 금주에 가서 잃은 공자가 올 줄 꿈에라도 어찌 생각하였겠는가?

▶▶ 무조건 올라가는
장면20 고전소설 문해력

OX 문제

1. X / 두 공간에서 동시에 일어나는 사건을 병렬적으로 배치하고 있지 않다.

2. X / 임금은 "이경모는 사람 중의 용과 호랑이라 위엄을 두루 갖추었으니 그 영리하고 용맹스러움을 어찌 조그마한 꾀 있는 소인에 비유하리오?"라며 경모를 영리하고 용맹스러우며, 꾀가 없는 인물이라고 칭찬하였으므로 적절하지 않다.

3. X / 실제 공간의 실감 있는 묘사가 제시되지 않았으며, 이를 통해 시대적 상황을 구체화하고 있지도 않다.

4. O / '남곽이 크게 놀라 싸움을 멈추고 높은 곳에 올라가 경모의 진을 굽어보니 군대의 위엄이 엄숙하고 정기가 하늘에 닿았다.~그 속의 엄숙하고 위엄 있는 기상과 웅장한 골격은 사람을 두렵게 하였다. 번왕 남곽이 멀리서 바라보고 크게 놀라 말하였다.'에서 확인할 수 있다.

5. X / 경모는 밤중에 '홀로 앉아 촛불을 밝히고 관을 쓰고 흰 옷을 입은 채 책상에 의지하여 병법 책을 보고 있었'으며, '허리에 서리 같은 날카로운 검을 차고 자기를 해하고자' 한 상대인 '요방'에게 "너는 누구인데 깊은 밤중에 진중에 침입했느냐?"라고 물었다. 그러나 요방은 경모의 '위세를 두려워하여 어쩌지 못하고 있었'다고 하였으므로, 요방이 경모에게 칼을 휘둘렀다는 설명은 적절하지 않다.

심층체크

1. A~F / G~I
   A~F : 이경모(이경작) / G~I : 요방

▶▶ 무조건 올라가는
장면21 고전소설 문해력

OX 문제

1. O / "그러나 흔히 말하기를 '사흘 굶으면 못할 노릇이 없다' 하더니, 칠 년 동안 농사가 망하여 여러 해 굶으니 어진 마음이 없어졌습니다."라는 요방의 발화에서 '아무리 착한 사람이라도 몹시 궁하게 되면 못하는 짓이 없게 됨.'을 이르는 관용적인 표현(둘 이상의 낱말이 합쳐져 그 낱말의 원래 뜻과는 다른 새로운 뜻으로 굳어져 쓰이는 표현)을 확인할 수 있다. 이를 이용하여 요방의 처지를 드러내고 있으므로 적절하다.

2. X / 경모는 "번왕의 명령을 받고 원수를 해치려고 합니다."라는 요방의 말을 듣고 "가장 충성스러운 남자구나.~내 목을 베어가서 임금께 드리고 큰 상을 얻어라."라며 그에게 깊이 감동하였음을 드러내었다. 이를 본 요방이 '즉시 칼을 버리고 엎드려 죽기를 청'한 것이므로 적절하지 않다.

3. X / "깊이 감동하였다.", "마음이 감동하여 흐르는 눈물을 어찌할 줄 모르겠습니다." 등의 인물의 발화를 통해 인물의 심리를 드러내고 있다. 그러나 서술자의 개입을 통해 인물의 심리를 드러내고 있지는 않으므로 적절하지 않다.

4. O / "어르신이 관대하고 넓은 마음으로 목숨을 용서하시니 목숨이 다하도록 가르친 바를 잊지 않겠습니다."라는 요방의 발화와 '경모가 저렇게 깨우치는 것을 보니 기쁘고 어질게 여겨 부드러운 목소리로 은근하게 위로하여 말하였다.'에서 확인할 수 있다.

5. X / 번왕은 진영으로 돌아온 요방에게 '이경모가 목을 늘어뜨려 칼을 받으려 하던 일과 그 묻고 대답하던 이야기'를 듣고 "하늘이 이 같은 영웅을 중국에 내시어 내 뜻을 이루지 못하니 한스럽다."라며 탄식하였을 뿐, 요방이 경모를 죽이지 못한 사실에 화를 내며 그를 벌하지는 않았다.

심층체크

1. A, F / B, D, G / C, E, H, I, J
   A, F : 요방 / B, D, G : 남곽 / C, E, H, I, J : 이경모(이경작)

▶▶ 무조건 올라가는
장면22 고전소설 문해력

OX 문제

1. X / 경모는 설인수를 시험하려고 말을 하지 않은 것이 아니라, 설인수에게 '매일 이름을 알리고자 하'였으나 '군중이 번잡하여 사정을 말하지 못'한 것이므로 적절하지 않다.

2. X / 설인수는 대청에서 "인수 형이 경모를 모르십니까?"라는 경모의 말을 듣고 "제가 정신이 밝지 못하고 일찍이 얼굴

을 알 정도로 사귄 정이 없으니 기억하지 못하겠습니다."라고 하였다. 이후 경모가 "형이 과연 눈이 무디십니다. 옛날 금주 땅의 양 승상 둘째 사위 머슴 이경작을 모르십니까?"라고 말하였음에도 설인수는 '천만뜻밖이라 깨닫지 못하'였다고 했으므로 적절하지 않다.

3. X / 남곽과 경모의 갈등이 해소되고 있으나, 권위 있는 인물의 중재를 통해 해소된 것은 아니므로 적절하지 않다.

4. X / 순행적 흐름에 따라 서사가 전개되고 있으므로 적절하지 않다.

5. O / 경모는 "형은 연약한 아내를 무정히 버리고 십일 년에 이르도록 편지 한 번 부치는 일 없다 하더군요.~참으로 무심한 장부로다."라는 설인수의 발화를 듣고 자신을 조롱한다고 생각하였으나, 이후 설인수가 "집안에 별 탈은 없으나 형의 부인이 병이 심하여 속수무책으로 아침저녁 목숨을 빈다고 하오."라고 말하자 '깜짝 놀라 부끄러워하'였으므로 적절하다.

심층체크

1. A, D, G, K / B, C, E, F, H, I, J, L
A, D, G, K : 설인수 / B, C, E, F, H, I, J, L : 이경모(이경작)
2. 인수가 예전의 경작이 원수 된 줄을 꿈엔들 상상했겠는가?

▶▶ 무조건 올라가는
장면23
고전소설 문해력

OX 문제

1. X / '남편이 집을 나갈 때는~창자가 끊어질 듯 근심이 깊어졌다.', '깊은 방 안의 아녀자가~낙엽 같은 인생을 찾는다고 세상을 떠돌아다니려 하느냐?"에서 비유를 사용하고 있으나 이는 상황에 어울리는 비유이며, 반어적인 효과를 낳아 웃음을 유발하고 있지도 않으므로 적절하지 않다.

2. X / "지금 와서 옛날 일을 생각하니 마치 꿈만 같습니다."라는 난주의 발화는 과거의 사건이 마치 꿈같이 아득하게 느껴진다는 표현일 뿐, 자신이 영화로운 꿈을 꾸었다고 말한 것이 아니다.

3. X / "허리띠로 창자를 조르고 오라 하였는데 어찌 이렇게 많이 먹을 수가 있소?"라는 설인수의 발화에서 경모가 설인수의 요청을 수용하지 않았다는 점을 허용할 수는 있다. 그러나 설인수는 '웃으며' 말을 건넸으며, 경모는 "더 늘리고 오지 못한 것을 후회하고 있소이다."라고 웃으며 대답한 뒤 '성대한 음식을 양껏 비우며 먹었'으므로 선지의 내용은 적절하지 않다.

4. X / '이때 임금이~경모는 십여 일이 지나서 비로소 금주 지방에 도착하였다.'에서 인물의 행적이 요약적으로 제시되었으나, 이를 통해 다른 인물과의 갈등을 짐작하게 하고 있지는 않다.

5. O / 경주는 "남자 옷을 입고 그를 찾아다니며 만일 불행한

일이 있다면 해골이라도 거두어 시부모 묘 아래에 장사 지내려 합니다.~그렇게 하기를 허락해 주십시오."라며 한 씨에게 부탁하였으나, 한 씨는 "깊은 방 안의 아녀자가~결단코 보내지 않을 것이니 내가 죽은 후에 마음대로 아무렇게나 해라."라며 허락하지 않았다.

심층체크

1. A, G / B, C, D, E, F, H
A, G : 양경주 / B, C, D, E, F, H : 이경모(이경작)

▶▶ 무조건 올라가는
장면24
고전소설 문해력

OX 문제

1. X / 대원수의 "모습과 기상이 이 서방과 흡사한 곳이 많"다고 생각하며 이상하게 여긴 인물은 남 부인과 성 부인이다. 한 씨는 이 말을 듣고 "이 서방은 세상에서 제일 어리석은 남자요, 이 사람은 다시없을 영웅호걸인데 어찌 비교할 수 있겠는가?"라고 하였으므로 적절하지 않다.

2. O / '문득 서쪽에서 붉은 양산이 움직이며 잘 정돈된 군대의 깃발이 해를 덮고 금으로 된 북이 일제히 두둥하며 소리를 내었다.~옥 같은 풍채가 빼어나게 아름다워 구름 가운데 흰 용이 뛰는 듯하여 웅장한 기상이 짐짓 비길 데 없는 영웅이었다.'에서 대원수의 행차와 그의 외양을 상세하게 묘사하여 사건 전개를 지연시키고 있다.

3. X / "아까 지나시던 승상이 이 상공 부모의 산소에 인사하시며 통곡하십니다.", "그 승상이 우리 어르신의 묘에 가서 슬피 울며 인사하십니다."라는 시녀의 발화를 통해 경모가 양 승상 댁에 가기 전, 부모의 산소와 양 승상의 묘에 들렀음을 알 수 있다.

4. O / 명무는 대원수가 "이 상공 부모의 산소에 인사하시며 통곡"한다는 시녀의 말을 듣고, 그가 "틀림없이" 경모의 "친척일 것"이라고 하였다. 이에 명수는 "본래 친척도 없고 구차스럽기가 심하니 어디서 그런 영웅이 나왔겠는가? 분명 친한 사람일 것이다."라고 하였으므로 적절하다.

5. X / 남 부인, 성 부인, 한 씨의 대화와 명무, 명수, 경모의 대화가 제시되고 있으나, 이를 통해 과거로 돌아가려 하는 인물들의 심리를 보여 주고 있지는 않다. 오히려 경모는 "십 년 전의 일을 어찌 꿈속에선들 생각하겠습니까?"라며 과거에 연연해하지 않는 태도를 보이고 있다.

심층체크

1. A, B, C, F, G, H / D, E / I, J
A, B, C, F, G, H : 이경모(이경작) / D, E : 양자윤 / I, J : 한 씨

장면25

▸▸ 무조건 올라가는
고전소설 문해력

OX 문제

1. X / "늙은이가 눈이 있어도 높고 큰 산을 알아보지 못하고~ 어진 사위는 옛날의 잘못을 용서하기 바라네."라는 한 씨의 발화를 통해 한 씨의 성찰적 태도가 드러나고 있으나, 내적 독백이 제시되지는 않았으므로 적절하지 않다.
2. X / 경주가 승상이 경모라는 말을 듣고 '꿈인가 생시인가 의심'한 것은 맞다. 하지만 경모가 방에 들어오는 것을 거부하지는 않았으므로 선지의 내용은 적절하지 않다.
3. O / 경모와 경주가 서로 나눠 가진 '빗'을 통해 둘이 부부의 연을 맺은 관계임을 보여 주고 있으므로 적절하다.
4. O / '원래 이 병은 다른 증세가 아니라 남편을 찾지 못할까 하는 생각으로 생긴 것이었다.'에서 확인할 수 있다.
5. X / 경모는 집안의 종들이 자신에게 지은 죄들을 말하자 "너 희들이 내게 지은 죄가 없는데 죄를 청하는 것은 무슨 일인 가?"라는 반응을 보였으므로, 경모가 과거의 일일 뿐이라며 그들을 용서해 주었다는 내용은 적절하지 않다.

심층체크

1. A, D, F / B, C, E
A, D, F : 이경모(이경작) / B, C, E : 양경주

장면26

▸▸ 무조건 올라가는
고전소설 문해력

OX 문제

1. X / '강가에 이르자 화려하게 장식한 배들의 돛이 바람에 나부끼고 퉁소와 장구 소리가 크게 울렸다. 옥 같은 시녀가 비단으로 만든 가마를 호위하니 그 위엄 있는 모습이 비할 데가 없었다.'에서 배경을 시·청각적으로 묘사하고 있으나, 이를 통해 인물의 심리를 드러내고 있지는 않다.
2. X / 임금은 '금과 비단으로 상을 내리면 받지 않을 줄 알고 궁중에서 잔치를 베풀어 사흘을 즐기게 하였'으므로 적절하지 않다.
3. X / '궁중 → 금주 → 강가 → 집'으로 공간이 이동하였으므로 장면의 빈번한 전환은 허용할 수 있으나, 이를 통해 인물 사이의 긴장감을 고조시키고 있지는 않다.
4. X / 임금은 "경주를 '우현비'에 봉하고 직첩을 주었"으며, 경모의 아버지를 '승상 부원군'으로, 어머니 오 씨는 '정일품 정경부인'으로 봉하였다. 그러나 양 승상에게 관직을 내리지는 않았으므로 적절하지 않다.
5. O / 임금은 "이전 어사 양명무와 한림학사 양명수는 선조께서 아끼시던 신하입니다.~국가에 유익함이 많을 것입니다."

라는 경모의 말을 듣고 "양명무 형제는 선조가 아끼시던 선비이니 경의 말이 매우 마땅하오."라며 '명무 형제를 각각 옛 벼슬로 부르는 문서'를 내렸으므로 적절하다.

심층체크

1. C
C : 양명무와 양명수 / A, B, D, E : 이경모(이경작)

장면27

▸▸ 무조건 올라가는
고전소설 문해력

OX 문제

1. X / 윗글은 동시에 일어나는 두 개의 사건을 병치하고 있지 않다.
2. X / 경모는 자신의 풍채에 매혹된 미인들이 금귤을 다투어 던져 수레에 금귤이 가득한 것을 '모른 체하고 옥 수레를 밀'어 집으로 향했으므로 적절하지 않다.
3. X / '경모는 집에 머물 때면~바다 물결을 움직이는 듯하였다.'에서 인물의 행동을 묘사하여 성격을 제시하고 있을 뿐, 인물의 외양을 묘사하고 있지는 않다.
4. O / 유백문과 임강수는 '경모의 집과 가까운 집을 사서 나랏일을 마친 뒤에 매일 만나' 풍류를 즐겼으므로 선지의 내용은 적절하다.
5. O / '임금이 매일 그 충성과 절개를 칭찬하여~명을 거두고 더욱 감탄하였다.'에서 알 수 있다.

심층체크

1. B
B : 유백문 / A, C, D, E : 이경모(이경작)

장면28

▸▸ 무조건 올라가는
고전소설 문해력

OX 문제

1. X / 경모와 임강수, 유백문은 바둑 시합이라는 대결을 하고 있으나, 이들은 선악을 상징하지 않으므로 이를 선악 대결로 볼 수 없다. 또한 이를 통해 새로운 사건의 시작을 알리고 있지도 않다.
2. X / '강수와 백문이 잔을 자주 보내 경모에게 심하게 권하나, 경모가 순순히 받아 기울여 다 먹었다. 술이 반쯤 취하니 술기운이 점점 오르는 것이 겉모습에도 나타났다.'를 통해 적절하지 않음을 알 수 있다.
3. X / 윗글은 천상이나 저승, 용궁과 같은 환상적 배경이 아닌, 현실적 배경(집)에서 사건이 전개되고 있다.

4. O / '유백문이 판을 내어 와 다시 두었다. 그러나 감당하지 못하고 또 지니'와 "전에는 매일 아슬아슬하게 겼는데 오늘은~술만 아니면 이번에는 반드시 이겼을 것이오."라는 유백문의 발화, "오늘 두 판을 거듭 졌으니 후일 당당히 통쾌하게 이겨 갚을 것이오."라는 임강수의 발화를 통해 임강수와 유백문은 바둑 시합에서 한 번도 경모를 이기지 못하였음을 알 수 있다.

5. X / 석낭중은 경모와 임강수가 바둑을 두는 모습을 보고 '스스로 바둑 재주가 십분의 일도 당하지 못할 줄 알고 놀라서 하직하고 돌아갔다'고 하였다. 즉, 석낭중은 자신의 바둑 실력이 임강수와 경모의 바둑 실력에 미치지 못한다고 생각한 것이므로 적절하지 않다.

심층체크

1. A, F / B, E, G / C, D

A, F : 이경모(이경작) / B, E, G : 임강수 / C, D : 유백문

2. 이처럼 복을 갖추어 누림은 세상에 다시없는 일이니~공적이 기특하기에 잠깐 기록하여 아름다움을 후세에 전한다.